O MAIS BELO
pôr do sol

V. C. Berni

O MAIS BELO
pôr do sol

TALENTOS DA LITERATURA BRASILEIRA

SÃO PAULO, 2021

O mais belo pôr do sol
Copyright © 2021 by V. C. Berni
Copyright © 2021 by Novo Século Ltda.

Editor: Luiz Vasconcelos
Assistência editorial: Tamiris Sene
Preparação: Daniela Georgeto
Revisão: Tássia Carvalho
Diagramação: Manu Dourado
Capa: Luis Antonio Contin Junior

Texto de acordo com as normas do Novo Acordo Ortográfico da Língua Portuguesa (1990), em vigor desde 1o de janeiro de 2009.

Dados Internacionais de Catalogação na Publicação (cip)
Angélica Ilacqua CRB-8/7057

Berni, V. C.
  O mais belo pôr do sol / V. C. Berni. -- Barueri SP : Talentos da literatura Brasileira, 2021.
  336 p.

ISBN 978-65-5561-249-3

1. Ficção brasileira I. Título

21-2536   CDD B869.3

Índice para catálogo sistemático:
1. Ficção brasileira

TALENTOS DA LITERATURA BRASILEIRA

Alameda Araguaia, 2190 – Bloco A – 11º andar – Conjunto 1111
cep 06455-000 – Alphaville Industrial, Barueri – sp – Brasil
Tel.: (11) 3699-7107 | E-mail: atendimento@gruponovoseculo.com.br
www.gruponovoseculo.com.br

Para
Cristiane.

Meu agradecimento eterno ao amigo Carlito Vendrame

e à minha sobrinha Liliane!

"Ainda que eu fale as línguas dos homens e dos anjos, se não tiver amor, serei como o sino que ressoa ou como o prato que retine.

Ainda que eu tenha o dom de profecia, saiba todos os mistérios e todo o conhecimento e tenha uma fé capaz de mover montanhas, se não tiver amor, nada serei.

Ainda que eu dê aos pobres tudo o que possuo e entregue o meu corpo para ser queimado, se não tiver amor, nada disso me valerá.

O amor é paciente, o amor é bondoso. Não inveja, não se vangloria, não se orgulha.

Não maltrata, não procura seus interesses, não se ira facilmente, não guarda rancor.

O amor não se alegra com a injustiça, mas se alegra com a verdade.

Tudo sofre, tudo crê, tudo espera, tudo suporta.

O amor nunca perece; mas as profecias desaparecerão, as línguas cessarão, o conhecimento passará.

Pois em parte conhecemos e em parte profetizamos; quando, porém, vier o que é perfeito, o que é imperfeito desaparecerá.

Quando eu era menino, falava como menino, pensava como menino e raciocinava como menino. Quando me tornei homem, deixei para trás as coisas de menino.

Agora, pois, vemos apenas um reflexo obscuro, como em espelho; mas, então, veremos face a face. Agora conheço em parte; então, conhecerei plenamente, da mesma forma com que sou plenamente conhecido.

Assim, permanecem agora estes três: a fé, a esperança e o amor. O maior deles, porém, é o amor."

1º Coríntios 13:1-13

APRESENTAÇÃO

  Este livro pode ser apenas mais uma ficção, ou não... Quem sabe? O real e o imaginário se misturam, confundem, e do ano de 2004 a 2018 eu mergulhei nestas páginas, no real e no imaginário, na dúvida e na certeza, até que algo aconteceu... Algo que mudou toda a percepção que eu tinha sobre a minha realidade.
  Bom, não vou estragar... O leitor terá de ler a saga toda para entender, e este livro é o início; o início de uma bonita e eterna história de amor. Mas, como vocês vão perceber, a minha tarefa será apenas a de digitar, quem contará a história a vocês é Soraya; mas ela já morreu, vocês perceberão também... Convido o leitor a dar o primeiro passo nessa aventura que está longe de terminar...

PRÓLOGO

Esta história começou há mais de 1.000 anos, em uma das minhas existências na Terra, na antiga Pérsia. Nesse tempo tive uma filha, Layla, meu maior tesouro, linda como uma princesa, cabelos negros que desciam até a cintura e meigos olhos cor de mel. Com a graça e inocência de uma jovem donzela, encantou o príncipe Assuero, único herdeiro de um vasto império.

Certo dia, Layla desapareceu. Como por encanto, sumiu das nossas vistas. Meses depois, descobrimos que fora raptada pelo príncipe, e que já vivia com ele em matrimônio.

Apesar do nosso assombro e tristeza, descobrimos que ela estava feliz, e que ambos nutriam grande amor um pelo outro.

Porém, Layla e Assuero não puderam viver esse grande amor, pois uma grave enfermidade tirou a vida da nossa jovem princesa. O príncipe, inconformado, passou os seus dias em profunda agonia, dedicando a ela todos os pores de sol...

A dor dessa história foi amenizada pelo tempo, mas eu, como mãe, não fui capaz de aceitar a morte de minha filha. Culpei o príncipe, que também sofria com a perda de Layla. Coloquei em seus ombros, já encurvados pela dor, ainda mais culpa. Odiei, amaldiçoei e, amargurada por esse sentimento, vivi meus dias.

Então o tempo escoou nos séculos...

Novas pessoas foram surgindo, novos laços foram sendo construídos...

Há quinze anos deixei meu último corpo físico, e deixei também meu filho amado; sim, o mesmo príncipe que um dia odiei foi aceito pelo meu coração.

Meu nome é Soraya e eu vou narrar esta história para vocês. A história de Layla e Assuero ou Carolina e Ali...

"Fiquei olhando ela ao longe, parada contemplando o mar calmo e escuro; a noite negra caía sobre seu corpo, emoldurando seus cabelos emaranhados pelo vento. Meus olhos se mantinham fixos naquela imagem, como que hipnotizados enquanto ela caminhava; suas vestes noturnas farfalhavam ao vento morno do mar. Segui seus passos na areia molhada e fria. As ondas tocavam suas pernas, molhando seu vestido e dificultando seus passos.

No silêncio daquela noite escura, onde a lua nos privou da sua luz, senti o seu perfume à medida que me aproximava. Sua presença se tornou real e eu quase podia tocá-la; foi aí que você me notou...

Você se voltou para mim...

Meu coração parou por segundos, que foi o tempo que eu levei para colocar fim à distância que nos separava. Meus olhos pousaram em seu rosto, seus cabelos... o contorno do seu corpo naquele tecido fino. Toquei seu rosto, já sentindo o calor gostoso que emanava da sua pele, fui descendo minha mão pelas suas costas e então a puxei para mim.

Nossos lábios se encontraram com paixão, seu corpo macio se rendeu ao meu e, no silêncio daquela noite escura, perdidos nos nossos sentimentos, o mundo deixou de existir.

Apenas nossos corpos, o mar e as estrelas, cúmplices do nosso amor, cúmplices dos nossos sonhos..."

Logo tudo estará terminado!

E pensando nisso, com a determinação renovada, ele se encaminhou a passos largos pelo enorme corredor; tentou ignorar o homem que o seguia de perto e os outros dois que se mantinham a certa distância.

Desde quando eles o seguiam? Desde que respirara?

Fungou insatisfeito.

Será que algum dia poderia andar sem ter um cão de guarda sempre por perto?

Sabar... Sabar...

Paciência, paciência, ele repetia como um mantra.

Ele entrou no quarto grande e tomou o cuidado de fechar a porta, mantendo seu fiel acompanhante para fora. Andou devagar, o cheiro era bom, higienizador de ambientes e flores frescas...

Estava tudo pronto!

Olhou a cama imaculadamente limpa e arrumada, e seu sangue circulou diferente ao imaginar o que aconteceria entre aqueles lençóis dali a três dias.

Alá que me proteja...

Respirou fundo, sentindo o tão familiar desejo se apoderando de seu corpo, acelerando sua pulsação, entorpecendo seus sentidos.

Foi até o closet. O cheiro mudara, mas ainda era bom, roupas novas e polimento de madeira. Tocou as roupas macias que logo teriam aquele perfume tão familiar. As lingeries sensuais, os sapatos que protegeriam aqueles pés pequenos e delicados.

Soltou um suspiro e então voltou ao quarto.

Pegou o pijama que havia sido dobrado cuidadosamente sobre a cadeira e o levou ao rosto, sentindo a maciez solitária, sem aquele adorável corpo a lhe preencher. Com cuidado, o depositou no mesmo lugar.

Antes de sair, avistou o horizonte através da grande vidraça. O sol estava se pondo...

O que ela sentiria quando estivesse contemplando aquele mesmo pôr de sol? Medo? Insegurança? Raiva?

Esperava que ela não o odiasse...

Pra você, o mais belo pôr de sol, meu amor...

CAPÍTULO 1

Carol é surpreendida

Aquele poderia ser apenas mais um dia de uma nova semana, mais um episódio de sua vida. Se ela soubesse... Ou se nós soubéssemos as desventuras que nos esperam em um novo dia... Talvez não saíssemos da cama, aceitássemos o desejo quase irresistível de permanecer ali mais um pouco...

Mas ela sabia que aquele não seria apenas mais um dia. Seria outro dia, após outro sonho erótico, um novo e perturbador sonho erótico para sua coleção.

Apertou as pernas, tentando sorver os espasmos involuntários do seu corpo, ainda sentindo os resquícios de prazer de sua aventura noturna, tentando se convencer de que não estava virando uma pervertida sexual e de que eram apenas sonhos, apesar de saber o que eles significavam. Sonhos esses, que vinha tendo há aproximadamente um ano.

Sou louca?, ela pensava.

Não, Carolina, você não é louca!

Mas eu estou ficando louca!

Tentou se lembrar do homem do seu sonho... Precisava se lembrar do rosto dele, precisava contar para Juliana. Mas não! Nada! Nenhuma dica de quem pudesse ser o seu homem misterioso, apenas a vaga e já familiar lembrança de sonhar com praias brancas e sensações que ela nunca conseguiria descrever em palavras...

Cobriu a cabeça e deu uma longa, agradável e dolorosa espreguiçada sob as cobertas macias, sentindo o peso de Bello e Sofia aos seus pés. Sentou-se na cama e acariciou aquelas barriguinhas macias, ouvindo o som do ronronar tão querido.

– Ah, eu amo vocês, pequeninos, mas essa mamãe depravada, que sonha que está fazendo sexo com um homem lindo, precisa ir trabalhar para comprar ração para vocês.

Relutante, levantou-se já sentindo o frio que fazia fora do seu casulo noturno, pronta, como sempre, para um novo dia de trabalho.

Arghn... Odeio o frio!

Apesar do frio que fazia, não mudou sua rotina de tomar banho todas as manhãs, no entanto se demorou um pouco menos naquele dia.

Quando terminava de se secar, ouviu o som da garagem sendo aberta e o carro sendo guardado. Tentou ignorar, evitando, assim, o rumo que seus pensamentos tomavam; sabia onde ele estivera, mas não brigavam mais por isso, esgotara suas forças, de certa forma rendera-se ao seu infortúnio.

Sua infelicidade matrimonial já era tão evidente, que nem ao menos tentava fingir. Tudo se tornara pesado demais, e até mesmo as tarefas simples do dia a dia tomavam proporções gigantescas.

Chegou a porta do quarto, certificando-se de que estava trancada. O excesso de cuidado nunca era demais, e ela não confiava em bêbados. Carol ocupava a suíte da casa, e ele fora obrigado a dormir no chão do quarto de hóspedes, em meio às caixas de móveis que ele nunca tivera tempo de montar, deixando clara sua total falta de interesse, ou a certeza de que não vivia mais ali.

Ouviu quando ele usou o banheiro do corredor e ficou imóvel, esperando... Ele tossiu alto e limpou a garganta, quase vomitando. Praguejou. Ligou a torneira. Deixou cair alguma coisa e voltou a praguejar. Carol quase nem respirava enquanto ouvia o ritual pós-bebedeira com o qual ainda não estava acostumada. Respirou aliviada quando ele finalmente foi para o quarto e fechou a porta, usando um pouco mais de força do que era necessário. Carol estava sempre atenta. Apesar de conhecer sua índole, temia que ele, em algum momento, quisesse pegá-la à força, afinal havia quase dois anos que não tinham qualquer contato íntimo. E esse pensamento lhe causava um arrepio, pois em alguns momentos o rosto dele lhe parecia tão estranho e assustador, como se a bebida revelasse o que ele tinha de pior.

Bom, excesso de cuidado nunca é demais...

Ele nunca faria isso, a voz da sabedoria lhe dizia. Ele não é tão macho assim, a voz do escárnio completava.

Mas ela desconhecia o comportamento que ele revelava em alguns momentos.

Carol suspirou profundamente e colocou um jeans sobre a cama. Procurava sua cacharrel de lã preta quando um pacote de cor parda no fundo da gaveta lhe chamou atenção.

Dentro dele estavam sua esquecida saia de lã xadrez com nuances que iam do cinza ao preto e a caríssima blusa de tricô que fora presente de Ana. Levou o tecido ao nariz e foi tomada por uma emoção. Lembrou-se de outros tempos, tempos felizes, talvez os mais felizes de sua vida até aquele momento. Ela não precisava da sua mediunidade para reviver aqueles acontecimentos, eles estavam encravados em sua alma, como chagas, e aquele perfume discreto ainda guardava tantas lembranças...

Por que nunca mais usei esta roupa?

Guardou o jeans na gaveta, escolheu sua melhor lingerie e vestiu-se mecanicamente, recusando-se a pensar, recusando-se a sentir; alisou o tecido que descia marcando suas formas até as coxas e se abria em um leve evasê até abaixo dos joelhos, finalizando com uma barra levemente assimétrica. Escolheu meias grossas de lã que iam até a metade das coxas e calçou suas botas de cano longo e salto agulha. Vestiu a blusa de tricô preta que Ana havia trazido do Japão especialmente para ela; os ombros levemente caídos revelavam sua bela marca de nascença. Ajeitou os longos cabelos cor de mel e colocou um colar prateado com um extravagante pingente de gato preto que ela mesma havia confeccionado. Na orelha, optou por um pingo de hematita, também feito por ela. Procurou por seu anel, não podia sair sem ele, era uma espécie de amuleto... Deslizou o delicado anel em formato de terço pelo polegar e olhou satisfeita. Era a única joia que ela usava além da aliança...

Abriu sua caixinha de coisas preciosas e retirou de dentro o pequeno frasco do seu Dolce & Gabbana Light Blue. Deu uma única borrifada no pescoço e tirou o excesso com os pulsos. Não precisava de muito, e esse era um luxo que se permitia eventualmente, quando queria sair daquela rotina maçante de jeans e camiseta.

Colocou sobre os ombros o cachecol de lã verde-oliva e deu apenas uma volta no pescoço, deixando as pontas caídas na frente.

Bello a olhava com seus lindos olhos verdes.

– Mamãe está bonita?

Ele emitiu um som, mexeu a boca e voltou a se enrolar em Sofia.

Carol olhou-se no espelho e não precisou de uma longa avaliação para ouvir, lá no fundo, a voz de sua mãe enumerando seus milhares de defeitos.

Não gostou da saia que marcava demais seus quadris. Nem das botas que a faziam se parecer com uma prostituta de esquina. A blusa era quente demais, logo esquentaria e a faria cozinhar de calor.

Cachecol e colar? Escolha!

Bufou de raiva e expulsou a voz intrusa.

Sua mãe há muito se fora, mas era como se ainda habitasse seu cérebro, como se cada pensamento negativo de Carol tivesse o dedo dela; e de certa forma era isso mesmo, Carol sabia que toda sua negatividade fora gerada pelas críticas da mãe.

Puxou uma mecha de cabelo para a frente e, sem ânimo para se maquiar, suspirou, dando-se por satisfeita.

Lembrou-se então de por que não usara mais aquela roupa: André odiava. Há alguns anos, quando voltava para casa depois de fechar o ateliê, antes de se mudar para aquele fim de mundo onde vivia agora, usando aquela mesma roupa, ouviu alguém chamar:

– Ei, moça!

Só percebeu que era com ela quando um rapaz de baixa estatura, de olhos azuis brilhantes, se aproximou ofegante, enquanto continuava falando:

– Como você é linda! Você é perfeita! Que cabelo... Que pele... Seu corpo é de babar... Me diz seu nome?

Atordoada, Carolina enrubescia e tentava, inutilmente, ocultar seu rosto com mechas de cabelo. Seu admirador a acompanhou por quase dois quarteirões, sempre tentando uma aproximação, ao que Carol apenas respondia ser casada.

Aquele episódio nunca mais se repetiu e ela não vira mais o seu "admirador", mas, ao contar para André o que havia acontecido, ele fez uma careta de desaprovação e não disse uma palavra sequer.

Como sempre, ela precisou decifrar os pensamentos dele e tentar entender as mensagens de seu corpo. Seria tão mais fácil se ele dissesse.

Fala, grita, esperneia, traste!

Mas ele não falava nada, apenas a olhava, e ela nunca sabia o que ele pensava sobre ela... Ela poderia sair de casa com a saia presa dentro da calcinha que ainda assim ele não perceberia... E, se percebesse, talvez nem lhe dissesse.

Mas, após esse episódio, ele ficara três dias sem falar com ela.

Infeliz!
E foi assim que aquela bela roupa foi parar no fundo de uma gaveta... até aquele momento.

Carol havia atingido a vida adulta sem se dar conta de sua beleza. Crescera ao lado de uma mãe opressora e ciumenta, que via na filha uma rival, fazendo questão de frisar todos os defeitos que ela achava que Carol possuía. Quando pensou em sair do jugo de sua mãe, se vira ao lado de um homem calado e estranho, que, através do seu silêncio, parecia contribuir intencionalmente para aumentar a negatividade que ela sentia.

A missão de André parecia apenas uma: eliminar o pouco de amor-próprio que ainda restava em Carol. Negativo, crítico ou indiferente, essas características recém-afloradas em decorrência do álcool causavam um efeito devastador nela, que seguia sem o apoio daquele que deveria ser seu companheiro.

"As pessoas pagam por isso?"; "Têm tantas lojas vendendo essas coisas..."; "Você podia usar esse dinheiro para outra coisa."; "Foi você quem fez? Mas para que serve? Não está muito grande?"

Se colocá-la para baixo elevava seu ego, para Carol, o que ele fazia era o mesmo que chutar cachorro morto. O cachorro que sua mãe já havia se encarregado de matar...

Ah, dona Maria Eugênia...
Como ela pôde me colocar no mundo e não me amar?
Todos os longos anos de insultos e abusos que, consciente ou não, ela direcionava a Carol tiveram seu ápice após aquele fatídico sábado...

Carol balançou a cabeça.
Não, não, não!
Não queria pensar naquele acidente... Não naquele momento.

Refutando aquele pensamento, deu uma última olhada nos gatinhos que dormiam alheios aos seus tormentos e graciosamente saiu do quarto para encarar seu dia.

Sim, ela era graciosa. Não tinha nem 1,60 cm de altura, mas era bela... De uma beleza requintada. Pele clara, grandes olhos esverdeados, rosto ovalado de contornos suaves, longos cabelos cor de mel que formavam ondas nas costas. Mãos alvas, dedos alongados e delicados. Nas raras vezes em que sorria revelava dentes alinhados e brancos realçados por uma covinha que se formava do lado esquerdo, abaixo do lábio inferior, e o corpo perfeito era o trunfo que poderia usar se quisesse conseguir algo, mas ela nunca se dera conta disso...

Ela odiava seu rosto e odiava os olhares masculinos no seu corpo...

Deu uma última olhada em tudo antes de sair: água e comida dos gatos, chave do gás, luzes... A luz do quarto que André ocupava já estava apagada, mas ela sabia que ele ainda estava acordado, e que ouvia ela se preparando para sair, mas, diferente de outrora, quando ele não permitiria que ela saísse sozinha àquela hora, ele já não se importava. Era como se não a enxergasse mais e o fio invisível que os unia tivesse se partido.

Olhou o carro na garagem e o suor nas mãos recomeçou, inevitavelmente.
Por que ele guardava o carro? Para irritá-la?
Ele acabara de chegar e sabia que ela sairia em seguida.

Podia facilitar minha vida e deixá-lo na rua, para variar.

Deu partida no carro e desceu lentamente a rampa da garagem. Pensou que as coisas estavam ficando mais fáceis e, inevitavelmente, se lembrou de quando precisara vencer a fobia e retomar a direção de um carro... Ela ficara horas parada naquele dia frio, olhando a porta aberta, o volante que outrora fora extremamente convidativo, mas que agora causava uma paralisia total.

– Você pode ficar olhando o tempo que quiser, mas sabe que ele não vai sair daí sozinho. Assuma o controle, amiga! Tudo se resume a isso. Controle! Dirigir é controle... Isso é tão sexy, não acha? – Juliana estava ao seu lado, e ela sorrira para a amiga.

Ah, amiga...

Em alguns momentos Juliana a fazia se lembrar de Ana Laura... As duas eram fortes, vivazes e pareciam ter a missão de elevar sua autoestima.

Ana era tão cheia de vida, tinha tanta vontade de viver... Tornaram-se amigas por acaso, quando a mãe de Ana Laura, com pena de Carol, que enfrentava uma forte chuva ao sair da escola, lhe deu uma carona. Depois desse dia, passaram a se ver e falar com frequência. Ana Laura era quase dois anos mais velha que Carol, herdeira única de vasto patrimônio industrial. Sempre tivera seu lugar determinado no mundo e isso a tornara confiante, incapaz de se abater por qualquer revés que a vida lhe apresentasse. Descendente de orientais, tinha a beleza característica daquele povo, assim como o otimismo. Ganhara um carro assim que completara 20 anos e convencera Carol a também tirar sua carteira de motorista. Estar ao lado dela era uma terapia para Carol, que se deixava contagiar por aquele otimismo e entusiasmo, desejando para si tudo o que Ana profetizava a seu respeito.

E então as lembranças voltaram sem controle. O sábado, o motorista bêbado...

Haveria um evento na cidade vizinha; Carol e Ana se dirigiam para lá. Carol adorava a sensação de liberdade que sentia quando estava ao volante; ainda era dia, mas o sol começava a riscar o céu com belas cores e o arzinho fresco do entardecer entrava pela janela. As duas cantavam com o grupo Nenhum de nós, tentando não estragar a bela música que falava sobre a Lua, um astronauta e a solidão, mas falhando miseravelmente, enquanto riam e subiam intencionalmente vários tons no refrão. Aquele era o auge de felicidade que poderia viver, pensava Carol, quando Ana Laura soltara o cinto para alcançar a bolsa que estava no banco de trás e aquela caminhonete preta adentrou a pista...

Tudo aconteceu em questão de segundos. Ana foi arremessada pelo vidro e Carol capotou inúmeras vezes, até que o carro parou, deixando-a inconsciente entre as ferragens.

O acidente que há treze anos resultara na morte de sua melhor amiga, deixando marcas em seu corpo e uma enorme cicatriz em seu rosto, ainda pulsava em sua mente e gelava seu sangue.

Carol tocou a cicatriz em sua barriga, e sua mente a transportou para dias depois do acidente, naquele quarto frio de hospital, quando soubera que seu baixo ventre havia sido estraçalhado. Uma sorte, algumas enfermeiras disseram tentando consolá-la, afinal ela estava viva, e poderia adotar um bebê quando quisesse...

Carol pegou a rodovia que se ligava à sua cidade, sua percepção tentando ignorar o cheiro de cerveja, cigarro e perfume barato que estava impregnado no estofado do carro e evitar algumas imagens que tentavam se formar em sua mente. No rádio, uma canção antiga parecia contribuir para que essas imagens ganhassem ainda mais vida. A mesma canção já havia marcado momentos bons; momentos que agora não passavam de flashes em sua memória. Desligou o rádio sentindo o amargo de todos os dias em sua boca e ligou o toca CDs, a voz irritante de uma mulher causou um arrepio em sua nuca.

Voz maldita do inferno, como eu odeio pagode!

Como alguém que só ouvia rock clássico poderia acordar um certo dia amando pagode?, ela se perguntava.

Ah, André, como você desceu tão baixo?

Entre o asco e a amargura, sentiu vontade de gritar!

Não gritou. Ela não gritava... Mas apertou a mandíbula e cravou as unhas no volante.

Sem pensar, tirou o CD do aparelho e o atirou pela janela, vendo-o quicar pelo asfalto e desaparecer na grama da encosta.

Em seu íntimo, sorriu satisfeita.

Puxou o cabelo para a frente, como sempre fazia, tentando esconder parte de sua história, e pensou em como odiava dirigir, e em como odiava mais ainda nunca saber o tanto exato de gasolina que André deixava no tanque. Olhou o marcador quebrado e rezou para que o combustível desse ao menos para entrar na cidade. Lembrou-se da última vez em que acabara naquela mesma subida...

Balançou a cabeça, expulsando a lembrança sombria.

Odiava também toda aquela situação pela qual vinha passando, e que a fazia ter de dirigir novamente, já que há muito fizera o juramento de não ter mais de pegar em um volante.

Quase dois anos de crise e ela não conseguia resolver seu casamento, que ruía, nitidamente, mas que ela ansiava por salvar e retomar a velha rotina. Precisava dessa rotina, precisava de paz.

O divórcio, que tanto pedira, agora parecia distante. André não aceitara e ela se vira presa naquele casamento doente. Naquele momento, se perguntava se estava pronta para um divórcio, caso ele aceitasse.

Você sabe a resposta!

Acusadora e maldita voz interior...

No fundo, onde nem mesmo ela se aventurava a entrar, ela ainda esperava por um milagre, alguma força externa que pudesse salvar seu casamento.

Se ela o amava? Definitivamente não!

Já amara algum dia? Possivelmente não...

Torceu o nariz. Ela precisava dele e ele precisava dela, e era isso. Triste, ela pensava nas verdades que não conseguia confrontar, na família que nunca construíram, nos bens que nunca conquistaram...

Em seu íntimo, queria e gritava por um milagre, mas esse dia não chegava, e as semanas seguiam atropelando seus sonhos, minando sua fé.

Ainda havia a humilhação de todos naquela cidadezinha saberem que seu marido estava tendo um caso, e o pior era que ele sequer tentava esconder.

Estacionou no lugar de costume, bem próximo da esquina, assim ninguém prenderia seu carro e não precisaria manobrá-lo para sair.

Ao descer do carro, um arrepio percorreu seu corpo. Frio?

Hum, não gosto disso...

Desde o acidente, Carol não costumava ignorar sua sensibilidade. Era como se ela tivesse morrido naquele dia e, de volta do mundo dos mortos, tivesse ativado outros sentidos, que afloravam em alguns momentos, em determinados ambientes, quando tocava em objetos ou pessoas.

Chamava-se Psicometria a faculdade de captar a energia de objetos ou ambientes, e a mente podia viajar no tempo, revivendo o momento exato em que aquela energia ficou armazenada.

Para Carol, essa sensibilidade ainda era um mistério, mas, graças a ela, havia descoberto que André estava tendo um caso. Bastou que ela recolhesse a roupa suja para lavar e as imagens vieram...

Quem diria que lavar roupas pudesse ser tão revelador e tão destruidor ao mesmo tempo, pois foi nesse ponto que sua vida entrara em colapso.

Nunca falhava, e, pensando nisso, decidiu passar o dia em constante vigília.

O que André aprontou dessa vez? Jesus que me proteja hoje!

Apanhou sua bolsa e as várias sacolas que trazia todos os dias, certificou-se de que a porta do carro estava fechada, olhou o prédio onde ocupava uma sala do último andar e sentiu um orgulho bobo. Era um dos melhores lugares da cidade, um belo prédio, onde várias boutiques e lojas de grife ocupavam o mesmo espaço, e ela sabia que muitos se questionavam sobre os seus ganhos; mas só ela sabia que a sala que ocupava custava a metade do preço, se comparada às demais, pois toda a manutenção do forro e do telhado do prédio era feita a partir de sua sala, por isso o desconto de 50% era mais que justo, pois já precisara ficar mais de uma vez após o seu horário esperando que instalassem antenas ou fizessem consertos na caixa d'água.

Mas esse era só um detalhe...

Carol respirou fundo e olhou para o céu. O dia já amanhecia, e desejou pintar aquelas cores que amava. Subiu as escadas, logo teria elevadores, mas não naquele dia...

Saltos? Com escada, Carolina? Definitivamente não foi uma boa escolha...

Cantarolou um "vai se fuder" e subiu as escadas.

Do outro lado da rua, um carro preto passou despercebido por ela. Dentro dele, o interesse pela sua chegada era evidente. Os três homens se entreolharam assim que ela desceu. O mais velho dos três fez sinal para que o motorista contornasse a esquina e estacionasse o mais próximo possível da porta, afinal a visita seria rápida...

Carol abriu e travou a porta de vidro para que não batesse com as correntes de ar tão comuns naquela altura, depositou a bolsa e as sacolas no sofá de canto, onde ela caprichosamente havia criado um espaço para que suas clientes conversassem e escolhessem suas peças, então apertou o play e uma música suave encheu o ambiente.

Agora sim.

A voz grave e tremendamente agradável de Josh Groban acalmou seus sentidos, fazendo-a se desconectar de tudo. Eram as músicas da sua alma, neutras, não traziam nenhuma lembrança e faziam seu inconsciente insidioso se calar.

Ligou o computador, colocou o café na cafeteira, abriu a porta de vidro que dava para a sacada e um vento frio moveu o sino do vento timidamente. Carol elevou o rosto e respirou profundamente, sentindo o ar gelado entrar e avivar tudo dentro de si. Olhou o horizonte embaçado ao longe, o contorno dos eucaliptos familiares, as casas distantes quase que praticamente cobertas pelas árvores. Imaginou se a vida tomava o rumo esperado dentro daquelas paredes, quem eram seus habitantes, quais seus sonhos, se ainda dormiam, ou se, como ela, já haviam começado o dia. Respirou fundo novamente, sentindo o cheiro do café fresquinho que acabara de sair da cafeteira e antevendo tudo o que teria de fazer naquele começo de semana, e de certa forma já prevendo os comentários "sinceros" de pessoas que se diziam suas amigas, e de quem, querendo ou não, Carol estava à mercê.

A sinceridade é a coisa mais egoísta que alguém pode praticar, dá a ilusão de beneficiar os que ouvem, mas só faz bem aos que falam, já que é um desabafo.

– Vi seu marido com fulana...

Era como se seu peito tivesse sido atingido por um tiro, rápido e certeiro, que faz sangrar o dia todo, e, quando o processo de cura finalmente começa, vem um novo tiro de uma "amiga" diferente. E quando percebiam a tristeza evidente no rosto dela, tentavam consertar aquele comentário sincero com outro mais sincero ainda:

– Mas vocês não estão mais juntos, não é? Ele até dorme lá com ela...

Argh!

Há algum tempo essas mesmas pessoas insinuavam que André vinha tomando dinheiro emprestado de um perigoso grupo de agiotas da região, e Carol temia o desfecho de tudo isso; sendo casada com ele, temia por seus bens conquistados com esforço, temia por represálias. Soubera também que esse grupo usava de métodos nada convencionais para receber dos credores, alguém insinuara até mesmo sequestros e assassinatos. Mas, em todo caso, Carol não sabia de nada, pois André nunca admitiria isso. Negava veementemente todas as vezes que Carol abordava o assunto, afinal, se ele admitisse, teria que dizer onde utilizara o dinheiro, que Carol sabia não ser com ela.

Carol tentou tirar esses pensamentos da cabeça. Já tinha problemas demais, deixaria essa preocupação para outra hora. Estava satisfeita por ter seu trabalho, por ter um ambiente tão pacífico para trabalhar, aonde as energias ruins não chegavam.

Nossa, hoje é dia de mandar a ração para a Cissa! Não posso esquecer!

Quando soube que o pequeno canil poderia fechar por falta de recursos, decidiu ajudar, doando ração todo mês, além de ajudar a pagar as contas de água e luz.

Cissa era especial. Assim como Carol, amava os animais, mas ia ainda além, divulgando o vegetarianismo e dando palestras na cidade. Por influência da amiga, Carol parara de comer carne e se juntara ao grupo que mantinha o canil.

Ainda conseguia se lembrar da pergunta que Cissa lhe fizera e que mudara sua percepção com relação ao consumo de carnes:

– Você ama cães e não ama vacas?

Aquela pergunta fez com que Carol refletisse sobre o que sentia e, depois daquele dia, não conseguiu mais ter paz, até que parou definitivamente de comer carne. Cissa era uma enciclopédia animal, sabia tudo sobre eles, principalmente como eram feitos os abates.

E no final daquela semana Carol faria 34 anos.

Argh!

Carol soltou um suspiro de desgosto, sentindo-se uma centenária. Odiava aniversários, odiava não ter com quem compartilhar aqueles momentos. André lhe mandaria flores... Todo ano ele mandava. Elas ficariam bonitas por alguns dias, tentando sobreviver em um pouco de água, e Carol as veria minando dia a dia como seu entusiasmo.

Affff! Se eu pudesse, sumiria...

Então se lembrou de que na semana seguinte começaria seu curso de joias. Estava ansiosa. Demorara tanto para juntar o dinheiro, e agora começaria o curso que duraria seis meses e a faria dar um novo rumo ao seu negócio.

Ela tinha muitas coisas para resolver, então esqueceu o aniversário, as dívidas de André e decidiu começar o dia.

Voltou para dentro, fechando a porta da sacada, e entrou no MSN. Juliana tinha deixado um recado de madrugada:

Juliana diz:
Puto dormindo... Roncando feito um ogro! Amiga, tenho Banco de manhã, vou passar aí, precisamos conversar... Fiona vai dormir agora, sdds.

Carol riu sem querer. O que será que sua amiga queria conversar? Só mesmo Juliana para fazê-la se esquecer de tudo. Elas se viam tão pouco... E depois do episódio da "tesoura", Paulo simplesmente repudiava Carolina.

Maldito bastardo!

Carol ainda estava com um sorriso bobo no rosto quando foi surpreendida por três homens altos e sérios, muito bem trajados. Eles eram grandes!

Puta merda! Ainda bem que estou de saltos.

Instantaneamente seu sangue gelou, pois logo vieram à sua mente as dívidas de André.

O mais velho dos três, que aparentava estar na casa dos 60 anos, se aproximou:

– Tenho ordens expressas para levá-la conosco – falou em um português carregado de "erres", com um sotaque totalmente desconhecido para Carol, que, a princípio, não conseguiu entender nenhuma palavra.

Ela enrugou a testa e deu um leve sorriso, daqueles que se dá quando quer se desculpar por não ter entendido algo, mas nenhum deles sorria.

– Tenho ordens para levá-la conosco, e gostaria que nos acompanhasse por livre e espontânea vontade – o homem mais velho repetiu, ciente de que desta vez ela entenderia.

Carol ficou muda e sentiu o sorriso morrer em seus lábios.

– Acompanhar? Pra onde? – ela perguntou, querendo demonstrar coragem, mas já olhando o telefone a poucos passos e sentindo o alarme do medo invadir sua barriga.

Ela olhou para os outros dois homens, que estavam parados, sérios, feito duas estátuas gigantes de pedra, logo atrás do homem mais velho. Eles também a olhavam, pareciam medir cada reação sua, sem com isso demonstrar qualquer emoção ou intenção.

Carol imediatamente percebeu que eles não estavam ali para brincadeiras. Pensou no que poderiam fazer com ela, nas técnicas que usariam para que André quitasse suas dívidas, e sentiu um calor dormente nas pernas.

Meu Deus, eu poderia ter colocado uma roupa mais discreta... Com essa roupa pareço estar em um mercado de carne.

Eu avisei! Tá parecendo uma prostituta pedindo para ser estuprada.

Péssimo dia para ficar sensual, Carolina!

Um arrepio desceu por sua espinha. Sentia suas mãos úmidas. Sem saber ao certo o que fazer, já com vontade de chorar, tentou ganhar tempo, imaginando que algo pudesse acontecer, que alguém miraculosamente pudesse aparecer. Ela sabia que, assim que descesse as escadas com eles, seria o fim. Respirou fundo, tentando encontrar a coragem que nem ela mesma sabia que tinha, e falou baixinho, as palavras mal saindo de sua boca:

– Deixe-me ligar pro meu marido e vocês podem resolver isso. Tenho certeza de que ele encontrará uma solução.

Que solução?

Ela sabia que o André nunca encontraria solução para nada, que sua meta atual de vida era criar problemas e não encontrar soluções, mas arriscou, e, dizendo isso, se encaminhou para o telefone. Mas, antes que pudesse atingir o seu objetivo, um dos brutamontes a agarrou por trás. Carol foi fortemente puxada de encontro ao corpo dele, e sentiu os braços do homem envolvendo seu corpo, aprisionando-a totalmente, quase sem lhe dar a chance de respirar. Antes que pudesse ter qualquer reação, sentiu um lenço úmido sendo pressionado contra seu nariz. Um cheiro forte invadiu suas narinas, sufocando seus pensamentos, paralisando seu corpo, e o último som que ouviu foi o doce solo de piano da sua música preferida, enquanto sentia seu corpo sendo erguido e carregado...

Carol poderia dizer que acordou horas depois, mas isso era incerto para ela, havia perdido completamente a noção de tempo. Abriu os olhos lentamente, tentando enxergar através da claridade, e tocou o lençol sob seu corpo. Podia sentir a frieza macia, que fazia pequenas ondas sob seu toque. Ainda com dificuldade para manter os olhos abertos, sentou-se na cama. Sua cabeça doía, sua boca estava seca e o pouco de saliva que lhe restava tinha um gosto metálico, queimando em sua garganta sensível. Seu ouvido parecia cheio de água e um zumbido forte era a única coisa que conseguia ouvir naquele momento. Percebeu um pequeno curativo em seu braço, o que indicava que havia sido sedada.

Tocou seu corpo... Estava de roupa, com sua calcinha intacta e seca, e isso era um bom sinal. Com exceção de sua cabeça, nada estava dolorido... ou ardendo, outro bom sinal. Tentou se levantar e percebeu que estava sem sapatos, e que não fazia ideia de qual usava antes de chegar ali, mas precisaria deles se quisesse fugir. Felizmente, seu bom senso deixara o medo em segundo plano, e então pôde pensar com clareza. Sabia que precisaria de lucidez para arquitetar uma fuga, e precisava estar calma e atenta se essa oportunidade se apresentasse. Avistou suas botas em um canto e rapidamente as calçou, já ouvindo aquela vozinha recriminando-a novamente por não estar de sapatos baixos e com suas costumeiras calças jeans.

Tocou seu pescoço, lembrando-se de ter colocado o cachecol antes de sair de casa. Ou não?

Cadê meu colar?

Ela tinha certeza de que o havia colocado, mas, olhando ao redor, não o viu.

Um colar, Carolina? Sério mesmo? Preocupada com um colar?

Ela amava aquele colar...

Carol visualizou cada centímetro daquele ambiente pequeno, mas tremendamente requintado. Ocupando todo o canto havia a cama na qual estivera até aquele momento, grande e luxuosa, em madeira em tom de marfim, com detalhes dourados; os lençóis eram em tons de bege e marrom, e os estofados que serviam de proteção eram um pouco mais escuros. As paredes eram todas revestidas em madeira clara e o teto, ovalado, poderia ser facilmente tocado se ela ficasse em pé na cama. Inúmeras luzes embutidas na madeira iluminavam a cama de forma suave. Havia também um tapete macio e uma poltrona grande com almofadas bonitas em um dos cantos. Ao lado dela, era possível ver um banheiro através de uma porta de metal entreaberta. Havia uma porta semelhante no lado oposto, que Carol deduziu que seria a saída. O chão era todo recoberto por uma madeira envernizada em tom de bronze. Rente à parede estavam duas poltronas com cintos.

Em um solavanco, ela foi atirada novamente à cama. Seu cérebro estava a mil, tentando assimilar tudo o que estava acontecendo. Seu estômago vazio foi revirado do avesso quando a porta se abriu e o mais velho dos três homens entrou.

– Peço desculpas pelo inconveniente, senhora, o avião já vai aterrissar. Por favor, fique sentada – disse, apontando para as duas poltronas com cintos.

O quê? Avião? O que estou fazendo em um avião? Por que preciso estar em um avião?

Sua cabeça girava.

O homem já ia saindo quando ela o segurou pela roupa, fazendo com que ele se virasse.

– Quanto ele deve? – ela perguntou com uma voz rouca, quase inaudível. – Não tenho nada com as dívidas dele. Estamos nos separando... Divorciando, entende?

Ela fez um sinal de separação, como se cortasse algo na palma da mão, e o homem enrugou a testa tentando entender.

– Calma, senhora...

– Para quem o senhor trabalha? Diz para o seu chefe que eu não tenho nada com as dívidas daquele imbecil. Por favor, me deixa ir embora, eu imploro. Eu juro que não direi nada a ninguém, sou péssima para guardar fisionomias, e, se quiser, nem olho mais para o senhor. – A voz dela saiu rouca, seu corpo tremia e as lágrimas jorravam de seus olhos. Estava prestes a ter um infarto fulminante, mas aquela criatura a olhava com a fisionomia mais indecifrável que ela já vira, como se fosse desprovido de quaisquer sentimentos.

– Só posso pedir desculpas, as respostas virão logo. Se acalme, senhora... Ninguém lhe fará mal algum. Meu rei se assegurou de que a senhora tivesse o mínimo de desconforto possível.

Ouvindo isso, Carol perdeu a paciência e explodiu:

– Rei? Que rei? Quanto ele deve pra vocês? Eu tenho o direito de saber! Se vocês vão me matar por isso, tenho o direito de saber ao menos o valor da minha vida. – Após esse desabafo, caiu sentada, chorando feito uma criança, mas nada a preparou para o que ouviria a seguir:

– Quem falou em matar? A senhora foi trazida aqui para se tornar esposa do meu rei.

Carol demorou um pouco para assimilar aquela informação. Sua cabeça girava, sob o choque da revelação que acabara de ser feita.

– Agora sente-se, senão terei que chamar Hafez para fazer você sentar. Não queremos que se machuque, não se esqueça disso.

A voz dele se tornou baixa de uma forma assustadora e um arrepio voltou a percorrer todo o corpo de Carol.

Quê? Hafez? Quem é Hafez? Jesus amado!

Os solavancos recomeçaram e ela se sentou, obedientemente, afivelando o cinto sem conseguir raciocinar direito. Enquanto o homem se retirava, ela se encolheu no assento, ainda gelando em seu íntimo à ameaça velada.

Fechou os olhos enquanto os solavancos se tornavam mais fortes; em outra ocasião, ela provavelmente sentiria medo da experiência de voar pela primeira vez, já que morria de medo de altura, mas, considerando as circunstâncias, seu nível de adrenalina já estava tão alto, que não se importava com mais nada.

Maldito André! Se eu não morrer, juro que te mato; e se eu morrer, viro sua obsessora pelos próximos séculos!

O homem retornou minutos depois, desta vez com seus dois amigos de pedra. Carol sentiu o medo voltar e decidiu ganhar tempo, pedindo para usar o banheiro.

Sozinha naquele espaço frio e elegante, ela tentou pensar em algum plano, mas ali não havia janelas, e a única saída estava muito bem guardada.

Olhou-se no espelho, enxaguou a boca para tentar tirar aquele gosto metálico horrível e passou a mão molhada no rosto. Lamentou não ter seu celular naquele momento; lamentou não ter ficado em casa aquele dia; lamentou, acima de tudo, não estar sonhando.

O que eu faço agora?

Tente correr!, replicou sarcástica a voz odiosa.

Eu bem que poderia tentar!

Com esses saltos? Ela quase podia ouvir a gargalhada dentro de sua cabeça.

Apertou as têmporas, já emitindo um "cale-se" baixinho, e decidiu, para o seu próprio bem, que não olharia no rosto de nenhum deles. Ela pensava, enquanto saía receosa, com o olhar voltado para baixo. Um deles segurou seu braço e a conduziu até a saída. Enquanto desciam a pequena escada do avião, ela podia sentir os dedos enormes envolvendo seu braço um pouco abaixo do ombro. Imaginou o que aconteceria se realmente tentasse correr, e um arrepio logo nasceu em sua nuca, fazendo-a desistir da ideia.

Atravessaram um grande pátio iluminado, e a curiosidade de Carol de saber onde estava só aumentava. Discretamente, olhava tudo o que podia, porém vendo menos do que gostaria.

O céu embaçado trazia um tom cinza. Tentou ver o horizonte, mas não conseguiu. O dia já estava acabando e fazia calor, o que a fez se lembrar da roupa quente que usava. Um carro preto enorme os esperava e ela o reconheceu de imediato como sendo uma Limusine, apesar de nunca ter visto uma tão de perto. Um homem negro de estatura baixa os esperava do lado de fora do carro, e abriu a porta para que eles entrassem.

Já acomodada ao lado do homem de cabelo grisalho, o pânico começou a envolver seu cérebro novamente e mandar mensagens para todo o seu corpo.

Imaginou o desespero que o André poderia estar sentindo, e, de uma forma estranha, essa foi a única coisa naquilo tudo que lhe trouxe algum alento. Queria que ele morresse de culpa, que se arrastasse pelo resto da vida com a consciência pesada, mas a culpa dele viria como consequência da sua própria morte.

Pensou no seu trabalho, o que a fez lembrar que nem ao menos fechara o ateliê. Com a onda de assaltos que vinha assolando sua cidade, imaginou suas belas peças e suas máquinas sendo levadas sem que ninguém impedisse, com aquela pressa e indelicadeza de quem não quer ser descoberto. A notícia se espalharia rapidamente, e outros ladrões viriam. Em pouco tempo, não restaria nada.

Precisava orar... Fechou os olhos e mentalizou Jesus. Não conseguia orar. Chorou.

Chorou, pois ainda pensava em seu ateliê aberto. Chorou, pois a possibilidade que acabara de criar e que a amedrontava não era, naquele momento, seu pior temor.

Ainda bem que colocou sua melhor calcinha, você não se sentiria digna usando calcinhas velhas, quando seu corpo for usado por um bando de homens.

Balançou a cabeça novamente, odiando seu inconsciente sinistro, que aparentemente a odiava também.

Lembrou que Juliana passaria pelo ateliê quando fosse ao banco, provavelmente antes do almoço.

Ah, amiga... Não estarei lá para você...

Novamente o choro veio sem disfarce.

Que horas devem ser agora?

O dia começava a escurecer e, por onde passavam, a cidade parecia em festa. Luzes tremeluziam, lembrando a ela as festividades natalinas. Então ela percebeu que estava com sede, fome e terrivelmente cansada. Olhou de relance para o homem ao seu lado e os outros dois à sua frente, e teve de admitir que o profissionalismo era levado a sério por eles, pois nem ao menos a olhavam.

Ser esposa do meu rei... Desde quando bandido virou rei? Ele poderia ao menos ter inventado uma desculpa melhor...

Os dois homens sentados à frente de Carol faziam parte de um seleto grupo de confiança; o mais velho deles era Hafez, frio, determinado e, se ela conseguisse olhar em seu rosto, poderia até dizer que era bonito. Com a fisionomia de quem há muito tempo não sorri, sempre sabia o que fazer e o momento certo de fazer; mantinha sua atenção voltada para fora, talvez assimilando cada imagem, procurando um indício de que alguma coisa não estivesse dentro do planejado.

O outro, um pouco mais jovem, era Hanrier. Ainda não havia passado por todas as experiências de Hafez, mas era confiável e resistente, e mantinha, assim como Hafez, sua cabeça voltada para fora, para as luzes comemorativas que enfeitavam a cidade e tremeluziam felizes.

Carol não via quase nada, conforme as ruas iam passando, talvez por ser quase noite ou, quem sabe, pelo nervosismo que se instalara dentro do seu desavisado cérebro. Estava sendo levada por estranhos a um lugar desconhecido, em outra cidade ou, quem sabe, outro país.

Quis tanto morrer e agora terá sua chance!

Havia tantas formas de morrer... e Carol sabia disso. Passara tempo demais na sua jornada autodepreciativa pesquisando a fundo as formas mais rápidas e indolores.

Sua vontade era de abrir a porta do carro e pular. Quem sabe assim tivesse mais chances de sobreviver, pois agora tinha certeza de que estava sendo arrastada para sua morte.

André não terá o dinheiro para me resgatar...

Quando descobrissem isso, depois de semanas em um cativeiro sujo, provavelmente eles lhe dariam um tiro na cabeça e jogariam seu corpo em uma cova rasa.

Lágrimas quentes teimavam em cair e seus soluços saíam altos e sem disfarce; sentiu um lenço imaculadamente branco sendo colocado em sua mão e o aceitou sem dizer nada.

Azim era o homem sentado ao seu lado, braço direito do rei, sempre pronto a atender e se sacrificar. Alto e de cabelo grisalho, trazia um pequeno bigode no rosto de tez morena.

CAPÍTULO 2

A nova casa

Sons metálicos, coisas rangendo, vozes e a estática do rádio. Eles estavam parados em um local fortemente iluminado, mas Carol estava dormente. O carro voltou a se mover e agora subia uma encosta íngreme. Carol voltou sua atenção para a janela, mas não conseguiu ver nada além do seu reflexo no vidro. O carro agora desacelerava, e as batidas do seu coração faziam seu corpo todo tremer. A porta foi aberta, e novamente aquela mão firme segurou seu braço, puxando-a para fora sem cerimônia e forçando seu corpo cambaleante a ficar em pé. Sentiu frio, mas não sabia se era o seu conhecido frio interno ou se o ambiente realmente estava gelado.

Lá do alto, através da janela entreaberta, um homem mantinha seus olhos fixos naquela cena. Para o melhor ou para o pior, estava feito! Ele teria de evitar a todo custo o uso da força, pois ela era tão pequena... e parecia tão vulnerável naquele momento.

Subiram uma escada e entraram por uma enorme porta. Não fosse seu nervosismo quase mórbido aliado aos resquícios do sedativo recebido, Carol teria se dado conta da grandiosidade da construção e teria percebido, então, que alguém tão rico não precisaria pedir resgate por ela...

A cegueira que a dominava naquele momento limitou sua percepção dos fatos, das pessoas e do modo como todos se curvavam respeitosamente para recebê-la. Em sua mente, ela estava condenada à morte, e isso era um fato.

Seu corpo não sentia o chão sob seus pés, parecia caminhar como em um pesadelo, com as pernas pesadas que não levam a lugar nenhum, e se aquelas mãos não lhe forçassem a caminhar, talvez nem saísse do lugar.

Os criados provavelmente se questionariam sobre o rosto inchado e vermelho da recém-chegada, ou, ainda, sobre a expressão vazia em seu rosto ao cruzar aquelas portas grandes e imponentes.

As afortunadas de terem visto poderiam contar depois aos que não tiveram a oportunidade de ver que a mulher com quem ele se casaria era tão branca que parecia um fantasma.

Sem dúvida, correria o boato de que o rei havia perdido a lucidez.

Atravessaram um enorme saguão com piso de mármore branco e seguiram por um caminho com um tapete vermelho que parecia não ter fim. As paredes eram incrivelmente altas e suas bordas eram trabalhadas em algo que lembrava esculturas de bronze, lustres de quase dois metros desciam imponentes do teto pintado em um vermelho vivo, que fazia contraste com a claridade do chão e das paredes. Adornando o teto vermelho, detalhes que pareciam feitos de ouro criavam formas magníficas ao redor da base dos lustres, deixando todo o ambiente espetacular...

Diversas poltronas em madeira estofadas em veludo vermelho acompanhavam todo o trajeto que eles faziam. Agora eles subiam uma gigantesca escada retorcida, que se estreitava levemente no topo. Sua estrutura era toda esculpida e enriquecida por esculturas e estátuas esplendidas, mas que, devido ao seu estado de torpor, Carol não percebeu. Um gigantesco espaço se revelou no final da escada, e o teto, se Carol pudesse ver, era de tirar o fôlego...

Seguiram para a ala oeste do palácio, por um gigantesco corredor. O lado direito era quase todo aberto, com apenas um muro feito de pilastras de mármore, que o dividia de um magnífico jardim, fortemente iluminado. Seus pés cambaleantes pisavam em um tapete de pétalas de flores, artesanalmente dispostas por todo o corredor, mas Carol também não percebeu...

Ao longo desse corredor, inúmeros bancos de ferro ricamente trabalhados serviam como descanso a quem fortuitamente estivesse por ali, e dezenas de arranjos de flores decoravam todo o trajeto por onde ela passava, mas, claro, ela também não percebeu isso...

Uma porta foi aberta e adentraram um aposento digno de uma rainha. Os três homens se retiraram e, antes que ela ficasse completamente sozinha, duas mulheres entraram trazendo, cada uma delas, uma enorme bandeja que depositaram sobre uma mesa.

A porta foi trancada.

Sozinha, Carol forçou a porta, uma vã esperança de que pudesse estar destrancada. Olhou demoradamente a bandeja de comida e sentiu os olhos queimarem pesados. Seu corpo todo doía, nunca tinha se sentido tão cansada em toda a sua vida. O ambiente estava iluminado por uma luz suave que vinha do alto, dando um aspecto acolhedor ao quarto, mas ela não olhou para tentar descobrir de onde vinha aquela delicada luz, tudo que ela viu foi a enorme cama.

Posso dormir um mês agora. Por favor, meu bom Deus, me faça dormir um mês.

Todas as emoções daquele dia pareciam suficientes. Ela não tinha ânimo nem mesmo para respirar, e pensar era um artigo de luxo do qual ela não dispunha. Bebeu um copo grande de água, e passou os olhos pelos diversos tipos de comida, mas, apesar da fome que sentia, não foi capaz de comer. Só conseguiu descalçar as botas, as meias, e atirar-se na cama, enfiando-se debaixo da pesada colcha, cobrindo a cabeça como fazia na infância, quando o escuro lhe causava pavor. Quem sabe assim manteria os fantasmas longe, que agora eram bem reais, e se colocaria a salvo.

Adormeceu instantaneamente, sem perceber o luxo, sem se dar conta de que não fora atirada em uma cela suja, e sem ao menos notar que sobre uma poltrona havia um pijama de cetim com seu nome bordado.

CAPÍTULO 3

Como um despertar...

"*Um movimento suave balançou meu corpo, e me despertou para o meu sonho. Ouvi o canto do vento soprando logo acima de minha cabeça e juro ter reconhecido algumas notas musicais que me acompanharam em outros tempos, mas que ainda causavam um grande efeito na minha alma...*

O ar morno acariciou meu rosto e, ainda dormente, me sentei. Olhei ao redor, enquanto tocava o chão sob o meu corpo; meus dedos afundaram na areia morna e macia, e flashes de luz ofuscaram minha visão. Enquanto ainda lutava para enxergar, um perfume conhecido preencheu os meus sentidos, e senti sua presença ao meu lado.

Você se debruçou sobre mim e nossos lábios se tocaram... Abracei seu corpo querido e a trouxe para junto de mim. As ondas quase chegavam até nós, mas, como mágica, tudo deixou de existir... Éramos apenas nossos corpos e nossos sentidos... E o mar, embalando nossos sonhos..."

Ali acordou com o coração descompassado, na cabeça um emaranhado de pensamentos e sensações. Ofegante, sentou-se na cama e contemplou o escuro, então levantou-se e caminhou devagar, parando em frente à sacada que dava para o jardim iluminado. De repente, como que atingido por um golpe físico, lembrou-se de que ela chegara. Ela estava a alguns metros dele e de toda a sua agonia! Seu coração descompassou.

Alllah yahmini.

Olhou o quarto que ela ocupava, parcialmente visível de onde ele estava...

O que me impede de acabar logo com isso? Que se dane o casamento... Eu poderia tê-la neste momento... Eu a quero neste momento!

Lembrou-se dos seguranças no corredor.

Não preciso dar explicações. Sou o rei, maldição! E ela me pertence! Posso fazer o que eu quiser! Laenatan!

Acendeu um cigarro, recriminando-se pelo *haram* do vício. Mas aquele era o seu menor problema naquele momento. Ficou imaginando se ela dormia naquele momento, o que aconteceria se ele seguisse seu coração e fosse até o quarto dela...

Ela me repudiaria ou se renderia como nos sonhos?

Terminou o cigarro e olhou para o céu, enquanto acalmava seus sentidos e tentava reaver seu bom senso.

Carol acordou assustada de seu pesadelo, e ficou ainda mais assustada ao perceber que não fora um pesadelo. Era real e ela continuava viva. Pulou da cama e tentou abrir a porta... em vão.

Olhou para o alto, de onde vinha a luz suave. Havia algo ali, pareciam esculturas, e de dentro saía a luz que deixava o ambiente com aquele aspecto acolhedor. Sem pensar muito, Carol procurou pelos interruptores nas paredes.

O lustre exuberante no centro acendeu e o quarto se iluminou drasticamente; ela prendeu a respiração.

Boquiaberta, seus olhos saíram dos cristais acesos, como se fossem pedaços de diamante reluzindo ao sol, e se voltaram para o teto. Um emaranhado de formas esculpidas se sobressaía das bordas do teto alto, e a luz suave que a encantara vinha de dentro, mas naquele momento, com o lustre aceso, era impossível perceber que havia luz naquele lugar.

Olhou o quarto ao seu redor.

Jesus amado... O que é isso?

Respirou fundo. O cheiro era bom, mas desconhecido para ela.

A cama em que dormira era feita de uma madeira dourada entalhada e do alto descia um grande e exuberante dossel semelhante à cama, com uma belíssima cortina de textura delicada, como uma renda, mas muito diferente de qualquer coisa já vista. Sobre a cama, diversos travesseiros em tecidos que ela nunca tinha visto serviam de almofadas.

O closet ficava bem de frente para a cama e, curiosa, ela caminhou devagar, sem acreditar na quantidade de roupas penduradas e dobradas que havia ali. Tudo era feito em madeira escura, inclusive as paredes, como se ela estivesse dentro de um enorme guarda-roupas. Cobertores, colchas, edredons, lençóis... E ela só conseguia pensar: Uau! Abriu uma gaveta de lingeries, artesanalmente encaixadas em repartições individuais, e corou com a sensualidade e a beleza daquelas peças.

De quem são estas roupas? Quem pode ter tanta roupa assim?

Tocou uma das peças, talvez na esperança de ter alguma revelação, mas não havia nada, então levou ao nariz e percebeu que nunca fora usada.

Bolsas, acessórios de todos os tipos, lenços e turbantes finos, coloridos e delicados... Blusas, camisetas, calças, saias, vestidos...

Uau!

Sapatos e mais sapatos em repartições que deslizavam ao simples toque de seus dedos. Em um dos cantos, um espelho gigante, um tapete macio, uma poltrona e uma luminária serviam de decoração. A parede de frente fora revestida por um espetacular papel de parede com desenhos realistas de adoráveis gatinhos, de todas as raças e de todas as cores.

Seu peito se encheu de ternura.

Voltou ao quarto e pousou seus olhos em uma penteadeira gigante em formato de L que contornava uma das paredes. Um espelho magnífico completava o cenário, tudo em madeira riquíssima, algo que ela nunca tinha visto, nem mesmo em filmes. Sobre a penteadeira, havia uma infinidade de maquiagens, produtos de beleza, perfumes, cremes, escovas, pentes e acessórios que fariam jus aos melhores salões de beleza. Em um canto da penteadeira, ficava uma linda bomboniere cheia de pequenos e delicados bombons.

Pegou um deles e quase o levou à boca, mas...
E se estiverem envenenados?
Largou rapidamente, quase limpando os dedos.
Se eles a quisessem morta, você já estaria, pode ter certeza.
Concordou a contragosto com a implicante voz interior.

Esqueceu os doces e olhou para as mesinhas que ficavam ao lado da cama. Sobre uma delas, um relógio antigo marcava pouco mais de 10 da manhã; sobre a outra, havia um abajur antigo de formas espetaculares. Soltou o ar que trazia nos pulmões e sentiu o chão rodar.

Respira, mulher!

Sentou-se trêmula e respirou várias vezes até sentir que podia ficar em pé novamente.

Um quadro grande, pintado com tinta a óleo, projetava-se acima da cama, representando um belo pôr do sol. Ela amava aquelas cores, amava a aquarela celestial do nascer e do pôr do sol. Tocou a superfície áspera, admirada com a qualidade da pintura, e nem se deu conta de que estava de frente para uma obra do Impressionismo de valor incalculável.

Tentou abrir as janelas gigantes, mas não conseguiu ir além da grade de proteção. Olhou para fora, tentando encontrar algo que pudesse responder às suas perguntas, mas só viu um jardim que se estendia muito além da sua visão e uma construção gigantesca feita de pedra branca, que se perdia muito acima da sua cabeça. Caminhou e seus pés afundaram no tapete exageradamente alto e macio...

Preciso fazer xixi...

Uma porta dava para um banheiro decorado nas cores rosa e marrom. Mas não era aquele rosa enjoativo, era um rosa chá que tendia para o bege em alguns pontos. A banheira gigante no centro era a primeira coisa que se via ao entrar, redonda com um deck de madeira escura, que contrastava com o delicado rosa do esmalte.

Senhor! Uma banheira cor-de-rosa... E não é de bebê...

Em um dos cantos, acima do nível do restante do banheiro, havia sido criado um pequeno espaço aconchegante, com poltronas macias com nuances de rosa e um tapete macio na cor marrom chocolate que quebrava aquele aspecto frio de banheiro. A parede que abrigava esse espaço era feita em pedras rústicas de mármore grosseiramente encaixadas umas sobres as outras, o chão, ao longo de toda a parede, fora revestido de pedras decorativas e, entre elas, pequenos bonsais floridos ornamentavam o espaço. Carol estava maravilhada.

Meu Deus... Uau!

Mas a exuberância ainda não terminara. Um armário, feito da mesma madeira que abrigava a banheira, contornava toda a parede do fundo, junto com a pia, que vinha logo abaixo e continha tudo o que se pode imaginar em matéria de perfumaria do mais alto poder aquisitivo; óleos, cremes, sabonetes e xampus.

Chanel, Dolce e Gabbana, Dior, Carolina Herrera... Santo...

Carol amava sabonetes. E agora, de frente para todas aquelas opções de odores, seu íntimo se regozijou, já levando um ao nariz. O cheiro era indescritível.

Abriu o armário e um estoque de produtos de higiene e toalhas a deixou surpresa. Ao lado, havia um espaço com uma porta de vidro que escondia o imponente chuveiro. E os azulejos que revestiam essas paredes pareciam verdadeiras obras de arte. Carol nem imaginava o valor de tudo aquilo. Fugia anos-luz da sua realidade.

Ainda segurando o sabonete, fitou seu reflexo no espelho, levando a mão ao rosto, à cicatriz profunda que descia da orelha ao queixo, sentindo-a ainda queimar, mesmo depois de tantos anos. Colocou o sabonete no lugar e puxou o longo cabelo para a frente. Meneou a cabeça, soltando um demorado suspiro, e voltou sua atenção para os demais detalhes daquele impressionante banheiro. A iluminação do ambiente chamou sua atenção. Olhou para cima, procurando as luzes que proporcionavam tamanha claridade, e sentiu o chão rodar. As paredes subiam, aproximadamente dez metros acima de sua cabeça, e, lá no alto, uma claraboia em vidro, como uma espécie de cúpula, permitia que a luz do sol entrasse sem nenhuma discrição.

Jesus!

De repente seu sangue gelou ao deparar com toalhas e roupões pendurados, iguais aos muitos que acabara de ver dobrados, com letras bordadas em dourado: "Carolina". Era seu nome, não podia ser coincidência. Desnorteada, fez o caminho de volta ao quarto e foi somente naquele momento que voltou a enxergar. Um pijama de cetim também continha o seu nome; tocou o tecido escorregadio e o levou ao rosto, sentindo aquela carícia fria, mas então sentiu algo mais: a familiar sensação acontecendo. Uma imagem se formou em sua cabeça. Como um filme rápido, viu um homem em pé naquele mesmo lugar em que ela estava, ele segurava o pijama nas mãos e o levava ao rosto. Ele se abaixou, devolvendo o pijama à poltrona, e se voltou para ela. Por segundos, teve a impressão de que seus olhos se encontraram. Seu coração parou e, quando voltou a bater, estava descompassado. Então a imagem começou a desaparecer e, quando sumiu por completo, por um inexplicável motivo, ela sentiu um leve pesar.

De volta à realidade, Carol demorou alguns minutos com o pijama nas mãos. Por algum motivo que ela desconhecia, desejava que a imagem voltasse.

Com o coração ainda aos saltos, Carol percebeu uma segunda porta e, sem cerimônias, entrou por ela.

Naquele ambiente, a parede do fundo era quase toda em vidro, e uma cortina grossa e pesada estava parcialmente aberta; uma paisagem espetacular podia ser vista daquele ponto. Procurando respostas, viu apenas um despenhadeiro – que a fez se lembrar imediatamente de seu medo de alturas – e lá embaixo o azul cristalino do oceano.

O teto era exatamente igual ao do quarto em que estivera, com a mesma beleza e o mesmo luxo. Carol não sabia, mas aquele quarto, que ficava na ala oeste do palácio, havia sido elegantemente redecorado para ela. Outrora, fora usado pelos hóspedes ilustres que vinham para as festas, e a quem o rei queria impressionar. Sempre fora um lugar elegante e requintado, mas agora tinha um toque feminino e ocidental, para que Carolina não se sentisse tão deslocada.

Carol sentiu um frio nos pés só de imaginar a altitude em que se encontrava, mas não conseguiu desprender os olhos da paisagem que vislumbrava dali. Era de tirar o fôlego!

E então sua atenção foi capturada por um quadro enorme pintado com tinta a óleo. Uma mulher caminhava pela praia e, como se atraída por algo, voltava o rosto para trás.

Era ela...

Sou eu! Sim, sou eu!

Seu estômago se contraiu. Era como se ela estivesse caminhando na areia e sentisse a presença de alguém; ao fundo, o mar escuro e um belo pôr de sol. Ficou se questionando quem teria chamado sua atenção, para quem ela olhava, e seus olhos se encheram de lágrimas.

Virou-se e só então percebeu a sala de TV, com os aparelhos eletrônicos mais modernos. Aproximou-se e contemplou a mais bela estante que já vira, enorme, com uma variada coleção de CDs. Na verdade, podia ver ali todos os cantores de que gostava, todos os livros que gostaria de ter, DVDs e porta-retratos...

Sou eu nas fotos?

Pegou um dos porta-retratos e analisou a foto.

Até que ficou bonita...

Sem aquela cara de merda que você sai nas fotos...

Argh...

Odiava fotos!

Ainda tentando se lembrar de alguém que pudesse ter entrado em seu ateliê e tirado fotos suas sem que ela percebesse, observou o resto da sala; computador, sofás, almofadas... Não faltava nada ali, era tudo caro e lindo!

Uma saliência ovalada no canto, como um ninho, abrigava uma fonte. A água saía de cima, quase do teto, como uma pequena cachoeira, e descia em meio às pedras dispostas artesanalmente, numa perfeição que dava a ilusão de estar de frente para uma cachoeira natural. O som das águas era suave e ininterrupto, fazendo-a questionar se estaria ligada na noite anterior, já que não ouvira nada.

Aproximou-se para ver os detalhes, enquanto a água limpa corria em meio às pedras e folhagens, e sentiu um aperto no peito. Tocou as pedras e mergulhou a mão na água calma.

Absorta em seus pensamentos, ouviu o som da porta se abrindo e a sensação de medo voltou. Levou um tempo antes de se dirigir ao quarto principal, onde deparou com uma bandeja de café da manhã e um enorme arranjo de flores sobre a mesa. Azim estava parado em um canto e, de alguma forma, ela sentiu que ele lhe esclareceria alguma coisa:

– Bom dia, minha senhora. Espero que tenha conseguido descansar. – Seu tom era gentil e, se não fosse toda aquela situação, até que ela poderia se afeiçoar a ele. Azim pensava a mesma coisa, sentindo pena por ver tanta aflição naquele belo rosto.

– Por favor, só quero explicações. Onde eu estou? Por que tudo isso tem meu nome? E que luxo é esse? Vocês sabem que sou pobre, não sabem? O que querem de mim?

À beira das lágrimas, Carol sentiu suas pernas fraquejarem e se sentou na cama.

– Esta é sua casa, seu quarto, seus pertences. Nada mais justo do que ter o seu nome. Meu senhor pede desculpas, mas não poderá vê-la hoje. Amanhã a senhora participará das festividades tradicionais do casamento do rei e, durante a cerimônia, conhecerá seu futuro marido.

– Que marido? Que festividades? Pelo amor de Deus, eu já sou casada! – Sua voz saiu esganiçada, como se tivesse dado uma topada com o dedinho na porta.

Ignorando a aflição dela, Azim continuou com a mesma expressão e o mesmo tom de voz:

– A cidade está em festa, minha senhora. O casamento do rei é um grande acontecimento! Meu senhor também é casado, a senhora será a esposa de número cinco. Tome um bom banho, descanse. Logo mais a senhora fará a prova dos trajes.

Carol andava de um lado para o outro, digerindo tudo o que ouvira. Entendera direito? Cobriu o rosto com as mãos, esfregando os olhos, mas sabia exatamente o que ele dissera e o efeito em sua cabeça era ruim, muito ruim.

Quem diria, Carolina... agora você é parte de um harém. Quem sabe eles a vistam como uma prostituta, e você faça uma dancinha para eles...

Soltou um rosnado de raiva para seus próprios pensamentos, apertando as têmporas.

Não posso aceitar esta situação.

Quase gritou esse último pensamento. Ela sabia dos seus direitos, e manter alguém contra a sua vontade em uma espécie de reclusão era crime, mesmo para um rei, ou o que quer que ele fosse. Andou pelo quarto feito um animal enjaulado e, sem saber o que pensar, ou o que fazer, percebeu que precisava de um banho.

Na sua insegurança, tomou um banho rápido de chuveiro e escolheu uma calça jeans confortável, uma camiseta, e calçou sapatilhas macias, pensando que estaria pronta para correr, se precisasse. Abriu todas as gavetas, mas não encontrou nada que não fossem peças de roupas. Olhou para a bandeja de comida sobre a mesa. Seu estômago roncou... Olhou novamente para a bandeja e viu seu colar prateado com o extravagante pingente de gato preto dentro de um saquinho transparente. Retirou-o de dentro do saquinho e ficou sentindo as formas conhecidas entre os dedos, enquanto olhava os diversos tipos de bolinhos, pães e frutas dispostos em travessas que brilhavam de tão limpas...

Sua fome falou mais alto. Esqueceu colares e conspirações...

Hummm, isso é gostoso! Isso é mais que gostoso, é lindo e delicioso...

Precisava comer, se quisesse ter disposição para fugir. Afinal, saco vazio não para em pé! Era o que seu pai lhe dizia sempre que ela se recusava a comer por qualquer resfriado ou dor de garganta.

Triste, lembrou-se dele, de sua voz, o som da risada, o cheiro bom da sua infância, sempre tão presente na casa enquanto ele ainda era vivo.

Ah, paizinho...

Quando criança, adorava ouvir as histórias que ele contava, adorava quando ele falava do cinema que há muito fora fechado, mas que em outros tempos era o ponto de encontro dele e dos rapazes da sua cidade. E ela perguntava: Por que o cinema fechou, papai? E ele explicava que agora não era mais necessário sair de casa para ver filmes, que havia um aparelho em que bastava colocar o filme dentro e assistir. E ela imaginava que aparelho mágico seria aquele onde cabia um filme. Mas ela queria saber do cinema, pois era no cinema que seu pai via os filmes. E, enquanto seu pai descrevia o tamanho da tela, as poltronas e todos os detalhes desde o filme até a pipoca, ela observava as obturações dos dentes dele lá do fundo, aqueles pontos escuros, nada elegantes, mas que para ela eram lindos, e sonhava em fazer o mesmo com os seus. Quando ele terminava de descrever, lá vinha ela: Fala mais do filme, pai? E ele contava de novo, pacientemente, com ela empoleirada em seu colo, observando cada movimento que ele fazia ao narrar o filme de ação.

Sua mãe observava a distância sem dar muita importância. Em alguns momentos resmungava, dizendo que não sabia como ele tinha tanta paciência.

O casamento dos dois sempre fora muito estranho para a pequena Carol. Nunca vira o pai beijar a mãe e, quando eles conversavam, sua mãe era sempre muito ríspida e grosseira.

Ninguém entenderia os motivos que levaram a bela e cheia de vida Maria Eugênia a se interessar pelo franzino Otacílio, mas num belo dia e lá estavam os dois circulando pelas ruas de braços dados: a beldade de corpo violão, um metro e setenta de altura, cabelos louros cacheados e olhos verdes, namorando o ajudante de sapateiro.

Três filhos e alguns netos depois, eles ainda estariam juntos. Ela já havia perdido o viço, seu corpo encurvara um pouco, adquirindo uma forma estranha, já que ela tendia a engordar apenas nos quadris, e os cabelos, antes louros, agora não passavam de um emaranhado de fios grisalhos.

Carol foi a última a nascer, e desde o primeiro momento houve um vínculo muito forte entre ela e seu pai. Na infância, ela sempre preferia o colo dele ao de sua mãe, e isso a incomodava muito. Ansiava pelo momento em que ele chegaria da roça, e esperava por horas no pequeno portão da propriedade rural em que viviam, fingindo não ouvir as críticas que sua mãe lhe dirigia.

Douglas era o irmão mais velho. Ele decidira, sabiamente, viver na cidade, longe daquele clima nocivo, mas sempre os visitava, e enchia Carol de presentes... Ele era uma espécie de herói para Carol, afinal vivia na cidade, tinha um bom emprego e, aos olhos inocentes de Carol, ele era lindo... Silvana era doze anos mais velha que Carol. Sempre disposta a protegê-la, se as críticas tinham como alvo Carol, as agressões eram direcionadas a Silvana. Infelizmente, Silvana casou-se cedo e mudou para o interior de São Paulo com a família do marido, deixando Carol à mercê dos ataques.

Quando Carol completou dez anos, já cansado de ouvir as críticas diárias de insatisfação de Maria Eugênia, que reclamava da pobreza, da casa, do chão da casa, do telhado da casa, do quintal da casa, Otacílio resolveu deixar o sul de Santa Catarina e se mudar com sua família para a região centro-oeste do estado de São Paulo, onde Silvana morava. Como seu marido tinha um bom emprego, Otacílio teria um suporte do genro para essa nova vida.

Foram muitos dias de viagem na carroceria de um caminhão para que o sonho de Maria Eugênia de melhorar de vida e ter uma casa com móveis de verdade pudesse se realizar.

CAPÍTULO 4

Segurem a noiva!

Enquanto esperava por algo que ainda não fazia ideia do que fosse, Carol só pensava em fugir. Se corresse bastante, talvez conseguisse chegar até a rua... onde poderia gritar e pedir socorro.
Acho que eu consigo correr bastante! Pra que lado será que fica a rua?
Perdida em seus pensamentos, ouviu o som da chave sendo girada e automaticamente ficou em pé, já sentindo a adrenalina tomando conta de seu corpo. Uma senhora bonita e baixinha entrou no quarto e, nos milésimos de segundo em que ela passava pela porta, Carol, tomada pelo desespero, se lançou pela abertura, empurrando a senhora e ganhando o corredor.
Correu!
Ouviu vozes de homens, eram altas, não entendia nada do que eles diziam e continuou correndo. Avistou um segurança logo à frente e foi diminuindo a velocidade...
Droga!
Indecisa sobre o que fazer, não percebeu que Hafez se aproximava por trás. Antes que pudesse decidir por qual caminho seguir, sentiu dois braços envolverem seu corpo. Foi de encontro ao corpo dele e soltou um pequeno grito de susto. Os braços apertavam seu corpo, ela mal conseguia respirar. Quando pensou que fosse desmaiar, em um movimento rápido, ele ergueu seu corpo e ela foi de encontro ao chão. Seu rosto tocou o mármore duro e frio, e seus pulsos foram presos às costas. Enquanto seu cérebro tentava entender o que acontecia, ouviu vozes novamente, bravas, gritos de mulheres. Ainda no chão, sua cabeça girava, seus cabelos em desalinho entravam em sua boca e ela sentia alguma coisa entre suas pernas, desagradavelmente empurrando seu traseiro, talvez um joelho. Seu corpo estava imobilizado, e ela via apenas vultos, um deles estava praticamente em cima dela, pressionando suas costas, impedindo que o ar entrasse. Carol debateu-se na tentativa de liberar o ar para seus pulmões, e então, em um puxão forte, foi colocada em pé.
Ela sentiu seu cérebro chacoalhar. Quase engasgou. Tudo à sua volta girou e suas pernas ficaram moles. Rapidamente, e antes que seus joelhos tocassem o chão, Hafez se abaixou e a colocou nos ombros.
Bosta!
Carol fechou os olhos, vendo o mundo de cabeça para baixo, enquanto ele a levava de volta ao quarto. Sentiu o braço dele nas suas costas e sua cabeça nas almofadas

quando ele a depositou suavemente na cama. Gemeu e cobriu o rosto, sentindo o estômago se revirar.

Sentou-se na cama e teve de encarar três rostos assustados que a encaravam. Carol deveria estar azul de vergonha, e, enquanto massageava os pulsos doloridos, sem conseguir encarar nenhuma daquelas pessoas, pensava que teria que encontrar outra forma de fugir dali.

A senhora bonita e baixinha era Syrie. Junto com ela, outras duas moças esperavam, com todo o material necessário para produzir uma noiva. Carol olhava surpresa tudo aquilo, ainda com dificuldade em acreditar que realmente seria forçada a se casar, enquanto elas tentavam arrancar suas roupas.

Ela se debatia e, como em uma catarse, liberava todos os palavrões que ela sabia que não seriam entendidos, enquanto era despida a contragosto, tentando, inutilmente, proteger com os braços a enorme cicatriz no abdômen. Nunca imaginou que outra pessoa que não o André fosse ver seu corpo despido.

Ainda bem que se depilou, Carol.
Concordou a contragosto.

Já cansada de lutar, soltou um longo e cansado suspiro, e voltou sua atenção para o traje sobre a cama. Era, literalmente, uma joia de opulência e beleza. Uma farta saia comprida, em veludo de seda vermelho-escarlate, com vários saiotes de seda por baixo. A saia era bordada com fios de ouro e tinha pedras semipreciosas incrustadas. Na parte superior, um corpete em veludo da mesma cor da saia, também ornado com bordados e abotoado na frente por quatro botões de prata que mais se assemelhavam a pequenas joias. Por baixo do corpete, uma delicada blusa com longas mangas bufantes, em diáfana seda tramada com fios de ouro. Um cinturão largo, ricamente trabalhado em fios e pérolas, completava o traje.

Apesar de seu espanto em ver algo tão exuberante, o que Carol não sabia é que aquele traje era repleto de simbolismos. As curvas bordadas em fios de ouro, que sobem a partir da bainha, representavam a fertilidade. Os círculos dourados no colete simbolizavam o Sol ou o infinito. A delicadeza da seda representava a ternura da maternidade. O cinturão que deveria estar bem apertado representava a união, a força da família. O traje nupcial servia de associação entre o casamento e o início de uma nova vida para os noivos.

Sua atenção saiu do traje e se voltou para uma delicada tiara delicadamente colocada sobre um belo tecido de seda azul com nuances em vermelho. Ela era feita de diamantes. Carol não compreendeu onde ela seria usada, mas se resignou a esperar.

Afinal, o que mais ela poderia fazer? Se aventurar em uma nova fuga?
Definitivamente não!, pensou, sentindo seu corpo todo se arrepiar.

Agora mais calma, deixou que as mulheres a vestissem e, diante da constatação de que nada que fizesse poderia mudar sua realidade, até conseguiu relaxar, enquanto elas riam e cantarolavam.

Carol ficou pensando como aquelas mulheres pareciam felizes; não paravam de rir e cantar, conversavam entre si e, apesar de Carol não entender nada, deduziu que faziam planos, como se o casamento fosse delas. Havia uma satisfação verdadeira no que elas faziam e Carol se deixou contagiar; cantarolou a marcha nupcial enquanto elas aplaudiam e diziam coisas ininteligíveis. Mas, de repente, lembrou-se do porquê estava ali e o encanto se desfez. Caiu pesadamente na cama e teve uma nova crise de choro. Elas tentavam consolá-la, mas, sem entender o que elas diziam, Carol imaginava que elas associavam seu medo à noite de núpcias.

Então, como num estalo, ela se perguntou se não seria forçada a dormir com esse tal rei... E se ele fosse muito feio, tivesse um cheiro ruim, ou fosse muito gordo? Como eles fariam? Ela seria drogada? Amarrada?

Provavelmente os guarda-costas vão te segurar e o porco bufão vai subir em cima... Depois eles revezam...

Argh... Cala a boca, voz maldita do inferno!

Terminada a prova do traje, já era tarde e Carol se sentia exausta. Já sozinha, tentou pensar em uma solução que não envolvesse ela correndo com homens de quase dois metros de altura em seu encalço. Com cuidado, forçou a porta novamente na esperança de que alguém pudesse ter esquecido de trancar, mas não teve sucesso.

Inquieta, voltou sua atenção para a TV, que continuava ligada.

Desde que horas? Quem a ligara? Sua cabeça parecia não querer cooperar. Ela sentia que naquele momento, se o seu cérebro pudesse, ele a abandonaria sem pestanejar.

Olhou novamente para a TV, mas não conseguia assistir nada; pegou um livro, mas logo o colocou de volta, não conseguiria ler. Andou pelo quarto, parou de frente para o paredão de vidro e olhou o horizonte, sem conseguir desligar seus pensamentos e esquecer o que a esperava no dia seguinte. Perguntas fervilhavam em sua mente.

Já ouvira falar de grupos radicais que sequestravam pessoas, e coisas desse tipo, mas sua situação era completamente inusitada, afinal fora raptada aparentemente no sentido romântico da palavra, o que a deixava ainda mais confusa.

Ela não tinha as respostas agora, mas sua preocupação real no momento era o casamento forçado. Na verdade, não era o casamento em si que a amedrontava, mas o que viria depois. Gelou ao pensar.

Pensou em como sair daquela situação e decidiu que no dia seguinte diria na frente do juiz que estava sendo forçada, que não se casaria e pronto. Mesmo fora de seu país, era um ser humano e deveria ter seus direitos preservados. Haveria alguém, alguma testemunha, ela contaria tudo e todo esse circo seria desmontado. Ensaiou tudo o que diria, buscou na memória frases feitas no inglês aprendido, e já quase esquecido, e torcia para que alguém pudesse entendê-la.

Ainda havia a possibilidade de recorrer a órgãos oficiais e expor seu problema. Apesar de ela não ter ideia de como funcionava, sabia que eles não a desampariam.

Será? Todo esse poder pode comprar qualquer coisa, qualquer um...

Sentiu um mal-estar físico.

Talvez o Brasil tivesse alguma aliança diplomática com aquele país até então desconhecido, era seu pensamento.

Será? E se não for um país? Pode ser uma ilha, perdida no oceano... Eles podem viver à margem do mundo, ter suas próprias leis... Muitos vulcões... Deuses enfurecidos... Argh... Inferno!

Apertou as têmporas.

Olhou o computador no canto e a ideia de que pudesse estar conectado à internet fez com que Carol se animasse. Pensou em Juliana, pensou em como poderia se comunicar pelo MSN... mas sua animação durou pouco. Não havia nada.

Droga!

Aquele não parecia ser um país selvagem, ela tentava se convencer... Qualquer povo que pudesse ostentar todo aquele luxo deveria ao menos fazer uso das boas maneiras. Mas, ao se lembrar da forma como fora trazida e de como era mantida ali, seu pensamento não se sustentou.

Boas maneiras...

Seus braços ainda estavam doloridos, resultado das boas maneiras deles.

Cansada, Carol se deitou em uma poltrona mais confortável do que queria admitir e acabou adormecendo. Sonhou com suas pedrarias e um monte de encomendas. Acordou com Syrie sorridente ao seu lado.

Completamente desperta, e com o já conhecido medo novamente surgindo, foi forçada a acompanhá-la, enquanto ela mostrava o banheiro e tentava tirar suas roupas.

Falava alguma coisa que parecia espanhol, e Carol conseguiu entender quase tudo o que a senhora baixinha dizia.

Por que não ensaia seu Espanhol, Carolina?

– Baño, per favore.

Carol ficou observando a água, sabendo exatamente o que significava, então deu de ombros e retirou a roupa.

Dane-se!

Cansada de resistir, entrou na água morna e uma esponja macia cheia de um delicioso gel deslizou pelas suas costas formando uma perfumada espuma. Syrie esfregou com afinco suas costas, braços e pescoço. Então a pequena mulher encheu a mão de gel e, sem cerimônia alguma, enfiou entre suas pernas.

Puta merda!

Carol soltou um pequeno grito de surpresa, mas a senhora não parou, continuou lavando sua intimidade como se lavasse um cano de esgoto entupido.

Puta que pariu!

Elevou o corpo na vã tentativa de fugir daquelas mãos, mas foi empurrada de volta, jogando água em todas as direções. Percebeu uma nova ajudante, que aparentemente tinha como meta mantê-la no lugar. Sentiu vontade de gritar que tomava banho com frequência, que gostava de estar limpa, que não havia nenhuma parte de seu corpo que não fora lavada há poucas horas.

Mas não adiantaria. A solução era relaxar e deixar que o trabalho fosse feito. Era assim com todas as prometidas, fora assim comigo também, depois a vida retomava seu rumo normal, ou quase...

Pés, mãos, cabelos, seios, pernas, axilas, orelhas... Tudo foi lavado sem pudor, pelos exageradamente aparados, pelos em excesso arrancados...

Carol agradeceu novamente por ter se depilado recentemente.

Estão preparando a mercadoria para o novo dono.

Seu inconsciente deu um risinho perverso.

Terminado o banho, toalhas macias foram enroladas em seu corpo e, quando pensou ter acabado, já seca, Syrie apontou novamente a banheira.

Quê? Outro banho?

– Baño de leche...

A pequena e bela senhora gesticulava para que Carol entrasse na banheira, agora vazia.

Carol entrou e sucessivos jarros de leite morno foram sendo despejados em suas costas, enquanto Syrie repetia palavras ininteligíveis como um cântico. Sem entender, mas receosa de interromper o que parecia ser uma cerimônia, ficou imóvel, enquanto via o líquido branco encher o fundo da banheira, contrastando com o delicado rosa do esmalte. Sem perceber, prendia a respiração, que soltou quase aos trancos quando, por fim, a cerimônia acabou.

Novamente toalhas macias foram enroladas em seu corpo. De volta ao quarto, outras moças já esperavam, munidas de todos os apetrechos para o processo de preparação.

Um óleo perfumado e incrivelmente relaxante foi passado em seu corpo. Não havia qualquer pudor da parte delas, e Carol se arrepiava a cada toque inesperado e indesejado.

De repente seus olhos estavam sobre a cama, na lingerie que usaria por baixo do traje. Um emaranhado de rendas brancas e douradas, sedas e ligas fez seu rosto corar. Foi inevitável a ela o pensamento de que estava sendo embrulhada na mais cara embalagem para um velho desagradável.

Será que alguém está tendo o trabalho de deixá-lo ao menos apresentável para mim?

Seu rosto se contorceu em desagrado.

Mas, antes que ela desse vazão ao desespero diante daquela situação inevitável, foi empurrada para a poltrona e uma delicada meia deslizou pelas suas pernas até o meio das suas coxas. Vestiu a calcinha e sentia mãos arrumarem todos os detalhes que revestiam sua intimidade.

Oh! Céus! Precisa enfiar a mão aí?

Prendeu a respiração. Seu inconsciente arrepiou-se.

Uma cinta prendeu a meia com delicadas presilhas douradas. O sutiã foi colocado e seus belos seios encheram a mão que os ajeitaram dentro do bojo. Prendeu a respiração novamente. Um roupão de cetim deslizou em seus ombros e foi amarrado em sua cintura. Foi acomodada de frente para o imenso espelho e o processo de preparação começou.

Seus cabelos foram secos e escovados, depois foram presos cuidadosamente em alguns pontos, deixando mechas soltas que logo se transformaram em cachos perfeitos, graças à ação de mãos habilidosas. O tecido delicado do qual ela não soubera a utilidade no dia anterior foi enrolado próximo de sua testa, deixando a cascata de cachos de cabelo cair sobre ele. A tiara foi aplicada sobre ele, prendendo tudo. Nunca vira nada tão simples e lindo. Ela adorou. Suas unhas foram cuidadas e em suas mãos foram feitas lindas tatuagens de hena vermelha, que, pelo que entendeu, serviam como proteção contra os maus espíritos.

A pedido do rei, as tatuagens foram feitas com uma tinta especial, que sairia no primeiro banho. Ele não achou justo que sua pele delicada ficasse marcada por uma semana, como era a tradição entre as noivas do seu país.

Uma avaliação meticulosa foi feita em seus pés e Carol percebeu o olhar de aprovação no rosto das moças. Ela tinha fetiche por pés, então seus pés eram a única coisa que se mantinha impecável. Todos os finais de semana eles eram limpos, lixados e cuidados, por isso estavam sempre bonitos, e não precisou de cuidados adicionais.

Tá vendo? Eu sou limpinha...

Enquanto esse processo continuava, ciente de que não adiantava lutar, fechou os olhos com o pensamento recorrente das últimas horas.

Quem eram aquelas pessoas? Por que ela estava ali?

Sem saber o que pensar ou o que fazer, só restava pedir a Deus que intercedesse por ela.

Carol tinha uma ligação especial com Deus e elegera Jesus como seu melhor amigo. Ele era seu confidente, e era em seus braços que repousava quando o peso do mundo parecia lhe sufocar. Bastava imaginar Seu abraço para tudo se acalmar. Bastava imaginar Sua bela imagem ao seu lado para que todo mal fosse banido. Era a luz na sua vida e o seu amor por Ele era incondicional...

Mas não fora sempre assim. A morte repentina de seu pai, logo após o acidente de carro, foi a rasteira que a vida lhe dera... Odiara Deus, odiara a vida... Passava seus dias com um sentimento que a sufocava, amaldiçoando tudo e a todos. Então, em meio a todo esse infortúnio, uma força a impulsionara à Doutrina Espírita... Ela não se lembrava como acontecera, mas de repente um desejo irresistível de conhecer a Deus invadiu sua vida. Não acreditava no Deus que aniquilava alguns para elevar outros, não acreditava que esse Criador pudesse ter preferências por seus filhos.

Carol sabia que era boa, conhecia seus sentimentos, e foi com essa certeza que procurara pelo seu Deus e o encontrara. Aquele Deus vaidoso e parcial, que escolhe uns e ignora outros, não existia mais para ela. Ela não fora ignorada, ela não fora esquecida... Seus infortúnios faziam parte de algo maior, algo que transcendia a limitada vida física. Seu Espírito era eterno, um viajante do Universo. Então ela percebeu que Deus não era seu inimigo, na verdade, Ele era o único que podia ajudá-la, era o único que conhecia sua jornada eterna e que tinha o poder de acalmar seus demônios.

E esse Deus amoroso mandara Jesus como representante direto.

Ela encontrava na natureza e na imensidão do espaço duas grandes paixões. Poderia ficar horas observando o vaivém dos pássaros, curiosa por aqueles pequenos seres que a maioria das pessoas não tem tempo de observar.

Amava a chuva e o cheiro dela. Quando era pequena, costumava ficar olhando as árvores em dias de chuva e os pardais que se encolhiam em seus galhos. Quase morria de tristeza ao vê-los encolhidinhos, sozinhos. Agora sabia que eles não estavam sozinhos; se prestasse atenção, conseguiria ver muitos outros, escondidos em outros galhos.

Carol sentiu um toque no braço e voltou seus pensamentos ao presente.

Um lanche fora servido.

Sua última refeição, Carolina!

Depois de comer, escovou os dentes com cuidado e foi aconselhada a usar o banheiro antes de colocar o traje, afinal sua noite seria longa.

O traje deslizou em seu corpo, peça por peça, minuciosamente arrumada por experientes mãos. Quando a última peça foi presa em sua cintura, apertada como mandava a tradição, Carol contemplou sua imagem no espelho e, boquiaberta, só conseguia pensar:

Uau!

Ela sentiu um calor gostoso no peito. Era assim que as pessoas deveriam se sentir, ela pensava sem conseguir tirar os olhos de sua própria imagem.

Queria que Juliana a visse...

O traje exuberante lhe remetia à era medieval.

Mas sem a sujeira daquela época! Estou limpa e perfumada!

Carol simplesmente não conseguia tirar os olhos do espelho. Seus olhos, que iam do castanho-claro ao verde, dependendo do humor, pareciam de outra pessoa. Carregados em uma maquiagem exótica e sensual, adquiriram uma tonalidade totalmente nova. Os cabelos claros, presos e realçados pela bela produção, deixavam seu rosto à mostra, com o que ela não estava habituada. Num impulso, quis escondê-lo com uma mecha solta, mas percebeu que a marca que tanto a incomodava havia desaparecido, estava coberta pela maquiagem. Colocou as joias, calçou as sandálias e novamente se olhou no espelho. Apesar do traje volumoso e colorido, estava magra... Ainda com formas femininas, mas muito mais magra que o habitual.

O que Carol nem imaginava era que, como tradição da realeza, as festividades do seu casamento já aconteciam há três dias, e que, pelo inusitado do seu casamento, ela só apareceria em público no quarto e no sétimo dia. O comum era as noivas participarem nos sete dias, prestigiando todos os amigos e familiares.

Respirou fundo.

Último retoque no batom e pronto!

Pronta para o sacrifício, Carol?

Bufou para o seu inconsciente.

Uma noiva com tudo de mais caro que existe, uma noiva que não se casaria, que dera trabalho à toa, gastos desnecessários, mas quem se importava? Afinal, ela estava como prisioneira de um velho gordo e impotente que, para conseguir uma mulher, tinha de raptá-la.

Isso foi o que ela realmente pensou, mas a realidade era outra.

A porta se abriu e Azim entrou acompanhado do seu capanga, que estava impecável em seu traje de gala. Por um momento, Azim ficou parado, contemplando-a, e a deixou sem graça:

– A senhora está muito bonita. Meu senhor pediu que lhe entregasse isto. – E entregou uma grande caixa retangular a Carol. Dentro havia um buquê de orquídeas raras em variados tons de azul, que iam do celeste ao turquesa, gesto que a emocionou, mesmo que a contragosto.

Orquídeas eram suas flores favoritas, e, antes de decidir pela confecção de acessórios e bijuterias, Carol havia cogitado abrir um orquidário, chegando até mesmo a fazer um curso para isso. Sendo assim, sabia que aquelas orquídeas eram de rara beleza.

O que Carol não sabia é que elas haviam sido importadas do Brasil, especialmente para a confecção do seu buquê. Assim, ela teria um pouco do seu país naquele dia tão especial.

Carol ficou olhando aquele buquê de hastes longas e por segundos não soube como segurá-lo; parecendo adivinhar seus pensamentos, a mulher bonita e baixinha se aproximou e o retirou da caixa, acomodando-o em seus braços, como quem acomoda um frágil e delicado bebê.

Syrie a olhou e sorriu com carinho, como se fosse conhecedora de todos os segredos da humanidade. Carol corou. Quase derrubara aquela mulher quando tentou fugir...

Ainda sem conseguir encontrar as palavras, observando e sentindo as belas orquídeas que tinha nos braços, foi surpreendida por Azim:

– Desculpe, senhora... – disse, enquanto tomava sua mão esquerda e retirava gentilmente a aliança que por anos vivia naquele dedo, quase que já deixando sua marca.

O ato inesperado dele deixou Carol sem ação. Quando pensou em argumentar, franzindo a testa e formulando uma pergunta, ele se adiantou:

– Temos que ir...

Ela olhou sua mão nua, desprovida da lembrança de sua distante vida, se sentindo, de certa forma, nua também, e, sem entender, calada e ciente de que nada do que fizesse surtiria efeito, foi conduzida pelo homem que acompanhava Azim. Ela percebeu que ele segurava seu braço com um pouco mais de força.

Eu não vou correr! Não aqui, não agora... Mesmo se eu quisesse, as sandálias não deixariam...

Carol sentiu o ar morno do anoitecer atingir-lhe em cheio ao sair do quarto condicionado. Escoltada por eles, adentrou um corredor que não se recordava de ter visto na sua chegada. Suas sandálias caras deslizavam por um tapete de pétalas de rosas vermelhas e seus olhos se exuberavam com a quantidade de arranjos de rosas vermelhas que acompanhavam todo o trajeto.

Estava assombrada com tudo o que via.

Tentava sorver cada detalhe daquela construção e imaginou quantos séculos ela teria; todo o mármore, pilastras, esculturas, lustres, era inacreditável.

Meu Deus! O que um homem com um poder desses quer com uma mulher como eu?

No seu inconsciente macabro, a única teoria possível para tudo aquilo era que ela seria usada como sacrifício, em alguma cerimônia bizarra, a algum Deus pagão.

Agora eles vão pendurar você em um poste e esperar pelo King Kong!

Argh!

Se ela não estivesse tão apreensiva e nervosa, com certeza acharia tudo muito hilário, mas naquele momento temeu o rumo dos seus pensamentos bizarros.

Desceram por uma escada fenomenal, antes de chegarem à saída. O dia começava a dar lugar à noite, riscando o céu de inúmeras cores, e uma brisa refrescante vinda do oceano trazia para ela uma incrível sensação de paz.

Carol queria ver tudo, registrar cada detalhe, e ficava cada vez mais confusa e boquiaberta. Era um palácio encrustado nas rochas, como aqueles que se veem nos filmes, todo branco, mas já tomado em algumas partes pelos efeitos do tempo e da natureza, que se encarregavam de mudar os tons. Musgos e pequenas plantas se prendiam em algumas pedras, revelando que aquela suntuosa moradia já vivenciara muitos séculos.

Aquele palácio tinha aproximadamente 300 anos e há muito era o lar oficial da realeza. Possuía cem quartos, trinta suítes, vinte apartamentos, dez alojamentos coletivos, cada um deles com capacidade para vinte pessoas, um museu, duas bibliotecas, vinte cozinhas, cinco salas luxuosamente mobiliadas para visitantes, cinco salas de jantar que acomodavam mais de cinquenta pessoas cada uma, uma Mesquita, dois refeitórios coletivos, um ginásio de esportes, dois jardins, dez salas de reuniões, duas salas de jogos, um cinema, dois auditórios, duas saunas, uma piscina coberta, cinco despensas, uma oficina, duas lavanderias, uma garagem subterrânea que podia acomodar uma frota de mais de cem carros, cinco salas de armas, uma barbearia, um salão de beleza, uma floricultura, um posto dentário e um posto médico. Na ala real, no último andar do palácio, trinta apartamentos circundavam um pátio iluminado pela cúpula de vidro que se projetava acima do telhado; um jardim cultivado contornava toda a borda da abertura no meio desse pátio, as flores e folhagens entrelaçando-se graciosamente às pilastras de mármore. Por essa abertura magnífica no centro, era possível ver os andares de baixo em uma visão de tirar o fôlego.

Aquele esplêndido castelo, construído sobre a montanha, entre as rochas, possuía uma cúpula de vidro no centro, que subia muito acima, com uma ameia no alto que lembrava uma coroa. Do lado direito para quem o observava, na ala norte, cinco torres em tamanhos variados subiam imponentes. Situado no ponto mais alto da montanha, de difícil acesso e praticamente isolado do resto da cidade, era acessível apenas por uma estrada que circundava toda a montanha de uso exclusivo do palácio.

Ela só percebeu que tinha parado de andar quando Hafez lhe puxou o braço, impondo novamente o ritmo.

A mesma limusine que os trouxera agora os esperava. O carro se pôs em movimento e ela, inquieta no banco, se perguntava aonde a estariam levando e, assustada, percebia que não havia ruas. Ela nunca conseguiria fugir.

Desceram a estrada íngreme devagar e a visão do mar e das pedras lá embaixo era alucinante. A beleza que se avistava daquele ponto era singular, fazendo-a se esquecer dos medos e inquietações.

O carro desacelerou ao final da estrada e grandes portões de ferro foram abertos pelos seguranças que estavam de prontidão no posto de vigília. Mais uma vez, ela pensou na sua ingenuidade, achando que conseguiria fugir. O carro se pôs em movimento novamente e logo eles adentraram a cidade. O deslumbramento de minutos atrás passou, fazendo Carol voltar à sua ansiedade, repensando tudo o que diria, mas sua mente não ajudava, estava nervosa demais.

Sentiu que o carro diminuía a velocidade e novamente seu coração descompassou. Se ela tivesse que fazer alguma coisa, deveria fazê-lo logo, mas precisava manter a calma para poder executar seu plano. Carol percebeu que apertava o buquê entre os braços com mais força do que o necessário, quase o estrangulando. Sentiu novamente seu estômago dar os primeiros sinais de ansiedade, e pensou, já sentindo seu sangue gelar, se estaria disposta a tentar correr novamente.

CAPÍTULO 5

Ali Chaszamar

Ali abriu os olhos lentamente e, como sempre acontecia após seus sonhos, acordou frustrado, desejando tornar seu sonho realidade. Tocou os lençóis e quase podia sentir a areia sob seu corpo, a aspereza em sua pele... Precisava fumar. Caminhou pelo quarto grande e vazio, tentando acalmar seu peito, louco de saudade. O cheiro que acompanhava cada sonho impregnava o quarto. Era impossível permanecer ali dentro.

Sentou-se na sacada que dava para o jardim, olhando as estrelas pálidas que cintilavam ao longe, ofuscadas pela poeira que pairava no ar. Ficou ali até que os primeiros raios de sol riscaram o céu com cores variadas...

O valor de um rei está no poder! O poder está no dinheiro! Tenha dinheiro e terá tudo, de todos!

Quase podia ouvir a voz de seu pai dizendo isso... Palavras que sempre odiara, que, para ele, não cabiam para o posto de governante. Ter tudo... O que significava isso na visão de seu pai? E agora lá estava ele usando o dinheiro de seu pai para conseguir o que queria. Balançou a cabeça com pesar, mas agora era tarde. Apesar de temer as implicações do que vinha fazendo, ele levaria até o final; não ignoraria a tortura psicológica que o fizera tomar essa decisão.

Era uma pessoa realista, e reencarnação nunca fizera parte de suas crenças. Acreditava naquilo que podia ver, sentir, tocar e nada mais. Acreditava no que a ciência podia explicar, nos fatos físicos. Para ele, tudo tinha uma explicação científica, e se prender a fatos paranormais era coisa de mente ignorante.

Ele era religioso dentro das normas de uma família muçulmana, mas nada ao extremo, afinal não encontrava muito tempo para ser um devoto fanático, e nem pretendia, mas tinha suas raízes, e fazia do Alcorão seu guia espiritual, jurídico e político.

Tudo ia bem até que começou a ter aqueles sonhos...

Sonhos parecidos, com a mesma mulher, e uma sensação de plenitude e saudade quando acordava.

Saudades de alguém que não conheço, que nunca vi... Será possível?

A curiosidade de saber quem era ela e o que fazia nos seus sonhos era grande, mas não se incomodou até que aqueles mesmos sonhos se tornassem insistentes demais. Tudo lhe causava estranheza, o fato de todos se passarem na praia, a certeza de que conhecia aquela mulher como conhecia a si mesmo, a saudade e a necessidade de sentir a vibração da presença dela, o som da respiração, da voz, do riso... Mas, como os sonhos em si já eram estranhos, ele acreditava que só podia ser loucura.

Mas, antes que percebesse, toda essa loucura começou a atrapalhar sua vida, seus relacionamentos. Afastou-se de suas esposas, passou a dormir em seu próprio quarto, temendo que algum sonho pudesse ser revelador demais e ele se tornasse alvo de piadas. Elas percebiam que havia algo de errado; Zhara o questionara se sua falta de interesse se devia ao fato de ter se apaixonado novamente, se ele se casaria novamente... Mas ele nada pudera responder. O que diria? Como explicaria que desejava uma mulher que nunca vira, que nem sabia se existia, que habitava apenas sua insanidade?

Como muçulmano, poderia ter até quatro esposas; como rei, poderia ter quantas quisesse, já que dispunha de condições para lhes dar conforto.

Mas ele já decidira que três esposas eram o suficiente. Elas eram belas, jovens e podiam corresponder aos interesses internos do palácio.

O interesse interno correspondia à continuidade da linhagem de sua família, que agora se depositava em suas mãos; sendo ele o último, deixar um herdeiro era primordial. Precisava imortalizar o nome da família de seu pai... E Azim ansiava pelo momento em que uma das esposas lhe desse a notícia. Mas isso não acontecia, e a frustração de alguns também era motivo de exultação para outros, que assistiam a tudo em silêncio.

E foi então que começaram os sonhos... e ele conheceu Zhara. Os grandes olhos esverdeados em muito se assemelhavam aos que o assombravam; a pele clara, a doçura nos gestos... Ele se apaixonara. Talvez sua insanidade tivesse sido curada.

Então seu quarto casamento foi anunciado, com todas as pompas que um casamento real pedia, e a paixão que ele torcia que durasse se fora tão rápido quanto chegara. Ele estava vazio novamente, e os sonhos com aquela mulher desconhecida voltaram a assombrá-lo.

Tentando compensar seu desinteresse, dava às quatro esposas todo o conforto e regalias possíveis.

Ele jurou não se casar novamente, e, se fosse possível, mandaria cada uma delas de volta às suas famílias, o que era bem tentador para ele naquele momento. É claro que esse ato envolveria muito mais que política, então toda essa situação se arrastava e ele não ousava contar nem mesmo a Azim, seu fiel braço direito e amigo.

Seus sonhos se tornavam mais reais e repetitivos a cada dia. Chegava a ter o mesmo sonho várias noites seguidas, e não conseguia pensar em mais ninguém que não aquela bela mulher. Ela se tornou uma obsessão e ele passou a desenhar aquele rosto, pensando que, talvez mais familiarizado com ele, pudesse se lembrar a quem pertencia, talvez fosse de alguém que já havia cruzado seu caminho em algum momento de sua vida.

Depois de vários rascunhos, e usando o pouco talento de que dispunha, transferiu aquele desenho aos poucos para uma tela, até que não havia dúvida.

Ela era real... E ele não fazia ideia de quem era ela!

Sem que ninguém soubesse, procurou por um neurologista, que, após uma infinidade de exames, e de ouvir atentamente toda aquela loucura, acabou lhe indicando um psiquiatra que o avaliaria melhor, já que o problema não era físico.

Passou por novas consultas, exames, em que se constatou que ele não era louco. Mas junto dessa constatação veio a frustração. No fundo, ele preferia a loucura, que ao menos era tratável e ele poderia controlar.

Psiquiatras trabalham com as consequências de um passado difícil, uma infância frustrada, e ele se viu narrando fatos dos quais nem se lembrava mais. Seu relacionamento com seus pais foi avaliado, principalmente comigo – sua mãe –, e isso acabou por irritá-lo, já que eu havia morrido muito antes dos seus sonhos começarem.

Depois de meses sem resultado, ausentando-se mais que o normal para as consultas, e ouvindo rumores cada vez piores sobre suas ações, decidiu encerrar aquela questão e tentar conviver com sua nova realidade. Antes que ele saísse do consultório, após sua última consulta, o médico discretamente indicou um amigo, especialista em hipnose e regressão.

Não vou! Isso tem que acabar!

O que leva um homem com dinheiro e tudo o que precisa para ser feliz procurar em um sonho a realização de algo que desconhece?

Loucura!

Era isso que diriam, e ele sabia disso... Ninguém entenderia, pensariam que ele estava louco. Era assim que ele percebia, e era assim que todos perceberiam...

Já parou para pensar como o sentimento é solitário?

Diferente da emoção, que podemos compartilhar e até dividir, não podemos transferir o sentimento, ele é único de quem o sente.

Frente a frente com o especialista, e ciente das implicações de seu ato, explicou seu problema e toda a maratona que fizera até chegar ali. Ocultou seu nome e quem realmente era, deixando que o especialista em questão acreditasse que se tratava de um milionário excêntrico. Isso explicaria o segurança do lado de fora, que, apesar de ter de acompanhá-lo, não fazia ideia do que se passava.

Além de Hafez, que era seu guarda-costas pessoal, Azim o forçava a levar pelo menos mais um segurança quando saía, mas ele normalmente saía sem que o vissem, e apenas Hafez o seguia. Ali sabia que Hafez relatava tudo a Azim, afinal era seu trabalho, mas ignorava; naquele momento, só queria respostas...

A hipnose é uma ferramenta muito utilizada para ajudar a encontrar a causa de problemas emocionais, como fobias, depressão, obsessão, pois busca no inconsciente a causa, e é uma forte aliada na cura. Apesar de causar assombro na maioria das pessoas, não há nada de misterioso ou paranormal nessa técnica.

Com o paciente deitado confortavelmente, os olhos levemente fechados, primeiro é necessário concentrar-se na respiração. Inspirando e expirando, libera-se cada vez mais a tensão.

O médico pediu que ele visualizasse seus músculos relaxando, gradativamente, começando do rosto e descendo até os pés. Pediu que visualizasse uma luz forte e branca dentro de sua cabeça, e que aos poucos essa luz fosse ocupando cada parte do seu corpo, novamente começando da cabeça e terminando nos pés. Ali sentiu um leve relaxamento em seu corpo, semelhante à dormência do sono; sentiu seu corpo se fragmentando, e a voz do médico começou se distanciar...

"Meu corpo flutuava acima da areia branca, sentindo a claridade daquele céu que me causava uma sensação de saudade, confundindo a minha visão. Viajei um pouco mais, sempre tendo, para meu deleite, aquela imensidão de praias brancas ao fundo. A água que molhava as areias brancas, e que eu quase conseguia tocar, eram incrivelmente azuis, mas iam clareando drasticamente até se tornarem espumas brancas a se confundirem com a areia. Era como se eu tivesse adentrado outro mundo, algo que eu não conhecia, mas, ao mesmo tempo, era como se eu conhecesse, como se tudo aquilo me fosse familiar... Aspirei fundo, enchendo meus pulmões com aquele ar morno, deliciosamente perfumado. O céu riscado de cores variadas parecia ter sofrido a travessura de alguma criança de posse de uma aquarela.

Avistei logo à frente duas silhuetas altas e bonitas, destacando-se sob o fundo branco. Deixei meu corpo descer suavemente, ainda sem saber como conseguira aquela proeza, e, receoso, caminhei devagar, atento se seria percebido.

A distância parecia não diminuir, e, como num sonho, meus passos pareciam não surtir grande efeito. Caminhei com afinco, já sentindo as dores nas pernas, comuns a esse esforço, e, à medida que me aproximava, percebi que era um casal. Conseguia ouvir suas vozes, como zumbidos, ainda distantes. Forcei meus ouvidos, com a curiosidade se fazendo mais forte, e foi quando senti aquele perfume...

Sem saber como, reconheci a mulher, e já quase nem conseguia respirar, talvez pela emoção ou pelo cansaço que já trazia comigo.

Ela chorava, e seus soluços aceleraram meu coração. Tentei dizer algo, mas ninguém me ouvia. O homem ao seu lado tentava consolá-la, dizendo palavras doces que eu ainda não era capaz de entender. Antes que eu me aproximasse por completo, reconheci a mim mesmo parado, consolando a mulher que soluçava.

Meu sangue gelou e senti a visão quase que me abandonar. Não era eu, mas ao mesmo tempo era... Procurei algo em que eu pudesse me segurar, mas constatei que não havia nada, além da areia, do mar e dos estranhos conhecidos parados à minha frente.

Respirei fundo, me recompondo, e avancei alguns passos. Agora eu tinha certeza de que não poderia ser visto, pois a distância que me mantinha oculto já não existia, e eu era capaz de entender e ver tudo, sem com isso ter chamado a atenção sobre mim.

Ele/eu tocava o seu rosto molhado e a olhava com adoração, dizendo o quanto a amava, o quanto sentiria sua falta.

Só percebi que mantive minha respiração presa durante o tempo em que estive preso àquela cena quando esvaziei dolorosamente o ar que trazia nos pulmões.

Os dois se afastaram abraçados e eu ainda os acompanhei de perto, mas percebi que eles se afastavam rapidamente, e, como um jato de luz que ofuscou minha visão, eles desapareceram diante dos meus olhos."

Ali abriu os olhos assustado, segurando com força o braço da cadeira, e encontrou dois olhos tão assustados quanto ele a observá-lo. O especialista nunca havia presenciado uma regressão com tantos detalhes logo na primeira seção.

Não havia dúvida alguma...

Não havia dúvida para ele, acostumado ao ofício, mas poderia haver para aquele homem, que, descrente, esperava a confirmação da sua insanidade, e o milagre que alguns medicamentos poderiam fazer.

O especialista respirou fundo e deu o diagnóstico. Estava ciente de que não era o diagnóstico esperado; sabia desde o início o que aquele homem poderoso viera buscar.

Ali não estava louco, aqueles sonhos eram encontros espirituais, e a regressão vivida eram lembranças de sua intervida, ou seja, sua vida espiritual antes de reencarnar. Ele apenas precisava se convencer disso...

Todos os Espíritos são criados num ponto zero, ignorantes como uma criança, e, em mundos infinitos, vão vencendo os desafios e evoluindo, mudando de forma, aprendendo e amadurecendo. Na Terra, ao longo de várias e sucessivas encarnações, o Espírito vai passando por todos os estágios da natureza até chegar ao estágio *hominal*, onde, já raciocinando, busca evoluir através da interação com outros Espíritos, exercendo a caridade, expiando vícios e falhas de outras vidas.

Cada Espírito traz gravadas dentro de si, desde a sua criação, as Leis Divinas, ou seja, o discernimento entre o bem e o mal, mas, dotado de livre-arbítrio, ele pode escolher entre seguir essas leis ou não. Dessa decisão resultam suas expiações em diversos mundos, inclusive a Terra. O sofrimento, ao contrário do que nossa curta e ignorante vida terrena acredita, é uma benção, e suportá-lo sem questionar é nosso dever, dada a verdade de que quase sempre somos nós os responsáveis por ele.

A cada encarnação, a alma evolui e aprende um pouco mais sobre bondade, tolerância e caridade, eliminando, assim, os maus hábitos, ou vícios.

Algumas almas, por comprometimento e afinidade mútua, estão sempre se encontrando, e quando eventualmente se separam, devido à necessidade da reencarnação, são atraídas umas pelas outras, reconstruindo na vida carnal o que foi interrompido.

Quando desencarnam e retornam ao lar que haviam construído, dão seguimento ao processo, até que se faça necessária uma nova vinda à Terra, a outro mundo, ou, ainda, a passagem para um nível superior.

A vida espiritual é a vida normal do Espírito, primitiva e eterna; a vida corpórea é transitória e passageira, é apenas um instante na eternidade.

As almas são intergalácticas, e podem habitar, em diferentes estágios da sua evolução, outros planetas, como Saturno, Vênus e Júpiter. Existe um infindável número de mundos habitados, e apenas os evoluídos têm conhecimento da vida em outros mundos; na maioria dos mundos, seus habitantes não tomam conhecimento dessa verdade, chegando a descrer. A forma física dos outros seres pode variar dependendo do planeta em que habita e de sua geologia. Um planeta formado de matéria orgânica como o nosso, por exemplo, só pode abrigar seres semelhantes, assim como um planeta onde a vida orgânica não poderia sobreviver, devido às condições adversas, dará abrigo a espécies de matéria menos densa. O grau de evolução também influi na matéria do Espírito, mas, por serem seres do mesmo Deus, os princípios morais são parecidos, e estão, assim como nós, em constante aprendizado, aperfeiçoando-se e expiando com o intuito de se aproximarem do Pai. Há mundos apropriados aos diferentes graus de avanço dos Espíritos. Quanto menos adiantados, mais pesados e materiais são seus corpos, assim como, quanto mais se aproximam da perfeição e da pureza, mais leves e resplandecentes se tornam. A Terra está entre os mundos mais atrasados, mas ainda não é o pior. O Espírito pode habitar vários mundos ao longo de sua jornada; assim como habita a Terra, pode habitar outro planeta e vice-versa, dependendo do estágio do seu desenvolvimento ou, ainda, da sua missão. A crosta terrestre, como é chamada a parte da Terra em que os Espíritos encarnados habitam, é apenas um entre centenas de milhares de espaços habitados.

Algumas almas se perdem pela vida, mas em algum momento se encontram, afinal são eternas. Graças à bondade do Pai, não nos é dada a capacidade de lembranças, já que não tornaria verdadeira nossa jornada; se soubéssemos o que realmente viemos fazer aqui, qual nossa missão, nossos desafetos, seria fácil seguir esse caminho, seríamos influenciados por sentimentos já "enterrados", e não é essa a intenção. A ignorância torna nossas atitudes verdadeiras; sem esse esquecimento, todo o trabalho não teria valor, seria muito fácil fingir, e o que vale para Deus é a intenção sincera, e não o ato em si.

Algumas almas reencarnam com algum tipo de lembrança, *flashes* de outros tempos, que muitas vezes podem vir em formato de sonho.

Espíritos simpáticos são atraídos uns pelos outros, e esse é o motivo da afinidade que algumas pessoas nos inspiram, sem nem sabermos ao certo de onde vem esse sentimento. São as almas gêmeas, irmãs, afins ou, ainda, os relacionamentos de resgate, que são a maioria entre os que vemos no mundo. Quando o Espírito vai encarnar, se ele for consciente da sua responsabilidade perante a vida, ele mesmo traça um plano de sua nova existência, algo que ele julga ser capaz de cumprir e que o beneficiará quando retornar ao lar espiritual. Nesses planos são escolhidos também os Espíritos com quem irá se encontrar, ajudar, conviver...

São dívidas que adquirimos com esses Espíritos em outras vidas, resgates que precisamos executar para tornar válida nossa vinda. Infelizmente, o plano carnal é viciante, e só se tem consciência disso vivendo esses vícios. Aqui, tudo se corrompe, e até um bom Espírito pode sucumbir aos maus costumes. Quando um Espírito falha na sua missão de resgate, só se dá conta disso no seu retorno, então, envergonhado diante dos Espíritos amigos e ainda devedor, planeja uma nova vinda à Terra, ou seja, uma nova reencarnação.

Espíritos ainda ignorantes e atrasados quase sempre reencarnam compulsoriamente, sem se dar conta, vão e voltam da carne ao espírito, quantas vezes se façam necessárias, até que o senso de responsabilidade seja despertado e, assim, possam traçar sua estadia aqui na Terra de maneira proveitosa. Nada é regra, cada qual tem uma trajetória única, por isso não existem duas histórias idênticas.

Todos os Espíritos se elevam. A depender da disposição e do trabalho, pode levar mais ou menos tempo. Podem ficar em estado estacionário por tempo indeterminado e inimaginável para nossa mortalidade, mas nunca regridem, sempre progridem, essa é a lei. Todos chegarão um dia ao posto de Espíritos puros, grupo composto pelos anjos e arcanjos.

Espíritos puros muitas vezes se encontram entre nós, vindo como missionários, visando iluminar o caminho e fazer a humanidade avançar. Jesus é um exemplo.

Diante do diagnóstico, um arrepio percorreu todo o corpo de Ali.

O que eu estou fazendo? Isso é uma afronta a Alá! Não serei acusado de trair o Islã.

Ali voltou para casa cansado, com a sensação de saudade mais forte do que nunca. Naquela mesma noite, um sonho diferente o pegou de surpresa. Talvez por ter aberto a porta secreta – onde mantemos em segredo nossa vida espiritual, e não convém a nossa descrença e ignorância olhar –, ele teve uma nova revelação. Nesse sonho, ele caminhava por um campo iluminado apenas pela lua e estrelas, acompanhado da mesma mulher que ele já conhecia. A claridade era tão intensa, que parecia haver mais que uma lua a iluminar aquele momento; estrelas maiores e de maior brilho salpicavam o céu sem nuvens.

Avistou outras pessoas, familiares que os acompanhavam, e canções sublimes que ele não sabia de onde vinham soavam a distância. O ar carregava um perfume de flores misturado ao frescor da noite. Do céu, uma chuva de pétalas de rosas caiu sobre suas cabeças e, quando ele tentou apanhar uma pétala azul que tocou sua face, ela desapareceu como magia.

Naquele sonho, muitos outros detalhes lhe dariam a prova que sua descrença precisava. Se ele pudesse se lembrar de todos os presentes, veria Azim ao seu lado, como o pai amoroso, e Hafez, seu irmão, tão comprometido no seu amor por Carolina...

Mas ele não pôde ver esses rostos... Viu apenas Carolina.

Acordou assustado e levou um tempo até que compreendesse o sonho. Sentou-se na cama e, no escuro, relembrou tudo o que vira, pensando em quão insano um homem pode ser, e quão ardilosa sua mente se revela. Esse mesmo sonho se repetiu em outras noites, como uma torturante continuação já escrita e com a mesma intensidade que ele já conhecia, porém algo novo aconteceu: um nome que passou despercebido a todo seu tormento emocional. Um nome e um sobrenome que ficariam arquivados em sua memória até a hora certa de lembrar.

Acessou a internet e digitou a frase "doutrinas de vida após a morte". Encontrou uma infinidade de informações, mas a que lhe chamou atenção vinha de um país distante: Brasil. Sentiu algo no peito, algo que não conseguia definir. O site falava sobre o crescimento da doutrina dos Espíritos naquele país e falava especialmente de um homem, da tristeza de um país com sua morte em 2002. Considerado o maior médium que já viveu, era um senhor de amabilíssima aparência, como se o próprio bem se personificasse em sua fisionomia de amor. O site falava da sua vida missionária, de sua luta para divulgar a verdade sobre a vida após a morte, assim como do seu empenho em ajudar os semelhantes, sem ambicionar nada para si. Uma verdadeira renúncia de amor, era como a matéria descrevia sua vida.

Ali estava com o coração acelerado, mas não sabia bem o porquê. Alguma coisa dentro dele parecia ter clareado. Chorou como nunca e só conseguia pensar que estava enlouquecendo.

A culpa é minha. Preciso viajar.

Tomada a decisão, comunicou a um relutante e desconfiado Azim sobre sua partida, e, mesmo sem a aprovação do seu fiel amigo, embarcou apenas com Hafez em forçadas e merecidas férias. Hospedaram-se em um vilarejo ao sul de Madri, um local conhecido por pessoas que queriam passar despercebidas. O lugar era discreto, com chalés afastados, sem contato com ninguém. E, como não poderia ser diferente, todos os chalés nas imediações haviam sido alugados sem que ele soubesse, ou assim pensavam. Mas, naquele momento, todo o zelo de Azim não lhe importava, ele até preferia não ter que cruzar com estranhos. Precisava pensar, e a solidão era uma desejada aliada.

Ali caminhava todos os dias à tarde pelas areias da encosta da lagoa, tendo Hafez a uma distância que não o incomodava; ao contrário dos outros seguranças, ele sabia quando se fazia necessária a discrição.

Assistiu a muitos pores do sol, alimentou muitos patos e, em algumas noites, era agraciado pela algazarra que macacos faziam, tentando conquistar uma parceira. Os gritos eram tão altos que pareciam pessoas, ou algum animal ferido. Sorriu em silêncio pensando que era assim que funcionava.

Perdemos a cabeça quando o instinto predomina.

Sua fisionomia se entristeceu no mesmo instante; voltava a se lembrar daquela mulher. Fechou os olhos e visualizou suas formas e o cheiro sempre tão presente. Depois de adormecer por um tempo na cadeira, foi acordado de um sobressalto com aquele nome pronto para sair em palavras.

Carolina Luiz Albertini!

Ali assumira o trono há cinco anos, quando seu pai falecera. Antes disso, nunca havia pensado em comandar um país, por menor que fosse, já que renunciara ao trono para que seu irmão, Ahmed, assumisse. Esse foi um dos motivos de ter ido embora, seu pai não aceitava que ele renunciasse, mas Ahmed era mais qualificado, mesmo sendo um ano mais novo que ele... Seu pai havia se casado três vezes, mas somente uma das esposas ainda estava viva. Ali possuía três irmãos, mas somente ele e Ahmed chegaram à vida adulta.

Seu povo era, em sua maioria, pobre e analfabeto; as escolas eram precárias, quase não havia professores e o desinteresse da população pelo ensino só piorava essa situação. Ali achava um absurdo haver tanta riqueza dentro daquelas paredes, quando pessoas passavam fome, aglomeradas em barracos que aumentavam na mesma proporção que as escolas esvaziavam e os empregadores abandonavam o país.

Seu pai parecia alheio ao sofrimento das pessoas; seu lema era "ostentar para conquistar". Ele dizia que o poder de um rei fazia toda a diferença quando se tratava de negociar com países do ocidente. Hoje, Ali concordava em partes com isso; sabia que, quanto mais pudesse ostentar, mais fácil seria negociar, mas ainda assim cortara muitos gastos desnecessários, a começar pelas centenas de fontes espalhadas pelos jardins e dentro do palácio, que eram ostensivamente caras. Além disso, vendeu o iate, os carros esportivos da coleção particular de seu pai, e cortou também as festas absurdas e as regalias de alguns membros do gabinete. O hospital da cidade precisava de aparelhos novos, e doações eram sempre bem-vindas, mesmo que anônimas. Se pudesse, Ali venderia tudo e doaria para a caridade, só para ver a cara de algumas sanguessugas que já haviam se habituado a ter boa vida à custa da pobreza da maioria. Essas atitudes o puseram em uma posição desconfortável, e deixaram alguns desses membros em constante vigília.

Ali vinha de uma linhagem antiga de sultões, mas não compartilhava das mesmas extravagâncias. Sempre julgara seus quatro casamentos o ato mais ousado de sua vida. Um de seus antepassados, um homem insano a seu ver, mandou destruir todos os palácios do país, para que não houvesse nada que pudesse competir com o que ele tinha em mente. Um palácio, criado a partir de suas fantasias, que seria o mais belo dentre todos. Ainda de posse de sua insanidade, construíra um imenso reservatório de água apenas para regar os jardins reais, que ocupavam uma área maior que muitas cidades, tudo isso para servir de lazer às suas duzentas esposas. O palácio há muito se fora, os jardins foram enterrados pela movimentação das areias durante os milênios, mas ainda hoje ele é cultuado por muitos como o maior dentre todos os reis.

Com tristeza, Ali pensava que não era o caráter que definia um bom governante. Quanto maior a obra, maior é a marca que se deixa no tempo, independentemente do número de pessoas que são afetadas por esses atos extremamente egoístas.

Ele se perguntava se não estaria prestes a cometer sua parcela de insanidade, arriscando coisas valiosas em busca de um sonho adolescente. Talvez estivesse nos genes e só fora despertado agora.

De volta das férias que não surtiram o efeito que ele desejava, sua obsessão ganhou a batalha, não havia mais como recuar. A diplomacia e a influência foram armas pesadas no arsenal usado para localizar aquela que, de concreto, ele só tinha um nome. Mas ele tinha um país ecoando na sua mente, e foi por ele que sua busca começou...

Brasil!

Centenas de mulheres com o mesmo nome, listas infindáveis, dezenas de noites insones e lá estava ela... Carolina Santana, nome que adotou depois de casada. Carolina Luiz Albertini, filha de Otacílio Albertini e Maria Eugênia Luiz Albertini. Estava tudo lá... Informações que não acabavam mais, de prontuários médicos a históricos escolares. Seu prontuário médico revelou um passado triste, que resultou em sequelas físicas e emocionais.

Minha pobre pequena...

Era casada com André Vidal Santana.

Então enviou Azim para que colhesse novas informações, fotos e tudo o que conseguisse. Talvez com uma boa quantia em dinheiro ela aceitasse passar uns dias com ele, e assim ele poderia se cansar dela como sempre acontecia com as outras mulheres.

Azim permaneceu no Brasil por três meses, o suficiente para que acumulasse um número satisfatório de dados. Cinco pessoas de confiança ficaram encarregadas de espionar nos meses que se seguiriam, assim poderiam mantê-los informados se alguma mudança ocorresse.

Mas o feitiço sempre se volta contra o feiticeiro, e ele acabou caindo em sua própria armadilha, pois, com todo aquele material, agora se via cada vez mais envolvido.

Aquele rosto que o assombrava em seus sonhos era real, tinha uma vida, e isso o deixava com uma sensação plena de felicidade.

Mas como ele lidaria com a diferença de cultura? Ele nunca havia convivido tão profundamente com esse tipo de mulher independente, e tinha medo de não saber como lidar. Precisaria se impor... Mas ela aceitaria? E se não aceitasse? Em seu mundo, as mulheres eram respeitadas como companheiras, mas não possuíam sonhos grandiosos de realização pessoal; as que tinham, se anulavam quando casavam e constatavam que teriam de dividir seu marido com outras mulheres.

Ali olhou a foto e, surpreso, pensou que não desejava ficar apenas alguns dias com ela. Alguma coisa dentro dele havia despertado, e aquela estranha nunca lhe pareceu tão familiar. Queria ela para sempre ao seu lado, queria dividir seu mundo, partilhar com ela seus sonhos, seus medos. Queria sentir seu cheiro quando acordasse pela manhã, e quando fosse dormir a noite, queria conhecer seus maiores sonhos e seus piores pesadelos. Simplesmente a queria... Queria e a teria, mesmo que precisasse renunciar a tudo.

Caminhou até o cofre; dentro dele, havia uma pequena caixa preta entre os documentos, que estava ali há décadas. O anel que pertencera à primeira genitora da dinastia de que Ali descendia; ao menos fora o que crescera ouvindo. Aquele anel nunca ornara o dedo de nenhuma das esposas de seu pai, talvez nem de seu avô... Era uma relíquia sem vida, sem amor, apenas de nomes e tradições. Ali soltou um suspiro ao olhar o diamante azul ovalado de oito quilates, emoldurado por vinte e dois minúsculos diamantes, que trazia o brasão de sua família em ambos os lados do anel, incrustado no ouro branco. Sorriu brevemente e um calor gostoso invadiu seu peito; agora aquele anel teria uma função verdadeira, ele ornaria o dedo da mulher que sua alma escolhera...

Junto com Azim e Hafez, começou a ter aulas de português, o que foi fácil para ele. Apesar de ter um pouco de dificuldade na enorme variedade e formas de se conjugar verbos, ele tinha vivido algum tempo em Portugal quando estudava na Europa, e estava familiarizado com o idioma, que era bem parecido com o espanhol, o qual ele dominava com perfeição.

Hafez foi treinado para a delicada tarefa que teria daquele dia em diante. Seria o encarregado da segurança pessoal de Carolina. Aprendera técnicas de imobilização usando o mínimo de violência possível, técnicas de sedação, ressuscitação e primeiros socorros.

Ali sabia o que faria, mas não sabia como. Foi durante uma conversa com um diplomata de um país ocidental que lhe veio a ideia:

– As leis são diferentes dentro dessas paredes – disse o diplomata. – Você e seus antepassados sempre estiveram e estarão imunes aos códigos de conduta que a sociedade prega. Podem ter a mulher que quiser, basta apontar o dedo – continuou o diplomata.

Esse comentário foi feito sob circunstâncias alheias a todo o seu dilema, mas já começava a ganhar forma em sua mente. E novamente ele pensou em seu pai: "Tenha dinheiro e terá tudo, de todos...".

Ignorou aquele pensamento e o peso em sua consciência. Com a cumplicidade de Azim e a lealdade dos seus guarda-costas, Hafez e Hanrier, a aventura começou.

O anúncio do seu quinto casamento não surpreendeu a todos. Ainda corriam os boatos de que ele estaria apaixonado, então seria natural que ele se casasse. Todos no palácio foram poupados de detalhes adicionais, apenas sabiam que era uma estrangeira e que chegaria às vésperas do casamento, e, como era de praxe, fora obrigado a dar uma festa tradicional e cara.

CAPÍTULO 6

O casamento

O carro passou por uma entrada onde homens armados perfilavam e circulou uma rampa larga que descia ao subsolo. Carol foi amparada pelas mesmas mãos de sempre. Seus olhos tentaram entender tudo o que via, mas estava difícil assimilar. Era tudo tão grande, alto e rico nos menores detalhes.

Após subirem uma escada, adentraram um enorme espaço iluminado por lustres tão finos quanto os que vira no palácio, e atravessaram um corredor que parecia feito da mais cara e imaculada porcelana branca. Tetos, chãos e paredes, tudo era feito com um material desconhecido para ela, mas que lembrava porcelana. O teto também lhe chamou a atenção, pela altura e quantidade de pequeninas lâmpadas dispostas ao longo dele, praticamente encravadas no impermeável branco.

Acorda, Carolina, pensa no que você vai dizer! Concentre-se! Esqueça o luxo!

Sua certeza de que aquela era a oportunidade de acabar com tudo aquilo começou a se dissipar quando ouviu um alarido de vozes e outros sons que não identificou de imediato.

Ela foi levada a uma sala ricamente mobiliada e decorada com flores. Ainda podia ouvir as vozes e parecia estar em algum evento esportivo. Uma música tocava, e várias moças foram entrando, todas vestidas da mesma forma, com roupas coloridas adornadas por pingentes e véus. Traziam nas mãos acessórios coloridos que Carol não conseguiu identificar, e foi somente nesse momento que ela entendeu o que estava acontecendo.

Todo aquele barulho, as vozes, eram os convidados para o seu casamento!

Como você é estúpida, Carolina! Pensou que iria até um cartório e assinaria alguns papéis?

Quase gemeu concordando... Lembrou-se de algo que Azim dissera, de como o casamento do rei era um grande acontecimento, de como o país estava em festa... Quis chorar.

Pelo som, deveria ter centenas, talvez milhares de pessoas esperando. Sentiu suas pernas fraquejarem e sentou-se em uma poltrona. Quis argumentar, procurou Azim com os olhos, só ele poderia ajudá-la, se é que havia essa possibilidade.

– Por favor, eu não posso continuar com isso, me deixa ir embora. – Já estava à beira das lágrimas quando ele lhe trouxe um copo com água, que ela agradeceu e bebeu de um gole só. Aquela água estava estranha, e ela fez uma careta, sentindo o amargo percorrer seu corpo em um tremor.

Alguém tentava consolá-la, segurando suas mãos e dizendo palavras ininteligíveis, outro alguém retocava seus olhos, que ameaçavam borrar por conta das lágrimas.

De repente sua cabeça começou a ficar leve, e as vozes foram se distanciando, como se seu corpo se afastasse dali.

Sentiu alguém segurando seu braço, forçando-a a ficar em pé. Sentiu outra pessoa apertando sua cintura e tinha quase certeza de que havia alguém embaixo da sua saia, puxando daqui, esticando dali.

Fazia cócegas e ela ria. Sentia uma leveza por todo o seu corpo, como se os seus sentidos estivessem coloridos. Tudo ganhara uma tonalidade nova, os sons pareciam sólidos e as cores tinham perfume.

Estou sonhando novamente...

Estava sonhando?

Estava caminhando...

Um homem a esperava no final do tapete.

É ele!

É ele, Juliana! Estou caminhando para ele... Não suma, fique aí, senhor dos meus sonhos pervertidos!

Ele está sorrindo, Juliana, agora posso ver o rosto... Vou memorizar para te contar quando acordar...

Acordar? Não quero acordar...

Uau, quanta gente! De onde saiu tanta gente?

Que sonho animado! Diferente dos outros...

Por favor, não vá fazer perversões comigo perto dessas pessoas...

Estou ouvindo música... E muitas mulheres dançando...

Pingentes coloridos se movendo freneticamente...

De onde vocês saíram? Esse sonho é meu, suas oferecidas!

Vão embora! Vão! Deixem o bonitão para mim!

Ele está estendendo a mão para mim... Uau! Ele é um belo exemplar de homem, Juliana... Alto, moreno e, uau... Mãos grandes, amiga... Ui!

O que você tem feito comigo nos sonhos, senhor lindo?

Não consigo parar de sorrir. Estamos andando entre as pessoas, todos me olham... As pessoas conversam alto, conversam muito e eu não entendo nada!

Eu não consigo parar de sorrir, amiga...

Meu rosto dói, e eu não paro de sorrir!

Estou dançando, rodopiando, o cheiro dele é estupendo... Indescritível!

Amiga, ele está me beijando, sua boca na minha, todos nos observam, e eu descobri que não me importo, quero continuar o beijo...

Estamos sentados, ele segura minhas mãos e as beija...

Estou apaixonada por ele, Juliana... Como pode ser? É só um sonho...

Ele me olha, seus olhos atravessam minha pele, despertam tudo dentro de mim. Depois vou te contar sobre os olhos. Lembre-me de falar sobre o olhar dele.

Quando acordar eu te conto...

Não quero acordar...

Tenho sono... Vou voltar a dormir...

Quero continuar sonhando...

Ele a aconchegou um pouco mais, enquanto ela dormia calmamente, ainda sob o efeito da droga. Tocou suavemente todos os traços daquele rosto que conhecia tão bem, agradecendo por ela dormir e ele conseguir adiar um pouco mais a hora do confronto. O momento estava chegando, o carro se aproximava do palácio...

Seu único temor naquele momento era a reação daquela mulher, que dormia, alheia a todas as suas dúvidas e medos.

Ela o aceitaria? E se não aceitasse?

Ele teria coragem de tomá-la à força?

Ele precisava consumar o casamento...

Allah yahmini.

Ali suspirou e olhou as ruas cúmplices de sua vida, ciente de que fizera a escolha certa.

Ela moveu a mão pelo peito dele e subiu pelo pescoço, chegando ao rosto, onde deslizou suavemente, sem abrir os olhos. Ali se surpreendeu, mas deixou que ela o sentisse; e ela parecia buscar algo nele, no rosto dele, em cada curva... Ele segurou a mão dela e a fez deslizar suavemente pelo seu próprio rosto, deixando que ela o visse. Nessa hora, Carol abriu os olhos e ele prendeu a respiração. Ela o olhava, ela o via... Mas Carol sonhava, era um sonho doce, em uma areia branca... Ela sorriu levemente e sussurrou:

– Você está aqui... Finalmente eu te encontrei, meu amor... Eu te amo tanto, meu Carik...

Ela voltou a fechar os olhos e Ali meneou a cabeça sem entender.

Carik?

Surpreso, ainda tentando entender o significado daquelas palavras, ele aproximou o rosto do dela. Carol entreabriu os lábios, respirando próximo da boca dele, e aquele cheiro... Era o mesmo que ele sentia sempre que acordava de seus sonhos. Aquele cheiro que permanecia em seu quarto tomando tudo, e naquele momento era o que mais o embriagava.

O cheiro que emanava da pele, do cabelo e da respiração dela deixava seu corpo todo desperto, como nunca se sentira em sua vida.

Estou vivendo um sonho, não pode ser real.

Carol sentiu o solavanco do carro em movimento enquanto sua cabeça descansava em um colo macio. Sentiu seu corpo ser carregado gentilmente, sem, no entanto, saber onde estava. Aos poucos foi reavendo sua consciência e percebeu que sua cabeça recostava em um pescoço. Podia ouvir a respiração suave, e então, como em um passe de mágica, reconheceu o perfume e um *flash* das últimas horas passou pela sua cabeça.

Não conseguia se mexer. Cada célula de seu corpo vibrava. Seu inconsciente desmaiara, havia tomado todas e mergulhado sua negatividade em um confortável travesseiro de cetim, ela não conseguia raciocinar.

Meu Deus, quem está me carregando?

Flashes das últimas horas atravessavam sua mente, num turbilhão de imagens e sensações que não conseguia distinguir o real da fantasia.

Oh, Cristo! O casamento...

Pessoas, risos, o beijo, a dança, aquele homem bonito...

Oh, droga!
E as vozes... Muitas vozes que ela não entendia.
Oh, merda!
Ela estava atordoada. Sua realidade envolta em sonhos, sua coerência e lucidez trancadas em algum lugar de difícil acesso dentro de sua cabeça naquele momento.
Falar lhe pareceu impossível, mas ela nem ousaria. Estava apavorada!
Sua cabeça ainda descansava no pescoço dele. Ela tentava não se mexer, tentava não respirar, ignorando o quanto seu corpo precisava de oxigênio naquele momento, sentia cada fibra do seu corpo tensionada ao máximo. Sua respiração já começava a perder o ritmo e teve medo de que ele percebesse que estava desperta, que seu coração a traísse, que suas batidas a denunciassem... Uma onda de excitação tomou conta do seu corpo como nunca julgou possível, sabia exatamente para onde estava sendo levada, e tinha a leve sensação, pelo peso que sentia no seu dedo esquerdo, de que havia se casado naquela noite.
Oh não! Não, não... Deus, não!
Por uma frestinha dos olhos viu que ele pisava sobre o tapete de pétalas por onde ela passara. Viu também outros pés caminhando ao lado, pés de homem em sapatos caros; eles estavam se aproximando do seu quarto...
Carol sentia os braços dele ao redor de seu corpo, sustentando seu peso, o calor da pele dele irradiando pela sua... Aquilo era tão íntimo e perturbador.
Por que estava sentindo aquilo? Ela estava em pânico! E se ele a quisesse? E se tivesse que consumar o casamento? E se precisasse de testemunhas? E se os seguranças entrassem junto? Deveria ceder? E se não cedesse? O que eles fariam?
Deus, não! Meu Deus, eu quero morrer! Posso morrer agora? Por favor!
Ela foi delicadamente colocada em sua cama, e ouviu o som da porta sendo trancada.
Silêncio.
Apenas o som do seu desajustado batimento cardíaco ecoando pelo seu corpo.
Talvez ele tenha ido embora, talvez o casamento não seja de verdade, talvez...
Antes que pudesse se regozijar com suas suposições e respirar aliviada, ouviu uma movimentação perto e sentiu o peito descompassar.
Ah, droga!
Agora não tinha mais jeito, sabia que sua respiração já a denunciara.
Respirou fundo e usou toda a dignidade que ainda lhe restava, ao menos até aquele momento, para enfrentá-lo. Sentou-se na cama e olhou para ele. Sua frágil dignidade durou menos de dois segundos.
Ela tinha a nítida sensação de estar de boca aberta, usando de todo o seu autocontrole para não engasgar na própria saliva.
Cadê seu falante inconsciente quando precisava dele? Naquele momento, a única coisa que conseguia fazer era olhar para aquela figura, que a olhava de volta. Como uma teia invisível, seu olhar estava preso, ela não conseguia tirar os olhos dele. Ao menos ele estava sozinho, e isso era motivo de alívio. Sua dignidade estava resguardada, afinal sua desgraça não seria de domínio público.
O quarto estava sutilmente iluminado pelas luzes do teto, mas, ainda assim, pôde ver com nitidez a pele morena clara, a testa alta bonita e os cabelos que caíam

despreocupadamente sobre ela; queixo quadrado absurdamente másculo, nariz reto, lábios bem delineados, um formato de rosto invejável recoberto por uma barba rente e bem cuidada. Os cabelos escuros, levemente cacheados, que desciam até as orelhas lhe davam um ar angelical. E, sentindo aqueles olhos escuros e profundos a encará-la, percebeu que não conseguiria sustentar o olhar por mais tempo, enquanto seu sangue corria pesado e quente pelas veias.

Ele a fitava curioso e sério em seu traje de casamento, com as mãos atrás do corpo e as pernas levemente separadas, e, apesar da expressão séria, Carol teve a impressão de que ele se divertia de alguma maneira com o seu embaraço.

Ele avançou um passo e ela, como um animal assustado, recuou para um canto da cama, sem conseguir desprender os olhos dele.

Por favor, vá embora...

Chegara a hora de barganhar.

– O que eu preciso fazer pra que o senhor me deixe voltar pra minha casa? É dinheiro? Eu posso conseguir alguma coisa.

Posso?

– Fale o valor...

Quê?

Respirou fundo, não poderia se deixar abater por medo.

Fechou os olhos e respirou fundo novamente. Ficou de joelhos na cama e sentou sobre os calcanhares, sentindo os tecidos da saia se amontoarem ao seu redor. Abriu os olhos lentamente, elevou o olhar e valentemente o encarou.

Ele enrugou a testa e deu um passo até ela, que fez menção de recuar novamente. Ele parou e continuou encarando-a. Ela o olhou de volta já totalmente arrependida.

Cacete, ele é bonito!

Seu coração queria sair pela boca, estava bloqueando sua garganta, mas, usando de suas poucas reservas de valentia, continuava encarando-o, já sabendo que aquela batalha estava perdida. Quem ela queria enganar? Não conseguiria seguir demonstrando coragem. Não tinha coragem alguma naquele momento. Seu coração galopava frenético em seu peito, e o que não daria para sair da mira daquele olhar perturbador?

Deus, me tira daqui...

Ele continuava firme, sustentando seu olhar, e ela percebeu um leve ar de divertimento naquele rosto, como se aquele jogo o divertisse. Sentia-se a indefesa e perdida gazela, prestes a ser dilacerada pelo predador, mas, inevitavelmente, encarando seu fim, encantada, hipnotizada pela presa afiada e pontiaguda que se aproximava da sua jugular.

Suas mãos estavam geladas. Não queria mais seguir com aquilo.

Ok... Agora eu preciso desviar o olhar... Preciso argumentar sem olhar nos olhos.

Abaixou o olhar e resolveu arriscar o pouco do inglês que tanto ensaiara.

– O senhor está me entendendo? Do you understand? Talk to me!

Mesmo assim, ele continuava parado, visivelmente se divertindo com o embaraço dela.

– Inferno! Vai falar comigo ou só ficar me olhando?

Maldição! Quem ele pensa que é?

De repente ela esqueceu seu medo, e o ódio diante de tudo o que ela passara nos últimos dias foi tomando espaço. Carol ficou em pé em cima da cama e começou a soltar todas as verdades que estavam, aparentemente, engasgadas. Esperneou, gritou, praguejou, mas ele continuava impassível, até que, de um passo, ele a alcançou e, enlaçando sua cintura, puxou-a para baixo, fazendo com que ela deslizasse rente ao seu corpo.

Ela soltou um suspiro involuntário e ficou sem reação diante daquela surpresa, enquanto ele retirava os grampos que prendiam a tiara em sua cabeça. Com cuidado, ele desenrolou o turbante e deslizou os dedos pelos fios, fazendo-os caírem macios sobre os ombros dela.

Carol se arrepiou da cabeça aos pés.

Ele, então, deu beijos por todo o seu rosto e falou algo próximo do seu ouvido.

– *Ia albi! Ia euiuni!*

Carol sentiu suas pernas dobrarem; o ódio se fora... Ela não sabe o que a deixou assim, se foi o som da voz dele, a proximidade ou aquelas palavras desconhecidas, mas cada músculo escuro e profundo de seu ventre se esticou dolorosamente, enviando ondas de choques por toda a sua virilha, subindo pela sua coluna, amolecendo suas pernas...

Isso não pode ser real. Por favor, Jesus, me faça acordar... Eu preciso acordar...

Ele acariciou seus longos cabelos e mergulhou o rosto neles, roçando a barba macia em sua pele, enquanto sua boca deslizava suavemente pelo seu pescoço, que reagiu traiçoeiramente, ficando todo arrepiado.

Carol fechou os olhos e sufocou um gemido, agarrando-se aos braços dele para não cair. Ela sentiu o sorriso de satisfação dele em seu pescoço.

Maldito...

Com cuidado e muita agilidade, ele retirou o cinto dela e abriu os botões do corpete, que caiu indefeso no chão. Seu corpo tremia. Carol só conseguia pensar que ele estava tirando sua roupa, estava apavorada, não conseguia reagir, logo estaria nua, e bem sabia onde isso tudo acabaria. O ar entrava com dificuldade em seus pulmões, e, nessa hora, ele sussurrou o nome de Carolina bem próximo ao seu ouvido, e ela realmente pensou que fosse desmaiar. Sentiu um choque percorrer todo o seu corpo e, assustada, espalmou a mão no peito dele, tentando empurrá-lo, mas percebeu que não tinha forças para isso. Puxou o ar pela boca, na tentativa de sorver um pouco mais de oxigênio, e ele continuou beijando seu pescoço, enquanto se livrava de sua delicada blusa. Aquela mão macia e grande deslizou pelas suas costas nuas e abriu sua saia, deixando-a cair pesadamente no chão.

Quando Carol pensou que não fosse conseguir ficar em pé, ele a abraçou e ela deixou seu corpo sem forças se aconchegar naquele abraço. Ele moveu o corpo sensualmente até ela, e ela pôde sentir a ereção dele quase a machucando, a coxa forte se insinuando entre suas pernas.

A sensação do atrito de sua pele nua nas roupas dele chegava a ser inconfessável...

– Oh, por favor...

Ela só foi capaz de soltar um gemido antes de ele tomar seus lábios, e aquela língua desconhecida invadiu sua boca sem a menor cerimônia. Ela lamentou em sua boca, entregue às sensações que dominavam seu corpo, e ele a apertou ainda mais. Sentia a barba macia a cada movimento dele, e o cheiro em meio ao gosto de cigarro naquele hálito era um castigo para seu corpo. Doía, era prazeroso, queria fugir do que estava sentindo, queria se fundir a ele. Como podia sentir tudo aquilo? Nem gostava de cigarros! Alguma coisa estava acontecendo, e era algo muito, muito errado. Na sua cabeça só havia uma certeza. Estava drogada! Entupida de drogas! Beirando uma overdose fatal!

Meu Pai...

Agarrou-se a ele, talvez buscando apoio, ou simplesmente porque seu corpo maldito resolvera traí-la descaradamente e seu cérebro covarde decidira abandoná-la.

Ele a tomou nos braços sem deixar de a beijar e a carregou até a cama. Delicadamente, ele a deitou com a cabeça apoiada sobre as almofadas e retirou suas sandálias, colocando-as com cuidado no chão. Então ele se sentou ao lado dela, tomou suas mãos e a olhou nos olhos. Carol sentiu o peito descompassar e o que viu refletido naquele olhar terminou de colocar todas as suas já abaladas fundações por terra.

Amor, desejo, talvez encanto... Não soube definir.

Ele colocou a mão dela espalmada sobre seu peito, e ela pôde sentir o coração dele batendo forte, confundindo-se com o seu, que ecoava em cada célula.

Carol fechou os olhos e só conseguiu pensar e, com certo embaraço, admitir que o queria. Sim, ela o queria...

Mesmo com os inquietantes pensamentos de que ela era a quinta esposa, de que ele provavelmente já havia feito aquele mesmo ritual sedutor com as outras quatro, ela o queria.

Mesmo sem entender como viera parar naquele mundo, ou ainda na sua certeza de que daria um jeito de fugir, ela o queria.

Mesmo tendo a certeza de que seu corpo não lhe obedecia naquele momento, pois estava sob o controle de alguma droga, ela o queria.

Ele soltou a presilha da cinta, deslizando seus dedos para a borda da meia, e arrastou-a para baixo com as mãos sedutoramente espalmadas por toda a sua perna. Carol fechou os olhos com as mãos abertas sobre a cama e parou de respirar; um som quase inaudível saiu de sua garganta. Ele fez a mesma coisa com a outra meia, e ela sentia seu corpo se contorcer quase em convulsão.

Ele então beijou suas coxas, subiu pela sua virilha e beijou suavemente o rendado delicado de sua calcinha, passando o nariz demoradamente. Ela sentiu a respiração quente dele, bem lá... Gemeu e fechou as pernas, horrorizada ante a hipótese de ele colocar a boca ali. Ele levantou o olhar para ela cheio de desejo.

– Hoje não... Mas teremos todo o tempo do mundo para isso... E eu quero... Ah, como eu desejo isso, Carolina...

Virgem santíssima!

Ela parou de respirar e arregalou os olhos, e então ele depositou outro beijo suave e demorado naquela região sensível. Carol quase enfartou, e seu cérebro, já pouco cooperativo, anestesiou-se um pouco mais. Ela nem conseguia assimilar o que estava acontecendo naquele momento, e ele já decretara que haveria outros dias. E Carol ainda percebeu que ele falava português, envergonhada da quantidade de desaforos e palavrões que havia dito para ele.

Oh, Deus... Puta merda! Socorro!

Ele desceu pelas pernas e chegou aos seus pés, beijando o intervalo de cada dedo e enfiando a ponta da língua suavemente em cada um.

– Seus pés são veneráveis, minha senhora.

Ela se contorceu e gemeu.

Ele sorriu satisfeito.

Maldito...

O sangue circulando pelo seu corpo estimulava partes que ela nem sabia que existiam, e então ele ficou em pé ao lado da cama, sério, sem desgrudar os olhos dela, com aquele olhar que conseguia mover a terra sob seus pés, e, sem pressa, começou a retirar sua própria roupa. Carol não acreditava que ele estivesse fazendo aquilo. O que ele pretendia? Era como se ele estivesse se apresentando para ela, se oferecendo, se exibindo?

Ela engoliu em seco, vendo-o desabotoar a túnica e deixando que ela descesse pelos seus ombros, formando um amontoado de pano aos seus pés. Ele usava uma camisa branca com colarinho mandarim por baixo e, ainda sem desgrudar os olhos dela, desabotoou botão por botão, até que Carol pôde ver todo o seu peito se revelar pela fenda que se formara. Então ele retirou as abotoaduras e, com cuidado, depositou sobre a mesa ao lado. Carol acompanhava cada movimento que ele fazia, como se fosse algum animal selvagem que a qualquer momento fosse desferir o ataque que poria fim à sua vida.

A camisa também desceu pelos ombros e se juntou à túnica no chão. Então ele calmamente se sentou em uma poltrona de frente para ela e retirou os sapatos e as meias, ficando apenas com as calças, que pendiam abaixo da cintura, marcando... daquele jeito... deixando visível aquele caminho de pelos e músculos macios que se esgueiravam tentadoramente para dentro da calça.

Ele caminhou novamente para ela.

Meu Deus... Ele é lindo!

Ele parecia à vontade, completamente dono da situação, e ela estava fascinada, totalmente hipnotizada por aquele belo homem.

Ele era magro, mas tinha todos os músculos definidos, sem exageros, como um belo exemplar de masculinidade.

E, de repente, antes que ela pudesse se recuperar da visão dele sem camisa, ele já estava totalmente nu ao seu lado na cama, olhando em seus olhos, sondando, como raio *laser* invadindo uma armadura... E, diferente dela, parecia à vontade com sua própria nudez e com seu enorme desejo, mais do que evidente, por ela.

Por que ele não estaria? Só você tem essa aversão por seu corpo, Carolina!

Seu inconsciente estava acordado?

Ah, maldito, cale a boca, ninguém te convidou! Volte a dormir!

E ela, já vermelha como um abajur de bordel, não conseguia desgrudar os olhos daquela espetacular ereção.

Ela havia se preparado para reagir ou mesmo para ser possuída à força, e agora ansiava para que ele a tomasse em seus braços, invadisse seu corpo e acabasse logo com aquele desejo agonizante que estava sentindo.

Ele deitou ao seu lado e tocou seus lábios para beijá-los em seguida; um beijo arrebatador com cheiro de cigarro e desejo que fez seu corpo arquear sedento, buscando algum alívio no atrito com a pele dele.

Carol sentia a ereção dele cutucando sua virilha. Gemeu, incapaz de fazer outra coisa.

Ele enroscou os dedos no elástico da calcinha delicada e a olhou; ela prendeu a respiração quando ele a deslizou suavemente pelas pernas dela, sem desviar o olhar. Carol sentia o peito enlouquecido, vendo-o colocar sua peça íntima com cuidado ao lado da cama. E agora ele deslizava as mãos pelas suas costas, abrindo o fecho do sutiã com uma habilidade delatora. Quantas mulheres ele teria tido?

Ela fechou os olhos quando ele olhou seus seios com interesse, e se arrepiou quando ele segurou um deles como criança diante do presente de natal.

– Eles são lindos...

Ele deslizou a boca por cada um deles, e segurou o mamilo entre seus dentes, mordiscando suavemente e girando a língua ao redor.

Carol gemeu assustada e cravou as unhas nos braços dele.

Ele sorriu, deslizando a mão pela primeira vez para o meio das pernas dela, naquele lugar molhado que ela não ousava nomear. Ele a olhava nos olhos, como se a desafiasse a fazer o mesmo, enquanto introduzia dois dedos para dentro dela, saindo e entrando lentamente, girando...

Oh, Deus... Assim...

Ela gemeu e revirou os olhos, apertando os braços dele, se contorcendo incontrolavelmente e arqueando o corpo até a mão dele, querendo mais...

Santo Pai, o que ele vai pensar de mim? Nem o conheço e estou deixando que ele me toque desse jeito, me contorcendo dessa forma.

Ele retirou os dedos de dentro dela e levou-os ao nariz, aspirando profundamente, emitindo um som de puro prazer e olhando-a com o olhar embriagado de desejo. Então ele deslizou um dos dedos que estivera dentro dela para dentro da própria boca suavemente, fechando os olhos em evidente deleite.

Não! Misericórdia! Ele não fez isso!

Ele tocou o rosto dela antes de beijá-la novamente e ela sentiu os dedos dele ainda úmidos. Úmidos de saliva, úmidos da sua excitação!

Jesus, socorro!

E a boca dele tinha um gosto estranho, como frutas verdes que dão a sensação de um leve amarrar na saliva, e ela bem sabia de onde vinha o gosto... Em um movimento rápido, ele puxou o corpo dela para baixo e sua cabeça saiu das almofadas, caindo sobre o colchão. Carol soltou um suspiro e ele sorriu levemente, pairando sobre ela. Então ele habilmente separou as pernas dela e, antes que ela pudesse pensar, já invadia sem cerimônia o que ela tinha de mais íntimo.

O corpo de Carol, já desacostumado ao sexo, queimou dolorosamente, enquanto se dilatava para receber algo grande demais para seus parâmetros. Soltou um pequeno grito e ele parou, olhando-a com olhos ardentes, suplicantes, como se pedindo permissão para continuar.

Carol parou de respirar, agarrada aos braços dele, olhando-o nos olhos, tentando se acostumar com aquela dolorosa sensação de preenchimento que queimava dentro dela.

– Machuquei você?

Quê?
Ela não conseguiu responder, e ele beijou seu rosto.
– Posso continuar?
Quê?
– Eu vou continuar...
Ela engoliu em seco, respirando com dificuldade. Ele estava tão próximo, ela podia sentir a respiração quente dele em seu rosto... E aquele cheiro...
Sim, por favor, continua...
Carol moveu o quadril suavemente até ele, fazendo-o preencher seu corpo até o fundo, consentindo e implorando silenciosamente para que ele continuasse; ela percebeu um brilho nos olhos dele, uma satisfação íntima antes que ele voltasse a beijá-la e tomasse seu corpo novamente. E cada vez que ele saía de dentro dela e voltava a preenchê-la até o fundo, uma onda de choque subia pela sua coluna, causando um inevitável arrepio. Era como se todo o seu corpo estivesse vivo, ou melhor, era como se o seu corpo tivesse ganhado vida naquele exato momento.

Aquilo era de enlouquecer sua mente, sentia-o em todos os lugares, o corpo que se movia, pesando sobre o seu, a boca em seu pescoço, em seu rosto, a respiração em sua pele, os gemidos roucos, as mãos que subiam pelas suas pernas e acariciavam seu traseiro, apertando-o e puxando-o de encontro ao seu quadril, mais e mais... Só conseguia pensar que estava fazendo sexo, como nunca fizera em sua vida, com um desconhecido.

Mas não se importava... Não naquele momento... Deixe que as drogas entorpeçam...

Carol agarrou-se a ele e deixou sua mente esvaziar, entregando-se sem reservas, derrubando todas as barreiras que por anos se esmerou em criar, colocando por terra todas as suas certezas.

Sentia a lucidez deixando-a, havia apenas aquela sensação íntima cada vez mais crescente, enrijecendo suas pernas... Não podendo resistir mais, cravou os dedos nas costas dele, balbuciando incoerentemente:

– Isso... Não para... Por favor... Assim...

Ele beijou o rosto dela e sussurrou próximo ao seu ouvido:

– Estou aqui, meu amor... Não vou a lugar algum... Isso... Assim... Recebe-me inteiro... Assim... Quero te ouvir...

E aquelas palavras... Carol perdeu completamente o controle de seu corpo. Era isso... Ele a tinha... E ela se deixou levar, gemendo e arqueando com sofreguidão até ele, o orgasmo mais intenso que já tivera em sua vida até aquele momento, e ele a acompanhou gemendo alto e derramando dentro dela todo o seu amor.

Carol sentia seu corpo completamente mole, sua cabeça estava longe, em algum ponto onde as drogas ainda entorpeciam. Viu vagamente ele se movimentando, puxando a delicada cortina que se fechou ao redor da cama como uma nuvem de sonhos e novamente se aninhando ao seu lado, cobrindo seu corpo e envolvendo-a em seus braços. Fechou os olhos e adormeceu imediatamente, sentindo o calor gostoso da pele dele em contato com a sua, o perfume, as mãos pousadas em seu corpo...

CAPÍTULO 7

E no dia seguinte...

Carol acordou nua e sozinha. Lembranças da noite anterior lhe causaram embaraço e uma sensação de incredulidade.

Cobriu seu corpo e, de repente, se sentiu suja, como quem acaba de cometer adultério. Na sua cabeça, uma musiquinha ridícula cantarolava sem parar.

♪*Vadia fácil! Vadia fácil! Vadia fácil!*♪

Conseguia até ouvir seu inconsciente rindo. Balançou a cabeça fazendo uma careta.

Olhou suas mãos... As tatuagens não haviam resistido... Seus olhos saíram das imagens borradas e se concentraram no anel gigantesco que substituíra sua aliança, e que agora adornava ostensivamente seu dedo. Aquele diamante deveria valer uma pequena fortuna, e foi inevitável não pensar no seu trabalho e no curso que havia agendado e, provavelmente, perdido... Soltou um lamento baixo e puxou os lençóis cobrindo a cabeça.

A porta foi aberta e Carol olhou por uma frestinha do lençol; viu Azim pela transparência da delicada cortina. Ele estava parado, pareceu indeciso por segundos, talvez se perguntando se ela estaria acordada.

Uma sensação de vergonha invadiu seus sentidos. Todos sabiam o que havia acontecido naquela cama. O que mais eles saberiam?

De como você foi fácil pra ele... De como você quase implorou para ele te foder...

Santo Pai, que vergonha... O que ele está pensando enquanto me olha? Que sou uma puta? Que nem tentei lutar? Eu deveria ter lutado, deveria ter gritado, esperneado... Que eu deveria ter alguns cortes, ossos quebrados e hematomas? Assim podia alegar estupro... Oh, merda!

Azim avisou que o café fora servido no jardim e se retirou, antes que ela tivesse coragem de descobrir a cabeça, e, pela primeira vez desde que chegara, ela não ouviu o som característico da chave girando na fechadura.

Carol quase se arrastou para o banheiro. Precisava fazer xixi... E de um banho.

Talvez isso devolva minha dignidade.

Precisará de um banho de descarrego para isso!

Fez uma nova careta e deixou a água daquele chuveiro maravilhoso levar tudo embora; tocou a cicatriz em formato de "y" em seu abdômen e as vozes frias daquele hospital ainda ecoavam, como se nenhum dia tivesse se passado, e ela sabia que, enquanto vivesse, aquilo reverberaria em seu presente.

Escolheu um conjunto de calça e camiseta em malha verde-oliva. Combinava com seus olhos e marcava seu corpo sem deixar as curvas tão expressivas. A barra era toda bordada em delicada renda vazada. Uma roupa versátil que poderia ser usada para dormir ou para ir às compras, ela pensou. Fitou seu reflexo e, de imediato, aquela vozinha decretou que aquela cor não a beneficiava, mas resolveu ignorar. Nunca sabia quando realmente estava bem.

Foda-se, vozinha do inferno!

Lembrou-se de Juliana. Sorriu sem perceber...

O traje que usara no casamento estava dobrado sobre a poltrona, assim como a lingerie. Ele havia colocado ali?

Sem querer, lembrou-se de André, que nunca acertava o cesto de roupa suja, e até as cuecas sujas ele deixava deselegantemente pelo chão.

Argh!

Ficou olhando aquele amontoado de tecido caro, mas sua mente estava focada em outra coisa. Deveria ou não sair?

Com receio, tocou a maçaneta imponente, girou e saiu. Parou e olhou ao redor, avistou um dos capangas logo à frente. Com pés indecisos e inseguros, começou a atravessar o corredor que parecia grande demais naquele momento.

Hafez também a viu, tinha ordens de não perdê-la de vista, deveria estar atento, mas se manteve a uma distância respeitosa.

A verdade é que ninguém esperava por aquela tentativa de fuga, e isso repercutira desastrosamente entre eles. Apenas a guarda pessoal do rei, que era composta por dez seguranças comandados por Azim, sabia do sequestro. Os demais seguranças do palácio, cento e vinte no total, tinham como meta defender o palácio como um todo, sendo assim, apenas três dos dez da guarda do rei se mantinham próximos a ela. Ela não deveria sair daquela ala, eram eles que deveriam vigiá-la. Se ela tentasse correr fora do perímetro que eles guardavam, poderia ser perseguida, até mesmo alvejada.

O dia estava quente e ela caminhou lentamente, sem saber ao certo para onde ir, então avistou uma mesa arrumada sob uma tenda. A mesma senhora baixinha que ela já conhecia, acompanhada de outras duas moças, a esperava com um sorriso.

Ela se chama Syrie, Carol... É um ser muito especial.

Syrie segurou o braço dela com carinho e a direcionou para uma cadeira.

– Siéntate, mi amor, necesitas comer...

Carol a olhou; entendera tudo o que ela dissera...

Uma variedade enorme de pratos deliciosos estava à sua disposição e ela comeu como se não o fizesse há dias. Isso não deixava de ser verdade.

As outras duas moças quase colocavam a comida em sua boca, sem nem lhe dar a chance de engolir direito. Falavam coisas, riam e, apesar de Carol não entender nada, imaginou que elas diziam "experimente esse", ou "olha esse aqui, é uma delícia". Carol fazia gestos repetitivos para que elas tivessem calma e elas riam, ignorando totalmente o pedido.

Os bolinhos eram tão macios que desmanchavam na boca, e o café cremoso, como nunca tinha provado, era divino. Carol adorou uns biscoitos feitos com amêndoas, sequinhos como torradas, acompanhados de melado com canela.

Esses croissants são divinos... Hum... Damasco seco... Eu amo!

Carol não percebeu que todos os pratos haviam sido preparados especialmente para sua dieta vegetariana, e, se não percebeu esses detalhes logo à sua frente, nunca imaginaria que um chef de cozinha de fama internacional havia sido contratado apenas para preparar suas refeições.

Observou o imenso jardim no qual se encontrava – de onde estava só conseguia ver uma pequena parte – e pensou no trabalho que era manter tudo aquilo tão limpo. Uma escada de pedras ladeada por duas fontes deixava visível a continuidade do jardim que se perdia logo acima. Era como uma miragem, as plantas locais adaptadas ao clima pareciam nem se importar com a água escassa; esculturas, bancos e inúmeras fontes que pareciam naturais de tão perfeitamente incrustrados nas rochas e plantas, todas secas e, aparentemente, sem uso há tempos, mas ainda assim um espetáculo visual.

Levantou e se aventurou pelo jardim enquanto o sol da manhã aquecia seu rosto, sem se importar com os dois olhos cravados em suas costas. Soltou um longo suspiro e olhou a enorme construção branca que se projetava logo acima, imponente. Algumas sacadas podiam ser vistas acima de sua cabeça; em uma delas, uma figura feminina alta e com trajes coloridos chamou sua atenção. Ela olhava para Carol com curiosidade, e Carol retribuiu o olhar; por uma fração de segundo aquela mulher pareceu sorrir. Carol desviou o olhar sem jeito e, quando olhou novamente, não havia mais ninguém.

Quem será ela?

Enquanto sua mente conspirava para sua insegurança, repetindo que ela tinha problemas maiores para se preocupar, sem perceber, ela tocava as flores delicadas, imaginando o porquê de ter sido a escolhida daquele homem.

Quando o veria novamente? Seu sangue circulou diferente ao pensar nele. Lembrou-se dos beijos, do cheiro de cigarro em meio ao almiscarado do perfume, das mãos em seu corpo, da entrega que vinha acompanhada de certo embaraço. A voz e as palavras dele...

Fechou os olhos e gemeu baixinho.

Tudo o que sentira era novo. Só conhecera um homem a vida inteira, ao menos até aquele momento, e sexo, para ela, era o que ela tivera com André; nunca ambicionou ter mais que aquilo e nunca acreditou nos livros e em todas aquelas sensações. O sexo que havia tido sua vida toda era normal.

Normal não, ruim!

Ela teve de concordar...

Sexta-feira era dia de sexo. Ela se deitava com uma camisola de cetim, que quase sempre ele nem se dava o trabalho de perceber ou retirar. Geralmente começava com um beijo, que em alguns momentos ela achava muito molhado ou pegajoso, mas retribuía de forma mecânica. Então ela se despia e ele não se importava muito em agradar, mas ela preferia assim, pois seu desejo era que acabasse logo, queria seu orgasmo, merecia seu orgasmo. Ela se satisfazia, ele se satisfazia, mas sem olhos nos olhos e a sincronia entre casais apaixonados. Ela era apenas um corpo para ele, e ele um corpo para ela. Carol havia treinado sua mente a se desligar do momento, esquecer onde estava e quem era; sua mente era um festival de imagens e situações que a excitavam, que ela via e revia, enquanto faziam sexo. E, no final, ela quase sempre acabava em alguma posição que ele gostava, rezando para que ele terminasse logo, odiando que ele não tivesse aproveitado o momento com ela...

André não era bonito, na verdade, ele chegava a ser feio; não tinha personalidade forte ou algo que deixasse uma mulher de cabeça virada, mas ela gostava de quando ele sorria, era como se o rosto dele ficasse mais meigo. Pena que ele sorria tão pouco... Ele era trabalhador, e ela tinha certeza de que tudo isso teria lhe bastado para viver o resto dos seus dias com ele, se ele não tivesse mudado tanto nos últimos anos.

Se não fossem os chifres, você quer dizer...

Sim... Ela nunca teria perdoado isso.

Como não poderia ser diferente, sua mãe o odiava, dizendo coisas que nenhum cristão deveria dizer de outro; horroroso e desarrumado foram os adjetivos mais bonitos. Hoje, Carol admitia que isso fora determinante para que ela o achasse encantador, mesmo que o encanto passasse longe dele. Quando, meses depois, ele a pediu em casamento, ela aceitara imediatamente, o que fez com que sua mãe praguejasse pelas próximas gerações.

– Você é como seu pai, uma fracassada. Tanto homem rico para se casar e tirar a gente dessa miséria, e você vai escolher esse merdinha. Você vai se arrepender, Carolina, vai sofrer. Nunca será feliz e, se casar com ele, me esqueça, faça de conta que morri para você...

E assim aconteceu... Carol nunca mais soube de sua mãe, que se mudou para outro estado com Douglas, o irmão mais velho de Carol.

Coitado do meu irmão... Será que ela ainda mora com ele? O que ela pensaria agora se me visse aqui?

Esse pensamento colocou um sorriso inconsequente no rosto dela.

Pensou em tudo o que sentira por aquele desconhecido, em todos os comparativos que pôde fazer, mas tinha algo mais... Ela não soube definir naquele momento, preferia culpar os entorpecentes e alucinógenos.

Ainda absorta em pensamentos, avistou uma abertura gigantesca no meio daquele paredão de pedra, olhou ao redor e não avistou ninguém. Indecisa e amedrontada, caminhou até ela, devagar, a princípio, mas, quando percebeu, já quase corria.

Atravessou a porta e se encontrou em outro salão enorme, que não dava a nenhum lugar específico. Seus pés pisaram num magnífico mármore branco e, por instantes, ela prendeu a respiração.

Santo Deus!

O tamanho e a imponência daquele lugar a deixaram momentaneamente atordoada. Quase voltou correndo para a segurança do seu quarto, mas respirou fundo, tentando se recompor, e olhou ao redor, caminhando devagar. No centro do salão havia uma enorme abertura, contornada por pilastras em mármore que deixavam o andar inferior visível, mas seus olhos, famintos por respostas, não se limitaram ao chão; olhou para cima e se sentiu ainda menor. Ela sempre vira castelos em filmes, mas nunca imaginou que fossem tão inacreditavelmente maiores ao vivo. Parte do andar de cima podia ser vista por uma abertura no centro, idêntica à que havia ao lado dela, e que também permitia que ela visse parte do andar de baixo. Bem lá no alto, tão alto que lhe causava aquele desconforto gélido nos pés, havia uma cúpula de vidro gigante com abóbadas em mármore que se entrelaçavam como uma enorme e magnífica colmeia, divididas em gomos, tendo em cada divisão um anjo gigante esculpido, numa perfeição que deixou Carol maravilhada; era como se olhassem para baixo acompanhando cada movimento daqueles meros pecadores. Carol segurou na borda das pilastras buscando algum apoio, enquanto mantinha seu olhar para cima. O sol da manhã adentrava em feixes pelo vidro, deixando aquela visão digna de algum evento celestial.

Suspirou sem perceber.

Ah, Jesus! Que lindo...

Respirou fundo e o cheiro que circulava no ar fez seu coração acelerar. A sensação era de entorpecimento, mas ela não fazia ideia do que era nem de onde vinha, só sabia que era bom. Olhou para a frente e avistou um corredor gigantesco com inúmeras portas que se perdia de vista. Voltou-se para trás e não era diferente. Havia escadas em qualquer direção que olhasse, deixando clara a imensidão daquele lugar. Inevitavelmente, começou a se sentir oprimida. Caminhou sem pressa para a direita e já estava em outro corredor que parecia não ter fim. Novamente sua atenção se voltou para o teto, dessa vez revelando uma mudança nada sutil. Ele era todo em vermelho, adornado por ramificações de gesso em dourado envelhecido. Ela soltou outro suspiro sem que sequer percebesse. Lustres desciam do alto sem modéstia, nas paredes imagens retratavam acontecimentos do cotidiano, o que lembrou a ela as pinturas egípcias.

Deu passos indecisos, na dúvida se deveria continuar.

Várias portas surgiram, algumas abertas, outras não.

Uau! Um museu...

Entrou lentamente por uma delas e seus olhos depararam com uma enorme coleção de obras de arte, trajes antigos, tapeçarias, quadros que, a julgar pelas roupas que as figuras usavam, eram antepassados, esculturas em bronze de mulheres e homens nus, em posições nada elegantes. Sentiu-se corar e olhou ao redor para ver se alguém observava seu interesse.

Ninguém.

Estava sozinha.

Imaginou quem poderia estar por trás daquele gosto bizarro por corpos nus, e novamente sentiu um frio na barriga quando se lembrou das mãos que a possuíram na noite anterior.

Seu inconsciente apontou-lhe um dedo acusador, e, assustada, ela decidiu voltar à tranquilidade de seu quarto, mas percebeu que não sabia a direção que deveria tomar. Olhou ao redor, enquanto tentava se lembrar do caminho que fizera para chegar até ali.

Arriscou uma das portas... Mas seu corpo paralisou em frente a uma mesa com dezenas de rostos que se voltavam em sua direção. O silêncio se tornou mortal e dentro de sua cabeça apenas seu sangue circulava, zumbindo em seus tímpanos. Seu cérebro dava comandos para que suas pernas corressem, tirando-a dali, mas elas não obedeciam. Sentiu-se pequena, como se encolhesse naquele espaço gigantesco que se abriu, como se de repente estivesse vivendo entre gigantes. Estranhos gigantes, que a observavam calados, tornando o tempo uma tortura.

Pavor foi o que conseguiu definir naquele emaranhado de sensações. Estava entorpecida e seu olhar fora capturado pelo homem que a observava no topo da mesa. Presa e predador, o irresistível voo da mariposa para o seu fim. O ar tornou-se sólido repentinamente e entrava com dificuldade em seu pulmão, ela só tinha consciência daquele olhar que parecia rasgar sua pele e fazia seu corpo pulsar quente em muitos lugares. A partir daí, tudo aconteceu em agonizante câmera lenta, como em um terrível pesadelo. Alguém se levantou e veio em sua direção, mas um gesto do mesmo homem, no topo da mesa, fez com que esse alguém parasse.

A respiração de Carol também parou, porque o homem que estava no topo da mesa se levantou e, sem desgrudar os olhos dos dela, caminhou até se aproximar dela. Ela respirava com dificuldade, quase aos trancos, sem conseguir tirar os olhos dele. Então ele segurou gentilmente seu braço e a levou para outra sala.

Antes que ela conseguisse se recompor, respirar, entender o que acabara de acontecer, ele a ergueu e a colocou sentada em alguma coisa, talvez uma mesa, seu cérebro não estava acompanhando. E de repente ele estava entre suas pernas, tomando sua boca com paixão. Ela gemeu, e ele puxou seu quadril, trazendo-a para mais perto, encaixando seus corpos... Chegava a doer.

A boca dele era forte e ao mesmo tempo macia. Seu gosto era inebriante, não se parecia com nada que já sentira em toda sua vida, deixando-a mole, totalmente entregue, aniquilando sua certeza de que deveria lutar e espernear. Uma mão se emaranhava nos cabelos da sua nuca, mantendo sua cabeça parada, enquanto a outra deslizava sem pudor por baixo de sua camiseta verde-oliva, tocando suas costas e descendo suavemente pela borda de sua calcinha. Carol agarrou-se a ele febrilmente, parecendo impossível a ela, naquele momento, fazer outra coisa. Sentia a maciez da camisa bonita dele na pele, e sentia algo mais... Podia senti-lo roçando sedutoramente entre suas pernas, e o desejo dele era evidente.

Oh, meu Deus! Eu o quero novamente, nesse momento!

Ela gemeu e ele mordeu suavemente seu lábio, descendo com os beijos pelo pescoço. Sem perceber, Carol cravou as unhas nas costas dele, que soltou um som rouco da garganta, incendiando tudo dentro dela.

Deus...

Ele voltou a lhe dar beijos curtos, indecisos, como quem precisa ir, mas quer ficar... E ela queria que ele ficasse... Queria-o dentro dela, naquela mesa...

Então, relutante, ele soltou a boca dela, segurou seu queixo para que seus olhos se encontrassem e a puxou para si; ela deslizou da mesa, ficando em pé rente ao corpo dele, mas sem tocar o chão. Olhos nos olhos. Carol pôde sentir cada músculo daquele corpo em contato com o seu, e a única coisa que conseguiu pensar naquele momento foi no desejo de passar o resto dos seus dias naqueles braços, sentindo aquele perfume, mergulhada na profundidade daqueles olhos escuros que pareciam conhecer seus mais íntimos segredos. Suavemente, ele afrouxou o abraço e ela foi deslizando para o chão, sentindo-se estranhamente desamparada sem aqueles braços ao seu redor. Ele a soltou e, como se nada tivesse acontecido, lhe disse com voz rouca e macia:

– Espero que tenha um bom dia, Carolina!

Quê?

Hafez os esperava no corredor e segurou firme seu braço enquanto a levava de volta ao quarto.

Tentando recuperar sua dignidade, sentiu-se tremendamente envergonhada, pois sabia que o segurança tinha presenciado o beijo, digno de um filme erótico daqueles que passam de madrugada. Quis olhar para ele, mas não se atreveu.

O que será que ele viu? O que será que ele está pensando? Que sou uma puta?
Não deve estar pensando nada, é o trabalho dele, vai ver está acostumado com isso...
Será que ele faz isso com as outras esposas?
As outras quatro? Afffff...
Maldição do inferno!
Ele fez de propósito! "Tenha um bom dia." Quem ele pensa que é?

Enquanto seu inconsciente tentava lhe dizer o óbvio, ela cantarolou um 'Lalalalala' mental, expulsando a voz para longe.

Carol ouviu a chave sendo girada, prendendo-a mais uma vez. Frustrada e humilhada, seu corpo ainda pulsava úmido. Atirou-se na cama e chorou até a exaustão.

Adormeceu e acordou assustada. O dia já findava e ela estava faminta. Percebeu que seu almoço fora trazido e já esfriara, mas resolveu comer assim mesmo. Estava delicioso. Arrastou uma poltrona e sentou-se em frente à parede de vidro, observando o pôr do sol e o belo espetáculo que podia ver dali. O céu trazia nuvens e nuances de cores indescritíveis passavam por elas, como se fosse brincadeira de algum artista... Carol soltou um suspiro sem perceber, e novamente sentiu saudades de pintar aquelas cores que amava.

Lembrou-se do seu novo marido, do qual nem sabia o nome, e aquele aperto traiçoeiro na barriga fez seu sangue esquentar.

Eu estou louca? Como posso desejar um homem que me raptou e me seduziu, que me mantém como sua prisioneira?
Admita que você gosta de ser uma vagabundinha fácil.
Não, eu não gosto, e cale-se!

Sentia medo e, no fundo, gostaria de fugir de tudo...

CAPÍTULO 8

O velho medo e o novo mistério!

Carol não conseguia dormir... Parou em frente ao paredão de vidro e olhou o céu salpicado de pontos. Tudo parecia tão pacífico e perfeito, não fosse sua inquietação interna... Sentou-se de frente para a imensidão que se estendia além da sua percepção. Pensou em tudo o que estava vivendo nos últimos dias. Precisava conversar com alguém, precisava falar, dividir, seu peito parecia sufocar de emoções e seu cérebro inquieto estava preso na escuridão de sua ignorância.

O que não daria para saber o que estava fazendo naquele mundo?

Talvez estivesse sendo parte de alguma experiência científica de como seduzir mulheres... Ela deveria ser uma cobaia...

Sorriu sem graça. Qualquer coisa, por mais ridícula que fosse naquele momento, parecia ser válida.

Pensou naquele homem, e seu corpo reagiu com a única certeza que ela tinha naquele momento. Ela o queria... Queria sentir o cheiro, o gosto da boca, aquele corpo em contato com o seu...

Oh, Deus... Como eu o quero!

Sentia a desconfortável umidade na calcinha, situação completamente nova para ela... Nunca imaginou que seu corpo pudesse produzir tanto líquido, principalmente naquela região...

Argh... Juliana riria muito disso!

Sentiu saudades da amiga... Soltou um longo suspiro e se aconchegou na poltrona olhando o céu. O sono veio como um anestésico. Seu corpo relaxou e, por alguns segundos, pareceu que ela flutuava acima das nuvens, próximo das estrelas. Foi quando um som ecoou na noite.

Santo Pai!

Deu um sobressalto e sentiu seu corpo todo se arrepiar. Aquele som ainda gelava sua alma quando um novo e horripilante grito fez seu estômago se contorcer.

Correu e colou o rosto na parede, tentando ouvir melhor. Nada. Nenhum som além da sua respiração.

Com cuidado, abriu a janela gigante que dava para o jardim, e ela correu macia e silenciosa, sem encontrar resistência. Meneou a cabeça, pensando que, se fosse uma janela comum, teria atraído todos os seguranças. Ficou na ponta dos pés e segurou na grade, forçando o rosto no metal frio, tentando ver além do jardim e da limitada visão que tinha do corredor iluminado.

E falando em segurança...

Ah, droga!

Como se surgisse do nada, um dos seguranças se colocou bem na sua frente e se voltou para ela, sério. Ela prendeu a respiração enquanto o encarava por segundos, minutos, foi impossível precisar. Ele moveu a cabeça suavemente para o lado, enrugou a testa e se afastou lentamente, sem desgrudar os olhos dela. Parou a uma distância em que ela podia vê-lo por inteiro e, lenta e ameaçadoramente, desprendeu a proteção do coldre na perna e retirou a arma, mantendo-a voltada para baixo, como quem está mais que pronto para usá-la.

Quê?

Carol sentiu uma bola se formar em sua garganta. Hafez ainda a olhava sério, sem demonstrar qualquer emoção, quando recolocou a arma no coldre e fez um gesto com os dedos para que ela fechasse a janela. E foi o que ela fez, obedientemente.

Desceu rente à parede, sem conseguir segurar o peso do corpo, o coração tamborilando de medo, e ficou sentada até que pudesse ordenar seus pensamentos.

Um novo gemido ecoou, desta vez parecia mais próximo, e seu sangue congelou, literalmente. Levou as mãos ao ouvido, quase chorando de medo.

O que será isso?

Pensou em tudo, em todos os filmes de terror a que assistira, todas as conspirações que sua mente pôde criar naquele momento. Imaginou mutantes deformados se arrastando pelos corredores, subindo pelas paredes. Sem conseguir controlar, lágrimas quentes desciam pelo seu rosto, e seu coração parecia um animal enjaulado querendo sair.

E se o segurança entrar aqui? Aquilo foi uma ameaça, não?

Estava sozinha com aquele segurança grande e mal encarado... E se ele entrasse? Ele tinha a chave. Quem a socorreria?

Jesus!

Carol olhou a porta quase sem conseguir respirar. Seu medo se revelando um conspirador, e ela já podia ver a maçaneta se mover.

Quem sabe ele mate o monstro...

Ou o monstro coma ele... Aliás, o monstro pode comer ele e morrer de indigestão!

Argh!

Estava em pânico...

Seu inconsciente ficava tentando convencê-la, inutilmente, de que estava ficando louca, que aquele som provavelmente era de algum animal selvagem das redondezas, que ninguém entraria, que o segurança só estava tentando evitar que ela fugisse novamente.

Carol não acreditava em nada. Apavorada, pegou um travesseiro, uma manta e correu para o banheiro, onde ao menos tinha tranca. Deixou a luz do box acesa e se ajeitou como pôde na poltrona, tentando acalmar seu coração e, quem sabe, conseguir dormir.

CAPÍTULO 9

O mais belo pôr do sol...

Naquela tarde, Carol recebeu a visita de Azim. Ele avisou que o rei iria vê-la à noite, e pediu que o esperasse acordada.

Quê? Jesus me socorre! O que eu faço?

Toma banho e espera. Se lava bem... Ele vai querer pôr a boca lá...

Argh! Não!

Fez cara de repulsa para seu inconsciente.

Esperar acordada...

Como se fosse possível dormir. Era mais fácil dormir durante um tsunami... ou uma guerra... ou guerra durante um tsunami!

Aquilo a pegou desprevenida. Carol só conseguia pensar em fugir, não queria ceder, mas seu corpo resolvera atender a outro comando, estava totalmente impotente diante do que sentia quando ele a tocava. O simples fato de pensar nele já a aprisionava naquele sentimento, então ele nem precisava tocá-la para que o desejasse, para que seu corpo traidor se alagasse.

Maldição do inferno!

Não se faça de difícil, você tá louca pra que ele te pegue...

Ela gemeu baixinho, pois sabia que essa era a maior das verdades. Estar nos braços dele era o que ela mais queria, chegava a ser uma necessidade insana. Mas era errado! Tudo estava errado, aquelas sensações em seu corpo eram erradas. Sua sanidade não parava de alertar, precisava fugir, precisava...

Pai, me ajude!

A noite chegou e a mesma onda de excitamento que vinha sentindo nos últimos dias e com a qual começava a se familiarizar tomou conta dos seus sentidos. As batidas em seu peito ecoavam por todo o seu corpo. Novamente pensou estar à beira de um colapso. Tentou se acalmar, fez uma oração, tentou assistir a um filme, tentou ler um livro, mas nada do que fazia surtia efeito, e até o ato mecânico de respirar havia se tornado doloroso e difícil. Suas mãos estavam geladas, seus sentidos estavam na porta, na hora em que ela fosse aberta. Precisava de um plano.

E se eu fingir um desmaio?

Qual é? Você tem cinco anos?

Posso me prender no banheiro e dizer que estou com dor de barriga...

Que elegância... Muito lindo da sua parte.

Posso dizer que menstruei... Isso!
Um pouco de sangue... Você acha que vai ser empecilho pra ele?
Alguns homens sentem repulsa...
Qual é, mulher? Deixa de frescura! Tá doida pra dar pra ele...

E assim continuou aquela odiosa discussão em seu íntimo, enquanto as horas se passavam. Carol acabou adormecendo em frente à TV, que rodava um filme antigo, daqueles tipo "pastelão" de sessão da tarde, e, quando se deu conta, o dia já amanhecia.

Não sabia se sentia alívio ou decepção ao perceber que ele não viera.

Em seu íntimo, aquela parte mesquinha e predominante, pensou em uma infinidade de coisas que ele poderia não ter gostado.

Precisava fugir!

Não queria e não podia ficar, pois sabia que acabaria tentando provar alguma coisa a si mesma, ou a ele, aquele homem que conseguira revirar todo o seu mundo.

Querer você quer, mas não é você quem decide.
Ah, cala a boca!

No final do dia ela tomou um banho, vestiu um bonito e confortável vestido em jeans até os joelhos, que descia contornando seu corpo sem marcar, com pequenas mangas e um espetacular vazado de flores coloridas na frente e nas barras. Pela etiqueta, deveria ter custado mais do que ela ganhava em vários meses. Escolheu uma sapatilha também em jeans, com solado de palha e um zíper decorativo que a contornava toda. Deixou-a ao lado da cama e se deitou pensando que o sono seria seu aliado naquele momento. Lembrou-se novamente de Juliana.

Ah, amiga, cadê você?

Recostou-se na cama e o sono da noite maldormida veio rápido.

Carol tinha certeza de que estava acordada, mas não conseguia abrir os olhos. Seu cérebro parecia desconectado de seu corpo. Havia alguém no quarto ao lado, ela podia sentir, mas havia alguém mais... Havia uma presença ao seu lado, estava próxima, muito próxima, era escura e sinistra, e ela podia ver a maldade em seu rosto. Ele segurava o seu braço, provocando-lhe uma dor crescente no local onde os dedos cravavam. Ela podia ver seu rosto... Era André! Ele tinha o rosto deformado por cicatrizes, era um monstro! Tentou gritar, tentou abrir os olhos novamente, mas sentia-os revirando dentro de suas órbitas. Sua voz não saía. Precisava pedir ajuda à pessoa que estava no outro cômodo.

De repente, percebeu que estava tendo um dos seus costumeiros pesadelos. Alguém estava prendendo seu Espírito fora do corpo, impedindo-o de retornar e, com isso, permitir que seu corpo acordasse. Uma voz suave lhe dizia para pensar em Jesus e orar. E foi o que ela fez.

Abriu os olhos com muita dificuldade; o quarto estava na mais completa escuridão.

Onde estou?

Atordoada, sentou-se na cama, massageando o braço que ainda trazia a sensação dos dedos que o apertavam. Olhou para a escuridão, sem entender o porquê de estar aquele breu, já que ela nunca dormia com tudo escuro, pois tinha pânico.

Logo percebeu que não estava sozinha, e o pavor que vinha sentindo quase todos os dias voltou, arrepiando sua nuca. Havia alguém no cômodo ao lado, e ela pôde ouvir seus passos e ver seu vulto se movimentando sob a luz tênue. Tentou dizer alguma coisa, mas sua voz não saiu, estava paralisada. Lembrou-se do sonho, dos gemidos assustadores, do segurança com aqueles olhos frios a encará-la. Seu coração não aguentaria tanta adrenalina.

Deus... O que eu faço?

Lentamente, moveu-se na cama, agora um pouco mais acostumada ao escuro, e colocou os pés no chão. A carícia exageradamente macia do tapete ainda a surpreendia, e ela andou lentamente, temendo esbarrar em alguma coisa e ser descoberta. Ia dar mais um passo quando alguém a segurou. Antes de saber o que realmente acontecia, começou a se debater, tentando se desvencilhar daquelas mãos que a prendiam.

– *Alhudu*. Calma... Sou eu. Carolina! Sou eu.

Ela soltou um suspiro de alívio e, chorando, agarrou-se a ele, enterrando seu rosto no peito macio e deixando que as lágrimas exorcizassem todos os seus medos. Percebeu um vacilo da parte dele, quando percebeu que ela chorava.

Ele tentou afastá-la para olhar em seu rosto, mas ela o apertou ainda mais. Não queria que ele a visse chorando.

– Calma... O que aconteceu?

Sua voz era forte e macia, e ela não conseguia parar de chorar. Estava tendo uma crise, uma vergonhosa crise, encharcando a roupa impecável dele. Ele a abraçou e ficaram em pé, sem nada dizer, ela tentando controlar as emoções desenfreadas e ele tentando entender o que as desencadeara.

Alguns minutos depois, o choro finalmente cessou. Carol se sentia distante, morna e calma. Era naquele lugar que ela queria morrer. Fechou os olhos e se aconchegou ainda mais... Estava em casa, estava em paz.

– Carolina...

Foi como se ela saísse de um transe. O som do seu nome sendo pronunciado por ele parecia uma poesia caramelada, quente e doce, fazendo tudo dentro dela se derreter, deixando-a de pernas moles. De repente se deu conta de que ainda estava nos braços dele, os corpos juntos, aquele cheiro invadindo tudo, e o desejo aflorou. Foi saindo do abraço lentamente, desvencilhando-se das mãos dele, como se isso fosse o suficiente para acalmar seu corpo.

Deu dois passos para longe dele, que parecia aturdido, e só conseguiu sussurrar, enquanto limpava desajeitadamente as lágrimas com as mãos.

– Desculpa...

– Vai me falar o que aconteceu?

Ela olhou as mãos, sem saber se deveria falar dos seus medos e desconfianças, afinal ele também fazia parte disso. Ele não era seu amigo, era seu sequestrador, o homem que a drogara e seduzira, que a mantinha aprisionada com um segurança armado na porta.

Ela meneou a cabeça.

– Não foi nada...

Ele enrugou a testa.

– Se você prefere assim... Mas saiba que pode me dizer qualquer coisa. Não sou seu inimigo, Carolina. Sou seu marido, seu amante, quero cuidar de você.

Ela engoliu em seco.

Ele se voltou para a porta, acendeu a luz e falou cheio de ternura:

– Onde estão seus sapatos?

Ela piscou várias vezes com a luz repentina, e o olhou incerta de sua capacidade de pensar, como se o visse pela primeira vez. Na verdade, era realmente como se fosse. De repente, ela se pegou observando-o. Ele usava uma calça jeans que marcava suas coxas, virilha... Carol sentiu um arrepio percorrer seu corpo.

Oh, Deus... Minha boca está aberta? Eu estou babando?

Seus olhos foram subindo devagar... Camiseta imaculadamente branca, a mesma que ela encharcara com suas lágrimas, cabelos ainda úmidos... Os olhos dela se concentraram nos braços; adorava aquela parte entre o cotovelo e o ombro, que a manga justa da camiseta mal conseguia esconder e um relógio magnífico...

Santo...

Ainda olhando os braços dele, percebeu uma marca de nascença um pouco acima do pulso direito; parecia uma folha de uva. Um novo arrepio percorreu seu corpo, aquela marca era exatamente igual à que ela tinha nos ombros!

Aquilo a pegou de surpresa, foi como se tivesse levado um golpe na cabeça. Atordoada, ela sentou-se na cama e começou a calçar as sapatilhas, mas estava tão nervosa que abriu o zíper. Não precisava abrir, era apenas decorativo, e agora suas mãos não obedeciam, e a simples tarefa de puxar um zíper lhe pareceu impossível.

Anda, mulher! Pare de agir como uma idiota!

Ele esperava pacientemente, enquanto ela já estava a ponto de chorar novamente. Com ele ali do seu lado, ela não conseguia agir com naturalidade. De repente ele se abaixou e tomou para si a tarefa que ela não conseguia executar. Surpresa, ela ficou olhando enquanto ele lentamente deslizou o zíper; ele segurava firme seu calcanhar e ela sentia o calor da mão dele repercutir por todo o seu corpo. Com o peito descompassado, mantinha os olhos cravados nele e nos movimentos que ele fazia. Para ela, era quase impossível fazer outra coisa.

Depois de fechar o zíper, ele correu as mãos delicadamente pela sua panturrilha, enquanto beijava suavemente seus pés.

– Seus pés são adoráveis, nasceram para pisar em pétalas...

Oh, Deus!

Fecha a boca, mulher! Tenha dignidade! Recomponha-se!

Sem perceber, soltou um sonoro e longo suspiro. Ele olhou para ela dando um sorriso arrebatador, daqueles largos e brilhantes, que aceleram o peito de quem recebe, e que toda mulher, ao menos uma vez na vida, deveria receber. Antes que desse a ela a chance de se recompor, ele segurou seus ombros e fez com que ela ficasse em pé, dando suaves beijos por todo o seu rosto. Ela prendeu a respiração e sufocou um gemido, e ele já a puxava pela mão, saindo do quarto condicionado para o corredor quente e exageradamente iluminado.

Ela podia afirmar que naquele momento seu cérebro se desligara. Novamente. Caminhava no automático, sentia a mão dele na sua, a presença ao seu lado que eventualmente a olhava, e, quando isso acontecia, sentia-se ruborizar. Usava de todo seu autocontrole para que suas pernas não tropeçassem em seus pés trôpegos, e era inevitável não agradecer a Deus por cada passo bem-sucedido, sem o vexame de enfiar a cara no mármore impecável.

Estava zonza e aquela marca ainda a inquietava. Viu um segurança logo à frente e, envergonhada, não conseguiu olhar para ele, temia que fosse o mesmo da noite anterior. Percebeu que outro segurança os seguia logo atrás.

Merda!

Ignorou esse também.

Mais dois seguranças esperavam no final do corredor.

Merda dupla!

Agora estava mais difícil ignorar...

Cruzaram aquele enorme corredor sempre na companhia dos intimidantes guarda-costas que pareciam se multiplicar a cada curva. Atravessaram o salão gigante que tinha a cúpula no teto, e subiram uma escada tão magnífica quanto aquela da entrada, somente um pouco menor.

Jesus!

Carol não conseguiria definir... Sua cabeça girava, olhando as paredes. Percebeu uma nova escada exuberante do lado esquerdo, mas eles seguiram direto pelo corredor. Ela nem respirava; estava vivendo uma loucura, nada parecia real, exceto aquele sentimento. Mas que sentimento? Havia algum sentimento? O que era aquilo que ela estava sentindo?

Acho que estou com aquela síndrome! Aquela do filme... Qual é o nome? Ah... Síndrome de Estocolmo!

Agora você vai querer dizer que está de quatro por ele porque sente a necessidade vital de confraternizar com o inimigo? Faça-me rir...

Carol torceu o nariz, precisava admitir mais uma vez... Não queria fazer amizade com seu sequestrador por medo de morrer, queria ele na sua pele, dentro, fora, em todos os lugares, e isso em nada tinha a ver com sobrevivência, tinha a ver com desejo, com a pura e simples necessidade carnal.

Atreveu-se a olhar para ele. Achava seu rosto cada vez mais familiar, o queixo forte, a barba que se concentrava quase toda na frente, com apenas um filete contornando o maxilar.

Sua memória já o conhecia, ela tinha certeza, como se o tivesse decorado sem ela mesma saber, e essa confirmação acelerou um pouco mais seu peito.

De onde o conheço?

Adentraram um novo corredor iluminado e entraram por uma das poucas portas que havia ali. Subiram uma escada de pedra que parecia não ter fim e chegaram ao topo do palácio, que naquele momento lhe pareceu mais o topo do mundo; era um terraço gigantesco com vista para toda a cidade. No centro, a cúpula em vidro magnífica que se via de dentro ultrapassava o teto, projetando-se bem acima de suas cabeças.

No canto oposto, ela viu dois helicópteros e mais um espaço que se perdia de vista. As ameias de pedra os deixavam escondidos e protegidos de um eventual ataque, o que lhe pareceu ser o propósito dos construtores. Sendo aquele um palácio antigo, devia ter presenciado muitas guerras.

Um pequeno e aconchegante espaço havia sido criado sob uma tenda; tapetes e almofadas revestiam o chão e uma mesa baixa cheia de comida os esperava. Dezenas de velas coloridas em castiçais de todos os tamanhos foram espalhadas, e o perfume era delicioso. Inúmeros arranjos de flores enfeitavam os cantos e balões dourados subiam até bem acima de suas cabeças, balançando-se freneticamente ao vento.

– Feliz aniversário, Carolina!

Deus! É meu aniversário! Como ele sabia? Como eu esqueci?

Antes que ela pudesse colocar os pensamentos em ordem, ele a puxou lentamente, e, novamente, o que ela viu refletido naquele olhar colocou por terra todas as suas barreiras. Ele tocou seu rosto e seus lábios se uniram de forma suave, suas línguas se tocaram sem pressa, como uma dança lenta e íntima. E então ela gemeu e, aparentemente, aquela era a deixa para que ele também se inflamasse, e o beijo dele se encheu de paixão e urgência. Ela correspondeu com igual intensidade, alheia a tudo.

Era como se ela entrasse em outra dimensão, um local dentro dela, onde só os sentidos existiam. Um local proibido e inexplorado, onde apenas ele conseguia entrar e onde apenas ele tinha o controle de tudo. E foi então que ela sentiu a mesma emoção de quando acordava de seus sonhos, ela não sabia se pelo beijo, se pela pouca luminosidade ou se pelo som do mar roçando as pedras lá embaixo. E então aconteceu... Ela viu o mar, sentiu as ondas tocarem suas pernas e sentiu aquela presença; seu coração se acelerou um pouco mais ao reconhecer o homem que se aproximava e a tomava nos braços.

Seu sangue gelou!

Bom Jesus, é ele! Como eu não percebi?

De repente, o fenômeno passou, e Carol percebeu que ele a olhava. Ela sentiu o sangue fugir completamente de seu rosto, mas não conseguia desprender os olhos dele, que ainda a segurava nos braços com o olhar aturdido.

– Aconteceu alguma coisa?

Ela deu um sorriso forçado e meneou a cabeça, tentando soar o mais natural possível.

– Estou encantada... Só isso.

Pigarreou e gaguejou incerta de sua própria resposta. Sim, ela estava encantada, mas ele nem imaginava o quanto.

Como contaria a ele? Como diria que vinha sonhando com ele há um ano?

E aquela marca de nascença no braço dele?

Que loucura era aquela que Carol estava vivendo?

Naquela noite especial, o Universo foi pequeno para tanto assunto guardado. Carol não se sentia mais sozinha, tinha com quem conversar. Alguém que conhecia seus sonhos e medos. Alguém que realmente a enxergava e ouvia.

Comeram e conversaram sobre muitas coisas. Pelo pouco que ouvia, Carol percebeu que ele era um homem culto, mas que não se sentia muito à vontade naquela posição de poder. Relutava em responder algumas coisas, principalmente as perguntas que martelavam dentro dela. Quando ela sentiu que poderia ser o momento certo, questionou sobre a marca de nascença que era exatamente igual à sua, e ele pareceu tão surpreso quanto ela.

Será que ele está falando a verdade?
Você acredita facilmente nos homens...
Mas ele parecia sincero.

Um bolo delicioso de chocolate com café cremoso encerrou a refeição, e, quando ela saboreava seu último pedaço, ele retirou uma pequena caixa do bolso e lhe entregou.

Ela olhou para ele, que lhe deu um sorriso tímido. Ele não era apenas bonito, havia algo mais... Naquele momento, com o pequeno sorriso enfeitando seu adorável rosto, ela sentiu que poderia enfrentar qualquer coisa por ele. Então era isso... Era sobre como ela se sentia ao lado dele. Pela primeira vez ela se sentia especial, sentia-se bela, ele lhe conferia poder... Ao lado dele Carol sentia que podia tocar as estrelas.

Ela abriu a caixa e um delicado e caro medalhão prateado em formato ovalado fez seu coração acelerar um pouco mais. Nas bordas, delicados arremates semelhantes à renda traziam pequenos brilhantes que cintilavam para ela. Antes de conseguir dizer qualquer coisa, ele já estava sentado ao seu lado.

– Abra.

Com as mãos trêmulas, ela abriu e a foto de um casal em trajes reais prendeu sua atenção.

Somos nós! Quando tiraram? Uau!

Não conseguia tirar os olhos daquela foto, tentando entender por que sorria daquele jeito.

Se não reconhecesse seu rosto e não se lembrasse do traje que usara, diria que era outra mulher. Lembrou-se de como estava apavorada naquele dia...

Antes que ela reordenasse seus pensamentos, ele moveu levemente o medalhão e, emocionada, ela pôde ler do lado oposto da foto o nome dos dois encrustado no metal caro: Carolina e Ali.

O nome dele é Ali? Ali... Ali e Carolina... Carolina e Ali...

Enquanto ela repetia em pensamento o nome dele e o dela juntos, tentando se acostumar com o som, percebeu que havia uma inscrição logo abaixo, escrita em árabe.

– É lindo... O que está escrito aqui?
– *Ghrwb alshshams 'ajmal...* O mais belo pôr de sol...

Ela achou lindo, mas o que significava? Qual era o significado para ele?

Ele colocou o medalhão no pescoço dela, beijando o ponto onde o fecho tocava sua pele.

Ela prendeu a respiração.

Ele acariciou seu rosto e ficaram se olhando em silêncio. Enquanto olhava aquele homem bonito, um desconhecido, seu marido, não poderia descrever o que sentia.

– Quando eu era criança, minha mãe contava a lenda de um príncipe e de uma princesa. O príncipe amava a princesa e queria dar de presente a ela o mais belo pôr do sol, mas a cada dia, a cada novo pôr do sol, ele não conseguia se decidir. Todos eram belos, diferentes e traziam algo novo. E, assim, os dias se passavam sem que ele decidisse qual deles escolher.

Ele parou de falar e perguntou:

– Está entendendo tudo o que eu falo?

Ela assentiu. Na verdade, ele falava perfeitamente o português.

Então ele sorriu e continuou:

– Um dia, uma tempestade escondeu o Sol por vários dias, e sem Sol não havia pôr do sol. Nesse tempo, a princesa foi acometida de uma grave doença e morreu. O príncipe ficou arrasado. Ela se fora e ele nem lhe dera o presente. Dias depois, quando o Sol retornou, inexplicavelmente, parecia ter um brilho diferente. O azul do céu era incrivelmente claro, e naquela tarde, quando ele se pôs, um espetáculo nunca visto aconteceu. Aquele, sem dúvida, era o mais belo pôr do sol, o mais colorido... Era perfeito! Ele chorou olhando os céus e pensou em sua amada. A partir daquele dia, dedicou a ela todos os pores de sol. Até mesmo aqueles que não podia ver, aqueles que as nuvens encobriam, porque, apesar de não os ver, ele sabia que o Sol estava lá, belo, vivo e eterno, nascendo e se pondo, esperando uma oportunidade para revelar seu espetáculo.

Quando ele terminou de contar a história, ela soltou o ar que estava preso.

Que história linda! Como ele é lindo! Eu subiria a escadaria da Penha de joelhos por esse homem.

– É uma bela história... Eu amo pores de sol!

– Eu sei.

Ela baixou os olhos e tocou as próprias mãos antes de perguntar:

– Sou sua princesa?

Ele sorriu.

– Sim... Mas você é mais do que isso... Você é o sol dos meus olhos.

Ela prendeu a respiração quando ele tocou seu rosto e suavemente traçou caminhos de beijos até seu ouvido, onde falou com voz grave e rouca:

– O que é Carik?

O quê?

Ela meneou a cabeça sem entender e o olhou. Ele beijava suas mãos cerimoniosamente quando falou:

– Você me chamou de Carik enquanto dormia.

O quê? Chamei? Carik?

Ela moveu a cabeça, um pouco mais aturdida, e apenas gaguejou.

– Eu, eu... Não sei...

Ela não sabia, mas ouvir aquele nome... Ela não soube explicar o que sentiu, mas Ali não deu chance para que ela assimilasse suas emoções, pois a boca dele já estava em sua orelha novamente, sussurrando suavemente:

– Eu quero fazer amor com você... – Ela sentiu o desejo atravessar sua barriga dolorosamente, e ele continuou: – Você vai me deixar fazer amor com você?

Ela revirou os olhos, enquanto ele passava os lábios pela sua orelha. Gemeu enquanto ele roçava a barba em seu pescoço.

– Vai?

Ele queria uma resposta, e se afastou para olhá-la nos olhos. Com o coração aos trancos, ela só foi capaz de balbuciar um sim quase inteligível, que aparentemente ele entendeu, pois um pequeno sorriso se formou em seu rosto. Então ele se levantou e estendeu a mão, ela aceitou e, em silêncio, retornaram ao seu quarto.

Ele trancou a porta e levou a mão ao interruptor, apagando a luz principal. A penumbra suave que vinha do teto envolveu o ambiente. Ela agradeceu em pensamento, quem sabe assim conseguiria ocultar parte do que sentia.

Ele se voltou para ela, estava sério, e ela, mesmo se tentasse, não conseguiria sorrir naquele momento. Sentia as pernas tremendo, frágil demais para aguentar tudo que seu corpo estava vivendo, assustada com a força daqueles sentimentos. Sua respiração saía entrecortada, pesada, e precisou respirar pela boca.

Sentia-se uma adolescente transbordando hormônios por cada poro, aquilo não podia ser real. O que estava acontecendo com ela? Ainda estava sendo drogada?

Ali se aproximou e ela quase nem respirava, já prevendo tudo o que ele faria, ansiando, tremendo em expectativa. Ele contornou seu corpo e desceu o zíper do vestido, fazendo-o deslizar suavemente para o chão.

Ele segurou sua mão, ajudando-a a sair do vestido, e ela deu um passo indeciso para o lado, segurando firme na mão dele para não cair.

Ele continuava atrás dela; Carol ouvia e podia sentir sua respiração irregular. De alguma forma, confortava-a saber que não era a única a se sentir daquele jeito, aparentemente ela o afetava também. Ele abriu seu sutiã, retirando-o suavemente, e beijou suas costas, sua marca de nascença. Ela apenas se encolheu e fechou os olhos.

Delicadamente, ele retirou o medalhão e ela ouviu quando o objeto foi colocado sobre o móvel de cabeceira. Ele contornou novamente seu corpo e ficou de frente para ela, sem a tocar, observando-a, sério. Ela mal respirava, as mãos juntas na frente do corpo, envergonhada por estar quase nua na frente dele; sentia o corpo quente e úmido em muitos lugares, e seu coração era um louco desajustado no peito.

Sem tirar os olhos dela, ele retirou a própria camiseta e, com um movimento rápido, tirou os sapatos. Suas calças, abaixo da cintura, marcavam sedutoramente sua ereção, e ela teve de piscar várias vezes para acreditar que ele estava na sua frente, quase nu.

Deus... Ninguém deveria ser tão lindo!

Ele se ajoelhou e retirou as sapatilhas dela. Carol se apoiou nos ombros dele para não cair; os músculos macios faziam ondas em suas mãos. Ele levantou o olhar para ela e sorriu, e então subiu as mãos pelas suas pernas, enroscando os dedos na borda de sua calcinha e puxando-a para baixo. Ela respirou aos trancos, incapaz de controlar o que estava sentindo.

Carol levantou os pés e ele terminou de retirar a delicada peça, colocando-a com cuidado na poltrona. Então ele a segurou pelos quadris e a puxou para o seu rosto, enterrando o nariz no emaranhado de pelos. Carol soltou um suspiro involuntário e cravou os dedos nos ombros dele, assustada com o ataque inesperado. Ele gemeu longamente e beijou bem no meio, onde se concentrava todo o desconforto dela. Antes que ela reagisse, ele se levantou e, em um movimento rápido, a tomou nos braços e a girou no ar, fazendo-a soltar um grito de surpresa.

Ele sorriu e pareceu se divertir com o desconcerto dela.

Maldito!

Ainda sorrindo, ele deu um beijo no rosto dela e a colocou deitada sobre a cama, engatinhando para cima dela, apoiando-se sobre os pulsos e joelhos. Pairou sobre ela, olhando-a nos olhos meticulosamente, fazendo seu rosto se aquecer e seu coração parar por alguns segundos. Lentamente, e sem tirar os olhos dela, ele desceu o corpo, roçando sensualmente em sua pele nua. Ele tomou sua boca, e ela soltou um lamento baixo, que veio lá do fundo da garganta quando a língua dele invadiu sua boca. Ele deslizou os braços por baixo dela e a enlaçou, embalando-a, envolvendo-a totalmente, unindo seus corpos, quase lhe tirando o ar.

Ela gemeu, entregue, esquecendo-se de tudo e de todos os seus medos. Sem pensar, enroscou suas pernas nele, deslizando as mãos pelas costas macias, para dentro da calça, da cueca, arqueando até ele, ao mesmo tempo que o puxava para si. Sentiu a ereção dele por trás do cós da calça quase a machucando, quando ele a apertou contra o colchão.

Oh, Pai, eu o quero agora...

Ela sentiu os músculos dele se contraírem sob seu toque ousado e, por uma fração de segundo, um lampejo de insegurança passou pela sua cabeça.

Não estaria sendo muito ousada? E se ele não gostasse?

Ele gemeu e soltou sua boca, descendo os beijos pelo pescoço, sugando seu seio docemente, fazendo-a arquear um pouco mais. Então ele largou seus seios, deixando a umidade da sua saliva gelando em contato com o ar-condicionado, e, antes que ela pudesse pensar, ele a soltou, terminou de retirar a própria roupa, ficou de joelhos na cama e enlaçou sua cintura, puxando-a para ele. Ela soltou um suspiro e já estava de frente para ele, olhos nos olhos. Ela nem respirou, sentindo a ereção dele quase furando sua barriga, e ele aproximou os lábios dos dela, sem tocar, apenas respirando em sua boca entreaberta. Ela revirou os olhos, sentindo a respiração quente dele entrando em sua boca, como se fosse a própria vida invadindo seu corpo. Ele segurou a cintura dela e, suavemente, direcionou-a para que se sentasse sobre ele, já deslizando para dentro dela. Lentamente e até o fundo.

Ela jogou a cabeça para trás e gemeu, aceitando-o por inteiro.

Oh, Deus... É tão intenso assim... Tão profundo.

Ele deslizou as mãos pelas costas dela e moveu suavemente até ela, que o recebeu sem se mover, sentindo aquele preenchimento e as contrações invasoras dentro dela; ela queria senti-lo, queria ter consciência daquele momento, daquela posse, do prazer que crescia dentro dela. Todos os seus sentidos estavam alertas, ela tinha consciência das mãos dele em seu corpo, dos músculos das pernas que se moviam sob as suas, dos pelos macios que roçavam em seus seios, da respiração quente e perfumada em seu rosto, do cheiro dos seus corpos, dos gemidos suaves em seu ouvido.

Aquele, sem dúvida, era o momento mais íntimo que já tinha vivido. Nunca tivera tanta consciência de outra pessoa como naquele momento. Eles eram um só, um corpo e uma alma. Ele tomou a boca dela com paixão e ela permitiu que ele a invadisse sem resistência alguma, a língua dele acariciando a sua, de forma urgente e forte. O gosto dele era tão bom... E ela não podia mais resistir. Começou a se mover para cima e para baixo, e ele aceitou sua paixão, acompanhando nos movimentos. Ela sentiu a lucidez a abandonando e gemeu incoerentemente, apertando-o contra seu corpo.

– Isso, meu amor... Não para... Oh, assim... Isso é bom...

Ele a observava cheio de desejo, enquanto ela jogava a cabeça para trás, boca entreaberta, olhos fechados, cabelos em desalinho, e pensava na loucura de tudo aquilo; aquela mulher em seus braços, praticamente uma estranha, havia se tornado seu tudo. Mas ela não era estranha para ele, nunca fora... Olhando-a daquele jeito, vulnerável e cheia de desejo em seus braços, era como se a conhecesse por toda a eternidade... Ele enterrou os dedos naqueles cabelos claros e moveu seu corpo até ela, que gemeu alto, impotente contra as investidas violentas dentro de seu corpo.

– Assim, meu bem... Me sinta dentro de você... Todo seu... Vamos... Quero te ouvir...

Aquelas palavras foram a deixa para o corpo dela se inflamar e rasgar em um prazer alucinante. Ele a acompanhou, apoiando-se nos joelhos e elevando o corpo até ela com força, quase a partindo...

Carol acordou com os braços dele ao redor do seu corpo. Estava com o rosto apoiado no peito dele e sentiu os pelos dele acariciando sua pele. O cheiro que vinha dele era bom... Sem pensar, deslizou o rosto, procurando o ponto exato daquele cheiro, e chegou à axila. O cheiro vinha daquele lugar. Por um segundo, ponderou com seu bom sem senso se deveria dar esse vexame, mas se resignou que não detinha mais nenhum controle sobre isso, então afundou o rosto naquele lugar e aspirou... Ele se contorceu suavemente e ela fechou os olhos, inalando o cheiro dele.

Dormiu e sonhou com as mais belas cores do céu. Sentia dois braços em seu corpo e uma voz que lhe dizia: Para você o mais belo pôr de sol, meu amor... Aconchegou-se naquele abraço e, sentindo-se saciada, protegida, plena de sensações indescritíveis, voltou a dormir.

No seu íntimo, Carol vivia um doce conto de fadas. Descobriu que o nome dele era Ali Chaszamar, e que o país era uma pequena monarquia que ficava entre Marrocos e Portugal. Um pequeno país. Alguns diriam que era uma ilha, outros, que era parte de Marrocos, e ainda havia aqueles que juravam que portugueses haviam colonizado tudo. Talvez nem estivesse no mapa. Tinha o nome de uma pedra preciosa e o sobrenome de um profeta, um nome grande para um território tão pequeno. Um país de costumes muçulmanos, mas com os pés tão arraigados no Ocidente, que os velhos costumes começavam silenciosamente a ser suplantados.

CAPÍTULO 10

Uma bela manhã e cinco esposas

Naquela manhã, ao acordar, Carol encontrou um bilhete sobre uma bela caixa de presente que dizia: "Esteja pronta às 20h".

Dentro da caixa, havia uma maravilhosa túnica em um pesado tecido verde-esmeralda com magníficos brocados em prata e preto em toda a borda, e uma capa transparente prateada com delicados bordados em verde, que as mulheres casadas daquele país usavam na cabeça e nos braços.

Abraçou seu corpo, sorrindo por dentro, quase sem conseguir conter o sentimento de satisfação. Seu coração parecia grande demais para seu peito e quis aproveitar aquele deslumbre para caminhar pelo palácio. Colocou um vestido azul até os joelhos, com uma saia volumosa e um pequeno cinto marcando a cintura, tomou seu café no jardim e saiu.

Percebeu o seu conhecido e intimidante guarda-costas a segui-la.

Guarde sua arma, senhor cara de mau... Não vou correr.

Absorta em cada nova descoberta, depois de quase uma hora de exploração, adentrou um novo corredor, mais exuberante que os demais, que a deixou de boca aberta.

Aquela ala recriava cinco séculos de arquitetura local, com paredes revestidas e esculpidas em magnífico cedro do Líbano, que ainda conservava o perfume da sagrada árvore. A madeira trabalhada se sobressaía das paredes e se transformava em tronos ao longo do imenso corredor. Carol estava encantada, nunca vira nada tão espetacular em sua vida. Do teto avermelhado desciam lustres na cor das paredes, talvez em madeira também, ela não conseguiu definir. Deu mais alguns passos antes de ouvir risos e vozes alegres. Achou estranho, pois era a primeira vez que ouvia som de pessoas felizes ali dentro. A porta estava aberta, e ela parou diante de vários rostos jovens e bonitos. Aqueles risos que podiam ser ouvidos do corredor foram diminuindo à medida que o seu rosto congelava. Não foi preciso intérprete para saber quem eram aquelas meninas e, antes que ela tivesse chance de atender ao seu inconsciente gritante e correr dali, uma delas se adiantou, tomando Carol pela mão e a fazendo entrar. Elas riam e, curiosas, tocavam Carol, que, sem saber como reagir, sentia-se como um animal novo no zoológico, sendo colocado na jaula dos macacos-prego.

Enquanto era cheirada e apertada, não conseguiu deixar de notar todo aquele luxo, aqueles rostos extremamente jovens, bonitos e maquiados, os trajes ricos e exuberantes.

Amina, Síria, Kamia e a mais bela delas, Zhara.

O olhar de Carol parou na última. A pele clara, incrivelmente limpa, parecia pertencer a uma boneca de porcelana. Era a única que não falava nada, permanecia sentada, devolvendo com os olhos grandes, pintados e expressivos, o mesmo olhar que lhe era endereçado.

Síria ligou um rádio e uma música instrumental alegre encheu o ambiente. As três começaram a dançar e bater palmas em volta de Carol, e, segurando suas mãos, faziam com que ela dançasse também.

Carol ruborizava até as profundezas do seu ser, quando Hafez parou de frente para a porta. A expressão dele era de surpresa, mas, rápida e claramente, dava para perceber que ele se enfurecia, e, antes que ele pudesse "estragar" a brincadeira, Kamia correu e fechou a porta, gargalhando e sendo seguida pelas demais.

Elas pareciam um bando de maritacas em dia de chuva!

Sem saber o que esperar daquela situação, completamente desconcertada, Carol tentava se desvencilhar daquelas mãos. Amina fez com que ela se sentasse e começou uma dança sensual na sua frente, roçando o corpo em Carol, que não sabia se ria ou chorava; o perfume adocicado que ela usava embrulhou seu estômago de uma forma desconhecida.

Amina era alta para uma mulher, e Carol sentiu algo estranho por ela. O sorriso dela era ruim, aquele tipo de sorriso sarcástico com um toque de maldade que se tende a não gostar de imediato. Ela olhava para Carol com luxúria, o que tornou a cara dela indigesta de imediato.

Seu estômago se revirou e ela pensou que até poderia vomitar naquele momento, mas não era apenas isso, não havia comparativos para descrever o quadro...

Quando pensou que não poderia piorar, uma delas começou a beijar seu pescoço e tocar seus seios. Carol se levantou rapidamente, mas foi empurrada de volta. De repente, Amina estava tocando suas pernas, abrindo-as, subindo pelas suas coxas, procurando sua calcinha.

O quê? O que é isso? Não!

Carol fechou as pernas e Amina riu.

Zhara permanecia sentada, mas disse alguma coisa, que prontamente foi motivo de risos.

Carol sentia-se dentro de um terrível pesadelo. Seu inconsciente gemeu assustado e se escondeu, como o traidor miserável que era.

Seus braços estavam doloridos da pressão que elas faziam para mantê-la imobilizada e, quando seu pesadelo parecia caminhar para um desfecho desagradável, ouviu o som da chave na fechadura e a voz grave de Azim ecoou, ao mesmo tempo que a música cessava. Todas ficaram em silêncio, enquanto Carol era retirada rapidamente dali por Hafez...

Eram moças locais, muito jovens e preparadas desde meninas para a ocupação que desempenhavam. As famílias eram generosamente remuneradas quando suas "candidatas" eram escolhidas pelos poderosos, por isso, era como uma profissão para alguns pais.

Essas famílias se frustravam com aquele rei que parecia não querer muitas mulheres, e acabavam investindo nos membros da corte e do parlamento.

Mas o grande sonho era ser esposa do rei... Era o que aquelas meninas ambicionavam, e posso afirmar que elas não possuíam sonhos que não fosse aquele; não tinham estudo, algumas nem sabiam escrever o próprio nome, o que não despertava nelas a ambição que uma boa educação sempre traz.

Elas foram proibidas de participar das cerimônias do casamento, e quase não viam o rei; desde que a nova esposa chegara, elas eram proibidas de circular, e isso só aumentava a curiosidade delas. No dia do casamento, ficaram na janela esperando a noiva sair e suspiraram tamanha a beleza e elegância da estrangeira.

Queriam conhecê-la, tocá-la, era costume dividir tudo; sendo assim, Carol teria que ser dividida com elas. Fazia parte da cultura, e nenhuma delas tinha a presunção de ser única. A única pretensão, ou até mesmo competição, que era travada silenciosamente entre elas, era a necessidade de dar um herdeiro ao rei. Apesar de serem mulheres jovens, isso não acontecia, e os boatos da esterilidade – entre outros – do rei já começavam a ser ouvidos.

De volta ao seu quarto, a cabeça de Carol queimava processando tudo aquilo. Ela nunca imaginou viver algo assim na sua vida. E se Azim não tivesse chegado? Seu estômago se contraiu entre o asco e o medo ao imaginar o que elas poderiam ter feito.

Soltou um riso de nervoso. Aquilo só podia ser uma piada. Poderia rir se não estivesse querendo matar alguém...

Ai, que ódio!

Gritou e, em um movimento rápido, passou seus braços pela imaculada penteadeira, espalhando todos os cremes, perfumes e produtos caros pelo chão. Viu quando as maquiagens se espalharam parcialmente abertas, algumas quebradas, esfarelando e colorindo o chão com suas nuances de cores, e sentiu um prazer sombrio quando alguns perfumes importados se espatifaram na parede, molhando o dourado requintado dos mosaicos. Ela não sabe como, mas a bomboniere foi parar do outro lado do quarto, deixando pelo caminho uma trilha de pequenos doces que se partiram em inúmeros pedaços. O cheiro almiscarado dos perfumes caros invadiu seus sentidos, e ela sentou-se, fraca demais para segurar o peso do próprio corpo.

Por que estava com tanto ódio?

Seu inconsciente zombava que não era apenas porque quase fora estuprada por um bando de mulheres.

Não, não era...

Sentia ciúmes...

Ele havia feito amor com cada uma delas... Na sua cabeça, até conseguia vê-lo nu com aquelas meninas, tocando seus corpos, beijando-os... Ouvia o som rouco de prazer que ele fazia, aquele mesmo som que acendia sua libido.

Sentia o cheiro...

Estava a ponto de enlouquecer, sua cabeça estava zonza de ódio. Algo vivo e carnal dentro dela resolvera dar as caras e parecia querer consumi-la. Drenava sua lucidez.

A porta foi aberta e ele entrou. Estava todo de preto. Carol sentiu sua respiração travando na garganta. Ele estava lindo!

Santo! Isso não é justo! E definitivamente não me ajuda!

Uma túnica magnífica até quase os joelhos, presa por dois botões na frente, gola mandarim e um intrincado desenho em fios acetinados também pretos que desciam dos dois lados. De repente sua mente deu um apagão e ela não conseguia raciocinar. Era como se estivesse sob a mira de uma arma. Uma arma psicológica com mais de um metro e oitenta, e todos os atributos físicos que lhe tiravam a lucidez. Não conseguia tirar os olhos dele.

Ele parou a poucos passos dela, olhando ao redor, para a bagunça espalhada por todos os lados.

– Ocupada? – Sua expressão era indecifrável, mas dava para sentir o sarcasmo em sua voz.

Carol balançou a cabeça e foi como se tivesse recolocado os pinos em seus devidos lugares; então o ódio, o ciúme, aquele emaranhado de emoções primitivas de momentos antes voltou com toda a fúria. Avançou para ele de punhos fechados. Ele segurou suas mãos no ar e, em um movimento rápido, a empurrou para a cama. Ela caiu de costas com os pulsos presos sobre a cabeça.

Ele estava posicionado sobre ela, segurando seus braços, apoiado sobre os joelhos, com o corpo pairando sobre ela, sem encostar, seu rosto bonito estava sério e aquele olhar...

Carol sentiu um frio na espinha. Sem conseguir reagir, com os pulsos aprisionados, sua raiva só aumentava. Sentia um joelho dele apoiado entre suas pernas, e o outro ao lado do seu corpo. Seus pulsos doíam. Tentou escapar, gritou, moveu o corpo até ele, tentando empurrá-lo para longe, mas ele se mantinha impassível, olhando em seu rosto, deixando-a com mais ódio ainda; estava com tanto ciúme que sentia seu corpo doente. Aquilo não acabaria bem. Ela sabia. Como poderia acabar bem se ela queria bater nele? Se ele a soltasse naquele momento, ela seria capaz de agredi-lo. Queria agredi-lo... Queria abraçá-lo... Queria que ele mandasse aquela insegurança para longe, que ele dissesse que ela era a única...

Queria apenas chorar.

Deus...

De repente o choro veio e ela virou o rosto, tentando fugir daquela avaliação meticulosa, tentando, quem sabe por um milagre, preservar sua abalada dignidade. E então ele a soltou.

Ela rolou da cama e já estava em pé novamente, dominada por uma torrente de palavras e lágrimas.

– Você dormiu com aquelas meninas? Como você pôde? São crianças... O que vocês fazem aqui? Você e seu harém fazem orgias, revezam? Você sabe a idade delas? Não devem ter mais que 17 anos! Como você pôde? De onde eu venho isso é estupro, sabia?

Tá bom, Carolina, acho que agora você exagerou!

Aos poucos o choro se foi, dando lugar à raiva novamente. Nunca sentira tanto ódio em sua vida!

De frente para ele, Carol parecia maior do que realmente era. Olhava-o com determinação, não podia vacilar, não aceitaria ser só mais uma. Não aceitaria que ele tivesse outras mulheres, isso era inconcebível. Imaginar outra mulher em seus braços, recebendo tudo aquilo que ela já conhecia, era como facadas em seu peito. Ela preferia morrer a ter de dividi-lo com outra.

Ali nada dizia... Não sabia lidar com aqueça situação. O que ele diria? O que ela condenava era uma tradição. Não era errado, era normal, permitido. Mas agora, olhando aquela pequena mulher, não sabia como conciliar suas verdades com sua nova realidade, parada a poucos passos, enfurecida, linda, conseguindo deixá-lo totalmente sem ação.

Queria calar aquela boca, castigar aquele corpo pelas palavras rudes que nunca ninguém ousara lhe dizer, principalmente sendo uma mulher, mas só conseguia olhar para ela, para aquele corpo curvilíneo e macio que tirava sua coerência.

Sentiu o desconforto do desejo em sua virilha, vendo-a agitar as mãos alvas e delicadas, com o anel de casamento que parecia grande demais no seu dedo, enquanto repetia sem parar a sua desaprovação.

E ele já quase nem a ouvia, seu sangue corria desenfreado nos ouvidos. Olhou a curva da cintura fina, os seios que arfavam com a sua ira. Os cabelos claros emoldurando o rosto bonito e transfigurado pela raiva. Quis correr as mãos por aquelas pernas macias... Sentir o rendado da calcinha sob seus dedos... Se não tivesse uma mesa cheia de representes de outros países lhe esperando naquele momento...

Deu um passo até ela, que elevou o olhar para ele, desafiadora. Aquele olhar despertou tudo dentro dele, seu sangue circulava feito fogo nas veias. Cerrou os pulsos, fechou os olhos, respirou fundo para se controlar e falou, pausadamente:

– Não posso fazer você entender uma tradição de milhares de anos em apenas algumas frases. Sou tão vítima dessas tradições quanto elas.

Carolina riu, sarcástica, fazendo um gesto de rendição com as mãos e deu as costas para ele, cruzando os braços na frente do corpo. Então ele se aproximou e ela pôde ouvi-lo soltar um profundo suspiro, podia ouvi-lo respirar atrás dela, sem se mover, como se a avaliasse. Sentia, mesmo sem ver, os olhos dele cravados em seu corpo.

O que ele está pensando? Será que eu fui longe demais? E se ele não me quiser mais? Que se foda! Não vou aceitar aquelas ninfetas se esfregando nele. Nunca!

Ela prendeu a respiração quando ele deslizou as mãos pelos seus braços, fazendo-a se virar. Ficaram se olhando por segundos antes de ele a puxar para si.

O rosto dele estava sério quando ele colocou o dedo indicador em seus lábios e sussurrou com voz grave:

– Agora chega!

Carol se assustou, e o que viu passar por aqueles olhos novamente fez seu sangue gelar. Então se lembrou de que, apesar do que sentia, não era nada naquele mundo, era apenas um objeto nas mãos dele, nunca poderia reivindicar nada, em nenhum momento estivera totalmente segura por sua vida. Ele ainda era um total estranho para ela, apesar de toda a intimidade vivida. O que ela sabia sobre ele? Poderia ser um sádico, um assassino, só esperando o momento de colocar sua insanidade para fora. Como podia sentir-se segura? Ele era um rei! Detinha o poder sobre todos, sobre ela! Ela fora raptada por ele, retirada da sua cidade à luz do dia... Tinha um segurança ameaçadoramente armado do lado de fora do seu quarto!

Mesmo sem acreditar nisso, ela sabia que ele poderia dar um fim à sua vida quando quisesse. Bastava um aceno, um elevar de dedos. E quem a socorreria?

Carol tremeu por dentro.

Então ele suavizou o olhar e, com a voz rouca e baixa, disse:

– Entenda, Carolina, você é novidade para elas, estão querendo saber quem é a mulher que roubou minha atenção. Querem sentir o cheiro que impregnou minha alma, querem tocar os cabelos onde eu poderia passar mergulhado todos os meus dias, querem sua pele, seus lábios, querem ter você para que através de você possam ter um pouco de mim. Elas querem você, mas não terão, pois você é minha, entendeu? E eu não costumo fazer orgias com elas, mas o que elas fazem entre elas não me diz respeito.

Quando ele terminou de falar, ela estava ofegante e com as pernas bambas. A guerra estava perdida para ela, estava convencida disso. O cheiro dele era sua rendição, tirava-lhe o ar, pura testosterona em confronto com seus hormônios alucinados. E aquelas palavras...

Tudo bem, pode desmaiar agora.

Então ele segurou sua nuca e tomou sua boca. Um beijo firme, áspero, punitivo, mas que despertou todas as células de seu corpo e fez seu sangue correr como um rio de lava. Ela gemeu e se aconchegou nos braços dele, roçando seus corpos e deslizando suas mãos pelas costas dele, esquecendo-se por completo de todos os medos, ciúmes, desconfianças e supostos crimes sangrentos que seu cérebro pudesse conspirar.

– Eu adoraria ficar aqui... – Ele estava ofegante e rouco quando falou. – Nada me daria mais prazer do que fazer você esquecer sua raiva, mas infelizmente não posso.

Ela engoliu em seco quando percebeu a que ele se referia.

Antes de soltá-la, ele correu as mãos pelo seu traseiro, apertando-a ainda mais de encontro à sua virilha. Ela o sentiu duro e seu coração descompassou.

– Oito horas! Esteja pronta. – Então ele a soltou e se encaminhou para porta.

Ela percebeu uma indecisão por parte dele quando ele tocou a maçaneta. Então ele praguejou e se voltou para ela, seus olhos estavam escuros e tinham um brilho perverso quando encontraram os seus, aquele olhar predatório que fazia seu corpo responder em todos os lugares, e Carol não sabe como, mas, nos milésimos de segundo em que se olharam, percebeu toda a sua intenção, clara como o dia.

Seu coração parou.

Oh, Pai... Isso vai ser intenso!

Ele ainda a olhava quando desabotoou a túnica e a retirou, jogando-a sem nenhum cuidado sobre a poltrona. Carol sentiu a respiração parando na garganta e tudo dentro de sua barriga se esquentou quando ele avançou para ela...

Em segundos, ela já estava nos braços dele, as pernas ao redor da cintura, os lábios colados. Sentiu a resistência fria nas costas quando ele a empurrou contra o espelho da penteadeira. Ouviu frascos caindo, talvez os últimos que persistiam em se manter de pé após o seu ataque de ciúmes. Sentiu o cheiro também.

Ele a beijava com paixão, mordendo seus lábios sem lhe dar a chance de respirar. Ela gemia sem conseguir fazer outra coisa. Ele a inclinou sobre a penteadeira, e ela ouviu o som do zíper. Prendeu a respiração quando sentiu os dedos dele na sua calcinha e, antes que pudesse pensar, ele empurrou com força para dentro dela. Ela soltou um grito e cravou as unhas nas costas dele, e ele falou baixo próximo ao seu ouvido:

– É isso que você faz comigo... Você me enlouquece...

Ele passou os braços por baixo das axilas dela, segurou seus ombros e a deitou no móvel.

– Enrosque suas pernas em mim.

Ela o fez, obedientemente, e então ele começou a se mover, como se quisesse abri-la ao meio. Os frascos restantes foram ao chão, e ela sentia as mãos dele segurando seus ombros, mantendo-a no lugar a cada arremetida.

Ah, Deus... Ele está me punindo...

Aquilo chegava a ser violento, mas de uma forma tão carnal e vital.

Ela se rendeu aos golpes e seu corpo respondeu aos gemidos roucos próximos à sua orelha. Não demorou para que sua coerência se fosse e ela deixasse seu corpo comandar, balbuciando frases desconexas, arqueando até ele, recebendo cada golpe com igual intensidade, até que não resistisse mais e se deixasse levar, explodindo de prazer ao redor dele, drenando suas forças e varrendo da sua mente qualquer pensamento coerente.

Estava zonza quando ele a puxou para que se sentasse. Percebeu ele se arrumando e, antes que pudesse pensar, ele a beijou suavemente no rosto, correndo as mãos por seus cabelos revoltos.

– Oito horas!

De repente ele já tinha saído, e ela continuava sentada sobre o móvel, questionando-se se não teria sido um sonho.

O que me faz acreditar que isso é real? Eu devo ter criado tudo na minha cabeça. Posso ter sofrido outro acidente, quem sabe ter caído da escada... Estou em coma novamente. É isso!

Tocou seus lábios inchados, tentando regular seus batimentos cardíacos, ainda sentindo seu corpo arder e pulsar.

Não! Definitivamente não era um sonho.

Preciso de um banho...

CAPÍTULO 11

Festividades

Quando Carol saiu do banheiro, já havia um batalhão de mulheres limpando tudo. Olhou cada uma delas com desolação e se dirigiu para o closet.

Almoçou e passou parte da tarde em frente à TV ouvindo o som da limpeza que as moças executavam nos frascos quebrados. Estava envergonhada.

Será que elas sabem? Desconfiam de algo? Bom, elas terão algo para conversar...

Ainda sentia algumas partes do seu corpo arderem, mas sua raiva, ou o seu ciúme, não tinha passado.

Por volta das seis horas, Syrie chegou com outras duas moças para ajudá-la a se preparar. Mesmo achando que não tinha necessidade, não discutiu. Após um banho relaxante, que não foi tão invasivo quanto o primeiro, as moças deram início ao trabalho.

Elas devem ter percebido que sou limpinha...

Ou sabem que você está limpinha, depois da última faxina que lhe deram...

Apesar da raiva que sentia, do ciúme que a assombrava e da insegurança que a torturava, pensou que isso seria motivo de muitas risadas se Juliana estivesse por perto.

Tudo era motivo de risos com Juliana por perto... Ainda mais com sacanagens...

Riu pensando na amiga, sentindo o deslizar da escova no cabelo repetidamente, como uma carícia. Seu cabelo foi repartido ao meio e preso atrás, a capa foi presa no alto da sua cabeça e ficou solta nas costas. Na testa, um cordão de pingentes de esmeraldas marcou a linha onde terminava o cabelo; os delicados pingentes em tamanhos variados desciam lindamente pela testa. A maquiagem foi feita e muito se assemelhava àquela feita no dia do seu casamento. Escolhera um conjunto de lingerie magnífico nas cores verde e prata, que realçavam seu corpo de forma pecaminosa. Corou ao se olhar no espelho, já imaginando como seria quando Ali o tirasse naquela noite. Sentiu o calor do desejo circular pelo seu sangue e se concentrar na parte baixa de sua barriga.

Tá vendo como você é uma puta? Nem se recuperou da foda da manhã e já quer mais!

Dessa vez era a voz de André que reverberava em seu cérebro.

Fez um gesto obsceno dentro da sua cabeça e ignorou o maldito.

Vestiu a túnica com a ajuda delas, que prenderam a faixa que descia por um dos ombros, transpassava na cintura e caía em um dos lados. Calçou sandálias prateadas, e escolheu pequenos brincos de esmeralda que combinavam com a linda pulseira. Olhou no espelho e nunca se sentiu tão bonita.

No horário combinado, ouviu uma batida leve na porta, pegou uma bolsinha de mão na cor das sandálias, agradeceu às mulheres com uma suave reverência e saiu. A noite estava quente e Hafez a aguardava; segurando seu braço, ele a conduziu pelo mesmo caminho que fizera com Ali no dia anterior. Subiram a mesma escada, seguiram pelo mesmo corredor e então ele a puxou para a esquerda, para aquela escada que ela vira, mas que seguira direto. Depois de dois lances magníficos de escada acima...

Ela prendeu a respiração... Chegaram à ala real... Carol arregalou os olhos, que giraram de um canto a outro, para as dezenas de portas fechadas que circundavam tudo, mas seus olhos queriam mais...

Ela olhou o centro daquele espaço aberto, muito semelhante ao do andar inferior, também rodeado e protegido por pilastras de mármore. Contornando as pilastras, um pequeno jardim cultivado e perfeito fez com que ela diminuísse o passo, já parando. Hafez também parou, esperando que ela satisfizesse sua curiosidade. Parada ao lado do jardim, ela estava sem ar, mas não via as flores, olhava para baixo, para os andares de baixo, visíveis... Olhou para cima, a cúpula magnífica estava mais perto, mas ainda assim tão longe... Luzes no alto adentravam, e os anjos pareciam diferentes, quase reais. Ela sentiu algo que não soube definir e recuou dois passos; Hafez aproveitou a deixa, puxando-a sutilmente para que continuassem. Dirigiram-se a uma das portas, a que ficava bem no canto, que dava acesso a uma sala de espera confortavelmente mobiliada com poltronas escuras e almofadas douradas. Hafez a direcionou para uma poltrona e fez uma pressão em seu braço para que ela se sentasse, ao que ela obedeceu prontamente. Ele foi até a porta e deu uma batida forte e seca, posicionando-se perto dela.

Carol passou os olhos pelo lugar, e lhe faltavam palavras para descrever o que via. Sentiu um perfume de rosas frescas e úmidas e viu um arranjo gigante de rosas vermelhas sobre uma mesa, ao lado do sofá em que ela estava sentada. A janela estava aberta, e o vento da noite balançava as cortinas que cobriam quase toda a parede trabalhada em algo que lembrava a madeira.

Ela continuou sentada, os olhos naquela porta de frente, incapaz de qualquer outra coisa; minutos, muitos minutos se passaram. Começou a se sentir desconfortável, suas mãos estavam geladas. Que horas seriam? Saíra do seu quarto oito em ponto. Odiava esperar, ainda mais quando não fazia ideia do que a aguardava. O guarda-costas moveu os pés, como quem encontra uma posição melhor, e ela olhou para os pés dele. Sapatos bonitos. Caros, com certeza. Subiu os olhos um pouco mais para as pernas dele, usava uma calça social de corte impecável... Só chegou até a calça, não conseguiu subir mais e voltou sua atenção para a porta fechada, já imaginando se seria o quarto dele e se alguma das "outras" dormia ali. O ciúme voltou a castigar seu peito, fazendo circular na sua cabeça aqueles rostos jovens. Não queria sentir nada, mas, só de imaginar elas dançando e se roçando nele, como fizeram com ela, já começava a sentir enjoo. A porta se abriu, tirando-lhe daquela tortura e fazendo-a entrar em outra. Levantou-se sem jeito e era como se estivesse na presença de outra pessoa.

Oh, misericórdia, senhor... Estou morta! Deveria ser crime ser tão bonito!

Ele usava um traje cerimonial típico, com um turbante verde-petróleo entrelaçado por fios de ouro. A túnica descia até os joelhos, presa por um único botão na frente, e era feita do mesmo tecido do turbante. Usava calças beges e, por baixo da túnica, camisa da mesma cor das calças.

Ela já estava começando a se familiarizar com a sua vergonhosa incapacidade de falar na presença dele, então não estranhou quando ficou mais uma vez sem fala contemplando aquela imagem. Na verdade, ela não queria falar, queria apenas atender ao pedido de seu corpo e se enfiar em algum quarto com ele; precisava esgotar aquela ânsia que sentia quando olhava para ele...

Ele também a observava sem nem mesmo disfarçar, talvez percebendo seu embaraço, ou ciente do efeito que causava nela, então deu um sorriso encorajador e tomou suas mãos, já familiarmente frias, entre as suas.

Carol soltou um suspiro quando ele se inclinou e beijou seu rosto, detendo-se um pouco mais, roçando o nariz na sua pele.

E o cheiro... Aquilo era veneno em suas veias...

Carol já estava de pernas bambas quando ele falou:

– Você está linda... Não vejo a hora de arrancar essa roupa de você!

Quê? Misericórdia!

Ela sentiu um choque percorrer todo o seu corpo. Olhou rapidamente para o guarda-costas. Ele ouvira aquilo? Ele olhava na direção contrária, mas é claro que ouvira! Teria entendido?

Santo Pai!

Seu rosto deve ter ficado roxo, e ele sorria, se divertindo com o constrangimento dela. Antes que se recuperasse do embaraço, ele já a puxava pela mão, e juntos desceram todas as escadas que os levariam à saída. Outros seguranças iam se juntando ao longo do caminho, e havia outros tantos ao lado dos carros; deveria ter uns cinco carros pretos enfileirados, mas Carol apenas deduziu, pois não conseguiu olhar e muito menos contar. A limusine que ela já conhecia estava no meio dos outros carros. Ali a ajudou a entrar e se sentou ao seu lado. Hafez e outro segurança sentaram-se de frente para eles. Era a primeira vez que saíam juntos, e ela estava nervosa. Evitou olhar para qualquer um deles, seus nervos estavam à flor da pele e muitas coisas passavam pela sua cabeça.

Aonde será que estamos indo? Devo confiar nessas pessoas?
Quem são essas pessoas? Essa é a pergunta que você deve fazer.

Olhou os pés do segurança que a buscara no quarto. A calça subira um pouco e agora dava para ver as meias, mas ela viu algo mais. Havia uma arma em seu tornozelo. Ela gelou e ele, parecendo perceber seu interesse, puxou a calça suavemente, encobrindo o pequeno coldre.

Eles são árabes. Armas de fogo podem ser bálsamos se comparadas a arenas e pedras...

Carol estava gelada e Ali, percebendo, a olhou preocupado.

– Está tudo bem?

Ela assentiu, assustada com seus pensamentos, e desviou o olhar rapidamente, com medo de que ele pudesse perceber o que a afligia. Ele levou a mão dela aos seus lábios e beijou suavemente a pedra da aliança, como se demonstrasse alguma devoção religiosa por ela. Ela parou de respirar. Na verdade, ela parou de respirar, pensar, conspirar... Só conseguia fazer aquela cara de boba, olhando aquele rosto lindo que a olhava de volta quase com adoração, movendo o dedo suavemente entre os seus...

Foram recebidos por uma multidão de pessoas, homens uniformizados formavam um cordão de isolamento, enquanto ele cumprimentava a todos com carinho. Carol sentia que ele segurava sua mão com firmeza, e não pôde deixar de sentir uma pontada de orgulho; sentia-se encantada por estar com ele, por sentir a firmeza de sua mão, como se quisesse dizer a todos a quem ela pertencia. Nem conseguia acreditar que tantas coisas haviam acontecido em tão pouco tempo.

Quatro dias? Estou com ele há apenas quatro dias?

Pareciam décadas... Tudo o que vivera, toda a sua vida antiga estava nublada e sem cor naquele momento. Seu mundo parecia pequeno e sem graça se comparado a tudo que vinha sentindo, e aquilo era assustador e incrivelmente intenso. Olhou para ele enquanto entravam, pensando que ele era o homem mais sexy e interessante que já vira em toda sua vida.

Eles foram acomodados em cadeiras bonitas e decoradas, e até aquele momento Carol não fazia ideia de que festa era aquela. Imaginou que fosse algum evento beneficente; foi somente quando suas cadeiras foram levantadas e eles circularam pelo salão ao som de urras e risos que ela desconfiou. Aquele era o último dia das festividades do seu casamento, e, apesar do embaraço inicial, ela não conseguiu deixar de sorrir enquanto segurava firme nos braços das cadeiras.

Estava sorrindo de orelha a orelha, e seu rosto, desacostumado ao exercício, já começava a sentir as contrações das cãibras. Sentia-se uma adolescente bombardeada por altas doses de adrenalina.

Carol sustentou o riso mesmo quando já estavam novamente no chão, e seu rosto estava quente e relaxado. Recuperando parte do seu autocontrole, olhou para Ali, que a observava embevecido.

– Tem ideia de como você fica linda sorrindo?

Tem ideia de como eu te amo?

Quê? Que pensamento foi esse?

Santo Jesus... Sim, eu o amo! Como poderia não amar?

Aquela revelação atordoou seu cérebro, aqueceu seu rosto e fez seu coração acelerar ainda mais. Ele ainda a avaliava, com aquele olhar que desnuda a alma, quando as bebidas foram servidas; um líquido refrescante desceu saborosamente pela sua garganta. Não era alcoólico e ela não fazia ideia do que fosse. Os pratos, inúmeros deles, de todos os tipos e cores, começaram a ser servidos. Carol olhou desconfiada cada um deles, sondando, como era do seu costume, se não poderia haver carne condimentando algum vegetal inocente.

Ali percebeu e veio em seu socorro.

– São vegetarianos, Carolina, coma sem medo.

Enquanto ela procurava os talheres, ele pegou um pouco de um colorido e perfumado prato à sua frente e modelou em seus dedos um pequeno bolinho, que mergulhou delicadamente em um molho avermelhado.
– Abra a boca.
Quê?
Ele repetiu a ordem com o olhar e ela o fez, obedientemente.
Com cuidado, ele introduziu o bolinho em sua boca, e ela viu a boca dele se abrir levemente e aqueles olhos escurecerem quando seus lábios se fecharam ao redor dos dedos dele. O sabor agridoce foi um deleite para seu paladar, enquanto o inusitado ato fazia seu corpo responder em outras partes.
Deus... Ele está me alimentando. Como isso pode ser tão sexy?
Ele fez outro bolinho e novamente seu paladar respondeu em várias partes de seu corpo. Ela gemeu baixinho e segurou a mão dele um pouco mais em sua boca.
A expressão dele mudou. Ele ficou sério e, com a voz baixa e rouca, falou próximo ao seu ouvido, apertando todos os deliciosos músculos recém-descobertos:
– Eu quero...
Ela quase engasgou.
O quê? Aqui?
– Vamos... Tenho fome!
Jesus!
Ela percebeu que, apesar de o assunto ser comida, ele se referia a outra coisa. Engoliu em seco e se mexeu desconfortável em sua cadeira, tentando ignorar o desejo crescente por aquele homem.
Olhou para ele, que estava muito próximo, e decidiu controlar sua vontade de enfiar a língua naquela boca, aceitando o jogo que ele estava fazendo.
Eu alimentá-lo? Ele está se divertindo, não é? Eu posso fazer isso... Posso alimentá-lo! Claro que posso.
Ali se divertia. Vê-lo sorrindo daquele jeito era entorpecente...
Carol estava encantada e era como se estivessem sozinhos; os sons e vozes não adentravam a bolha de sensações que os envolvia. Ela então pegou uma pequena porção colorida e modelou um bolinho; não tinha a habilidade dele, mas o resultado ficou bom. Mergulhou no molho agridoce e introduziu na boca dele lentamente. Sentiu a língua dele tocar rapidamente seus dedos e seu corpo reagiu de todas as maneiras que julgou possível.
Ele segurou sua mão e, sensualmente, chupou os resquícios do molho de seus dedos.
Misericórdia!
Pequenos choques de prazer percorreram cada parte do seu corpo, e, antes que ela pudesse se recuperar do ritmo descontrolado de seu peito, dezenas de jovens dançarinas do ventre entraram dançando desinibidas, balançando seus pingentes, fazendo uma coreografia exótica e sensual, e foi nesse momento que a noite deixou de ser divertida. Elas traziam espadas nas mãos, as quais manejavam, acompanhando o ritmo da música, num ousado e erótico jogo de movimentos.

Chocada, Carol não conseguia desprender os olhos da cena que presenciava, e quando toda aquela encenação nauseante parecia terminar, outra dançarina entrou sozinha, dando seguimento ao seu mal-estar.

Trazia enrolada em seu corpo uma enorme cobra, que, alheia a toda aquela exibição, demonstrava ser um animal calmo e com "sangue de barata", já que não demonstrava qualquer perigo à sua companheira de dança.

Como tradição, o noivo foi logo rodeado por elas, que se insinuavam, ignorando Carol completamente. A dança exótica, ou erótica, o divertia e já começava a deixar Carol com vontade de quebrar aqueles pescoços dançantes.

O que Juliana diria?

Alguns palavrões...

Muitos palavrões!

Talvez ela se juntasse às moças e dançasse para ele...

Talvez fizesse um *strip-tease* para ele...

Na frente de todos!

Carol soltou um suspiro e fechou os olhos, evitando assistir àquela cena que parecia cada vez mais nauseante a cada mover de pingente...

Se Carol soubesse que aquela era uma brincadeira que faziam com os noivos, talvez até tivesse achado divertido, mas sentiu tanto ciúmes que ouvia seu sangue correr desenfreado dentro de seu ouvido.

O que está acontecendo comigo? Eu nunca senti ciúmes! Não sou assim...

Em primeiro lugar vinha sua insegurança, na sequência o episódio não digerido da manhã onde ainda desfilavam as inconvenientes imagens e os jovens rostos, e agora as dançarinas...

O que ela faria se soubesse que ele poderia ter quantas esposas quisesse? Que poderia ter qualquer uma daquelas meninas bonitas que se insinuavam despudoradamente para ele?

Era melhor que ela digerisse primeiro os problemas que já tinha.

Percebendo sua expressão, Ali pegou suas mãos e as beijou.

– Suas mãos estão frias, relaxe e tente se divertir. – Aquele gesto gentil a pegou de surpresa.

Olhou para ele com um sorriso irônico e, antes que percebesse ou pudesse evitar, respondeu com sarcasmo:

– Talvez você esteja se divertindo por nós dois.

Mergulhou nas profundezas de sua raiva, sentindo o ciúme amargar sua boca. Sem a proteção do seu quarto familiar, sentia-se uma estranha no ninho, entre tantos rostos diferentes, e aquelas vozes que entravam na sua cabeça já não lhe causavam um bom efeito. Pareciam vir de longe, como zumbidos ecoando em seu cérebro. Era como se ela tentasse falar e não conseguisse, ou tentasse ver e não fosse possível; na verdade, era como um pesadelo, só que ela tinha certeza de estar acordada.

Ele a olhou por alguns momentos, estudando sua expressão, e de repente um ar de divertimento surgiu em seu rosto:

– Está chateada por causa das dançarinas? Está com... Qual é a palavra...
– Raiva, ódio? – ela interrompeu sarcástica.
– Não, é outra...
– Nojo? – Ela sabia qual era a palavra que ele procurava, pois era exatamente o que ela sentia: ciúmes.

Mas não era só isso... Havia um emaranhado de sensações em seu peito que pensou que fosse sufocar. Mas não daria a ele o gostinho de admitir; se ele quisesse, teria que descobrir sozinho.

– Ciúmes! Está com ciúmes das bailarinas – disse zombeteiro, se divertindo com o ódio dela.

Prepotente! Bastardo! Maldito!

Ela nada respondeu e se afundou emburrada na cadeira. Ele achou melhor se calar também e não se falaram mais durante toda a festa.

Ao que lhe pareceu ser o final da festa, ele se levantou, estendeu a mão para ela e juntos circularam entre as pessoas. Os seguranças estavam muito próximos, evitando que tocassem neles.

– Sorria, Carolina! – Encorajou-a com um sorriso, mas ela percebeu que ele não sorria de verdade. – Sorria! – Aquilo lhe soou como uma ordem.

Ela sorriu. Não queria piorar a situação e admitia que não se sentia nem um pouco segura dentro do seu novo mundo de sexo alucinante e emoções em desalinho.

As pessoas aplaudiam e começaram a gritar em uníssono alguma coisa que ela não entendia. Ele sorriu, aparentemente sem graça, e olhou para ela.

– Eles querem que nos beijemos.

Ela sentiu seu sangue ir todo para aquela região escura e inexplorada que a perturbava tanto desde que aportara naquele mundo.

Santo Pai...

O que diria? Quase engasgou, enquanto ele avaliava seu rosto com aquele olhar que conseguia molhar algumas partes ainda inconfessáveis do seu corpo. Engoliu em seco, ele esperava uma resposta. Centenas de rostos esperavam o beijo, mas ela não foi capaz de olhar em nenhuma direção. Estava sem ar quando sussurrou, sem conseguir olhar novamente em seus olhos:

– Ok...

Ele enlaçou sua cintura e ela apoiou as mãos em seus ombros, com o sangue batendo em sua cabeça. Fechou os olhos e entreabriu os lábios quando sentiu os lábios dele suavemente pousarem nos seus. Um choque percorreu todo o seu corpo. Os lábios dele estavam suaves, macios, deveria ser como um beijo de televisão, sem língua, apenas o contato dos lábios, sincronizando uma coreografia.

Simples. Deveria ser um beijo sem emoção.

Então por que sentia seu corpo arder de desejo por ele? Sem perceber, gemeu baixinho e entreabriu mais os lábios, que foi a deixa para que ele a apertasse e introduzisse a língua em sua boca, devastando sua percepção de que havia centenas de olhos os assistindo.

E então ela estava perdida novamente nas profundezas daquele mundo sombrio que mal conhecia. Suas pernas estavam bambas, então se aconchegou mais a ele, buscando apoio. Sentiu a ereção dele próxima à sua virilha, e um desejo quente e profundo alagou seu ventre, alheia a tudo que acontecia à sua volta.

Não tinha consciência de nada, exceto por aquela avalanche de sensações que castigava seu corpo, fazendo-a ansiar pelo alívio que só o corpo dele podia lhe dar.

Então ele a soltou.

Agradecida por poder respirar, percebeu que ele ainda detinha certo controle sobre a situação. Ouvia os aplausos. Seu corpo ardia, estava com o rosto em chamas, literalmente em chamas. Sua pele ardia sob o olhar daquelas pessoas, e ela só conseguiu abaixar o rosto enquanto ele a conduzia até a saída.

No caminho de volta, suas atenções se voltavam em direções contrárias, cada um absorto em seus próprios pensamentos. Ela achou melhor assim, não queria tê-lo em seu quarto aquela noite. Precisava recuperar seus sentidos, queria que ele soubesse e sentisse sua falta de interesse.

Seu inconsciente deu uma gargalhada.

Piada? Conta outra...

Vá pro inferno!

Levou a mão às têmporas, massageando-as suave e instintivamente, tentando se encolher em um canto do banco; estavam muito próximos e ela podia sentir o calor da perna dele, que tocava suavemente a sua, a respiração calma e cadenciada, que parecia incompatível com a sua, que saía aos trancos e que ela tentava de todas as formas disfarçar. Seu corpo ainda ardia, incomodamente molhado em muitos lugares.

Merda... Por que é tão fácil pra ele?

Mexeu-se desconfortável quando o carro parou. Os seguranças desceram e se posicionaram do lado de fora. A porta foi aberta, e ele desceu, estendendo a mão para ela, enquanto seus olhos profundos encaravam os seus. Ela colocou sua mão na dele e deslizou para fora. Então ele a tomou nos braços e a carregou, sendo acompanhado de perto pelos seguranças. Totalmente sem graça, Carol ficou sem saber o que fazer ou dizer enquanto ele a carregava escada acima. Ficou aliviada de não conhecer nenhuma daquelas pessoas que os rodeavam.

As coisas não estavam saindo como ela planejara, não era assim que deveria ser o desfecho daquela noite.

Não, não, não...

Seu corpo todo já a alertava do que estava para acontecer. Percebeu que ele se dirigia para o lado oposto ao seu quarto e só então notou que estavam indo para o quarto dele. Seu rosto quase que roçava no dele e novamente veio aquele desejo de beijá-lo.

A porta foi aberta por Hafez, que permaneceu do lado de fora enquanto ele a colocava na cama. Carol deu uma olhada rápida ao redor, mas sabia que não conseguiria guardar nenhum detalhe, pelo menos não da forma que estavam seus sentidos.

Ali se aproximou sem nenhuma demonstração de cansaço, apesar de todos os lances de escada que subira com ela nos braços, e desenrolou o turbante lentamente com os olhos fixos nela. Ela prendeu a respiração. Seus cabelos apareceram, emaranhados e joviais, e pareciam pedir que dedos se enroscassem nele.

Ajudaria se eu não estivesse com tanta vontade de te beijar agora, seu maldito!
Suspirou e revirou os olhos para si mesma.

– Desculpe-me, Carolina. Sei que seus costumes são diferentes. Não queria magoá-la, as dançarinas são uma tradição por aqui.

Ela ouvia, mas o assunto que realmente a incomodava era outro.

– E quanto às suas outras esposas? – Sua voz saiu surpreendentemente trêmula, não sabia que estava tão nervosa.

Ele manteve o olhar fixo, sem nada responder, deixando aquela lacuna horrível que o nervosismo preenche da forma que quer.

– Você tem outras mulheres... Eu vi cada uma delas, e, acredite, não vou esquecer! – Sorriu nervosa. Ele nada disse e ela continuou: – Quer dizer que nunca o terei só para mim? Terei que me acostumar a conviver com elas, ser amiga delas? Dividir você?

Ela fez uma cara de asco quando disse a última pergunta, deixando mais do que clara sua aversão ante a possibilidade de dividi-lo com outras mulheres. Ele não dizia nada, mas ela ainda tinha coisas entaladas querendo sair...

– Então é isso? Foi pra ser mais uma na sua vida que você me roubou? – A última pergunta saiu mais alta do que ela queria, havia algo de indignação no final da frase.

Ele enrugou a testa, apertando os olhos ameaçadoramente, e elevou o dedo. Era um aviso de que ela deveria se calar. Mas ela não queria se calar, e, tirando coragem de algum lugar desconhecido, talvez do sentimento recém-descoberto por ele, continuou:

– Elas são crianças! Nem mulheres elas são para que eu possa entrar em uma disputa por você!

O que eu estou dizendo? Estou aceitando esse destino como uma vagabunda fácil?
É isso que você é, Carolina. Uma putinha de esquina!

– Quer que eu seja só seu? – Ele elevou a sobrancelha e sua expressão era de uma arrogante satisfação. Ela já não sabia se sentia ódio ou se estava ainda mais atraída por ele.

Sim, eu quero!

– Não, não quero. Você sabe que eu irei embora em breve – falou desviando o olhar e cruzou os braços na frente do peito.

Carol precisava defender sua dignidade, mesmo que naquele momento ela estivesse esmagada e parcialmente aniquilada.

Ele deu um profundo suspiro e segurou o braço dela, trazendo-a para junto de si.

– Não, eu não sei! Quem lhe disse isso? Você me pertence, seu lugar é comigo. Amanhã você se mudará para este quarto, quero você comigo todas as noites. Foi pra isso que eu te roubei – ele disse, dando uma ênfase de sarcasmo no "roubei", e sua expressão de satisfação dera lugar à certeza. – Não há lugar neste planeta onde possa se esconder de mim, Calina!

Calina?

Seu pai a chamava assim quando ela ainda era uma menininha, e nenhuma outra pessoa que não fosse da família sabia disso.

Ele ainda a olhava com determinação quando completou:

– *Ia euiuni*... Eu te amo...

Ela sentiu náusea e sua cabeça girou.

Deus... Ele disse que me ama!

Escrava dos seus carinhos, escrava do que sentia, e ela não sabia o que era pior, mas só conseguia pensar que agora a coisa desandaria de vez, pois não teria nem ao menos um quarto privativo onde pudesse colocar seus pensamentos em ordem.

Sua cabeça estava naquele apelido de infância que ninguém além de sua família conhecia. Seu pai dizia que ela combinava com Calina, que esse nome lhe soava meigo e acolhedor; já sua mãe dizia que ela já tinha um nome, e que era idiotice chamar de outro, por isso, ele a chamava pelo apelido apenas quando estavam sozinhos, ou dizia baixinho em seu ouvido, como se fosse um segredo dos dois, e ela amava...

Olhou para Ali. Como ele poderia saber? Era algo tão íntimo, nunca contara a ninguém...

Ele sabia muito mais que isso, sabia que ela amava animais, pores de sol e noites estreladas; que adorava sorvete de creme com bolo de chocolate, tendo o cuidado de colocar o sorvete sobre a fatia, para que o bolo congelasse... Ele sabia o nome de todos os seus familiares, sabia seu número de Registro Civil e Registro Geral, conhecia toda a sua história de dor e de realizações, conseguia enxergar sua alma compassiva e, apesar de nunca ter dito "eu te amo" a ninguém que não fosse da sua família, o som daquelas palavras, quando pronunciadas, não soaram estranho para ele. Sabia o que sentia por ela há muito tempo, sabia também que diria um dia, mas não imaginava que fosse tão depressa.

Carol engoliu em seco.

Ele segurou seus ombros, fazendo com que ela o encarasse. Havia ansiedade em seus olhos? Talvez um toque de impaciência, ela não soube definir. Ficaram se olhando por algum tempo, ela sentindo aquelas mãos fortes segurando seus braços, pressionando sutilmente, como se esperasse por uma resposta. Não conseguiu encarar aqueles olhos por mais tempo, e baixou o olhar, fixando-o no peito dele, que se movia acompanhando a respiração tensa daquele momento.

Diga pra ele!
Não posso...
Claro que pode! Diga que o ama!
E se ele me deixar? E se eu sofrer?
Sofrer faz parte, seja feliz agora!
Não consigo...

Sem saber o que viria a seguir, temendo que ele dissesse algo que a desarmasse por completo, desejou que o chão se abrisse e ela fosse tragada para as profundezas do seu inferno particular.

– Eu só espero que me aceite naturalmente. Não quero te obrigar a nada – ele disse, forçando seus braços para que ela voltasse a olhar para ele.

Seus olhos estavam escuros, sombrios.

Como assim? Se eu não aceitar, será à força?

Carol podia sentir seu próprio coração quase saindo pela boca, enquanto mantinha os olhos nele, quase sem conseguir respirar; havia um peso em seu peito, impedindo o ar de entrar. Não entendia como uma situação podia ser tão difícil. Ele queria uma resposta e ela não sabia o que dizer, queria dizer tudo o que sentia, mas não ousava admitir. Temia tanto que baixando a guarda viesse a sofrer novamente... Mas queria desesperadamente que ele a abraçasse.

Por favor, me abraça, por favor...

De repente ele a soltou e ela caiu pesadamente na cama, com lágrimas já saindo quentes e fartas. Ele saiu com passos decididos, e ela ouviu quando ele ligou a TV na sala ao lado e, sozinha, chorou até quase perder as forças.

Carol soltou o cabelo, tirou o traje, as joias e se enrolou no lençol da cama. Precisava ir ao banheiro, mas não fazia ideia de onde ficava. Teria que esperar. Adormeceu sozinha em um canto daquela cama enorme...

Foi acordada horas depois por sons de piano e demorou a entender. Os belos e tristes acordes chegavam docemente até ela. Ainda enrolada no lençol, caminhou devagar, seguindo a música que parecia vir da sala ao lado, e parou sem ser percebida pelo pianista.

Ali tocava um piano enorme, que ficava de frente para a sacada. A porta estava aberta e a luz da lua iluminava a cena de forma poética. Ela permaneceu ali parada, observando e desejando aquele homem com tanta intensidade que sentiu um mal-estar físico. De repente ele a notou e o encanto se desfez.

– Me desculpa, não pensei que fosse te acordar... – ele disse já se levantando.

– Não precisa se desculpar, e você não me acordou...

Mentiu.

– Volte para a cama, Carolina...

Volte para a cama... Antes que eu te coloque sobre este piano...

Ele deu as costas para ela e, de frente para a sacada, acendeu um cigarro, tentando ignorar seu desejo. Não era um selvagem...

Carolina ficou olhando para ele, os ombros largos, as calças do pijama descendo pelas pernas... Sentiu um arrepio.

O que ela não daria para se enfiar naquele abraço? Por que não era mais ousada? Por que não era como Juliana?

Se fosse ela, já estaria dando pra ele em cima do piano.

Expulsou o pensamento indesejado e, sentindo a frieza dele, engoliu novamente tudo o que sentia, certa de que, se ele a tocasse naquele momento, seria capaz de dizer tudo, todo o seu amor, sem reservas. Mas ele não a tocou, e ela voltou para a cama, onde, novamente, chorou até a exaustão, ouvindo seu inconsciente repetir sem parar que ela estava no lugar errado, no mundo errado.

Sua autoestima voltou para o seu sono secular...

CAPÍTULO 12

Esqueça os medos e viva!

Quando acordou, com a claridade do sol invadindo parte do quarto, percebeu por uma fresta do olho que uma moça arrumava a mesa do café. Sua cabeça parecia um grande e oco balão. Passou os olhos para o dossel que descia daquele emaranhado de esculturas do teto. A cortina estava toda no canto, um amontoado magnífico de tecidos... Quando a moça do café saía, ela se sentou lentamente e tentou ficar de olhos abertos. Gemeu, levando a mão à testa, e deslizou da cama. Certificou-se de que estava sozinha e caminhou pelo quarto, gemendo novamente enquanto apertava as têmporas.

Preciso de um analgésico.

Aos poucos, sua dor de cabeça foi sendo substituída pelo deslumbramento diante de tudo o que via. Piscou várias vezes, tentando manter os olhos abertos.

Uau!

Aquilo era realmente magnífico... Olhou novamente o dossel, era um sonho; as bordas se sobressaíam como se fossem a borda de um telhado. Um telhado sem telhas, perfeito e exuberante... Assim como os detalhes das portas gigantes, que dividiam um cômodo do outro.

Havia tanta riqueza nos detalhes, tanto bom gosto, que, mesmo olhando horas a fio, ainda se podia encontrar alguma coisa nova. As paredes eram revestidas por um material que lembrava louça ou vidro, ela não conseguia descrever, e havia formas, desenhos... E a altura do teto, que descia em forma de pirâmide, terminando com um lustre espetacular. Em cada canto daquela pirâmide magnífica, bem no alto, esculturas perfeitas, silenciosas e belas, assistiam a tudo... Era indescritível!

Carol sentiu um arrepio.

Parecia ter entrado em algum livro, alguma história épica. Tudo o que deslumbrara no quarto que ocupava perdia vergonhosamente para o que via ali, inclusive o banheiro, que fora dividido por um vitral magnífico em tons de cinza, que recriava uma paisagem montanhosa, e tentava ocultar uma pequena academia que havia dentro dele, com todos os tipos de aparelhos.

Ele deve malhar.

Pensou nisso já se lembrando do corpo dele, dos braços fortes... A sensação carnal que vinha sentindo nos últimos dias apertou sua barriga. Tentou expulsar aquela sensação repentina.

Uma das paredes da pequena academia fora revestida por espelho e dava a ilusão de que aquele espaço era bem maior do que realmente era.

Carol olhou o reflexo da estranha apenas de lingerie enrolada em um lençol, que a fitava parada, com os olhos de quem chorara demais, e um emaranhado de cabelos longos e finos precisando urgentemente de água, para domar a rebeldia.

Por que você acha que pode ser feliz? Acorde! Olhe pra você!

Olhou sem nenhuma simpatia para a estranha que a fitava de volta.

Um arrepio desceu pela sua barriga. Fez uma careta, voltando-se para o banheiro. Realmente precisava fazer xixi...

A banheira grande lhe convidava para um banho, mas ele podia esperar. Se fosse em outras circunstâncias, pensou que adoraria relaxar na água morna.

Aproximou-se da sacada sem conseguir sair; era grande e havia dois sofás de madeira com estofados bonitos. Escorregou a mão pelo piano, visualizando-o sentado, extraindo daquele emaranhado de peças tão bela melodia. Contemplou a visão logo abaixo, o jardim em que estivera algumas vezes. Podia até ver o seu antigo quarto. Olhou para a frente, para a paisagem que se perdia, e dava para ver o mar e o horizonte ao longe.

Uma prateleira de perfumes lhe chamou atenção. Chanel, Christian Dior, Dolce e Gabanna e outros que ela não conhecia. Estava tão concentrada nos odores, que não percebeu que ele entrara e que a observava interessado, enquanto ela se curvava para alcançar os frascos que estavam na parte de trás.

– É uma bela vista...

Ela soltou um pequeno grito e quase deixou um frasco cair de suas mãos.

Jesus, Maria e José!

Ele estava realmente lindo! Usava uma túnica perolada até um pouco acima dos joelhos, totalmente aberta. Por baixo, vestia uma calça cinza com o cós baixo, que marcava... Usava cinto e uma camisa na cor vinho por dentro da calça.

Oh, Deus! Podia facilitar um pouco... Isso não me ajuda!

Só conseguia olhar para ele, que percebeu e deixou transparecer um leve ar de divertimento em seus olhos escuros, mas Carol percebeu que havia algo mais. Havia paixão, e ela pôde sentir a eletricidade que os ligava. O desejo por aquele homem se apoderou do seu corpo como uma vingança e teve que se controlar para não enterrar suas mãos naqueles cabelos, reivindicar aquela boca e se esfregar naquelas roupas caras e bonitas. Ele percorreu o corpo dela com o olhar, e ela sentiu o desejo correr quente. Gentilmente, ele retirou o frasco de perfume que ela apertava, recolocando-o no lugar, e estendeu a mão. Ela aceitou e prendeu a respiração, na doce espera do que estava por vir.

Eu o quero tanto... Quero sua boca, sentir suas mãos...

– Venha. Vamos tomar café. Seus pertences já serão trazidos.

O quê? Não! Não quero café!

E ela quase fez beicinho, emburrada como criança que é privada do doce.

Ele foi até o closet e de dentro de uma gaveta tirou uma camiseta, que lhe entregou.

– Vista isto até que suas roupas cheguem.

Ela levou a camiseta ao rosto e aspirou o perfume dele, que podia ser sentido discretamente. Vestiu-se apressada, com medo de que ele a olhasse novamente, e se sentou.

– Está bravo?

– Não.

– Parece que está.

– Só estou cansado...

Cansado...

Ela sabia o que aquela resposta significava. Fazia uso dela o tempo todo. Quando, em seu sofrimento solitário, sua expressão quase sempre desolada despertava a curiosidade em alguém do seu convívio, era essa mesma frase que ela usava, conseguindo assim desviar o assunto para o seu trabalho. Fizera isso tantas vezes, que seu "cansaço" começou a incomodar algumas pessoas, que chegaram a lhe sugerir que tirasse férias.

Deve ter se cansado de você, por isso não quer te tocar.

Fez uma careta quase imperceptível, respirou fundo e decidiu falar:

– Desculpe por ontem, mas tudo isso é muito difícil pra mim. Você diz que nos pertencemos, mas não fui eu quem escolheu esse caminho. Ninguém me deu a chance de decidir, e ver aquelas meninas... Elas poderiam ser suas filhas.

Ele a olhou e, respirando fundo, falou com gélida calma:

– Não... Elas não poderiam ser minhas filhas, pois eu nunca criaria minha filha para isso. Criar uma menina, desde ainda criança, para seduzir um homem... Você não tem ideia das coisas que elas fazem... – Ele fez uma pausa e fechou os olhos, como se o simples pensamento o deixasse envergonhado.

Ela corou e abaixou a cabeça com os olhos fixos no diamante da sua magnífica aliança de casamento.

– Crianças não fazem essas coisas... Elas são mulheres, Carolina! Mulheres que querem e sabem o que fazer para que um homem as possua. Não existe inocência... Você, na sua inocência, é mais criança do que elas.

Ela ouvia tudo de cabeça baixa, lembrando-se do episódio que vivera, e concordando, mesmo que a contragosto, com o que ele lhe falava. Mas ele ainda tinha coisas a dizer e ela ouviu calada.

– Talvez você argumente que eu gostei e me aproveitei disso, e eu concordo. Sou homem, estou em posição privilegiada, me casei com cada uma delas, fui o primeiro homem a ter seus corpos, mas eu te garanto que a inocência dos corpos não condizia com as ações.

Ele se calou, e o silêncio que se seguiu parecia gritar aos ouvidos dela.

Ele despejava o café nas xícaras, e ela não conseguia desgrudar os olhos dos movimentos que ele fazia. Mas então resolveu que precisava aproveitar aquela conversa.

– Elas foram preparadas para você, mas e eu? Onde eu me encaixo? – Fez uma pausa, esperando uma resposta que não veio. Percebeu que ele a olhava.

Deus...

Aquele olhar na sua pele não estava ajudando. Precisava dizer como se sentia, precisava descobrir algo. Puxou uma mecha de cabelo para a frente e desviou o olhar para poder continuar:

– Não sou tão bonita, sou muito mais velha do que suas esposas e, se é um herdeiro que você procura, não posso lhe dar. – Sua voz quase não saiu.

Fala, mulher, pare de coaxar!

Ele continuava olhando para ela, sobrancelhas levemente arqueadas, e Carol se questionou se ele havia entendido sua pergunta.

Talvez ele não tenha te ouvido, imbecil!

Então ele se levantou e a puxou para que ficasse em pé também; sem tocá-la, aproximou seu rosto do dela, roçando o nariz em seus cabelos, e o cheiro dele invadiu cada molécula do seu torturado corpo, então ele caminhou até a porta, trancando-a. Carol sentiu seu coração dar trancos e sua respiração parar na garganta. Pensou que fosse desmaiar.

Deus pai! Ele só fechou uma porta... Como ele faz isso comigo?

Ele retirou a túnica, colocou sobre uma poltrona, e desabotoou dois botões da camisa sem retirar os olhos dela. Ela não conseguia entender como o simples ato de desabotoar uma camisa podia ter aquele efeito por todo o seu corpo.

Deus...

Ele caminhou de volta, calmo, como um tigre encarando sua presa, e ela esperou o ataque, como a presa que se rende, incapaz de mover um músculo, incapaz de desviar o olhar do ataque iminente.

– Quem disse que você não foi preparada para ser minha? – A voz dele estava incrivelmente baixa e rouca, vibrando em seus ouvidos e invadindo a parte mais escura e profunda do seu corpo.

E, falando isso, ele enlaçou a cintura dela, puxando-a para ele. A camiseta que ela usava subiu, deixando seu traseiro totalmente à mostra. Imediatamente ela tentou puxar, e ele riu satisfeito.

– Vê o que eu digo? Você é inocente, e é isso que eu amo. Você tem o corpo mais lindo que eu já vi e tem vergonha de que eu, seu marido, o veja!

Então ele retirou a camiseta que ela usava, deixando-a somente com a lingerie. Instintivamente, Carol tentou se proteger, mas ele segurou suas mãos. Então ela se lembrou de que usava aquela lingerie verde magnífica com detalhes prateados e recordou o motivo pelo qual a escolhera. Abaixou o olhar com medo de que ele visse sua intenção e sentindo o corpo queimar sob o olhar dele.

– Olhe para mim.

Não era um pedido.

Ela sentiu seu couro cabeludo esquentar e levantou o olhar, sustentando o olhar dele, que queimava sua pele.

Ele pegou suas mãos, mantendo-as afastadas do corpo, e deu um passo para trás. Ficou observando-a por segundos, e seus olhos escureceram quando encontraram os dela.

– Você é a mulher mais linda e desejável que já conheci! Se soubesse as coisas que eu tenho vontade de fazer com você...

Virgem santíssima!

Ela quase desfaleceu, e já estava molhada em muitos lugares, muito antes que ele a tocasse.

Ele se aproximou, olhando em seus olhos, e se ajoelhou na frente dela, beijando suavemente sua virilha. Ela mordeu o lábio e sufocou um gemido. Ele esfregou o nariz na renda da calcinha e ela quase perdeu os sentidos.

– Eu gosto do seu cheiro... Aqui.

– Por favor, eu não tomei banho hoje...

Ele fez um sinal com o dedo para que ela se calasse e puxou sua calcinha para baixo. Ela levantou os pés e ele terminou de retirar a peça íntima. Então ele se levantou e, sem tocá-la, falou:

– Vire-se.

A voz dele era baixa e forte, e ela sentiu o efeito em sua barriga.

Fez o que ele mandou e sentiu quando ele juntou suavemente seus cabelos e os segurou de lado, beijando seu pescoço em uma torturante e deliciosa carícia. Sentiu seu corpo arquear e gemeu.

Ele abriu o sutiã e deslizou por seus braços, sem deixar de beijá-la. Segurou seus seios, apertando os mamilos, e ela gemeu, arqueando o corpo ainda mais até ele, que pressionou sensualmente sua ereção em seu traseiro nu.

Oh, Deus pai!

Ele fez com que ela se virasse e o encarasse. Segurou firme seu quadril e o puxou para seu corpo, encaixando uma coxa entre suas pernas, como se quisesse entrar nela com roupa, e ela revirou os olhos, desejando que ele entrasse.

Ele beijou seu pescoço e voltou a encará-la.

– Tire minhas roupas.

Quê? Jesus...

Respirou fundo.

Eu vou tirar, eu quero e posso...

– Ok... – Sua voz quase não saiu.

Ele sorriu, e ela pensou em como deveria ser divertido para ele o desconcerto dela.

Maldito!

Suas mãos tremiam, na difícil tarefa de desabotoar uma camisa. E ela sentiu uma satisfação íntima quando finalmente conseguiu e pôde, triunfante, empurrá-la pelos ombros, vendo-a cair no chão. Tocou a pele do ombro dele e deixou as mãos descerem pelos braços. Aventurou-se em olhar nos olhos dele, que estavam sérios.

Ah, como eu amo essa parte...

Apertou os bíceps firmes que ondulavam sob seu toque e encostou seus lábios, dando beijos suaves e seguindo até os ombros. Ele a olhava sob os cílios, respirando pesado. Seguiu com as mãos e tocou os pelos do seu peito. Sem pensar muito, já estava com o nariz naquele emaranhado macio, sentindo o cheiro bom dele, beijando os pelos que faziam cócegas em seu nariz, enquanto suas mãos desciam, passando por aquele caminho tentador de músculos, entrando pelo cós da calça. Desafivelou o cinto, abriu o botão e desceu o zíper da calça. Mantinha os olhos fechados e o nariz no pescoço dele, não conseguiria olhar para ele naquele momento. Sentiu a ereção contra sua mão e não pensou muito, já sentindo aquela estranha parte dele a preencher sua mão; grande, quente e dura. Muito dura.

Ele soltou um gemido rouco e algo dentro dela se acendeu. Desejou senti-lo em sua boca.

Sim... Nunca havia feito aquilo antes, mas queria sentir o gosto dele em sua boca. Insanamente, talvez naqueles momentos em que a valentia de um único guerreiro vence uma guerra, ela se ajoelhou, e agora não tinha mais como recuar. Estava de frente para ele. Era como se ele a olhasse, e era intimidante. Um relance de insegurança vagueou pela sua cabeça, mas, tomando coragem, ela colocou a boca timidamente. A princípio beijando suavemente, para depois colocá-lo dentro de sua boca.

Deveria ter algum manual para isso, mas ela desconhecia, então seguiu seu instinto. Segurou no cós da calça dele e, suavemente, deixou que aquela intimidante parte dele entrasse em sua boca, quente, dura, quase tocando sua garganta. Fechou os olhos, enquanto o sentia entrando e saindo de sua boca, de certa forma saboreando aquela invasão, o gosto dele, ouvindo os gemidos e sentindo-o arquear o corpo até ela suavemente. Era uma sensação indescritível, nunca imaginou que pudesse ser bom, mas era... A textura daquele lugar era...

Queria mais. Apertou os lábios, quase mordendo, e ele se contorceu. Era tão carnal, Carol sentia-se poderosa, sentia-o imponente sob suas mãos, sob sua boca, estava no comando. De repente, como que saindo de um transe, sentiu as mãos dele envolvendo sua cabeça, fazendo-a parar.

– Chega, por favor...

Mas ela não queria parar, queria que ele fosse até o final, queria sentir até o fim, precisava engolir dele, cada gota... Mas ele a puxou firme para que se levantasse e estava ofegante quando falou:

– Não me obrigue a fazer isso em sua boca...

Ele a puxou e ela já estava em seus braços, a boca dele na sua, a língua que invadia seus sentidos e aniquilava sua coerência. Ele a colocou na cama e terminou de se despir.

Ele olhou demoradamente em seus olhos, antes de dar pequenos beijos em sua barriga, descendo pela sua cicatriz até a virilha. Ela sabia aonde ele queria chegar e, instintivamente, tentou fechar as pernas, mas foi impedida por ele.

– Por favor... Eu não estou limpa.

Ele a olhou feio e ela se calou.

– Quer que eu te amarre? Não me tente...

O olhar dele ardeu no seu, seu corpo reagiu em todas as partes quando percebeu que ele não estava brincando. Fechou os olhos e cobriu o rosto com as mãos, sentindo-se tremendamente exposta.

Sentia a boca dele traçando caminhos suaves pelas suas coxas, subindo sem pressa, novamente em sua virilha... Ele segurou seus joelhos, abrindo suas pernas sem vacilo, e ela podia até sentir o ar-condicionado entrando nela, gelando a sua umidade.

Ele fez um som de pura admiração e, naqueles segundos que pareceram uma eternidade, ela percebeu que ele examinava sua intimidade sem pudor.

– Ah, meu amor... Você é ruiva aqui...

Ai, Senhor de misericórdia... Socorro!

Ela prendeu a respiração e apertou ainda mais as mãos no rosto, incrédula por ele ter percebido isso. Sentiu a respiração dele bem lá e então ele encostou a boca.

Ela mal respirava, consciente de que ele estava tocando com a língua partes de seu corpo que nem ela ousava conhecer a fundo. Aquilo era novo para ela, estranho, excitante, mas muito perturbador. Não queria o homem que amava com a boca onde ela tinha feito xixi há alguns minutos.

Se contorcia involuntariamente, enquanto ele segurava firme seus joelhos, mantendo-a no lugar. Soltou o ar quando percebeu que ele acabara com o ataque e se engatinhava sobre ela.

Graças! Gozar na boca dele não teria sido muito elegante da minha parte...
Ele se aproximou da boca dela e falou entre seus lábios:
– Sinta o seu gosto, meu amor... – Ele introduziu a língua suavemente na boca dela e, antes que ela pudesse pensar qualquer coisa, ele falou novamente sem soltar seus lábios: – Sinta como seu gosto é bom...

Ela gemeu, sem acreditar que ele estivesse fazendo aquilo, encantada por ele estar fazendo aquilo. Ele estava dividindo com ela algo que apenas ele conhecia. O seu segredo mais íntimo. Ele beijou Carol apaixonadamente, e sua boca tinha o gosto da sua intimidade, aquele amarrar ocre da sua excitação. Então ele deslizou sem pressa para dentro dela e ela o recebeu com o quadril, preenchendo e esticando deliciosamente por onde ele passava.

Gemeu alto e ele empurrou mais forte, preenchendo-a totalmente e fazendo um suave movimento circular ao chegar ao fundo. Ela arqueou o corpo e gemeu. Não ia demorar, ela sentia as ondas de choque por toda sua coluna, não conseguia controlar seu corpo, que arrepiava e parecia inflamar implorando por alívio a cada movimento dele. Não havia pensamento lógico naquele momento, apenas a consciência do prazer sendo construído dentro dela. Ela cravou as unhas na pele dele, gemendo entre os dentes.

– Isso, meu amor... Assim... Não pare...
Ele se apoiou nas mãos e elevou o corpo, empurrando forte para dentro dela.
– Sinta-me, meu bem... Quero te ouvir...
E empurrou novamente até o fundo, fazendo-a soltar um grito.
– Isso... Grite para mim...
E ela gritou. Ele empurrou novamente sem piedade.
– Grite, querida... Ninguém vai te socorrer... Somos apenas nós dois...
Aquilo era sua perdição. Carol colocou seus pés nas panturrilhas dele e arqueou o corpo até ele, a cabeça esvaziando, perdendo todo o sentido de si.

Era isso que ele fazia com ela... Tirava-lhe todo o ar, toda a coerência, deixava-a mole, e era nesses momentos, em que estava mais subjugada por ele, que se sentia mais viva e mais forte.

Carolina ainda sentia em seu corpo os últimos resquícios de prazer quando ele empurrou forte, soltando todo o peso sobre ela, e parou, chamando seu nome em agonia.

Ali rolou para o lado e a puxou para seu abraço. Ficaram em silêncio, como se tivessem acabado de sobreviver a um tornado, tentando recuperar o controle sobre os sentidos.

Carol fechou os olhos, tentando sorver cada segundo ao lado dele, temendo acordar de algum sonho e ter de rastejar de volta para sua vida sem cor. Tomou as mãos dele, sentindo o delicioso contato dos dedos grandes e macios entre os seus, e, sem pensar muito, levou à boca, beijando cada pedacinho daquela mão que amava tanto, descendo até o pulso, na marca de nascença igual à sua.

Carol ainda segurava as mãos dele entre as suas quando percebeu que ele não usava aliança. Sua mente conspiratória não demorou em zombar que não haveria espaço para tantas alianças em um único dedo, e seu coração se apertou. Fechou os olhos, e todos os fantasmas de horas atrás voltaram, trazendo com eles aquela sensação esmagadora de ciúmes. Ainda segurava a mão dele e, sem perceber, passava o dedo bem no local onde deveria ter uma aliança de casamento. Seu coração estava frenético e ela sabia que sua respiração conspirava contra ela.

Ali a apertou em seus braços e então moveu as pernas, envolvendo e prendendo as dela, e então passou a unha do dedão suavemente na sola do seu pé. Ela se contorceu, mas percebeu que suas pernas estavam presas entre as dele, e novamente ele deslizou o dedo, causando um novo e inevitável arrepio.

Ele segurou o queixo dela e elevou seu rosto para que o olhasse nos olhos. Ficaram se olhando sem nada dizer, e ela teve quase certeza de que ele entraria no assunto da aliança, quando ele sorriu e falou:

– Sabia que nós conhecemos nossa descendência verdadeira pelo formato dos pés?

Quê?

Que esperto! Ele definitivamente estava tentando mudar de assunto. O assunto nem tinha sido iniciado, mas aquilo só comprovava para ela que ele havia percebido.

Ela ainda estava com as alianças na cabeça e ele querendo falar de pés?

Ok. Vamos falar de pés!

Ele se sentou, pegando os pés dela e dando beijinhos suaves nos dedos.

– Seus pés são egípcios, assim como os meus, significa que temos uma descendência em comum.

Ela tentou agir com naturalidade, não queria brigar por algo que, no final das contas, não tinha tanta importância. Nem todo homem usava uma aliança.

Cinco alianças, você quer dizer...

Ignorou o pensamento, buscando todo o autocontrole que podia para continuar a conversa sobre pés, e falou sem muita convicção:

– Eu sempre achei que minha descendência fosse italiana.

– A mais próxima sim, mas os pés não mentem... Já imaginou que pode ter o sangue de Cleópatra?

Ela fez uma careta.

– Dizem que ela era muito feia e muito vulgar.

Ele riu enquanto massageava os pés dela, e ela fechou os olhos, tentando apagar da memória todas as imagens invasoras a fim de apreciar aquela carícia. Adorava massagem nos pés, adorava as mãos dele em seus pés. Na verdade, adorava as mãos dele em todo o seu corpo.

Ele parou a massagem e beijou seus dedos, suavemente.

– Eu adoro seus pezinhos, minha senhora.

Ela sorriu, ele já tinha dito isso antes.

– Os seus também não são ruins, meu senhor – falou, soltando um risinho e desejando colocar cada dedo daquele pé lindo em sua boca.

– Como assim não são ruins? É esse o elogio que você faz ao seu homem? Você precisa de um corretivo!

Ele mordeu a sola do pé dela com força e ela soltou um grito tentando se libertar. Ele segurou firme e continuou torturando seus pés com cócegas e mordidas, subindo o ataque pela sua panturrilha e coxas. Ela se contorcia rindo, sem se importar com sua nudez, ou com o fato de só conhecer aquele homem há alguns dias.

Então ele parou e ficou olhando-a.

– Você fica realmente linda quando sorri. Eu amo o som do seu riso. Eu amo essa marquinha que forma aqui quando você sorri – falou, deitando ao seu lado e beijando sua covinha abaixo do lábio. – Eu também amo o som que você faz quando eu beijo aqui.

Ele beijou seu pescoço e ela gemeu sem perceber.

– Ouviu? É quase imperceptível, mas é um dos meus sons preferidos.

– Eu nem percebia que fazia sons...

– Ah, sim... Você faz muitos sons... Adoráveis sons... E fala muita coisa também.

Ele parou de falar e passou a encará-la. Ela arregalou os olhos, esperando que ele falasse mais e sentindo o sangue corar todo o seu rosto, mas ele parecia querer torturá-la com seu silêncio.

Falo coisas? O que exatamente? Eu quero saber?

Ele a olhava minuciosamente sem nada dizer e ela nada disse também, estava envergonhada, ouvir tudo aquilo era novo para ela.

– Está corada. Não precisa ter vergonha... Isso é novo para mim, mas eu adoro! Me enlouquece saber que você me deseja e que eu sou capaz de despertar seu corpo dessa forma.

O rosto de Carol ainda ardia, estava entorpecida pelas palavras dele, buscando na sua mente os vergonhosos momentos em que falara. Sua mente se voltou para a primeira noite deles, o que teria dito?

Deus...

Só se lembrava de como havia cedido fácil, de como fora inevitável não retribuir, de como fora bom. Já começava a se envergonhar de seus pensamentos, quando um novo lhe ocorreu. Deveria perguntar?

Não poderia ficar mais embaraçada do que já estava após descobrir que falava durante o sexo e que ele prestava atenção em todos os sons que ela fazia. Pigarreou e, tomando coragem, começou:

– Na nossa noite de núpcias... Se eu não quisesse você, como teria sido?

Ele se apoiou em um braço e elevou o corpo, olhando em seu rosto.

– O casamento precisava ser consumado.

Ele continuava olhando em seu rosto, certamente esperando uma reação diante da sua resposta.

– Isso significa que você teria me forçado?

Ele deu de ombros.

– Sim.

Sim? Santo Pai!

Ela engoliu em seco, sentindo a respiração quase travando em sua garganta, enquanto olhava nos olhos dele, procurando vestígios de alguma coisa que nem ela soube definir.

Ele falava sério? Ele não ria...

Deus... Como teria sido?

Apesar de o estupro nunca ter sido um tema que lhe despertasse algo além de repulsa, ela sentiu o desejo correr e esquentar tudo dentro dela. Seu coração estava descontrolado dentro do peito quando falou em um sussurro:

– E como seria?

Ele pareceu surpreso, mas sua expressão mudou rapidamente, havia um brilho lascivo em seu olhar.

– Tem certeza?

– Você vai me bater? – perguntou quase em um sussurro.

Ele pareceu horrorizado com o medo dela.

– Claro que não!

Mas então ele sorriu malicioso e seus olhos brilharam.

– Quer que eu te bata?

Ela sentiu o desejo alagar sua parte mais profunda, e então moveu a cabeça sem muita convicção em negativa, sem conseguir pronunciar nenhuma palavra. Ele pegou suas mãos e beijou suavemente as pontas dos dedos, com o olhar lânguido.

– Mas você está em desvantagem nesse momento... Afinal, eu já te tenho onde eu quero e como eu quero.

Ele se afastou um pouco e sussurrou soltando suas mãos:

– Fuja... – Sua voz era rouca, quente, e fugir era a última coisa que ela queria naquele momento, mas ansiava por entrar naquele jogo.

Em um movimento rápido, ficou em pé. Ele sorria sem se mover, observando-a parada como a indefesa gazela na pradaria. Então ele se levantou e pegou sua calcinha.

Ela definitivamente não respirava vendo-o segurar sua peça íntima entre os dedos, aquela mesma peça magnífica que ela escolhera, aquela verde com detalhes prateados, e então ele a olhou com o olhar mais safado que ela já vira e levou a calcinha ao nariz, apertando e aspirando seu odor, enquanto olhava para ela. Carol o olhava de volta, com os olhos arregalados, incrédula de ver aquela cena.

Ele se aproximou ainda com aquele sorriso safado no rosto e entregou a calcinha para ela.

– Tenha alguma vantagem sobre mim... Vista.

Ela segurou a peça íntima, vendo-o andar nu pelo quarto e recolher a camiseta que ela usara até então.

– Vista isso também... – E, voltando-se para ela com aquele olhar safado, completou: – Eu gosto de um desafio...

Pai...

Ela quase enfartou.

Falando isso, vestiu a cueca que o deixava como um verdadeiro deus da luxúria e calmamente foi até o closet, voltando já vestido com uma camiseta preta.

– Assim fica mais justo.

Ela tremia enquanto observava ele avançando um passo em sua direção.

– Você está pronta? – Ela engoliu em seco e ele completou, estreitando os olhos perigosamente: – Corra!

Ela correu.

Ele riu alto, e Carol sentiu aquele riso ecoando em cada canto, em cada célula do seu corpo. De repente, sentia a adrenalina batendo em suas veias. Não parecia ser uma brincadeira, seu corpo pulsava, estava ofegante... Medo? Desejo? Ansiedade?

Ela não conseguiu definir. Parou ofegante atrás de uma poltrona, e olhou para o lado procurando uma forma de escapar dele. Se conseguisse chegar ao banheiro, talvez pudesse se trancar lá dentro.

Ele a olhava sorrindo, com certeza se divertindo.

– Você não pode fugir para sempre...

Ela nada conseguiu dizer, quase nem conseguia respirar.

Maldito!

Devagar, ele avançou e ela correu novamente, mas ele a enlaçou pela cintura e a girou no ar. Ela gritou e ele gemeu sussurrando entre seus cabelos.

– Eu adoro quando você grita.

Ela respirava aos trancos quando ele a empurrou contra o piano. Sentiu a resistência do móvel em sua barriga e seios quando ele a forçou de encontro à madeira, pressionando seu traseiro, roçando uma coxa nua entre suas pernas.

Ela arfava, sentindo o peso da mão dele em suas costas. Seu rosto estava colado na madeira escorregadia, seu cabelo em desalinho entrando em sua boca, enquanto tentava trazer o oxigênio de volta ao seu corpo.

Ele passou o nariz em sua nuca e ela percebeu que ele sorria. Então ele a soltou e a girou de frente para ele.

Carol sentiu a cabeça dar um tranco. Ela soltou um pequeno grito e ele sorriu.

– Reaja!

Ela não queria, mas o empurrou e se debateu para fugir. Sem nenhum esforço, ele a levantou do chão e a colocou em seus ombros. Ele beliscou forte seu traseiro e falou ríspido:

– Reaja!

Ela soltou um grito de susto e esperneou sem nenhum resultado, pois ele a jogou sobre a cama e, antes que ela percebesse, ele a girou rapidamente e ela já estava de bruços.

Ela soltou um suspiro de susto e ele pressionou suas costas com a mão, imobilizando seu corpo contra o colchão e se posicionando entre suas pernas, abrindo-as com os joelhos. Ela quase nem respirava com o peso dele em cima dela.

– Quer continuar?

Ela gemeu um "sim" entre dentes.

– Devo te possuir assim? – perguntou, esfregando a ereção em seu traseiro. Ela gemeu novamente, incapaz de responder, e ele riu.

Maldito!

Ele mordeu a nuca dela, arrepiando cada centímetro de seu corpo, e correu a mão para o seu traseiro, para o meio de suas pernas, dentro da sua calcinha, e ela o ouviu soltar um som rouco e baixo quando suavemente deslizou a mão na sua excitação.

Ela arqueou o corpo até ele, fechando os olhos, sentindo os dedos dele invadindo sua intimidade, suavemente traçando círculos dentro dela.

Então ele retirou os dedos, segurou sua cintura e pressionou a ereção em seu traseiro, ao mesmo tempo que empurrava seu corpo de encontro ao colchão. Ela quase nem respirava quando ele encostou a boca em sua orelha, roçando suavemente e falando baixo, muito baixo:

– Esse seu traseiro lindo me enche de ideias...

Ela literalmente engasgou. Ele se levantou rapidamente e, em um movimento, a virou na cama. Seu cérebro quase virou do avesso.

Puta merda!

– Mas eu gosto de ver seu rosto...

Rapidamente ele deslizou a calcinha pelas suas pernas, sentou sobre suas coxas e as prendeu embaixo do seu corpo. Ela arfou, sem saber como proceder.

Ele ainda está jogando?

– Se rende?

Ela fechou os olhos, pensando que havia se rendido desde o primeiro momento em que o vira. Mas ainda tinha um pouco de dignidade. Mesmo que seu inconsciente naquele momento estivesse se dobrando de rir da sua piada, ela ainda tinha dignidade.

Respirou fundo, reuniu todas as suas forças e o empurrou novamente, estapeando seu peito. Facilmente, ele prendeu seus pulsos sobre a cabeça com uma das mãos, sua expressão era selvagem. Então ele deslizou seu corpo sobre o dela, imobilizando-a totalmente.

Ela arfava, boca entreaberta, respirando com dificuldade.

Com a mão livre, ele segurou seu rosto e, aproveitando-se da sua boca entreaberta, colou seus lábios nos dela e introduziu a língua. Ela gemeu e ele a beijou mais forte, mordendo seus lábios.

Ela estava ofegante. Sentia todo o peso dele, sem conseguir se mover, e o olhar dele havia mudado. Estava com aquele olhar de "eu vou te foder agora".

– Você me pertence, não importa em que parte do planeta você viva, eu sempre vou te encontrar e reivindicar o que é meu.

Puta merda!

Seu consciente parou de rir e ela quase engasgou.

Antes que aquelas palavras pudessem ter algum efeito sobre o cérebro dela, ele fez um movimento com as pernas, forçou as pernas dela a se abrirem e enfiou a mão por dentro da camiseta, apertando seus seios.

– Olha pra mim.

Ela gemeu e, antes que percebesse, ele já estava dentro dela, forte e sem desgrudar os olhos dos seus.

Oh, Deus... Isso é tão...

Não conseguiu continuar olhando para ele, revirou os olhos e gemeu, arqueando o corpo para recebê-lo por inteiro. E ele a preencheu até o fundo. Ela tentou soltar os pulsos para abraçá-lo, mas ele a impediu.

– Não! *'Ant li...* – falou baixo, com aquela voz rouca que despertava seus desejos mais profundos, saindo e entrando dentro dela, enquanto a olhava no rosto. – *Jasmak al'algham...*

Ia lentamente até o fundo e de volta à borda como uma doce tortura.

Deus...

E então ele começou realmente a se mover.

Oh, Pai...

O prazer crescia, apertando e enrijecendo seu corpo, e ela sabia que não ia demorar. Enlaçou as pernas nos quadris dele e percebeu que ainda estavam de roupa. Um pensamento errante passou pela sua cabeça quando percebeu que nunca teria vantagem sobre ele, que ele poderia tê-la quando e como quisesse.

Dispersou o pensamento e acompanhou o ritmo que ele impunha, já sentindo o familiar formigamento e a rigidez nas pernas acontecendo.

– Oh, assim... Não para... Oh, Ali...

Ele gemeu e rosnou para ela.

– Isso, querida... Assim... Quero te ouvir...

E então ela estava perdida em um orgasmo duplo. Sua lucidez se foi. Lembra-se vagamente de ter dito que o amava e outras coisas desconexas antes de ter sua boca silenciada por um beijo apaixonado.

Retornou à Terra quando ele, ofegante, diminuía o ritmo em seu corpo.

Ele soltou seus pulsos e beijou seu rosto suave e repetidamente.

Ela estava mole, totalmente gasta, e só se lembrava de ter fechado os olhos. Acordou com ele beijando sua testa e retirando sua camiseta.

– Preparei seu banho, minha senhora...

Ela gemeu e sorriu.

– Hum, parece bom, meu senhor...

Ele a pegou nos braços e a carregou para o banheiro. Com cuidado, a colocou na banheira. A água quente estava espumante e perfumada, e ela se deixou afundar enquanto ele agilmente prendia seu cabelo.

Ela pensou que não era a primeira vez que ele fazia aquilo, mas refutou o pensamento.

Ele se sentou por trás dela e, de forma suave e em silêncio, esfregou seu corpo em todas as partes, sem nenhum pudor, como se fosse o dono de tudo. E ela não se importou, ele realmente era o dono dela, do seu corpo, dos seus pensamentos e desejos, podia fazer com ela o que quisesse. Ela queria que ele fizesse, queria que ele a usasse, queria lhe dar prazer, queria ser a única a lhe dar prazer, e, em vez de se assustar com essa ideia, sentia-se livre, pois pela primeira vez conhecia seu lugar no mundo.

Carol observava ele se vestir enquanto se enrolava em um roupão macio. Se um dia tivesse que idealizar um homem para sua vida, ele era mais do que conseguia imaginar. Estava acima de qualquer parco conhecimento e experiência que pudesse ter. Era uma projeção de algum sonho, que algum dia alguém ousara sonhar.

Ele parou de se vestir e a olhou.

– Eu vou treinar você em algumas técnicas de defesa pessoal.

Quê?

Ela meneou a cabeça sem entender.

– Defesa contra você? Quer tornar nossa luta mais justa?

Ele sorriu. Um sorriso cheio de promessas que acelerou seu peito.

– Ah, meu bem... Comigo você sempre estará em desvantagem.

Ele ainda sorria malicioso quando a enlaçou e enterrou o nariz no seu pescoço. Ela revirou os olhos, sentindo tudo esquentar dentro dela, e seu corpo parecia já ter se esquecido de que ainda estava dolorido de toda a atividade matinal, pois reagiu pronto para o que ele quisesse.

Ali a olhou nos olhos e a expressão divertida havia passado, ele parecia preocupado. Alguma coisa havia nublado seu olhar. Carol sentiu um súbito mal-estar.

Antes que ela pudesse dizer qualquer coisa, ele a abraçou tão forte que ela pensou que fosse sufocar. Gemeu sem perceber e entreabriu os lábios, puxando o ar para o seu corpo. Ela se conformara com sua condição de pouco saber e muito sentir, por isso ignorou sua vontade de saber o que ele pensava naquele momento e apenas se aconchegou a ele, sem reservas, respirando devagar, sentindo toda a tensão que vinha dele, tentando de certa forma tranquilizá-lo e descarregar todo o seu amor naquele abraço, como se pudesse transmitir sem palavras tudo o que sentia por ele.

Retornou à realidade quando seu estômago reclamou e ela percebeu que estava faminta.

Depois que tomaram café, ele a beijou e disse:

– Estarei por perto, querida. Fique à vontade, sinta-se em casa.

Então deu um sorriso lindo e saiu.

Carol ficou olhando enquanto ele saía, ainda com dificuldade para acreditar que ele era real. Assim que ele fechou a porta atrás de si, um batalhão de mulheres entrou.

Quê? Elas esperavam lá fora? Esperavam ele sair?

Elas traziam todos os seus pertences.

Hei! Eu ainda estou aqui... Estão vendo? Estou aqui! Aqui!

Ela quis gritar, mas ninguém olhava para ela. Pegou a primeira roupa que viu no amontoado em cima da cama, vestiu-se e ficou na sacada olhando o jardim.

A movimentação daquele momento não combinava com as lembranças que pulsavam em seu corpo. Ela olhou a cama desarrumada e o frio na barriga se pronunciou. Envergonhada com o rumo dos seus pensamentos, e querendo deixar as moças fazerem o trabalho delas, decidiu sair um pouco.

Mesmo incomodada com o fato de não se sentir à vontade com aquela situação de ter criados para fazer até mesmo suas coisas mais íntimas, deu de ombros e saiu, cantarolando mentalmente algumas musiquinhas obscenas para elas.

Bom, elas terão novamente o que conversar pelo resto do dia.
Fez cara de desgosto, imaginando se alguma delas já havia esfregado os pingentes nele.
Affff...
Levando em conta que todas as mulheres que vira tinham tendência a colocar pingentes e se contorcer...
Affff novamente!
Quantas mulheres ele já teria tido? Sem contabilizar as quatro efusivas, coloridas e óbvias participantes do seu sagrado matrimônio.
Argh!
Será que algum dia se acostumaria com isso? E se ele resolvesse se casar novamente? Ela seria deixada em um quarto com as outras? Rezando para que ele aparecesse tarde da noite e lhe desse um pouco de atenção...
Não... Por favor, meu bom Jesus... Não!
Aquele pensamento literalmente adoeceu seu corpo. Foi como se uma fina e profunda faca adentrasse seu peito e descesse rasgando até o estômago.
Quem pode me garantir que ele não dera a mesma atenção para todas as outras no início? Quem pode me garantir que ele não falava as mesmas coisas para todas as outras? Até se cansar... Até conhecer e raptar outra...
NÃO!
NÃO!
NÃO!
Balançou a cabeça, recusando-se a acreditar nisso, mas horrorizada com essa possibilidade.
Eu fujo antes de viver isso! Volto para o Brasil nem que seja em um navio cargueiro!
Sufocou o choro, pensando em seu ateliê e em Juliana.
O que será que estão dizendo do meu desaparecimento? Que dia será hoje? Domingo ou segunda?
Ela não sabia nem mesmo o dia da semana em que estavam. Naquele lugar, todos os dias eram iguais.
Para ela, os dias tinham uma tonalidade e um cheiro único, que refletiam a responsabilidade de cada um. Sábado era o seu dia preferido, pois honrara os compromissos da semana e podia cuidar dos seus gatos e da casa. Domingo era o dia que ela menos gostava. Era triste, abafado, vazio e sozinho. As ruas ficavam vazias, e ela também. Precisava do movimento semanal para se sentir viva.
Pensando nisso, sentiu uma falta absurda do seu trabalho: criar acessórios exclusivos, encantar mulheres que queriam estar bonitas em seus dias especiais. Quem a conhecia sabia que, fizesse chuva ou sol, ela estava sempre lá, na mesma hora, todos os dias, trabalhando. Nem mesmo doenças ou dores conseguiam mantê-la em casa. Seu trabalho era seu refúgio.
Lembrou-se de algumas encomendas inusitadas e marcantes, como a noiva que deixara o cabelo crescer, cortara e levara o tufo para que Carol revestisse uma tiara com ele. Carol aceitara o desafio e havia colado nos fios vários minicristais; o efeito

depois de pronto ficara belíssimo. Ou o sapato de batizado de uma adorável menininha, que ela havia decorado com minúsculas pérolas e cristais e que havia ficado lindo! E o motoqueiro que pedira a Carol que pregasse arrebites em uma jaqueta toda? Depois de meses, o resultado foi uma jaqueta com mais de dez quilos... Lembrou-se de como ela e Juliana haviam trabalhado duro para terminar e como se divertiam nesse processo. Sem perceber, sorria ao relembrar esses momentos.

Ah, amiga, que falta você me faz...

Ela contornou a pilastra e o jardim. Olhou para cima, a claridade que adentrava por aquela cúpula era impressionante, arriscou um olhar para o piso de baixo e o térreo, que se perdiam metros abaixo, sentindo aquele frio nos pés e na barriga. Afastou-se, fazendo uma careta, desceu as escadas e parou. Olhou as paredes espetaculares, e seus olhos correram pelos quadros magníficos encaixados perfeitamente entre espaços desenhados que ela não conseguia definir o que era, mas que lembravam molduras de gesso e ouro. Olhou para o outro lado. Os corredores se perdiam em qualquer direção que olhasse, e a exuberância era sempre a mesma. Percebeu uma biblioteca à sua esquerda e entrou sem pensar. Parou antes de cruzar as portas, assombrada com a quantidade de livros que iam até o teto, alguns tão antigos que pareciam querer esfarelar em sua mão. Retirou um que aparentava ser mais novo, e começou a folhear, sem intenção alguma de entender o idioma. Foi quando ouviu vozes alteradas. Seguiu a direção de onde elas vinham e notou uma porta que dava acesso a outra sala. Com cuidado, posicionou-se em um canto onde podia ouvir o que diziam sem ser vista. Ali discutia com outros dois homens que pareciam não respeitar sua autoridade, dizendo palavras ríspidas e em alto tom. Carol não precisava falar árabe para sentir que o ambiente estava carregado de ódio, e seu sangue gelou.

O que estou fazendo neste mundo?

De repente, uma história lhe veio à mente, um livro que lera anos atrás sobre uma mulher afegã e a crueldade do marido que a espancava e prendia por dias sem água e comida, apenas porque a comida não havia ficado boa o suficiente para o gosto dele. Esse monstro se casara com outra menina, a quem maltratava da mesma forma. Então um dia, para defender sua companheira de infortúnio, a mulher afegã o matara e fora condenada à morte por apedrejamento. Aquela história marcara tanto sua vida... E agora estava naquele mundo...

Quase deu um grito quando viu seu intimidante guarda-costas parado na porta. Tinha se esquecido totalmente dele. Hafez fez um gesto com a cabeça e enrugou a testa, dando espaço para que ela passasse. Ela abaixou a cabeça e caminhou até ele com passos incertos. Passou pelo espaço entre ele e a porta, já sendo segurada pelo braço, e ele, com passos decididos, a levou para longe das vozes.

Ainda estava com as lembranças do livro em sua cabeça. Quase conseguia ver a pobre mulher afegã sendo apedrejada, a burca que ela usava sendo colorida aos poucos de vermelho, os gritos efusivos da plateia que lotava as arquibancadas... Um arrepio percorreu seu corpo todo, fazendo-a tremer, e Hafez apertou seu braço um pouco mais.

Eles não são afegãos, Carolina!

Ela sabia que eles não eram afegãos, mas o que fazer com todas as perguntas, os medos e a velha insegurança?

– Venha...

Ele estendeu a mão, usava camiseta e calças de malha, e ela colocou a mão sobre a dele, olhando-o de cima a baixo. A malha fina marcava cada músculo de suas pernas, mas não marcava apenas isso, seu olhar se concentrou em um ponto específico, e sabia que estava corada naquele momento. Arregalou os olhos e soltou um profundo suspiro.

Deus... Será que algum dia me acostumarei com esse homem?

Ele sorriu.

Será que ele percebeu?

Tenha um pouco de dignidade, mulher! Qualquer um percebe seu olhar salivante pra cima dele.

Balançou a cabeça e rosnou um "foda-se" baixinho.

Eles seguiram na direção do seu antigo quarto, mas passaram direto pelo corredor, pelo jardim, e seguiram por um corredor próximo ao paredão branco. Desceram várias escadas. Escadas maravilhosas, pisos em mármore, paredes em granito, esculturas que os seguiam... Era como se adentrassem uma espécie de caverna, e seguiram descendo.

Estavam sozinhos?

– Cadê os seguranças?

– Hoje é dia de treino.

Ela enrugou a testa e, antes de formular a próxima pergunta, ouviu vozes ecoando em um ambiente fechado, gritos, vozes de comando, assovios e novos gritos.

Ela sabia o que significava aquele som tão peculiar. Quem nunca estivera em um ginásio de esportes antes?

Era um lugar espetacular, o teto de metal ovalado fazia o som ecoar por cada canto, o piso em madeira polida, a arquibancada com bancos individuais revestidos por estofados macios.

Será que existe algum lugar aqui que não exale o luxo?

Naquele momento, o chão da área de esportes estava todo recoberto por tatames, e dezenas de homens vestidos como lutadores japoneses se dividiam em duplas.

– Quem são e o que estão lutando? – perguntou, enquanto Ali a acomodava em uma poltrona.

– São os seguranças, e estão lutando Tae-kwon-do.

– Vou começar meu treinamento hoje? – Ela sorriu maliciosa, e ele, aproximando a boca do seu ouvido, falou bem baixo:

– Não, minha Calina... O seu treinamento será entre quatro paredes, sem plateia e de preferência com o mínimo de roupa possível.

Deus pai!

Ela sentiu a familiar ferroada na barriga e um calor gostoso desceu pelas suas pernas, ao que ele sorriu e completou:

– Fique aqui, eu já volto.

Ela concordou, sem conseguir pronunciar nada, e o viu desaparecer por uma das portas, enquanto tentava reaver seu regular batimento cardíaco.

Viu um segurança se posicionar bem perto e, apesar de estar a uma distância razoável dele, ela sabia que ele media cada movimento seu.

Ignorou.

Uma dupla iniciava a luta e ela se inclinou para a frente, apoiando a mão no queixo, sem nenhuma certeza se queria ver aquilo. Eles usavam quimonos com faixas pretas e estavam concentrados em colocar os protetores naqueles segundos antes de iniciar a luta. Ela nunca gostou de artes marciais, porque, no fim, eles acabariam se machucando de qualquer forma. Não entendia o porquê de estar olhando para aquela cena.

Eles já cercavam uns aos outros; o de capacete vermelho girou as pernas no ar e desferiu um duro golpe na cabeça daquele que usava capacete branco. Ele foi ao chão, mas de repente, de um salto, já estava de pé e, sem nenhuma compaixão, atingiu o seu adversário no rosto. Ouviram-se gritos, urros, e o homem atingido, aparentemente ferido, se arrastou, ficando de quatro. Um homem com uma maleta correu até ele e retirou o protetor bocal, assim como o capacete. Deu algo para ele beber e, com o auxílio de uma lanterna, examinou seus olhos.

Carol estava mortificada. Odiava violência, e só percebeu que prendia a respiração quando o homem ferido se levantou aparentemente bem, já recolocando sua proteção e voltando para a luta.

Homens... Maldita testosterona!

Soltou um suspiro e percebeu que não estava sozinha. Notou um vulto pelo canto do olho, voltou-se rapidamente e, de ímpeto, já estava em pé.

O quê?

Sentiu um zumbido bem dentro da cabeça.

Ali estava parado. Vestia um quimono e uma faixa preta na cintura. Ela literalmente engasgou.

– Não me diga que você vai lutar... – Sua voz saiu quase esganiçada.

Ele fez uma cara, aquela do tipo "é meio óbvio isso, não acha?", e ela sentiu todo o sangue do seu rosto se esvair. Tentou argumentar, mas percebeu que não sairia do lugar. Ele lhe deu um beijo rápido nos lábios e ela ainda tentou segurar as mangas do quimono para que ele não fosse, mas só conseguiu uma piscada e um sorriso de garoto bobo.

– Agora fique olhando, vou colocar o Hafez no chão!

Ela estava zonza, enquanto observava ele se afastar.

Hafez? Quem é Hafez? Jesus amado!

Definitivamente estava à beira de um colapso nervoso, suas mãos estavam suadas e frias. Não conseguia desgrudar os olhos dele colocando as proteções nas canelas, antebraços, tórax e genitais.

Isso mesmo, acho bom proteger o que é meu.

Ele deu uma olhada para ela e sorriu. Será que ele pensara a mesma coisa?

Carol ruborizou e sorriu do seu próprio embaraço.

Ele colocou o capacete e o protetor na boca e ficou de frente para seu oponente, que também trazia uma faixa preta na cintura e tinha praticamente a mesma altura e peso que ele. A única diferença entre eles era a cor dos capacetes. O de Ali trazia alguns detalhes dourados, já o de Hafez era todo preto. Cumprimentaram-se, como fazem os orientais, e a luta se iniciou...

Carol quase enfartou. Seu coração parecia um animal enjaulado querendo fugir e doía em seu peito o esforço que ele fazia para escapar.

Ali desferiu um chute e Hafez foi ao chão, girando o corpo e já voltando a ficar em pé. Eles dançavam um ao redor do outro, e então um chute, e outro chute, e mais outro.

Carol observava lívida. Seu intestino tinha dado um nó. Agora era Ali quem caía, mas rapidamente se levantava.

Deus... Do que esses homens são feito?

Perdeu a noção do tempo, que manteve seus sentidos dolorosos naquela competição; sua mandíbula doía, seu rosto estava tenso e ela já tinha conseguido arrancar com os dentes todas as peles sobressalentes nos cantos das unhas.

E então alguém foi ao chão e não se levantou. Carol se levantou rapidamente e viu Ali estender a mão e puxar Hafez pelo braço.

Eles se cumprimentaram... Aparentemente estava acabado.

Ali retirou o capacete, os protetores, desfez o nó da faixa e caminhou até ela. E ela não foi capaz de desviar os olhos dele... A parte de cima do quimono aberta, revelando seu peito, a calça de cintura baixa, amarrada com cordão... Os pés descalços... Ele passou as mãos pelos cabelos, alheio ao olhar de cobiça que ela direcionava para ele.

Ela sentiu um choque percorrer todo o seu corpo e sentiu o já conhecido aperto na barriga.

Ele se aproximou e sentou-se ao lado dela. Ele estava suado, com os cabelos em desalinho, e ela não conseguia desprender os olhos dele.

Deus... Eu o quero agora!

Ele sorriu e estendeu a mão. De repente, ele já estava de pé, puxando-a junto com ele, entre as cadeiras, passando pelos lutadores e os poucos espectadores. Eles passaram pelo vestiário, e ela pôde ouvir risos altos e muitas vozes de homens.

Eles seguiram por um corredor, e as vozes e os risos foram se tornando cada vez mais distantes, ao que ele parou e abriu uma porta, deixando-a entrar primeiro.

Era um banheiro enorme, com um banco estofado, uma pia com um armário logo acima, box de vidro e chuveiro. Ele trancou a porta e se voltou para ela, fazendo o familiar frisson do desejo viajar pelo seu corpo, parando bem dentro da sua barriga, bem no fundo... Aquele olhar já dizia tudo, e ela sentiu a respiração travando em sua garganta seca.

Ele se aproximou e tirou sua camiseta, tendo o cuidado de colocá-la sobre o banco. Abriu o zíper da calça e se ajoelhou na frente dela. Carol descalçou e empurrou seus chinelos de madeira para longe, facilitando o trabalho dele em se livrar da sua calça jeans. A visão dele abaixado na sua frente, de quimono aberto revelando parte do seu peito, era...

Santo Pai...

Ela levantou os pés e ele terminou de tirar sua calça, colocando-a junto da camiseta. Ela ficou só de roupa íntima na frente dele, um espetacular conjunto rosa bebê de corpete em renda abotoado na frente e calcinha fio dental. Ele não disfarçava seu olhar de luxúria, enquanto a bebia com o olhar.

Ele deu um passo para trás e fez um gesto com o dedo para que ela girasse. Ela mordeu o lábio e o fez lentamente, sabendo que seu rosto deveria ter mudado drasticamente de cor.

Ouviu o som da respiração pesada dele e sorriu intimamente. Nunca usara fio dental antes, nunca gostara, mas agora... Queria desesperadamente ficar sensual para ele, de todas as formas que conseguisse.

– Você é linda!

Ela fechou os olhos e gemeu já entregue ao domínio dele sem que ele ao menos a tivesse tocado, e então ele a beijou, apaixonado, um beijo com gosto de suor que fez Carol arquear, buscando o atrito com a coxa dele. Ela enfiou as mãos dentro do quimono e sentiu as costas suadas; sem pensar muito, cravou as unhas na pele dele, que reagiu gemendo e mordendo seus lábios, já falando sem desgrudar da sua boca:

– Tem algo para prender os cabelos?

Quê?

Ela entendeu depois de alguns segundos e moveu a cabeça em negativa.

Ele a soltou e abriu um armário na parede; vasculhou até que encontrou uma caixa de grampos.

– Vire-se.

Ela fez o que ele mandou e sentiu-o prendendo habilmente seus cabelos. Foi inevitável não pensar que ele realmente era muito bom naquilo, e algumas imagens intrusas novamente desfilaram pela sua mente.

Ele ficou de frente para ela e abriu seu corpete, colchete por colchete, suavemente retirando-o pelos seus braços, arrepiando todos os seus mínimos pelos, enquanto olhava em seus olhos. Então ele segurou seus quadris e se abaixou, e ela sentiu a boca dele em sua pele, deslizando, beijando e mordendo sem pressa. Sua calcinha desceu pelas pernas, e ele seguiu o caminho com a boca. Ela sufocou um gemido.

De repente ele a soltou, e rapidamente retirou o quimono, ficando nu na frente dela.

Oh, Deus!

Antes que ela pudesse articular qualquer pensamento sobre o prazer de vê-lo nu, ele a puxou para dentro do box, ligando o chuveiro. Ele enlaçou seu quadril, bem abaixo do traseiro, e a elevou.

– Coloque suas pernas em volta de mim.

Ela sabia o que ele ia fazer e já sofria por antecipação. Era sua primeira vez naquela posição e seu coração martelava no peito. Aquela adrenalina deliciosa do medo e do desejo viajava pelas suas veias, enrijecendo algumas partes e amolecendo outras.

Ela obedeceu e sentiu o frio dos azulejos nas costas quando ele a aprisionou contra a parede e, olhando em seus olhos, deslizou sem vacilar para dentro dela.

Ela quase gritou e cravou as unhas nele, que mordeu seu ombro em resposta, enterrando até o fundo; então ele parou e a olhou nos olhos, sem se mover.

– Tudo bem? Vou continuar...

Ela assentiu com os olhos arregalados. Ele a beijou, lenta e docemente, a língua traçando caminhos suaves dentro de sua boca. Então ele se moveu lentamente, saindo de dentro dela e entrando novamente, sem pressa, uma, duas vezes.

Ela gemeu, aceitando-o, e ele a apertou de encontro à parede, já impondo um ritmo sem trégua. Carol se agarrou a ele, enquanto seu corpo subia e descia de encontro ao membro dele.

Ele tomou a boca dela novamente, desta vez com a paixão que ela já conhecia, e ela se deixou levar, enquanto a água descia pelos seus corpos, empoçando em alguns pontos e fazendo sons intrigantes em outros. Ela sentiu que não ia demorar, sentia o prazer sendo construído dentro dela a cada subida e descida. Gemeu. Era tão profundo daquele jeito. Sentia que ia se partir ao meio. Mas era assim... Não podia resistir mais.

– Oh, Ali... Assim... Assim...

Gemeu entre os lábios dele e ele rosnou de volta, enterrando nela com fúria.

– Isso... Diga meu nome...

Ele voltou a enterrar nela e ela gritou.

– Assim, meu bem, grite para mim...

Ela gemeu longamente, balbuciando seu nome, já incapaz de raciocinar com clareza, sentindo todo o seu corpo explodir e se quebrar ao redor dele. Ele a acompanhou, gemendo e quase a estrangulando entre seus braços.

Estava mole quando ele saiu de dentro dela, provocando aquela estranha sensação. Deslizou dos braços dele para o chão e ele a beijou embaixo da água. Um beijo doce como uma carícia.

Ele ensaboou o corpo dela e então ela se lembrou de onde estavam.

– Não gostei de ver você lutando. Não quero que se machuque.

Ele sorriu.

– Eu luto há mais de vinte anos, sou faixa preta há cinco, não tem com o que se preocupar.

– Quem é Hafez?

Ele parou de esfregar por alguns instantes, e ela percebeu um vacilo da parte dele, mas rapidamente voltou à sua tarefa de deixá-la limpa.

– É o seu guarda-costas. Você já deve tê-lo visto.

Oh...

– Oh... Sim... Acho-o intimidante.

– A ideia é essa.

Quê?

– A ideia é me intimidar?

Ele sorriu, mas ela percebeu que ele não sorria de fato.

– Para que você pense duas vezes antes de tentar uma nova fuga.

Ele estava sério quando parou de esfregar e a puxou para a água, retirando a espuma.

Ela estava zonza novamente. O que isso queria dizer?

Eles terminaram o banho em silêncio, ela não queria conversar, estava moralmente estarrecida. Ele não gostara da sua tentativa de fuga. Eles nem se conheciam... Ela tinha acabado de chegar. Ela tinha sido raptada! Maldição!

Ela terminava de colocar sua roupa quando sentiu ele por trás, retirando os grampos de sua cabeça e passando os dedos pelos fios. Aquele arrepio inevitável percorreu seu corpo. Seus cabelos caíram nos ombros e costas e ele enfiou o rosto no meio deles, roçando a barba em sua pele. Ela prendeu a respiração. Ele a moveu lentamente para que ficasse de frente para ele e elevou seu queixo para que o olhasse nos olhos. Ela tentou desviar o olhar, mas ele apertou seu queixo.

– Ei! Eu faço qualquer coisa para ter você comigo. Pensei que você já tivesse entendido isso.

Ela nada respondeu, ainda sem conseguir segurar o olhar dele.

– Agora sorria, antes que eu tire sua roupa novamente... E eu posso querer experimentar algo novo dessa vez – ele falou isso e deslizou a mão pelo traseiro dela, bem no meio dele... Elevou o olhar ameaçador e tudo dentro dela se contraiu e esquentou.

Ela prendeu a respiração e seu coração deu alguns trancos, quase precisou sentar.

Maldito!

– Sorria!

Ela sorriu. Um sorriso incerto. Ele sorriu de volta. Um sorriso lindo. Ela se derreteu e ele a puxou para fora.

Algumas duplas de competidores ainda treinavam e eles passaram por trás, indo direto para a saída.

Hafez os esperava, já impecavelmente vestido no seu intimidante traje, propício para algum filme de policial de elite da Swat; os dois se cumprimentaram com a cabeça. Carol olhou para Hafez, que a olhou de volta, dando um meio sorriso. Ela prendeu a respiração, sentindo o rosto esquentar, e desviou o olhar rapidamente, já puxando uma mecha de cabelo.

Ok... Agora eu conheço o inimigo, e literalmente fiz contato visual com ele.

CAPÍTULO 13

O que foi isso?

Uau!
– Uau! Que carro é esse?
Ele deu um sorriso de garoto bobo quando respondeu cheio de orgulho:
– Um Oldsmobile F-88 de 1954. A menina dos olhos do meu pai.
Ela olhou ao redor, para o imenso espaço subterrâneo em que se encontravam e que as dezenas de luzes amareladas iluminavam de um jeito estranho. Havia dezenas, talvez centenas de carros de todos os tipos, não soube precisar. Sua mente, já esgotada de tanta ostentação, se calara.
– Foi o único que eu mantive da coleção dele de esportivos – ele falou baixo, revelando certo pesar, e ela não soube avaliar o que ele realmente pensava naquele momento, enquanto tocava a pintura de um impecável amarelo-ouro. – Entre, vamos dar um passeio.
Ele abriu a porta para ela, que se ajeitou, sentindo-se entrar também em um conto de fadas, a própria Grace Kelly.
Cuidado, sua doida... Você sabe como a princesa morreu!
Com um gesto bem deselegante, mandou seu inconsciente se calar.
Ela rejeitara todos os sonhos de menina, e até aqueles que não tivera a chance de sonhar, e agora, naquele país distante, sabia exatamente o que queria ser... A princesa dele.
Olhou ao redor. Tudo estava impecável, banco, painel, marcadores. Ficou imaginando a pequena fortuna que aquele carro deveria valer, e o que levava uma pessoa a investir milhões em um carro que ficaria na garagem.
Não seja uma estraga prazeres, mulher! Aproveita!
Ali ligou o motor e fechou os olhos, visivelmente se deliciando com o som rouco e macio, e ela não conseguia tirar os olhos dele, que habilmente manobrou, saindo devagar pela grande abertura.
Já era fim de tarde, o sol estava ameno e o ar agradável. Ele parou no portão e dois seguranças o abriram, dando passagem para o respeitável senhor conversível amarelo e para o carro preto que os seguia.
Sim, Hafez vinha logo atrás...
Pegaram a estrada, e paz foi a única coisa que Carolina conseguiu definir naquele momento, no emaranhado de sensações que transbordavam de seu peito. O vento nos cabelos, o ronco do motor e aquele homem ao seu lado...
Percebeu que ele a olhava.

– Você fica bem dentro dele... A senhora dourada dentro do conversível dourado...
Quê?
Ele deu um sorriso lindo, daqueles que acelerava seu peito, e ela não entendeu nada.
– Senhora dourada?
Ele sorriu e não disse nada.
– Vai me explicar?
Ele ainda sorria, orgulhoso, como se estivesse a par de algum segredo, e ela já pensava que, se ele não contasse, precisaria torturá-lo, lenta e deliciosamente. Já até imaginava como, e sorriu sem perceber.
– É assim que elas te chamam.
Quê?
– Elas?
– Todas as mulheres do palácio.
Todas?
– E o que significa exatamente?
Ele deu de ombros, sem tirar os olhos da estrada.
– O que qualquer pessoa que olha pra você pode ver. Você tem classe, é bela, inteligente, gentil, bondosa...
Ela não estava ouvindo aquilo. Gentil? Bondosa? Quando eles viram essas qualidades?
Deve ter sido quando você tentou fugir, ou quando berrou com as moças, ou ainda quando quebrou todos os perfumes... Ele se esqueceu de dizer a palavra elegante...
Muito a contragosto, ela teve que concordar. Não havia nada de elegante em suas atitudes nos últimos dias. Dias? Semanas? O tempo seguia na incógnita, precisava de um celular e de um calendário urgente, pensou enquanto via o acostamento passar rapidamente.
Ainda confrontando suas atitudes, estava sem graça quando conseguiu balbuciar:
– Não vejo dessa forma.
Tá de brincadeira, né, Carolina?
Dessa vez era a voz de Juliana que ecoava em sua cabeça.
– Eu sei... Mas está equivocada, sua visão foi distorcida. É a mulher mais linda que já vi.
Ele sorriu como se lembrasse de algo e novamente como se soubesse de algo que ela desconhecia.
– Elas estão pintando os cabelos da cor dos seus... O estoque de tinta louro dourado sumiu do mercado. Até o seu perfume...
Ela arregalou os olhos e ele riu alto, enquanto ela se mexia desconfortável no banco, incrédula de estar ouvindo aquilo. Estava sem jeito, seu rosto deveria estar corando de todas as formas. Não sabia o que falar. Ele estaria zombando dela? Pelo menos parecia sincero...
E você acredita facilmente nos homens...
– Aquela roupa que você usava quando chegou, botas e saia, que, a propósito, te deixa linda – ele falou, correndo os olhos rapidamente pelas suas pernas e subindo

pelo quadril... Ela prendeu a respiração, já sentindo tudo esquentar dentro dela e ele continuou: – Já existe uma imitação em cada vitrine da cidade.

Quê?

Ela sentia um zumbido em sua cabeça. O que ele estava dizendo? Passava de incrédula a estarrecida, oscilando entre os dois extremos. Ele a vira? No dia da sua chegada?

– Como você sabe? Você me viu? – Sua voz estava alguns tons acima do normal.

– Sim... Por alguns segundos... Logo que desceu do carro.

Sua capacidade de pensar era incerta.

– Uma imitação em cada vitrine? Como você sabe? – Pigarreou nervosa, tentando reaver sua voz. Queria muito rir de tudo aquilo, mas naquele momento sentia que alguém havia colocado um peso em seus ombros muito maior do que conseguia suportar.

Ele deu de ombros.

– Eu sei de muitas coisas... E você faz parte da realeza agora, precisa se acostumar.

Sua capacidade de falar se juntara à de pensar.

A realeza fascina, e a mais afetada por esse brilho é a classe humilde. Não importa a pobreza, ou os gastos absurdos do alto escalão, o que as pessoas querem é viver o conto de fadas do "felizes para sempre", mesmo sabendo que reis e rainhas são pessoas normais, que sofrem e que, eventualmente, darão uma escorregada nos tabloides, mas, para essas pessoas, é inevitável não compará-los a deuses, ou enviados destes.

Para aliviar as dificuldades de um povo faminto e analfabeto, bastava um aceno e um sorriso real. E Carolina representava, além do glamour da realeza, os sonhos ocidentais que ela não conseguia ocultar na sua aparência.

– Uma revolução, minha senhora dourada...

Ele ainda sorria quando deslizou a mão para dentro da barra do vestido dela e apertou sua perna sensualmente, fazendo o gesto simples repercutir um pouco mais para cima. O calor ainda ficou pulsando naquele local algum tempo depois que ele retirou a mão, e na sua cabeça as revelações feitas ainda oscilavam, dessa vez entre o escárnio e sua vontade de acreditar.

Ela sentiu o carro acelerar quando eles adentraram uma rodovia mais larga, e o silêncio voltou a se instalar. Ela podia ouvir apenas o som do seu inconsciente travando uma luta dentro de sua cabeça.

De repente a paisagem mudou e, quase sem fôlego e com o familiar gelo nos pés acontecendo, ela conseguiu ver o mar lá embaixo, enquanto a estrada serpenteava perigosamente na encosta da montanha. Tocou a mão dele, e ele retribuiu o gesto apertando a sua de volta. Ela o amava! E agradecia pelo dia que ele decidira raptá-la, sem saber que nesse dia salvara sua vida. Nunca poderia retribuir o favor, ele nunca saberia o bem que fizera a ela.

Ela o observava disfarçadamente, recostado no assento, concentrado na sua tarefa de dirigir, tão lindo, as mãos bonitas ao volante, a camisa de algum algodão caro com as mangas dobradas, o relógio no pulso...

Balançou a cabeça, expulsando sua libido, e soltou um longo suspiro... De alívio, de sentimentos sublimes.

Ele a olhou.

– Tudo bem?

Ela sorriu tímida.

– Mais que bem... Estou ótima!

Um espaço grande se abriu logo à frente e ele parou no acostamento. Hafez parou ao lado e, alguns metros atrás, um segundo carro preto estacionou quase que ao mesmo tempo.

Ali Abriu a porta para ela, que olhava o outro carro parado com uma expressão interrogativa. Ele a abraçou e falou sem emoção, como se aquilo fosse a maior de todas as fatalidades:

– Azim descobriu que saímos...

Ela olhou novamente os dois seguranças, que agora se posicionavam bem perto. Hafez, como um ninja, já se perdia de vista em um barranco metros acima.

Pensamentos discordantes pairavam entre eles.

Carol suspirou, relembrando seus anos de solidão, a casa sempre vazia, os dilemas que carregava em seus próprios ombros, o assédio de alguns tarados, a ajuda que não vinha de nenhuma direção...

Ali fungou, aborrecido com a companhia indesejada e constante dos seguranças, o anonimato que ele não conseguia manter e a sensação de que, mesmo sendo um homem, ainda era tratado como uma criança.

– Azim se preocupa com você...

Ele sorriu, mas não sorriu de fato. Beijou o topo da cabeça dela e apontou na direção em que o oceano se perdia de vista.

Ela prendeu a respiração. Aquele sim era um maravilhoso pôr de sol...

Perto dali, em uma curva, sem que ninguém visse, um terceiro carro preto parou. Dentro dele, um quarto segurança, que também recebera o aviso de que o rei havia saído. A diferença é que ele não fora enviado por Azim...

Ele desceu e caminhou um pouco, posicionando-se atrás de algumas rochas, e então avistou seus alvos. Teria que ser rápido se quisesse eliminar todos. Deveria começar pelos seguranças, não poderia dar tempo para que eles o vissem.

Acoplou o silenciador no cano da arma e apontou. Omar, Saad... Onde estava Hafez?

Enquanto passava os olhos procurando por Hafez, ouviu um clique próximo ao seu ouvido. A arma fria tocou sua pele, Hafez o olhava, sua expressão era mortal, e, antes que pudesse reagir, sair daquela situação e cumprir sua missão, sentiu um forte impacto na nuca e caiu sem sentidos.

CAPÍTULO 14

Apagando o passado...

Azim desceu do carro acompanhado de Hanrier e de um terceiro homem que vestia um terno marrom, enquanto o motorista permanecia à espera, afinal a visita seria curta. Ele respirou fundo e tentou sorver um pouco da umidade daquele ar, quem sabe com isso viesse um pouco da frieza que ele precisava para efetuar sua missão.

Hanrier o seguia calado, segurando firmemente a maleta preta que lhe fora confiada, seguido de perto pelo homem de terno marrom que parecia nervoso, provavelmente por nunca ter feito algo semelhante, ou talvez por estar em um país estranho e distante.

A propriedade rural era pequena e a casa bem humilde, feita de madeiras velhas, com parte do telhado caindo.

Ninguém à vista, nem um animal... Bateu na porta e esperou o que pareceu uma eternidade até que um homem pequeno e magro, muito magro, revelando sérios sinais de calvície, abriu a porta. Estava seminu e sonolento, com uma expressão que Azim classificou como sarcasmo e impaciência. Aparentava ter uns 50 anos, mas Azim sabia que ele tinha apenas 36, e o cheiro de bebida já revelava que a noite havia sido longa...

– O que é? Se vocês vieram me cobrar, ainda não arrumei a porra do dinheiro!

Seu hálito, que exalava uma mistura de bebida e comida estragada, podia ser sentido a vários metros de distância.

– Viemos tratar de assuntos do seu interesse, senhor André, e gostaríamos de entrar. Nossa visita será breve.

Azim, apesar da postura firme, também estava nervoso, desejoso por terminar logo com tudo aquilo.

Já dentro do casebre, não havia nem uma cadeira onde pudessem se sentar, então permaneceram de pé.

– Quem tá aí, André? – Uma mulher vulgar apareceu na porta, usando apenas uma camiseta regata surrada, que deixava parte dos seios flácidos à mostra, detalhe que não parecia incomodá-la. O cabelo crespo e armado era um festival de cores que iam do louro ao laranja, com exceção da raiz, que ainda mantinha a naturalidade escura e diferia do resto. O rosto era um misto de arrogância e desagrado e, quando ela olhou e sorriu com evidente interesse por Hanrier, notou-se que faltavam alguns dentes.

– Volta pra cama, mulher, não tem nada que te interesse aqui!

– Você que diz...

E, quando ela fez um sinal de pouco caso e voltou para o quarto, André resmungou algo entre os dentes, que pareceu ser um xingamento.

Antes de dar mais tempo para conversas, Azim depositou sobre a mesa a maleta que Hanrier trazia e a abriu, deixando o agora sóbrio André sem palavras. Antes que ele recuperasse as palavras, Azim colocou na sua frente um documento com várias folhas.

– Tem duzentos mil reais dentro desta maleta, e será seu, basta que você assine algumas folhas.

André agora tocava e cheirava cada maço de notas, e pareceu não ter ouvido ou entendido as condições impostas. Quando Azim se preparava para repeti-las, ele tomou os documentos do divórcio nas mãos e começou a ler, folheando do começo ao fim várias vezes, lendo o mínimo possível, folheando sem se ater muito aos detalhes.

– Que brincadeira é essa? Onde ela está? Aquela vagabunda arrumou outro?

Irritado, mas não o suficiente para soltar um dos maços, ele começou a praguejar e xingar Carolina, acusando-a da sua desgraça. A um sinal de Azim, Hanrier o pegou pelo pescoço, fazendo-o se calar, enquanto Azim falava sem dar tempo para reação:

– Espero que seja ponderado com suas palavras e assine o documento. Não estamos aqui para começar uma briga, mas, se necessário, o faremos. Assine, pegue o dinheiro e viva da forma que lhe convier, mas aviso ao senhor: esqueça a senhora Carolina e esqueça nosso encontro. Se a procurar por qualquer motivo que seja, não terá boas lembranças nossas... – Azim dizia isso calmamente, enquanto Hanrier o mantinha imobilizado.

– Tudo bem, tudo bem, pode soltar, eu assino essa merda...

Muito a contragosto, ele assinou sem tirar os olhos da maleta, e o homem de terno marrom, que até aquele momento mantinha-se imóvel, aproximou-se e tomou as medidas legais, lavrando o documento.

Agora Carolina era uma mulher livre...

Antes de sair, Azim retirou um pequeno objeto do bolso, depositando-o sobre a mesa velha onde os documentos foram assinados.

André ficou olhando a aliança que Carolina usara por tantos anos, antes de decidir pegá-la. A joia pequena trazia seu nome gravado pelo lado de dentro, ao lado da data do casamento.

Por alguns segundos André se esqueceu da maleta sobre a mesa e correu para fora, enquanto o carro cruzava a porteira e ganhava a estrada. Em um acesso de fúria, ele atirou a aliança longe, gritando para quem quisesse ouvir que ela era uma vagabunda e que tinha se envolvido com a máfia, mas ninguém o ouviu, pois o carro já estava longe e a sua companheira de noitada bebera além da conta e só acordaria no dia seguinte...

CAPÍTULO 15

Surpresa noturna

Carol estava sozinha naquele quarto enorme. Ali viajara por alguns dias. Ela não perguntara nada e ele também não dissera para onde estava indo.

– 'Ana 'ahabbuk... Sa'aeud qaribanaan... – ele sussurrara docemente em seu ouvido antes de lhe beijar e abraçar seu corpo, e então se fora.

Parecia triste e cansado.

Agora era oficial. Carol tinha um guarda-costas particular que se esforçava para falar a língua portuguesa e se desdobrava para atendê-la. Hafez era seu nome, e era o homem em quem Ali mais confiava dentro do palácio, depois de Azim. Era inteligente, treinado em várias técnicas de luta e defesa pessoal, além de ser confiável e esperto. Era iraquiano, tinha 39 anos e lutara na guerra do Golfo, mas, cansado da ditadura iraquiana, descobrira que seu pai, a quem nunca conhecera, fazia parte do alto escalão real, e a vida o direcionara àquele pequeno país. Frente a frente com o pai, que sempre julgara morto, sentiu pela primeira vez que encontrara seu lugar no mundo. Fora aceito como membro da guarda real, e nunca se arrependera de estar ali. Servira também o rei anterior, Chahriar Harran Chaszamar.

Carol agora se lembrava dele, ele ajudara no seu sequestro, por isso seu nome não lhe era estranho. Lembrava-se dele em outras situações também, algumas um tanto constrangedoras, mas que agora caíram no esquecimento. Ele ainda a intimidava com o seu olhar e a arma na perna, mas a ideia era essa...

Se o meu digníssimo senhor quer assim...
Aceita que dói menos, mulher.

Hafez estava sempre por perto. Bastava que ela saísse do quarto para que ele logo a seguisse, em silêncio, mantendo uma distância respeitosa. Dormia em um quarto contíguo ao seu, e bastava que ela apertasse um botão na cabeceira da cama que ele prontamente aparecia. Ao menos isso fora o que Azim lhe informou, mas ela nunca ousaria incomodá-lo, não havia necessidade...

Naquela noite, Carol teria a chance de comprovar se o botão ao lado da sua cama lhe seria útil.

Colocou a primeira parte da sua trilogia favorita para rodar. Já sabia cada cena de cor, e cochilou enquanto assistia ao pequeno Frodo Bolseiro corajosamente, e entre o espanto de todos os marmanjos, assumir a missão de destruir o anel. Acordou a tempo de ver a fidelidade de Sam quase lhe custar a vida, ao se atirar no lago atrás de Frodo mesmo sem saber nadar, mas voltou a cochilar quando Frodo puxava Sam para cima do bote. Quando acordou de vez, com a primeira parte do filme já nos créditos, decidiu atender à insistente súplica que lhe pedia para ir para a cama.

Deitou-se e imediatamente adormeceu.

No quarto grande e luxuoso, ela colocou o lenço nos cabelos após olhar demoradamente no espelho. Retocou a maquiagem, reforçou o perfume entre os seios e enfiou a pequena adaga no cinto da túnica.

Faria exatamente o que fora incumbida, mas antes teria o prazer de beijar aquela pele clara, sentir aqueles lábios macios, tocar a cintura fina que fazia seu corpo sonhar com uma dança...

Sempre fora diferente das outras prometidas. Nunca se sentira atraída por homens, e o treinamento para casar com poderosos foi um duro golpe para ela, mas resignou-se, afinal sua família contava com ela para que conseguissem a independência financeira que almejavam. A felicidade de sua mãe quando ela foi escolhida para se casar com o rei era difícil de ignorar, e ela novamente se resignou. Havia destinos bem piores, ela pensava... Além disso, viveria no palácio, o que era um consolo para ela.

Lembrou-se novamente dos motivos por que faria aquilo.

Sua mãe, sua família e sua liberdade... Repetia para si como um mantra, tentando convencer seu íntimo de que fazia o que era certo.

Sua mãe, sua família e sua liberdade... Não parecia pouco para tirar uma vida. E aquela vida não valia tanto, afinal ela não seguia Alá, era uma infiel, apesar de ser uma bela e sedutora infiel.

Sua mãe, sua família e sua liberdade...

No corredor, seguiu com cuidado para não ser vista. Puxou uma alavanca na parede e o ruído do atrito de tijolos causou-lhe um incontrolável arrepio. Adentrou a sala de armas e subiu vagarosamente a escada que se contorcia ao redor das paredes de pedras. Chegou a um espaço aberto que dava para vários lances de escada que seguiam rumos diferentes; escolheu o da direita, o único que subia. Ela sabia onde queria chegar, conhecia aquele castelo como a palma da sua mão.

Precisara aprender...

Enquanto subia, pensava na liberdade que em breve conseguiria. Fizera sua parte, impedira que elas engravidassem e não fora tão difícil quanto imaginara. Bastava esfarelar o pequeno contraceptivo e colocar dentro dos açucarados docinhos. Elas comiam e nem percebiam. Eram inocentes.

Puxou a alavanca e entrou. Torcia para que ela estivesse dormindo, senão teria de ser mais rápida do que planejara. Esperou alguns segundos até se acostumar com o escuro. Olhou ao redor, nunca tinha estado naquele quarto, nunca dormira lá. Aquele território sempre fora proibido para as prometidas. Até ela chegar... As outras esposas tiveram de se mudar da ala real para quartos na ala norte, bem longe da realeza. Após ela chegar...

Aproximou-se da grande cama e a silhueta curvilínea pôde ser vista.

Sentiu o sangue pulsar...

Ela dormia como um anjo. Ficou ali parada por um tempo, enquanto observava a preferida do rei.

"Basta um corte preciso na jugular... Seja rápida!"

Assim fora instruída. Assim fora treinada. Inúmeros porquinhos. Inúmeras jugulares. No final, estava dominando a adaga como uma terceira mão. Não seria difícil.

"Entre e saia silenciosamente."

E a voz se repetia...

"Entre, imobilize, deslize a lâmina e saia."

Farei tudo isso, mas preciso sentir a boca dela, preciso tocar seu corpo, sentir aquele perfume que embriagava... Ninguém saberá... Ah, desejo tanto...

Carol acordou de um sonho erótico, com mãos que deslizavam em suas pernas. De imediato gemeu lânguida, chamando por Ali, mas um perfume adocicado e exótico avivou sua mente. Totalmente desperta, oscilou entre a incredulidade e o asco quando percebeu Amina montada em suas pernas, imobilizando suas mãos ao lado do corpo. Sua expressão na luz tênue do abajur era assustadora. Os olhos estavam ejetados de uma emoção desconhecida para Carol.

Meu Deus!

Tentou se libertar. Olhou a campainha que chamaria Hafez, mas naquele momento ela pareceu distante demais. Pensou em gritar, alguém a ouviria? Achava difícil.

Contorcia-se sob ela, que sorria de forma ameaçadora, e Carol sentiu um pavor desconhecido.

Maldição, ela é forte!

Fechou os olhos e respirou fundo. O que faria? Estava perdendo na força física, esse nunca fora um de seus atributos, sempre ficava entre os últimos em atividades físicas na escola.

O que eu faço?

Relaxa e finge que está gostando...

Não, não e não!

Fez uma cara de asco para o seu inconsciente. Mas ele continuou repetindo, repetindo e repetindo. Maldito!

Causava-lhe náusea imaginar e retribuir aquelas carícias, mas ela respirou fundo, fechou os olhos e amoleceu o corpo.

Amina percebeu e afrouxou os braços que prendiam seus pulsos, então começou a beijar o pescoço de Carol. Ela prendeu a respiração e o cheiro adocicado que vinha de Amina fez seu estômago revirar. Amina forçava sua boca com os lábios e Carol pôde sentir o gosto do batom em sua boca.

Santo Jesus, isso não está acontecendo...

Entre o asco e o pavor, Carol deixou que ela a beijasse. A sensação era ruim e estranha. Só conseguia pensar que era uma boca de mulher que beijava a sua. Só conseguia lembrar que era a língua de uma mulher que adentrava a sua boca.

Pensou em Juliana e nas conversas que tinham sobre o assunto...

Repudiou o pensamento, não queria se lembrar das coisas que ela dizia.
Pensou em Juliana novamente, no que ela faria naquela situação...
Talvez aproveitasse e fizesse um boquete caprichado.
Odiou aquele pensamento, repudiando-o.
Então Amina soltou seus pulsos e desceu a mão até o meio de suas pernas, traçando círculos em sua calcinha rendada.
Carol prendeu a respiração e teve que se controlar para não travar as pernas, impedindo o toque indesejado. As carícias ficavam mais ousadas e Amina beijava seus seios sob a camisola de seda.
Carol sentia dedos adentrando sua intimidade e, assustada, imaginou onde aquilo terminaria se ela permitisse. Ela iria até o final?
Faria sexo oral nela? Repudiou o pensamento mais uma vez.
Ela forçaria Carol a retribuir? Repudiou esse último com mais força ainda.
Como era o sexo entre as mulheres? Havia penetração? Com o quê? Dedos?
E novamente pensou em Juliana e nas coisas que ela assistia e depois contava a Carol.
Não, não, não... Senhor, não!
Não conseguia respirar, sua cabeça doía... Seu corpo repudiava aquelas mãos.
Tentou esvaziar sua mente para não vomitar nela, e, quando percebeu que ela estava relaxada sobre seu corpo, confiante da sua sedução, reuniu toda a força que tinha, segurou Amina pela cintura e, em um movimento brusco, girou o corpo, fazendo-a cair da cama e, caindo sobre ela, logo estava com a mão na campainha.

Naquela noite, enquanto todos dormiam, um carro estacionou nos portões do palácio. Azim e outro homem escoltaram quatro figuras em trajes coloridos e exuberantes rostos maquiados. Os rostos não estavam tão exuberantes, nem tão felizes... Alguns estavam. Outros nem tanto. Na verdade, um deles estava bem triste. Um rosto de porcelana com grandes olhos esverdeados que vagueavam sem entender o que estava acontecendo.
Estava sendo enviada de volta para sua família... Por quê? Fora rejeitada? Não pudera honrar o contrato?
Ela não entendia... Pensou na paixão que vivera ao lado dele... Não era uma ilusão, ele também sentia o mesmo...
Zhara não conseguia parar de chorar. Síria e Kamia pareciam indiferentes. Amina sorria.
Elas foram acomodadas em seus assentos e Azim falava pausadamente com cada uma delas, que, de cabeça baixa, se limitavam a ouvir.
Amina não via a hora de tomar posse na sua parte do acordo e viajar o mundo. Nunca imaginou que o desfecho seria tão simples. Agradecia aos céus por não ter conseguido matar a estrangeira, ou seu futuro poderia ser diferente. Azim agora falava nas consequências se alguma delas decidisse voltar atrás no acordo, e seus olhos se direcionavam em especial para Amina.

Não olhe para mim! Eu sou a mais feliz! Fale com a Zhara, ela que é apaixonada por ele!

Deu de ombros, olhando para a chorosa Zhara... Ele que fosse feliz com sua bela e desejável esposa. Amina assoviava uma canção em sua cabeça, ignorando as palavras carregadas de Azim, alheia, sonhando com sol e biquínis.

As outras três cabeças oscilavam entre a dor da rejeição e a satisfação da riqueza que teriam daquele dia em diante. Estavam livres e cheias de dinheiro.

O carro de afastou e Azim ainda permaneceu alguns minutos olhando os faróis que se perdiam na descida da estrada.

Tá aí um bom motivo para quem quisesse tecer uma teia de discórdia.

Pensando nisso, adentrou rapidamente o gabinete de Ali e pegou o telefone.

– Está feito, senhor. Elas se foram... Sim... Ela está bem... Foi só um susto, senhor. Não precisa voltar por isso, está resolvido. Tenha cuidado. Redobraremos os cuidados aqui. Boa sorte nas negociações, senhor, espero que tudo se resolva da melhor maneira. Até breve!

Azim ainda mantinha o telefone nas mãos, e um medo sem nome invadia sua alma. Pensou na última vez que sentira aquele medo, pensou na culpa que viera junto dele... e meneou a cabeça. Aquilo não poderia se repetir. Não seria culpado novamente.

CAPÍTULO 16

A descoberta

Os dias naquele quarto pareciam não ter fim. Após o ataque de Amina, Azim ordenou que Carol ficasse no quarto e a porta voltou a ser trancada.

De volta à sua gaiola de ouro!

Gemeu em resignação.

Carol se sentia um animal enjaulado andando inquieta pelo quarto, enquanto esperava o jantar. Olhou o piano silencioso e apertou algumas teclas, já contorcendo o rosto em desagrado pela sua falta de talento.

Pegou um livro, sentindo-se tremendamente emburrada, e sentou-se em uma poltrona da sala de TV, foi então que percebeu um dos quadros torto e a luminária ao lado também; ela não suportava ver um quadro fora do lugar ou uma luminária torta. Aproximando-se para endireitá-los, percebeu algo estranho na parede, um aprofundamento que até então não havia notado; parecia uma porta, mas não havia como abrir. Moveu a luminária, tentando voltá-la à sua posição normal, e ouviu um ranger de tijolos. Soltou um grito e caiu sentada sobre o sofá, observando incrédula enquanto a parede se movia, revelando uma abertura.

Ouviu o som da porta e rapidamente se levantou, ficando no meio do quarto. Hafez a olhou. Pareceu indeciso. Ela estava de olhos arregalados olhando para ele, as mãos atrás do corpo, tentando inutilmente aparentar normalidade.

– Está tudo bem, senhora?

De onde ele estava, era impossível ver a abertura. Mas e se ele entrasse?

Carol pensou em algo coerente para sair daquela situação e falou a primeira coisa que lhe veio à mente:

– Tive um pesadelo...

Pesadelo? Dormindo esse horário?

Ele franziu a testa e ela teve certeza de que ele não acreditara. Ele assentiu devagar e passou os olhos pelo quarto, vasculhando em silêncio, e ela teve certeza de que ele entraria para se certificar de que estava tudo bem, mas ele não entrou. Ela respirou aliviada quando ele fez um movimento com a cabeça e fechou a porta, deixando-a com sua descoberta.

Preciso de uma lanterna. Onde eu vi uma?

Correu e vasculhou algumas gavetas nos armários do banheiro, encontrando o que procurava.

Respirou fundo e, munida de luz, desceu lentamente os degraus estreitos, empoeirados e escorregadios que pareciam não ter fim. A escada acabava em um ponto que dava para um enorme espaço aberto com bancos de pedra que saíam das paredes. Ela meneou a cabeça, pensando em quem se proporia a sentar em um lugar daquele. O ar era abafado e, por segundos, se questionou se deveria descer ou voltar para a segurança do seu quarto, mas já estava cansada de sua gaiola de ouro. Não precisou de muito para decidir.

Dali seguiam inúmeros lances de escada, que desciam cada qual para uma direção.

E se eu me perder?

Olhou ao redor, clareando cada canto com a lanterna, e percebeu que não havia como se perder, bastava subir de volta. Daquele ponto, só havia uma escada que subia, e ela dava em seu quarto.

Respirou aliviada. Não havia o que temer.

Escolheu um dos lances da esquerda e desceu devagar até que começou a ouvir vozes e parou; uma luz fraca logo à frente indicava que a escada chegara ao fim. Desligou a lanterna e, receosa, terminou de descer os últimos degraus; viu-se de frente para o pátio subterrâneo, aquele mesmo onde estivera com Ali, aquele com a iluminação estranha. Olhou para as dezenas de carros, caminhões e automóveis de todos os tipos, mas não viu o distinto conversível amarelo. Percebeu dois homens conversando alto, um deles segurava uma potente lanterna sobre o outro que, debruçado sobre um dos carros, provavelmente fazia algum reparo; recuou ainda mais no escuro. Estariam discutindo? Aparentemente não! Deveriam estar falando de esportes, ou mulheres. Percebeu outras portas em vários cantos daquele enorme espaço.

Subiu a escada novamente e dessa vez optou pelo lance do meio. Esta não seguia em linha reta, fazia um contorno em caracol que parecia não ter fim. Devagar, Carol ia iluminando tudo. Os blocos de pedra que formavam as paredes possuíam fendas, e vários insetos corriam assustados, desaparecendo nessas aberturas. O teto era baixo e o ar pesado, parecendo que ela adentrava uma tumba egípcia, com seus milenares segredos. Carol já se questionava se deveria continuar descendo quando um som horripilante fez com que ela soltasse um grito e deixasse cair a lanterna, que desceu quicando e apagou no final da escada. Desesperada, Carol encostou-se na parede de pedra, levando a mão ao ouvido e tentando abafar aqueles gritos que pareciam sair de dentro dos blocos de pedras. Era o mesmo som que ouvira quando chegara, mas desta vez parecia haver sofrimento, e, ao invés do pavor que sentira na primeira vez que o ouvira, agora ela sentiu compaixão.

Havia tanta dor e agonia naqueles gemidos, que ela acreditou estar em uma masmorra de tortura. Os sons continuavam e ela, a ponto de chorar, percebeu uma luz tremeluzente que se projetava na parede e se aproximava rapidamente.

Alguém está descendo.

Não teve tempo de pensar. Segurando nas paredes frias e sujas, foi descendo o mais rápido que pôde, sempre olhando para trás, preocupada em ser descoberta. Por sorte, as paredes que circundavam a escada forneciam um esconderijo para ela. Avistou uma luz fraca logo abaixo, o que indicava o final da escada.

Deparou com uma sala grande, e passou os olhos rapidamente por inúmeras prateleiras cheias de armas. Tropeçou na lanterna e, mais que depressa, a pegou. Escondeu-se atrás de algumas caixas e a escuridão foi sua aliada. O segurança com a lanterna saiu da sala secreta e lacrou a passagem. Após constatar que estava sozinha, soltou o ar que prendera até então e saiu do esconderijo; olhou a parede de pedras que até alguns segundos era uma porta. Ligou a lanterna e subiu as escadas de volta, parando no ponto onde as escadas se dividiam, decidida por descer um novo lance.

Deixa de ser louca, mulher... Volta pro seu quarto!

Ela ponderou a ideia, afinal o que ganharia com isso?

Tô entediada, ok?

Entediada com o luxo e a comida boa?

Irritou-se com esses pensamentos, pois sabia muito bem o que a incomodava. Sentia falta de Ali. Uma falta absurda. Era como se fosse privada do ar, e sua velha insegurança era o objeto usado na sua tortura.

E se ele não voltar? Aonde ele teria ido? Teria se cansado? E se tivesse se casado novamente e estivesse, nesse exato momento, em uma praia exótica, curtindo uma dança do ventre, tomando um coquetel com aqueles guarda-chuvinhas em cima? Argh!

Evitou o rumo daqueles pensamentos e desceu.

O ar parecia ser menos denso naquela direção e um suave perfume vinha ao seu encontro. Lembrava flores, terra molhada e maresia... Avistou uma tênue claridade que saía da abertura e, sem pensar, passou por ela; saiu entre galhos e folhas e, com dificuldade, venceu o emaranhado de plantas.

Um jardim magnífico se fez ver, totalmente cultivado e abandonado, cheio de plantas que invadiam tudo, flores entrelaçadas com as árvores que subiam aos céus. A Lua cheia clareava tudo e Carol nem precisou da lanterna. Caminhou por pisos de granito que já haviam sido encobertos por folhas e galhos secos. Rosas de todos os tipos e de todas as cores, trepadeiras que floresciam nos muros altos de pedras. O jardim seguia muito além da sua visão, mas decidiu não se aventurar demais. Seu bom senso estava inseguro e ela sabia que ele estava certo.

Sentou-se em um dos bancos e fitou o céu negro salpicado de pontos. Será que um dia aquele lugar havia presenciado um grande amor? Ele merecia. Realmente era um lugar lindo. Sentiu-se bem naquele espaço onde a natureza havia ditado as regras, sem a interferência do homem.

No centro, insinuando-se entre as árvores e refletindo a lua como um grande espelho prateado, um lago se mantinha sereno.

Ninguém pisava ali há muito tempo...

Carol resolveu explorar com a luz do dia, ainda não sabia como, mas daria um jeito de descer no dia seguinte, ainda com a luz do sol.

Já de volta ao quarto, pensou em uma forma de descer sem que ninguém desse por sua falta. Na parte da manhã seria impossível, as arrumadeiras passavam um tempo razoável no quarto, e ela não podia sair...

Fez uma careta lembrando-se da sua prisão e da solidão que sentia.

Onde está meu lindo marido? Por que me deixara tão sozinha? Ah, Ali... Sinto sua falta!

Planejou seu passeio após o café da tarde, que lhe era servido perto das cinco horas, assim poderia ficar algumas horas fora e ninguém daria por sua falta até a hora do jantar. Pensando em seus planos, ela adormeceu; sonhou com uma presença conhecida e areia branca sob seus pés.

No dia seguinte, as horas demoraram a passar, mas, assim que o café foi servido, ela desceu para o seu jardim secreto.

Com a luz do sol, era tudo mágico... O muro alto recoberto de musgos, heras e flores limitava o jardim. Escondido do mundo, somente o barulho das ondas denunciava que havia algo mais lá fora, além das plantas que cresciam sem controle. Um enorme lago artificial, que um dia já fora cristalino, agora estava lamacento, serpenteando entre as árvores, e, apesar da lama, ainda conservava sua beleza, cercado por plantas aquáticas e pedras gigantescas. Sapos pulavam entre as plantas. Carol viu pássaros que, acostumados à segurança do lugar, voavam sem medo. Fontes secas que mais pareciam cascatas naturais, esculturas entrelaçadas aos galhos secos, praticamente encobertas. Havia um caramanchão em arco feito de madeira, onde as plantas se entrelaçavam formando um túnel de flores que levavam a algum lugar; seguiu o caminho, olhando as plantas que desciam sem controle; em alguns lugares ela precisava forçar sua passagem, pois as raízes desciam das madeiras que formavam um belo atrelado. Logo à frente, uma escada toda revestida por uma camada fina de vegetação subia vários degraus. Sem pensar, Carol já se encontrava naquele local encoberto e fresco... Respirou fundo, o cheiro era verde, literalmente.

Um coreto!

Estivera em um quando criança, era feito de madeira escura, com um bonito telhado, mas nada que se comparasse ao que via agora; o mármore arredondado e esculpido contornava elegantemente os bancos que circundavam todo o interior. O teto em cúpula arredondada lembrava a metade de uma casca de ovo com uma elegante borda entalhada, e a natureza se encarregara de tomar posse, mostrando que aquele espaço lhe pertencia.

Carol estava maravilhada...

Desceu as escadas e voltou a caminhar entre as árvores.

Deve haver cobras!

Seu receio a deixou atenta, não queria ser picada por alguma víbora árabe...

Bastam-me quatro!

Pelo seu bem, decidiu que não queria pensar nelas.

Olhou para cima e tudo o que viu foi um paredão de pedras que subiam muito além da sua visão. Do lado oposto, dava para ver parte de uma construção com portas de vidro; temeu ser descoberta e resolveu não se aproximar. Ficaria apenas naquela parte em que estava...

Preciso de ferramentas!

Voltou correndo ao seu quarto e pegou os talheres do café: faca, colher e um garfo. Abriu a gaveta do banheiro e pegou uma tesoura.
Vai enfiar a prataria na terra? Enlouqueceu de vez?
Ignorou os pensamentos e desceu, pronta para o desafio de dar o seu melhor como a jardineira que nunca fora...

Carol passava o dia naquele local; evitava o lado onde havia a construção com portas de vidro. Sentia que não havia ninguém naquele lugar, mas sua insegurança a mantinha longe. No terceiro dia, enquanto retirava o mato que crescia próximo ao muro e perto das rosas, sentiu uma brisa fresca que vinha do emaranhado verde e demorou a perceber de onde vinha. Notou um pequeno portão encoberto pelas plantas, e, sem pensar no que fazia, começou a quebrar os galhos que fechavam a abertura. Quando deu por terminado o trabalho, destravou o fecho e abriu o portão, que rangeu assustadoramente. Esperou um pouco, crente de que mais alguém ouvira o portão rangendo; mas ela ainda estava sozinha. Passou pela abertura, dando de cara com inúmeras pedras e, logo adiante, a praia.
Estava livre!
Estou livre!
E o que vai fazer agora, sua doida?
Ela não conseguia acreditar que estava fora do palácio. Ficou um tempo contemplando o mar, sem conseguir sair da segurança da encosta, afinal ela sabia que havia uma torre de vigília lá em cima, sabia que seria vista facilmente.
Sentou-se em uma pedra e ficou um tempo sentindo o sol do fim do dia esquentar sua pele. Logo o céu se transformaria no belo espetáculo que tanto amava, logo o sol se poria...
Subiu as escadas de volta ao quarto com um novo e nostálgico sentimento.
Fazia uma semana que Ali viajara, e, sem ele, voltara a ser a prisioneira dos primeiros dias. A magia que viveu desaparecera sem ele por perto; nada fazia sentido sem ele, as dúvidas e os medos atormentavam seu cérebro, e o desejo de fugir renasceu forte...

Carol procurou nos armários até que encontrou uma mochila do tamanho que precisava. Colocou algumas peças de roupa, algumas joias para usar como moeda de troca, água, frutas e parte do café da tarde. Vestiu calças de brim bege e camisa de seda verde, pegou uma jaqueta na mesma cor das calças, olhou demoradamente o belo quarto que ocupava, tocou o medalhão que trazia junto ao peito, respirou fundo e desceu as escadas. No jardim, deixou a mochila em um banco e andou entre as árvores e plantas sentindo uma grande tristeza.
O que eu estou fazendo?
Está fazendo besteira!
Fez uma cara de desgosto e concordou. Lembrou-se de Ali... Do sentimento que fazia seu sangue circular diferente. Se fosse fugir, teria que ser naquele momento, longe dele e do poder que ele exercia sobre ela.

Abriu o medalhão e contemplou a foto, apertando-a novamente nas mãos. Ela se sentia com medo e insegura.

Ele vai me deixar. Eu sei... eu sinto.

Saiu pela passagem e contemplou o mar, incapaz de dar um passo.

Visualizou os metros visíveis de praia deserta que tinha pela frente e imaginou quantos milhares ainda haveria, o quanto teria que caminhar até encontrar algum vilarejo. E o que faria quando encontrasse alguém? O que diria? Como se faria entender? Como voltaria ao seu mundo?

Ela nem tinha mais mundo, sua vida havia acabado, nada era seu. O pouco do espaço que havia conquistado nos últimos anos, o espaço que julgava ser seu, já não existia.

Seu mundo agora era ao lado daquele homem. Mas ele não estava ao seu lado, então não tinha mundo...

As luzes do alto da torre de vigília foram acesas e a claridade chegou sutilmente até ela. Sentou-se na areia com o olhar perdido e, perdida em seu dilema, nem percebera que o dia se fora, o céu já riscara sua aquarela de fim de dia e ela nem percebera... E, como em toda a eternidade, as estrelas, desconhecendo suas dores, cintilaram no alto.

Lembranças de uma vida quase esquecida insistiam em atormentá-la naquele momento. Reviu seu pai sentado na varanda simples, no banco de madeira rústica que ele mesmo construíra, as calças marrons de algum tecido ruim dobradas até os joelhos, descascando laranjas para que ela pudesse saborear a fruta. Sentiu o cheiro das cascas e relembrou o mesmo cheiro na pele dele, horas depois, quando ela se empoleirava em seu colo.

Quis se aconchegar naquele abraço e, inconscientemente, se encolheu.

Num impulso, descalçou os sapatos, levantou-se e caminhou até o mar. A água morna cobriu seus pés, pernas e dificultou seus passos enquanto avançava nas ondas...

O carro subia a encosta devagar, e sua ansiedade ditava um ritmo contrário, acelerando seu peito. Ali mexeu desconfortável no banco, tentando visualizar além da névoa que se abatera sobre ele. A porta foi aberta e ele desceu, subindo decidido a escada e sendo seguido de perto. Azim veio ao seu encontro e o colocava a par de tudo, de todos os acontecimentos durante a sua ausência. Com a mão e o olhar, ele pediu que Azim esperasse. Só tinha um lugar onde ele queria estar naquele momento, e era para lá que se dirigia. Azim entendeu sua súplica silenciosa e, fazendo uma suave reverência, se afastou.

Viu Hafez parado no corredor e trocaram algumas palavras rápidas. Abriu a porta do quarto, desejava tê-la em seus braços por algumas horas, queria esquecer toda a semana exaustiva em busca de uma solução pacífica para o seu futuro.

O quarto estava vazio e a apreensão logo surgiu.

Caminhou e percebeu que a passagem que deveria ser mantida secreta estava aberta.

Chamou por Hafez, sabia onde ela estava...

Desceu a escada que dava para o jardim quase correndo, o coração descompassado de saudade e medo. Hafez vinha logo atrás com a lanterna.

Assim como nas dezenas de sonhos que o atormentaram, ela estava lá parada, olhando o infinito, enquanto as ondas quebravam e molhavam seu corpo. Os cabelos longos pareciam fios de ouro destacando-se na noite. Deu mais alguns passos e parou, divisando as formas que já conhecia. Tudo era tão irreal e ao mesmo tempo tão palpável.

Sentiu um aperto no peito ao se lembrar de todos os sonhos, do sofrimento ao acordar, da solidão que sentia, e agora ela estava a alguns passos, e tudo o que ele queria era tê-la em seus braços.

Carol percebeu que não estava sozinha e, com o olhar enevoado pelas lágrimas, voltou-se para ele. Seu coração parou por alguns segundos e, quando voltou a bater, ela já estava nos braços dele.

Ficaram se olhando... Ele tocou o rosto dela, correu os dedos pela sua nuca e então a puxou para um beijo. A língua dele invadiu sua boca apaixonadamente e o desejo atravessou seu corpo como uma vingança. Carol correu seus dedos pelos músculos de suas costas e roçou seu corpo no dele. Ele soltou um gemido rouco que, como um comando para sua libido, incendiou tudo dentro dela.

Então ela se lembrou de que não estavam sozinhos, e talvez ele tenha pensado a mesma coisa, pois, relutante, soltou os lábios dela e sorriu, mantendo as testas coladas, respirando pesado.

Voltaram ao quarto em silêncio e foi sem nada dizer que ficaram se olhando, aqueles segundos antes do beijo, antes da entrega, eles ansiavam por isso, e Carol não conseguia tirar os olhos dele, parado ali na sua frente depois de uma longa semana longe. Ele usava um turbante branco amarrado na nuca, mas que não era suficiente para esconder todo o seu cabelo, permitindo que alguns cachos indisciplinados emoldurassem seu rosto. Vestia calças beges e uma bata branca de algum tipo de algodão desconhecido para ela, que descia até o quadril, com um pequeno e delicado cordão preso por ilhoses próximo do pescoço. As mangas compridas estavam dobradas acima dos pulsos e o tecido, levemente amassado nas dobras do braço e da cintura. Ela não sabe o motivo, mas aquilo lhe soou absurdamente sexy. Tão sexy quanto sua insanidade lhe permitia. Estava louca, era o que ela pensava enquanto o olhava, sem disfarçar o fascínio que sentia.

Mas então, como que atraídos, os olhos dela pousaram em outra coisa, na mochila da sua fuga, depositada sobre a poltrona. Gelou no mesmo instante.

Merda! Quem trouxe?

Seus olhos foram da mochila para ele e os dele rapidamente saíram dela para a mochila.

Não!

O medo começou a dar sinal em seu corpo. Ele nem tinha digerido ainda sua primeira tentativa de fuga...

Ali ainda estava parado na frente dela, sério, e ela não conseguiu definir o que ele pensava naquele momento, só conseguia sentir seu coração descontrolado dentro do peito. Então, em um passo, ele estava com a mochila na mão. Ela sentiu a respiração parar em sua garganta e o sangue sumir de seu rosto.

Ele ainda olhava para ela quando puxou o zíper e foi retirando lentamente tudo o que ela havia colocado lá dentro.

Carol desejou que o chão se abrisse e que fosse tragada para o inferno do seu arrependimento. Por que fizera aquilo?

Ali depositou todas as coisas na poltrona e seus olhos estavam sombrios quando se voltaram para ela.

– Pretendia tirar férias? – Sua voz soou sarcástica, e isso não era bom.

Droga!

Em um impulso, Carol foi até ele e o abraçou. Ele segurou seus ombros e a empurrou, mantendo-a na distância do seu braço, sem soltá-la.

Por favor, não me empurra, me abraça!

Ele estava muito sério quando seus olhos encontraram os dela, e sua voz era baixa.

– Pretendia me deixar?

Ela engoliu em seco. Não sabia o que dizer. Não poderia mentir. E falou a primeira coisa que passou pela sua cabeça:

– Me perdoa...

Ele continuava sério, e ela podia ouvir o som da respiração pesada dele enquanto pensava que estava em sérios apuros, que aquilo não poderia acabar bem. Um nó subiu pela sua garganta e seus olhos marejaram.

– Sairia daqui com essas roupas? Com esse rosto à mostra? Sem esconder seus cabelos? Não imaginou os perigos que poderia correr se saísse daqui assim, vestida dessa forma? Não percebe que não está em seu mundo? Sabe o que acontece com uma mulher bonita como você em alguns lugares, não muito longe daqui?

Ela estava chorando, não tinha pensando nisso.

Por que não pensou nisso?

– Olha pra mim!

Ela olhou para ele em meio às lágrimas e, tirando coragem do seu medo, conseguiu falar:

– Eu não fui, ok? Não consegui... Não me torture por isso...

– Tortura?

Ele soltou um pequeno riso de sarcasmo, e ela sentiu a pressão em seu braço aumentar.

Oh, merda! Isso não vai acabar bem...

– Você não tem ideia do que seja tortura... Você não pode colocar sua vida em risco assim, Carolina! Entenda, de uma vez por todas, que você não está em seu mundo.

Ela sentiu um arrepio percorrer seu corpo todo, então olhou para ele e, antes mesmo que pudesse perceber, o sarcasmo saiu em palavras.

– E por que não estou em meu mundo mesmo?

Ok, sua louca, agora você ferrou tudo!

O ar literalmente congelou. A expressão dele congelou.

Por que dissera aquilo?

Ela nunca o vira com aquele olhar. Estava sem ar, e o que não daria para que aquilo não estivesse acontecendo. Por que fora tão burra? Eles podiam estar fazendo amor agora. Seu inconsciente estava em festa, ela podia ouvir até o tilintar dos copos.

Eles ainda se olhavam, e ela podia ver seu arrependimento refletido na postura dele, sentia o ar congelado entrando pesado em suas narinas, ele estava bravo, sem dúvida, como ela nunca vira, mas ela podia ver algo mais, talvez desapontamento, e isso foi o que mais a atingiu. Podia lidar com a raiva dele, mas com o que via naquele olhar, naquele momento...

Desvencilhou-se das mãos dele e deu dois passos para trás, tentando colocar um pouco de distância entre ele e sua culpa.

Ele respirou profundamente e colocou as mãos nos quadris, ainda olhando-a sem nada dizer, e ela não conseguia pensar em nenhuma justificativa coerente. Estava mortalmente arrependida e com medo, e foi o medo que a fez falar, sem parar, sem respirar:

– Desculpa, eu não sabia o que fazer. Estava insegura... Você sumiu por sete dias, nenhuma notícia... Nada! Por que eu não tenho um telefone? Por que não podemos nos falar quando você viaja? A louca da sua mulher, uma delas, aquela masculinizada, me atacou, sabia? Queria fazer sexo comigo... Você ficou sabendo? Onde você estava para me defender? Aliás, por que todo mundo aqui acha que meu corpo é de domínio público? Por que todo mundo gosta de enfiar a mão onde não deve?

A expressão dele mudara. Estava com a testa enrugada e com a mão na boca, aparentemente tentando conter o riso, enquanto ela continuava colocando para fora todos os seus dramas.

– E você acha perigoso eu sair? Eu estava dormindo quando aquela louca subiu em mim... Enfiou as mãos em mim... E aquele perfume... Como você aguenta aquele perfume?

Ela teve um tremor de nojo e se limpou em sinal de repulsa, e então ele riu, e o som do riso dele ecoou, quebrando o gelo que se instalara entre eles.

– Você está rindo de mim?

E ele riu mais.

Ela estava séria olhando para ele, e rapidamente entorpecida de vê-lo sorrindo, o som do riso dele era... Quente, caramelado, contagiante... Não poderia definir em palavras. Ele estava realmente lindo sorrindo. E, mesmo a contragosto, ela já começava a rir também.

– Você é uma anta! Um asno! Um insensível!

Ele ficou sério de repente e ela se questionou se ele teria entendido as palavras, já se arrependendo no mesmo instante.

Cacete! Por que não fecho a minha boca?

Ele ainda estava sério quando retirou o turbante e o colocou sobre a poltrona, então desafivelou o cinto, ainda olhando para ela, e o puxou de uma única vez. Ela viu passar algo pelos olhos dele, algo que fez com que se arrepiasse e sentisse tudo se contorcer na sua barriga.

Meu Deus, ele vai me bater.

Uma bola subiu pela sua garganta, seus pés pareciam chumbos cravados no chão, estava totalmente desconcertada diante da nova situação e só foi capaz de sussurrar:

– Por favor... Não me bata...

Ele enrugou a testa e fez cara de quem não tinha entendido, colocando o cinto vagarosamente na poltrona, tão devagar que ela teve certeza de que ele entendera sim, e que aquilo havia sido um ameaça. Ele teria coragem de lhe bater? Seu cérebro não estava cooperando naquele momento. Ele estava tentando ter algum controle sobre ela, dizia aquela voz da sabedoria, mas ela estava mais propensa a ouvir a voz do escárnio, que não parava de repetir que ela merecia umas boas cintadas, e que talvez até gostasse.

Um traseiro marcado deve ser o que você precisa nesse momento.

Ele nada disse, e ela já estava sem ar quando ele rapidamente enlaçou suas pernas, a levantou, colocando-a nos ombros, e partiu para o quarto de dormir. Surpresa, ela só conseguiu soltar um grito quando ele a jogou sobre a cama e a imobilizou com seu corpo, segurando seus braços sobre a cabeça.

Seus olhos profundos mediam o rosto dela, e ela já estava ofegante, antecipando o que iria acontecer, quando ele falou com aquela voz que fazia tudo dentro dela se derreter:

– Por que você acha que eu quero te bater, se posso fazer isso?

Então ele soltou os braços dela, levantou um pouco o corpo e deslizou a mão para dentro do cós de sua calça, dentro de sua calcinha, e ela soltou um gemido de susto, quando os dedos dele invadiram seu corpo sem nenhum vacilo. Ela agarrou o braço dele, sentindo os músculos se contraírem enquanto ele movia a mão com dificuldade dentro da sua roupa, lutando contra os tecidos. Ela abriu um pouco mais as pernas e arqueou o corpo, tentando dar mais espaço para que ele pudesse continuar. Mas ele não continuou, e rapidamente tirou a mão, deixando o local úmido e pulsando.

Ele voltou a olhar em seu rosto sorrindo malicioso.

– Então Amina enfiou a língua em sua boca?

Ela gemeu e assentiu.

– Foi assim? – ele falou baixo, tomando sua boca e enfiando a língua em uma deliciosa e lenta tortura.

Ela gemeu longamente e ele se enfiou entre suas pernas, apertando seu corpo de encontro ao colchão.

– O que mais ela fez? Ela beijou aqui?

Carol gemia e ele traçava um caminho de beijos pelo seu pescoço.

– E aqui? – falou, beijando seus seios e abrindo os botões de sua camisa. Ela o sentia duro entre suas pernas e, mesmo com a intervenção das roupas, aquele atrito era alucinante. Ele retirou sua delicada camisa e abriu seu sutiã, deixando-a nua da cintura para cima. Retirou o medalhão com cuidado e o colocou ao lado da cama. Ela estava ofegante enquanto ele a olhava, aquecendo sua pele e corando seu rosto.

– Amina sempre me pareceu ter um requintado e extremo bom gosto. Exceto para perfumes... O seu é melhor...

Rapidamente ele abriu suas calças de brim e puxou-as pelas pernas, deixando-a só de calcinha. Ele subiu beijando suas coxas, e se deteve entre suas pernas, no rendado caro, onde ele beijava e aspirava sedutoramente.

– *Ia euiuni!* Seu cheiro me embriaga...

Então ele a beijou, e eles estavam perdidos um no outro...

CAPÍTULO 17

Segredos

No dia seguinte, após o lanche da tarde, Ali tomou as mãos de Carolina e a convidou:

– Venha, quero te mostrar algo...

Desceram até o andar de baixo e seguiram por um corredor que parecia não ter fim, as paredes eram divididas por colunas esculpidas na pedra, talvez em mármore, e de dentro de cada coluna praticamente saía uma escultura diferente; as cores eram espetaculares, dourado, vermelho, marrom, em várias nuances. Mais uma vez Carol não encontrava palavras para descrever o que via.

Dois seguranças seguiam na frente e Hafez vinha atrás. Bem próximo deles. Passaram por lugar que lembrava um refeitório, a movimentação era grande naquele horário e havia muitas vozes, mas, assim que viam os seguranças, todos se calavam e ficavam imóveis. O silêncio que se seguia até que eles passassem chegava a ser constrangedor, dava até para ouvir os passos deles ecoando nas paredes bonitas. Passaram por um posto médico, um pátio gigantesco, que Carol olhou rapidamente, certificando-se do que via.

Um cinema! Uau!

Ali seguiu sua cabeça com o olhar e sorriu ao perceber seu mais que evidente interesse. O corredor seguia até se perder de vista, mas ele fez um suave movimento em sua mão para que ela parasse e, de frente para uma porta, lhe entregou uma chave.

– Não há necessidade de se arriscar descendo pela escada secreta.

A porta foi aberta e, juntos, eles desceram uma nova escada que terminava em uma sala elegantemente decorada. Ao lado, havia um banheiro e uma cozinha.

Na parede, presos em pequenos ganchos, existia uma infinidade de utensílios de jardim. Carolina tocou as pequenas pás e garfos e um sorriso quase se formou.

– Era aqui que minha mãe passava a maior parte do dia, e agora este local lhe pertence – Ali falou, deslizando duas enormes portas de vidro que se abriram quase sem barulho; do outro lado estava o jardim secreto.

Carol nem respirava; estava na construção que ela via de longe, com as portas de vidro, mas que nunca tivera coragem de se aproximar. Cruzou a porta com passos vacilantes, olhando cada canto que já amava, mas agora de um ponto onde nunca estivera.

– Há quanto tempo ele está abandonado?

– Quinze anos. Está fechado desde que minha mãe morreu.

Ela pensou com tristeza nas flores abandonadas. Sorriu sem jeito e recebeu dele um exuberante sorriso.

Seu coração parou por alguns segundos, enquanto ela pensava que correria uma maratona de saltos por aquele sorriso.

Ele a enlaçou pela cintura e beijou seus cabelos.

– Eu gostaria de lhe dar todos os jardins do mundo! Mas agora preciso resolver algumas coisas, dar alguns telefonemas... Volto logo. Não fuja!

Antes que ela tivesse tempo de responder, ele a beijou, deixando-a sem ar, e então saiu.

Carol respirou fundo para se recompor e olhou ao redor, viu Hafez parado a alguns passos. Ele mantinha o rosto voltado para a frente, mas ela sabia que ele estava vendo tudo o que ela fazia. Como se ela não soubesse como as águias enxergam...

Carolina não fazia ideia, mas estava prestes a descobrir um grande segredo... O meu segredo...

Eu estava receosa, pois não sabia o que ela veria e sentiria, mas me resignei a esperar...

Ela entrou na cozinha e, sem querer, pensou que era muito maior que a cozinha de muitas casas. Uma mesa razoavelmente grande, geladeira... Até um forno de micro-ondas.

Surpreendentemente, já havia uma bandeja com comida na mesa.

Água, sucos e uma máquina de cappuccino!

Uau! Delícia!

O banheiro era grande também. Bonito, com mosaicos em mármore... Ela torceu o rosto. O que não era grande e bonito naquele lugar?

E tinha uma banheira...

Será que alguém usa?

Meneou a cabeça, contrariada pelo desperdício.

Abriu gavetas e portas... Em um canto, um baú de madeira antigo ganhou sua atenção. Estava trancado com cadeado. Era a única coisa trancada, e aquele pequeno cadeado o tornou mais cobiçado.

A chave está no pote de vidro, Carol.

Ela olhou ao redor e sua visão pousou no pote de vidro com tampa, cheio de pequenos objetos. Bem no fundo, uma pequena chave se enroscava em alguns fios prateados que Carol não identificou a utilidade.

Mais que depressa, ela abriu o baú...

Cartas, fotos, algumas peças de roupa, recortes de jornal, flores feitas de papel de seda, sachês de flores secas com um agradável perfume, pequenos e delicados bibelôs, e uma caixinha de música...

Havia um anel que, apesar de ser feito de arame, era bonito. Ele se emaranhava por cima, formando um desenho lindo, e estava preso por um cordão prateado; Carol o pegou e analisou, parecia importante.

E era... Foi sem dúvida muito importante receber aquele anel...

Enquanto ela olhava as recordações, minhas recordações, um quebra-cabeça era montado em sua mente.

A mãe de Ali? Será?

Bem no fundo, um embrulho, envolto por algodão egípcio bordado, já começava a perder a vivacidade das cores...

Devo abrir?

Abra!

O que eu faço? Sinto que estou invadindo a intimidade de alguém...

Abra!

Olhou em volta à procura de Hafez, mas não o viu.

Sua curiosidade venceu. Deu de ombros para sua irritante integridade e retirou a fita vermelha que prendia o tecido de algodão.

Enquanto Carolina abria o álbum de fotos, minha mente voltou décadas no passado. Eu me lembrava de cada uma daquelas fotos, dos dias naquele palácio, do nascimento dos meninos... É muito fácil esquecer afetos e desafetos quando deixamos o corpo físico, aquela máxima de que "tudo passa" é uma grande verdade nos mundos além da matéria... Mas agora, vendo aquelas fotos, senti como se o tempo não tivesse passado nem um segundo para mim.

Carol sorriu ao ver a foto que Syrie tirara; a única com meus dois filhos juntos... Era meu aniversário, e eles haviam feito uma surpresa, foi um dia muito bom...

Uau... Ali? Quem é esse outro? São idênticos...

Eles se pareciam muito, principalmente naquela fase em que entravam na adolescência.

Ela ainda analisava aquela foto quando percebeu uma outra presa por um clipe. Ela desentoava de todas as outras, que estavam protegidas pela película do álbum; essa parecia ter sido tirada ao acaso, na rua...

Relembrei aquele dia; estávamos tão felizes. Ele havia me dito que pediria minha mão, que pagaria meu dote, e eu não conseguia conter o riso. Um rapaz fazia fotos de turistas, trazia uma máquina Polaroid, e nos cercou como se visse em nossos rostos a alegria daquele momento.

Era insano, mas eu ainda ouvia o som do papel fotográfico quando o fotógrafo de rua moveu a foto no ar enquanto a imagem se revelava como mágica...

Carol analisou a foto; olhou novamente a foto em que eu estava com os meninos, tentando entender as semelhanças.

Deus... É a cara do Ali! Deve ser o pai dele!

Sorríamos para o fotógrafo, aquele sorriso bobo de quando se está apaixonado e quer mostrar ao mundo.

Que lindos... Ela deve ter sido muito apaixonada por ele.

De repente, uma nova foto, presa por outro clipe, chamou a atenção de Carol. Um homem sozinho, um olhar imponente...

Azim?

Pegou a foto nas mãos e sentiu o familiar e ainda incompreendido fenômeno se iniciando, desconectando sua mente do presente, como em um sonho. Fragmentos foram se tornando uma imagem aos seus olhos.

Sentou-se com as pernas fracas.

Ela viu um homem na escada, e por segundos pensou ser Ali, mas sabia que estava tendo apenas visões e tentou ver além do que sentia; estava sem ar, sentia meu amor por Azim, sentia minha dor, sentiu minha tristeza quando fui vendida ao rei, quando cheguei ao palácio; a dor de abrir mão do amor da minha vida fez Carolina ficar sem ar, minha separação de Azim doía como facadas em seu coração.

Deus!

O filme seguiu aos seus olhos: um jovem da guarda real, uma bela donzela e o compromisso entre eles. A jovem estava prometida pelo coração, mas despertou a paixão do rei, que soube ser generoso com a família, obtendo, assim, a bênção que precisava para tê-la para si. Ignorando o amor entre eles, na inocência do controle absoluto que o poder desperta, o rei designou seu fiel guarda-costas para acompanhar sua bela esposa por onde ela fosse.

E, naquele jardim onde eu passava meus dias, demos vazão ao nosso amor proibido.

Carol soltou um soluço. Estava chorando e nem percebera.

Azim e Ali! Azim é o pai de Ali? Puta merda, o que é isso?

Carol soltou a foto e se levantou depressa. Seu corpo pareceu doente diante da descoberta, então se sentou novamente, juntando todas as imagens em sua cabeça. Abriu o álbum novamente e voltou a analisar as fotos. O homem jovem era Azim, e não o rei!

Estava em choque.

Será que alguém sabe disso? Será que Ali sabe? Será que Azim sabe? Oh, não...

Sua cabeça girava. Sentia-se conhecedora do maior segredo da humanidade, tamanha a força com que aquela revelação se abateu sobre ela. Fechou o álbum e rapidamente o embrulhou, ajeitou como pôde por baixo de todas as lembranças, fechou o baú e recolocou a chave no seu devido lugar. Limpou-se, como se a energia do que acabara de descobrir estivesse impregnada nela, e soltou o ar que trazia preso no peito. Olhou ao redor, com medo que Hafez pudesse tê-la visto, e o avistou parado de costas com as mãos para trás. Se ele vira, ela nunca saberia.

O segredo pesava em seu peito, e era melhor que ele continuasse guardado. Não gostava de conhecer segredos, nunca gostou da cumplicidade que aquilo implicava. Já bastava ter de lidar com a sua vida. Recriminou-se pela curiosidade. Sentia-se uma bisbilhoteira observando a vida de um vizinho pela janela.

Agora o segredo lhe pertence também, Carol.

Ela fez uma careta. Preferia não saber.

Segredos... Odeio segredos!

Olhou o jardim abandonado, pensando que aquele local vivera realmente um grande amor... Passou por Hafez e andou entre as árvores, a energia que emanava daquele lugar chegava até ela, e era impressionante como isso acontecia, como se ela conseguisse se conectar com duas realidades, dois mundos; parecia que, ao abrir a porta, ela demorava a se fechar, e nesse caso ela sentia que a porta não havia se fechado ainda, o amor vivido naquele local ainda estava vivo, como se houvesse um fantasma circulando e o alimentando.

Sentia vontade de chorar. Por que as pessoas tinham que sofrer por algo que, na essência, era uma coisa boa? Por que o amor tinha efeitos tão ruins?

Lembrou-se do seu amor. Um amor avassalador por aquele homem que invadira sua vida e lhe roubara dela. Sentia-se sufocar sem ele. Faltava-lhe o ar, o chão, imaginar seus dias sem ele era como facadas em seu coração.

Sentou em um banco e deixou o Sol de fim de dia aquecer seus pensamentos. Quem sabe assim conseguiria dispersá-los... Fechou os olhos e voltou o rosto para cima, na direção do céu. Percebeu que alguém se aproximava e abriu os olhos. Ali voltara e seu coração deu um salto, esquentando seu sangue instantaneamente.

Ele a observava, sem saber que ela acabara de descobrir sua origem, que ela por acaso esbarrara na história de sua vida. Mas o que ela faria com essa informação?

Nada, você não contará nada!

Ela esbarrara sem querer, era isso, apenas isso. A vida deles seguiria inalterada.

– Eu poderia passar o dia todo observando você.

Ele se aproximou e a enlaçou. Ficaram por um tempo se olhando. Ela tocou seu rosto e deslizou a mão pela barba bem cuidada, e então se deu conta de que era a primeira vez que fazia isso e a sensação era magnífica. Ele fechou os olhos, recebendo aquele carinho, e então segurou a mão dela, beijando-a vagarosamente, com os olhos carregados de emoção.

– Você tem ideia do que eu fui capaz de fazer por você?

Quê? Ele se refere a ter me sequestrado?

– Eu gostaria que nosso encontro tivesse acontecido de forma diferente. Natural. Nunca quis magoar ou assustar você.

Ela ouvia com o coração aos pulos, será que ele ia lhe contar? Finalmente ele ia lhe contar?

Oh, Deus! Ele vai me contar! Duas revelações em um só dia, meu coração não aguenta.

– Venha – ele falou, tomando a mão dela e fazendo um sinal para Hafez, que pegou o rádio e se comunicou com a torre, provavelmente avisando que eram eles na praia. Saíram pela abertura, com Hafez já os esperando alguns passos à frente.

Ali se abaixou e gentilmente retirou as sandálias dela. Ela usava um vestido de seda azul-celeste até os joelhos, com pequenas mangas, e esvoaçantes e delicadas saias. Antes de se levantar, ele beijou suavemente seus joelhos nus, em seguida descalçou seus próprios sapatos, dobrou seus jeans e, de mãos dadas, puseram-se a caminhar na areia macia.

Carol sentia o peito cheio, transbordando de amor e revelações chocantes. Sentia-se extasiada de sentimentos sublimes, como se pudesse tocar as estrelas e andar sobre as águas, apenas por estar com ele, naquela praia, olhando seus pés másculos e cuidados pisando na areia.

– O que você pensa sobre os sonhos?

Ela piscou várias vezes, ainda com os olhos nos pés dele, que marcavam a areia por onde pisavam. Aquela pergunta era estranha e ela quase ensaiou um "quê?", mas percebeu, pela sua expressão ansiosa, que ele queria uma resposta.

– Quer mesmo ouvir?

– Claro!

Ela respirou fundo, lembrando-se de que havia pesquisado e lido muito sobre o assunto, enquanto sonhava com ele.

– Quando dormimos, nosso Espírito se liberta do corpo e, liberto, pode ir aonde quiser. Quando acordamos, damos o nome de sonho aos *flashes* de lembranças dessa aventura. Mas os sonhos podem ser também lembranças de outras vidas, ou o inconsciente relembrando acontecimentos vividos durante o período de vigília. O sonho deve ser analisado por quem sonha. Eu penso que cada um pode descobrir a origem dos próprios sonhos. Medo, desejo ou apenas lampejos das visitas noturnas.

Então deu um leve sorriso, sentindo a fogueira da inquisição arder no seu traseiro.

Aqui não tem inquisição, sua doida... Apedrejamentos, lembra?

– Você acredita que vivemos outras vidas? – Ali fez uma nova e estranha pergunta.

Ela buscou tudo o que sabia sobre os muçulmanos na memória, inclusive suas crenças, e, definitivamente, reencarnação não fazia parte delas. Deveria prolongar aquela conversa? O que deveria responder? Ninguém deve impor suas crenças a alguém que não crê, a verdade sempre se descortina para todos, e a verdade é apenas o ponto de vista de cada um, o momento de cada um. Mas ele esperava uma resposta, e, pensando nisso, ela olhou para aquele rosto que já tinha tão vivo em sua mente e sentiu que não deveria temer nada. Isso era o que seu coração dizia, mas seu inconsciente, aquele desajustado e perverso ser que habitava sua mente, tinha outras teorias. Burcas, apedrejamentos e arenas cheias. Empurrou esses pensamentos para longe.

– Inúmeras... Se não crermos nisso, Deus seria um tremendo de um sacana, não acha? Olha sua vida, todo o luxo... E tantas pessoas que não têm o básico para sobreviver...

E novamente ele sorriu. Em menos de uma hora, ela recebera dois espetaculares sorrisos.

De repente ele parou e se sentou na areia com as pernas separadas e delicadamente a puxou para que ela sentasse entre suas pernas. De frente para o infinito azul, sentindo o cheiro bom que vinha do mar, o som das ondas que começavam a se agitar, com o dia que se findava colorindo as nuvens. Para Carol, aquela era a sua definição de paraíso.

Sentir o corpo dele quente em contato com o seu, o queixo apoiado no seu ombro, o perfume embriagador que entrava em seu cérebro e fazia uma revolução lá dentro, era a única coisa naquele momento que a ligava às sensações do mundo carnal. Ele respirava entre seus cabelos e acelerava seu sangue.

Sentia os braços dele em volta do seu corpo e desejou beijá-lo, perder-se naquelas sensações já conhecidas, mas sabia que ele queria lhe dizer algo, e não queria desperdiçar a oportunidade de descobrir como fora parar naquele mundo.

– Por que me perguntou se eu acredito em outras vidas? Você acredita? – perguntou, virando o corpo para ele e fitando seus olhos. Ele beijou de leve sua testa.

– Nesse momento, sim... – Então ele beijou suavemente seus lábios e continuou: – Há um ano, eu comecei a sonhar com uma mulher...

Carol prendeu a respiração, sentindo a pontada de ciúmes se manifestando em seu peito, e ele continuou falando, alheio ao seu tormento:

– A mulher mais linda que eu já vira. Eu me rendia ao seu toque, aos seus beijos... Pensei que fosse enlouquecer de amor e saudade. Sim, saudade... Pois eu sentia no meu íntimo que a conhecia por toda a vida, por toda a eternidade. Procurei todos os médicos que me indicaram. Até que, como último recurso, fiz uma sessão de regressão e descobri que essa mulher era o meu grande amor de vidas passadas.

Carol quase nem respirava quando ele a olhou nos olhos e tocou seu rosto. No seu olhar havia um brilho, um fascínio que beirava a adoração.

– Há um ano eu sonho com você! Seu cheiro e seu rosto me assombram desde então. Há um ano perdi minha paz. Todas as minhas convicções se foram, sou um homem sem chão, Carolina. Você tirou meu ar, me fez tomar decisões irresponsáveis, criminosas.

O coração dela parou por segundos. E, quando voltou a bater, estava incontrolável dentro do peito.

Oh, meu Deus... Ele sonhava comigo? Eu também sonhava com ele!

Quis gritar de alegria, mas naquele momento só conseguiu chorar de alívio. Carol deixou as lágrimas saírem sem disfarce, e ele continuou com os olhos profundos, que pareciam medir cada reação sua.

– Quando eu pensei não suportar mais o tormento, sonhei com seu nome, e não me restou outra alternativa senão trazê-la para mim. Me apaixonei por você mesmo antes de conhecê-la. Tudo em você me é tão familiar, tão meu...

Carol sentia-se entorpecida, como se estivesse dentro do mais belo filme de amor, da mais bela melodia, e de repente sentiu medo de acordar de um sonho.

Ele beijou suas lágrimas e sua voz saiu baixa e rouca:

– Diga que não estou louco... Diga que sente o mesmo...

Carol fechou os olhos e sua voz saiu quase em um sussurro:

– Sim... Sinto o mesmo...

Como ela poderia dizer que o cheiro dele lhe fazia ficar com as pernas moles, que sua voz despertava tudo em seu corpo, que, quando ele lhe tocava, todo o seu mundo deixava de existir?

Recuperando parte do autocontrole, Carol continuou:

– Eu também sonhava com você...

Ele a segurou pelos ombros e a afastou levemente para medir seu rosto, como se não tivesse entendido suas palavras.

– É sério? – Sua voz era quase um sussurro, e seus olhos inquietos vasculhavam cada reação dela, como se ela estivesse prestes a lhe revelar o segredo da vida.

– Sim... Há um ano também, mas eu não conseguia ver seu rosto. Descobri que era você no dia do meu aniversário, quando você me beijou. Eu estava apavorada com tudo isso. Hafez me tirava o sono...

Olhou Hafez parado a poucos passos, impassível. Ali acompanhou seu olhar até Hafez e, quando olhou para ela novamente, estava cheio de ternura.

– Ele morreria por você... Para isso ele foi treinado.

Ela não sabia...

Se ela soubesse que Hafez precisara aprender tudo sobre ela, que sua história de vida havia sido objeto de estudos em inúmeras noites, que não havia segredo para ele sobre suas aptidões, saúde e limitações. Como ela saberia que ele se curvara ante um juramento, onde sua vida passara a ser prioridade para ele, onde ele deveria defendê-la de qualquer um e de qualquer coisa? Mas ela não sabia...

Mesmo sem saber, ela aprendera a confiar nele e já não sentia medo. Ele era como um protetor, um irmão mais velho.

Ali ainda a olhava quando ela continuou:

– No início eu imaginava que tinha sido sequestrada para que o meu... meu ex pagasse suas dívidas. Depois vi que não era esse o motivo, mas isso só me deixava mais assustada. Mas o que mais me apavorava era o meu corpo traidor que ansiava pelo seu toque, era a certeza de conhecer você de algum lugar, a certeza de pertencer aos seus braços.

Ele sorria encantado.

– Como eram seus sonhos?

Ela sentiu o rosto corar ao se lembrar dos sonhos, ou das sensações vividas. Como seriam os sonhos dele?

Será que... Não pode ser...

– A gente fazia amor na praia...

Ele sorriu. Um sorriso lindo de garoto feliz. E Carol não resistiu. Segurou aquele rosto amado entre as mãos e tomou sua boca. A princípio, ele apenas entreabriu os lábios e deixou que ela o beijasse, como se provasse algum fruto raro, e ela o beijou docemente, roçando seu rosto suavemente na barba macia dele e, sem pressa, deixou sua boca sentir o gosto dos lábios dele. Ele puxou o ar entre seus lábios e sussurrou:

– Você é tão doce...

Carol sussurrou sem soltar os lábios dele:

– Oh, Ali, eu te amo tanto... Obrigada por ter me encontrado.

Então ele gemeu e a aprisionou em seus braços, tirando-lhe o ar, tomando sua boca sem reservas, fazendo seu corpo inteiro implorar por alívio.

Ofegante, ela se desvencilhou do beijo e afastou o corpo, tentando colocar alguma distância entre eles.

– Espera! Eu te amo, mas eu preciso fazer algumas perguntas. Por favor...

Ele estava sorrindo quando respondeu:

– Claro, meu amor! O que você quiser...

Ufa! Então vamos lá!

– Você se casou novamente nesta semana em que esteve fora?

Ele pareceu se divertir com a pergunta, mas ficou sério quando percebeu que ela não ria.

– Não, senhora!

Bom... Isso é bom!
— Como será nossa vida? Eu, você e... elas... Como funciona? Você dorme comigo... e elas? Não sei se consigo viver assim. Não quero dividir você...
Falei! Ufa!
Ele sorriu novamente, aquele sorriso lindo que arrebatava seu coração.
— Quantas perguntas, minha senhora. Tão ávida por informações... – ele disse, beijando seus braços e subindo pelos ombros.
Não faz assim que relevo cada uma delas, aceito até dividir você.
Então balançou a cabeça achando o pensamento absurdo.
— O casamento aqui é diferente, sim, mas só existe você pra mim.
— E elas?
Ele deu de ombros, como se aquilo fosse passado.
— Acabou... Eu só preciso de você, minha Calina. Não percebeu isso ainda, meu amor?
Ela soltou um profundo suspiro ainda sob o olhar dele.
— Você pretende se casar novamente?
— Não!
— Tem certeza?
— Sim... Serei só seu para amar e respeitar na saúde e na doença... E acredite, nesse momento, minha única certeza é que nem a morte nos separará! – Ali falou com convicção a última frase e ela prendeu a respiração. Seu peito doía, quase nem respirava, nada que vivera até aquele momento podia se comparar com o que seu coração estava sentindo.
Sorriu sem jeito e afundou o rosto no pescoço dele, inalando aquele cheiro que a fazia esquecer qualquer coisa. Estava em casa.
— Acabou?
— Mais uma... Qual o nome da sua mãe?
Ele afastou a cabeça por alguns segundos e a olhou, como que avaliando o que ela perguntara.
— Soraya.
Hum, bonito!
— Ela morreu de quê?
— Coração... Teve um infarto.
Carol moveu a cabeça e fez um "ah" sem som.
— Agora acabou?
Ela assentiu e ele se moveu buscando algo no bolso da calça. Um pequeno saco de veludo preto amarrado por um cordão dourado que ele abriu e de dentro tirou algo que reluzia. Era um anel, uma aliança.
Carol prendeu a respiração e sentiu os olhos ficarem turvos, já sabendo aonde ele queria chegar. Seu coração estava frenético no peito quando ele tomou sua mão e lhe entregou a aliança.
— Como manda a tradição em seu país, eu quero que você coloque em meu dedo.

Ela ficou sem ar. Não conseguia acreditar que ele estava fazendo aquilo. Segurou a aliança entre os dedos e, apesar da pouca luz, ela foi capaz de ler seu nome gravado do lado de dentro. Olhou para ele sem conseguir conter o choro. Queria dizer tanta coisa, mas só foi capaz de balbuciar algo que lembrou um "obrigada". Aquilo era, sem dúvida, a coisa mais linda que alguém já fizera para ela.

Ele sorriu e tocou seu rosto.

– É só uma aliança de casamento, meu amor... Com o nome da minha esposa gravado.

Ela tomou a mão dele e beijou com carinho, deslizando suavemente a aliança pelo dedo. Ficou olhando o dedo dele, encantada e plena, e ele, encostando a boca em seu ouvido, falou com aquela voz baixa que fazia o desejo correr quente em seu corpo:

– Eu vou fazer amor com você agora, bem aqui, nesta areia.

O quê? Aqui?

Seu inconsciente revirou os olhos e caiu duro.

Aquela frase queimou em seu corpo, e fez tudo abaixo de sua barriga se esticar.

Antes que ela conseguisse dizer algo, com o sangue já em ebulição, ele falou algumas palavras inteligíveis para Hafez, que se posicionou um pouco mais longe. O sol já se punha e estava escuro, havia apenas a claridade que vinha do mar.

– Onde estávamos?

Seu olhar era puro pecado e Carol era puro desejo. Sem cerimônia, ele a deitou e tomou posse de sua boca, descendo a mão sem pudor por suas pernas nuas. Seu toque familiar enviava sinais por todo o seu corpo, calafrios, suaves arrepios por toda a sua pele. Sua boca traçava caminhos de prazer pelo seu pescoço e descia por seus seios, enquanto sua mão explorava habilmente o interior de sua calcinha.

Carol enterrou as mãos em seus cabelos revoltos, trazendo-o para mais perto, querendo se fundir a ele. De repente eles eram apenas sensações, bocas e gemidos roucos. Apenas aquele momento, apenas os dois, tudo deixava de existir. Seu corpo era como um instrumento, e ele sabia exatamente como retirar dele o mais belo som.

Ele se posicionou sobre ela e rapidamente abriu o zíper da calça; puxando sua calcinha para o lado, deslizou para dentro dela até o fundo. Ela gemeu longamente e ele impôs o ritmo.

A areia, em atrito com as partes nuas de sua pele, causava um doce desconforto, e ela sentia o prazer crescendo a cada estocada.

Deslizou suas mãos pelas costas dele e segurou no cós da calça jeans, puxando-o para cima e empurrando-o para baixo, acompanhando os movimentos dele, enterrando sem piedade até o fundo.

Ela gostava. Era assim que ela queria. Gemeu já à beira do precipício.

– Vamos lá, meu bem... Sinta-me em você... Inteiro... Assim...

E as palavras dele, como sempre, eram sua perdição. Seu corpo se inflamava buscando alívio. Gemeu e, sem conseguir resistir por mais tempo, ela se deixou levar, agarrando-se a ele, quase sufocando com os próprios sentimentos, ouvindo-o gemer seu nome, perdido em seu próprio prazer.

Ficaram deitados ouvindo o mar, sentindo a areia em todos os lugares.

Ele saiu de dentro dela e se levantou, arrumando a roupa e puxando ela com ele.
– Vamos! Vou lhe dar um banho.
Banho?
Seu sangue circulou quente.
Como uma frase podia prometer tanto?

O jardim florescia dia após dia, e, com a ajuda de um profissional, o lago fora limpo e brilhava cristalino. Carol passava quase o dia todo entre limpar e cavar. Amava cada cantinho que florescia, era como se aquele lugar fosse seu por direito.

Eventualmente, Ali descia para ajudá-la, e ela adorava vê-lo de bermuda, sujo de terra...

Quase não ficava no quarto, subia apenas para se lavar, e até suas refeições ela fazia lá embaixo. Como Ali sempre estava ocupado ou em viagem, aquele recanto era seu mundo.

Os dias seguiam com ela absorta em seu mundo florido, mas, em um final de dia, quando subiu para tomar banho, percebeu algo diferente; olhou algo novo sobre o móvel ao lado da cama, algo que nunca estivera ali. Um aparelho de telefone.

Quando eles instalaram?

Caminhou até ele apreensiva; não sabia o que pensar e nem se queria falar com alguém. Relembrar seu passado era doloroso demais, queria esquecer; tivera a oportunidade de começar de novo e, por algum motivo, essa vida era a sua vida agora. Retirou o aparelho do gancho, levando até o ouvido. O som característico se fez ouvir...

CAPÍTULO 18

Juliana

  Juliana acordou de um salto. Na sua cabeça ainda ecoava um trecho bíblico, Romanos 12:21: "Não te deixes vencer pelo mal, mas vença o mal com o bem". Ela conhecia de cor, era o seu preferido, mas naquele momento não se esforçou para se lembrar do sonho, afinal era apenas um sonho, e trechos bíblicos em nada combinavam com sua realidade, ou sua vontade de soltar uns bons e velhos palavrões.
  Queria gritar, e quase gritou. Faltavam vinte minutos para as oito horas. Perdera a hora de novo, ela não podia acreditar.
  Era pra ter levantado mais cedo, sua puta. Hoje tinha que deixar o almoço pronto!
  Bufou de ódio e olhou as pernas todas de fora naquele short ridículo; não se lembrava de tê-lo vestido e gemeu em lamento; sabia o que aquilo significava... Puxou o elástico, confirmando que estava sem calcinha, e soltou um outro gemido de asco e pesar.
  Inferno!
  Tocou os seios, estava sem sutiã.
  Maldição! Você é uma puta do cacete, Juliana!
  Escorregou para fora da cama praguejando, sua cabeça estava explodindo.
  Por que eu bebi ontem?
  Ela sabia o porquê e se odiou mais um pouco.
  Olhou no espelho do banheiro, quase nem conseguia manter os olhos abertos; ligou o chuveiro e fez uma ducha rápida entre as pernas, não tinha tempo para banho. Odiava sua vida, odiava tudo! Mais um dia onde ela adiaria sua promessa de se vestir melhor. Se pudesse, nem se vestiria... Sairia pelada na rua.
  Quase riu, mas foi quase, sua cabeça explodiria se tentasse.
  Ela deveria planejar, se preparar, dizia aquela voz. Deveria ser disciplinada, se organizar...
  Ser menos puta!
  Queria ser como Carol, sempre tão organizada e bonita. Mas não conseguia. Há semanas nem lixava as unhas ou usava maquiagem. E os ditos amigos a olhavam de cima a baixo; e tinha de ouvir aquelas críticas camufladas de elogios: "Seu cabelo é lindo, por que prender?", "Se eu tivesse um corpo magro e elegante como o seu, nunca que esconderia nessas roupas que você usa...", "Pinta essa cara um pouco, menina, sua pele é tão branquinha, tá parecendo um fantasma...", e tinha aquele que ela mais gostava e era o argumento poderoso que ela usava para anular todos os outros: "Seu marido é tão bonito, ele vai arrumar outra se você não se cuidar um pouco...".

Ela fechava os olhos quando ouvia esse último e fazia uma oração sincera, pedindo a Deus que fosse logo...

Fez uma cara de martírio enquanto vasculhava sua gaveta à procura de uma camiseta de malha; encontrou-a amassada por baixo da pilha de roupas que se formara no chão.

Malha de novo, mulher?

Agora era a voz de Carolina recriminando-a. Deu de ombros. Não tinha tempo. Esticou a camiseta de malha preta – aquela mesma que tinha comprado na estreia do Star Wars, com o contorno do rosto de Darth Vader na frente, e que já virara sua marca registrada nos últimos tempos –, tentando dar um pouco mais de decência à malha amassada, e vestiu seu jeans de guerra, aquele que quase conhecia o local do trabalho de tanto que ela usava; olhou as roupas espalhadas pelo chão e bufou de ódio. Estava irritada, mais do que ousava admitir. Juntou tudo e empurrou para dentro da gaveta, praguejando.

Por que não levantava quando o despertador tocava? Por que tinha que desligar e voltar a dormir?

Por que eu sou uma puta bêbada?

Rosnou de ódio e olhou seu cabelo enorme que descia lisinho até o meio das costas. Paulo odiava... Dizia que chamava muita atenção, que a casa vivia cheia de cabelo, que o ralo do banheiro entupia, que...

Blá, blá, blá!

E Juliana deixava crescer, apenas para contrariar. Ela dizia para Carol que deixaria crescer o de baixo também até virar um pompom, e as duas riram.

Puxou-os para a frente, pensando que poderia deixá-los soltos de vez em quando. Seu cabelo era bonito, castanho natural, e ainda não tinha fios brancos.

Olhou-se novamente e fez uma careta, desistindo. Estava quente... Prendeu-o em um rabo de cavalo com a agilidade de todos os dias, bafourou na mão, cheirando, e desistiu de escovar os dentes. Não tinha tempo...

Cadê minha bolsa? Minhas chaves? Merda!

Aproximou o rosto do espelho e fez uma cara de insatisfação para seus olhos. Paulo odiava também... Eram grandes demais, ele dizia.

E ela era proibida de pintá-los; chamava muita atenção, ele completava, moça decente não pinta os olhos, moça...

Blá, blá, blá!

Deu dois passos para trás. Uma nova olhada no espelho e uma nova cara de insatisfação. E Paulo odiava isso também... Era alta demais, ele dizia.

Alta demais, magra demais... Merda! Por que não nasci dez centímetros mais baixa? Assim poderia aparentar mais gordura!

Em alguns momentos gostava de ser alta, quando eles saíam juntos e ela colocava um salto daqueles, apenas para ficar mais alta que ele.

Sorriu, lembrando-se de como ele quase a fuzilava nesses momentos. Dava para perceber o esforço que ele fazia para ficar mais alto. Parecia uma girafa esticando o pescoço.

Ela riu, mas seu riso morreu fácil, sua cabeça ainda doía, e então ela se lembrou de que teria que comprar comida pronta novamente; e imaginar a cara dele a hora que chegasse para almoçar a deixava doente.

Ogro desgraçado!

Sua barriga se contorceu.

Banheiro agora? Não, não, não, não!

Recriminou-se por ter comido aqueles dois pedaços de pizza de queijo. Não podia com lactose. Mas então por que comia?

Porque a pizza já estava pronta, ela estava com fome e não gostava de cozinhar?

Sim... Era por isso.

Atravessou as ruas como uma louca, quase nem parando nas esquinas, fazendo o carro velho sacolejar feito uma sambista em cima de um carro alegórico.

Ah, Carol... Onde você está?

Sentia falta da amiga. Sem ela por perto, não pudera levar adiante seus planos, e sua vida seguia atolada na merda.

Carol desaparecera e Juliana morrera um pouco naquele dia. A polícia descartara sequestro, afinal não houvera pedido de resgate e nenhum contato com familiares. Não havendo sinais de luta no ateliê, chegaram à brilhante conclusão, depois de algumas perguntas e muita falta de vontade, de que Carol fugira, provavelmente com outro homem, simulando um falso sequestro.

Juliana sentia culpa. Sabia que falhara com Carol, deixando-a sozinha. Usara seu livre-arbítrio e escolhera... Mas escolhera errado.

Falso sequestro...

Não acreditava nisso, mas argumentos para isso eles tinham aos montes: esposa traída, infeliz, jovem... E André contribuíra com o veredito policial. Ficara lá, com aquela cara de vítima, sem dizer nada... Só faltou desmaiar.

Idiota! Quem ele pensa que é?

Lembrou-se do dia em que o vira aos beijos com aquela mulher horrorosa, como se ela tivesse saído de algum filme de mortos-vivos... Nunca contara para Carol. Talvez devesse ter contado, mas...

As pessoas podiam dizer o que quisessem, mas ela sabia que sua amiga não tinha outro homem e não tinha fugido, não sem lhe contar.

Carol trair... Até com sonhos eróticos ela sentia culpa.

Ela sabia que alguma coisa havia acontecido, mas não conseguira descobrir nada. Ninguém tinha visto nada, nenhuma informação.

Carol e a mania de sair de casa de madrugada. Deve ter atraído a atenção de algum tarado. Pobre amiga, espero que não esteja morta.

Um arrepio percorreu seu corpo ao se lembrar do carinha do primeiro andar, aquele nerd que ficava fazendo perguntas sobre Carol.

Putz! Não pode ser... Será? E agora? E se ele a matou? Preciso olhar na cara desse filho da puta!

Precisava encontrar um jeito de passar por lá, inventar uma desculpa... Ele trabalhava em um escritório de contabilidade no primeiro andar do prédio em que Carol tinha o ateliê. Daria um jeito de passar por lá na hora que fosse ao Banco. Devia a Carol, afinal imaginar a solidão que seria o mundo sem ela por perto fazia seu estômago doer.

Para dizer a verdade, ela também gostaria de sumir por uns tempos.

Se eu tivesse dinheiro... Já estaria longe. Ai dela se tiver fugido sem me convidar.

Chegou ao escritório, já passava em muito das oito, mas ainda estava fechado.
A preguiçosa da Sônia ainda não chegou, como sempre. Inferno, inferno, inferno!
Ah, a catarse do xingamento... Escurecia o tempo e clareava a alma. Mas Juliana nunca pôde usufruir a dádiva de uma boca suja.

A primeira vez que dissera um palavrão em sua casa, havia levado um sopapo tão grande que ficara horas com o ouvido zunindo.

Com Paulo não fora diferente. Chamara-o de boiola afetado... Entre outras coisas... Juliana tentava parar com os palavrões, Carol queria que ela parasse.

Aprendera um truque com Carol; quando queria extravasar sua raiva, cantarolava uma música conhecida, mas trocava a letra. A música era a mesma, mas a letra arrepiaria a cabeça da mais imoral das criaturas.

Nos últimos tempos, tinha dedicado boa parte do seu tempo compondo para o Paulo, sua musa inspiradora de palavrões cantados.

Acabou rindo enquanto entrava; o telefone já tocava insistentemente. Correu para ele; deveria ser algum cliente estressado, e ela não estava com saco para eles, passaria o dia apertando o "botão de foda-se" para todos. Quase soltou um grito, odiava sua vida.

Atendeu com raiva, quase gritando com quem quer que fosse. A ligação estava bem nítida, mas Juliana custou a acreditar no que ouvia, ou com quem falava... Colou o telefone ao ouvido, temendo perder alguma coisa.

Carol?

– Carol, é você mesmo? Onde você está, mulher? O que aconteceu?

Não conseguia acreditar que fosse ela, queria saber tudo, queria ter tempo, mas, assim que a insuportável da Sônia chegasse, ela não poderia continuar falando.

– Você está bem? Sim... Passagem? Vai me mandar uma passagem? Sim... Puta merda, Carolina! Não sei... Outro país? Puxa! Tá feliz? Sim... Talvez... Sim... Anota aí: Rua Conselheiro Augusto, 45. Ainda se lembra do CEP? A cidade também é a mesma, não mudou desde que você partiu. Aliás, tá parecendo bem menor agora.

Ouviu o riso de Carol do outro lado e foi como se tivesse voltado no tempo...

Que saudade...

– Ok, então. Entendo, sim, eu entendo... Vou pensar. Não desligue, por favor, não deligue. Tem homem na história? Quê? Dos sonhos? Tá de brincadeira comigo, Carolina. Como? Tão lindo assim? O quê... Me conta! Não, não desliga. Ah, amiga... Tudo bem, então. Eu aguardo... Também te amo! Tchau.

A linha ficou muda e, com a orelha e as juntas dos dedos doendo, devido à força que tinha usado para segurar o aparelho de telefone, ela tentava entender cada palavra, mas queria mais respostas.

Puta merda! Passagem pra onde? Será que terei coragem? Será que André falava a verdade? Será que Carolina se casou com um mafioso? Será que não tem um mafioso pra mim também?

De repente sentiu aquela angústia no peito, pensou que fosse sufocar e chorou; não sabia se estava chorando de alegria por ter falado com ela e ter finalmente a certeza de que ela estava bem, ou se era por sentir que a oportunidade de dar um novo rumo à sua vida chegara, e ela não seria capaz de correr atrás da felicidade. Sabia que decepcionara Carol, escolhera se afastar dela em troca de um emprego e da liberdade que visualizou nessa promessa. Decepcionara a pessoa que mais lhe fazia bem. Escolhera errado, como sempre.

Ficou olhando sua companheira de trabalho chegar com quase uma hora de atraso. Mais maquiada do que palhaço em porta de loja e tão ridícula quanto.

Deve ser difícil tirar esse rabo enorme da cama. Deve ser mais difícil ainda encontrar uma lona de circo para cobrir esse rabo!

♫ *Eu te odeio e vou gritar pra todo mundo ouvir... Socar você é meu desejo de viver...* ♫

– Tá feliz hoje, Juliana? Tá cantarolando... Hum, adoro essa música!

Grupo Roupa Nova, versão esculhamba a gorda!

Deu um sorriso forçado, sem mostrar os dentes como resposta.

Juliana passou a manhã toda com a cabeça nas nuvens, o tempo todo trêmula. Enfim deu a hora do seu almoço e, quando ia ficando feliz por sair um pouco daquele ambiente, lembrou-se de que não tinha ligado encomendando a comida; sentiu um nó no estômago. Com uma hora de almoço apenas, era preciso chegar ao restaurante e já estar tudo pronto.

Bosta!

Ela saiu novamente em disparada com o carro, mas demorou uns dez minutos para pegar a comida. Acabou pegando apenas uma porção, temendo demorar demais. E, para seu desespero, ficou mais dez minutos tentando fazer o carro velho pegar. Quando chegou em casa, Paulo já olhava o relógio com aquela cara odiosa; sentiu vontade de pegar uma faca e enfiar no próprio pescoço. Já há algum tempo ela vinha tendo essas ideias fixas de cometer suicídio, e depois que Carol sumiu, sua vontade de concluir esses pensamentos se tornara maior. Era a mesma coisa de sempre: discussões, cobranças, ele comendo como se nada tivesse acontecido, e ela sem comer e com o estômago fermentado.

Foi trabalhar novamente. Imaginou mil coisas, mil possibilidades, todas baseadas no pouco que Carol havia lhe dito, e quanto mais pensava, mais confirmava o quanto estava infeliz. Percebeu que, onde quer que estivesse, sempre acharia que estava faltando alguma coisa. Imaginou coisas maravilhosas aos olhos de qualquer um, menos aos seus.

Então chegou a uma conclusão: quando Carol estava perto, sentia a amizade dela a sustentá-la, mas agora, com ela longe, possivelmente feliz, sentiu-se tremendamente fraca e sozinha. Com base nisso, tomou uma decisão, e já sentia um peso sendo tirado de suas costas.

Vou me suicidar.

Juliana Ortiz Garcia era filha única e vivia há dez anos com o seu estuprador.

A rebeldia dos 15 anos, a ilusão da beleza e uma saia proibida...

Desde o início ela desagradou seu pai no ponto mais elementar, que era sua sexualidade. Ele nunca ocultou que preferia um filho homem a uma filha mulher, e ela cresceu com ele enumerando a sua inferioridade sexual, chegando mesmo a levantar em sua cabeça de criança um sério questionamento: Se ele achava os homens tão melhores, por que não se casara com um?

Sua mãe era quase vinte anos mais jovem que ele, e esse era um assunto que ela evitava de todas as formas, mas sempre terminava a conversa com uma expressão triste, como se o sol tivesse se posto mais cedo.

Acreditava que sua mãe não pudesse mais ter filhos, mas também não tinha certeza. Esse era outro assunto evitado, que também terminava com o sol se pondo antes da hora.

É o que dá viver com esse asno!

Não seja tão dura com os asnos...

Dessa vez era a voz da Carol na sua cabeça.

Com 15 anos de idade, tudo o que Juliana queria era viver, ser jovem, ir ao cinema, sair com as amigas para tomar sorvete e ficar de bobeira, rindo e falando dos meninos bonitos da escola, mas dentro de casa as regras eram impostas por seu pai. Eram sempre desagradáveis e inúteis.

Juliana tinha aversão pelo pai...

Filha de um pastor moralista e de pulso firme com os fiéis, ela vivia em constante vigília e revolta.

– Cuidado com o que fala, menina. Quebro seus dentes!

Vai se foder, velho filho da puta!

– Sabe quanto custou isso? Não sou feito de dinheiro!

Mas seus fiéis são, quando contribuem com sua boa vida, não é?

– Aonde pensa que você vai usando essas roupas?

No mesmo lugar que as putas que você sustenta!

– Você tem que dar exemplo, é minha filha!

Faça o que eu digo, mas não faça o que eu faço, não é mesmo?

– Vá limpar a casa!

Vá morrer no inferno!

Estava tão habituada com as discussões dentro da sua mente que por mais de uma vez, em vez de pensar, ela falava...

Ops!

E o sopapo vinha... De todos os lados! E o ouvido zunia...

Um dia, Juliana ganhara uma linda saia de sua tia de São Paulo; era de renda branca com forro de malha, levemente rodada, e um adorável cinto de pedrinhas cintilantes contornava o recorte da cintura baixa. Ela já antevia seu presente indo para o fundo da gaveta, amarelando como seu entusiasmo, refletindo no pedaço de tecido tudo o que seu pai pensava da irmã de sua mãe, que, alheia a tudo o que ele sentia, era gentil e adorava presentear Juliana. Antes de ouvir que seria proibida de usá-la, teve uma ideia. Vestira a saia e, por cima, colocara a sua saia de igreja, a mais comportada, uma que ia quase até o tornozelo. Também colocou sua melhor blusinha, uma cor-de-rosa com flores brancas em relevo, e que tinha uma fitinha também branca que marcava a cintura e dava um lacinho na frente.

Era domingo, e tinha combinado de ir tomar sorvete e ver um filme na casa de Camila. O filme que acabara de sair em locadora era sobre invasão alienígena, e Camila não parava de falar nos efeitos especiais e todas as coisas que Juliana não entendia, afinal não tinham televisão em sua casa.

Só poderia sair de casa depois do almoço, pois o velho moralista não admitia que ela almoçasse na casa dos outros; seu orgulho de narciso não permitia que os outros pensassem que ele não podia sustentar a família. Juliana pensava como alguém podia ser tão megalomaníaco a ponto de achar que era representante de Deus e que os outros tinham o dever de pagar para ouvir seus idôneos conselhos?

Ela bufou pensando nisso. Descria totalmente nesse Deus do qual seu pai se dizia representante. Era outro charlatão, assim como seu pai, mas o que um homem como seu pai entendia de Deus? Para ele, bastava orar e fazer pose para a sociedade; o bom pai, o bom marido, o bom provedor...

Era assim que ela sentia, e já tinha levado muito tabefes ao expor sua opinião.

E conhecerão a verdade, e a verdade vos libertará...

Ela se lembrava do dia em que citara este trecho, João 8:32, para ele, dizendo que ele era um tapado, que havia muito mais que seu conhecimento limitado. Sentiu um arrepio ao se lembrar da surra que tomara.

Então, após o almoço, saiu de casa com a saia de igreja. Respirou fundo e, assim que contornou a esquina, tirou a saia de igreja e a guardou na mochilinha de crochê que sua avó fizera. Soltou o cabelo, que caiu pesado nas costas, e ouviu assovios de um grupo de rapazes. Ignorou. Ela era proibida de deixar o cabelo solto, pois, de acordo com seu pai, uma moça decente não usava o cabelo solto fora da igreja. Isso chamava muito a atenção, e mulher não podia chamar a atenção, pois, segundo seu pai, os homens só faziam maldades pois as mulheres os instigavam a isso...

Alisou sua saia branca e balançou feliz da vida. Sentia-se flutuando.

Camila era de família evangélica também, e sua família era benquista pelo pai de Juliana, mas Camila não tinha um pai carrasco; podia usar maquiagem leve, usar o cabelo solto, podia até usar saia na altura dos joelhos e assistir à TV. E ela também tinha um irmão... Paulo...

Ele era bonito, bem mais velho, e, perto dele, Juliana se sentia uma mulher, pois ele fazia questão de vê-la dessa maneira. Mas não no sentido negativo de se sentir mulher. A aceitação masculina que Juliana passou a vida buscando, a necessidade que tinha de que um homem lhe dissesse que ela não era um erro, ela encontrava de uma forma estranha em Paulo, e na sua ingenuidade, acreditando ser aceita por um homem, ela caminhava para uma armadilha.

A casa de Camila era dessas casas modernas, com pedras na frente e aqueles pequenos jardins entre espaços no muro. No fundo, havia uma edícula e uma agradável varanda com redes e churrasqueira, onde Paulo sempre levava seus amigos. Era um lugar afastado da casa e, para chegar lá, era preciso cruzar um jardim bonito com grama japonesa e um caminho de pedras.

Paulo apelidara o local carinhosamente de "ninho". Segundo Camila, era lá que ele levava sua namorada.

Aquela feiosa gorda?

Juliana fez cara de pouco caso, mas Camila nem notou.

– Seus pais não se importam?

Juliana achava aquela liberdade entorpecente. Queria para ela.

Camila deu de ombros.

– Ele é homem, tem 25 anos, tem um bom emprego...

Paulo trabalhava em um Banco e tinha um bom salário, apesar de gastar todo o seu dinheiro com roupas de marca e baladas. Ele ouvia música quando Juliana chegou, algum grupo de rock que ela não conhecia. De longe ela o viu, estava sem camiseta e usava um short de pijama azul-marinho. Seu corpo era forte, ele malhava, e no momento em que viu Juliana seu sorriso se abriu, e ela sorriu de volta sem jeito.

Paulo fez um sinal para que ela fosse até lá e Camila sussurrou, sorrindo e conspirando:

– Paulo gosta de você!

Juliana olhou assustada para Camila, que tinha um sorrisinho ridículo no rosto, e se voltou novamente para Paulo, que ainda sorria para ela.

Ela sabia que Paulo gostava dela, já tinha ouvido seus pais cochichando algo, no sentido de arranjar um bom partido para a filha.

Juliana ainda olhava para ele, e Camila empurrou Juliana, incentivando-a a ir até lá enquanto ela lavava a louça.

– Vai lá, daqui a pouco estarei com vocês. Levo o sorvete e o filme.

E Juliana foi...

Ela nunca tinha entrado no ninho e achou o lugar bonito. Havia um sofá grande, poltronas, uma estante com televisão e aparelhos de som e DVD de última geração, e um colchão grande de ar com almofadas em cima. Em outro canto, um tapete macio e almofadas decoravam o espaço.

– Uau! Você está linda... – ele foi logo dizendo.

Ela sorriu, girando feliz, e ele segurou sua mão.

– Você fica bem de saia... Suas pernas são lindas!

Juliana sorriu ainda mais, adorando o jeito que ele a olhava e as coisas que ele dizia...

Se ela fosse contar para alguém sobre aquele momento que mudara sua vida, diria que a única coisa da qual se lembrava com clareza é que tudo havia começado como uma irresponsável brincadeira: ele dizia que ela era sua noiva e que a pediria em casamento aos seus pais, que se casariam quando ela completasse 18 anos e que juntos viajariam o mundo.

Ela apenas sorriu; não queria se casar, mas adoraria viajar...

Juliana imaginava aquelas praias, ela de biquíni, os biquínis que seu pai nunca permitiria que ela usasse.

Imaginava as bebidas, os coquetéis coloridos, as taças grandes e bonitas, e salivava pensando nos sabores, os quais seu pai nunca permitiria.

– Você é tão encantadora...

Ela sorriu e se desvencilhou da mão dele, andando pelo "ninho". Apertou o colchão e, sem pensar, se jogou nele. Paulo parecia encantado. Quando menos perceberam, ela já estava deitada e Paulo estava ao seu lado, desfazendo o lacinho de sua blusa... Juliana não pensou muito, estava encantada com aquele momento, com o que via nos olhos dele. Era como se fosse poderosa, como se pudesse ter o mundo aos seus pés... Eram entorpecentes as coisas que ele dizia, e ele nunca diria aquelas coisas se não a visse como uma mulher... Uma mulher linda e poderosa, ela pensava.

Então, de repente, ele tocava seu corpo com carícias ousadas. Juliana estava gostando, mas logo sentiu uma apreensão; e se alguém chegasse?

– Para! Camila vai aparecer...

– A gente vai ouvir quando ela estiver chegando.

– Para!

Mas ele não parou...

Naquele momento, Juliana não saberia descrever o que aconteceu. Era como se sua mente tivesse sofrido um apagão, como se estivesse fora da realidade.

Sabia o que Paulo faria e um pavor dominou seus sentidos.

Mas as pessoas não podiam saber. Ririam dela. Todos ririam dela, era uma moça perdida...

Sentia-o tocando e beijando seu corpo...

Seu pai diria que ela era culpada. Que o seduzira, usando aquela saia curta de moça perdida.

Paulo dizia que ela era linda, que amava seu cheiro...

Sua mãe a ficaria olhando, aquele olhar de sofrimento... Juliana odiava aquele olhar dela.

Paulo dizia que morria de ciúmes dela, e colocava a boca em partes do seu corpo que nunca ninguém tocara...

Juliana pensou novamente no que diriam dela, todos na igreja saberiam; tentou se desvencilhar, mas ele era forte, seus punhos pareciam insignificantes sob a mão dele...

Então ela não se importou com o que as pessoas pensariam; não se importou com o seu pai e o olhar de desagrado, nem com sua mãe e o olhar de sofrimento.

Gritou!

Usou toda a sua força e gritou, apenas colocou toda a sua força na garganta e gritou. Mas então percebeu que havia outros gritos, entre guitarras e baterias. O rádio ainda estava ligado, e ele, com o controle remoto na mão, aumentava o volume ao máximo.

Muito rapidamente, ele soltou o controle e puxou sua calcinha para o lado; antes que ela pudesse entender o que acontecia, sentiu uma dor aguda quando ele forçava sua virgindade. Arregalou os olhos e soltou um novo grito, enquanto seu corpo tentava absorver aquela dor lancinante entre as pernas. Se aquela dor fosse um som, ela diria que era estridente. Estridente como a voz que repetia o mesmo refrão incansavelmente e onde seus próprios gritos se perdiam.

Ela chorava e ele tapou sua boca com a mão livre, forçando seu queixo para o lado, enquanto açoitava seu corpo sem parar, fungando em seu ouvido, pesando sobre ela. Com as pernas ele a forçava a manter as suas abertas, facilitando seu ataque.

Ela não conseguiu medir o tempo que levou; para ela, pareciam horas, agoniantes horas, mas apenas alguns minutos haviam se passado.

A mente dela esvaziou, tentando se desligar do que sentia, da humilhação, do abuso que nunca ninguém a preparara para viver, quando ele urrou e empurrou com força, parando logo em seguida.

Juliana não via nada, apenas corria, apertando sua mochila de crochê na frente do corpo. Estava tudo quieto dentro dela, apenas um zumbido e o som ofegante da própria respiração chegavam aos seus ouvidos, como se o seu cérebro tivesse desligado, captando alguma eletricidade externa. Respiração e estática. Estática e respiração.

Suas pernas tocavam o chão e puxavam seu corpo. Era mecânico. E então ela respirava, enquanto seu cérebro zumbia e uma raiva nunca antes sentida tomava seus sentidos.

Pernas, respiração, zumbidos e aquela vontade de descarregar uma arma naquele desgraçado...

Zumbido, pernas que se moviam e poderia matar o Paulo com as mãos...

Adentrou o portão de sua casa, correu para o banheiro, arrancou a roupa e entrou embaixo do chuveiro.

Sua mãe chamava na porta.

A água escorria em seu corpo, o sabonete não era suficiente para fazer a espuma de que ela precisava e ela continuava esfregando. Precisava de outro sabonete. Um sabonete melhor.

Sua mãe gritava na porta.

A bucha fazia sua pele arder, mas precisava se limpar, precisava limpar seu corpo, precisava continuar esfregando. Entre suas pernas estava ardendo, mas ela não se importou, precisava continuar esfregando. Precisava de outro sabonete.

Sua mãe batia violentamente na porta.

Não podia engravidar; se engravidasse, seria capaz de se matar...

Então pegou a mangueira do chuveiro e enfiou entre as pernas, dentro dela, naquele lugar que ardia, precisava limpar qualquer vestígio daquele nojento em seu corpo, precisava de mais sabonetes...

Sua mãe encontrara outra chave e abria a porta do banheiro...

Abriu os olhos. Estava vestida em sua cama. Havia perdido a noção do tempo.

Sua mãe estava sentada em uma cadeira com uma expressão desolada.

– O que aconteceu, minha filha?

– Ô mãe...

O que havia acontecido? Ela nunca poderia conversar sobre isso com sua mãe... Caiu em outra crise de choro e sua mãe a abraçou. Ela sentia a respiração entrecortada de sua mãe, e sabia que ela sofria.

Não posso te contar, mãe. Será que eles já sabiam? Como?

– Que saia era aquela, Juliana? Por que você usou aquela saia?

Percebeu o olhar de decepção no rosto da mãe e então se lembrou de que não colocara a saia de igreja por cima.

Não, mãezinha... Por favor...

– Seu pai está lá conversando com o pai de Camila.

– Não, mãe, o pai não pode ir lá...

– Sua saia estava com sangue, Juliana, e você não falava nada, só chorava.

Juliana sentiu um pavor inominável. Seu pai a mataria quando voltasse; arrancaria seu couro e faria uma saia com ele.

Mas não foi assim...

Em resumo, naquela mesma noite, ela se mudara para a casa de Paulo. Ele alegara que o sexo havia sido consensual, e que amava Juliana, que pretendia se casar com ela.

E não era mentira...

No final, seu pai sentiu-se um felizardo, pois alguém terminaria o pesado fardo que ele começara. Juliana não apanhou, não houve gritos audíveis, mas dentro dela algo gritava, algo nascia... Um ódio nunca antes sentido era produzido, como algo vivo e recém-nascido que ela alimentou.

Não era justo!

Era só isso que conseguia pensar enquanto arrumava seus poucos pertences em uma caixa; arquitetando um plano de vingança, ela não descansaria enquanto Paulo não recebesse o que merecia...

E, como não poderia ser diferente, antes de sair, teve que ouvir o discurso que valeu para ela como todas as chibatadas do mundo.

– Seja uma boa esposa para o Paulo. Ele é um bom rapaz, aceitou você mesmo depois de tudo. O que esperava usando aquela roupa? A culpa é sua! Tome juízo nessa cabeça. Você já terminou o primeiro grau, não precisa estudar mais. Mulher não precisa de estudo. Mulher tem que aprender a...

E nesse ponto ela parou de ouvir. Seu cérebro ativou o botão do zumbido e tudo ficou em silêncio.

O "ninho" virara sua casa, e seu corpo passou a ser profanado todos os dias, com a bênção e proteção do Senhor Deus.

Era assim que seu pai pensava...

O primeiro ano foi o pior, ela não sabia fazer nada e Paulo exigia uma exímia "faz-tudo" dentro de casa. O segundo ganhou uma tonalidade de aceitação, ela já conseguia fazer um arroz sem queimar e conseguia passar as camisas dele deixando apenas um vinco na manga. Nos anos que se seguiram, enquanto ela explorava os livros eróticos, Paulo engordava.

A biblioteca da cidade tinha livros para todos os gostos e ela lia um por semana; já conseguia até identificar se fora escrito por uma mulher ou por um homem usando um pseudônimo de mulher. Se o escritor conseguisse fazer com que ela se apaixonasse pelo mocinho, era uma mulher escrevendo. Se o escritor descrevesse o corpo da mulher como uma máquina, ou tivesse um apelo para boquetes e sexo sem importância... Era homem, definitivamente.

Quando tinha a sorte de encontrar um bom livro, desses que fazia com que se apaixonasse, ela imaginava todas aquelas sensações, todo aquele arrebatamento, e quando Paulo a procurava, em alguns momentos ela até conseguia viajar na sua imaginação e fazia amor com os heróis, ignorando a língua horrível em sua boca, o cheiro adocicado do hálito dele e as mãos que tocavam seu corpo. Se ela desse sorte, e a sua cabeça viajasse bastante naqueles personagens, até conseguia um orgasmo, daqueles frios e vazios, e, quando acabava, era a cara de broa de Paulo que ela via, era o cheiro dele que sentia, era o corpo dele que suava no seu... Ela sentia nojo e pensava que, definitivamente, não havia orgasmo no mundo que valesse aquilo... Era melhor seguir fingindo...

E nesse tempo ela descobrira que xingar e fazer gestos obscenos para ele era uma doce terapia, e que o soco poderia vir de qualquer lado...

CAPÍTULO 19

Essa é Carol!

A insistência dela era enervante.
Puta merda, que inferno! Eu não quero!
– Vamos, Juliana, vamos ver se a Carol tem algum acessório legal...
Juliana bufou e revirou os olhos. Camila sabia ser irritante quando queria.
– Ela é linda... Uma princesa...
Calma, mulher! Tá dando muito na cara.
– Eu odeio essas frescuras; você odeia essas frescuras! O que deu em você agora?
Ela sabia o que tinha dado nela, mas não se importava. Camila seguia falando com entusiasmo.
– Compra alguma coisa pra deixar o Paulo feliz. Ele gosta de você bem arrumada.
Aquele veado gosta de estar bem arrumado. Talvez eu deva comprar uma bijuteria e pendurar no saco dele.
Riu sem querer.
– Tá rindo de quê? Vamos! A Carol é especial, tem mãos de fada, pode fazer algo personalizado para você.
Menos, mulher... Não vá molhar a calcinha.
Atravessaram a rua e entraram no prédio.
Quatro andares de escada? Puta merda! Essas "bijuterias com mãos de fada" devem valer a pena.
Quase riu novamente.
O corredor era fresco e agradável, todo de vidro; Camila entrou sem cerimônia.
Hum, que lugar gostoso!
Juliana se sentiu em paz por um momento. O cheiro doce e levemente almiscarado de incenso no ar, a brisa que vinha da sacada aberta, a música baixa que parecia aveludar toda a sala...
Aveludar... Essa palavra existe?
Riu do pensamento bobo, mas era essa a sensação. Veludo em voz de homem... Caminhou pelo lugar, era grande e bem mobiliado. Um belo sofá com um maravilhoso arranjo em um canto, uma TV de 29 polegadas na parede. Na parede oposta, havia três quadros em tamanhos diferentes, com cores incríveis de um pôr de sol, que, juntos, formavam uma única imagem.

De frente, estavam dispostas várias prateleiras de vidro com inúmeras repartições com caixas dentro. Em outra prateleira, alguns bustos exibiam lindos colares, de todas as formas e cores. Uma mulher jovem de exuberantes cabelos louros saiu de uma porta que ficava em um canto.

– Oi, Camila. Tudo bem, minha querida?

Carol deu um sorriso e veio ao encontro delas, já dando um abraço apertado em Camila.

– Carolzinha, minha linda, que saudade desse abraço!

Uau! Bonita... Tem bom gosto, Camilão.

Juliana olhou para Camila, que trazia um sorriso adolescente e ridículo no rosto, e em seguida olhou para a moça loura de frente para elas, tentando captar algo.

– Essa é minha cunhada, Juliana.

Carol avaliou Juliana por alguns segundos, estreitando os olhos.

– Cunhada?

– Casada com meu irmão... Paulo... Lembra?

Ela se lembrava. Camila dissera quando o irmão se casou, dizia que ele estava apaixonado, que era uma moça da congregação e era linda!

E era realmente linda, mas tão jovem...

– Oh, sim. Tão jovem...

Juliana deu de ombros.

Quando um puto psicopata atravessa seu caminho e você é uma imbecil inconsequente, dá nisso...

Carol deu um abraço em Juliana também.

– Prazer em conhecer você! – Havia muita simpatia na sua voz e muita delicadeza em seus gestos.

– Camila, tenho algo de que você vai gostar. Lembra que me pediu uma pulseira de couro? Então...

Enquanto Carol mostrava para Camila aquela pulseira que mais parecia souvenir de algum show de "heavy metal", Juliana se aproximou da sacada com passos receosos.

Maneiro!

Ela podia ver quase toda a cidade dali, e boa parte da zona rural, que se perdia no horizonte. Um 'Plin, plin' incessante chamou a atenção de Juliana; quando olhou para cima, avistou um sino do vento, que parecia frustrado, querendo mais vento... Ela riu e bateu a mão nele, ele se moveu desajeitadamente, fazendo alguns sons variados; Juliana riu mais e o tocou novamente, desta vez com mais cuidado, como se quisesse extrair dele alguma canção.

Ainda sorria, quando entrou e parou próxima a uma porta. Era uma pequena cozinha com um fogão, geladeira e pia. Próximo da parede, uma pequena mesa com dois banquinhos. Voltou-se para a porta de onde Carol havia saído; era uma sala bem iluminada por uma grande janela de vidro. Aproximou-se e segurou na grade de proteção, olhando para a rua; o ar entrava agradavelmente, e Juliana pensou em como deveria ser pacífico trabalhar naquele lugar. Voltou sua atenção para o resto do lugar; várias máquinas de que ela desconhecia a utilidade, uma escrivaninha com computador, um armário de aço cheio de potes com pedras coloridas e, no centro, uma mesa grande rodeada de banquinhos, tipo aqueles de bar; em cima da mesa havia uma infinidade de pedras, colas, arames, cordões e pequenas peças.

Uau!

Quando percebeu, já estava vasculhando tudo.

Pra que será que serve isso?

Segurou entre os dedos uma correntinha com um delicado pingente na ponta.

Antes que ela percebesse, Carol estava ao seu lado.

– É um fecho de colar. Vê?

Carol pegou um colar pronto e mostrou para ela, que sorriu sem graça da sua curiosidade bisbilhoteira.

– Nossa... É você que faz? Parece coisa de revista.

Carol deu um sorriso tímido e puxou uma mecha de cabelo para a frente.

– Seus cabelos são lindos...

Carol corou e repetiu o gesto de puxar o cabelo.

– Você é linda!

Carol corou ainda mais, totalmente sem graça.

– E conseguiu me envergonhar... É sempre gentil assim?

Juliana deu de ombros, era sincera. Sempre dizia o que pensava, mas ultimamente vinha pesando suas palavras. O resultado de sua autenticidade vinha deixando marcas em seu corpo.

Na rua, depois de descerem os quatro andares de escada, Juliana estava intrigada com Carol; calma, controlada e muito requintada, parecia até uma atriz de Hollywood.

Gostara de estar ali, gostara de Carol, fazia tempo que não se sentia tão encantada com alguma coisa. No seu íntimo, quis ser como ela.

– Deveria ter um elevador...

Camila a olhou sem entender, mas ela não fez questão de explicar, não queria Camila a olhando esquisito. Na sua cabeça, já pensava que seria muito incômodo subir todos aqueles lances de escada quando voltasse lá. Porque sabia que voltaria...

No dia seguinte, Juliana subiu os quatro andares de escada e encontrou Carol sentada com um imenso vestido de noiva em seu colo.

Percebeu o olhar de surpresa de Carol ao vê-la entrar e a cumprimentou com um rápido beijo no rosto; sentou-se de frente para ela, tocando o tecido branco e grosso.

– Você faz vestidos de noiva também?

Carol sorriu e Juliana, por alguns segundos, teve a impressão de que ela sorria de alguma lembrança ou segredo, mas a impressão passou rapidamente, pois Carol respondeu depressa:

– Não, não... Estou só aplicando este detalhe, vê?

E mostrou uma bela e intrincada faixa de pedrarias prateadas logo abaixo do busto.

Uau... Bonito!

– Muito bonito... Você tem talento pra coisa.

Carol sorriu e levantou-se, ajeitando o vestido em frente ao corpo e olhando-se no espelho para ver o resultado.

– Você fica bem de noiva. Como foi seu vestido de casamento?

Carol fez uma careta de pesar ao lembrar.

– Não me casei de noiva, casei apenas no civil. E o seu?

Juliana deu uma risada de sarcasmo.

– Casar com aquela lesma asmática? Apenas vivemos juntos no fundo da casa dos pais dele, e é só isso que aquele gay vai ter de mim. – Ela ainda completou se tremelicando: – Ter o sobrenome dele? – Nessa hora, ela insinuou colocar o dedo na garganta como quem vai vomitar de nojo.

Carol se calou. Apesar de Juliana deixar clara sua aversão por casamentos, ela sabia o que sentia, sabia o que queria. Será que só ela sonhava com o tapete vermelho e a marcha nupcial? Deveria ser emocionante ver o homem que se ama no final do tapete esperando. Sentiu um arrepio sem saber o motivo, mas sabia que André não era o homem que ela queria ver no final desse tapete.

Carol sentiu tristeza por constatar isso, mas ignorou, não estava com disposição para pensar no assunto.

Após algumas horas conversando, pareciam se conhecer por longos anos. Riam, trocavam confidências e Carol, em um momento inexplicável, convidou Juliana para trabalhar com ela, ajudando com as encomendas e atendendo os clientes.

Sem chance para pensar muito, Juliana concordou prontamente, talvez em um momento inexplicável também. O que elas poderiam alegar para aquela afinidade? O que Carol diria sobre suas reservas? Sobre as barreiras que criava com todos?

Juliana concordou, mas só poderia trabalhar por algumas horas, Paulo não aceitaria que ela ficasse tanto tempo longe de casa. Mas Juliana estava feliz, teria seu próprio dinheiro. Mesmo que fosse pouco, era seu, e não precisaria se humilhar para ele.

E, assim, todos os dias elas passavam parte da tarde juntas, e os dias ganharam uma nova tonalidade para as duas.

Elas tinham acabado de finalizar uma encomenda de tiaras para uma festa de debutantes. Quinze tiaras idênticas, feitas com pedrarias e strass, que, além do cansaço, deixaram a sensação boa de dever cumprido. Juliana estava debruçada na sacada; era uma das coisas que ela mais gostava de fazer quando ficava de bobeira. Carol estava se aproximando quando ela disse:

– Tá vendo aquela coisa redonda com roupa vermelha lá embaixo?

– Vejo, mas não identifico – Carol respondeu, forçando os olhos. – Quem é?

– Adriana... É a puta que o Paulo fode!

Carol quase engasgou.

– Quê?

– Era a namorada dele antes de a gente casar – frisou o "casar" fazendo cara de nojo.

– E você não liga?

Juliana fez cara de pouco caso e deu de ombros.

– Não mesmo! Até gosto... Assim ele me deixa em paz um pouco. Deixa ele comer aquela puta até cansar, assim, só vai pra casa pra dormir. Me lembre de mandar flores pra ela – falou rindo, com sarcasmo.

– Amiga, você deveria falar menos palavrões...

– Puta que pariu, Carolina... Quem diabos fala palavrões? Sou puro glamour, PORRA!

– Como pode sair tanta coisa feia de uma boca tão bonita?

E as duas riram.

Juliana de repente parou e abraçou Carol, beijando seu rosto.

– E você deveria sorrir mais. Seu rosto se ilumina!

Carol quase engasgou com o beijo inusitado de Juliana, e não conseguia parar de rir. E as duas riram mais.

De repente as duas se tornaram pensativas, cada uma em seu mundo.

Carol conhecia o Paulo, estudara com ele. Há anos não o via, mas nunca gostara dele...

Elas ainda estavam debruçadas, olhando as pessoas que seguiam apressada lá embaixo, quando Carol perguntou:

– Como aconteceu? O casamento de vocês...

– Ele me estuprou...

– Quê?

Carol sentiu seu corpo todo se arrepiar.

Juliana deu de ombros, como se fizesse pouco caso.

– O fodido me estuprou e meu pai me deu pra ele, para que ele pudesse me estuprar todos os dias.

E fez um gesto obsceno com as mãos.

Velho moralista filho da puta! Por que não vai dar o rabo na esquina? Dá mais dinheiro que explorar os fiéis.

Juliana olhava a rua, mas parecia não ver nada. Seu rosto se fechou como um dia de chuva, mudou, como se ela tivesse perdido a luz que trazia até há pouco. O silêncio já estava desconfortável para Carol quando Juliana resolveu falar sem reservas:

– Fazer sexo com ele é asqueroso... Odeio aquela mão em mim! Odeio aquele cheiro que ele tem!

Juliana fazia sinais de nojo pelo corpo, como se algo a tocasse, como se estivesse impregnada de algum cheiro.

– Pode ser o melhor perfume do mundo, que nele fede...

Carol estava desconfortável, e Juliana continuou:

– Eu forço tanto minha mente para me desligar dessa situação, que em alguns momentos sinto que vou ter um AVC.

Carol nada dizia, não tinha o que dizer, e Juliana continuava:

– Ele geme de um jeito que... Argh! O pior é ele achar que é um presente de Deus na minha vida.

O último bombom da caixa, Juliana pensou com amargura.

– Eu perdi minha fé... Quer coisa pior do que isso? Em alguns dias eu bebo, sinto que me desligo de tudo, e gosto, sabe?

Carol a olhava ainda sem nada dizer, e ela continuava:

– Não gosto de viver, não sinto prazer, quero mais, preciso de mais...

De repente, aquela moça alegre mostrou um lado tão sombrio que gelou o sangue de Carol.

– Não diz isso, querida... A vida é cheia de altos e baixos.

– Só conheço os baixos. Sinto que meu fim será o suicídio.

Carol gelou. Juliana vestia uma máscara no dia a dia, tentava passar uma imagem que não condizia com sua dor. Era como uma bomba-relógio prestes a explodir.

Uma bola subiu pela garganta de Carol, ao captar os sentimento que vinham de Juliana. Dor, desilusão, tristeza e muita solidão. Não sabia como proceder, e a única coisa que conseguia pensar era na providência de ter convidado Juliana para trabalhar com ela. Quem sabe conseguiria ajudá-la...

A voz de Juliana começava a embargar e Carol sentiu os olhos marejarem.

– Eu tento ser boa... Juro que tento! Eu sempre acreditei que, se eu fosse boa, Deus olharia para mim. Sempre acreditei em um Deus de misericórdia, acreditava que, orando todos os dias, decorando textos bíblicos, eu seria vista por Ele, mas hoje, nesse momento, eu penso que Deus é como meu pai e o Paulo...

Carol meneou a cabeça discordando.

– Não fala assim... Deus é infinitamente maior do que a imagem que as religiões fazem dele, e existe muito mais coisas em um sofrimento do que os olhos podem ver.

– Qual sua religião?

Carol pensou. Não tinha religião. O que era religião? Nunca gostou dos rótulos, mas a verdade que a doutrina Espírita havia lhe mostrado, o Deus que essa verdade lhe mostrou, havia libertado boa parte dos seus demônios. Hoje ela podia dizer que conseguia analisar qualquer situação sem culpar Deus, apenas usando a razão.

– Eu não acredito em rótulos religiosos, mas me encontrei na doutrina Espírita.

Juliana arregalou os olhos. Como seu pai se sentiria vendo-a naquele momento conversando com uma Espírita?

Carol percebeu e sorriu.

– Algum problema para você?

Juliana enrugou a testa como se a pergunta fosse ridícula.

– Só se você resolver me exorcizar...

Carol riu.

– Não fazemos isso... Mas posso orar por você.

Juliana deu um leve sorriso. Carol ficou olhando a amiga, que mantinha os olhos perdidos, como quem se recusa a estar nesse mundo.

– Ele bate em você?

Juliana sorriu.

– Sempre que eu xingo ele! Aquela jiboia gay, filho da puta, veado afetado!

– Melhor parar, então...

– Eu adoro xingar ele! É minha válvula de escape, mas eu já parei. Não gosto de ficar roxa. A direita dele é perigosa, aquele maldito fodido!

Carol riu sem graça.

– Juliana, vamos ter que trabalhar os palavrões, amiga. É sério!

Juliana assentiu, sabia que a amiga estava certa. Começou a falar palavrões na adolescência para desafiar seu pai; quanto mais ele se irritava, mas ela sentia vontade de dizer. Paulo odiava também, e isso era como um afrodisíaco na sua boca suja.

– Você nunca diz palavrões, Carol?

Carol torceu os lábios.

– Alguns... em pensamento.

Juliana soltou uma gargalhada, imitando o comentário que Carol fizera ainda há pouco:

– Como sai tanta coisa feia de uma cabeça tão bonita?

Carol riu daquele comentário, puxando uma mecha de cabelo para a frente.

– Quero te dar uma dica que me ajuda quando estou querendo colocar umas merdas pra fora. Ao invés de xingar, eu canto!

Como assim?

– Eu escolho uma música que gosto e troco a letra. Cantarolo e, assim, ninguém entende o que estou cantando. Ouvem apenas a música. Isso me ajuda, ou ajudou; hoje, já não sinto tanta necessidade, mas teve um período, depois do acidente, logo que meu pai morreu, que eu queria culpar o mundo pela minha desgraça, só sentia vontade de xingar. Era uma forma de descarregar. Depois conheci André... Ele me ajudou bastante. Me aceitou.

Carol suspirou, como se isso também fosse passado.

Juliana assentiu e voltou a fitar a rua logo abaixo.

– Eu ainda não conheci o André. Ele não vem muito aqui, né? Vocês vivem bem?

Carol deu de ombros.

– Ele me deixa aqui de manhã e me pega no fim do dia... Nossa vida é normal, ele é trabalhador... Nada de excepcional. Um bom companheiro.

– Você o ama?

Carol pensou. O que sabia do amor? Suas certezas íntimas em nada combinavam com o que vivia. Ela sempre acreditara em amor eterno, almas gêmeas e todas essas coisas, era sua verdade, mas agora... Como podia esperar por algo que nunca vivera? A entrega, a vontade de olhar apenas por olhar... Ela nem gostava de olhar para André, o rosto dele em alguns momentos...

Argh!

E, pensando nisso, a resposta veio sem que ela pensasse:

– Não... Do jeito que uma mulher deve amar seu marido, não, eu não amo!

Juliana pareceu não perceber o que significava para Carol admitir para outra pessoa algo que ela não ousava admitir nem para si mesma.

– Nada de fogos de artifício, hein!?

Carol deu de ombros, olhando as próprias mãos.

– É bem por aí...

– Você não dirige?

Carol fez cara de desgosto. Esse assunto de novo...

Sempre que conhecia alguém, tinha que explicar os motivos de ter um carro e não dirigir. Por que essa questão era tão importante para as pessoas? Ela sempre sentia que não importava nenhuma conquista, nenhum talento, se não dirigisse.

Ganhou o prêmio Nobel? Legal, mas você não dirige?

Salvou as criancinhas da fome na África? Legal, mas você não dirige?

Encontrou a cura do câncer? Legal, mas você não dirige?

Se as pessoas soubessem que dirigir era algo que Carol queria muito... Que ela fizera até uma promessa... Se Deus lhe devolvesse sua alegria de dirigir, ficaria um ano sem comer chocolate!

Isso sim era uma promessa, já que ela não conseguia ficar mais que alguns dias sem o doce. Mas Deus, aparentemente, não estava interessado em seus vícios, ou na renúncia deles. Ela sonhava com o dia em que dirigir não a deixasse com o ombro duro e as mãos molhadas. Queria voltar no tempo, sentir o prazer de antes, queria sentir o poder de ter o volante de um carro nas mãos. Queria a liberdade das estradas, o vento no rosto, o rádio ligado, mas a única coisa que conseguia quando entrava em um carro era ficar doente, sabendo que ele dependia dela para sair do lugar. Dirigir não era bom para ela, não lhe fazia bem, tirava-lhe a paz.

Sua expressão endureceu de desgosto, mas talvez Juliana nem tenha percebido. Quem sabe um dia conseguisse contar tudo o que sentia, mas não naquele momento. Meneou a cabeça e respondeu a já decorada e mecânica resposta que dava a todos:

– Há alguns anos eu sofri um acidente. Eu dirigia e minha melhor amiga morreu... – falou, mostrando a cicatriz no rosto e levantando rapidamente a blusa para mostrar a marca na barriga que ia além do cós baixo de sua calça jeans. – Não consigo dirigir desde então.

Juliana acompanhou o movimento que Carol fez de elevar e abaixar a blusa, e ia dizer algo sobre o acidente, mas...

– Puta merda! Você tem um corpo bonito, mulher! E não tá usando sutiã?

Carol não aguentou e quase engasgou de tanto rir.

Abraçou Juliana. Nunca, em toda sua vida, se sentira tão bem perto de alguém.

CAPÍTULO 20

Juliana e Carol

Entrando no Messenger...
Juliana ficou olhando o bonequinho do MSN girar enquanto se conectava, e por alguns instantes se deixou rodar com ele, cabeça vazia, sensação de nada, corpo dormente...
Você está conectado.
Juliana diz:
– *Carol, tá aí?*
Carolina diz:
– *Tô aq... Td bem?*
Juliana diz:
– *Sim.*
– *O que vc costuma fazer de noite?*
Carolina diz:
– *Hummm, vixi, não sei se devo dizer...*
Juliana diz:
– *Hã? Pq?*
Carolina diz:
– *Bom, já que vc quer saber... de noite eu coloco uma fantasia de joaninha, entro na minha Joana móvel e saio pela cidade combatendo o crime.*
– *E agora eu vou ter que te matar, pois vc sabe meu segredo.*
Juliana diz:
– *Hahahahaha, sua tonta!*
Carolina diz:
– *Vc vai ver uma luz brilhante pela janela, não se assuste, será rápido e indolor... Para mim, claro. Juro que não vou sentir nada!* ☺
Juliana diz:
– *Tonta!*
Carolina diz:
– ☺
Juliana diz:
– *Amiga... O Paulo vai ficar dois dias fora, alguma puta nova que ele deu o nome de "trabalho", mas eu não sei, não quero saber e tenho raiva de quem sabe...*
– *O que eu quero saber eh se vc quer vir aqui... Podemos ver um filme, comer pizza.*

Carolina diz:
— *Claro... Já escolheu o filme?*
Juliana diz:
— *Ainda não. Pornô? Hahahahahahaha*
Carolina diz:
— *Na carência que eu ando...*
Juliana diz:
— *Melhor não arriscar... Hahahahahahah*
— *Você bebe alguma coisa alcoólica?*
Carolina diz:
— *Bebidas alcoólicas eu tento evitar... Mas um vinho, muito eventualmente...*
Juliana diz:
— *Constantine? Gosta?*
Carolina diz:
— *Amo!*
Juliana diz:
— *Eu não posso assistir esse filme, Keanu faz a conta de luz e água subir...*
Carolina diz:
— *Q?*
Juliana diz:
— *Banhos, amiga... Banhos demorados...*
Carolina diz:
— *Putz! Kkkkkkkkkkkkkkk*
Juliana diz:
— *Constantine então, quero ver homem bonito. Na vdd quero ver pinto, mas vc n se garante...*
— *Keanu pelado, de pau duro, seria perfeito!*
Carolina diz:
— *kkkkkkkkkkkkkkkkkkk, Xesuzamadim!*
Juliana diz:
— *Por que você não bebe? Desculpa perguntar. Religião?*
Carolina diz:
— *Eu gosto de estar no controle da minha mente, amiga. Bebidas nos deixam vulneráveis. E pode-se dizer que foi pela religião sim, afinal foi depois que me tornei espírita que comecei a ter uma visão mais ampla sobre o álcool, sobre o assédio dos Espíritos viciados... Mas podemos beber alguma coisa, se você quiser.*
Juliana diz:
— *Tenho medo do assunto, mas sei que vou querer saber sobre isso em algum momento. Eu amo beber... Descobri que a vida fica menos ruim quando bebo...*
Carolina diz:
— *Ah, amiga... Sinto ouvir isso...*
— *E como eu disse, podemos beber alguma coisa, menos cerveja... Odeio!*
Juliana diz:

– *Tá certo. Vou comprar um vinho branco.*
– *E carne? Nenhum tipo? Explica isso melhor depois...*
Carolina diz:
– *Ok... Eu explico.*
Juliana diz:
– *Agora tenho que sair... Ele tá há três horas tentando trocar a tomada da garagem da mãe dele... Incompetente... Nem um choque, amiga... Nada! Afff, que mundo injusto.*
Carolina diz:
– *Lei de Murphy às avessas...*
Juliana diz:
– *Hã? Q é isso?*
Carolina diz:
– *Hum... Depois explico isso tbem.* ☺
– *Bju bju, se cuida!*
Juliana diz:
– *Tá. Bju, dona Joaninha.*
Carolina diz:
– *Olha o respeito, mulher... A 'Pinta escarlate' tem um super soco e um super bafo!*
Juliana diz:
– *Uiiiiiii, q meda! Hahahahahahaha*

Naquele dia, quando Carol chegou ao trabalho, percebeu que Juliana estava on-line.
Levantou cedo, nega?
Fez o café e abriu a porta da sacada; estava quente e o ar fresco foi muito bem-vindo. Ligou na cafeteria do primeiro andar e pediu um croissant. Enquanto esperava seu pedido, chamou por Juliana.
Carolina diz:
– *Bom dia, flor, deu pulga na sua cama?*
Juliana diz:
– *Bom dia, dona Maria! É uma delícia sem ele aqui... Saiu logo cedo e eu resolvi aproveitar. O dia todo em paz...*
Carolina diz:
– *Kkkkkkkk. Viajou?*
Juliana diz:
– *Sim...*
– *Amiga, estive pensando em algo q vc disse: Q o André t aceitou... Pq pensa assim?*
Carolina diz:
– *Ah, amiga... Eu estava quebrada qdo o conheci. N tinha nada a oferecer.*
Juliana diz:
– *Já se olhou no espelho?*
Carolina diz:

– ☹ Vc já ouviu falar da síndrome do cachorro vira lata? Ele sabe q nunca vai entrar no restaurante? Já se conformou q sempre ficará na porta, esperando q joguem uma migalha para ele?
– Eh assim q sou.
– Assim que aprendi a ser. Q me vejo.
– N espero muito da vida, pois sou como o cachorro vira lata.
Juliana diz:
– Vc tá d brincadeira, né Carolina?
– Vc é linda, mulher... Puta merda...
Carolina diz:
– ☹
Juliana diz:
– Oh, a Isaura aq vai cuidar da casa. Vou mais cedo hj, vou levar bolo p gente comer d tarde. Faz almoço p mim tbem?
Carolina diz:
– Claro... Só não vai ter carne...
Juliana diz:
– De boa... Adoro sua comidinha veggie.
Carolina diz:
– Ebaaaaaa. ☺
Juliana diz:
– Depois conversamos sobre isso. Essa sua síndrome de cadela sem dono, rsrsrsr. Bj
Carolina diz:
– Hummmmm. Tá, mas n sei se a cadela vira lata aqui quer conversar, rsrsrsr. Bju
Juliana diz:
– Grrrrrrrrrrrrr

Carol terminava de pintar flores em um tecido e admirava o trabalho bem feito. Quando secasse, recortaria, bordaria e aplicaria no vestido que a cliente trouxera. Era um trabalho que gostava muito de fazer. Ouviu o som das rasteirinhas de Juliana na escada e o cantarolar baixo. Era tão natural para Juliana os hinos evangélicos, que ela nem notava que os cantava o tempo todo. Carol sorriu intimamente.

Minha amiga linda!

– Seus amiguinhos estão lá embaixo! – Ouviu a voz antes mesmo que Juliana cruzasse a porta, e ela foi completando: – Eles me viram e ficaram todos prosa... Devo ter seu cheiro.

– Espera, vou levar alguma coisa para eles, já volto.

Carol pegou um pote com ração e se encaminhou para a porta.

– Amiga... Eu acho esse seu gesto lindo, mas, se dependesse de mim para descer esses quatro lances de escada apenas para dar comida aos cachorros, eles morreriam de fome.

Carol olhou surpresa para Juliana.

– Sério? Você não sente pena?

Juliana deu de ombros.

– Só quando vejo... Depois esqueço. Sei lá, acho que não sou tão "evoluída" como você.

Carol ficou sem saber o que dizer. Sabia que Juliana não era muito caridosa, já presenciara situações, mas via tanto potencial nela. Aquela alegria que ela deixava transparecer e que contagiava só podia vir de um Espírito bom.

Sorriu para a amiga, já voltando a se encaminhar para a porta. Desceu as escadas pensando na quantidade de pessoas que se portavam da mesma forma que Juliana, e inclusive nos próprios locatários do prédio, que não gostavam que Carol alimentasse os cães de rua, pois diziam que eles sujavam toda a calçada e que o cheiro incomodava... Para não criar confusão, Carol colocava a comida um quarteirão depois, embaixo de uma árvore; ficava bem em frente à casa de uma senhora que, ao ver Carol levando comida para eles, começou a colocar água. E era aquilo que fazia a vida ter sentido para Carol. Os cães a seguiam, e ela conversava com eles enquanto faziam festa, esperando o que, possivelmente, seria a única refeição do dia.

Entrando no Messenger:
Juliana diz:
– *Amiga, quer ir ao cinema hj? Vou c a Camila... Estreou o novo Star Wars... Vamos, vamos, vamos, vamos, please....* ☺
– *Camila pediu para chamar... hahahahah, acho que ela gosta de vc!*
Carolina diz:
– *Q? Como assim, gosta?*
Juliana diz:
– *Hahahahahahaha, tô zuando vc, nega... Ou não... hahahahahaha*
Carolina diz:
– *Tonta... N brinca c isso...*
– *Episódio III? Já estreou? Nossa, tô desligada d td.*
Juliana diz:
– *Vamos? Dizem que esse é bem sombrio. Qdo o Anakin vira o Vader.*
Carolina diz:
– *Hum, legal... Posso te dar a resposta d tarde?*
Juliana diz:
– *Pode, mas só se for sim...*
Carolina diz:
– ☺
Juliana diz:
– *Eu tenho q aproveitar essas oportunidades q a Camila chama, só posso ir c ela.*
Carolina diz:
– *Eu sei, amiga...*
Juliana diz:
– *Tá... Só entrei p convidar e deixar vc se coçando de vontade de ir, hahahahahahaha.*
Carolina diz:
– *Sua cara isso! Mulher das trevas, ser do mal.* ☹

Juliana diz:
– Hahahahahaha, bju nega! Vou esfregar latrina suja e tentar descobrir como aquele homem pode cagar tão fedido! Puta merda!
Carolina diz:
– Kkkkkkkkkkkk. Vai lá... Bju bju flor!

Entrando no Messenger:
Juliana diz:
– Vc tá aí, belezura?
Carolina diz:
– Ainda no ateliê!
Juliana diz:
– Hã?
– Putz! Q aconteceu?
Carolina diz:
– Estão no telhado consertando alguma coisa... ☹
– Tô morta de cansaço e fome. Faz três horas que eles estão lá martelando. Minha cabeça tá explodindo...
Juliana diz:
Q merda!
Carolina diz:
– Tá pensando q o digníssimo e ilustríssimo esposo veio aq, ou ao menos ligou p saber onde estou? Como estou, ou se morri? Affffffff
Juliana diz:
– Liga na cafeteria e pede alguma coisa p comer.
Carolina diz:
– Acho que estão terminando, acabaram de descer e estão recolhendo as coisas.
– Sujaram tudo aq... ☹
– Nem um pedido de desculpas...
Juliana diz:
– Ogros! Por isso na prox. encarnação quero vir de homem... Foder as gostosas e n limpar nada!
Carolina diz:
– Fique longe do meu caminho então, sua ogra maldita! Kkkkkkkkkkk
Juliana diz:
– Nasce c esse bumbum durinho e esses peitos de Deusa Afrodite q vc vai ver sua quengadusinferno! Vou empinar essa sua bunda e meter pra dentro! Te virar do avesso! Enfiar em tudo qto é buraco!
– E ainda quero nascer com um pau bem grande!
Carolina diz:
– Misericórdia! Até tu brutas? Vc é minha amiga...
Juliana diz:

— *Nem adianta apelar p amizade! Estarei engasgando no meu ego e testosterona, c o pau duro e vc vem me pedir compaixão em nome da amizade?*

Carolina diz:
— *Só vc nega... Já to rindo aqui, esqueci até a fome... Amo vc!*
Juliana diz:
— *Amo vc tbem nega bca!*
— *Se ajeita aí e vai p casa comer. Chamei p falar uma coisa e esqueci. Amanhã eu lembro. Até. Bju bju*
Carolina diz:
— *Bju bju amore!*

Carol observava o horizonte. Estava escuro, e as nuvens que se formavam ao longe pareciam assustadoras. Ela morria de medo de tempestades, ainda mais naquela altura. Parecia que qualquer galho poderia se chocar com a porta de vidro e destruir tudo. Olhou o relógio; se Juliana não chegasse logo, poderia nem conseguir vir, e passar a tarde sem ela era muito ruim. Estava tão dependente da amiga que, por vezes, pensava que, quando Juliana se afastasse, e ela sentia que isso aconteceria em algum momento, cairia em profunda depressão. Soltou um suspiro ao ouvir Juliana subir correndo a escada. A chuva começara.

— Afeeee, quase não chego! Vai desabar uma tempestade!
— Ainda bem que você veio...
— Ah, topei com sua irmã na rua de cima, ela pediu pra você ligar pra ela.

Carol ficou preocupada. O que Silvana teria para falar? Será que Douglas estava bem? Eventualmente Silvana trazia notícias dele... e de sua mãe... Fez uma careta sem perceber; esperava que não fosse nada relacionado a ela... Carol sentiu um arrepio.

— Ela não falou o que era?

Juliana meneou a cabeça.

— Ela estava correndo pra chegar no carro, só berrou, quase nem ouvi por causa do vento.

Carol ainda pensou, mas Juliana dizia algo. Olhou a amiga, que fazia uma cara de sacana, daquelas que Carol conhecia bem.

— Amiga, vamos fechar o ateliê e encher a cara?

Quê?

— Hoje não vai vir ninguém, tem gente fechando as lojas, tá vindo um pé d'água!

Carol olhou para fora. Aquela nuvem parecia mais assustadora ainda, e o vento já começava a zunir; saiu fechando todas as cortinas e acendeu todas as luzes; parecia noite.

— Vamos?

Carol a olhou sem entender. Mas a cara de sacana era bem reveladora. Ela ainda falava do porre.

— Amiga... Pensa um pouco. E se a gente precisar correr, fugir, se o prédio cair? Já imaginou as duas bêbadas na chuva?

Fez uma cara para Juliana, que desanimou na mesma hora.

– Estraga festas!

Carol foi até a cozinha e colocou um café na cafeteira. Percebeu Juliana parada, olhando-a.

– Carol... Eu fico me perguntando o que você vê em mim. Por que me adotou como sua amiga? Somos tão diferentes! Você é tão iluminada, e eu...

Carol arregalou os olhos, surpresa com aquele comentário inusitado.

– Deixa de bobeira. Eu adoro sua alegria! É bom conviver com pessoas que gostam de aprender; você é como uma esponja, está sempre absorvendo as coisas que eu falo. Quando tiver minha idade, verá a vida como eu vejo, sem tanta alegria...

Juliana caminhou e sentou no sofá, Carol sentou de frente para ela.

Ficaram ouvindo o vento, e Juliana parecia diferente quando falou:

– Depois que eu te conheci, tenho me questionado muito sobre o que eu sou e o que quero ser. Como teria sido se eu não tivesse cruzado com o Paulo? Se não tivesse o pai que tenho? Eu sinto tanta vontade de voar, que acho inadmissível uma pessoa ficar presa a algo sem querer, apenas por conveniência. Se eu não estivesse vivendo com ele, provavelmente estaria pela vida, bebendo, fumando. E nunca teria te conhecido. Você me odiaria se soubesse o que vem à minha mente, as vontades que eu tenho.

Carol a olhava. Era a primeira vez que ela lhe falava aquelas coisas, com aquela maturidade.

– Eu nunca te odiaria...

– Será?

Carol fez uma careta.

– Claro que não! O que tem nessa cabeça? Conta! Talvez eu goste e a gente faça juntas...

Juliana deu uma sonora gargalhada e meneou a cabeça várias vezes, como se fosse impossível Carol fazer o que ela tinha em mente.

– Conta! Qual é o seu fetiche?

Juliana fez cara de quem não sabia o que era fetiche, e Carol lhe explicou.

– Algo que excita, um desejo sexual secreto. Chicotes, algemas, uniformes, essas coisas...

Juliana fez uma expressão de quem tinha entendido e continuou:

– Não chega a ser esse tal de fetiche, na verdade, é mais uma vontade. Eu sonho com a morte do Paulo. Todos os dias. Eu visualizo o velório, escolho a roupa que eu usaria, qual cara faria... Penso em minha alegria depois, penso no porre que eu vou tomar enquanto ele apodrece... Penso no homem que vou escolher para me comer enquanto ele é comido por vermes...

Carol não escondia a surpresa e, pigarreando nervosa, se levantou.

– Espera, vou buscar o café!

– Isso... Foge!

Carol gargalhou, e, enquanto colocava café nas xícaras, pensava em si mesma. Era tão fácil odiar. Por várias vezes desejou que sua mãe tivesse morrido, e não o seu pai.

Quando voltou, respirou fundo e falou, tentando parecer calma:

– Amiga, a gente odeia mesmo, faz parte da nossa condição humana. Mas uma coisa que eu aprendi é que pensar é normal, mas o que determina o que somos neste mundo é aquilo que fazemos. Só não o mate, por favor...

Juliana riu da cara de súplica forçada de Carolina e seguiu seu desabafo:

– Eu imagino um rolo compressor passando por cima dele, indo e vindo, indo e vindo, até que não reste nada além de uma massa nojenta e disforme no asfalto.

Carol estava desconfortável com as inevitáveis imagens que se formavam em sua cabeça.

– Amiga, não pense essas coisas... Isso faz mal pra você.

Juliana deu de ombros. Ignorou o comentário de Carol e seguiu falando:

– Sabe aquelas metralhadoras do Rambo?

Carol assentiu, sabendo onde aquilo ia dar.

– Então, eu me imagino descarregando uma daquelas nele, até virar uma peneira nojenta...

Carol se moveu sem conseguir dizer nada, e Juliana continuou:

– E no meu desejo secreto, quando ele morrer, eu quero dar para dois homens ao mesmo tempo. De preferência amigos dele! E eles têm que ter o pinto bem grande! – Juliana fez um gesto obsceno e gargalhou.

Carol engasgou com o café quente!

Entrando no Messenger:
Juliana diz:
– *Amiga, posso te fazer uma pergunta? hihi*
Carolina diz:
– *Claro!*
Juliana diz:
– *Q DIABOS VC VIU NO ANDRÉ?*
Carolina diz:
– *Hum, como assim?*
Juliana diz:
– *Ele é sem graça... Baixinho, n conversa, n sorri, e n tem nada de atraente.*
Carolina diz:
– ☹
Juliana diz:
– *Ah, desculpa, amiga... Vcs dois juntos, parece uma conta que deu errado... Hahahahahaha*
– *Vc eh tão especial... Merece um príncipe, alto, forte, rico, com pinto grande...*
Carolina diz:
– *Kkkkkkkkkkkkkkkkkkkk Para com isso! Quero esse homem! Encontre-o!*
Juliana diz:
– *Hahahahahahaha.*
Carolina diz:

– Em minha defesa, ele era gentil e atencioso. E eu estava sofrendo. E o sorriso dele é bonito... Qdo sorri... affff

Juliana diz:

– Entendi... Ele tá guardando só p ele então... Esses homens egoístas...☺

– Tenho que sair, o ogro maldito voltou da caminhada. Putz, tá fazendo alongamento na garagem. Mexendo os quadris em todos os lados, hahahahahahaha. Puta merda, amiga, eu precisava filmar isso e colocar no You Tube. Ia bombar. Até. Bju

Carolina diz:

– Kkkkkkkkkkkkkkkkkkk.

– Bju amore, até!

Entrando no Messenger:

Juliana diz:

– Amiga...

Carolina diz:

– Sim...

Juliana diz:

– Já beijou uma mulher?

– Não mente!

Carolina diz:

– Não... Claro que não!

– Por que a pergunta?

Juliana diz:

– Sei lá... Curiosidade...

Carolina diz:

– Putz! Mas curiosidade de quê? Do beijo, ou pensa em algo mais?

Juliana diz:

– Ah, sei lá... Eu vi um pornô de lésbica, fiquei meio assanhada pra descobrir como é...

– Mas deixa pra lá, foi uma bobeira aqui... Tô naqueles dias...

Carolina diz:

– Kkkkkkkkkkkkkkkkkkk Tá querendo colar velcro?

Juliana diz:

– Hahahahahahaha. Velcro... Até parece... Tinha um consolo de 20 cm entre elas...

Carolina diz:

– Eita!

Juliana diz:

– Tenho que sair... Múmia hermafrodita chegando! Tchau!

Carol fechou a porta da sacada, suas mãos estavam geladas.

Merda de frio...

– BOM DIA, DONA MARIA!

Carol deu um pulo.

– Jesus! Que susto!
Juliana soltou uma gargalhada.
– Hoje eu te enganei, né? Não ouviu meus passos.
Ela mostrou os tênis e sorriu mais.
– Argh, sua chata! – Carol falou ofegante.
Juliana riu e girou dançando.
– Amiga, vamos fazer aulas de dança?
O quê?
Carol meneou a cabeça, não tinha entendido.
Juliana girou mais e moveu o corpo sensualmente.
– Pole dance! Aqueles com a vara entre as pernas...
Juliana soltou uma gargalhada e Carol tentou acompanhar a jovialidade dela. Ainda não entendia de onde vinha tanta disposição em um dia tão frio.
– Tá animada! Acordou de bom humor com esse frio do inferno?
– Eu amo o frio! – falou ainda cantarolando algo baixo e girando.
– Sério? Quase não dormi essa noite, tinha um cachorro chorando de frio perto de casa... Saí na rua de madrugada e coloquei uma caixa com uma camiseta velha na calçada, mas não consegui dormir mais...
Juliana parou e a olhou, fazendo uma cara que Carol não soube definir.
– Você é louca! Eles sabem se virar, têm pelos pra isso!
Carol não disse nada, enquanto olhava Juliana. Ela deu de ombros ainda com a mesma cara, se jogando no sofá.
– Eu adoro! A gente se veste melhor, usa cachecóis, gorros...
Carol se sentou quieta, não quis argumentar, a maioria das pessoas pensava da mesma forma. Quem conseguia ficar com a mente nas ruas frias, estando debaixo de cobertores quentes?
Ainda olhava sua amiga querida, tentando entrar um pouco naquela mente despreocupada, quando Juliana falou:
– Preparada pra ficar mais velha?
Carol enrugou a testa. Por isso odiava o frio também. Tinha sempre um aniversário...
Fez um movimento em negativa com a cabeça e disse:
– Falando em aniversário, me diz o que quer ganhar no seu, pra eu ir me preparando.
– Já? Faltam cinco meses.
– Pra eu ir me preparando...
– Então, tá! Um vibrador... Bem grosso e cabeçudo.
Carol arregalou os olhos e riu com gosto, esquecendo todo o seu mau humor do frio. Juliana era uma terapia para qualquer mal.

Entrando no Messenger:
Juliana diz:
– *Bom dia, Carolzinha... Amiga vc entendeu o episódio de ontem, do Lost?*

Carolina diz:
– Oie... Olha, ontem foi p acabar... Vc acredita q eu perdi o sono pensando?
– Mas eu tenho uma teoria p tudo.
Juliana diz:
– Qual?
Carolina diz:
– Acho q eles morreram no acidente de avião e estão no mundo espiritual.
Juliana diz:
– Putz... Será?
Carolina diz:
– Só assim p explicar o pq do pai do Locke aparecer na história. Ele já tinha morrido... E ele nem tava no avião...
Juliana diz:
– Mas eles não saberiam se tivessem morrido? Ai amiga, vc sabe q fui criada em lar evangélico. A gente n fala muito no q acontece depois da morte, eu n entendo disso...
Carolina diz:
– Nem sempre a pessoa sabe q morreu. Mortes violentas são difíceis de aceitar. E todas as coisas q acontecem na ilha, os mistérios, me lembram em muito os livros q leio sobre a vida espiritual...
Juliana diz:
– Nossa... Depois quero falar mais sobre isso... Fiquei curiosa p ler alguma coisa sobre o assunto. Agora tenho que sair... Vou ao mercado... Ele me deixou uma mixaria de dinheiro e quer q eu compre comida p mês inteiro. Fila da puta... Ele faz isso para que eu use meu dinheiro... Sabe que, se eu ficar constrangida no caixa, acabo completando... Amiga, eu vou começar a vender a bunda... Sério...
Carolina diz:
– Ai, amiga... kkkkkkk
Juliana diz:
– Hahahahahaha! Até! Se der (se eu conseguir vender minha bunda), levo aquele biscoito de cacau com avelã q vc adora p gente tomar café.
Carolina diz:
– kkkkkkkkk. N precisa se prostituir amiga, comprei pão caseiro da Néia, aquele q vc ama! ☺
Juliana diz:
– Hummmm, pão de coco... Livrou meu traseiro e já me animou...
– Bju coração! Até!
Carolina diz:
– Bju amore!

– Amiga...
Carol olhou para Juliana, que colocava miçangas em um pote.
– Sim?

– Acho que tenho aquele negócio que você falou...
– Negócio?
Juliana parou, fechou o pote e a olhou.
– Aquele tal de fretiche...
Carol pensou, ainda tentando entrar no assunto.
– Fetiche?
Juliana assentiu e pegou outro pote.
Carol sorriu maliciosa.
– Já sei qual é... Uniformes! Eu tenho daqueles da S.W.A.T. Armas na perna...
Juliana assentiu.
– Eu também. Mas tem um que me deixa fora de mim...
Carol mordeu o lábio e fez um som, interessada.
– Conta!
Ela sorriu com cara de sacana e aproximou o rosto, falando baixo:
– Gosto de ver gente transando... Mas não como em filmes pornôs, gosto de imaginar pessoas do meu dia a dia fodendo. Gente bonita, claro!
Carol arregalou os olhos e ela continuou:
– Eu gosto de posições bem depravadas, em lugares estranhos e sujos. Banheiros, esquinas, ônibus lotado...
Carol ainda a olhava, tentando entender, enquanto ela falava:
– Sabe aquelas mulheres certinhas, com saiões? Eu imagino os caras pegando na marra, sabe? Metendo tudo, sem dó... Uiiiiii!
Ela se tremelicou e Carol pigarreou.
– Putz! Amiga... Vou sentir medo agora quando você me olhar...
Juliana deu uma gargalhada.
– Tá ferrada, nega! Já te coloquei em cada posição, com cada homem pintudo...
E ela gargalhou mais, vendo o rosto de Carol mudar de cor.

Entrando no Messenger:
Juliana diz:
– *Carol, tá aí?*
Carolina diz:
– *Tô aqui, me vestindo* ☺
Juliana diz:
– *Tá pelada? Tá sozinha?*
Carolina diz:
– *Sim e sim.*
Juliana diz:
– *Hummmmmm. Se eu morasse sozinha, em um quintal só meu, ia viver pelada... Adoro!*
Carolina diz:
– *Q?*

Juliana diz:
– *Dançar pelada... Adoro dançar...*
Carolina diz:
– *Q?*
Juliana diz:
– *Sério... Já tentou? Eh tão sensual... Ui!*
– *Vc já deu a bunda?*
– *Tenho vontade, mas não com o Paulo.*
Carolina diz:
– *Senhor! Tô roxa! N tô lendo isso n!*
– *Amigaaaaaaa, sua devassa!*
Juliana diz:
– *É sério... Dizem que é uma delícia... Mas já jurei que aquele seboso pode ter tudo, menos minha rosquinha... hahahahahahahaha*
Carolina diz:
– *Senhor... Tô enfartando!*
Juliana diz:
– *Hahahahahahahaha*
– *Se eu tivesse esse corpo q vc tem, ia querer mostrar, deixar esses marmanjos de pau duro.*
Carolina diz:
– *Tô passada! kkkkkkkkkkkkkkkkkkk*
– *Tô fugindo deles, amiga... E n gosto de mexer c fogo.*
Juliana diz:
– *Eu sei, amiga, foi uma bobeira inconsequente que passou na minha cabeça, tô naqueles dias... Fico c um tesão do cacete!*
Carolina diz:
– *kkkkkkkkkkkkkkk Ai q ruim...*
– *Amiga, nem nesses dias você consegue transar com o Paulo sem correr o risco de ter um AVC?*
Juliana diz:
– *Ai amiga... Difícil... Ele sempre fala alguma coisa que estraga tudo.*
Carolina diz:
– *Tipo o q?*
Juliana diz:
– *Ontem, por exemplo, eu tava até no clima e o fila da kenga falou: Vc dá uma de que não gosta, mas é tudo fachada né? No fundo vc n vive sem meu pau...*
– *Putz amiga, perdi o tesão na hora!*
Carolina diz:
– *Q merda de comentário ridículo foi esse?*
Juliana diz:
– *Os comentários que ele sabe fazer...*
Carolina diz:

– E aí? O que vc falou?
Juliana diz:
– Nada! Só fiquei tensa e n correspondi mais.
– Ele nem percebeu. Terminou o que tinha que fazer e pronto.
Carolina diz:
– Ai amiga...
Juliana diz:
– Eh foda, ter homem e viver com tesão!
Carolina diz:
– Q bosta...
– Toma um banho frio, kkkkk
Juliana diz:
– Eu sei do que eu preciso amiga, no mínimo 18 por 13 cm, mas deixa p lá. Hahahahaha
Carolina diz:
– Eitaaaa! Kkkkkkkkkkkkkk.
Juliana diz:
– Demorou a responder, foi medir né?
Carolina diz:
– Xesuz! Tô de fita métrica na mão... Modesta você, heim!
Juliana diz:
– Hahahahahahahahahahahahahaha. Delícia!
Carolina diz:
– Não tô podendo com isso... Tchau! Vou cozinhar feijão p semana.
Juliana diz:
– Foge! Se acovardando com um pinto!
Carolina diz:
– Um pinto? Uma arma desse calibre tira o sono, em todos os sentidos!
Juliana diz:
– Hahahahahaha. Vai cozinhar seu feijão!
– Põe roupa heim? P n queimar nada, hihihihihi
Carolina diz:
– Kkkkkkkkkkkkkkkkkk
– Podexá! Bjuuuuuuu
Juliana diz:
– Bju, bju, bju, bju, bju ☺

Depois de quase dois anos de convivência diária, Juliana e Carol se tornaram mais que amigas, elas eram confidentes, cúmplices, mas, por mais que se conheça uma pessoa, ou que se pense conhecer, em alguns momentos essa pessoa parecerá uma desconhecida...

– Carol...
– Sim?

– Já fez boquete?
O quê?
Carol balançou a cabeça várias vezes sem conseguir assimilar a pergunta.
– Não, nunca fiz – falou, deixando isso bem claro em sua expressão.
Juliana foi até a sacada. Carol a seguiu.
– Por quê? Você já? No Paulo?
Carol não entendia. Juliana repudiava Paulo.
– Faço sempre...
Ela fez uma cara de pouco caso, mas não olhou para Carol, que estava visivelmente incrédula.
– Ele é um filho da puta mesquinho, você sabe, mas tem dias que ele me dá dinheiro... Sei o que ele quer quando faz isso.
Carol a olhava sem disfarçar o que pensava naquele momento, e Juliana desviou os olhos.
– Não me olhe assim...
Carol moveu a cabeça e apenas gaguejou:
– Eu... Desculpa... Mas...
– Sei o que aparenta, mas vivo com ele há 10 anos! Odeio aquele desgraçado, mas preciso tirar algo dele, comprar coisas pra mim... E sei fingir quando quero...
Não, Juliana... Não faz isso, amiga.
Carol balançou a cabeça, sem conseguir disfarçar.
– Como você consegue? Quer dizer, é tão íntimo... Tão...
Carol ia dizer "nojento quando não se tem amor", mas Juliana deu de ombros e só falou:
– R$ 200,00!
O quê?
Juliana completou, sorrindo, e Carol não soube decifrar se era riso de vergonha ou de contentamento:
– Ontem o puto estava generoso... Deu R$ 200,00!
Não... Não! Não faz isso, Juliana!
– Amiga... Por isso ele acha que você ama o pau dele, por isso ele te humilha... Não faz isso, por favor. Não se rebaixe assim. Dinheiro nenhum vale isso. Por favor...
Ela deu de ombros novamente, mas Carol percebeu que havia algo mais.
– O filho do vizinho chegou semana passada. Está fazendo tiro de guerra.
Carol achou estranha a mudança repentina de assunto.
– Pensa... 18 anos, um metro e oitenta, com aquela roupa de soldadinho de chumbo. Eu estava varrendo a calçada, estava com um short de ficar em casa, curto, bem curto... O desgraçado ficou olhando minhas pernas e deu um sorrisinho bem sacana. Pensa... Quase tive um orgasmo em pé naquela calçada, quase sentei na vassoura.
– Onde...
Antes que Carol terminasse de dizer "onde aquele comentário se encaixava no outro", ela completou:

– Eu tô com um tesão naquele menino... Penso nele noite e dia.
O quê?
– Ontem eu só pensava no pinto dele entrando na minha boca. Adoro pinto, a textura... Desliguei de tudo, imaginando aquela roupa, aquele uniforme lindo... Chupei até as bolas.
Carol engoliu em seco.
– Depois apaguei a luz e dei bem gostoso... O corno desgraçado nem notou que eu pensava no vizinho, que nem por um segundo eu percebi que era ele me comendo.
Carol engasgou sem querer.
Nesse momento entrou uma cliente, e Carol, sem graça, foi atender.
Percebeu que Juliana cantava na cozinha, parecia feliz lavando as louças do almoço. Cantava um hino evangélico?

Entrando no Messenger:
Juliana diz:
– *Carolzinha?*
Carolina diz:
– *Oie...*
– *E o vizinho gostoso?*
Juliana diz:
– *A desgraça voltou pro exército...*
Carolina diz:
– *Amiga... Desculpa, mas fiquei chocada aquele dia...*
– *Eu nunca imaginei que você fizesse essas coisas no Paulo...*
Juliana diz:
– *Tem tanta coisa que não te conto...*
– *Tem coisas que nem admito para mim...*
– *Eu sigo o fluxo, amiga... Se preciso me prostituir, que seja com ele, de qualquer forma vai ser nojento...*
Carolina diz:
– *Desculpa... Eu não quero julgar...*
Juliana diz:
– *E eu não quero falar disso agora...*
Carolina diz:
– *Ok... Desculpe...*
Juliana diz:
– *Tenho pensado em deixar o Paulo. Ir embora daqui...*
– *Sou muito jovem p viver dessa forma amiga, preciso tentar ser feliz.*
Carolina diz:
– *Sim. Está assim por causa do vizinho?*
Juliana diz:

– Não... Ele é uma tentação do inferno, apenas isso... Estou pensando no meu futuro mesmo, nas coisas que quero pra mim...
– Preciso parar de seguir o fluxo e ser o fluxo... Li isso e achei o máximo... Ser o fluxo... Hahahahaha
Carolina diz:
– Eita... Mas ser o fluxo envolve responsabilidade, viu?
– Precisa atrair, idealizar, produzir... Eu já li sobre isso...
Juliana diz:
– Só quero deixar de sofrer...
Carolina diz:
– O q vc decidir, conte comigo.
– Mas n vá embora...
Juliana diz:
– Venha comigo.
Carolina diz:
– Como eu queria q fosse simples assim...
Juliana diz:
– Sim... Poderia ser mais simples...
Carolina diz:
– Amiga... Pode não parecer, mas eu preciso de você... Não tome nenhuma decisão precipitada.
Juliana diz:
– Tá...
– Preciso pensar... Depois falamos mais. Beijo!
Carolina diz:
– Beijo!

O ano de 2007 foi bem difícil para Carol. Uma concorrente de peso decidira abrir uma loja na cidade, e ela, pela primeira vez, se via cercada pelas dificuldades financeiras. Fez um empréstimo, cortou gastos e, como se não bastasse, descobriu que André estava tendo um caso. Da noite para o dia, ele se transformou no pior pesadelo de qualquer esposa. Começou a beber, perdeu o emprego e passava as noites na farra.

As contas de casa começaram a se acumular e sua vida parecia ter virado uma piada de mau gosto, em que todos se dobravam de rir.

Carol pedira o divórcio, mas ele recusara. Eles brigaram e ela atirara uma faca nele... A marca do buraco que a faca fizera na porta ainda estava lá. Um lembrete a Carol de como perdera o controle de tudo. Mas, para ela, o pior era a perda do controle sobre si mesma.

Todos os dias Carol relutava em voltar para casa, pois sabia que ela estaria impregnada de odores e emanando energias negativas em todos os cantos.

Ele não levava mais Carol ao trabalho, e em alguns dias ela saía de casa ainda de madrugada, evitando a rodovia; cruzava toda a cidade a pé e sozinha. Incapaz de dormir ou ficar em casa depois que ele chegava das farras, preferia se arriscar nas ruas de madrugada, sem pesar nos perigos que corria saindo sozinha àquela hora. Na verdade, não se importava, seu instinto de autopreservação se fora e ela vinha tendo aquela velha vontade de morrer que tanto a atormentara quando Ana Laura morrera.

Seus gatos adoeceram ao mesmo tempo, e ela sabia que era por conta de sua energia, que estava ruim. Não conseguia evitar, estava espiritualmente doente, com o orgulho e os sonhos destruídos. Na verdade, era como se já estivesse morta.

Levantar, se arrumar, sair para o trabalho eram ações que ela fazia mecanicamente.

Juliana era o seu refúgio. E o melhor momento do dia era quando a ouvia subindo as escadas com suas rasteirinhas estalando no piso.

Aquela amizade tornava seus dias mais leves, o fardo menos pesado e o riso mais fácil.

E então ela percebeu que tudo se encaminhava para o seu pior pesadelo: ela teria de voltar a dirigir.

Tecnicamente, o carro era seu, pois pagara por ele, mas não queria dirigir, não podia, não conseguia. Ficara doente por três dias, entre vômitos e idas repetidas ao banheiro. Estava vazia por dentro, suas entranhas estavam vazias, seus fluidos haviam ido descarga abaixo, junto com seu humor e sua alegria.

E novamente Juliana era a única pessoa que conseguia ajudá-la.

Todo domingo, quando Paulo saía para sua partida de futebol, ela rapidamente pegava o carro de Camila e se dirigia até a casa de Carol, colocava a cabeça para fora da janela e dava duas buzinadas. Quando Carol colocava a cara no portão, azeda e doente, era o entusiasmo de Juliana que ela tinha que enfrentar.

– Venha mulher, vamos dirigir...

– Criatura de Deus, você não tem carteira... Como você consegue ser assim? E como a Camila deixa você dirigir o carro dela?

Ela só sorria, e dava de ombros.

– Foi ela que me ensinou a dirigir, deve confiar no meu taco! E dizer seu nome teve forte influência na decisão dela. Fazer o quê? Ela também te ama...

Ah, Juliana... Puta merda!

Os dias seguiram sem trégua, e os problemas de Carol pareciam mais amenos. André continuava tendo um caso, mas já não dormiam juntos. Ele arrumara um emprego e voltara a pagar as contas da casa, e os negócios de Carol estavam firmes novamente, sua concorrente desistira no primeiro ano.

Carol ainda não se habituara à direção do carro, mas já conseguia dirigir sem ter qualquer reação que a levasse ao banheiro.

Com cuidado, um dia após o outro, como aquelas terapias de reabilitação.

Ela sabia que nunca teria conseguido sem Juliana. Mas ainda odiava dirigir!

Entrando no Messenger:
Juliana diz:
– *Amiga, tenho dúvidas, vc tá aí?*
Carolina diz:

– *Oi nega... Tô aq.*

Juliana diz:

– *Fala um pouco sobre o espiritismo? É uma religião?*

Carolina diz:

– *Sim, se tornou uma religião. A ideia era para ser uma revelação, uma verdade natural que preencheria lacunas de todas as outras religiões, mas acabou por se tornar algo isolado, até visto com certo preconceito. Um errôneo preconceito, pois é uma doutrina linda, totalmente voltada para o bem e o amor.*

– *Qualquer religião pode acreditar na vida dos Espíritos, pois é a vida normal de todos nós antes de virmos a este mundo, independente de crenças, viemos e vamos voltar para o mesmo lugar, que é o mundo espiritual.*

Juliana diz:

– *Sim... Interessante...*

– *Agora me esclareça: Se vivemos muitas vidas e nosso sofrimento se baseia nos nossos erros e acertos, significa q eu já vivi c o Paulo, significa q a gente tem... como é mesmo a expressão? Pendências?*

Carolina diz:

– *Sim... Toda vida cria uma marca no Universo, como um código de barras único, aquilo fica vivo, circulando e em algum momento, como um bumerangue, aquilo volta e nos atinge e nós temos a chance de fazer de novo p tentar acertar.*

Juliana diz:

– *Quer dizer que o Paulo ter me estuprado estava nos planos?*

Carolina diz:

– *Não! Os motivos do estupro ninguém pode afirmar, pode ter sido algo momentâneo, um desejo desenfreado, ou algo que ele traz de outras vidas e n venceu... vai saber, cada história é única.*

Juliana diz:

– *Hummmm. Significa então q ainda vou ter q encontrar esse fodido em outras vidas?*

Carolina diz:

– *Vc o ama? O perdoou? O tolera? O entende?*

Juliana diz:

– *Não, não, não... Não! E não!*

Carolina diz:

– *Então me responda vc: Se estamos neste mundo c o propósito de aprender a amar e respeitar nossos inimigos, qtas vidas serão necessárias p vc ver e amar o Paulo como irmão?*

Juliana diz:

– *Putz! Um zilhão?* ☺

Carolina diz:

– *Nem sempre vcs serão marido e mulher, as encarnações que mais aproximam são de mãe e filho.*

Juliana diz:

– *Posso ser mãe dele? Credo!*
Carolina diz:
– *Eh o jeito mais eficaz de amar alguém.*
– *Pode ser filha tbem, pai, irmã...*
Juliana diz:
– *Ecaaaaaa*
Carolina diz:
– *Peraí coração, tem gente tocando a campainha aq. Vou ver*
Juliana diz:
– *Ok*
Carolina diz:
– *Puta merda viu? Cobranças... André tá devendo um conserto da moto dele já tem três meses, esse cara vive aq... Tem dias q finjo q n estou. Ele já foi até no ateliê procurar pelo André. Fiz uma cara p ele, affff. O pior sabe o q é? Ele me olha c cara de tarado. Qdo foi ao ateliê, eu percebi, ficou olhando meus peitos e minha bunda... Sabe aquela cara de animal no cio? A sorte é q chegou uma cliente bem na hr. Ah amiga, como um homem pode colocar a esposa em uma situação dessas? Ele deveria me proteger e de repente estou aq em uma situação desconfortável por causa dele. Tô cansada. Me sinto diminuída, mais do q o normal.*
Juliana diz:
– *N fica assim. Quer q eu dê uma surra nesse pilantra? Mostro p ele q vc é muita areia p caminhãozinho de brinquedo dele. Q oficina q é? Fala q vou lá...*
Carolina diz:
– *kkkkkkk, minha cavaleira de armadura enferrujada, kkkkkkk*
– *Vou pagar amiga, já tenho o dinheiro aq, n suporto cobranças...*
Juliana diz:
– *Oh amiga... Deixa q ele se vira. Se vc ficar pagando as contas dele, aí q ele n paga msm.*
Carolina diz:
– *O duro amiga eh q as cobranças vêm tudo aq em casa, qdo n me encontram aq, vão no meu trabalho, n tenho estrutura... O ateliê é um local sagrado p mim.*
Juliana diz:
– *Vc vai se sentir melhor pagando?*
– *Então faz assim, amanhã eu vou lá p vc, pago e deixo bem claro q vc n tem nada c os rolos do André, digo que vcs estão se separando... E dou uma encarada nesse pilantra, coço até o saco e cuspo no chão se preciso...*
Carolina diz:
– *Kkkkkkkkkkkkk.*
– *Vc faria isso por mim?*
Juliana diz:
– *Coçar o saco ou cuspir no chão?*
Carolina diz:
– *Kkkkkkkkkkkk, sua tonta!*
Juliana diz:

– 😊
– *Posso ir de carro?*
– *Please?*
Carolina diz:
– *Aaaaa, tá explicado então... Interesseira, dissimulada, amiga da onça...*
– *kkkkkkkkkkkkkkkkkkkkkk*
– *Claro q pode, amore. Ainda vou pagar p vc tirar sua carteira. Espera as coisas melhorarem...*
Juliana diz:
– *Ebaaaaaaaaaaaaaa. Uipiiiiiiiiiiii*
– *Tô saindo, o projeto vergonhoso, fracassado e mal acabado de macho chegou. Bju bju bju*

Entrando no Messenger:
Juliana diz:
– *Carol, tá por aí?*
– *Carooooooool*
– *Cadê vc nega?*
– *Ow mulher de Deus, fala comigo!*
Carolina diz:
– *Tô aq nega maluca... Tava fazendo xixi, hihihihi*
Juliana diz:
– *Vc faz essas coisas?*
– *Amiga, qual anticoncepcional vc usa? Tô querendo trocar o meu, quero injeção, daquelas que duram meses, odeio tomar comprimido todo dia...*
Carolina diz:
– *Eu n faço sexo há 1 ano amiga, esqueceu q n durmo mais c o André?*
Juliana diz:
– *Ixi... Vdd amiga... Maldita sortuda!*
– *Qual vc tomava antes?*
Carolina diz:
– *Nunca tomei... Lembra? Acidente? Esterilidade?*
Juliana diz:
– *Ixi... Vdd... Sortuda em dobro!*
Carolina diz:
– *É...*
Juliana diz:
– *Mas vc menstrua, não é?*
Carolina diz:
– *Sim... Perdi parte do meu útero, mas aparentemente ele ainda funciona, só não tenho mais óvulos... Meus ovários foram danificados.*
Juliana diz:

– *Eu te invejo. Queria n correr esse risco. Abomino a ideia. Se pudesse, vendia todos os meus óvulos e ainda mandava amarrar...*

Carolina diz:
– *Não diz isso... Maternidade é uma benção...*

Juliana diz:
– *Cruzes! O capeta também abençoa?*

Carolina diz:
– *Aiiiii... Q horror...*

Juliana diz:
– *Hahahahahahahahahaha*
– *Tenho que sair, tem gente chamando no portão e n tem ninguém na casa da Camila.*
– *Bem que podia ser meu vizinho gostoso. Pelado! De pau duro! Tchau!*

Entrando no Messenger:
Juliana diz:
– *Amiga...*

Carolina diz:
– *Sim...*

Juliana diz:
– *Vou levar um CD p vc gravar umas músicas p mim. Vc faz isso?*

Carolina diz:
– *Claro!*

Juliana diz:
– *Quem é aquele lindo que canta a música do filme Tróia?*

Carolina diz:
– *Josh Groban.*

Juliana diz:
– *Então, quero as músicas dele e daquele outro gostoso do American Idol.*

Carolina diz:
– *Chris Daughtry.*

Juliana diz:
– *Isso, desses dois gostosos (ai, ai...) Ah, e do Roupa Nova, claro!* ☺

Carolina diz:
– *Gravo todas as que eu tenho aqui, pode ser?*
– *Tenho algumas do Keane, aquela linda do Damien Rice tema do filme Closer, Creed, Nickelback...*

Juliana diz:
– *Não conheço, mas pode, confio no seu bom gosto p música...*

Carolina diz:
– *Só p música?*
– *Pensei que eu fosse sua inspiração... Magoou* ☹

Juliana diz:

– *Amiga, convenhamos q p homem vc ainda tá devendo...*

Carolina diz:

– *O quê?* ☹ ☹ ☹ ☹ ☹ ☹

– *Affffff!*

Juliana diz:

– *E vamos encerrando o assunto enquanto eu tô ganhando, senão vc vira o jogo p meu lado e aí eu perco feio. Perco feio, gordo, afeminado, seboso, inconveniente, desagradável, insuportável...*

Carolina diz:

– *Kkkkkkkkkkkkkkkkkkk Morri!*

– *N foge, isso eh estratégia d quem n tem argumento...*

Juliana diz:

– *Argumento algum... Affff*

– *Vai trabalhar vai! Quero receber final do mês...*

Carolina diz:

– *Vou msm. Chegou gente! Bj bj*

Carol quase prendeu a respiração vendo aquela mulher descer. O cheiro dela ficara... Fez uma careta sem perceber, mas foi inevitável.

– O que aquela louca queria aqui?

Juliana chegava bem na hora em que "Nana louca" descia. Era assim que todos a chamavam desde que Carol se conhecia por gente. Ela vivia em uma bilheteria de um estádio desativado, que agora mais parecia um grande e inútil depósito de entulhos. Ficava bem no centro da cidade, e Nana vivia lá. Ela vivia embriagada e se prostituía em troca de cigarro.

– Veio pedir dinheiro. Como eu sei o que ela faz com dinheiro, dei comida. Ela não gostou muito, mas...

– Você vai pro céu, nega...

Carol fez uma cara, mas não gostava de receber essas visitas. Percebia a vulnerabilidade que vivia. Sem seguranças, qualquer um podia subir, e lá de cima era muito mais difícil pedir ajuda. Tinha medo, pois passava a manhã toda sozinha...

Balançou a cabeça, não queria pensar nisso.

– Espero que ela não jogue minha comida fora. – Pensou em voz alta.

– Jogar fora? Já estava comendo quando passei por ela no corredor... E fedendo.

Juliana gargalhou e Carol riu. Sentia-se melhor ao saber que ela comeria a comida. Afinal, Nana era uma pobre coitada, e sentia pena dela. Olhou Juliana e não resistiu.

– Amiga, você já ouviu a história da Nana louca?

Ela meneou a cabeça e Carol contou o que crescera ouvindo, que ela se chamava Morgana e que era uma médica muito querida e respeitada que gostava de beber, mas que o fazia socialmente, sem que causasse problemas. Um dia, o marido a deixou e ela surtou. Começou a beber durante o trabalho, receitou um remédio errado, o que levou o paciente a óbito, foi demitida, e da noite para o dia se tornou o que é hoje.

Juliana a olhou e, pela expressão de Carol, percebeu algo.
– Por que tá com essa cara?
– Só pra você saber que de médico para louco só precisa de uma garrafa no meio.
Juliana fez uma careta entendendo o recado.
– Engraçadinha...

Entrando no Messenger:
Juliana diz:
– *Bom dia, amoreeeee!*
Carolina diz:
– *Bom diaaaaa. Preciso falar uma coisa, tô tão nervosa...*
Juliana diz:
– *Claro. Fala aí...*
Carolina diz:
– *Eu ando c uma sensação estranha de q estou sendo observada. O tempo todo.*
– *Sabe aqueles arrepios no topo da cabeça, e vc olha rapidamente esperando ver alguém?*
Juliana diz:
– *Vixi... Sério? Não são Espíritos? E vc os sente?*
Carolina diz:
– *Se for, é coisa recente, pois eu nunca os percebi dessa forma, eu percebo muitas coisas, mas é diferente, eu preciso tocar alguma coisa, ou entrar em algum ambiente cheio de energia... Nem eu entendo muito bem como funciona... Mas nesse caso sinto que é diferente.*
– *Tenho até medo de falar... Posso te confidenciar algo?*
Juliana diz:
– *Claro. Deve.*
Carolina diz:
– *Ouvi uns boatos de umas fuxiqueiras que vieram aqui, q o André tá devendo p agiota. Dizem que é um pessoal barra pesada. A dona q falou isso, chegou a dizer q eles amputaram as mãos de um devedor e deixaram ele se esvair em sangue em um canavial aqui perto.*
Juliana diz:
– *Cruzes! Q horror!*
– *N coloca isso na cabeça. Foi aquela oxigenada infeliz dos infernos q te falou isso?*
– *Se for, n acredita. Vc sabe q ela odeia o André e morre de inveja de vc.*
Carolina diz:
– *Dessa vez n foi ela.*
Juliana diz:
– *N fica c coisa na cabeça. Confia. Vc é boa e n tem nada c os rolos dele.*
Carolina diz:
– *Quero o divórcio, amiga, mas tenho medo...*
– *Como vou pagar aluguel daqui e de uma casa?*
– *Se eu me separar dele, terei que abrir mão desse ponto, e trabalhar em casa... Adoro esse lugar. N sei se quero isso.*

Juliana diz:
– *Vc n consegue pagar dois aluguéis?*
Carolina diz:
– *Não* ☹
Juliana diz:
– *Ai q porra de merda de vida! Pq n nascemos ricas? Ou n ganhamos na mega sena acumulada sem jogar?*
Carolina diz:
– *Tô p baixo hj...*
Juliana diz:
– *Daqui a pouco tô ai...*
– *Fica calma...*
– *Tô chegando...*
Carolina diz:
– *Tá... Vem logo, snif* ☹
Juliana diz:
– *N chora heim?*
– *Eu sei qdo vc chora... Bju*
Carolina diz:
– *Bju*

Entrando no Messenger:
Juliana diz:
– *Oláááááá...*
Carolina diz:
– *Q bom q vc chamou, preciso te contar uma coisa...*
Juliana diz:
– *Fofoca? Conta td!*
Carolina diz:
– *N sua fofoqueira, n é fofoca. Eh sobre mim, e os sonhos q tenho tido... Lembra q falei q vinha tendo umas lembranças vagas de sonhar c um homem? Q acordava c sdd, q ficava querendo dormir de novo?*
Juliana diz:
– *Sim*
Carolina diz:
– *Tenho até vergonha de contar... Affff*
Juliana diz:
– *Conta logo, sou neurótica, vai, conta!*
Carolina diz:
– *Fiz sexo c ele n sonho... Foi vemmmmmm real.*
Juliana diz:
– *Hã? Putz! Jura? Viu o rosto dele? Eh alguém conhecido? O pinto é grande?*

Carolina diz:
– *Kkkkkkkkkkkkkkk, depravada!*
– *N vi o rosto, n sei se conheço. Sinto q nunca vi.*
Juliana diz:
– *Mas e o pinto? Sentiu a coisa?*
Carolina diz:
– *Claro que senti...*
Juliana diz:
– *É grande?*
Carolina diz:
– *Se é... Foi intenso...*
Juliana diz:
– *E vc... Gozou?*
Carolina diz:
– *Sim, ai q vergonha... Tô roxa...*
Juliana diz:
– *Uiiiiiii*
– *Do q vc lembra? Conta mulher...*
Carolina diz:
– *Lembro-me do cheiro dele, da boca, do corpo, daquela parte (ai, ai)... A gente estava perto do mar, tinha barulho do mar... Ele parecia ser magro. Mas não aquele magro esquelético, era daquele magro pesado, gostoso... E depois só sensações, tudo muito nublado.*
Juliana diz:
– *Ao menos tá se divertindo em sonhos.*
Carolina diz:
– *Amiga, acordei me sentindo apaixonada...*
Juliana diz:
– *Ai q delícia! Aproveita, amiga, seja feliz hj.*
Carolina diz:
– *Mas foi só um sonho... Como posso me sentir assim?*
Juliana diz:
– *E a vida n é feita de sonhos? A realidade assusta.*
Carolina diz:
– *Me sinto uma idiota, só tenho coragem de contar p vc msm.*
Juliana diz:
– *Vai ver é pq sou idiota tbem hahahahahahaha*
Carolina diz:
– *Vc é minha alma gêmea amiga...*
Juliana diz:
– *Ounnnnnnnnn*
Carolina diz:
– *Amiga, tenho q sair, a moça da loja do lado tá aq, vou ver. Bju bju*

Entrando no Messenger:
Juliana diz:
– *Flor... Tudo bem por aí?*
Carolina diz:
– *Oie...*
– *Tudo sim, levando em conta que tô com o coração acelerado pensando no sonho dessa noite com o senhor gostoso...*
Juliana diz:
– *Uhuuuu!*
– *Amiga, assim n eh justo, vc n faz sexo e têm mais orgasmos do q eu q sou forçada a fazer quase todo dia.*
Carolina diz:
– *Quase todo dia? Como vc aguenta, minha nega?*
– *E eu n tenho orgasmo em todo sonho... Só em alguns, hihihihihi*
Juliana diz:
– ☹ *Grrrrrrrr*
Carolina diz:
– *Peraí, nega, tô ouvindo alguém me berrar na escada. Peraí.*
Juliana diz:
– *Ok*
Carolina diz:
– *Puta que pariu no inferno! Agora tá fácil né? Hj o dia tá lascado msm. Levantei c os dois pés esquerdos, e tropecei no pinico de merda, não é possível!*
Juliana diz:
– *Q foi?*
Carolina diz:
– *Eu vou ter q atender na porra da escada agora. Puta merda, viu?*
– *Acho q vou montar uma porra de uma barraca no cacete da calçada!*
– *Povo folgado do caralho!*
– *Querendo q eu levasse umas peças p ela ver na escada. A biscate gorda tava cansada p subir. P dar o rabo e chupar pau n cansa... Puta merda, isso me tira do sério.*
– *Tô fudida hj, que porra!*
Juliana diz:
– *Isso, vai... xinga! Xinga q eu gosto... Isso... Assim... Vai... Fala mais... Vai baby... Assim... Tô quase lá...*
Carolina diz:
– *Vc acha engraçado sua kengadosinferno?*
Juliana diz:
– *Acho um tesão vc xingando.* ☺
Carolina diz:
– *Exagerei amiga, desculpa. Mas essa puta eh folgada viu?*
– *Não eh a primeira vez q ela faz isso.*

– Afffff, isso me tira do sério... Caraca, tô aq todo dia, nem vou em casa almoçar e ainda quer folgar? E detalhe: ela me deve, tem um ano... Fiz uma pulseira complicada e cara p ela, q nem deu entrada. Me enrolou direitinho.
Juliana diz:
– Passa o endereço, vou cobrar ela...
Carolina diz:
– Eh, vou ter q fazer isso, assim ela some de vez. N paga, mas some. Vai c as pulgas infeliz.
Juliana diz:
– Fica calma, minha nega lora, já, já to aí... Bju bju

Entrando no Messenger:
Juliana diz:
– Nega lora, tá aí?
Carolina diz:
– Tô sim... ☺
Juliana diz:
– Amiga, seja sincera.
– Vc já traiu o André?
Carolina diz?
– Quê?
Juliana diz:
– Não consigo imaginar vcs dois pelados trepando... A conta não bate amiga... Vc é muita areia p carrocinha dele... hahahahahaha
Carolina diz:
– Juliana Ortiz Garcia, para de me imaginar transando, eu te proíbo! É sério!
Juliana diz:
– Impossível, eu olho a pessoa e já vejo a cena e vc com esses peitões e essa bunda durinha, hahahahahaha
Carolina diz:
– Jesus! Vc ainda vai me matar do coração, e claro que nunca traí! Trair com quem? Nunca me apaixonei...
Juliana diz:
– Eu sei, é que aquele inferno de vizinho está aqui de novo... Quero sentar no pau dele...
Carolina diz:
– Deus Pai...
Juliana diz:
– Enterrar até as bolas... O que eu faço?
Carolina diz:
– Misericórdia... Não vai fazer besteira...
Juliana diz:
– Bem que eu queria... Os banhos estão mais demorados... Meu braço tá até mais musculoso... Hahahahaha.

Carolina diz:
– *Xezus! Kkkkkkkk... Banho pode...*
– *Ai amiga, estou mentindo p vc descaradamente.*
– *Claro q eu já traí! Estou traindo... C o bonitão dos sonhos... Kkkkkkkkkkkk*
– *Afeeee*
Juliana diz:
– *Sonho n vale, coração.*
Carolina diz:
– *Como n? Faço sexo, beijo, tenho orgasmos, penso nele boa parte do dia...*
Juliana diz:
– *Pensando por esse lado...*
– *Mas n vejo como traição.*
– *Flor, tenho q sair, tô ouvindo o carro chegando.*
– *Putz! Ele pediu bolo e eu esqueci. Vou colocar laxante na massa!*
Carolina diz:
– *Não faz isso...*
Juliana diz:
– *Tenho que estar disposta pra fazer isso! Meu banheiro eh pertinho da cozinha...*
– *Bju bju. Levo bolo amanhã.*
Carolina diz:
– *Sem laxante, por favor... Kkkkkkkkkkkkk*
– *Bju, bju!*

Entrando no Messenger:
Juliana diz:
– *Td bem por aí?*
Carolina diz:
– *Não...*
Juliana diz:
– *Q aconteceu?*
Carolina diz:
– *Me sentindo frustrada. Tô apaixonada, de quatro, comendo merda por um homem que nunca vi.*
Juliana diz:
– *Tá falando dos sonhos?*
Carolina diz:
– *Sim... Tá me torturando sonhar com ele. Andei lendo sobre sonhos, e fiquei mais frustrada ainda...*
Juliana diz:
– *O que você descobriu?*
Carolina diz:

– Pelo espiritismo, eu posso estar me encontrando com alguém em sonho e dando pra ele. Virei uma puta sonâmbula... Afff

Juliana diz:
– Hã? E dá pra fazer isso?

Carolina diz:
– Claro! Nosso corpo espiritual também é matéria. E tem todos os nossos órgãos. Eu tenho uma xereca espiritual e tô dando ela até esfolar! Bosta!

Juliana diz:
– Desculpa, mas tô rindo aqui.

Carolina diz:
– Sabe o que dá raiva? Pq n é um homem real? Assim me apaixonava e acabava logo com esse meu relacionamento doente...

Juliana diz:
– Quem sabe ele também sonha com vc?

Carolina diz:
– Não acredito nisso... Sei lá... E se ele nem estiver nesse mundo? Ele pode estar no mundo espiritual... Affff tô irritada hj.

Juliana diz:
– Ixi... Te entendo...

Carolina diz:
– Desculpa amiga... Só falei de mim. Tá td bem com vc?

Juliana diz:
– Comigo td normal. Nada d novo no pântano dos ogros.

Carolina diz:
– ☹

Juliana diz:
– Eu já subo, tá? Conversamos melhor aí...

Carolina diz:
– Tá... Bju

Entrando no Messenger:
Juliana diz:
– Sabe o carinha do primeiro andar? Aquele com cara de nerd?

Carolina diz:
– Aquele da mão suada?

Juliana diz:
– Rsrsrsrsrs, esse msm.

Carolina diz:
– Sim.

Juliana diz:
– Ele me perguntou de vc. Ficou fazendo umas perguntas estranhas, acho que tá a fim de vc...

Carolina diz:
– *Q? Perguntas?*
Juliana diz:
– *Sim, perguntas... Bem estranhas, tipo seu tipo de música, filmes preferidos, comidas preferidas... Acho q ele tá caidinho.* ☺
Carolina diz:
– *Rsrsrsrsrs, ele me olha esquisito msm, me dá calafrio... E ele tem um sotaque estranho... Nem parece brasileiro.*
– *Dias atrás, vi ele na rua da minha casa, parecia procurar alguma coisa...*
– *Ficou me olhando c aquela cara de bobo e acenou. Arrepiei.*
Juliana diz:
– *Sério? Putz! Toma cuidado amiga, lembre-se de tudo q vc assiste no CSI.*
– *Ouvi dizer que a avó dele era turca e ele foi criado por ela...*
Carolina diz:
– *Sim... O sotaque deve ser por isso então...*
Juliana diz:
– *Amiga, tô saindo. O bacalhau do avesso tá chegando com um amigo. Aliás, um gatinho esse amigo... Um dia dou pra ele! Bju bju*

Naquele dia, Juliana entrou pálida no ateliê, trazendo com ela o ar carregado de energia negativa. Carol sentiu um arrepio de apreensão percorrer todo o seu corpo.
– Ele leu nossos recados...
Quê?
– Ele leu tudo... Perguntou se somos amantes.
Quê?
– Como ele leu? Descobriu sua senha?
Juliana negou com a cabeça.
– O desgraçado tinha saído e a gente começou a se falar, aí eu fui atender o telefone e ele voltou pra buscar alguma coisa que tinha esquecido, e eu não vi. Quando vi, o maldito estava em pé olhando a tela... Falou cada barbaridade...
Carol sentiu todo o seu corpo se arrepiar ao se lembrar de como Juliana se referia ao Paulo no MSN. Por sorte, naqueles dias não tinham falado nada do "vizinho gostoso". Carol gelou, pensando nas coisas que Juliana falava do vizinho.
Jesus!
– Ele te bateu?
Juliana deu de ombros.
– Ontem eu revidei. Apanhei, mas revidei. Ele começou a falar mal de você... Voei nele! Foi nessa hora que ele perguntou se somos amantes. Falou que faço "doce" pra ele, mas que com você sou bem atrevidinha, que fico insinuando... Perguntou se eu já tinha chupado você, qual seu gosto, se você gemia gostoso...
O quê? Chupar, qual meu gosto, gemer gostoso?
Carol estava branca. Não sabia o que pensar ou sentir.

– Por que chegaram nessa conversa? Sobre você me chupar?

Carol achou aquilo estranho.

Juliana desconversou.

– Ele é um filho da puta desgraçado... Fala pelo rabo!

Carol ainda a olhava, tentando descobrir o que Juliana tentava esconder, mas ela seguia falando:

– Eu falei que não gosto de fazer sexo com ele, porque ele é um boiola, um afetado...

Juliana fitou o vazio. Ainda ouvia o sarcasmo dele, enumerando as vezes em que pagou por um boquete, de como ela era uma puta e de como dava com gosto quando tinha uma nota na cabeceira ou uma garrafa pela metade.

Carol estava anestesiada com tudo o que ouvia. Sentiu algo ser produzido dentro de si e subir, até chegar à sua boca um gosto amargo.

– Desculpa, Carol, prometi não falar palavrões...

Carol puxou a amiga, dando-lhe um abraço e sentindo o peito quase explodir. Nessa hora, percebeu um vulto na porta. Paulo estava parado com cara de poucos amigos.

Carol ficou tensa e Juliana se voltou para a direção dos olhos dela. O ar de repente ficou sólido, difícil de respirar.

Ele se aproximou de Juliana de forma ameaçadora, e ela correu na direção contrária.

Carol sentia que o desfecho seria muito ruim, não permitiria que sua amiga fosse agredida na sua frente. Juliana e Paulo se encaravam, como velhos inimigos de guerra. O rosto da amiga estava lívido, e ela não soube identificar se de ódio ou medo, mas, conhecendo Juliana como ela conhecia, arriscou pelo ódio.

Discretamente, pegou a tesoura de ponta fina que acabara de usar e segurou nas mãos.

Quando ele avançou, Juliana correu na direção de Carol, que se interpôs entre os dois.

Carol mantinha uma mão nas costas, segurando Juliana, enquanto a outra segurava a tesoura de ponta fina na direção de Paulo.

– Se você se aproximar dela, eu juro, por tudo que é mais sagrado nessa vida, que faço um estrago na sua barriga. – Sua voz era tão baixa, que causou um arrepio em Juliana.

Paulo recuou, com os olhos escuros de ódio. Mas, antes de virar as costas e sair, deu um olhar ameaçador para Juliana.

– Ele vai me matar...

Carol correu e trancou a porta, e Juliana se deixou cair sem forças no sofá.

– Você não precisa voltar pra ele.

Ele vai me matar...

O silêncio era desolador.

– Fica... Resolvemos isso juntas!

Juliana nada dizia, seus olhos estavam vidrados.

Tanta coisa que Carol gostaria de ter dito...

Juliana se fechara e de repente já tinha ido.

Durante semanas ela desapareceu, telefone desligado, nenhum recado, nada!

O MSN ficou mudo.

E então ela apareceu novamente.

Estava linda naquela blusa verde que revelava discretamente a curva dos seios pequenos e bonitos, parecia mais alta, o cabelo liso estava solto, brilho nos lábios... Carol nunca a vira tão bonita. Ela parecia perdida, seu olhar estava perdido...

Carol deu um abraço apertado na amiga e a olhou cheia de saudade, correndo as mãos pelos cabelos perfeitos.

Juliana não conseguiu olhar nos olhos de Carol. Deu um sorriso que não passou dos lábios e sentou-se de frente para a TV, onde rodava um seriado famoso.

Juliana se mexeu desconfortavelmente no sofá quando falou:

– Ele não quer que eu volte pra cá... Arrumou um emprego pra mim. Um emprego! Carteira assinada; sabe como sonhei com isso? Vou tirar carta, ter meu carro...

Um emprego, carteira assinada, carteira de motorista, um carro, uau!

Juliana parecia conformada dentro da sua limitada felicidade.

– Perdoa, Carol, mas eu não consigo ser forte como você.

Eu, forte?

Carol pensou no seu próprio dilema, no tempo que se arrastava, nas decisões que não conseguia tomar...

Resignada, como sempre, só conseguiu sussurrar:

– Estou aqui quando precisar. E ainda temos o MSN.

Juliana assentiu, pensando que aquela era a oportunidade que sempre quis, que aquele desgraçado do Paulo lhe devia, que era o mínimo que ele podia fazer. Juntaria dinheiro e, quando tivesse condições, sumiria, se mudaria para outro estado. Olhou Carol. Sentiria saudade dela, mas tinha que pensar um pouco em si mesma. Abraçou a amiga, e Carol sentiu que aquele abraço era uma despedida.

Juliana saiu em disparada pela porta, deixando para trás muito mais que uma fisionomia aturdida.

Carol ficou olhando a porta por onde Juliana saíra, o estômago fermentando a situação para a qual nunca se preparara, questionando-se e intimamente se repreendendo por ter permitido que ela entrasse em sua vida daquela forma, sem a reserva que impunha a todos.

Dentro dela, a luta incessante entre a razão e a vontade de mandar todos à merda veio à tona, e seu inconsciente fez um banquete com a sua dor.

Bem feito! Agora faz uma tatuagem na sua cara pra sempre se lembrar desse momento e desse vazio. Quem sabe assim você aprende a manter todos com a distância que a porcaria dessa vida pede.

Ah, cala a boca! Eu já tenho uma lembrança viva na minha cara, não preciso de outra...

E, pensando isso, puxou o cabelo para a frente, com o desagrado que o assunto inspirava.

Ela era jovem, não levaria tão a sério...

Dê um tempo a ela...

Logo ela volta...

Isso, idiota! Encontre justificativas para todos que te traem, assim fica mais fácil para eles te traírem novamente...
Cala a boca!
Diante de sua tristeza, já antevia o vazio dos dias que se seguiriam.

Entrando no Messenger:
Juliana diz:
– *Oie* ☺
Carolina diz:
– *Oi, pessoa!*
Juliana diz:
– *Como tem passado?*
Carolina diz:
– *Indo amiga... Muito trabalho esses dias. Sinto sua falta. Como tá o novo emprego?*
Juliana diz:
– *Uma droga... Odeio td! O chefe, a imbecil balofa que trabalha comigo... Pensa em uma mulher feia... Afe, que inferno!*
Carolina diz:
– *Ah q pena... Ao menos tem seu dinheirinho... E o carro? Passa aq p me mostrar...*
Juliana diz:
– *Tudo isso q vc falou é muito relativo. O dinheiro ele pega metade, o carro tá caindo aos pedaços. Comprou um Uno velho e já gastei o salário de quase dois meses fazendo reparos.*
Carolina diz:
– *Affffff!*
Juliana diz:
– *Ele é um tremendo de um fila da puta! Meu primeiro salário ele pediu p eu pagar as contas de água e luz, alegou q c a compra do carro tinha ficado sem... Fez eu me sentir culpada... Isso ele faz bem...*
Carolina diz:
– *Vixi...*
Juliana diz:
– *Agora ele acostumou... Já discuti, falei um monte p ele... Tô arrasada hj... Quero sumir! Vamos sumir?*
Carolina diz:
– *Tentador* ☹
Juliana diz:
– *Sinto sua falta. Sinto falta do ateliê.*
Carolina diz:
– *Passa lá amanhã.*
Juliana diz:
– *Vou tentar...*
Carolina diz:

– *Vou tomar banho. Tenta ficar bem.*
Juliana diz:
– *Ok. Bj*

Carol abriu o jornal e foi direto para a página social, gostava de ver as "socialites" traídas se passando por mulheres amadas e felizes.
Ah, que amargura, mulher...
Sorriu. Sim, era muita amargura, mas não podia evitar.
Estava tão sozinha...
Sentia falta de Juliana, de como elas veriam juntas aquela coluna e ririam...
Passou os olhos pela página e...
Juliana?
Aproximou a foto e, quase sem acreditar, viu sua amiga estampando meia página do jornal. Embaixo da foto, para não ficar dúvidas, leu e releu: "O belo casal, Paulo e Juliana".
Carol não acreditava no que via. Seu coração estava enlouquecido, não sabia o que sentir naquele momento. Um misto de tristeza e decepção amargou sua boca de um jeito desconhecido.
Largou o jornal como se ele estivesse contaminado, mas logo se arrependeu e voltou a pegá-lo para analisar a foto. Juliana erguia uma taça em sinal de brinde, sua fisionomia estava estranha, parecia alcoolizada. Paulo a abraçava com força pelos ombros, eles sorriam... Juliana estava com um vestido bem curto, dava para ver suas pernas, usava salto, estava muito alta, quase do tamanho de Paulo. O vestido era fechado na parte de cima e ela usava um colar estranho que não combinava com nada.
Aquele vestido nem pedia acessório grande, Carol pensou, ainda analisando o colar.
Feio! Podia ter vindo comprar comigo... Eu poderia ter feito algo bonito, que combinasse com o vestido. Onde será que ela comprou? Em algum camelô de rodoviária, só pode... Argh!
Há semanas as duas não se viam e quase nem se falavam no MSN.
Carol continuou observando a expressão da amiga, tentando encaixar tudo o que vira e ouvira de Juliana naquela imagem.
Caminhou até a sacada e chorou sem disfarçar, sem nem saber o motivo, apenas sentia que tudo lhe era negado, que nem a companhia da amiga ela podia ter...

Entrando no Messenger:
Juliana diz:
– *Amiga...*
Carolina diz:
– *Oi, lindona...*
Juliana diz:
– *O que tem feito de bom?*
Carolina diz:
– *Passo os dias com pequenos objetos nas mãos, ouvindo música ou vendo TV e falando com estranhas que nem sempre são agradáveis, resumindo: Nada mudou desde q vc me deixou.* ☹

Juliana diz:
– *Ah, n fala assim. Sinto-me uma imbecil... Morri um pouco aquele dia amiga, n me reconheço mais. Engraçado é q eu pensava em melhorar minha vida e consegui deixar pior.*
Carolina diz:
– *Tem ido muito para baladas?*
Juliana diz:
– *Que baladas?*
Carolina diz:
– *Vi uma foto sua e do Paulo. No jornal...*
Juliana diz:
– *As merdas das confraternizações do Banco... Fui quase arrastada. Bebi até cair...*
– *Ele adora quando eu bebo. Ele me come sem eu saber...*
Carolina diz:
– *Então não bebe! Já pensou se ele resolver comer sua rosquinha?*
Juliana diz:
– *Pra isso eu teria que estar morta.*
Carolina diz:
– *Tenho que sair... Clientes. Bju*
Juliana diz:
– *Bju*

Ela tocou aquele rosto que amava, mas que naquele momento lhe parecia um desconhecido. Estava branco como cera. O caixão parecia pequeno e estava difícil fazer a cabeça dela ficar reta; ela precisava ficar reta para que as flores fossem colocadas ao redor da cabeça.

Carol segurou a cabeça dela para cima, mas ela tombava, não conseguia deixar a cabeça de sua amiga para cima. Desesperada, tentou mover e fazê-la ficar com a cabeça elevada, mas estava afundada no travesseiro...

Carol entrou em desespero.

Ela ficaria sem ar, ela precisava respirar, ela precisava viver, mas ela não vivia, Juliana se fora! Ela estava morta!

Carol acordou quase sufocando.

Que sonho foi esse?

Nunca tinha tido um sonho como aquele. O que significava?

Andou pelo quarto... Ouviu o som do carro sendo guardado. André chegava, com certeza bêbado, e a apreensão agora era outra...

Reviu o sonho e sabia o que significava.

Ela precisava ajudar sua amiga!

Precisava falar com ela, não podia se afastar por orgulho ou despeito.

Esperou que André se deitasse, tomou um banho e se preparou para iniciar mais um dia, decidida a trazer sua amiga para perto dela novamente.

Entrando no Messenger:

Carolina diz:
– *Amore...*
Juliana diz:
– *Oi coração!*
Carolina diz:
– *Você está bem?*
Juliana diz:
– *Indo... Sem vontade para nada...*
Carolina diz:
– *Tenho sentido vc diferente. Cadê seu bom humor? Fala uns palavrões p mim? Fala umas pornografias? Sinto falta da sua boca suja!*
Juliana diz:
– ☹
– *Agora eu sou dona de casa, trabalho fora em tempo integral, n tenho tempo p nada, perdi minha amiga e ainda tenho q ajudar a sustentar a casa, ah e sou escrava sexual d noite tbem... E detalhe: agora que me arrumou o emprego, ele nem me paga pelos boquetes, tenho que fazer de graça... N tenho disposição nem p xingar.*
Carolina diz:
– *Ah amiga... Q triste... Mas vc n me perdeu... Ainda estou aq p vc...*
Juliana diz:
– *Estou no fundo do poço e alguém ainda fez cocô na minha cabeça.*
Carolina diz:
– *Vai passar... Td passa... Confie.*
Juliana diz:
– *Só se eu matar ele, ou me matar...*
– *O q o espiritismo diz sobre o suicídio?*
Carolina diz:
– *Nem ouse pensar nisso!*
– *Eu morro sem vc!*
Juliana diz:
– *Quero saber o que falam sobre o suicídio, quem sabe assim a ideia n me pareça tão tentadora.*
Carolina diz:
– *O suicídio eh uma ilusão, amiga. Não há fuga, vc morre aq e aparece c os mesmos problemas do outro lado. Mas em um lugar horrível, de sofrimento, cheio de gente suja, machucada, doente...*
Juliana diz:
– *Não parece diferente do q eu tenho vivido...*
Carolina diz:
– *Então... N vai mudar nada.*
– *Melhor ficar aq... Perto d mim.*

— Vamos planejar alguma coisa? Vamos largar esses merdas e começar alguma coisa juntas? Em outra cidade?
— Tenho pensado muito nisso.
Juliana diz:
— Jura? Vc faria isso?
— Mas vc adora seu ateliê. O local...
Carolina diz:
— Sim... Mas vc eh mais importante p mim. Quero estar perto. Cuidar de vc. Sinto q t devo isso.
Juliana diz:
— Ai amiga... Puta q pariu. Cacete! Tô chorando viu? Caralho!
Carolina diz:
— Isso... Xinga... Vai... Assim... Isso baby... Não para... Isso... Tô quase lá.
— Kkkkkkkkkkkkkkkkkkkkkkkk
Juliana diz:
— Sua puta linda... E essa fala é minha...
— Obrigada por existir. Vamos combinar então... Nossos planos secretos, rsrsrsrs
— Vou sair, o estrupício tá chegando. Bju bju
Carolina diz:
— Se cuida... Ore, ore muito!
— Bju bju!

Entrando no Messenger:
Juliana diz:
— Puto dormindo... Roncando feito um ogro! Amiga, tenho Banco de manhã, vou passar aí, precisamos conversar... Fiona vai dormir agora, sdds.

Juliana desligou o computador e foi ao banheiro. Estava tão decidida... No dia seguinte, quando fosse ao ateliê, conversaria sério com Carol. Deixaria o Paulo... Era isso!
Vou deixar esse puto. Decidi! E se a Carol não quiser fazer o mesmo? E se ela não quiser se arriscar? Eu conseguiria fazer isso sozinha?
Alguma coisa a empurrava, ela sentia uma força maior a chamando, como se um fio invisível estivesse modelando seu destino naquele exato momento. Pela primeira vez desde que se mudara para a casa de Paulo, era a primeira noite que ela dormia com esperança.

CAPÍTULO 21

Uma manhã inusitada

Juliana pegou a pasta, revisou tudo o que teria que fazer, em quais bancos iria, e saiu. Fechou o casaco e se aconchegou mais no cachecol de lã. De longe, viu o prédio da loja de Carol; se tivesse sorte e não pegasse muita fila, poderia ficar uns vinte minutos com ela. Era segunda... E ela odiava as segundas-feiras. Mas precisava falar com Carol, precisa contar sobre sua decisão, precisava colocar seu plano em prática.

Olhou o relógio, passava das dez, poderia enrolar até perto das onze, no máximo. Atravessou a rua correndo e subiu as escadas.

– Carooool... Cadê você?

O que esse cachecol tá fazendo aqui no meio?

Sem pensar muito, o pegou. Depois de uma inspeção que não demorou mais que um minuto, Juliana percebeu que Carol não estava.

Estranho, ela nunca sairia e deixaria tudo aberto.

Foi perguntando de loja em loja, mas ninguém a tinha visto.

– Não vi...

– Acabei de chegar...

– A porta estava aberta quando cheguei, mas não a vi...

Voltou para a sala e tentou imaginar aonde ela poderia ter ido. Sentiu um cheiro estranho e percebeu que a cafeteira estava ligada, fritando o café que quase secara.

Então viu a bolsa de Carol no sofá, em meio a todas as outras sacolas que ela trazia todos os dias, denunciando que ela não tivera nem tempo de guardar...

Nessa hora, uma sensação de apreensão passou pelo corpo de Juliana e ela se sentiu arrepiar inteira.

Alguma coisa tinha acontecido...

Pensou na sua alegria ao acordar, nas possibilidades que tinha vislumbrado, e então se sentiu muito ingênua de achar que poderia mudar de vida, que poderia ser feliz. Algo de ruim sempre acontecia, parecia que não era para ela ser feliz!

Meneou a cabeça com ódio de Deus, enfiou o cachecol na bolsa e ligou para o André...

Enquanto esperava na fila do banco, duas moças à frente de Juliana conversavam alegremente. Entre risos e críticas, elas relatavam as desventuras de uma amiga:

– Mas ela está grávida, sim, foi ela mesma que me falou...

A outra não acreditava, pois, segundo ela, a amiga era esperta demais para isso.

– Claro que ela é esperta! Engravidou dele...

E a conversa continuava como se não houvesse mais ninguém por perto. De repente, algo naquele bate-papo chamou a atenção de Juliana. Ela ouviu os nomes de Paulo e Adriana serem citados na mesma frase.

A princípio, pensou ter entendido errado, mas, diante dos detalhes que eram ditos, não restou nenhuma dúvida para ela:

O 'sapo boi' engravidou a 'galinha de despacho'!

Depois de efetuar todas as tarefas, voltou para o escritório um tanto atordoada. A ideia de suicídio ainda lhe parecia tentadora.

O momento chegou, eu sei. Atrasado, de uma forma torta, mas chegou!

Enquanto fomentava essas ideias em sua cabeça, mantinha os olhos fixos no envelope anônimo que chegara há algumas semanas, e que esperava uma resposta. Já sabia quem o enviara, pois conhecia a caligrafia, e sabia o que tinha dentro.

Desde que Carol ligara há quase dois meses, algo novo nascia em sua mente, a chance de se libertar...

Abriu o envelope e sentiu suas mãos úmidas; como ela prometera, dentro havia uma passagem e, junto, uma carta:

"Querida amiga, sei que não planejamos nada disso, mas as coisas boas não acontecem facilmente em nossas vidas; resolvi aproveitar que encontrei meu caminho, mesmo que de uma forma inusitada, para tentar ajudar você. Gostaria de tê-la ao meu lado, cuidar de você, mas a decisão está em suas mãos e, como sempre, eu respeito.

Perdoe-me o tempo em que não mantive contato. Logo abaixo vai o nº do telefone; ligue se pegar o avião.

Haverá uma pessoa lhe esperando quando chegar à Europa. Depois não se preocupe, estará em boa companhia. Você tem um ano pra decidir.

Mas não espere tudo isso... Decida logo, por favor! ☺

Amo você... Saudades.

Carolina."

Juliana respirou fundo e guardou a passagem.

Precisava de planejamento... E de um passaporte!

Paulo,

Por onde começar?

Da forma mais simples possível, vamos lá: Você é uma bicha, um corno e uma jiboia gay... Você me condenou, seu puto, passei dez anos ao seu lado, sem querer, sem vontade; alguma vez se perguntou se eu tinha algum sonho, se eu era um ser pensante? Maldito! Você quis e me ferrou, acabou com a minha vida...

Mas... Diga uma coisa: Sua testa coça muito?

Hahahahahahahahahahahahahahahahaha!

Um pouco, né? Deveria arder também, ficar esfolada, inchada...

Estou deixando você, sua ameba asmática.
Estou pegando a estrada, deixando para trás esses sons que você faz... Ah, seus sons... Como eu posso odiar tanto algo que a maioria nem nota?
Sons no banheiro, sons na cama, sons na mesa, sons...
Puta merda! Isso mesmo! PUTA MERDA!
Estou xingando! Eu não posso xingar!
Vai me bater? Tenta sua sorte, seu merda!
E, falando em sons no banheiro, eu quase fiz um bolo pra você, daqueles bem 'especiais', mas estou sem tempo. Tenho que me preparar para virar a puta que eu sempre quis ser...
Chocado? Você sempre soube, não é?
Eu sou a lésbica da Carol...
A puta do vizinho...
E agora serei a puta de todos!
E lembra como você vivia querendo um filho?
Então... Enfie sua cabeça no vaso sanitário, talvez o encontre...
Ainda tá lendo? Fico imaginando sua cara agora, daria anos da minha vida para saborear o momento, mas me contento em imaginar.
Seu carro vai ficar na rodoviária de uma cidade vizinha, tenha o trabalho de descobrir qual cidade, seu maldito; mas não demore, vou deixar a chave na ignição e o vidro aberto... Ops!
Se eu der sorte, antes de deixar a cidade, arrumo um macho para me comer... Que delícia! E sem precisar de bebida...
Estou aqui pensando... Bem que eu podia dar para um amigo seu; dar bem gostoso... Qual deles? E se fossem dois?
Hummm... Descubra qual, ou quais; olhe para a cara de cada um deles e veja o que estiver com um sorriso de satisfação... Vou chupar gostoso e vou dar a bunda também. Você sempre quis, mas não tinha dinheiro suficiente para isso!
Estou indo...
Espero que fique careca!
Espero que pegue sarna!
Espero que tenha hemorroidas!
Espero que morra de diarreia!

Juliana

Deveria dizer que há dois meses não pagava as contas de água e luz?
Hum, é melhor ele descobrir isso do jeito mais difícil.
Deveria dizer que limpara a conta dele no banco?
Ah, pra que estragar a cara de surpresa dele quando precisar comprar o berço do bastardinho?
Deveria dizer que colocou as cuecas Hugo Boss dele no alvejante?

E estragar a chance de elas ficarem limpinhas e alvejadas? Quem sabe ele não sofre uma reação alérgica e perde todos os cabelos do saco?

Deveria dizer que colocara detergente e creme depilatório dentro do xampu?

Não! Cabelo limpinho fica mais macio... Ops, se sobrar algum fio...

Deveria preparar um daqueles bolos especiais com laxante e deixar para a semana?

Ah, eu não vou estragar minhas unhas cozinhando para esse porco, tenho uma viagem para fazer...

De repente, sentiu o frisson da ansiedade tomar seu corpo.

Fechou a carta, selou e escreveu o endereço. Olhou demoradamente no espelho, como se visse aquele reflexo pela última vez, e não deixava de ser verdade. Era a última vez que veria sua imagem naquele espelho, naquela casa... Logo nasceria outra Juliana, que olharia em outro espelho, em outro país... Comprara uma calça nova para a viagem e uma blusa bonita de tecido esvoaçante, ela ficava muito bem de azul-claro. Caprichou na maquiagem e estava com as unhas feitas. Queria estar bonita quando encontrasse Carol. Fez uma pose de mulher poderosa para o espelho e piscou, jogando um beijo.

Adiós, mi querida... Hasta pronto!

Antes de sair, decidiu fazer uma última coisa. Há tempos não fazia aquilo, mas... Quem sabe? Pegou a Bíblia e se sentou. Fechou os olhos e orou. Tentou fazer uma oração sincera, como há muito não fazia... Ao terminar, ainda de olhos fechados, abriu a Bíblia e, sem olhar, colocou o dedo em um ponto da página. Mateus, 28:19. Ela leu em voz alta:

– Portanto ide, fazei discípulos de todas as nações, batizando-os em nome do Pai, do Filho e do Espírito Santo.

Agora Juliana não tinha dúvida de que fizera a escolha certa. Precisava ir, mas, antes, com a Bíblia sobre a perna, fez uma promessa.

Prometeu ser feliz, onde quer que fosse, independe da situação que encontrasse, escolheria ser feliz. Prometeu que aqueles dias de servidão, vivendo para outra pessoa, estavam no fim. Daquele momento em diante, viveria para sua felicidade, a cada minuto do dia...

Deu uma última olhada em tudo, pegou sua mochila com poucas peças de roupa, produtos de higiene pessoal, algumas maquiagens e saiu.

Compraria mais roupas novas quando chegasse ao local, onde quer que fosse seu destino, roupas boas dessa vez...

No carro, ligou o som e colocou o CD que Carol gravara.

A danada tem bom gosto pra música! Chris Daughtry, Roupa Nova, Josh Groban... Ah, o Sr. Lindo de adorável voz de veludo...

Chris Daughtry cantava alguma coisa sobre o desejo de voltar para casa, e ela pensou na sua própria vontade e determinação em fugir de casa.

Cada um com suas dores, bonitão!

Olhou a casa do vizinho gostoso... Quem sabe... Se o visse naquele momento, nem pestanejaria em dar uns beijos naquela boca gostosa, engolir daquela saliva com gosto... Queria dar para ele no banco traseiro... Sorriu e continuou olhando, já sentindo uma excitação diferente, mas ele não estava, provavelmente não viera naquele mês. Há tempos não o via...

Soltou um suspiro de decepção e acelerou.

Uma trepada boa para fechar com chave de ouro essa etapa, seria perfeito... Um chifrão de despedida naquela cabeça de melão, mais perfeito ainda...

Mecanicamente, passou em frente à casa de sua mãe. Desacelerou e foi passando devagar, enquanto a via varrendo o quintal, com as costas voltadas para a rua. Encurvada como sempre, como se o peso da vida fosse insuportável para ela. Seu coração se apertou, e quase parou para dar um último abraço, mas algo a deteve. Não podia pôr tudo a perder agora, e, apesar de amar sua mãe, havia muito ressentimento quando pensava na passividade doentia dela. Qualquer mãe teria defendido sua filha de um estuprador, mas não ela... E isso lhe custara dez anos de sua vida, anos que nunca recuperaria, anos de solidão e amargura, onde nem gritar por socorro podia, pois todos a olhavam como uma felizarda, afinal ela tinha casa, marido e comida na mesa. Fez uma cara de desgosto.

Acabou! Bora ser feliz!

Com lágrimas nos olhos, acelerou e seguiu para o correio. Desceu sem desligar o carro e depositou a carta em uma das caixas. Ele teria três dias até receber, e ela teria esse tempo para sumir.

Sorriu por dentro ao imaginar a cara dele...

Agora é pegar um ônibus até São Paulo e de lá seguir, conforme o planejado, até 'Deus sabe onde'!

Deu um longo suspiro.

Estou fazendo isso, puta merda, estou fazendo isso!

CAPÍTULO 22

Novos ares

Juliana sentiu um frio na barriga quando o avião contornava o aeroporto de Paris para aterrissar. Fechou os olhos e prendeu a respiração, recitando, sem querer, um Salmo bíblico decorado, daqueles que apelamos para os momentos de medo.

Ela olhou a aeromoça com sua afetada elegância, maquiagem em excesso, roupa impecável, gestos calculados... Ficou imaginando se ela ficaria tão impassível assim se o avião começasse a cair ou se uma barata içasse voo... Dizem que a elegância feminina e a virilidade masculina vão literalmente para o ralo quando uma barata iça voo.

Quase riu imaginando uma barata aterrissando naquele cabelo perfeito, sem nenhum fio rebelde fora do lugar, mas o frio na barriga lhe avisou que era hora de sair dos seus devaneios de maldade, o avião descia. Segurou firme no braço da poltrona quando o avião tocou o solo. Soltou um suspiro de alívio, pensando que não precisava muito para que sua elegância fosse para o ralo.

O avião desacelerava lentamente e uma súbita ansiedade fez seu estômago gelar. Tantas perguntas... Quem viria buscá-la? Onde estaria Carol? E se fossem mafiosos, como deveria se portar?

Será que tem homens bonitos?

Ah, que pensamento idiota... Para de pensar em pinto ao menos por alguns segundos, sua puta!

Ficou sentada até perceber que todos já desciam, então os seguiu, carregando apenas a mochila que roubara das coisas de Paulo, aquela preta, da Nike, que ele amava e que adorava exibir quando viajava... Quase riu, mas estava nervosa, não conseguia rir naquele momento.

Enquanto seguia os outros passageiros, seus olhos tentavam sorver toda aquela atmosfera europeia. Ela estava em outro país, e não conseguia acreditar que estava livre... Olhou ao redor quando chegou ao final do corredor e, antes que decidisse que caminho tomar, sentiu alguém tocar seu ombro. Um homem alto, de bigode grisalho e aparentemente simpático, se adiantou em se apresentar:

– Senhora Juliana, sou Azim, e gostaria que me acompanhasse, por favor.

Ela achou o português dele estranho e quase pediu que ele repetisse tudo, mas conseguiu entender depois de alguns segundos, quase soltando um suspiro de alívio.

Um homem mais jovem os acompanhou de perto, sem dizer uma única palavra. Ela tentava encaixar aqueles dois homens nas imagens de mafiosos que ela já criara, mas não conseguia. Avistou um avião menor logo à frente, e percebeu que se encaminhavam para ele.

Caraca... Avião particular?

Só podiam ser mafiosos, ela pensou, olhando novamente os dois homens, mas eles eram educados demais...

Ficou imaginando como seria um mafioso... Usavam bigodes, ternos, carrões... Olhou novamente os homens.

São mafiosos! Com certeza!

Foi acomodada educadamente em um assento, enquanto lhe serviam uma refeição leve. Estava com fome... Comeu sem pensar nas dúvidas que passavam por sua cabeça.

O avião decolou quando ela terminava de comer, e novamente sentiu aquele frio na barriga quando o avião deixou o chão, e um inevitável mal-estar quando ele pousou.

Foi até o banheiro, lavou o rosto, escovou os dentes, retocou a maquiagem e, quando saiu, já era aguardada.

Foi acompanhada novamente e a mudança na paisagem era grotesca. O ar quente daquele começo de tarde, o sol forte e sufocante...

Uma limusine os esperava.

Putz!

O carro atravessava as ruas quentes, enquanto seus olhos tentavam acompanhar tudo o que podia. Poeira e calor eram coisas de que ela sabia que se lembraria, afinal tudo parecia meio enevoado. Crianças brincavam de bola nas calçadas e, a cada chute, uma tonelada de terra era levantada, o que lhe causou arrepios.

Onde estavam as árvores? Não havia árvores...

Puta que pariu... Será que chove neste lugar?

Deixaram aquelas ruas para trás e, minutos depois, como que num passe de mágica, a paisagem mudou, tomando uma aparência mais úmida, mais verde, nada muito drástico, mas totalmente visível, quase palpável.

O carro parou na encosta de uma montanha e enormes portões foram abertos por seguranças de prontidão em um posto. O carro acelerou novamente e subiu por uma estrada íngreme. Juliana prendeu a respiração sem acreditar na paisagem que via da janela. O oceano abaixo e o carro que subia cada vez mais, como se estivesse solto no ar, afinal quase nem se via a estrada. Estava com a barriga gelada de medo quando sentiu que diminuíam a velocidade e grandes portões foram abertos. Juliana se mantinha agitada dentro do carro, que se aproximava cada vez mais, revelando aos seus olhos perplexos um castelo, como de um filme... Uma gigantesca construção entre as rochas, com torres altas e uma cúpula magnífica no centro rodeada por esculturas.

Árvores contornavam todo o lado oposto de um pátio gigantesco, mantendo o local comodamente escondido para quem olhasse de longe.

É a máfia, só pode ser!

Imaginou que ninguém tinha tanto dinheiro em um país que aparentemente era pobre. Mas suas perguntas logo seriam respondidas, pois a porta do carro foi aberta, e um rosto muito familiar e querido lhe esperava no alto da escada; escada que mais lhe pareceu coisa de cinema.

Nervosa, Carolina caminhava dentro daquele quarto, que se tornara pequeno demais para sua ansiedade. Esperava por Juliana há dois dias e nem conseguia acreditar que ela tivesse tido coragem de vir. Quando ela ligou, conforme o combinado, pouco antes de pegar o avião, pensou estar sonhando, e achou que ela estivesse lhe pregando uma peça. Carolina enviou a passagem, mas não acreditava que a amiga realmente viesse. Juliana havia mudado muito no último ano, andava estranha, fechada em seu mundo e só pensava em dormir, dando a impressão de que se recusava a parar de sofrer. Era como se dissesse: Me deixa com meu sofrimento! Quero sofrer!

Carol amava Juliana, mas sabia que sua amiga era muito infantil, que precisava ser guiada, ou então ela viveria apenas para os prazeres físicos, esquecendo que a vida é muito mais que os momentos felizes ou tristes.

Juliana acreditava que Deus a estava punindo, por isso oscilava em sua fé, amando e odiando Deus na mesma sentença.

E Carol passava horas tentando convencê-la de que o sofrimento não era castigo, que todas as grandes religiões tratavam o sofrimento da mesma maneira; no Budismo, no Hinduísmo e até mesmo no Espiritismo, o sofrimento é consequência desta ou de outras vidas. São escolhas das quais não conseguimos nos libertar, que a cada dia vão adicionando novos dissabores e, com isso, mais sofrimento.

Mas Juliana dava de ombros. Não queria saber...

Ela estava inacessível, e Carol odiava esse novo lado da amiga.

Queria fazer a Juliana o mesmo que ela lhe fizera quando se conheceram; Carol renasceu quando Juliana entrou em sua vida. De cinza, passou a ver tudo em adoráveis tons luminosos. O riso se tornou rotineiro; mesmo quando não estava bem, conseguia relaxar ao lado da alegria contagiante e infantil da amiga.

Pesarosa, lembrou-se de como se sentia incapacitada quando Juliana se afastava dela; sentia-se sem importância na vida de sua amiga.

Carol pensou que aquela reserva de Juliana agora era passado, e que finalmente poderia cuidar dela. Ela estava chegando e, mesmo enviando a passagem, no fundo queria que ela estivesse tão bem que não precisasse usá-la. Preparou o quarto que havia sido seu, queria que ela se sentisse o mais confortável possível. Dali a três semanas seria o aniversário de Juliana, e ela queria fazer uma festa surpresa! Agora Carol podia, agora as duas podiam!

Uma batida leve na porta a trouxe de volta à sua ansiedade:

– Senhora, eles chegaram – Hafez avisou com a competência de sempre, sem saber que o destino começava a traçar sua teia.

Em alguns casos, bastava um gatilho e as lembranças jorravam, como lava de vulcão... E o gatilho estava pronto.

Carol respirou fundo, alisou o belo vestido verde-água de quase mil dólares que usava e, apressada, seguiu para a entrada, chegando antes que o carro parasse de frente para a escada. Ficou como uma criança esperando pelo brinquedo de Natal.

Que saudade...

Sem acreditar que ela realmente estava ali, correu para abraçar a amiga, e Juliana deu um passo para trás para olhar Carolina.

– Mulher... Que espetáculo esse vestido em você!

Carol riu com gosto e fez pose para a amiga.

– E esse sapato?

Carol riu e mostrou o scarpin bege com delicados desenhos na cor do vestido. Era um luxo, ela sabia... Juliana estava com aquela cara estereotipada de assombro, e Carol deu um passo para trás, avaliando a amiga.

– Você está linda! Que linda essa blusa em você, azul-claro é realmente sua cor...

Abraçou mais forte a amiga, passando a mão pelos cabelos dela, que desciam até a cintura.

– E seu cabelo... Tá lindo e comprido! Nossa!

Carol olhou novamente o cabelo de Juliana, surpresa com o comprimento.

– Nunca os vi tão compridos, meu Deus!

Juliana riu.

– Não falei que ia deixar crescer até o pé?

E então, próxima ao ouvido de Carol, ela sussurrou:

– Você precisa ver o da perereca!

As duas riram, esquecendo-se de que não estavam sozinhas.

Juliana queria saber tudo, fazia mil perguntas:

– O que você faz nesse lugar? Como veio parar aqui? Quem são essas pessoas? Quem é esse homem lindo atrás da gente?

Carol riu e olhou Hafez, que não demonstrava nenhuma emoção naquele momento, como se as avaliasse sem ver, e Carol sentiu um estranho mal-estar. Apesar de toda a confiança que tinha nele, aquele olhar dele ainda a deixava gelada, como se ele conhecesse mais do que quisesse revelar, como se fosse capaz de ver além de sua aparência...

Voltou para sua amiga, que olhava Hafez sem discrição, e falou confidenciando:

– Esse é Hafez... Ele cuida de mim e fala português... Cuidado!

Aquilo era um aviso sutil de que ela deveria pesar as palavras, e, rindo, as duas seguiram para o quarto.

Hafez vinha logo atrás, seus olhos estavam naqueles cabelos escuros que descem pelas costas, que se moviam suaves até a cintura... Ficou zonzo por alguns segundos, como se algo estivesse pronto a voltar para sua mente, prestes a ser revelado. Ele nunca sentira aquilo, seu coração estava estranhamente acelerado. Olhou as duas na sua frente, rindo, conversando... A conversa delas vinha de longe, como se ele tivesse adentrado outra realidade de tempo. Balançou a cabeça e acelerou o passo, diminuindo a distância entre eles...

– Ju, você vai ficar no quarto que eu fiquei quando cheguei aqui.

– Espera! – Juliana segurou Carol pelo braço como quem diz "se não me contar, não dou mais um passo". – Como assim "quando cheguei aqui"? Amiga, você desapareceu como fumaça... O que você faz neste lugar? Você trabalha aqui?

E, aproximando-se do ouvido de Carolina, Juliana completou em um sussurro:

– Eles são da máfia?

– Adivinha?

Carol se divertia e quis prolongar aquele momento.

– Não são da máfia! E eu sou esposa do dono... Ao menos uma delas... – falou com a amargura que sentia quando tocava naquele assunto, e percebeu a expressão de completa surpresa de Juliana.

Entraram naquele quarto que antes fora seu cativeiro, e Carol não pôde deixar de sentir o frio na barriga diante de tantas recordações.

CAPÍTULO 23

Perguntas e mais perguntas

Agora sozinhas, Carol esperou pelas perguntas. Juliana estava encantada com tudo e parecia realmente se sentir bem. As duas riram e lancharam juntas, enquanto Carol explicava como fora trazida àquele lugar contra sua vontade, do seu casamento de conto de fadas, do qual ela se lembrava apenas de sensações, como num sonho bom.

Contou da surpresa quando descobriu que se tornaria esposa de um rei, em um país de que nunca ouvira falar. Falou dos sonhos de Ali... E relembrou seus próprios sonhos.

De repente ela se lembrou do medalhão que trazia junto ao peito e abriu para que Juliana visse a foto.

– Uau, Carolina! São vocês? Que lindo que ele é, puta merda! Que belo espécime de homem, sua danada! Parece o Oded Fehr, em "O retorno da múmia", a mesma barba e o mesmo sorriso.

– Verdade, eu não tinha me atentado a isso. O sorriso lembra muito, mas acho que nada se compara a ele, amiga, é muito mais do que qualquer coisa que eu já vi ou conheci...

Juliana assentiu, sorrindo com aquela cara idiota de quem vê malícia em tudo.

– Fez sexo anal?

Carol enrubesceu na hora e desviou os olhos, incapaz de confirmar.

E então ela pensou, sua mente recuou por segundos, mas o filme era tão real e cheio de detalhes...

Fora um dia daqueles para viver e relembrar... Carol nunca fora de fazer o tipo sensual, sua sensualidade era natural, e ela nunca saberia seduzir intencionalmente; para ela, era o mesmo que colocar saltos em uma macaca, sabia que terminaria dando algum vexame, mas naquele dia... Ela queria agradar Ali, e ficara olhando aqueles conjuntos de lingeries sensuais pensando em que momento usaria se não fosse naquele; escolhera um vermelho, totalmente indecente, mas... Cintas e ligas, e ela tremia como uma vara verde. Sentou e tentou se controlar, sabendo que ele a esperava no quarto. Vestiu um robe e deixou aberto. Calçou sapatos vermelhos e saiu. Ele a olhou assim que ela parou na porta do closet, e ela não conseguiu dar sequer mais um passo... Suas pernas estavam dobrando, e ele, percebendo, levantou e foi até ela, visivelmente emocionado.

– Ah, minha Calina... Devo estar sonhando... Não me acorde.

Ela se agarrou ao braço dele, buscando algum apoio, e ele a olhava de cima a baixo.

– Não sei o que fazer com você...

Ela respirou fundo e falou em um sussurro:

– Faça o que quiser... Sou tua...

Ali mordeu o lábio e abriu o robe dela, deixando-o descer lentamente até o chão. Olhava cada curva dela, cada parte indecentemente coberta pela renda vermelha. Ela mal ficava em pé e ele a ergueu nos braços.

– Qualquer coisa?

Ela assentiu quase sem ar e ele sorriu malicioso, deitando-a na cama.

– Minha Calina...

Carol fechou os olhos e ele desceu a mão por toda a lingerie, como se visse com as mãos; ela quase nem respirava, tentando entender que sentimento era aquele que a deixava tão entregue a ele.

Ali encostou a boca em seu ouvido e falou com a voz rouca:

– Eu fico louco quando você está assim...

Ela abriu os olhos e o observou sob os cílios.

– Tão entregue, tão minha... Eu te amo, meu anjo!

Carol gemeu.

– E você é meu tudo... Faço qualquer coisa pra te ver feliz...

– Hum... Isso abre tantas possibilidades...

Juliana a olhava de olhos arregalados.

– Sua puta! Você deu a bunda!

Carol a olhou e sorriu, já falando:

– Não! Não!

E então sua mente se voltou novamente para aquele dia...

Ali a olhava com adoração quando falou:

– Tem algo que quero fazer...

Ela sentiu o estômago revirar. Sabia o que era... Mas estava pronta.

Então, sem dar a ela a chance de dizer o que quer que fosse, ele deslizava sua boca pela barriga dela, nas partes em que a renda revelava a pele. Ele a olhou com malícia e se posicionou entre suas pernas, abrindo-as. Ela fechou os olhos. Percebendo que ele demorava, abriu os olhos a tempo de vê-lo tirar a camisa e ficar apenas de calça social. Ela prendeu a respiração. Aquele corpo, naquela calça, a fazia transpirar.

Ele enroscou os dedos no elástico da calcinha e a puxou lentamente para baixo, olhando aquela região quase sem pelos. Ele fez um som de aprovação e ela fechou os olhos novamente, dizendo em um sussurro:

– Devagar, por favor... Eu nunca fiz.

E então ele já estava ao seu lado, olhando em seu rosto, com uma expressão séria, mas divertida.

– O que você acha que eu vou fazer, meu amor?

Ela olhou para ele. Não teria coragem de dizer as palavras "sexo e anal". Mas ele entendeu, e sorriu, um sorriso cheio de cumplicidade.

– Um dia, se você quiser muito, a gente faz... Não quero que faça apenas para me agradar, e nem faço questão disso, apesar de que esse seu traseiro lindo...

Ele fez um som de prazer e ela se arrepiou.

Ele encostou a boca na orelha dela e gemeu rouco.

– Mas hoje... O que eu mais quero nesse mundo é o seu prazer na minha boca, sem reservas... Quero sentir as contrações do seu corpo nos meus lábios, seu gosto na minha saliva...

Ela se arrepiou e prendeu a respiração. Não esperava aquilo. Era tão íntimo, tão...

– Vai dar esse presente pra mim?

Ela olhou para ele e disse:

– Com uma condição... Quero fazer o mesmo com você, será meu presente também...

Ela pensou em como queria ir até o final e ele sempre interrompia... Ele sorriu e mordeu os lábios, fazendo um som de puro prazer.

– Dois presentes em um dia. Ah, meu amor...

Juliana dizia algo, Carol a olhou e pigarreou antes de falar:

– Não fiz... É sério.

Não queria seguir com aquele assunto, não queria e nem iria desrespeitar Ali com tantas informações, então voltou a mostrar o medalhão.

Juliana entendeu, deu um sorriso sacana de quem não acreditava e voltou sua atenção para a foto.

– Que trajes maravilhosos! Amiga, você parece uma rainha... Você está tão feliz! Pensei que estivesse apavorada.

– Eu estava, mas acho que fui drogada... – falou dando de ombros. Há muito deixara de se importar.

Tentando saciar a evidente curiosidade de Juliana, Carol decidiu contar um pouco sobre a noite de núpcias, o que rendeu muitos risos e enrubescimento. Carol falou sobre o seu ciúme com relação às outras esposas, sobre o ataque de Amina e a vontade que tinha de sumir com cada uma delas.

Mas não agora... Deixaria essa preocupação para depois, afinal agora tinha sua amada amiga junto de si, e queria aproveitar o momento.

Juliana então fez uma cara conspiratória, olhou para a porta e sussurrou:

– Agora me diga, quem é aquele pedaço de mau caminho que estava com você?

Carol olhou para a porta, na direção do olhar dela.

– Hafez?

Juliana assentiu, fazendo aquela cara de sem-vergonha que só ela sabia fazer.

– Você se lembrou do seu vizinho gostoso, né, sua sacana?

Ela soltou uma gargalhada.

– Se eu o tivesse visto antes de pegar o ônibus, teria vindo com a perereca ardendo...

Carol arregalou os olhos e Juliana voltou a olhar para a porta.

– Mas esse aí... – falou, apontando a porta e se tremelicando toda. – Jesus! Que roupa é aquela? Parece coisa de "tropa de elite".

Carol ria.

– Ele me assusta... Mas eu concordo, amiga, aquela roupa é um perigo... Ainda quero ver Ali vestido com uma igual... Uiiiiii! – confidenciou rindo, fazendo cara de malícia e se abanando. As duas riram com gosto.

– Ele é casado?

Carol pareceu pensar. Era? Ela não sabia. Nunca se questionara sobre isso. Fez um movimento em negativa sem muita convicção.

– Penso que não... Ai, meu Deus! Se ele for, a esposa dele me odeia, porque ele está sempre comigo.

Riu sem graça, pensando na situação.

– Eu não me importaria... Desde que ele esquentasse minha cama de noite... De noite você o libera, né, amiga?

Carol concordou, ainda rindo.

– Amiga... Nem com o seu "vizinho gostoso" eu vi você interessada desse jeito... Quer que eu o chame?

Fez menção de se levantar e Juliana quase gritou.

– Não! Enlouqueceu?

Claro que ela nunca chamaria Hafez por algo tão infantil. Ele era sério demais para que ela o envolvesse em uma brincadeira, e sabia que brincar com homens como ele era o mesmo que brincar com fogo.

Mas ela adorou ver a expressão de pavor de Juliana, e as duas riram como há muito não faziam.

Carol soube que André estava enlouquecido pela cidade, dizendo que agora Carolina era uma mafiosa. O mais engraçado é que agora ele resolvera falar... Falava para todos, se tornara uma piada. Exibia um carrão, último modelo, que ninguém sabia onde ele conseguira, e isso só aumentava as piadas sobre ele. Alguns o ridicularizavam, dizendo que ele tinha vendido a esposa para a máfia e comprado o carro... Mas a festa dele durou pouco, pois, assim que seus credores souberam do carro, ele foi obrigado a pagar cada centavo que devia, o que o deixou na estaca zero novamente.

Juliana também contou a Carol que ele vendera ou doara tudo o que era dela, desde peças e máquinas do ateliê até os pertences particulares. Isso deixou Carol muito triste, e, sem querer, lágrimas afloraram em seus olhos, mas decidiu que o passado ficaria para trás...

Juliana trazia boas notícias também: seus gatinhos estavam com sua irmã, Silvana, e isso foi um alento para o coração de Carol em meio àquele turbilhão de emoções.

As duas amigas conversaram até tarde, até que Carol se retirou para deixar que ela descansasse.

No dia seguinte Juliana conheceria Ali, e Carol estava um pouco ansiosa por esse momento.

CAPÍTULO 24

A fuga

Carol acordou de um sobressalto, com uma sirene que parecia ecoar pelas paredes. Era um som terrível. Azim estava no quarto; gritava palavras que ela não conseguia entender e sua expressão demonstrava pavor. Carol não precisou entender o idioma dele para sentir aquele frio na espinha, havia alguma coisa muito errada. Deslizou da cama pelas mãos de Hafez e só teve tempo de calçar suas sapatilhas antes de ser arrastada pelos corredores, que estavam na mais total escuridão. Ali vinha logo atrás com outros dois seguranças. Azim tentava mantê-lo informado, enquanto praticamente eram forçados a correr.

Juliana!
– Juliana!

Começou a dizer em voz alta o nome da amiga para que alguém a ouvisse e fosse buscá-la. Ela não fazia ideia do que estava acontecendo, mas, se precisava fugir, com certeza Juliana precisaria também. Tentou se desprender daquelas mãos e continuou a dizer o nome da amiga até que Ali disse algo a Hafez, que pareceu hesitar por alguns segundos. Azim repetiu a ordem; então Hafez soltou seu braço e tomou a direção do quarto de Juliana, fazendo Carol soltar um profundo suspiro.

Azim parou diante de uma parede, retirou um quadro e puxou uma alavanca. O mesmo som que Carol já conhecia se fez ouvir, abrindo a passagem e revelando uma escada. Antes que ela pudesse decidir se descia ou não, sentiu novas mãos em seu corpo conduzindo-a àquele espaço claustrofóbico. Tropeçou algumas vezes na barra da camisola, e o som da sirene foi ficando para trás, à medida que eles desciam mais e mais...

Seu braço doía. Tentava olhar para trás a todo instante, para ver se Ali estava bem, ou se Juliana estava com eles, mas não conseguia ver nada, e acabava se desequilibrando toda hora. Saíram no mesmo pátio que ela já conhecera, onde havia diversos carros, jipes e caminhões. Foi empurrada para dentro de uma caminhonete preta e grande, que, antes mesmo de terem se acomodado no banco, saiu a toda velocidade.

Sua mente buscava por respostas, mas ela se recusava a fazer as perguntas naquele momento. Só conseguia pensar em Juliana. Ali conversava em voz baixa com Azim, e sua expressão tensa só contribuía para que Carol ficasse com mais medo. Queria perguntar o que estava acontecendo, se Juliana estaria bem, mas não conseguiu dizer nada, apenas fechou os olhos e rezou baixinho, afundando-se no banco, sem saber que homens armados acabavam de tomar o lugar que por pouco tempo fora o seu lar, o lugar que se tornara seu pequeno paraíso no mundo e onde, devo acrescentar, vivera os dias mais felizes de sua vida...

Juliana acordou com um estrondo e quase poderia afirmar que sua cama havia tremido. Ficou algum tempo deitada, imaginando que talvez fosse apenas um sonho, mas um estranho e incessante som de ranger e bater de pesadas portas a acordou por definitivo. Sentou-se na cama, e nessa hora uma sirene ecoou longe...

Seu corpo se arrepiou.

Tinha certeza de que podia ouvir gritos em meio àquela sirene que parecia mais próxima agora, mas talvez fosse impressão.

Talvez seja o treinamento dos seguranças...

Ouviu passos correndo pelo corredor e caminhou receosa até a porta, quando ouviu a maçaneta se mover. Seu sangue gelou. Alguém estava tentando entrar.

Deu um passo para trás. Teria trancado? Não lembrava. Antes que pudesse constatar que havia trancado a porta, batidas fortes fizeram seu coração descompassar.

Deus... Quem será?

As batidas continuavam e ela não tinha intenção alguma de abrir, definitivamente não abriria. E se fosse importante? E se fosse Carolina? Seu cérebro tentava lhe trazer um pouco de bom senso, mas ela refutava todas as tentativas coerentes dele. Estava apavorada!

Ouviu o som da chave girando no metal e a porta escancarou.

Sentiu uma bola na garganta e seu estômago gelou.

Hafez estava parado. A luz do corredor entrava através dele, fazendo fantasmagóricas sombras que se projetavam para dentro do quarto.

– *Yalah!*

Hã?

Ele repetiu, dessa vez mais alto, e Juliana meneou a cabeça sem entender; deu dois passos para dentro do quarto, com um arrepio brotando bem no topo de sua cabeça. Algo no olhar dele despertava dentro dela o medo de quem já vira aquele filme. Ela sentia o dedo acusador da sua consciência quase lhe tocando a cara. Por que dissera que ele era lindo? Por que tinha que ser tão inconsequente? Já não deveria ter aprendido com o Paulo e o flerte irresponsável? Ele avançou para dentro e ela recuou, esbarrando na cama.

– Vamos!

Ir para onde?

– Não!

Ele a olhava irritado, e foi com muita irritação que ele a segurou pelo braço, torcendo-o para trás, enquanto ela gemia já à beira das lágrimas.

– Por favor, não faça isso... Por favor...

Crente de que nenhum homem a tocaria novamente sem o seu consentimento, buscou toda a força que tinha naquele momento e gritou. Primeiro disse alguns palavrões, depois chamou por Carolina, depois se debateu, mas foi tudo muito rápido e tudo muito em vão, pois imediatamente ele a envolveu com seus braços e apertou seu corpo, enquanto ela ficava cada vez mais sem ar. Quando ela já sentia a consciência abandonando-a, ele a soltou e, antes que ela fosse ao chão, a colocou em seus ombros. Juliana sentiu tudo girar e fechou os olhos, enquanto ele a tirava dali com passos largos pelo corredor, que agora estava no mais assustador silêncio. A sirene se fora...

Inerte nos ombros dele, seus olhos tentavam permanecer abertos, mas seu estômago estava literalmente do avesso, e então desistiu. Segurou no cós da calça dele, buscando apoio, e tentou encontrar naquela vergonhosa posição alguma dignidade, sabendo que isso seria impossível.

Ao que pareceu uma eternidade, ela deslizou dos ombros dele para o assento de um carro e, antes de se acomodar, ele rosnou algo ríspido, já empurrando-a para o assoalho, local onde deveriam ficar seus pés, ao que ela forçosamente obedeceu, fazendo seu corpo se encaixar em um espaço pequeno demais para ele.

Seu cérebro não funcionava mais. Nada de raciocínio lógico, apenas aquela vergonhosa sensação. Sentia-se ridícula, na verdade. Pensou que ele a estupraria?

Merda! Que ridícula que eu sou! Que puta ridícula!

Ele colocou o carro em movimento e ela soltou o ar dos pulmões. O carro cambaleava na estrada e os solavancos aumentavam na proporção de sua vergonha.

Ele só estava tentando me tirar de lá.

Ok, isso ela já tinha entendido, mas a pergunta que ecoava era por quê? O que havia acontecido?

Juliana quase nem respirava naquela posição, e o pouco de oxigênio que entrava em seu corpo fazia seu peito doer. Arriscou olhar para o motorista; cabelos curtos, estilo militar, com fios grisalhos nas têmporas, nariz reto, queixo quadrado, testa alta... Sobrancelhas escuras e grossas que pareciam se unir, escondendo e dando um aspecto perverso aos seus olhos.

Juliana sentiu um inexplicável mal-estar. Sentiu-se aliviada por estar escuro, pois não conseguia parar de olhar para ele... Era bonito, moreno, com cara de homem perigoso...

Puta que pariu!

Mas não era só isso, havia algo mais...

A dor em suas pernas mandou seus pensamentos para longe. Soltou um lamento baixo e se mexeu inquieta em seu covil, chamando a atenção dele, que estendeu o braço, sem tirar os olhos da estrada, e agarrou seu pulso para puxá-la em seguida.

Ui! Caraca!

Já sentada, após reaver parte de sua dignidade, massageou as pernas dormentes, sentindo aquela dor insuportável e bem característica. Gemeu sem perceber, enquanto fechava os olhos esperando que a dor incômoda passasse.

– Está ferida?

Hã? Bebida?

– Não estou com sede...

Ele fez cara de quem não entendeu e ela não se importou em falar novamente; queria um spray anestésico, e não uma bebida... Estava com muita dor na perna.

– Está com dor?

O que você acha, grosseirão? Claro que está calor...

Meneou a cabeça, fazendo uma careta, e continuou a massagear as pernas. Ele voltou sua atenção para a estrada, dando de ombros.

– O que aconteceu? Por que você me tirou de lá daquele jeito? E a Carol?

O silêncio era absurdo, apenas o som do motor e o seu coração, que ela imaginou daria para ser ouvido a quilômetros de distância. Quando ela entendeu que provavelmente não obteria uma resposta e se calou, ele falou baixo:

– Somos fugitivos!

Ela se mexeu inquieta no banco, sem saber se ele havia dito aperitivos ou fugitivos. Optou pela primeira alternativa, sua cabeça não conseguia lidar com a outra, e estava com fome. Fechou os olhos e se encostou no banco, pensando em tudo o que não sabia.

Ela não sabia, mas todos ali sabiam que aquele momento chegaria; ouviam boatos, brigas diplomáticas e os estremecimentos comuns dos membros do Parlamento, que não viam com bons olhos as atitudes de seu Rei e esperavam um deslize dele há muito tempo. Achavam que o poder estava há tempo demais nas mãos da família de Ali, e uma conspiração dentro do próprio palácio já vinha acontecendo. Eles queriam impedir que Ali tivesse um herdeiro, e isso fora feito, de forma silenciosa. Sem herdeiros, e morto – o que também já vinha sendo planejado em algum lugar escuro –, o poder passaria para as mãos do Estado, que já se incumbira de encontrar alguém para aquele posto que pudessem controlar, que concordasse com tudo e não questionasse nada.

Ali tentara um acordo pacífico, e em algum lugar, dentro de alguma gaveta, havia uma renúncia assinada, mas essa renúncia não interessava para alguns, que precisavam de uma revolução sangrenta.

Hafez deu graças por eles nem desconfiarem do sequestro de Carolina... Ou isso poderia envolver muito mais do que interesses internos, poderia começar uma guerra internacional!

Naquela noite, os seguranças do posto de vigília da estrada foram rendidos, mas não sem antes soarem o alarme secreto, que ia diretamente ao quarto de Azim. Aproveitando-se da distância e das dificuldades que os tanques teriam que vencer até chegarem aos portões do palácio, e usando uma estrada secreta subterrânea, a fuga se iniciou.

Essa estrada era tão antiga quanto o palácio, mas sua existência só era conhecida por Azim, Ali e a guarda pessoal dele. Havia sido construída por um dos antepassados de Ali, que vivia constantemente atormentado com a ideia de uma invasão. Ideia essa que nunca saíra de sua mente, mas que agora, séculos depois, havia se tornado real; sua insanidade, de uma forma estranha, acabou sendo útil e salvando a todos.

A estrada secreta acabava em uma caverna vinte quilômetros à frente, e os fugitivos teriam que vencer o percurso pedregoso e irregular do solo cavernoso por mais alguns quilômetros antes de chegarem a uma estrada secundária e de lá rumarem para a rodovia principal, onde os planos traçados poderiam ser concluídos.

Hafez olhou sua acompanhante pelo canto do olho e lembrou-se de que Azim não havia concordado com a sua visita, achava que não era hora para receber outra ocidental, mas Ali alegara que Carolina estava sozinha e que não haveria problemas.

Hafez respeitava a autoridade do seu rei, mesmo naquele momento, em que desejava não estar naquela situação; poderia ter seguido com os outros, honrado seu compromisso com Carolina, ele pensava, dando uma nova olhada pelo canto do olho.

Ele diminuiu a velocidade quando chegavam ao final da estrada secreta e parou, sem desligar o motor. Juliana ouviu quando ele destravou o cinto e, sem dizer nada, se inclinou na sua direção, enfiando a mão por trás do banco; ela arregalou os olhos e se encolheu, sentindo uma das mãos dele vasculhar algo atrás de suas costas, enquanto a outra se apoiava ao lado de seu corpo. Estava escuro, mas ela sentia o corpo dele muito próximo, desconfortavelmente próximo, podia até sentir os músculos dele se movendo, sentia a respiração quente dele em seus cabelos, e ela só conseguia pensar que aquela proximidade era intencional, que ele estava tentando constrangê-la...

E estava conseguindo!

Então seus olhos se encontraram e ela sentiu o sangue esquentar. Ele ainda olhava para ela quando puxou com força, fazendo-a soltar um pequeno grito.

Hafez fez uma cara de satisfação e disse:

– Coloque o cinto!

Toque o pinto? O quê?

Cinto, Juliana... Ele mandou você colocar o cinto...

Ela quase fez um 'ah' de alívio, e soltou o ar dos pulmões aos trancos; trêmula e com o coração frenético no peito, ela puxou o cinto, travando-o com dificuldade. Ele guardou o embrulho dentro da roupa e pôs o carro em movimento novamente.

Emergiram da estrada em meio a um amontoado de pedras e buracos totalmente encobertos pelas paredes da caverna. O carro venceu os obstáculos e arrancou novamente naquele terreno totalmente imprevisível. Ao final, para alívio de Juliana, que quase não respirava, uma nova estrada apareceu e a caverna foi ficando para trás. Continuaram naquela estrada por quase uma hora e o sono começou a substituir o medo.

Ela acabou cochilando, mas seus sentidos já estavam despertos demais e qualquer buraco a fazia sobressaltar. Olhou para Hafez, as mãos ao volante, os movimentos das pernas sempre que ele apertava os pedais, a forma firme com que trocava a marcha, e ficou imaginando como seria fazer amor com ele.

Será que tem o pinto grande?

Olhou as mãos dele. Eram enormes...

E você sabe o que dizem das mãos... Como será que ele é? Carinhoso? Agressivo? Dominador? Rápido? Aqueles preguiçosos que gostam que a mulher fique por cima?

Ele não parecia ser preguiçoso... Ele tinha mais jeito daqueles que dominam... Que pegam a mulher de jeito, com força, quase virando do avesso.

Ela sentiu tudo dentro de sua barriga esquentar.

Cacete!

Lembrou-se de algo que lera em algum lugar, de que os árabes eram os homens mais viris que existia, e que conseguiam satisfazer suas mulheres como nenhum outro. Talvez por isso eles tivessem tantas mulheres, pensou com visível amargura.

Não queria que ele tivesse muitas mulheres. Será que ele tinha alguma? Carol acreditava que não... Mas um homem desses, sem mulher? Ela achava muito improvável. Ele deveria ter alguma "ficante" ou "trepante", que era mais o caso.

– Você é casado?

O quê?

Ela não acreditava que tivesse perguntado aquilo, e pedia a Deus que ele não tivesse ouvido. Pensou no Paulo ouvindo-a naquele momento e em sua cara odiosa de acusação. Já agradecia o silêncio que seguia, quando Hafez, sem olhar, lhe respondeu:

– Não!

– Tem namorada?

O quê? Por que eu tô perguntando isso?

– Não!

Sem entender o motivo, sentiu algum alívio na resposta dele. Imaginá-lo fazendo amor com alguém era um pensamento estranho e indesejado. Imaginar uma mulher despertando o desejo dele era mais indesejado ainda.

Balançou a cabeça.

Por que estou sentindo isso?

– Há quanto tempo trabalha pra ele? Quero dizer... No palácio?

Por que eu não fecho a boca?

Ele respondeu quase em um grunhido, e ela ficou na dúvida se ele tinha dito: "Quinze anos, servi o pai dele", ou "que desânimo, perdi o cabelo".

Em todo caso, ela entendera o recado e resolveu não fazer mais perguntas.

Encolheu-se no banco, enquanto ele diminuía a velocidade e entrava em uma estrada um pouco mais movimentada. Trafegaram por ela até que o dia quase amanhecia e adentraram uma cidade grande e iluminada.

Uma bandeira verde com escritos em vermelho em frente a um prédio grande chamou sua atenção. Havia um desenho, que parecia uma árvore. Não era expert em bandeiras, mas nunca tinha visto aquela. Logo abaixo, letras árabes completavam os escritos daquele grande prédio.

– Precisamos de roupas e alimento.

Hã? Jumento? O que ele vai fazer com um jumento? Eu não vou andar de jumento!

Alimento, Juliana, ele falou alimento.

Juliana fez uma cara tardia de quem entendeu, e imaginou que tipo de roupa ele compraria num lugar como aquele, e imediatamente as burcas lhe vieram à mente.

Temeu o rumo de seus pensamentos.

Ele contornou um pequeno prédio e estacionou o mais escondido que pôde. Os prédios já não eram todos brancos, então ela deduziu que estavam em outra cidade. Hafez abriu a porta, ajudando-a a descer. Se alguém visse, pensaria no cavalheirismo dele, mas ela sabia que isso fazia parte do seu trabalho. Entraram naquele lugar e ele trocou algumas palavras ininteligíveis com um homem barbudo, feio e muito mal-encarado que estava atrás do balcão. Uma chave lhe foi entregue, enquanto o homem feio olhava Juliana com uma expressão indefinível.

O quarto era o mais simples que se pode imaginar, apenas uma cama com uma mesinha de apoio, uma mesa com duas cadeiras e um espelho em um canto.

– Fique aqui! – falou pausadamente, reforçando a ordem com o dedo e o olhar.

Ela entendeu dessa vez e deu de ombros.

Ok, casca grossa gostoso!

Fez uma careta e um gesto obsceno para ele assim que ele saiu, e deu um suspiro de alívio por ter ficado sozinha. Andou pelo quarto por alguns instantes, antes de tomar coragem de usar o banheiro.

Encostou-se na cama.

Não vou dormir, não vou dormir...

E acabou dormindo...

Acordou com uma mão tocando seu braço e se levantou de um sobressalto, com aquele primitivo medo do desconhecido vindo à tona.

– Trouxe comida, algumas roupas e alguns produtos de higiene.

Ela abriu o segundo pacote que ele entregou e encontrou três peças de roupas pretas, de textura grosseira, e um sapato baixo também preto, já que ela saíra descalça. Com as mãos trêmulas, segurou o vestido de manga comprida com corte reto, enquanto percebia o olhar dele sobre ela.

Ela sabia o que ele estava pensando naquele exato momento, podia até ver o brilho nos olhos dele. Ele estava se deliciando com o seu embaraço, e, apesar de ela querer levar tudo aquilo na brincadeira, e deixar ele sem graça, seu coração estava acelerado enquanto segurava um véu comprido que imaginou ser para a cabeça. Uma terceira peça, bem menor que as outras, com um retângulo vazado e tiras largas para amarrar descompassou ainda mais seu peito. Parecia uma peça erótica medieval usada em algum ritual macabro de tortura.

Seu estômago se contorceu.

Senhor... Onde eu vou colocar isso?

Olhou para ele, que sorria levemente. E então ela sentiu o sangue sumir de seu rosto. Poderia bater nele naquele momento. Seria capaz de dar uns bons socos naquela cara sarcástica.

Desgraçado!

– Isso é alguma brincadeira?

Devolveu a ele um olhar de desafio e ódio, que combinava com o que estava sentindo naquele momento. Ele colocou as mãos nos quadris e a encarou de volta, e ela só conseguiu pensar em como ele era bonito... Aquele tipo de homem que desconcerta qualquer mulher, que faz qualquer "madame" tropeçar nos saltos. Ela sentiu toda a parte baixa da barriga se esquentar diante daquele olhar.

Ele respirou fundo antes de falar:

– Não podemos chamar atenção... Você nessas roupas, mostrando rosto, cabelos... – falou, gesticulando para o corpo dela todo.

E novamente aquele olhar...

Puta merda, viu?

O olhar dele a atravessara. Um golpe duro que fazia seus músculos abaixo da barriga se esquentarem e contraírem.

– O que tem meu rosto?

Você não vai ganhar essa briga, seu desgraçado...

– Você é mulher e...

E o quê? Vamos ver até onde vai com seu português ruim.

– Aqui não é seu país... Estão à nossa procura. Se você quiser ajudar sua amiga Carolina, vista antes que eu mesmo coloque em você.

Um brilho perverso passou por aquele olhar e ela não precisou entender tudo o que ele dissera para sentir o sangue gelar. Pegou as roupas e quase o fuzilou com o olhar, enquanto saía pisando duro para o banheiro, sabendo que ele devia estar rindo por dentro naquele exato momento. Antes de bater a porta na cara dele, aproveitando que ele ainda a olhava, em um daqueles momentos insanos, ela tirou a blusa de moletom e atirou aos pés dele, em seguida desceu as calças, chutando-as na direção dele, que desviou antes que batesse em seu rosto. Ficou só de lingerie, um conjunto preto lindo de renda, o melhor que ela tinha. Colocou as mãos na cintura e falou com gélida calma:

– Se eu quiser, posso sair nua pelas ruas, o corpo é meu, sabia?

E bateu a porta do banheiro em seguida, antes que pudesse ver a expressão dele mudar e os olhos escurecerem.

Do lado de dentro do banheiro, ela sentiu as pernas amolecerem e precisou se segurar para não cair. Seu coração parecia querer sair pela boca.

Por que eu fiz isso? Por que eu disse isso? Estou maluca? O que esse homem está fazendo comigo, meu Deus?

Hafez nada respondeu, enquanto a porta se fechava, incapaz de mover um único músculo, totalmente desconcertado e surpreso.

Então ele deu um meio sorriso.

Ela quer jogar...

Juliana se trocou a contragosto. Tocou o tecido grosso, e sua memória buscou algo guardado. Talvez sua maldição fosse se esconder sob toneladas de tecido... O motivo agora não tinha nada a ver com seu pai, e isso lhe causou um novo mal-estar.

É castigo, só pode ser.

Saiu relutante do banheiro e encontrou o quarto vazio. Soltou um suspiro de alívio. Olhou no espelho e sentiu-se ainda mais magra dentro daquela mortalha. Tentou colocar o lenço, mas não fazia a menor ideia de como colocá-lo, e já começava a praguejar em todos os idiomas, desejando amarrar aquele maldito lenço no nariz de Hafez, ou enfiar goela abaixo daquela boca desgraçadamente linda, quando ele abriu a porta. Ficaram se olhando por um instante, o desconcerto de momentos antes era evidente entre eles, então ele entrou, fechando a porta, e caminhou até ela.

Ele tomou o lenço de suas mãos, olhou bem dentro dos olhos dela, que agora estavam arregalados de surpresa, e falou baixo:

– Vire-se.

Ela se virou com as pernas já moles.

Ele juntou os cabelos dela suavemente, deslizando os dedos pelos fios, enquanto ela sentia cada movimento dele gelando dentro dela. Juliana só ouvia a própria respiração se misturando à respiração pesada dele, enquanto ele dividia seus cabelos. Depois do que pareceu uma eternidade para ela, ele improvisou uma trança.

– Segure – ele disse, dando-lhe a ponta da trança, e então foi até o banheiro e logo voltou com algo na mão que usou para amarrar o cabelo; ela imediatamente sentiu cheiro de menta e percebeu que ele usava um pedaço de fio dental.

Ela nem respirava quando ele segurou seus ombros e a girou de volta para ele. Ele cheirava a cigarro e algo mais que ela não identificou; cheiro de limpeza, ela não conseguia definir, mas era bom... Então ele segurou seu queixo e elevou seu rosto, colocando o véu em sua cabeça, enrolando bem próximo de seu rosto, dando uma nova volta sobre a cabeça e passando as sobras por dentro do tecido do pescoço. Os dedos dele tocaram sua pele e ela sentiu um formigamento na virilha.

Agora ele segurava aquela peça que parecia saída de algum filme medieval de tortura. Ela arregalou os olhos novamente e prendeu a respiração. Então ele a colocou em sua testa, deixando apenas seus olhos visíveis através do retângulo vazado. Ela soltou o ar aos trancos quando percebeu a utilidade daquilo.

Ele ainda olhava em seus olhos quando esticou os braços próximo de seu rosto e amarrou a peça atrás de sua cabeça.

Juliana agradeceu por estar com seu rosto todo coberto, pois deveria estar roxa naquele momento. Sentia seu corpo todo pulsar. Em todas as partes!

Puta que pariu! Ok, preciso me sentar. Ponto pra você, seu desgraçado.

CAPÍTULO 25

No deserto

O desconcerto entre eles pesava, mas Juliana preferia culpar aquele monte de tecido em seu rosto.

Hafez trocara seus trajes por roupas do deserto e um turbante, que escondia toda a sua cabeça. Enquanto viajavam por lugares em que ela nunca imaginou estar, ainda mais como fugitiva, sua cabeça também viajava, distante dali.

Seu coração estava apertado e, com o pensamento longe, se via na triste e torturante vida que a fizera tomar aquela decisão. Lembrou-se da vontade que sentia de se suicidar, e agora, ironicamente, estava fugindo, de alguma forma lutando pela sua vida. Teria vindo se soubesse que tudo aquilo aconteceria? Não sabia responder...

Onde está Carol?

– Onde está a Carolina? Você deve saber.

Ele nada disse, mantendo o olhar na estrada. Ela continuava olhando para ele, esperando uma resposta, sentindo sua irritação aumentar a cada segundo que ele a ignorava de propósito.

Quem ele pensa que é pra me ignorar dessa forma e ainda por cima me fazer passar esse calor infernal dentro dessa mortalha?

– Vai responder ou não?

Ele fez um gesto com o dedo nos lábios para que ela se calasse.

Inferno! Maldição! Que ódio!

Ela fechou os olhos e cerrou os punhos tentando controlar seu desejo de socar a cara dele; encostou-se no banco, fazendo de tudo para ignorar aquela presença e, quem sabe, ser sugada para dentro de outra realidade. Carol dizia que existiam outras realidades, universos paralelos, outras dimensões...

Queria socar a cara dele, pensou.

Deveria orar, concluiu.

Deveria cantar, animou-se. Pensou em um salmo de louvor, daqueles que ela amava cantar na igreja, bem alto... Soltou uma risada ao imaginar a cara dele se ela fizesse isso, e ele a olhou. Ela o ignorou ainda sorrindo, voltando o rosto para a paisagem...

Tinham saído da cidade e ela tentou se concentrar na mesma paisagem desolada e quente que seus olhos viam para qualquer direção que olhasse.

Casas encravadas nas encostas das montanhas pareciam abandonadas. Se não fosse o fio de fumaça que subia de algumas delas, podia-se jurar que eram de civilizações antigas, artefatos históricos ou, ainda, castelos de areia. Era difícil imaginar que elas resistissem a ventos fortes, parecia que a qualquer momento iriam esfarelar, perdendo a forma. Algumas delas não tinham teto, o que deixou Juliana curiosa, mas em seguida pensou que, se não havia chuva...

O deserto mudava de cor conforme avançavam; ia do amarelo ao marrom, passando em alguns pontos a um verde acinzentado, assim como as dunas que o vento talentosamente esculpia sem pressa, e que vez ou outra davam lugar a um amontoado de pedras e montanhas tão altas que davam um frio nos pés. Em alguns lugares uma vegetação tímida crescia, contrariando todas as probabilidades.

Alguma coisa no alto daquelas montanhas enormes chamou a atenção de Juliana, e, apreensiva, reconheceu homens montados em cavalos, todos enfileirados um ao lado do outro; suas silhuetas escuras eram bem definidas e podiam ser vistas mesmo à distância. Tocou o braço de Hafez sem conseguir dizer nada, apenas apontando naquela direção. Ele olhou sem dar muita importância, voltando sua atenção para a estrada.

– São guerreiros Tuaregues. Ignore-os.

– Guerreiros o quê?

– Tuaregues. São povos berberes nômades que viajam pelo deserto. Desde que fiquemos longe do seu caminho, são inofensivos. Só gostaria de saber o que eles fazem tão a oeste do deserto.

Tua jegue?

Ela só entendeu até essa parte. O resto ficou muito confuso no portuárabe dele. Pensou que era melhor ficar quieta, e foi o que ela fez.

Logo os guerreiros 'dos jegues' ficaram para trás, trazendo a aparente paz do deserto, e junto com ela o sono.

Acabou sendo vencida pelo cansaço e adormeceu.

Acordou com o carro parado num lugar isolado e encoberto pelo barranco. Não viu sinal algum de Hafez; olhou para fora e só conseguiu ver barrancos sem nenhuma vegetação; desceu receosa, temendo qualquer surpresa. Arrumou a peça medieval que se desprendia, revelando seu rosto, e contornou o carro, procurando por ele, quando foi agarrada e forçada a abaixar.

Juliana quase engasgou.

– Sssshhhh! Tem um helicóptero sobrevoando aqui perto, talvez estejam nos procurando. Vamos precisar ficar aqui esta noite.

Ela entendeu tudo o que ele disse dessa vez, e até conseguiu ouvir o som das hélices girando ali perto; quase sem perceber, forçava seu corpo para não respirar. O carro estava escondido atrás de enormes barrancos de pedra, mas ela sabia que, se o helicóptero contornasse à direita e descesse um pouco, eles seriam revelados. Nuvens de poeira eram levantadas bem perto dali e ela quase enfartava cada vez que o som mudava de lugar, deixando claro a ela que eles, seus perseguidores, não desistiriam facilmente.

Após o que pareceram horas, o som foi se distanciando e deixou o silêncio escaldante do deserto tocar sua melodia.

Ela só percebeu que Hafez a segurava quando ele a soltou. Suas pernas doíam, mas não concentrou a atenção nisso.

– Tem certeza de que não vão nos achar? E se eles voltarem? Eu não acho uma boa ideia ficar aqui.

Estava ofegante, seu medo agora era real e deixou bem evidente que preferia tomar a estrada de novo. Hafez novamente fez o gesto com o dedo nos lábios para que ela se calasse e falou pausadamente como quem fala a uma criança:

– Cala a boca!

Ela sentiu o sangue ferver e, antes que tivesse a chance de pensar, soltou a resposta:

– Faça eu me calar!

O quê? Faça eu me calar? O que foi isso?

Juliana arrependeu-se no mesmo instante, quando o olhar dele atravessou sua pele. Talvez ele não tenha entendido.

Ele entendeu? Entendeu! Oh, merda!

Ele deu dois passos na direção dela, e ela recuou. Ele parou e seus olhos faiscavam animosamente para ela. Ele esticou a mão e cerrou o punho no ar, Juliana percebeu um pouco tarde que deveria ter ficado com a boca fechada.

– Você sabe que eu poderia calar essa sua boca de inúmeras maneiras, mas estou bem tentado em te amarrar, amordaçar e te colocar no porta-malas o resto do percurso.

Ela não precisou entender tudo o que ele disse para saber que havia uma ameaça naquelas palavras.

– Você não ousaria...

Você não ousaria? Meu Deus, eu enlouqueci!

Ele elevou a sobrancelha, deu um sorriso de sarcasmo e avançou. Ela girou o corpo num impulso e correu; mas o que deveria ser uma corrida, se tornou apenas alguns passos, pois ela tropeçou na barra do vestido e, antes de chegar ao chão, sentiu o braço dele em sua cintura e girou no ar. Gritou e esperneou com todas as forças que tinha, antes de ter a boca silenciada pela mão dele e o corpo esmagado pelo dele de encontro ao carro. A lata estava quente e ela pôde sentir o desconforto em sua pele.

– Não grita!

Ele apertou ainda mais a boca dela, e ela entreabriu os lábios, mordendo a palma da mão dele. Ele praguejou, soltando sua boca e envolvendo seu corpo com os braços, quase a esmagando. Como num *déjà-vu*, ela sentiu o ar entrando com dificuldade em seu corpo.

Ele encostou a boca em seu ouvido e seu sussurro estava quente:

– Se você não parar, eu vou te apertar novamente até que fique sem sentidos.

Ela já estava sentindo o corpo mole, seus pés mal tocavam o chão, e só tinha consciência da pressão que ele fazia em seu peito e da perna dele entre as suas, mantendo-a de encontro ao carro.

– Você vai parar? – Os lábios dele faziam cócegas em seu ouvido, e ele continuava apertando. Ela sentia a visão turva quando ele sussurrou novamente: – Eu vou te soltar agora.

Então ele a soltou.

E ela foi de joelhos ao chão.

Tocou o carro quente, buscando ar para seus pulmões, vendo tudo girar. Ele a olhava com indisfarçável fúria quando levantou um dedo em tom de ameaça e falou:

– Não tente entrar em uma disputa física comigo... Você não vai querer isso. Eu não vou querer isso.

Ela não disse nada, já com lágrimas de ódio nos olhos.

Ele se abaixou e recolheu o lenço dela, entregando sem dizer nada.

Ela pegou, sem conseguir olhar para ele; nunca em sua vida se sentira tão ridícula e infantil.

Inferno!

– Vem comer. Se tivermos que morrer, não será de fome – ele falou. Não foi um pedido, e ela obedeceu.

Já começava a escurecer e ela se sentou no banco traseiro. Comeu sem sentir outro gosto que não fosse sua amargura.

– Tenho uma missão... Peço que me ajude.

– Que missão? – pigarreou, perguntando de repente interessada.

– Levar você viva.

Ele ainda a olhou por alguns segundos e, sem mais nenhuma palavra, se afastou, sumindo na escuridão.

Ela acompanhou seus movimentos enquanto ele se afastava, desaparecendo na escuridão.

Esperava que ele conseguisse cumprir a missão imposta.

Estava frio e ela procurou por seus moletons. Fora a providência divina que a fizera colocar aqueles moletons, pois quase dormiu apenas de lingerie; gostava de dormir nua, mas evitava com o Paulo, odiava que ele tivesse pensamentos... Balançou a cabeça, evitando as imagens que se formavam; vestiu as calças por baixo do vestido e se enrolou na blusa; tentou se aconchegar de alguma forma naquele espaço pequeno e duro.

Só queria dormir e esquecer.

O que eu estou fazendo aqui?

Tinha a sensação de estar vivendo um pesadelo acordada. Talvez se dormisse, tudo voltasse ao normal...

Ouviu quando ele voltou e sentiu um frio na barriga.

O que é pior? Ele ou os bandidos?

Fingiu estar dormindo quando ele entrou no carro, fechou a porta e recostou no banco da frente. Ouviu quando ele deu um profundo suspiro, e tudo se aquietou. Quase nem respirava, temendo não chamar a atenção para si.

Ele olhou para a escuridão lá fora, ouvindo a respiração baixa e entrecortada dela, que se esforçava para que ele acreditasse que ela dormia. Sorriu satisfeito, quase podia ouvir o coração dela batendo frenético.

Juliana acordou de um grito e se sentou assustada.

Hafez veio rápido, ela estava ofegante, atordoada pelo pesadelo que acabara de ter. Ele a avaliou por alguns segundos e nada disse, apenas ordenou que se arrumasse, pois sairiam dali.

Juliana costumava ter um pesadelo recorrente quando estava sob estresse, que basicamente era a sua luta com o demônio em pessoa. Pensou no Salmo 23 e o recitou em pensamento. Esse exorcismo que vivenciava nos sonhos sempre lhe causou pânico, e agora, diante de sua nova realidade, não surtiu o mesmo efeito.

Por que será? Olhou para Hafez; os braços, os ombros, as pernas...

Bosta!

Fez uma careta e rosnou para si mesma.

Ainda olhando aquela figura alta e imponente que a esperava impaciente, sentiu aquele desconforto na barriga, e dessa vez não era sua libido. Precisava fazer xixi. Como diria a ele?

– Preciso ir ao banheiro.

Ela sabia que não havia banheiro naquele deserto, mas como diria a ele? Ele sabia o que significava xixi?

Ele fez cara de quem não tinha entendido e ela colocou a mão na parte baixa da barriga.

– Xixi!

Ele ainda a olhava, dando a impressão de que não entendera, e ela revirou os olhos, sentindo aquele arrepio característico de quando se está no limite. Apertou as pernas e respirou fundo. Ele ainda a olhava sem entender, e ela não acreditava que aquilo estivesse acontecendo. Quis gritar e soltar uns bons e velhos palavrões, mas respirou fundo e decidiu usar o último recurso. Segurou um membro imaginário nas mãos, fazendo um gesto de homem urinando, até fez o som.

Hafez ergueu a sobrancelha e, por alguns segundos, Juliana teve a impressão de que vira um ar de divertimento na fisionomia dele, então, sem dizer uma palavra, ele apontou na direção do barranco, pensando que fora divertido, e ele tinha entendido da primeira vez.

Sorriu satisfeito.

Ela fungou e seguiu na direção apontada por ele, sentindo os olhos dele em suas costas, sabendo que aquilo deveria soar como uma doce vingança para ele, pois não havia papel higiênico.

Isso! Agora eu faço xixi e balanço. Talvez eu deva sair dançando... Ou posso esfregar nele até secar!

A última ideia não lhe pareceu tão ruim e ela já sorria ao voltar. Ele percebeu e a olhou de forma interrogativa. Ela sorriu ainda mais.

Comeram as sobras do dia anterior, ela escovou os dentes quase sem água, e saíram depois de ele se certificar de que era seguro.

De volta à estrada, o calor recomeçou, e ela arrumou os lenços, odiando ter que usar aquela roupa, que deveria estar com cheiro horrível.

Cheirou as axilas e fez cara de desagrado. Sua vontade era de tomar um banho e colocar roupas limpas, o que no momento lhe pareceu muito distante. Bufou de amargura, encostando-se no banco.

Trafegaram por aquela estrada de terra por um tempo que ela não soube precisar, deixando para trás apenas a cortina de poeira que os pneus levantavam, então ele deixou a estrada e rumou deserto adentro. Juliana olhou para ele pelo canto do olho, e seu rosto cansado, com a barba já nascendo, adornado por aquele turbante, era mais sexy do que ela queria admitir.

Balançou a cabeça em negativa, como se quisesse colocar de volta no lugar algum pino que eventualmente tivesse escapado, pois só isso explicaria tudo o que vinha sentindo e pensando.

Não tem solução para mim, só posso ser retardada. Será que me acostumei a apanhar? Vai ver o Paulo tem razão... Só funciono na pancada!

Odiou aquele pensamento... Odiou pensar em Paulo...

– Pra onde estamos indo, afinal? Por que deixamos a estrada? Você tem um destino, não tem?

Ela sabia que ele seria grosso, mas queria desesperadamente tomar um banho, dormir em uma cama limpa e macia; se ao menos estivessem rumando para algum lugar, ela poderia aguentar.

– No momento vamos trocar de carro, depois temos que sair do país e chegar à Europa.

Ele pensou no avião que os esperava na capital da Argélia. Se tudo desse certo, de lá embarcariam para a Europa.

Ela entendeu que 'eles precisavam encontrar um barro para depois arrancar uma raiz de mandioca'. Balançou a cabeça e fez uma cara de desgosto pela sua total e completa falta de condições de se comunicar com ele.

Uma pequena construção apareceu a uns cinco metros, e ela ficou surpresa, pois ninguém conseguiria vê-la da estrada, nem mesmo agora, perto como estavam; ela era muito visível, pois ficava na encosta de uma montanha e as dunas tornavam praticamente impossível que ela fosse vista.

Ele entrou por um portão na base da montanha, depois de falar com um homem uniformizado que guardava o local, e, quando ela pensou que fosse parar, sentiu o carro acelerando, ao mesmo tempo que ele acendia os faróis. Boquiaberta, percebeu que havia uma estrada dentro da montanha. As paredes eram feitas de concreto, lembrando um tubo de sistema de esgoto das grandes cidades, mas sem a água; o local era tão seco quanto tudo naquele lugar. Saíram em uma enorme área iluminada, que parecia um campo de futebol, e cada vez ela ficava mais surpresa e confusa. Um homem apareceu e eles trocaram palavras num idioma que lhe pareceu o francês. O homem se aproximou para examinar o carro e fixou os olhos em Juliana, que se encolheu no banco. Ele fez uma cara de zombaria, olhou em seguida para Hafez, que se mantinha inexpressivo, e voltou a atenção para ela novamente, que desejou desaparecer sob aquele olhar avaliador, sentindo as axilas úmidas. Trocaram algumas palavras, o homem riu e revelou alguns dentes faltando.

Novamente ele olhou para Juliana e soltou algo que pareceu um gracejo. Hafez olhou para ela, que se encolheu ainda mais, e falou algumas palavras sem demonstrar emoção. O homem deu uma gargalhada e Hafez deu um sorriso forçado.

Senhor, o que estão dizendo? É sobre mim, tenho certeza...

O homem deu uma última olhada em Juliana e, sorrindo sem qualquer intenção de esconder sua horrível dentição, deu pequenos tapinhas nas costas de Hafez, como se o cumprimentasse por algum feito. Hafez novamente sorriu, mas ela percebeu que ele não sorria de fato. Eles se despediram e Hafez voltou a dirigir. Ela soltou o ar dos pulmões, sentindo algo desagradavelmente escorregadio que descia de suas axilas até quase sua cintura. Eles seguiram até que ela conseguiu avistar vários veículos de guerra, equipamentos, tanques, então imaginou que se tratava de uma base militar.

Hafez desceu, ordenando que ela permanecesse quieta. Ela se perguntou se essas pessoas estariam do mesmo lado que eles, e um pensamento amedrontador lhe ocorreu.

O que me faz confiar em Hafez?

Ele poderia se livrar dela a qualquer momento, poderia vendê-la para aqueles homens sujos, poderia se livrar do fardo que ela se tornara. Poderia alegar depois que ela morrera. Quem a encontraria? Quem o questionaria? Quem daria por sua falta? Carolina? Ela nem sabia se a amiga estava viva...

Oh, não, cacete, não!

Sentiu aquelas reações de pavor tomarem conta de seu corpo; sua mente criava imagens aterrorizantes que a faziam gelar, sentia todo o seu sangue latejar em sua cabeça.

Não havia nada que lhe assegurasse que ele era confiável, afinal o que ela sabia sobre ele? Então, tomada pelos seus medos, teve certeza de que ele era um espião.

Ele a entregaria, depois entregaria Carolina, e as duas seriam vendidas a homens sujos e sem dentes.

Juliana pensou em como ele era frio, parecia uma máquina sem sentimentos. Viu que ele voltava e, mesmo apavorada, não conseguia desprender os olhos dele. O movimento dos quadris quando ele andava, as coxas musculosas roçando naquela calça de tecido grosso, os ombros que se moviam suavemente...

Sentiu um arrepio.

Oh, merda! Puto do inferno! Poderia ser menos gostoso?

Balançou a cabeça, tentando recolocar os pinos no lugar.

– *Yalah*, pegue suas coisas!

Enquanto ordenava, ele juntava suas próprias coisas e já se encaminhava para o lugar de onde tinha vindo, sem ao menos se certificar se ela o estava seguindo.

A presença dos dois chamou a atenção de alguns homens que, curiosos, faziam comentários e soltavam pequenos risinhos. Juliana, apavorada, em silêncio e muito a contragosto, agradeceu por usar aquela roupa horrorosa.

Apertou os braços ao redor do corpo e correu para alcançá-lo, mas ele não fazia a menor questão de esperá-la. Ofegante, ela tentava reparar em tudo, para, quem sabe, arquitetar seu plano de fuga, quando fosse necessário, mas não havia a menor chance de sair daquele lugar, a menos que ela quisesse levar um tiro.

– Quem são essas pessoas? – Ela sabia que não obteria a resposta verdadeira, mas seu instinto de sobrevivência não conseguia se calar.

Novamente ele colocou o dedo nos lábios fazendo uma cara feia.

Puto, grosso e desgraçado!

Cruzaram toda aquela área iluminada e entraram em outro espaço, onde havia diversos tipos de veículos. Assim que eles pararam, um homem tão alto quanto Hafez chegou; trocaram algumas palavras no que lhe pareceu ser novamente francês e o outro homem indicou um veículo que estava estacionado; parecia uma perua, uma van, ela não conseguiu identificar. Entraram no veículo depois que Hafez e o outro se despediram, e passaram por uma saída tão bem camuflada quanto a entrada.

Juliana respirou aliviada por não ter sido entregue àqueles homens, desejando que o carro percorresse a maior distância possível daquele lugar sombrio.

Precisava planejar sua fuga... Ela não aceitaria terminar seus dias em algum bordel barato. Fugira de uma vida de escravidão física e moral, não pretendia ter esse fim. Nem que precisasse matar...

Olhou pelo canto do olho para aquele perfil bonito de expressão tensa. Seus pensamentos iam longe, enquanto o carro, bem mais velho que o anterior, ganhava velocidade e parecia que ia se despedaçar naquele terreno arenoso.

Poderia fingir que acreditava nele...

Não poderia levantar suspeitas...

Esperar ele dormir...

– Quem eram aquelas pessoas? Pode responder ou vai me mostrar seu dedão novamente?

Ah, cacete, fiz de novo!

Agora era tarde, não tinha mais como fingir que acreditava nele, ela fizera novamente, falara sem pensar... Mas Juliana não era de fugir de uma briga, e agora era guerra para ela; tirou aquele acessório medieval do rosto e o desafiou com o olhar.

Ele soltou um profundo suspiro e olhou para ela, estava cansado.

– Qual é o teu problema? Não pode confiar e deixar que eu cuide de tudo?

– Eu não confio em você. Acho que vai me entregar a qualquer momento.

Porra! Falei de novo.

Sem tirar os olhos da estrada, ele freou o carro bruscamente, desceu, abriu a porta do passageiro, arrancando-a do banco sem o menor sinal de gentileza e atirando-a ao chão. Atônita, ela caiu de cara naquela areia escaldante, sentindo a aspereza quente invadindo sua boca, e, antes de entender o que se passava, foi levantada violentamente.

– Yali haddah... Alfay...

Hã?

– Muttaeab. Laenatan!

– Pode ir. Continue sozinha... *Laenatan!* – ele sussurrava com a voz mortalmente gélida, apontando na direção do deserto, enquanto lhe forçava a caminhar na direção em que apontava.

Os pés dela afundavam na areia quente e ela sentia o desconforto áspero dentro da sua sapatilha, colando em seu suor.

Ah, merda!

– Estou cheio de suas perguntas, de suas desconfianças e criancices. Não faço nem ideia de como os homens em seu país toleram tudo isso, mas aqui é diferente.

Ela não conseguia entender metade das coisas que ele dizia. Só sabia que ele estava bravo, atropelando seu frágil controle sobre a língua portuguesa e misturando os idiomas.

Oh, Pai, ele está bravo, muito bravo. Ele vai me matar!

– Para! Você está me machucando! – ela gritava, tentando tirar as garras dele do seu braço, mas, sem obter resultado, ele continuava forçando-a a andar na direção que mostrava.

– Eu não vou, tá bom? Seu idiota! Me solta! A Carolina vai saber disso, eu vou contar tudo pra ela! É assim que cumpre suas missões?

De repente, como quem se lembra de algo importante, ele a soltou na areia fofa, fazendo com que ela perdesse o equilíbrio e fosse de cara ao chão novamente.

Juliana levantou com tanto ódio que por um momento uma névoa negra cobriu seus olhos, cegando-a. Avançou na direção dele com socos e tapas, mas foi imobilizada facilmente, tendo suas mãos presas atrás do próprio corpo.

Sem soltar seus braços, ele mantinha os olhos assustadoramente frios fixos nela, exumando sua alma, enquanto ela se debatia para se libertar. O suor, aliado à areia, criara um esfoliante poderoso que lixava sua pele sob as mãos dele. Seus pulsos queimavam irritados, mas ele, sem se dar conta, apertava ainda mais.

Eles estavam tão próximos que ela podia sentir as formas do corpo dele pressionando o seu sempre que se debatia para escapar, e, involuntariamente, aquela proximidade despertou algo nela que ia além da raiva. Olhou aquele rosto forte e bonito, podia ver cada detalhe, e o cheiro do hálito dele invadiu seus sentidos.

Respirou fundo e fechou os olhos, tentando se acalmar.

Calma... Eu quero provar o quê? Maldição! Maldição! O que eu faço agora?

Finja demência!

Isso explicaria muita coisa!

Buscou no seu íntimo toda a sensatez de que dispunha e soltou o ar devagar. Abriu os olhos e seu sangue correu mole e quente quando encontrou os olhos dele. A expressão dele havia mudado, em seus olhos ardia uma emoção desconhecida para ela, e, pela pressão que sentia em seu quadril, ou a arma estava muito abaixo de onde deveria estar, ou ele não estava imune, e ela não era a única com os sentidos à flor da pele.

Novamente aquele desconforto no final da barriga.

Ah, merda...

Mas então, inesperadamente, ele soltou seus punhos e praticamente a arrastou para o carro, escancarando a porta traseira, que correu fazendo um barulho medonho. Ele a empurrou para dentro e ela caiu, sentindo a dor no quadril quando foi de encontro ao chão. Novamente sentiu o sangue subir todo para a sua cabeça e o ódio por ele a cegou novamente. Levantou já batendo nele, socando o peito dele, cravando as unhas onde conseguia.

Ele a empurrou para o chão do carro e ela bateu a cabeça. Ficou zonza por alguns segundos, tempo suficiente para que ele a imobilizasse, segurando seus braços sobre a cabeça. Uma coxa dele estava encaixada entre suas pernas, imobilizando, empurrando, quase machucando aquele lugar.

Ela se debateu. Gritou e gritou. Sentia os cabelos no chão, a trança se desfazendo, sentia o suor descendo pelo pescoço, grudando tudo. Nunca sentira tanto ódio por alguém em sua vida.

Ele a olhava, havia ódio em seu olhar também, mas ela percebeu algo mais. Ele se inclinou um pouco mais sobre ela e seu rosto ficou próximo, muito próximo. Ele olhava sua boca, seu pescoço, e ela sentiu o ódio sendo substituído pela sensação de antes.

Fechou os olhos, sentia o coração quase explodindo, quase podia ver seu peito subindo e descendo. Estava sem ar quando ele falou:

– Se eu quisesse, poderia ter lhe entregado... Ofereceram um bom dinheiro por você.

Hã?

Ela virou o rosto e observou o chão do carro, os bancos no fundo e o espaço vazio onde eles estavam. Aquele carro deveria ser usado para transportar alguma coisa, ela pensou.

Mulheres? Por que estou pensando isso, inferno do cão?

Fechou os olhos novamente.

Ele moveu o corpo, ela sentiu a ereção dele... Os pensamentos idiotas se foram, ela só tinha consciência daquela pressão e daquele corpo sobre ela; não podia olhar para ele, era tudo muito selvagem, primitivo, queria que ele desse fim ao que seu corpo estava sentindo, mas havia uma tênue razão alertando-lhe que aquilo poria tudo a perder...

Ele moveu a perna suavemente e ela quase gemeu com aquele contato.

A respiração dele estava dura, ela sabia que ele não estava imune.

Ela se contorceu, fingindo tentar se soltar, e roçou ainda mais nele, movendo o corpo até ele.

Ele moveu o corpo contra ela, como que tentando segurá-la... E ela novamente se moveu de encontro a ele, como quem tenta escapar...

Ele desceu os olhos para o peito dela, que arfava, e ela abriu a boca, tentando trazer ar para seu corpo. Ele subiu o olhar para os seus olhos e ela viu algo nos olhos dele. Sentiu uma ferroada na barriga.

Deus, ele vai me comer...

Seu peito tropeçou e ela engoliu em seco.

Deus... Vai ser agora! Como ele vai fazer? Gentil? Violento? Oh, Senhor... Violento, com certeza! Ele nem vai arrancar minha roupa, vai puxar minha calcinha e meter pra dentro de mim...!

Ela arfou, quase sentindo seu corpo se abrir para ele...

Revirou os olhos.

– Eu disse que você era minha... Que tinha pagado um bom preço por você, que era uma mercadoria exótica e rara.

Hã?

A voz dele era como um sussurro e Juliana sentiu o desejo torturar seu corpo quando ele esfregou outra vez a perna entre as suas. Ela mordeu o lábio e soltou um som baixo. Sentiu a pressão nos pulsos doloridos diminuir, como se ele percebesse que ela se rendia, como se ele próprio se rendesse...

Aquela coxa roçando entre suas pernas... Era indescritível!

O cheiro do suor dele... Era almiscarado, primitivo, como uma droga para seus sentidos naquele momento.

O que ele estava fazendo com seu corpo? Não se importava, o queria naquele momento, da forma que ele quisesse. Estavam sozinhos, milhares de quilômetros de solidão.

Olhou para ele suplicante e entreabriu os lábios, quase buscando os dele.

Ah, maldito, me beija...

Então ele se levantou e a puxou com ele.

Atordoada, envergonhada e se sentindo ridícula, usou todo o seu autocontrole para ficar em pé, limpou a areia do rosto e das mãos, odiando cada momento que vivia e se arrependendo por ter embarcado naquela aventura.

Massageou os pulsos doloridos, já vermelhos, imaginando se conseguiria olhar nos olhos dele novamente. Em menos de dois dias ela conseguira se sentir mais imbecil do que em uma vida inteira.

Ele entregou para ela uma garrafa com água.

Ela aceitou sem olhar para ele, bebeu um pouco e molhou os pulsos, sem desperdiçar. Não queria provocar outra briga, e sabia que o desperdício de água seria um motivo justo, mesmo para ela.

Bufou de ódio.

Odiava a sensação de areia na pele...

Odiava aquela sensação molhada e frustrante entre as pernas...

Retirou as sapatilhas, tentando limpar, inutilmente, a areia colada em seus pés, pensando em uma centena de palavrões que gostaria de dizer para ele, quando ele falou:

– O que te fez achar que eu trairia meu rei?

Hã?

Ela o olhou rapidamente, antes de começar a entender sua reação violenta: ela havia ferido seu orgulho.

Era aquilo mesmo, apenas orgulho? Isso o excitava?

Reuniu toda a sua racionalidade e decidiu responder, ignorando tudo, todo o embaraço que sentia e aquela monstruosa libido que ele conseguia despertar.

Observou aquelas mãos e aquele rosto que conseguiam fazer seu corpo oscilar do pavor ao desejo em segundos e respirou fundo.

– Estou confusa com tudo isso, e você não me responde nada, está sempre me mandando ficar quieta. O que você queria? Sou uma convidada em uma casa, e de repente sou forçada a fugir com um homem que eu não conheço, que não me ouve, não me deixa falar e está sempre usando a força.

Quando terminou o desabafo, sua voz já embargava, e ela se questionava se conseguiria ficar ainda mais ridícula do que estava sendo, mas ela sabia que sim, e sabia que ao lado dele não faltariam oportunidades para colocar à prova o quão ridícula poderia ser.

— Teremos que aprender a respeitar um ao outro, se quisermos viver. Você terá que confiar em mim, não posso impor isso a você, mas lembre-se de que sua amiga confiava.

Não era um pedido, e sim uma afirmação, mas o que ela poderia fazer a não ser confiar?

Carolina confiava, é verdade... Ele cuidava de Carolina, não fora isso que ela disse? Cuidava? Cuidava fazendo o quê?

De repente, sentiu uma pontada de ciúmes ao imaginar ele e Carolina.

Qualquer homem desejaria Carolina, será que ele nunca olhou pra ela com tesão? Será que ele nunca desejou esfregar o pau duro nela também? Será que eles nunca... Putz...

Imaginar Carolina nos braços dele não foi um pensamento muito bem-vindo. O pensamento foi refutado com todos os argumentos que conseguiu.

NÃO! Carol não é assim!

Sobre o que falavam?

Putz, esqueci totalmente o que a gente conversava...

Confiança, Juliana, vocês falavam de confiança.

Sim, confiança, ele me pediu para confiar nele... Tenho alternativa?

— Tudo bem, posso tentar, se você me responder algumas perguntas.

Ela percebeu um ar divertido na fisionomia dele e continuou olhando a estrada, tentando colocar alguns neurônios de volta no lugar, sentindo o suor colando a roupa em sua pele e areia em muitas partes.

Mas tudo bem, senhor inatingível... Você não é tão inatingível assim...

Juliana sorriu por dentro de um jeito bem idiota, já se esquecendo do embaraço recente.

Ele me quer... Sim, você me quer...

Olhou para fora, tentando ignorar a ardência nos pulsos e aquela areia colada em todos os lugares.

Onde estamos?

— Afinal, onde estamos? — pigarreou, tentando agir o mais natural que pôde.

Lembrava-se vagamente de Carol ter dito algo sobre o país em que estavam, mas não havia gravado.

— Passando pelo Marrocos e indo para a Argélia.

Hafez pensou que gostaria de sair dali o mais rápido possível. Pensou também que, se pudesse, colocaria ela dentro do primeiro avião de volta ao seu país. Antes que fizesse aquela boca mal-educada se calar, ou desse um bom motivo para ela gritar quando desse o castigo que aquele corpo petulante merecia.

Ele sentiu o desejo o incomodar e olhou para ela. Juliana pensou que deveria se assustar com o olhar dele, mas não se assustou, e decidiu formular novas perguntas, sem se importar se ele fosse grosso novamente.

Quem sabe assim ele resolve me pegar de vez e mata esse fogo do inferno que estou sentindo. Se eu for bem desobediente, ele pode até me dar umas palmadas, deixar meu traseiro

ardendo, literalmente... Assim quem sabe eu consigo colocar meus parafusos no lugar. Só na pancada mesmo. Não era isso que o Paulo dizia? Vai ver eu só funciono assim...
Por que estou pensando nesse desgraçado novamente?
Gemeu com o rumo que seus pensamentos tomavam e se mexeu desconfortável.
Ao menos, pensar em Paulo lhe tirava o tesão.
É bom saber que tenho uma arma secreta.
Ele a olhou e ela pigarreou sem graça, envergonhada pelos pensamentos.
E tentando soar natural...
– Vocês esperavam por esse golpe?
– Sim, ele já sabia. Só não sabia quando isso aconteceria. Ele tinha que escolher entre o seu trono ou o seu amor, e ele escolheu.
Ela o olhou, na dúvida se tinha entendido direito.
Amor? Ele falou amor? Que amor? Será que era a Carolina?
– Que amor?
Ele demorou a responder, pois não achava necessário explicar esse assunto, já que não era segredo para ninguém. Mas Juliana não sabia, e insistiu na pergunta.
– Carolina. – Dava para sentir impaciência e irritação quando ele pronunciou o nome de Carol, mas Juliana sentiu algo mais, sentiu uma pontada de tristeza...
Será que ele saberia de algo que ela desconhecia?
Ela resolveu ignorar essa desconfiança por enquanto...
Lembrou-se de toda a história que Carol havia lhe contado e, mesmo para o seu desejo de viver um conto de fadas, aquilo lhe parecia totalmente irreal. De repente se lembrou de que não tivera tido tempo de conhecê-lo, Carol o apresentaria no dia seguinte.
Ficou pensando em tudo aquilo, enquanto, involuntariamente, olhava aquelas mãos firmes e fortes no volante, e logo se envergonhou, pois ainda podia sentir os pulsos doloridos, os quais aquelas mesmas mãos haviam segurado com violência minutos antes; talvez adivinhando o que se passava na cabeça dela, ele a olhou rapidamente, voltando sua atenção para a estrada, sem dizer uma palavra.
O que é isso? Será que sou tão puta assim, que bastam dois dias ao lado de um homem para que eu queira dar pra ele? Inferno...
Bufou.
Deveria ser aquele país, ela pensava...
Aquele calor do inferno, ela justificava...
Aquela areia das trevas, completava...
Imaginou Hafez entre os brasileiros, andando pelas ruas de sua cidade de bermuda e camiseta coladinha.
Será que o acharia tão irresistível?
Será que ele daria uma surra no Paulo?
Sorriu imaginando o último pensamento, mas logo voltou sua atenção para a realidade, que não era nada engraçada.
Ela e Carol estariam sendo vítimas de alguma droga. Alguma droga árabe!
Merda...

CAPÍTULO 26

O merecido banho

Juliana sentia seu estômago reclamar de fome, uma fome de verdade, como nunca sentira. Fechou os olhos e imaginou um prato grande e suculento de comida quentinha... Arroz e feijão, salada de rúcula com bastante cebola e vinagre de maçã, batata frita e aqueles hambúrgueres de lentilha que a Carol fazia. Tinha que ter frango frito também... E torresmo sequinho... Imaginou a cara recriminatória que Carolina lhe faria para esses últimos desejos, mas amava frango frito e torresmo, bem sequinhos...

Sua boca estava cheia de água, quase sentia o cheiro, quando Hafez falou:
– Vá para trás e deite-se!

Hã? Por quê? Deus, o que ele vai fazer comigo?

Antes que tivesse um orgasmo mental ou entrasse em combustão pela expectativa, ele voltou a falar:
– Boca fechada!

Roupa rasgada? Puta merda, ele vai rasgar minha roupa? Cacete, o que ele falou?

Boca fechada, Juliana, ele falou para você ficar calada.

Ela fez aquela cara idiota e um pouco tardia de quem entende.

Ele ainda lhe dirigiu um olhar de desafio e ela respirou fundo, com o coração ainda acelerado.

Petulante desgraçado!

Ignorou aquela expressão sarcástica, passando para a parte de trás e se deitando no fundo, próximo do banco traseiro; suas forças estavam se esvaindo, como água entre os dedos, e não sentiu disposição para um confronto verbal naquele momento.

As discussões entre eles sempre terminavam com ela subjugada, desejosa dele e humilhada depois.

O carro dava voltas, parava e continuava a marcha lentamente, enquanto, quietinha em seu esconderijo, Juliana sentia a areia que grudara no seu corpo suado, e mais do que nunca desejava tomar um banho.

Fechou os olhos e, pela primeira vez desde que chegara, pensou na sua mãe, o que lhe trouxe uma grande amargura. Sentiu medo de morrer naquele lugar e não conseguir voltar aos seus pais; como estava sem documento, seria uma indigente, se perderia entre tantos, e nunca seria encontrada. O rosto de seu pai lhe veio ao pensamento junto com a expressão de desagrado tão característica dele.

Ah, velho desgraçado! Se eu morrer, ele nem vai dar pela minha falta...

O carro parou de vez e ela ficou esperando que ele voltasse, o que demorou uma eternidade; ela começara a temer o pior quando, sem aviso, ele escancarou a porta, fazendo-a soltar um grito.

– Daria para ser mais gentil? Desse jeito vou morrer do coração antes de levar um tiro – disse ofegante, já com a mão no coração, e pela primeira vez ele deu um sorriso diante da sua cara de assustada. Um sorriso lindo, cheio de dentes, com uma covinha do lado esquerdo do rosto, o que, sem dúvida, foi a coisa mais linda que ela viu nas últimas horas, pensou que seu coração fosse derreter. Sentiu um impulso quase irresistível de abraçá-lo, mas o clima passou, e novamente a expressão dele endureceu.

Ele fez um sinal para que ela colocasse o lenço e cobrisse a boca, e ela o fez, ainda trêmula pelo susto e sem ar depois daquele sorriso...

Entraram pela porta dos fundos de um enorme prédio antigo, que parecia ter saído de algum filme de "Indiana Jones"; não havia luxo, apenas história.

Subiram dois lances de uma escada de pedra, e chegaram a uma porta que ele abriu para que ela entrasse. Era um quarto de hotel, um pouco melhor que o anterior, com uma cama de casal e um banheiro. Com chuveiro!

– Volto assim que puder. Não saia! – ele disse e saiu, novamente fechando a porta por fora e deixando Juliana sozinha. Ela mostrou a língua para a porta que se fechara.

Tá, vá com os percevejos, senhor insuportável!

Sem cerimônia, ligou o chuveiro, enquanto se livrava daqueles trapos, já temendo ter que usá-los novamente; evitou pensar nisso e aproveitou aquela água quente e revigorante. Lavou os cabelos com um vidro de xampu suspeito, mas evitou pensar nisso também. Ficou ali mais tempo que o necessário, aproveitando cada gota daquela água gostosa. Quando terminou, vestiu sua lingerie suada e o moletom, e caiu na cama, dormindo quase que instantaneamente.

Acordou com o barulho do chuveiro e, por alguns segundos, não conseguiu se lembrar de onde estava. Ouviu o barulho da porta sendo aberta e continuou deitada. Por uma frestinha dos olhos, observou enquanto ele caminhava sem camisa pelo quarto. Prendeu a respiração para que ele não percebesse que seu coração estava descontrolado no peito, quando ele entrou no banheiro, voltando já vestido.

– Comprei umas roupas pra você. Temos que sair antes de escurecer, se quisermos pegar o avião.

Ela soltou o ar dos pulmões, se perguntando se ele teria percebido que ela estava acordada. Acordada e observando-o...

Merda...

Sentou-se e deparou com um homem vestido em jeans, camiseta e com os cabelos molhados...

Santo...

Balançou a cabeça.

Olhou o contorno de suas pernas musculosas naquela calça, pressionando e friccionando o tecido...

Tentação do inferno!

Prendeu a respiração novamente.

Nunca vira um homem tão gostoso em toda a sua vida; quase nem conseguia raciocinar, enquanto olhava para ele. O cheiro do banho fresco, a barba em crescimento, aquela roupa e o jeito que ele a olhava... E ela que achava que já tivera sua cota de pecado com o "vizinho gostoso". Ela começou a cantarolar um hino evangélico dentro de sua cabeça, mas não estava funcionando. Não queria louvores, queria colocar sua fantasia de odalisca e abrir as pernas para ele, quando ele falou, fazendo-a sair do seu transe erótico:

– Não sabia o que você gostava de usar, mas acho que o tamanho vai servir.

Ele olhou o corpo dela de cima a baixo e ela sentiu seu rosto corar.

Cacete!

Totalmente no automático, pegou o pacote das mãos dele, torcendo para que ele não tivesse percebido seu desejo por ele. Abriu o pacote com um misto de insegurança e medo, imaginando qual seria o figurino fúnebre que teria de vestir agora. Para sua surpresa, ali havia roupas normais e até bem bonitas, inclusive peças íntimas.

Trocou-se e olhou demoradamente para o pequeno espelho manchado na parede; pela primeira vez em muito tempo, sentiu-se bonita e atraente. As calças claras de tecido grosso e pesado lhe deixavam um pouco mais encorpada, e a blusa em algodão com pequenas flores coloridas lhe davam um ar jovial. Ainda apreciava as roupas que ele comprara, quando ele a chamou impaciente.

Já vou, seu mandão!

Ele trouxera alguns pãezinhos, castanhas e frutas secas, que eles comeram com gosto.

Quando se preparavam para sair novamente, ela se deu conta de que ele praticamente não havia dormido naqueles dois dias.

Mas ela não deveria se importar com isso, afinal ele vinha sendo um grosso e mandão. Olhou para ele novamente.

– Você não descansa? Não vi você dormindo uma única vez...

Eu não me importo! Só acho que ele está no limite das forças, vai que morre e me deixa sozinha...

Tentava argumentar.

O que eu faria sozinha?

Pensava, enquanto olhava o peito dele naquela camiseta.

Nem consigo me comunicar...

Argumentava mais um pouco, agora olhando os braços, aqueles pelos...

Nem documento eu tenho...

Desceu os olhos para a virilha dele; nessa hora ela quase revirava os olhos.

– Quando você estiver a salvo, eu durmo. No momento, eu preciso cumprir o que me foi imposto. Mesmo que para algumas pessoas eu não seja digno de confiança... – ele falou calmamente, procurando as palavras certas para que ela o entendesse.

Ela entendeu o que ele disse e sentiu o rosto corar; um profundo arrependimento fez com que ela se sentisse a pessoa mais ingrata do mundo, mas não deixaria que ele soubesse disso.

Isso... Pisa mesmo! Faz com que eu me sinta culpada!

– É só isso que eu sou? Uma missão?

Ele ficou olhando-a sem dizer uma única palavra. Sua expressão era gentil, e novamente ela sentiu um desejo quase irresistível de tocá-lo. A gentileza durou pouco, pois rapidamente sua expressão endureceu, e ela já começava a pensar que ele era um grosso e ela uma idiota que adorava sofrer.

– Acabou? Então vamos.

Acabou? Então vamos... Blá, blá, blá... Grosso do inferno!

Ela saiu logo atrás dele, fazendo uma careta e um gesto obsceno com o dedo.

Foi então que ela percebeu o espelho de frente e seus olhos se encontraram no reflexo. Nessa hora ele se virou para ela.

Puta merda! Será que ele viu? Será que ele conhece esse gesto?

Quase engasgou sob o olhar dele. O que ele teria visto? Seu olhar não dizia muito. Divertido? Irado?

Oh não, definitivamente irado, o que eu faço? Maldição!

Ela recuou dois passos e ele avançou na direção dela.

Ele vai me bater, Senhor! Ele vai me bater!

– Desculpa, por favor, não me bata...

Colocou as mãos na frente do rosto em sinal de defesa, se encolheu e fechou os olhos, esperando o golpe. Prendeu a respiração quando ele segurou seus pulsos e os prendeu atrás de seu corpo com uma das mãos, enquanto com a outra segurava seu rosto. Os olhos dele estavam assustadoramente escuros quando ela teve coragem de encará-lo.

– Você gosta de me desafiar, não é, *fatat safiq*? – A voz dele era baixa e Juliana sentiu o efeito na parte mais profunda de seu corpo.

Seu sangue esquentou instantaneamente e ela fechou os olhos novamente, tentando absorver as sensações desenfreadas.

Não, não, não, eu não faço de propósito...

Gemeu quando ele a puxou forte de encontro ao seu corpo.

Puta merda!

Abriu os olhos e ele estava avaliando-a, avaliando suas reações. Um desejo absurdo de ser beijada por ele invadiu seu corpo, quase a cegando. Como seria o beijo dele?

Deve ter gosto de cigarro...

Amava cigarro.

Me beija...

Ela fechou os olhos e soltou o peso da cabeça na mão dele, inclinando-se para ele. Sentia um calor gostoso nas pernas, e seu coração batia frenético, esperando, ansiando pelo contato que não vinha. Abriu os olhos, e ele ainda a observava com o indisfarçável desejo pressionando seu quadril.

Me beija, maldito!

Ela soltou um lamento baixo e se inclinou um pouco mais, buscando o cheiro dele; queria sentir a barba dele em sua pele, a boca dele na sua...

Ela sentiu que ele afrouxava a pressão em seu rosto e então ele a soltou.

Ela quase caiu. Sua cabeça girava.

Não, não, não... Maldição, não! Então é esse seu jogo, inferno? Eu também sei jogar...
Ele se virou para sair, mas Juliana o puxou pela mão, fazendo ele se voltar para ela. Em um momento de insana e passional decisão, atirou-se nos braços dele, colando seus lábios.

Ele soltou um suspiro involuntário e deu dois passos para trás com o súbito ataque dela, mas em seguida segurou os braços dela e a empurrou sem soltá-la. Seus olhos se encontraram, e havia um brilho nos olhos dele, algo perigoso que queimou dentro dela. Então ele falou algo ríspido e baixo, e a empurrou quase a levantando do chão; antes que ela conseguisse respirar, já estava sob ele na cama.

Ela soltou o ar que trazia no pulmão ruidosamente quando ele pressionou seu corpo contra o colchão. E então ele tomou sua boca...

A boca dele era forte e tinha um gosto indescritível, uma mistura de cigarro e creme dental, mas tinha algo mais, tinha o gosto do desejo, do prazer... Ela gemeu, sua boca gostou do gosto dele, salivava de um jeito diferente, como se provasse o mais delicioso dos néctares.

Juliana entreabriu as pernas, como um doce convite, e desceu as mãos pelas costas e quadris dele, puxando-o para ela. Apertou os dedos na pele dele, sentindo todos os músculos duros se contraindo sob seu toque. O beijo estava mais profundo agora, molhado, e ela sentia que, se pudesse, o engoliria, beijando-o como se da boca dele saísse sua própria vida. Sentia a respiração pesada dele em sua pele, o entrecortar sempre que ele movia a boca na sua, o barulho molhado da saliva...

Ele colocou os antebraços ao lado de seu rosto, como que buscando apoio, e moveu o corpo de encontro a ela, separando ainda mais suas pernas e se movendo sensualmente entre elas; sua ereção parecia querer rasgar todos os obstáculos de tecido e chegar até ela, quase machucando aquele local que a incomodava tanto.

Ela gemeu novamente, arqueando e enroscando as pernas nele, forçando seu corpo para cima, tentando dar um fim àquela angústia...

E então, insanamente, ela deslizou a mão para o cós da calça dele, desabotoando, procurando... Ele ficou tenso, e, como quem volta de um transe, foi se afastando vagarosamente e se desvencilhando dela.

Antes que ela retomasse a sua lucidez, ele já estava de pé, deixando-a totalmente perdida, como se de repente ela tivesse sido privada de ar e de espaço. Sentia-se inexplicavelmente sozinha e vazia sem ele, seu corpo queimava de frustração e em seu peito uma dor desconhecida estava a ponto de sufocá-la.

Ele respirava com dificuldade e os olhos ardiam uma emoção que ela não soube identificar.

Então ele arrumou sua roupa e passou as mãos pelos cabelos, aparentemente sem jeito; seu sussurro saiu gelado como uma ameaça:

– Não faça mais isso, entendeu?

Isso? O que foi isso? Cacete, o que foi isso?

CAPÍTULO 27

De volta à estrada

Já no carro e de volta à rodovia, o silêncio entre Juliana e Hafez só não era maior que a frustração dela.

Olhou-o pelo canto dos olhos. Ainda sentia aquele corpo pressionando o seu, aquela saliva quente na sua boca... O cheiro...

Sentiu um arrepio.

Nada mal... Nada mal mesmo!

Deu um suspiro pensando o que não daria para continuar aquele beijo, ir até o final, dar prazer a ele, ver a cara dele quando se rendesse...

Tinha um tesão em homem com cara de mau.

Sentiu um novo arrepio e fechou os olhos; quando os abriu, tentou focar na paisagem que mudara um pouco. De repente ela se perguntou de onde ele vinha tirando dinheiro para comprar todas aquelas coisas ou para fugir. Deveria perguntar? Deveria fingir que nada havia acontecido? Na dúvida, acabou fazendo o de sempre.

– Onde tem conseguido dinheiro para nossa fuga?

Esperou uma reação parecida com as outras, mas, ao invés disso, ele a olhou e perguntou:

– Se incomoda se eu fumar?

Ela respondeu que não com um gesto de cabeça, observando cada movimento que ele fazia ao acender e tragar o cigarro; sentiu a dolorosa e inesperada contração no fundo da barriga e ficou assustada. Desviou o olhar, e novamente fingiu interesse na paisagem, temendo que ele notasse, querendo se controlar, mas já se sentindo entorpecida pelo cheiro do cigarro.

– Você se lembra do pacote que encontrei atrás do banco do carro?

Ela assentiu. Como poderia esquecer?

– Era dinheiro. Um pouco de cada país pelo qual passaremos. Se chegarmos vivos...

O último comentário saiu baixo, como se fosse feito apenas para ele mesmo. Por alguns segundos ela entendeu que ele queria 'pegar alguns livros', mas, para sua infelicidade, entendeu o que ele quis dizer segundos depois, mas, para o seu próprio bem, resolveu ignorar.

– Quem eram aquelas pessoas com quem trocamos o carro? – ela perguntou novamente. Ela não desistia.

Eu quero saber! Pode fazer essa cara de campeão dos gostosos irritadiços, eu não ligo!

Ele deu uma fungada de impaciência com os olhos fixos na estrada.
— Alguns amigos que me deviam favores.
— Por que eles queriam me comprar?
Ele a olhou e deu uma profunda tragada no cigarro, lançando a fumaça no ar lentamente, sem tirar os olhos dela. Ela parou de respirar e sentiu tudo da cintura para baixo se esquentar.

Puta merda!

Ele voltou o rosto para a estrada e deu de ombros.
— Você é novidade...

Sou novidade? Foi isso que ele falou? Sou novidade pra você também, seu demônio?

— Mas eu estava coberta até os pés, como sabiam que eu era "novidade"? — ela falou a última palavra dando ênfase e fazendo uma careta.

Ele a olhou brevemente e ela se questionou se ele teria entendido, mas então ele voltou sua atenção para a estrada e novamente deu de ombros ao falar.
— Seus olhos...

Ela prendeu a respiração.

Oh, não!

Ele diria que seus olhos eram grandes demais, ela sabia, diria que eram assustadores... Paulo dizia isso.

Ela ainda prendia a respiração quando Hafez completou:
— As mulheres daqui não olham nos olhos.

Juliana soltou o ar dos pulmões e ficou olhando para ele, tentando entender o portuárabe dele e assimilar tudo o que entendera...
— Mulher não tem nenhum valor pra vocês?
— Claro que tem... Ele ofereceu um bom dinheiro por você, daria pra comprar muitos camelos.

O quê? Cabelos? Pentear cabelos?

Camelos, Juliana! Ele falou comprar camelos...

Camelos? Comprar camelos? Não, ele não disse isso, eu não ouvi isso...

Ele atirou o resto do cigarro pela janela, com os olhos na estrada, mas ela percebeu um ar zombeteiro em sua fisionomia. Será que ele estava brincando? E se não estivesse? Quantos camelos ela valeria?

Oh, merda!

Torceu o nariz em desagrado.
— Essa é sua ideia de piada?

Ele não respondeu. Aquele assunto aparentemente estava encerrado.

Mas ela queria saber da Carol.
— Estava tudo planejado? Quer dizer, como você sabia em que carro estaria o dinheiro?
— Eu ajudei a preparar tudo.
— Se o rei sabia que perderia toda sua riqueza, por que ele se casou, contrariando a todos? Ele não poderia viver com ela sem que soubessem?

Fez uma careta para si mesma diante do próprio comentário.
– O rei é um homem muito rico. Perdeu apenas o trono.
Burrico? Muito rico? Rico quanto?
Hafez mantinha a atenção na estrada, pensando que ele havia perdido o trono, mas, assim que conseguisse asilo político em outro país, não haveria nada que o impedisse de viver muito bem o resto dos seus dias.

Quando o rei abriu mão das outras esposas para viver apenas com Carolina, iniciou uma guerra política que seu pai evitou por anos. Ser rei nos dias de hoje não quer dizer ter todo o poder, mas sim governar de acordo com leis impostas, com regras e padrões que devem ser cumpridos, principalmente tradições que são muito valorizadas, inclusive o princípio religioso.

– Ele se casou com uma cristã. É um traidor do Islã, agora.
Juliana mantinha os olhos nele.
O que tem de mais em ser cristã? Eu também sou.
Sua cabeça girava... As últimas horas fervilhavam dentro dela.
De repente, tudo aquilo tomou forma em sua cabeça, e não temia apenas pela sua vida, mas pela vida de sua amiga também, que entrara forçadamente nesse mundo e agora era perseguida, correndo o risco de morrer ou coisa pior.
Coisa pior que a morte? Devo estar louca mesmo. Como pode haver algo pior que a morte?
Mas ela sabia que, em algumas situações, a morte podia ser um doce bálsamo.
O que estou fazendo aqui, nesse maldito lugar?
Sentiu um gosto amargo na boca; aquela viagem não terminava nunca...

Depois de horas de silêncio, chegaram ao lugar combinado, onde o avião os esperava; Juliana esperou escondida no carro novamente, enquanto ele saía para resolver. Encostou-se no banco enquanto o via se afastando; ainda não se acostumara com ele usando jeans e balançou a cabeça, expulsando a besta salivante de dentro dela.

Minutos depois ele voltou com uma expressão azeda.
– Temos um problema...
Só um?
Ela se limitou a olhá-lo e ele continuou:
– Não podemos embarcar juntos. Todos os aeroportos estão vigiados.
Ele passou a mão pelos cabelos e fungou, fazendo uma careta.
– E?
– Alguns prisioneiros estão sendo levados e podemos embarcar...
Isso não está me cheirando bem... Não, não, não!
– E?
Depois de uma nova fungada, ele passou a mão pelos cabelos novamente.
– Teremos que embarcar disfarçados...
Embarcar pelados? O que ele falou?
Pensa, Juliana, o que você acha que ele falou?

– Disfarçados? Embarcar disfarçados?
Ele confirmou com a cabeça.
– Disfarçados como?
Ela já sabia, sentia bem lá no fundo aquela sensação que gelava seu sangue, como se pisasse em algum terreno escorregadio.
– Você, por ser menor, pode ir como prisioneiro, eu vou como soldado.
E dessa vez ela entendeu de primeira...
Ah, merda!
Ela sentiu o sangue sumir do seu rosto e parecia haver uma correnteza dentro de seus ouvidos.
– Não há outro jeito... – ele acrescentou com uma expressão séria e um olhar que parecia querer dizer mais, mas Juliana não conseguiu captar, estava aterrorizada.

Juliana respirava pela boca e, a cada puxão que ele dava, ela soltava um suspiro involuntário. Ele puxou forte e ela soltou um gemido baixo quando sentiu os dedos dele na sua pele, empurrando e prendendo o resto do tecido entre seus seios.
– Consegue respirar?
Ela puxou o ar. Conseguia? Puxou o ar novamente. O desconforto de estar quase nua da cintura para cima na frente dele foi substituído pelo desconforto de quase não conseguir respirar.
– Consegue? – ele repetiu a pergunta, e ela assentiu sem convicção alguma.
Ela precisara tirar o sutiã, e Hafez havia amarrado seus seios com uma faixa larga; ela poderia até correr que eles não dariam nenhuma dica da sua sexualidade. Colocou uma camisa e uma calça grossa de tecido estranho que pinicava sua pele, e por cima havia uma túnica escura que descia até seus joelhos. Um arrepio percorreu seu corpo. Estava vestida de homem. Hafez a ajudara a prender o cabelo e a colocar o turbante, que descia pelas costas e cobria a boca. Apenas seus olhos apareciam e ela teve que lavar qualquer vestígio de maquiagem.
Hafez usava uma roupa de militar e ela soltou um suspiro involuntário enquanto o observava; ele estava muito gostoso.
– Não pode emitir nenhum som. Cabeça sempre baixa, deixe que eu guie você. Não olhe nos olhos de ninguém, entendeu? – ele ditava as regras. – Sem olhar, sem falar, sem pensar, apenas obedeça, mesmo que não entenda, obedeça! Certo?
Ela assentiu, o medo já invadindo seu corpo.
– Coloque as mãos para trás – ele ordenou e empurrou suavemente suas costas para que ela se inclinasse sobre uma mesa e ele tivesse acesso aos seus pulsos.
Juliana sentia-o quase roçando em seu traseiro. Prendeu a respiração.
Puta merda!
Ela fez como ele ordenou e sentiu o metal frio da algema fechar em seu pulso. A proximidade dele, a sensação de vulnerabilidade por estar algemada, fez o ar circular diferente. Talvez fosse só ela, talvez ele nem se desse conta, mas ela sentia algo

real, algo que umedecia algumas partes do seu corpo e a deixava com vontade de fazer coisas que provavelmente as tradições daquele país condenariam.

Ele puxou seus ombros e fez com que ela o encarasse. Seus olhos traziam algo novo, Juliana não soube identificar; medo, tristeza, apreensão... Seu coração se apertou quando ele tocou suavemente seu rosto.

– É sério... Não solte nenhum som... Aconteça o que acontecer, mantenha os olhos abaixados e a boca fechada. Preciso amordaçar você?

Os olhos dele brilharam...

Hã? Não!

Ela pigarreou e falou em um sussurro:

– Não, não precisa, prometo me comportar...

Ficaram se olhando em silêncio, e ele soltou um profundo suspiro.

– Vamos!

Segurou o braço dela e saíram.

– Cabeça abaixada!

Tá! Merda!

Na posição em que se encontrava, com aquele turbante na cabeça, Juliana só conseguia ver o chão e ouvir os sons: vozes, motores, zumbidos de hélice, comandos altos; sua vontade de levantar a cabeça e olhar o que acontecia ao seu redor era quase insuportável.

Ouviu gritos de homens e latidos de cães. Pensou ter ouvido choro de mulheres, gritos de moças, mas decidiu que não, já estava difícil assimilar aquela realidade com homens... E, sendo mulher, era melhor deixar as mulheres fora disso...

Alguém se aproximou, usava coturnos, eles conversavam, o homem parecia muito animado, e Hafez ria. Quase olhou para ele, mas se conteve a tempo, com o apertão que ele deu em seu braço. Queria vê-lo sorrindo, saber por que sorria, mas então percebeu que ele encenava, estava entrando no jogo, ninguém podia perceber que ele estava tenso.

Subiram uma escada de ferro, ela quase tropeçava com sua limitada visão do chão, e ele segurava firme seu braço; dentro do avião, ele removeu suas algemas, puxando suas mãos para a frente e prendendo-as novamente. Quis olhar para ele, mas, adivinhando os pensamentos dela, ele disse em um sussurro:

– Cabeça abaixada!

Ela quase soltou um gemido.

Ele fez com que ela se sentasse, prendeu suas algemas em uma corrente e puxou o cinto da poltrona, cruzando-o em seu corpo. Juliana sentiu o toque das mãos dele e revirou os olhos, sufocando um gemido quando ele fechou as travas apertando-a no banco.

Sua cabeça doía...

Era mais difícil manter a cabeça abaixada do que queria admitir, sua nuca começava a doer de verdade, e com as mãos presas não podia nem massagear o local. Estava olhando para baixo, podia ver alguns vultos em movimento, o piso metálico do avião, novos pés que se acomodavam. Prisioneiros?

O que será que eles fizeram? Embora não precise muito para esse povo prender, basta ser cristão...

O pensamento não foi bem-vindo. Tentou pensar em outra coisa. Pensou no beijo, nas mãos dele, que ela conseguia ver parcialmente descansando no assento da cadeira ao seu lado. Mãos bonitas, fortes, masculinas; sentiu um desconforto entre as pernas.

Ela fechou os olhos.

O Senhor é o meu pastor, nada me faltará. Deitar-me faz em verdes pastos, guia-me mansamente a águas tranquilas. Refrigera a minha alma, guia-me pelas veredas da justiça por amor do seu nome... Isso não está ajudando!

Pensa em outra coisa... Pensa no Paulo. Paulo fazendo alongamento... Paulo comendo... Paulo se espreguiçando... Paulo beijando...

Quando sentiu que a aversão havia vencido a libido, percebeu que o avião acelerava e não havia mais movimentação. Todos se sentaram, tudo silenciou, a única coisa que conseguia ouvir eram sons de motores, hélices e o vento. Fechou os olhos e prendeu a respiração quando o avião deixou o chão.

Que tipo de avião é esse? Grande? Pequeno?

Poderia até ser um helicóptero ou um planador que ela não saberia.

Sua nuca estava rígida, e a dor mudara, tornara-se pesada; sentiu seus nervos travados. Com certeza teria um terrível torcicolo no dia seguinte.

Amanhã... Como será o amanhã, estarei viva?

Sentiu o frisson do medo passar pelo seu corpo e tremeu sem perceber.

Hafez colocou as mãos em seus joelhos discretamente e apertou suavemente, querendo lhe passar segurança, com certeza.

A reação em seu corpo foi outra.

Puta merda... Acalme-se, mulher... Controle seus hormônios!

Juliana não conseguiu precisar quanto tempo viajaram, sua cabeça doía terrivelmente e sua nuca estava dormente. Sentiu a lividez no corpo e percebeu que o avião descia para aterrissar. Fechou os olhos novamente e rezou, sem muita convicção do que fazia.

Novamente Hafez abriu suas algemas e prendeu suas mãos nas costas; desceram as escadas, que era a única coisa que ela conseguia ver naquele momento, com ele segurando fortemente seu braço.

Ouviu vozes e se conteve para não olhar para cima; viu novos pés de coturnos, voz grave, palavras inteligíveis. De repente, Hafez soltou seu braço e o outro homem o pegou, saindo a passos largos, fazendo-a tropeçar enquanto tentava manter o ritmo que ele impunha. Via os pés de Hafez a poucos passos e ouvia a conversa entre eles, tentando extrair do timbre alguma resposta. Pareciam relaxados, conversando animadamente.

Hafez estava sorrindo?

Meu Deus, ele está sorrindo! O que está acontecendo?

Naquele momento, sua insegurança fez aflorar suas antigas desconfianças. E se todo aquele papo de "eu nunca trairia meu rei" fosse somente uma encenação? E se ela estivesse caminhando inocentemente para seu fim? Por quantos camelos?

Não!

Sentiu o calor do medo invadir sua barriga e adormecer suas pernas quando entraram em algum lugar, talvez uma sala. O homem soltou seu braço e se afastou, então ela sentiu Hafez apertando discretamente suas mãos, que estavam presas nas costas, frias como pedra.

Aquele gesto falou muito mais do que ela esperava, aquele toque rápido, escondido, falou que ela não deveria ter medo, que deveria confiar, que tudo daria certo.

Soltou o ar que trazia nos pulmões lentamente, e todo o seu medo se foi naquele momento.

Então o outro homem se aproximou dela e tocou suas costas, deslizando a mão até seu traseiro, dando um forte tapa junto com uma gargalhada.

Ela quase engasgou com o inusitado gesto e mordeu o lábio, sufocando o grito. Seu sangue era como gelo nas veias quando Hafez elevou a voz e o homem soltou uma nova gargalhada.

Odiosa gargalhada. Juliana se encolheu, querendo desaparecer no piso de cimento sujo.

Ela estava apavorada, mas sabia que deveria se manter quieta; se descobrissem que era uma mulher, seus problemas não se resumiriam apenas a uma passada de mão e um tapinha. Encurvou ainda mais o corpo, como se tentasse de alguma forma ocultar seus seios e sua feminilidade. Agradeceu por estar sem sutiã, agradeceu por aquela faixa apertada...

E se ele perceber a faixa?

E se percebesse que tinha seios? Não era um senhor seio, desses que se diz "Uau, que seios!", mas eram bonitinhos e eram seus! Gelou novamente ao pensar que aquele asqueroso pudesse querer tocar neles.

Tocar neles vai ser o menor dos problemas se ele descobrir que eu sou mulher.

O homem ainda estava ao seu lado, como se avaliasse a mercadoria.

Quantos camelos? Merda... Cada pensamento idiota!

Os homens voltaram a se falar, discutiam algo, Hafez segurou o braço de Juliana e a puxou com força para que ficasse ao seu lado, enquanto o outro homem aparentemente insistia.

Hafez deu um riso.

Sarcasmo? Nervoso?

Aiiii, como eu queria entender!

Então ele mexeu nos bolsos, retirando algo que, pelo som, Juliana identificou como um papel, e entregou ao homem. Falaram mais alguma coisa, o homem gargalhou, Hafez o acompanhou.

O que é tão engraçado? Estão rindo de mim?

Eles pareciam se despedir, o homem era amistoso com Hafez, deu um abraço nele, e Hafez se virou, puxando-a com ele. Andaram mais alguns metros e pararam de frente para um carro, um jipe, aparentemente. Ele empurrou Juliana novamente para que ela se inclinasse no capô e a coxa dele roçou em seu traseiro.

Puta que pariu! Por que ele faz isso? Inferno!
Todo o seu corpo esquentou, e ela pensou que não fora um acidente, o desgraçado fizera de propósito.
Ele retirou as algemas, a virou, segurou seu queixo e levantou sua cabeça. Pela primeira vez, depois de agonizantes horas, ela pôde olhar em seu rosto.
Ela quase fez uma careta ao sentir a nuca rígida se esticando.
Ele estava sério, avaliando-a. Seus olhos se encontraram e ele apenas disse:
– Não acabou ainda, continua com a cabeça baixa.
Pegou os braços dela e algemou seus pulsos na frente, empurrando-a mecanicamente para o banco do jipe, como se ela fosse uma mercadoria.
Até os camelos têm mais valor por aqui...
Ela bufou em pensamento, olhando as próprias mãos.
Ele acelerou o carro e saíram. Depois do que pareceu a ela uma eternidade, ele parou em um local aparentemente deserto, desligando o motor. Retirou as algemas dela e soltou um profundo suspiro.
– Pronto. Está livre.
Ela levantou a cabeça, levando a mão à nuca.
Puta merda, isso dói!
Percebendo seu desconforto, Hafez desenrolou o pesado turbante que ocultara seus cabelos e retirou um a um os grampos que os prendiam, como se fizesse um ritual, vendo-os cair satisfatoriamente em seus ombros; segurou a nuca dela com aqueles dedos enormes, massageando-a e lutando contra o emaranhado de cabelos que caíam livres, provocando nela ondas de sensações indescritíveis. Seus olhares se encontraram e ele parou a massagem. Ficaram se olhando por alguns segundos, aquela mão ainda na sua nuca, e então ele a puxou. O susto, a antecipação, o desejo por aquele homem doeu em seu corpo. E a boca dele se apossou da sua, apaixonada, sem piedade.
De repente, ela estava em seu colo, e queria mais, queria senti-lo por inteiro, dentro dela, sobre ela... Ela se aconchegou no colo dele sem forças, enquanto a boca dele possuía a sua sem reservas, de um jeito que nunca ninguém tinha feito, como se precisasse da boca dela para viver. Gemeu sem perceber e ele deslizou as mãos pelas suas costas, dentro da pesada túnica que usava; chegou entre seus seios e desprendeu a faixa, puxando-a suavemente de seu corpo. Juliana respirou profundamente quando ele, por fim, tirou o desconfortável acessório e a mão dele deslizou para sua nuca. Ela gemeu longamente e ele, ofegante, soltou sua boca. Ficaram com as testas coladas, respirando com dificuldade, ela ainda em seu colo, ele com as mãos em seu corpo.
– O que você tem, menina?
Hã?
– Em menos de dois dias, eu tive que praticamente arrancar você das mãos de homens sedentos.
Hã?
– Nem sob toneladas de tecido você deixa de exalar seu feitiço?
Hã?

Ela se afastou e o olhou no rosto sem entender. Ainda não conseguia entender o portuárabe dele.

– O que você está dizendo?

– Você vale muitos camelos... Eu poderia ficar rico!

E então ele riu...

E foi contagiante, pois ela se rendeu ao riso e, após todas as horas de estresse, já não conseguia parar, estava tendo uma crise de riso nervosa e olhava incrédula para ele sem conseguir se controlar.

– Desculpa, não consigo parar de rir...

O que eu faço? Não consigo parar...

Ele ficou sério, enquanto ela se contorcia sem fôlego em seu colo. Então ele enroscou a mão nos cabelos dela e os puxou para trás, apossando-se de seu pescoço, traçando caminhos de beijos e incendiando por onde passava. Ela sentiu o riso morrer e soltou um grito de surpresa quando a mão dele tocou um dos seus seios nus, apertando-o gentilmente e descendo pelas suas costas, deslizando pelas suas pernas, para o meio delas. E então ela não estava mais rindo.

– Pronta para continuar? – ele perguntou com uma voz baixa e rouca, olhando-a satisfeito.

O efeito no corpo de Juliana foi instantâneo. Ela fez um gesto afirmativo com a cabeça e fechou os olhos, esperando o beijo.

Sim, quero mais, não para...

Sem nenhum esforço, ele a levantou e a colocou no banco ao lado, ligando o carro em seguida.

O quê? Não! De novo, não!

Ele pôs o carro novamente em movimento.

Ah, isso não vai ficar assim... Não vai mesmo! Ah, que ódio!

Quase fuzilou ele com os olhos e, emburrada, se afundou no banco.

CAPÍTULO 28

Espanha

Pararam em um amontoado de lojas e Hafez desceu, abrindo a porta para que Juliana o acompanhasse. Lá dentro, improvisou no espanhol e a moça entendeu que eles queriam roupas. Olhando para Juliana, ela arregalou os olhos e fez um movimento de reprovação com a cabeça. Ao se olhar no espelho, Juliana entendeu o motivo. Parecia um transexual iraquiano! A única coisa que denunciava sua feminilidade era o cabelo enorme. Quis rir, mas não o fez.

Olhou ao redor procurando um banheiro. Precisava fazer xixi.

Depois de voltar do banheiro, provou algumas peças e escolheu uma calça cinza e uma camisa feminina na cor azul-celeste com pequenos detalhes bordados nas costuras. Escolheu também uma jaqueta grossa para o frio, pois as noites começavam a esfriar. Comprou algumas lingeries e um sapato estilo mocassim com listras. Olhou-se no espelho e sorriu, seu bumbum arrebitado parecia mais atrevido ainda.

Fez algumas caras e bocas para o espelho e riu feito boba.

Quando saiu do provador, Hafez já tinha escolhido sua própria roupa, calças jeans e uma camiseta azul-marinho. Seu corpo estava... Uau! Comestível!

E as pernas nos jeans... A virilha...

Senhor!

Aqueles músculos do peito que empurravam a malha sem pudor...

Pai...

Aqueles braços que... Juliana soltou um profundo suspiro.

A atendente não tirava os olhos dele, então Juliana sorriu intimamente, pensando que não estava louca, afinal. Aparentemente, ele causava esse efeito em outras mulheres.

Novamente na rua, eles andavam de mãos dadas, sem trocarem uma palavra, e parecia que já eram casados há décadas.

Hum, casados, sexo...

Sentiu um arrepio percorrer seu corpo e ele a olhou. Ela ficou olhando para ele, pensando que, se ele pudesse ler seus pensamentos...

Mas ele não podia imaginar o que aquela mente obscena produzia, as posições... os lugares...

Seguiram para uma lanchonete.

– Você faz questão de comer carne?

Ela enrugou a testa e meneou a cabeça em negativa.

– Por que, você faz?

Ele fez cara de pouco caso e nada disse. Ele pediu alguns lanches com queijo e tomate, refrigerantes, e saíram.

– Você não come carne? – ela perguntou, não resistindo à curiosidade.

Juliana não era vegetariana, nem tinha pretensão de ser. Achava linda a sensibilidade de Carolina, mas isso ainda não era para ela. Mas ela admitia que amava as comidas *veggies* de Carol...

Olhou para ele.

Imaginar aquele homem como vegetariano chegava a ser incoerente; ele tinha porte de predador. Hafez meneou a cabeça em negativa e falou baixo, deixando-a na dúvida se ele tinha dito: "Prefiro alimentos vivos" ou "Preciso de jumento e um livro".

Merda...

Entraram em um hotel, e novamente ele pediu um quarto em um espanhol terrível.

Quando ela deveria dizer a ele que falava espanhol? Quando ele descobrisse que ela crescera falando espanhol e português porque sua avó só falava espanhol, talvez ele quisesse lhe aplicar um corretivo.

Hummm, quem sabe...

A ideia pareceu intrigante e muito sexy. Juliana sorriu intimamente, já imaginando suas mãos amarradas e ele...

Sangue de Jesus! Livra-me desses pensamentos!

Um arrepio passou pelo seu corpo.

O quarto era um pouco melhor que os outros, uma cama de casal bem no meio chamou a atenção dela.

– Vamos passar a noite aqui?

Quando, na verdade, a pergunta que ela queria fazer era: Você vai foder comigo? Vai apagar esse fogo do inferno que colocou em mim?

Mas, se ele percebeu algo, sua voz não demonstrou.

– Preciso fazer alguns contatos, e depois disso saber para onde vamos e os horários. Volto logo! Tente descansar.

Sem você por perto já estou dormindo...

Assim que ficou sozinha, ela foi até o banheiro e uma banheira, como que saída de uma miragem, estava instalada em um dos cantos. Juliana ligou a água e retirou a roupa recém-comprada com cuidado, sabendo que teria de usá-la novamente. Entrou naquela água quente e se esqueceu completamente de tudo; como num passe de mágica, seu mundo ficou para trás, e ela só tinha consciência daquela sensação macia e perfumada.

CAPÍTULO 29

Descobertos

Como se metera naquela situação, ele ainda não conseguia entender, pensava enquanto atravessava as ruas procurando um telefone público onde pudesse falar com Azim.

Pensou naqueles cabelos que escorriam como líquido e um arrepio percorreu seu corpo. Não entendia o que era aquilo que vinha sentindo, a vontade de enrolar as mãos naqueles cabelos, de...

Pensou em seu ar arrogante, e talvez fosse o desejo de domá-la.

Talvez seja só a vontade de me enterrar bem fundo dentro dela... De calar aquela boca maldita!

Avistou um telefone e correu até ele, tomando o cuidado de ver se não estava sendo seguido. Discou o número e esperava que Azim estivesse com o telefone, e vivo... Sentiu um arrepio com aquele pensamento, mas logo o refutou.

Depois de várias tentativas, frustrado e temeroso com o desfecho de toda aquela situação, decidiu voltar para junto de Juliana, não queria chamar atenção. Já tinha problemas demais!

Voltou rapidamente ao hotel, esperando encontrá-la dormindo. Precisava ter o controle de tudo, não era homem que se dominava por sentimentos, nunca foi, era um soldado, era...

Abriu a porta e seu sangue gelou.

Dois homens se voltaram rapidamente para ele; estavam armados e um deles tinha Juliana como escudo.

A água estava realmente ótima, mas Juliana precisava sair, ainda não estava segura com aquela fuga.

Bem que ele podia chegar agora...

Com ela nua naquela água...

Sentiu um arrepio ao pensar naquele corpo; desejava colocar a boca em cada pedacinho dele...

Puxou o ar entre os dentes. Estava excitada e odiava aquela sensação.

Deslizou a mão entre as pernas, era bom...

Pensou nele e deixou que sua mente viajasse naquele deslizar de dedos, imaginando aquele corpo molhado prensando-a na banheira, os movimentos fortes dele enquanto a usava como se ela fosse uma prostituta. Queria que ele a usasse, sem pudor, queria ficar ardendo o resto do dia... E o orgasmo veio.

Estava quase sem ar quando acabou; a água já não estava tão boa, começava a esfriar. Saiu, se secou e, quando acabava de colocar sua roupa, ouviu um barulho na porta; apressou-se, pensando no que acabara de fazer, sentindo a excitação de momentos atrás voltando, quando dois homens estranhos entraram. Eles eram altos e feios, e um deles tinha o rosto cheio de cicatrizes. Ele se aproximou dela e, sem que ela tivesse qualquer reação, a imobilizou. O outro era careca e moreno, parecia um ogro que ficou tempo demais no sol. Ele colocou uma arma na cabeça de Juliana. Ela sentiu o frio do metal em suas têmporas, que, por segundos, se confundiu com o gelo que invadia seu estômago, e então ele grunhiu algo, ríspido e rápido. Pareciam perguntas, e se ela dependesse das respostas para sobreviver, sabia que estava condenada, pois nem em um milhão de anos entenderia. Sentiu uma dor profunda no braço, que era torcido para trás, e gritou com a pouca coragem que ainda lhe restava que não estava entendendo, que eles tinham pegado a pessoa errada.

Estava a ponto de desmaiar quando a porta se abriu. Ela não sabia se sentia alívio ou ainda mais medo, por ver Hafez ali parado.

Ele congelou na porta, sua expressão de surpresa foi sendo substituída rapidamente pela de um animal prestes a atacar. Seus olhos estavam escuros, e por alguns segundos passaram por ela, mas novamente se voltaram para os dois homens. Eles continuavam com as palavras rápidas e altas, que pareciam mais altas agora que Hafez chegara.

Oh, Senhor, o que ele vai fazer? Será que ele estava armado? Esses homens estão...

Ele ergueu os braços lentamente em sinal de rendição e veio caminhando até eles, frio, controlado; seu olhar era glacial, e Juliana sentiu um arrepio percorrer sua espinha de cima a baixo. Como ela podia sentir mais desconforto diante do olhar dele, do que da iminência de ter seu braço ferido ou coisa pior?

Puta merda!

Um torção em seu braço e todo aquele pensamento lascivo se foi em um gemido.

Inferno! Ele vai quebrar meu braço... Aiiiii!

Juliana sentia tanta dor no braço, que tudo começou a ficar escuro, e ela ainda sentia o metal frio da arma em sua cabeça. Ela soltou um grito de dor e Hafez a olhou; em seu olhar ela viu passar uma hesitação. Medo? Preocupação? Não soube identificar, pois imediatamente ele voltou a encarar os agressores, e a frieza que até então predominara voltou.

Então, ela não sabe como, Hafez fez um movimento rápido com os pés, acertando a canela do "scarface" que mantinha Juliana sob a mira. Ele soltou um berro, perdeu o equilíbrio e, segurando Juliana pelo braço, levou-a consigo para o chão. Antes que o ogro pudesse revidar, já era nocauteado sem piedade. Com a queda, Juliana bateu a cabeça no chão, e estava semiconsciente quando viu Hafez acertar seus algozes diversas vezes no rosto com socos e pontapés; em seu estado de torpor, ela pensou estar em um filme de Matrix, com corpos caindo e girando, para cima e para baixo, em câmera lenta.

Quando abriu os olhos, ele a observava muito próximo; tão próximo que ela podia ver cada fio da barba que crescia, cada vinco em seu rosto bonito, a narina que abria suavemente para que o ar entrasse.

Ele segurou seu braço ferido e passou as mãos espalmadas com força até o começo do seu ombro, uma onda de sensações desceu pela sua barriga.

– Dói?

Hã?

– Isso dói? – ele voltou a perguntar.

Hã?

– Está doendo?

Doendo?

Ele repetiu o gesto de subir a mão pelo seu braço dolorido, e ela prendeu a respiração, quase engasgando.

– Um pouco... – ela gemeu.

Dor era a única coisa que ela não sentia naquele momento. Ele estava tão próximo, tão quente, na sua frente. E aquele olhar prendia o seu, deixando-a totalmente arrebatada. Ela ansiava por seu toque, seu sangue estava quente, pulsante, e sentia seu corpo molhado em muitos lugares.

Oh, inferno, o que é isso?

Fechou os olhos, sofrendo pela vontade de sentir os lábios dele pressionando os seus, de sentir a língua...

Me beija, me beija, me beija.

Então, com um forte puxão, ele a pôs de pé.

Hã? Caramba!

Ela tremeu, assustada com a alarmante incapacidade de falar e pensar que crescia dentro dela. Respirou fundo, pressionando as têmporas, e, quando se recuperou, percebeu que ele recolhia suas coisas, os lanches que nem tiveram tempo de comer, e novamente era forçada a fugir sem saber a direção que iriam tomar.

Na rua, ela tentou se recompor e evitou olhar para ele.

Que idiota que eu sou. Puta merda! Que idiota do cacete que eu sou... Uma puta do cacete!

Ficaram parados por alguns segundos sem saber a direção a tomar, então ele a puxou para um beco e correram por ele sem se importar com os cães que latiam ou as senhoras assustadas que fechavam suas janelas; ele parou rapidamente e a puxou novamente, dessa vez para um pequeno portão, escondido no canto de um muro. Estava enferrujado e retorcido, e provavelmente ela não o teria visto se estivesse sozinha. Conseguiram entrar com dificuldade, e lá dentro se viram em um terreno abandonado cheio de restos de mobília, lixos e latarias de carro. Juliana pensou que podiam até estar no primeiro mundo, mas ainda havia sujeira por lá. Mas havia algo mais, havia uma rua do outro lado e uma cerca de metal separando-os.

Juliana fez uma cara de desgosto ao perceber o que ele deixou mais que evidente em seu olhar.

Claro que eu vou ter que pular uma cerca...

Sem cerimônia, ele se abaixou e a elevou nos ombros. Ela soltou um grito e já estava com a cara no metal. Segurou como pôde e praticamente foi arremessada lá de cima.

Sentiu o chão duro nas mãos e no joelho esquerdo quando se apoiou para não cair de cara na sarjeta.

Desgraçado! Esse homem será meu fim, de um jeito ou de outro!

Antes que Juliana conseguisse se recompor, ele já estava ao seu lado, puxando-a pelas ruas; ela se pegava olhando para trás a todo instante, o medo tomara proporções reais em sua cabeça.

Hafez estava tão perdido quanto ela, e seu olhar demonstrava isso.

– Você não sabe pra onde ir, não é? – ela perguntou aos trancos, enquanto tentava encher seus pulmões de ar.

– Preciso pensar.

– Eu também preciso sentar.

Ela dobrou o corpo, colocando as mãos nos joelhos e respirando com dificuldade, quando ele a puxou novamente, fazendo com que cruzasse uma nova rua.

Puta merda, ele não ia se sentar?

Ainda ofegantes, pegaram um táxi e, acomodados no banco de trás, Juliana tentava ignorar a presença ao seu lado, tentando inutilmente reaver seu regular batimento cardíaco. Seu peito doía, sua mão estava esfolada e seu joelho queimava.

Voltou sua atenção para a rua, ciente das pernas dele em contato com as suas, e um calor percorreu seu corpo. Olhou para ele, e seus olhos se encontraram por alguns segundos; era como se uma descarga elétrica passasse por todo o seu corpo e se concentrasse em sua barriga, bem embaixo.

Cacete! Será que ele sente isso também?

Ela sentiu o sangue aquecer seu rosto. Suas mãos estavam úmidas, assim como outros lugares... Gemeu baixinho e se moveu desconfortavelmente, sentindo a umidade entre as pernas.

Ela o queria, e sabia, lá no fundo onde guardava seus acessórios eróticos, que o teria. De uma forma ou de outra, ela sabia que tomaria a iniciativa se ele não tomasse.

Quase gemeu, pensando nas coisas que queria fazer com ele...

Não dava para ignorar o que estava sentindo. Encontrar um homem que a deixasse naquele estado era impossível; então pensou no seu vizinho gostoso...

Quase impossível...

Mas aquele homem que respirava duro ao seu lado, que exalava aquele suave suor almiscarado, que fazia seu corpo quase ter um orgasmo sem contato, era diferente... Ele era... Era...

Olhou-o pelo canto do olho quase gemendo.

Desceram na rodoviária e ele tomou a mão dela. Juliana sentia seu corpo em frangalhos, parecia ter sido atropelada, sua mente estava em desalinho, e sensações proibidas transbordavam por cada poro seu; sentaram-se em um canto discreto à espera do ônibus que os tiraria dali.

– O que aconteceria se fôssemos pegos?

Ele a olhou e respirou fundo, como se tentasse encontrar as respostas certas. Ela se perguntou se existiria alguma resposta certa.

– Eu seria torturado, morto. Quanto a você...

Eu o quê?

Ele fez uma cara de fatalidade ao completar pausadamente, talvez tentando encontrar palavras que ela pudesse entender.

– Você já percebeu como são alguns homens daqui...

São como?

Mas então ela entendeu...

Ah, cacete!

Sentiu um arrepio no corpo todo; massageou a mão esfolada.

Ele percebeu e tomou sua mão entre as suas.

– Se machucou? – perguntou, tocando os pontos avermelhados.

Ela meneou a cabeça, como se aquilo não fosse importante, ainda tentava digerir aquelas informações.

– Você já foi torturado?

Ele deu de ombros e assentiu, olhando em seus olhos; ela percebeu algo mais quando ele desviou o olhar rapidamente.

– Você já torturou? – perguntou, puxando rapidamente a sua mão, e ele a olhou novamente sem nada dizer, deixando aquela lacuna de silêncio pairando entre eles. Seguiram quietos, enquanto ela tentava tirar da sua cabeça aquelas imagens inconvenientes.

– Você já decidiu pra onde vamos? – Sua voz demonstrou mais petulância do que realmente queria quando voltou a perguntar, e ele a olhou surpreso.

– Tem um vilarejo ao sul de Madri, onde já estive com o rei em outra ocasião. Foi estipulado como um dos pontos de encontro caso algo assim acontecesse. É afastado, discreto, e existem muitos chalés de aluguel; podemos alugar um por alguns meses, enquanto aguardamos contato.

Hã? Meses? Foi isso que ele disse? Ou vezes?

De repente, Juliana ficou olhando para ele, se questionando se teria entendido direito o que ele havia dito.

– Meses? Alguns meses? – perguntou, incrédula com a tranquilidade que ele demonstrava.

Diante da falta de resignação dela, ele tentou se justificar:

– Não será por muito tempo...

Ele pensava que em pouco tempo essa história estaria esquecida e viriam buscá-los.

Meses?

Ela já imaginava os dias, semanas ou meses ao lado dele, em uma casa, um quarto, e sentia todo o seu já falido instinto de moça decente indo pelo ralo.

Sentiu vontade de gritar.

O que eu faço, Carol?

Balançou a cabeça, pensando na sensatez de Carol, que naquele momento lhe seria bem útil. Revirou os olhos, respirou fundo e buscou todo o bom senso que tinha antes de argumentar em voz baixa, pausadamente, como quem fala a uma criança:

– Não temos roupa, comida... Como viveremos meses isolados do mundo? Isso sem contar que o seu espanhol é medonho. Como pretende se comunicar?

– *Medônio*? O que é isso? – ele perguntou sem entender.

Medônio? Eu não disse isso!

– Medonho! De dar medo! – ela falou quase rindo.

Ele entendeu e olhou para ela, fingindo-se de zangado, quase fazendo beicinho, e novamente veio aquela vontade quase que irresistível de abraçá-lo. Aparentemente, o clima pesado havia passado.

– Eu não vou me comunicar, você vai.

Agora era a vez dele de colocá-la na berlinda? Ele parecia satisfeito com isso.

Bastardo sexy prepotente!

Ela riu, sem saber se pela prepotência dele, ou se por ele nem desconfiar que ela falava espanhol.

– Quantos países existem vizinhos ao seu?

Ela pensou um pouco, já na dúvida se queria seguir com aquilo.

Geografia agora? Não sei se quero jogar, talvez eu deva contar pra ele... Ou me atirar nele! Affff, se acalma, mulher!

– Não sei...

Ela não fazia ideia.

– Vinte? – arriscou, timidamente, fazendo uma careta e apertando os olhos.

– Qual é o idioma de cada um? – Sua expressão era de arrogante vitória.

Isso! Cante a vitória antes da hora, seu gostoso.

– Ok, posso tentar...

Hummmm, posso tentar não te atacar.

Então o ônibus deles foi anunciado no alto-falante e ele tomou a mão dela, impondo o ritmo novamente.

Viajaram boa parte da noite. Nada diziam, cada um perdido em seus próprios pensamentos, que pareciam mais assustadores a cada curva da estrada.

Juliana conseguiu se manter acordada; observou a sombra das árvores que passavam rapidamente, e a noite estaria perfeita se ela não estivesse fugindo para viver. A lua gigante deixava o céu claro, e a brisa que entrava pela fresta da janela enchia seu peito com o perfume úmido daquela paisagem.

Deixou que seu pensamento viajasse... Tantas coisas a fizeram fugir... E agora se via fugindo novamente, mas dessa vez o gosto era diferente. Havia o gosto da liberdade.

A lembrança de sua mãe no Brasil, e agora aquele homem ao seu lado, que de um jeito estranho se tornara tão importante quanto o ar que respirava.

Olhou para ele; o perfil bonito dormindo ao seu lado, alheio a tudo que ela estava sentindo por ele. Olhou o corpo dele de cima a baixo, o peito largo e alguns músculos visíveis através do tecido da camiseta, as pernas levemente abertas, relaxadas, aquele volume ao lado do zíper, com algumas dobras no tecido. Sentiu um arrepio. Olhou os braços descansando nos braços da poltrona, os pelos, as veias salientes... Quis tocá-lo...

Na verdade, quis enfiar a língua na boca dele, agarrar seus cabelos, arrancar aqueles jeans que o deixavam um monstro de luxúria e montar nele...

Misericórdia, meu bom Deus! Arranca essa besta libidinosa de dentro de mim, senão esqueço que estou tentando ser uma moça de família e faço tudo que meu corpo faminto pede, e o Senhor não vai gostar da pornografia... Amém!

Gemeu baixinho.

Espantou sua libido e tentou esquecer o que vinha sentindo, buscando em seu inconsciente a doce lembrança de sua avozinha e de todas as vezes em que fora forçada a entender seu espanhol. Fazia tantos anos...

Será que ela conseguiria convencer algum espanhol que sabia falar aquele idioma?

Ela olhou aquele lugar estranho enquanto o ônibus se afastava, e percebeu como estava com fome; seu estômago roncava.

Tentou acompanhar Hafez, que andava rápido, e seguiram na direção de uma pensão logo à frente.

Entraram e, após tocar a campainha e esperar o que para ela pareceu um século, um senhor sonolento os atendeu. Tranquilamente, Juliana se dirigiu a ele, e com inusitada elegância pediu um quarto, tentando ignorar o olhar de Hafez, que queimava sua pele.

Quando ela pegou a chave com um sensual "gracias", olhou para ele, que a observava de queixo caído e com uma expressão... incrédula, surpresa, encantada?

Hahahahaha... Toma essa, bastardo lindo e gostoso demais para eu resistir!

Ele não disse nada, e juntos adentraram por uma varanda ao lado da pensão. Já passava das três horas quando chegaram no quarto; em silêncio, tentaram comer os lanches. Estavam frios, sem gosto e o refrigerante estava quente.

– Quando você pretendia me contar que fala tão bem espanhol?

Epa! Chegou a hora...

Sua voz era tranquila, ao contrário do que ela imaginou.

– Quando você me perguntasse...

Ela evitou olhar para ele e tentou soar tranquila, mas seu coração martelava dentro do peito. Ele nada disse e ela continuou:

– Você supôs que eu não soubesse... Quando vai me dar crédito?

Ele fechou os olhos, como se tentasse esquecer ou se lembrar de algo, e, quando os abriu, havia um brilho diferente neles.

– Você é uma mulher muito interessante, e não sou o único a perceber isso.

Hã? O que ele disse? O que ele quer dizer? Os camelos de novo?

– Quero saber! Agora você vai contar!

Ele riu.

– Me conta, senão você não dorme hoje, vai me aguentar na sua orelha o resto da noite!

Ela percebeu um ar zombeteiro no rosto dele e corou com o comentário sobre não deixá-lo dormir. Se ele soubesse as coisas que ela pensava em fazer com ele... Ele não dormiria mesmo!

Se ela soubesse as coisas que ele pensava em fazer com ela... Ela é que não dormiria!

Ele sentia o desejo o incomodar, olhando para ela, para aquela expressão de menina feliz que fazia seu coração galopar dentro do peito. Dormir era a última coisa que ele queria naquele momento...

Mas seu bom senso era um sacana, e ele já se recriminava pelos pensamentos, tentando colocar um pouco de ordem em seus sentidos para, quem sabe assim, reaver o frágil controle sobre seu corpo.

Ela corou novamente sob o olhar que ele lhe dirigia, mas não soube definir o que ele estava pensando.

— Eu precisei dizer que seu estado era terminal, que estava voltando para morrer no seu país. Doença extremamente contagiosa e letal. Por isso estava tão magro.

Hã?

— Quando estávamos sendo liberados, lembra-se? O encarregado queria você. Achou você muito 'menininha'... Queria arrancar suas roupas.

Hã?

— Só sossegou quando mostrei a ordem médica, confirmando seu estado.

Hã?

Ela moveu a cabeça, tentando juntar as palavras que entendera para montar a frase inteira.

— E como você sabia? Quero dizer, o atestado médico... Como você sabia?

Ele deu de ombros.

— Eu conheço algumas pessoas, que conhecem outras pessoas, que sabem das preferências de outras pessoas... Eu sabia que aquele *haqir* ia se interessar por você.

Juliana arregalou os olhos e começou a rir, incontrolavelmente. Não sabia se ria da situação, de medo pelo perigo a que estivera exposta, da cara que Hafez lhe fazia naquele momento ou da justificativa que ele usara para livrá-la de um destino impensável.

Puta merda! Outra crise de riso não!

Ele apenas a observava, enquanto ela se curvava de rir, sentindo-se entorpecido pelo som daquela risada, encantado com aquele sorriso lindo. Pensou que seria melhor pedir outro quarto, não sabia se conseguiria se controlar. Desejava-a enlouquecidamente. Então ele se levantou e caminhou na direção dela.

— Eu devo arrancar sua roupa pra ajudar na sua crise?

Ela quase engasgou e sentiu o riso morrer.

Putz! Sim, sim, sim. Arranca!

Ele parou de frente para ela e ficou observando o rosto corado e ainda marcado pelo riso, mas que aos poucos refletia o que se passava em seu corpo, o desejo quente e incontrolável que sentia por ele.

Ele nem a tocara e seu corpo já estava pronto, úmido e totalmente suplicante.

Hafez se aproximou e tocou seu rosto, puxando-a para que ela se levantasse; ela fechou os olhos para absorver as sensações, seu coração parecia um tambor em seu peito. Juliana segurou a mão dele e levou o dedo indicador à boca, chupando-o com vontade, enquanto olhava para ele maliciosamente. Imaginou o que realmente gostaria de colocar na boca naquele momento, mas sentia que deveria ir com calma...

Ele arregalou os olhos surpreso, como se uma descarga elétrica tivesse sido lançada em sua corrente sanguínea. Seus olhos escureceram... Então ele soltou um suspiro profundo antes de reivindicar a boca dela.

Aquilo chegava a ser doloroso, e Juliana gemeu, enfiando a língua na boca dele, perdida, deixando que aqueles lábios a torturassem da forma que quisessem. Ele sabia exatamente o que fazer para arrancar dela gemidos roucos, enquanto a mantinha presa em seus braços, quase a levantando do chão, pressionando seus corpos.

Ela cravou os dedos em suas costas, apertando-o de encontro a ela, sentindo cada fibra daquele corpo que lhe tirava a lucidez. Hafez gemeu e então soltou a boca dela, encostando sua testa na dela, respirando com dificuldade.

– Você tem certeza? Posso pedir outro quarto... – Sua voz era rouca, sensual... Não... ela não queria outro quarto. E sim... ela tinha certeza...

– Não quero outro quarto... Quero você!

Antes que ele pudesse reagir àquele comentário, em um impulso totalmente febril, Juliana o empurrou para a cama e montou em cima dele; ela desabotoou os botões de sua blusa sem tirar os olhos dele e soltou o sutiã, deslizando-o suavemente pelos braços. Hafez respirava pesado, sem reação embaixo dela, atento a cada movimento que ela fazia. Ela apoiava os braços no colchão e se inclinava sobre ele, encostando seu rosto no dele, roçando até chegar à orelha, onde passava a boca e, sem resistir, enfiava a língua dentro. Ele se contorceu e ela pensou em como odiava quando Paulo fazia aquilo, mas com Hafez era diferente... Deslizou os lábios suavemente pela barba dele. Ela podia sentir a respiração dura em sua pele, o hálito, e então ele segurou sua nuca e a puxou para seu beijo. Ela gemeu e, em um movimento rápido, ele a derrubou na cama, se colocando sobre ela.

Ele prendeu os braços dela sobre a cabeça, aprisionando-os entre os seus, e empurrou lentamente sua ereção de encontro a ela, uma, duas, três vezes; o atrito entre suas pernas era indescritível, e ela finalmente pôde absorver as sensações extraordinárias do seu corpo, apertando-o ainda mais com as pernas.

Ele soltou os braços dela e desceu os beijos pelo seu pescoço, chegando aos seios, onde beijava e chupava suavemente, sem pressa, como se provasse de algum doce desconhecido. Ela fechou os olhos enquanto ele deslizava a boca pelos seus seios, sem acreditar que aquilo estava acontecendo, seus sentidos estavam entorpecidos...

Hafez a soltou rapidamente, levantando-se, e em segundos retirou os sapatos, a própria camiseta, e ela viu sua gloriosa forma física, seus pelos escuros no peito, cicatrizes... Muitas cicatrizes, em todo o peito.

Oh!

Seus olhares se cruzaram, e ele percebeu seu vacilo, mas parecia não se importar, como se aquilo fosse superficial, parte de um passado esquecido e superado.

– Guerra – ele apenas falou e desabotoou as calças, descendo-as pelas pernas.

Uau!

Ela já tinha se esquecido de todas as cicatrizes e de todas as guerras do mundo enquanto olhava para ele, só de cueca, como se tivesse saído de alguma revista pornô masculina, fazendo-a salivar em todos os lugares.

Ele se ajoelhou ao seu lado e desabotoou sua calça, fazendo com que ela descesse suavemente pelas pernas, sem pressa... Seu olhar dizia que ele estava gostando daquilo, que estava desfrutando cada segundo. Ele beijou e mordeu sua barriga e foi deslizando sua calcinha para baixo, beijando sua virilha, aspirando os pelos e soltando sons roucos, palavras que ela não entendia, incendiando ainda mais seu corpo.

Ela não queria preliminares, não naquele momento, queria Hafez dentro dela.

– Agora...

Ele lançou para ela um olhar satisfeito e abriu ainda mais suas pernas, olhando sem pudor para o meio delas, deslizando os dedos naquela região sensível e molhada, suavemente para cima e para baixo, como se quisesse conhecer bem o local antes de se aventurar nele. Ela revirou os olhos e então ele se posicionou entre suas pernas e, de joelhos, foi retirando a própria cueca, liberando aquele monstro que parecia desafiar todas as leis da física. Aquilo poderia encobrir o Sol, Juliana pensava enquanto ele olhava para ela, desafiador, fazendo-a engolir em seco. Ela quase nem respirava, observando, sem conseguir disfarçar, aquela parte do corpo dele que se projetava suavemente para cima; ela não via a hora de cair de boca, mas novamente pensava que precisava ir com calma...

Então ele se apoiou nos cotovelos e empurrou sem vacilo para dentro dela, grande, duro, rasgando, quase a abrindo ao meio.

Puta merda!

Ele empurrou até o fundo e ela elevou o quadril, recebendo-o por inteiro e gemendo longamente. Ele se apoiou no antebraço, olhando em seu rosto, saindo e voltando, preenchendo-a totalmente; era como se ele quisesse ver a reação dela enquanto a possuía. Era um dominador, ela pensou e revirou os olhos, gemendo longamente. Se ele queria ver como ela se sentia, ela não o privaria disso, queria que ele visse como ela estava amando ser fodida por ele, e não tinha vergonha alguma em demonstrar isso.

E ele olhava... Os cabelos escuros emaranhados ao redor do rosto, contrastando com a pele clara, a expressão de prazer... Prazer que ele provocava nela...

Ela sentia os movimentos ritmados do quadril dele, os músculos da barriga que se contraíam toda vez que ele saía e voltava a preenchê-la. Aquilo era enlouquecedor. Tocou o peito dele, a cintura, o quadril, queria senti-lo, precisava saber que ele era real. Ele gemeu, entrando e saindo sem pressa. Mas ela tinha pressa e o apertou, gemendo incoerentemente.

– Mais forte... Mais...

Ele sussurrou algo baixo, que ela não entendeu, e então começou a se mover, quase com fúria. Ela quase gritou, mas quem ela queria enganar? Era exatamente aquilo que ela vinha desejando nos últimos dias. Queria senti-lo brutal e cheio de desejo dentro do seu corpo. Queria que ele desse fim ao monstro que transformara seu corpo em um local desagradavelmente molhado, cheio de pensamentos lascivos e sensações incontroláveis. Enroscou suas pernas nele e pegou o ritmo que ele impunha, sentindo-o entrar e sair implacavelmente de dentro dela. O desejo por aquele homem era embriagante e, sem reservas, se deixou levar, apertando-o de encontro a ela, quase se partindo ao meio.

Ainda sentia o corpo trêmulo quando ele saiu de dentro dela e rapidamente a virou na cama, elevando seu quadril. Ela soltou um som baixo quando ele a preencheu novamente até o fundo. Ele deslizou a mão pelas suas costas e emaranhou os dedos nos cabelos de sua nuca, empurrando sua cabeça no colchão. Sentia-o batendo em seu corpo, indo e vindo sem piedade. Então ele enrolou a mão nos cabelos dela suavemente e a puxou sem sair de dentro dela. Ela já estava sentada sobre ele, sentindo a boca em seu pescoço e as mãos em seus seios, os dedos que giravam suavemente seus mamilos, tão suavemente que seu corpo reagiu novamente. Gemeu, podia sentir o desejo apertando seu corpo, e ele percebeu, pois deslizou a mão para o meio de suas pernas e começou a mover os dedos naquela região sensível, fazendo-a descer e subir do colo dele.

A respiração dele ficou mais rápida e mais dura, e ela percebeu que os movimentos ritmados dele ficaram mais intensos, assim como a pressão dos braços ao redor de seu corpo. Não ia demorar para ele... Tampouco ia demorar para ela.

Juliana repousou a cabeça no ombro dele e deixou o prazer vir novamente, gemendo ruidosamente, incoerentemente, enquanto ele próprio encontrava seu prazer, apertando-a de encontro ao seu corpo, gemendo algo que ela não entendeu próximo do seu ouvido.

Quando Juliana deu por si, estava deitada com a cabeça no peito dele, sentindo a respiração pesada. Seu corpo estava mole, e acabou adormecendo.

CAPÍTULO 30

Comitiva em fuga

Ali parou e ficou olhando aquela mulher linda... Ela usava um vestido cinza, desentoando totalmente da imponência do corpo que o vestia, os cabelos negros cintilavam em suas costas e foi como se ele recuasse no tempo para doces lembranças guardadas; ele quase sentia o cheiro e a música que ela dançava para ele, podia ver aquele corpo sedutor se movendo com perfeição naqueles salões... Quis tocar aqueles cabelos escuros que enfeitiçavam e deu alguns passos com calma; parou ao lado dela. Então Carol o olhou, ele sentiu o peito descompassar...

Carol mantinha os olhos perdidos na rua logo abaixo, vagando entre as luzes que piscavam ora aqui e ali; seu corpo parecia desconectado de sua mente, que só conseguia pensar em Juliana.

Pedia a Deus repetidamente que Hafez a tivesse tirado de lá a tempo. Era apavorante pensar o contrário, mas eles teriam que sair em breve, e não tinha qualquer notícia de Hafez. Perdida no alvoroço de pensamentos torturantes, só percebeu que Ali entrara quando ele parou ao seu lado.

Seu peito esquentou no mesmo instante.

Ele enviesou o olhar até ela e sorriu timidamente; ela pensou em como ele estava lindo com aquela calça esportiva em brim caqui, com vários bolsos dos lados, e a camiseta preta...

Ele fica lindo de preto...

Ele raspara a barba e, no lugar, agora ficara visível a pele azulada. E os cabelos... Seus lindos cachos haviam sido cortados também, ele agora trazia um corte tradicional masculino e ela ainda não havia se acostumado.

Ficou olhando para ele, como se estivesse dentro de alguma realidade alternativa, pois sentia tudo tão irreal... Sentia-se dormente quando ele tocou a peruca morena que ela fora obrigada a usar e deslizou os dedos pelos fios; sua mão desceu para o vestido longo e contornou a cintura, como se a visse com as mãos. Carol fez uma expressão de pesar e ele falou com ternura:

– Seus olhos estão divinos em contraste com esse cabelo escuro... Você é a mulher mais linda deste mundo, minha Calina...

Ela soltou um suspiro e sorriu sem graça, pensando em quando ele lhe entregara o embrulho e justificara que ela deveria usar algo que não fosse muito feminino e que não marcasse suas formas, já se desculpando com o olhar para o pedido estranho. Ela entendera de imediato aonde ele queria chegar. Não se importaria em usar aquele vestido, afinal ele não era tão feio; era feito em linho, com um corte reto e renda na barra, em três tons de cinza, com uma pequena manga. Pensou que em outros tempos poderia usá-lo em casa, em um dia de verão, após uma faxina e um banho...

Ali envolveu sua cintura, trazendo-a para ele, e ela foi se aconchegando, respirando o cheiro bom dele; nessa hora, Azim entrou, acompanhado dos seguranças, e o ar ficou instantaneamente carregado. Carol prendeu a respiração e seu coração acelerou; chegara a hora.

Syrie e outras duas moças juntaram todas as malas, com todas as coisas que eles foram forçados a comprar depois da fuga. Mas Syrie não era uma criada; apesar de agir feito uma, Carol descobrira que ela era uma das esposas do pai de Ali. Ainda jovem, descobrira que nunca poderia ter filhos, e, resignada, ajudara a criar ele e Ahmed desde pequenos. Era como uma mãe para Ali, e agora tomara para si a obrigação de cuidar de Carol. Ela falava muito bem o espanhol, já que esse idioma era comum entre a classe mais pobre daquele país, e as duas conseguiam se entender razoavelmente bem. Carol chegara a questionar o porquê de ele ter treinado Hafez e não ela para lhe fazer companhia, mas então se lembrou de como fora trazida e como relutara em ficar.

Mas isso era passado agora...

Carol ainda observava Syrie e sua agilidade em preparar malas; parecia estar em outra dimensão. Voltou à realidade quando sentiu mãos em seus braços, e eles foram retirados dali às pressas.

Desceram pelo fundo do hotel, e para Carol foi como se adentrasse algum filme de espião, com os seguranças se posicionando na frente, olhando tudo, e só então os liberando para seguir. Carol era conduzida por um deles, e seu braço estava dormente, tamanha a tensão com que ele a segurava.

Ela não fazia ideia do que estava acontecendo, os motivos de terem fugido; mas, se precisavam fugir, era porque alguém os perseguia, e isso era um forte argumento para que ela seguisse calada, sem questionar. Ouvira uma conversa entre Ali e Azim, eles falavam em português, e ela percebeu que Ali a queria incluir na conversa; entendeu que, assim que eles chegassem na Europa, o governo francês os daria asilo e a propriedade da família de Ali já estava sendo preparada para eles. Depois disso, nada mais foi dito para que ela entendesse.

Soltou um suspiro resignado...

Pensou no palácio e em todos os ocupantes dele. Pensou nas outras esposas.

Será que elas fugiram também? Será que conseguiram?

Com satisfação, pensou que talvez elas estivessem em algum bordel barato, com uma fila de homens desdentados e sebosos na porta.

Quase se sentindo culpada pelos pensamentos cruéis, sentia a pressão no braço aumentar enquanto atravessavam um espaço verde. A grama recém-regada molhava seus sapatos de tecido e a barra do seu vestido, que enroscava entre seus pés a cada passo. Não havia lua e estava muito escuro, apenas alguns poucos pontos de iluminação, algumas fontes, que não eram suficientes para clarear tudo do que lhe pareceu ser um local grande; parecia ter árvores, mas ela apenas supôs, não conseguia ver nada.

Seu peito doía pela tensão do momento e, aliviada, ela avistou alguns carros, percebendo que eles se dirigiam para eles; estava no limite das forças, e seu braço não se recuperaria tão cedo.

Respirou aliviada quando foi empurrada para a parte traseira de um dos carros pretos. Ali se sentou ao seu lado e Azim em um banco de frente para eles. O carro saiu rapidamente. Carol afundou seu corpo no banco e, enquanto eles conversavam, tentou extrair, de alguma forma, algum vestígio de informação que pudesse acalmar seus instintos. Eles falavam em árabe, e ela se resignou a não entender. Soltou um profundo suspiro, atraindo a atenção de Ali, que segurou sua mão. Ela segurou firme a mão dele e fechou os olhos, enquanto sentia o carro acelerar cada vez mais.

O carro rodava silenciosamente e a noite estava estranhamente calma. Uma calmaria sinistra que criara uma teia invisível no ar. O corpo todo de Carol vibrava e alguma coisa fazia seu coração acelerar, tropeçando em seu ritmo. O silêncio só era quebrado pelos estalos e pelas vozes do rádio de comunicação, que oscilavam entre o carro que eles ocupavam e os outros dois que vinham logo atrás.

Carol olhou para a escuridão na encosta da estrada, mas só viu a si mesma no reflexo do vidro, com uma expressão desconhecida, e foi nessa hora que o carro freou bruscamente, quase os atirando uns sobre os outros.

A estrada havia sido bloqueada por galhos, pedaços de tronco, entulhos, e eles teriam que contorná-los; o carro que vinha logo atrás também parou e, quando o motorista já ia fazer a manobra para voltar, tiros ecoaram no ar...

Por alguns segundos, o tempo pareceu diminuir seu ritmo, e, como em câmara lenta, ela pôde sentir Ali se debruçando sobre ela, abraçando e puxando-a para ele, praticamente formando um escudo sobre seu corpo.

Ela quase não respirava com o peso dele, e em meio às vozes exaltadas, ela sentia o carro sendo açoitado por balas.

Sem outra opção, o motorista cruzou o estreito espaço entre o acostamento e a estrada cheia de entulhos, fazendo o carro quase cair barranco abaixo. Dava para sentir o esforço que a tração dos pneus fazia para vencer a gravidade, colocando-os novamente na estrada, atirando pedras em todas as direções, que se misturavam aos sons das balas.

Parecia que aquele momento nunca mais acabaria, mas, milagrosamente, o motorista colocou o carro novamente na pista, que ziguezagueou e arrancou em alta velocidade.

Os tiros cessaram... O silêncio da noite voltou a se instalar. Carol só conseguia ouvir seu próprio coração batendo, em meio às respirações entrecortadas de todos. Ouvia vozes no rádio, longe e mecânicas. Parecia estar em um transe. O carro saíra daquela estrada e agora cruzava um terreno cheio de buracos e galhos que batiam nas janelas, balançando-os violentamente.

Tentou se mover, mas percebeu que havia alguma coisa errada quando o peso de Ali pareceu aumentar em suas costas. Em um esforço sobre-humano, tentou movê-lo para conseguir respirar. Sentiu o rosto dele próximo ao seu cabelo e, antes de dar vazão a qualquer pensamento lógico, o carro parou rapidamente. Sua porta foi aberta com violência, e ela foi puxada para fora, já sendo colocada em pé e forçada a caminhar.

Olhou para trás, tentando juntar as peças, e sentiu algo em seu vestido e braços, algo pegajoso e frio. Seu coração parou ao perceber a mancha de sangue ao lado do seu corpo. Tocou o local. Não estava ferida. Então um pavor repentino e inominável invadiu totalmente seus sentidos quando percebeu que o sangue não era seu. Ali estava ferido. Sentiu o chão fugir dos seus pés.

Não! Não! Não!

De repente se viu gritando por ele, que ainda estava no carro, na mesma posição de antes. Azim o amparava e gesticulava aflito. E foi a última coisa que ela conseguiu ver antes de a porta do carro ser fechada.

Num ato desesperado, a fim de se libertar daquelas mãos e ir até ele, começou a gritar e espernear, mas só conseguiu que lhe apertassem ainda mais os braços.

Em meio aos seus gritos e lágrimas, ela viu o carro em que ele estava se afastar, deixando-a perdida. Deixou que seu corpo caísse quase sem forças no chão, enquanto era assolada por um choro desesperado. Sentiu quando alguém enlaçou sua cintura e praticamente a arrastou de volta ao carro.

Já sentada, e ainda entorpecida, sentiu os braços de Syrie em seus ombros, e deixou que ela a abraçasse, enquanto aquela dor insuportável dentro dela só aumentava.

Pensar nele ferido ou até mesmo morto...

Não! Não! Não!

Balançou a cabeça, não se permitiria ter aqueles pensamentos...

O carro mantinha um ritmo acelerado e constante. Syrie lhe entregou uma garrafinha com água e tirou uma cartela do bolso de sua túnica, depositando em sua mão um pequeno comprimido. Carol o olhou e não pensou muito para colocá-lo na boca. Queria dormir e descobrir, quando acordasse, que fora um terrível pesadelo; rezava para que aquele pequeno comprimido realizasse esse milagre.

Carol acordou na cabine do mesmo avião que a trouxera. Sentou na mesma cama e custou a entender o que acontecera. Levou as mãos aos cabelos, a peruca morena se fora e seus cabelos estavam um desastre; retirou os grampos um a um, e ajeitou seus cabelos como pôde. Tocou as têmporas que doíam, e o tempo pareceu voltar naquele dia em que ela fora arrancada de sua vida, para viver a vida de outra pessoa. Pensou na última vez em que estivera naquele lugar e o que mudara desde então. Aquele medo que sentia quando fora trazida havia sido substituído por outro medo, um medo quase mortal. Não temia mais pela sua vida nem pelo desconhecido, agora seu pavor se resumia ao que poderia ter acontecido com Ali.

E se ele tivesse sido capturado? Mas capturado por quem?

Olhou o sangue em sua roupa e o choro veio novamente. Deixou que as lágrimas saíssem sem controle.

CAPÍTULO 31

França

O sol brilhava forte, machucando os olhos inchados, que ela protegeu desajeitadamente com as mãos, quando desceram os primeiros degraus do avião. Sentiu novamente aquela mão em seu braço dolorido, como numa lembrança sutil de que ela deveria continuar. E foi o que ela fez.

Eles eram quatro agora, Syrie, Carol e outros dois seguranças, cujos rostos Carol conhecia.

Omar era o mais velho, negro, descendente de egípcios, há muito fugira da miséria, encontrando nas forças armadas o suporte para uma vida digna e útil. Saad era alto e forte, mas notava-se uma pequena propensão à obesidade, o não queria dizer que fosse gordo. Na casa dos vinte anos, já revelava sinais de calvície, mesmo que tentasse esconder quase raspando a cabeça.

Um carro grande esperava por eles e Carol não sabia quem os estaria ajudando. Mas deu de ombros, naquele momento, aquilo realmente não lhe importava.

Ali estava ferido, talvez coisa pior... Cravou as unhas na palma da mão e balançou a cabeça, expulsando as imagens que teimavam em aparecer para ela. Aqueles pensamentos não ajudavam.

Imaginava que tivera um ferimento superficial... Ou era nisso que ela queria acreditar, que ele logo voltaria...

Balançou a cabeça, expulsando aquela voz maldita que dizia que a mancha de sangue era grande demais para um ferimento superficial.

Olhou pela janela. Carol nunca imaginou que conheceria Paris, e muito menos que esse fato seria tão insignificante para ela. Viajaram por horas, e ela já começava a cochilar quando o carro desacelerou. No mesmo instante seu estômago gelou, já acostumado ao perigo.

Portões foram abertos e o carro subiu uma ladeira antes de parar entre as árvores. Era uma mansão antiga e imponente. Suas paredes de pedras gastas, recobertas por heras e musgos, trazia a Carol a sensação de estar num filme inglês antigo, lembrando-se, por segundos, do seu magnífico jardim que nunca mais veria...

Olhou para cima, e uma infinidade de janelas já deixava claro o tamanho daquele lugar. O ar era bem diferente daquele com que já começara a se acostumar; era fresco e úmido, e trazia um perfume de flores como jasmim. Sentiu um calorzinho gostoso no peito quando pensou na hipótese de Ali já estar lá dentro esperando por ela.

Seu coração estava acelerado diante daquele pensamento. Quando entraram, alguns funcionários já esperavam na porta. Ela percebeu o olhar assustado para ela, então se lembrou do sangue em seu corpo.

Ignorou os olhares e adentrou a sala. A mobília era antiga, combinava com o lugar, mas seus olhos inquietos ignoraram qualquer detalhe. Ansiosos, eles buscavam outra coisa.

– Onde está Ali? – perguntou, voltando-se para Syrie, que vinha logo atrás.

Syrie, por sua vez, voltou-se para os seguranças e começaram a falar entre eles, palavras rápidas, e antes que Carol pudesse tentar entender qualquer palavra, Saad a segurou pelo braço e já a forçava a caminhar. Ela tentou se soltar, mas a dor em seu braço machucado avisava que o confronto era suficiente. Subiram dois lances de uma escada de madeira envernizada e caminharam por um corredor escuro. O som dos seus passos forçados no chão de madeira se misturava às passadas firmes de Saad e ecoava em cada canto.

Uma senhora com um molho de chaves se adiantou até eles, e, como a guardiã da masmorra, abriu a porta.

Carol começou a sentir muita raiva de tudo aquilo, não havia mais necessidade de ser tratada daquele jeito, com tamanha hostilidade; seu braço estava todo dolorido, graças à falta de delicadeza deles.

Saad a colocou lá dentro, e ela ouviu o som da chave girando na fechadura.

Eu não acredito que sou uma prisioneira novamente.

Mas agora era diferente, ela não era a inocente que chegara há alguns meses, imaginando tudo o que poderia lhe acontecer, temendo tudo e qualquer tipo de ideia que seu cérebro pudesse criar. Eles não tinham o direito de fazer aquilo com ela.

Gritou e bateu na porta, até que suas forças deram lugar ao medo, quando se lembrou de que Ali poderia estar em perigo. Sentou-se no chão aos prantos, incapaz de mover um único músculo. Algum tempo depois, quando seu corpo já começava a reclamar o porquê de estar naquele chão duro e frio, ela limpou as lágrimas e, um pouco mais calma, andou pelo quarto, tentando encontrar ou ver algo que a ajudasse no novo quebra-cabeças que começava a montar.

Era um quarto grande e luxuoso, mas bem diferente do luxo do palácio. Era um luxo que ela já havia visto, nada extraordinário.

Olhou ao redor, havia um banheiro grande e arejado, com uma banheira escura em um dos cantos. Ela abriu os armários e encontrou vários produtos de beleza e higiene. Lembrou-se de que suas coisas haviam ficado no outro carro, e que ela não tinha o que vestir.

Outro pensamento de quando fora trazida voltou à sua mente. A lembrança de quando chegou e encontrou toda aquela coleção de roupas e sapatos.

Entrou no closet grande, mas estava vazio.

Ela conferiu se havia toalhas no banheiro e encheu a banheira, fechando a porta. Retirou o vestido sujo e percebeu o sangue grudado em sua pele. Soltou um suspiro. O sangue do seu amor... E então percebeu o medalhão entre os seios. O coração deu um salto. Desde que Ali lhe presenteara, *sempre o trazia* junto do peito. Era seu talismã... Abriu e olhou a foto.

Sufocou o choro e pendurou-o ao lado da banheira, olhando a foto, enquanto mergulhava na água, sentindo toda a dor física de quem acaba de ser espancada. Seus braços estavam cheios de hematomas doloridos e inchados. Ouviu o som da porta do quarto sendo aberta e prendeu a respiração. Momentos depois ela foi fechada novamente; Carol soltou o ar dos pulmões e, triste, continuou seu banho.

No fundo, ela esperava que ele entrasse com aquele sorriso lindo, a abraçasse e a fizesse deixar para trás todas aquelas imagens horríveis. As que ela vira, e principalmente as que criara.

Já sentia saudade dele, e percebeu que sentia falta dele muito antes de conhecê-lo. Aquela sensação de vazio que assolava seu peito naquele momento era a mesma que a acompanhou por quase toda sua vida. Seu coração sempre o esperara, só não sabia que ele era real.

Ela afundou na água ainda olhando a foto, tentando tornar aquela imagem real, quem sabe tirar ele de dentro dos seus sonhos... Já fizera isso uma vez... Podia fazer novamente.

Chorou, incapaz de fazer outra coisa. A água estava fria quando decidiu sair.

Envolveu o corpo molhado e frio em duas toalhas e entrou no quarto, onde havia uma bandeja cheia de comida e algumas peças de roupa sobre a cama. Foi até a janela e percebeu que o dia já findava, colorindo o céu.

O mais belo pôr de sol para você, meu amor! Onde você estiver...

Ao longe, podia ver a torre Eiffel, como uma luminária se projetando imponente sobre a Cidade Luz. Ainda lhe custava acreditar que ela realmente estivesse ali, que não fosse apenas um postal.

Olhou a bandeja de comida e, na sua fome, tentou comer um pouco, mas o nervosismo estava a fazendo enjoar. Voltou para a sacada e, sem nenhum interesse naquele momento, contemplou as imediações.

Poderia viver naquela casa. Sim, poderia...

Mas seria feliz sem ele por perto?

Não! Ele vai voltar! Ele vai voltar! Ele vai voltar!

Ele voltaria. Ela sabia, ela podia sentir... E mantinha esse mantra na mente, expulsando os pensamentos negativos.

CAPÍTULO 32

Vidas...

Os raios de sol invadiram o quarto e ela se espreguiçou, sentindo todos os seus músculos doloridos da luta do dia anterior. Olhou para a porta e se perguntou se ainda estaria trancada; no momento seguinte, ouviu o som dela se abrindo e Syrie entrou, trazendo o café e roupas limpas.

Ficou olhando enquanto ela depositava as roupas aos pés da cama e saía, direcionando-lhe um olhar de compaixão.

Carol passou o dia na cama, ora pensando em Ali, ora tentando entender o francês dos programas de TV, ou ainda fugindo das refeições de Syrie. E à noite, quando não estava pensando em Ali, estava tentando dormir.

No dia seguinte, quando a porta foi aberta para que lhe trouxessem o café, ela cobriu a cabeça esperando que saíssem o mais rápido possível. Como ninguém saía, descobriu sua cabeça e, surpresa, reconheceu Azim parado com sua conhecida expressão indecifrável. Ele trazia o braço preso em uma tipoia... Estava ferido.

A princípio, ficou confusa, poderia ser alguma de suas visões, mas então percebeu que não, era ele... Correu para ele, já o abraçando. Sem saber o que fazer, Azim ficou imóvel. Passada a surpresa, ele a envolveu timidamente com o braço bom.

Carol chorou ainda abraçada nele; chorou de medo, de alívio, e aquela esperança tola que persiste. Chorou se saudade do seu amor, sentia em Azim uma parte dele, o pai que ela sabia que ele era...

Carol saiu daquele abraço e tocou o braço enfaixado de Azim, como quem pergunta em silêncio, e ele deu de ombros, respondendo em silêncio também, como se dissesse que aquilo não era nada, que eles tinham coisas mais importantes para conversar naquele momento. Ela entendeu, e seu sangue congelou em suas veias. Olhou a porta trancada com a tênue esperança sendo substituída pelo medo.

– Por favor, senhora... Sente-se, precisamos conversar.

Ela não queria sentar...

Não quero sentar...

– Onde ele está? Como ele está? Por favor, eu preciso vê-lo...

– Infelizmente ele foi atingido.

Ouvir aquilo que seu cérebro já sabia, ter as palavras ecoando no ar, tornando real o que até aquele momento estava difícil admitir, fez seu peito ficar sem ar.

– Agora ele já está bem, não é? Por favor, me diga que ele está bem.

Ela já começava a sentir aquela dormência nas pernas, característica do medo.

– Ele morreu, senhora... Eu sinto muito.

Aquela frase curta, de certa forma simples, anestesiou sua mente, e demorou um pouco mais que o normal para que fizesse efeito em sua cabeça. Ela ouvira, mas não queria acreditar...

Recuou dois passos, esbarrando na cama, sua cabeça esvaziou, ficou cega, tocou a madeira fria à procura de apoio, sentindo a vida se esvaindo de seu corpo. O frio correu pelas suas veias, brotando em sua pele através do suor gélido. Podia ouvir ecos de alguma coisa. Seu estômago se contorceu em uma náusea fria, e o chão veio ao seu encontro.

A cabeça de Carol girava. Tentou se levantar, mas percebeu que era impossível. Estava zonza.

Olhou o quarto exageradamente limpo de hospital e sentiu aquele cheiro inconfundível. Procurou pela campainha e a tocou incessantemente, sem se importar com o quanto enfermeiras odiavam aquilo.

Azim entrou acompanhado do médico, e ela tentou ler no rosto dele algum sinal de que estivera sonhando, de que tudo não passava de um terrível pesadelo, mas sua fisionomia só conseguiu gelar ainda mais seu sangue.

– Eu quero sair daqui... Não estou doente.

Tentou arrancar a agulha do soro, mas foi impedida pelos dois, que tentavam a acalmar.

– Senhora, calma, pode se ferir. Calma, senão terão de sedá-la.

Ela ignorou aquela ameaça e continuou tentando se libertar das mãos que a impediam. Sua luta foi em vão. Mãos fortes seguraram seus braços e, por um momento, ela pensou que iam amarrá-la à cama, mas então percebeu uma mulher de meia-idade se aproximando e, com uma expressão muito séria, injetando algo no soro acima de sua cabeça.

Ah, droga, isso queima...

Sua vontade era de continuar lutando, mas rapidamente seu corpo formigou, e seus pensamentos e vontades foram mandados para longe, tão longe quanto as vozes que ainda ecoavam. Seus olhos começaram a ficar pesados e, apesar de querer permanecer desperta, acabou adormecendo.

Quando acordou novamente, ela não sabia quanto tempo havia se passado; tinha perdido a noção de tudo, sua boca tinha o gosto horrível de quem dormiu demais. Tinha sede, e a cabeça doía, doía muito... Suas lembranças voltaram no mesmo instante em que se dava conta de onde estava.

Azim estava de costas, olhando pela janela. Parecia tenso, ombros levemente encurvados, como se o peso do mundo se abatesse sobre ele. Será que ele sabia? Que Ali era seu filho? Deveria saber, e, mesmo sem demonstrar, Carol sentia seu sofrimento.

Ele tinha o mesmo porte de Ali, mesma altura e tom de pele. Ficou olhando para ele, desejando saber o que ele pensava naquele momento. Com dificuldade, Carol se sentou na cama e, sem que percebesse, soltou um gemido. Ele se voltou rapidamente, vindo ao seu encontro.

Ele tocou sua mão com carinho e ela só conseguiu gemer as palavras.

– Onde está o corpo? Por favor, não faça isso comigo... Eu preciso ver. Ele morreu tentando me proteger... A culpa foi minha, não foi?

E então fechou os olhos, sentindo a repercussão daquela frase dentro de si.

Azim olhava sem dizer nada, pensando que, se ele não tivesse se debruçado sobre Carolina, os tiros teriam acertado a cabeça.

– Ele foi cremado, senhora. Procure pensar na sua saúde agora; com o tempo, a senhora esquece tudo e as coisas voltam ao normal.

Oh, Pai, que isso seja mentira. Prometo ser boa, por favor...

– Eu não estou doente – gemeu, quase choramingando, e Azim lhe entregou um copo com água, que ela aceitou ainda chorando.

Ele a olhava enquanto ela bebia água, com a paciência de um pai diante de um filho rebelde.

Azim colocou o copo sobre a mesa de cabeceira e voltou a tocar a mão dela, falando com carinho:

– A senhora terá um filho.

Azim, com uma alegria secreta, pensava no quão tardia aquela notícia viera, e o mais engraçado era de onde viera; a mais improvável de todas as esposas.

– Mentira! Não posso ter filhos.

Carol não entendia o que ele pretendia mentindo. Ganhar tempo? Desviar sua atenção?

– Aparentemente, pode. Descanse... Syrie ficará hoje à noite, amanhã poderá voltar para casa.

Sem dizer mais nada, tocou novamente sua mão, deu algo que parecia um sorriso e se retirou, deixando-a com sua amargura.

Que casa? Sou uma indigente da vida...

Essa amargura parecia ganhar nova forma, diferente daquela que a acompanhara por anos, que já lhe era familiar. Agora a dor era diferente. Não era a dor do fim de um relacionamento esgotado e doente, era a dor do fim de sonhos novos, sonhos que nem teria a chance de sonhar. A dor de ter encontrado em meio a todas as improbabilidades o amor de sua vida e de tê-lo perdido. A dor de ter encontrado algo pelo qual buscara a vida toda e ver que tudo fora uma brincadeira do destino.

Nunca mais veria aquele rosto tão amado, ou sentiria aquelas mãos em sua pele; o som da voz que acendia tudo dentro dela estava calado. Nunca mais ouviria seu riso, ou veria seu olhar... Tudo o que ela mais amara se perdera na escuridão da morte.

Nunca mais faria amor com ele... Queria fazer amor com ele... Precisava fazer amor com ele...

Seus soluços saíam altos e sem disfarce.

Nem a força de acreditar que a vida ia muito além das aparências lhe tirou daquele estado. Pela primeira vez, não se importava com sua crença, com a certeza da vida após a morte, com a certeza do sofrimento para enriquecer seu Espírito. Precisava dele agora, nesse mundo, nessa vida.

Como vou viver? Como vou respirar?

Sentia lhe faltar o chão e o ar, a dor era insuportável, a escuridão tomava tudo. O mundo perdera a cor novamente. Estava tudo em sofrido cinza, não havia riso nem calor, apenas o frio e a escuridão.

Se eu soubesse... Teria segurado suas mãos entre as minhas mais tempo... Teria tocado seus cabelos, beijado cada pedacinho do seu amado rosto...

O choro veio novamente, fazendo seu corpo arquear sem fôlego.

Tantas coisas que eu gostaria de ter feito pra você... Tantas coisas que eu gostaria de ter dito... Eu poderia ter te beijado mais. Por que eu não te beijei mais?

Sem querer, Carol já revia os momentos ao lado dele, cada beijo. Foram poucos meses, mas tão intensos, que valeriam como uma vida. Ao menos poderia viver sabendo o que era o amor... Mas esse pensamento não foi suficiente para aliviar sua dor. Não estava pronta para abrir mão dele.

Puxou o medalhão e ficou observando a foto.

– O que eu faço da minha vida agora, meu amor? Pra onde eu vou? Por que você me abandonou? Você me prometeu...

Pensou na sua volta ao Brasil... Como recomeçaria? O que André diria? E Juliana não estaria mais lá...

Teve uma nova crise de choro, e ela nem sabia o que doía mais naquele momento, só tinha certeza de que não conseguiria se sentir pior. Fechou os olhos, estava na merda... literalmente. Afundada em um grande e borbulhante barril de merda. Devastada, arrasada, rastejando em meio aos excrementos da vida.

O dia amanheceu claro, contrariando a escuridão de sua alma, e ela esperou que o médico viesse lhe dar alta, já querendo desesperadamente sair daquele ambiente nostálgico.

Olhou longamente para sua cama, deu um suspiro e se deixou cair sem forças.
Queria morrer. Novamente.

Quase sem se mover, tocou o controle que estava sobre a cama, ligando a TV, precisava ouvir alguma coisa que não fosse sua dor, precisava calar as malditas vozes que repetiam e repetiam incansavelmente que ele havia morrido.

Seus olhos pesados passaram pela TV, era algum programa de música americana, e uma efusiva jovem francesa anunciava Chris Daughtry. Carol fechou os olhos, e a introdução da música *What about now* fez seu coração dar trancos, e uma nova crise de choro foi inevitável. Amava aquela música, e naquele momento ela poderia ser o tema de sua dor, pois cada frase falava diretamente ao seu coração, como se tivesse sido escrita para ela:

E agora?
E hoje?
E agora que estamos aqui...
E agora que chegamos tão longe...
É só aguentar firme...
Não há nada a temer...
Pois eu estou ao seu lado...
Por toda a minha vida...
Sou teu...

Ela estava anestesiada. E as horas passavam... A música na TV já terminara e ela nem se dera conta. Tirou o som da TV e virou de costas. Nesse momento, o jornalista dava as últimas notícias do dia. Uma foto de Ali e Carolina estampava o noticiário francês que falava sobre rebeliões, mortes e queda de poderes.

E foi então que começaram os episódios de sonambulismo...

CAPÍTULO 33

De olhos fechados...

Ela precisava procurar, precisava encontrar o seu Carik...

Caminhava sem rumo, seus pés estavam pesados e frios, ela sentia a neve grudando, machucando sua pele, o frio adentrava sua alma, mas ela precisava continuar sua busca, precisava encontrar seu amor... Ele estava perto, ela podia ouvir o riso lindo dele, era como um farol, e ela seguia procurando, precisava chegar às cavernas, precisava encontrar o portal...

Carol acordou com alguém tocando seu braço. Assustada, percebeu que estava embolada em um canto, entre os móveis, no chão duro da biblioteca. Estava gelada, quase não sentia suas pernas.

Como vim parar aqui?

Azim a olhava confuso. Ela se sentou rapidamente.

Como consegui entrar aqui?

Syrie a levou para o quarto e deu-lhe um banho quente, colocando-a sob as cobertas, onde ela ficou sem conseguir dormir, vendo as horas passarem, imersa em sua destruição.

Deu um sobressalto quando a porta foi aberta.

– Suas vitaminas.

Demorou a se sentar e demorou mais ainda a pegar o frasco que Azim lhe entregava.

– Já disse que não estou doente – resmungou quase sem som.

Ele respirou fundo, tentando entender o que ela acabara de dizer, e, de forma paciente, sentou-se ao seu lado na cama.

– Está um pouco anêmica. Precisa se cuidar.

Carol estava cansada demais para discutir nutrição ou o que quer que fosse com ele, e deixou transparecer isso num suspiro pesado. Além disso, não entendia para que tanto cuidado.

Eu já estou morta! Que merda! Deixe-me apodrecer em paz.

– Senhora, precisa pensar no seu filho agora. Esqueça um pouco tudo isso. Logo a vida volta ao normal...

Ela ficou olhando para ele, tentando entender tudo o que ele dissera, toda aquela resignação. Fez uma expressão, entre divertida e irritada, e soltou uma risada sarcástica, quase sem som. Não queria conversar naquele momento, seus olhos já nublavam, e ela voltou o rosto para a parede, balançando a cabeça em negativa.

Azim respirou fundo novamente, tentando talvez buscar inspiração divina, pois estava sendo mais difícil do que ele imaginava.

– Pense um pouco... Não percebeu nenhuma mudança em seu corpo, em sua rotina?

Ele definitivamente não fora preparado para o papel que estava vivendo. Um homem treinado para a guerra, falando em ciclos menstruais com uma mulher? Tomou as mãos frias dela, depositando duas cápsulas de vitaminas.

Carol olhou as vitaminas.

O que de pior ainda pode acontecer? Posso morrer? Não tenho tanta sorte...

Carol aceitou o copo de água que ele oferecia. Ele esperou que ela tomasse e se retirou.

Ela ficou olhando a porta que se fechara; mesmo desacreditando, fez alguns cálculos mentais... Sentiu um frio no estômago quando se lembrou de que só havia menstruado três vezes desde que chegara há aproximadamente cinco meses. Ficou envergonhada por ter feito Azim chegar ao ponto de lhe abrir os olhos em um assunto que, evidentemente, não era sua especialidade.

Seu sangue estava gelado, e seu cérebro ainda fazia cálculos...

Não pode ser!

Tocou sua barriga, que somente naquele momento lhe pareceu absurdamente grande.

Quê?

Ficou de pé e tocou-a novamente; caminhou até o espelho e ergueu o vestido...

Senhor, que barriga é essa? Como não notei antes?

Estava oscilando entre a incredulidade e o medo; ela não podia gerar uma vida, fora unanimidade dos médicos que cuidaram dela...

E se algo der errado? Preciso falar com Azim, preciso contar que não tenho mais óvulos, não posso ter filhos!

Mas Azim sabia de tudo e já havia uma enfermeira sendo contratada para cuidar dela durante esses meses de gestação.

Carol não queria dormir. Tinha medo de dormir. Na verdade, seu medo era do lugar onde poderia acordar. Deveria se importar? Uma voz dentro dela dizia que não, que toda essa situação, de sonambulismos e perigos que corria enquanto dormia, era insignificante perto do que ela sentia. Mas havia seu filho... E então tocou sua barriga. Um filho de Ali... Deveria se cuidar por ele, dizia a outra voz. Mas ela não se importava, não saberia viver sem Ali, e essa era a sua realidade. Seria uma mãe ruim?

Pensou em sua própria mãe, e sabia que não queria ser como ela. Então soltou um profundo suspiro.

Abriu a porta da sacada, puxou uma poltrona, e ficou contemplando as luzes da cidade; quando percebeu, nuvens coloridas feito algodão-doce já se destacavam num fundo azul. Pensou em Ali e no que Azim tinha lhe dito sobre terem cremado o corpo, e um choque percorreu seu corpo.

Vestiu um roupão por cima da camisola e desceu as escadas quase correndo, esquecendo-se completamente do perigo que elas representavam para o seu estado.

Chegou à cozinha e encontrou Syrie preparando o café, acompanhada de outras duas mulheres. Com atenção e carinho, Syrie ofereceu uma cadeira, que Carol recusou, ainda tentando se recompor da descida.

– Azim, onde ele está?

Ela fez um gesto com a cabeça, para que ela se virasse.

– Algum problema, minha senhora?

Azim estava parado logo atrás, impecavelmente vestido, como sempre. Era injusto que ele estivesse sempre com aquela fisionomia imaculada e ela toda desgrenhada apenas por ter descido alguns lances de escada.

Se vivessem alguns séculos à frente, ela juraria que ele era uma forma de vida cibernética orgânica. Ela balançou a cabeça, tentando expulsar as colocações inúteis.

– Vocês não cremam seus mortos! Vocês enterram, não é? Muçulmanos não cremam – ela afirmava, histérica, enquanto ele pegava seu braço calmamente, fazendo-a sair da cozinha e levando-a até uma sala.

– Não entendi, o que a senhora quer dizer?

– Isso que eu acabei de dizer, você mentiu. Por quê?

Ela sentia que seu coração queria sair pela boca, pois o sentia pulsando bem próximo de sua garganta; temia que ele lhe desse uma resposta tão convincente a ponto de sua esperança se esvair. Queria se agarrar a qualquer fio de possibilidade; possibilidade essa que sua mente criava diariamente. Mesmo com todos compactuando para que ela acreditasse que ele se fora, mesmo tendo todas as provas possíveis para crer nisso, uma voz interior lhe afirmava insanamente que ainda não acabara, que não era possível aquele sonho se acabar tão repentinamente. Não fazia sentido, e ela custava a acreditar que ele não existia mais.

– Eu menti, mas isso não quer dizer nada. Pouco antes de tudo isso acontecer, ele fez um testamento, onde me deixou responsável pela senhora e seu bem-estar, caso algo assim acontecesse. Só tentei preservar sua integridade. Temi que as mesmas pessoas que o mataram pudessem nos encontrar. Não havia tempo para funerais e manifestações. Tudo isso chama muita atenção.

– Onde ele está? Então vocês não o cremaram?

Ela sentia tanta dor no peito, que imaginou estar à beira da própria morte. Seu estômago parecia estar se derretendo em ácido, e o que mais queria naquele momento era vomitar até que tudo de dentro dela fosse expelido, como se a dor que lhe atormentava pudesse sair junto.

– Não faríamos isso. Ele está na cripta da família, onde descansam seus antepassados.

Foi como se pela primeira vez ela acreditasse em tudo, como se só agora as coisas a atingissem. Sem forças, chorou com os olhos perdidos no vazio, e então, em meio àquela dor, lembrou-se de Juliana.

– E a Juliana e o Hafez?

Azim a observava sem nada dizer, antes de ajudá-la a se levantar e pedir a Syrie que a acompanhasse até o quarto.

A conversa estava encerrada.

De volta ao seu quarto, correu para o banheiro e vomitou até ficar sem forças. Quando não havia mais nada para sair do seu corpo, se limpou, respirou fundo e se deixou cair na cama.

Olhou o medalhão, a única lembrança do seu amor, girou a aliança em seu dedo, o acessório ostensivo que os ligava, tocou sua barriga, descrente de que teria condições de levar aquela gravidez adiante.

Chorou novamente, entregue às dores que devastavam sua alma.

CAPÍTULO 34

Mistério revelado!

Naquela noite, uma tempestade desabou sobre suas cabeças.

Gemidos ecoaram... Aqueles mesmos gemidos do palácio, que ela já conhecia e a atormentavam pareciam vir de muito perto, como se a tempestade chorasse em profunda agonia. Ouviu uma voz conhecida...

Ele estava lhe chamando... Seu amor precisava dela.

Finalmente ela o encontraria após toda aquela busca, finalmente ela veria o rosto amado do seu Ali, do seu Carik...

Carol prontamente se pôs de pé e saiu para o corredor, precisava encontrá-lo. Chovia muito e ele precisava dela... Por que chovia tanto? Em Andra não havia tempestades, a chuva era amena e pontual... Alguma coisa estava errada, e ela precisava salvar Carik daquela água que desabava.

Desceu as escadas e um raio explodiu bem perto dali. Ela não ouviu, estava alheia à sua realidade. Passou pela sala e seguiu pelo corredor que levava aos quartos. Ouviu novos gritos e gemidos. Carik precisava dela e essa determinação a guiava.

Sombras fantasmagóricas se projetavam pelas paredes do corredor sempre que um novo raio explodia, mas ela ignorava, seguindo sem pressa.

Parou de frente para uma porta, uma luz fraca saía pelas frestas, como que a convidando a entrar. Era o portal. Finalmente encontraria seu amor... Então girou a maçaneta e entrou.

Seu amor estava deitado, se contorcia, estava muito magro, parecia um fantasma. Algumas pessoas estavam segurando seus braços, tentando fazer algo ruim com ele. Ela não conseguia se mover, estava congelada, vendo seu amor ser torturado.

Ele gemia e tentava se libertar, e ela acordou em profunda angústia.

Sua realidade voltou como um duro golpe. Estava parada no meio de um quarto estranho. Como fora parar naquele quarto? Olhou para a cama, para a figura deitada nela, e ficou imóvel diante do que viu. Syrie e outras duas moças tentavam segurar alguém, sem muito sucesso. Carol tentava ver quem era a pessoa, mas as três bloqueavam sua visão.

Ele gemia e o som era o mesmo que ela já conhecia. Quase não respirava, agora de frente com o fim do mistério. Viu Syrie tentando, pacientemente, acalmar a pessoa que gemia e soltava ruídos intrigantes. Deu um passo à frente e conseguiu ver um pouco mais: não era o Ali... Era um homem, pálido e definhado, com a idade difícil de precisar, não sabia se pelo estado de sua pele ou pela falta de iluminação. Sua curiosidade a fez se mover um pouco mais para perto, esquecendo-se de que ainda não havia sido notada. Sem perceber, esbarrou em uma poltrona aos pés da cama e Syrie se virou rapidamente para ela, já vindo assustada ao seu encontro:

– Es necesario volver a su habitación.

Gentilmente, Syrie tentava puxá-la para fora do quarto, mas Carol se livrou de suas mãos, convicta de que ficaria.

Nada vai me tirar desse quarto agora.

– Não! Não! Não! Eu vou ficar.

Precisava saber quem era aquele homem. Se eles tiveram o trabalho de trazê-lo junto, deveria ser alguém importante, e ela queria fazer parte de qualquer coisa que envolvesse Ali. Precisava se agarrar a alguma coisa para que não enlouquecesse sem ele. Recuou para um canto, fazendo sinal para que Syrie continuasse seu trabalho, mantendo os olhos fixos naquele corpo frágil, envolto em lençóis finos.

Um rapaz de jaleco entrou no quarto e aplicou uma injeção naquele braço esquelético, e Carol ficou observando ele se acalmar e dormir. Todos saíram e as duas ficaram sozinhas. Carol ainda olhava a figura que agora repousava calma sobre a cama, e sua cabeça já formulava mil perguntas:

– Quem é ele, Syrie?

O silêncio que se seguiu até que ela respondesse só era quebrado pela respiração pesada daquele homem na cama.

– Él es el hermano de mi señor. Él llama Ahmed.

Irmão de Ali?

Um novo raio pareceu balançar a casa, e fez as duas se encolherem. A tempestade, já sem importância, foi esquecida quase que no mesmo instante, e ela teve sua atenção voltada novamente para o homem deitado à sua frente como se a esperança se avivasse.

Carol se lembrou daquele dia no jardim, de quando descobrira que Azim era o pai de Ali... Aquela foto... Era ele! O rapaz idêntico ao Ali era ele!

Mas...

Olhou Ahmed dormindo e não conseguiu ver o rapaz daquela foto naquele homem doente; tentou perceber as semelhanças que vira naquele dia, naquela foto, precisava ver seu amor em outro homem...

Soltou um suspiro sem perceber; não estava tão só, afinal, pensou, enquanto olhava o único elo que restava para ela se agarrar e se lembrar de Ali. Naquele momento, seu irmão era a única coisa de mais próximo que ela tinha, ao menos oficialmente.

Precisava falar com Azim...

No dia seguinte, Azim, com pequenas frases, contou que ele era irmão de Ali, que a família havia sofrido um atentado e que ele era o único sobrevivente. Sua esposa e filho haviam morrido.

Uma resposta simples para uma desgraça tão grande.

Pensou em seu próprio dilema; também havia sofrido um atentado, ela sabia que sua vida não teria sido poupada se os seus perseguidores os tivessem capturado. E justo aquele que ela mais queria vivo era o que tinha perecido. Sim, se ela pudesse escolher outra pessoa para morrer no lugar dele, ela escolheria sem pestanejar...

Meu Deus... No que estou me transformando?

Deu de ombros. Era aquilo que sentia naquele momento.

Pensou em quem escolheria para morrer no lugar dele e, na verdade, ela poderia escolher quatro pessoas; quatro maquiadas e extravagantes pessoas. Não podia evitar e, apesar de a sua consciência recriminá-la incessantemente, ela novamente deu de ombros.

Estava escolhido. Onde estaria o monstro de quatro cabeças, afinal?

CAPÍTULO 35

Ahmed

A partir desse dia, Carol ocupou suas horas e sua mente com a tarefa de cuidar de Ahmed, seguida de perto pela enfermeira que fora contratada para cuidar dela. Syrie havia relutado no início, procurado por Azim, que tentou dissuadir Carol, mas nenhum deles teve sucesso, e ela pôde, além de cuidar dele, ajudar a si mesma.

Com uma mistura de óleos de amêndoas, orégano fresco e eucalipto, ela massageava diariamente as pernas e os braços dele. No início foi difícil tocar a pele fina e frágil dele, cheia de cicatrizes, mas ela tentava pensar em outras coisas. Olhar para ele também não ajudava, já que ele tinha o mesmo olhar de Ali.

Foi assim que começara...

Conversava por horas com ele, falava muito mais do que estava acostumada no seu dia a dia, e, apesar de ele não entender nada do que ela dizia e ela também não entender o pouco que ele sussurrava, já haviam se afeiçoado um ao outro, e ele esperava ansioso pelo horário que ela vinha cuidar dele.

Quando a fase de sensibilidade dela passara, e ela já se acostumara a ele e ao seu olhar, que acompanhava todos os seus movimentos, fazia questão de conversar e contava tudo. Como conhecera seu irmão, como fora levada até ele e como se apaixonara. Sentia-se à vontade para falar dos mínimos detalhes, pois sabia que ele não entendia nada.

Falava sobre livros, filmes, e um de seus assuntos favoritos: Mitologia grega. Contava como Zeus havia aprisionado Dafne num loureiro, ou ainda o porquê de Aquiles ter sido morto com uma flecha no calcanhar.

Adorava contar a história de Deméter, a deusa da colheita, e sua bela filha, Perséfone, que num determinado dia desapareceu. Deméter ficara nove dias sem comer, desesperada à sua procura.

No décimo dia descobriu que ela havia sido raptada por Hades, deus do mundo subterrâneo.

Hades era irmão de Zeus, o deus dos deuses, e Deméter imaginou que Zeus fizesse parte daquilo, já que poucas coisas eram feitas sem seu consentimento. Então planejou sua vingança: ordenou às árvores que não dessem frutos e à terra que não florisse. Em pouco tempo, a terra ficou completamente estéril.

Quando Zeus soube, decidiu fazer um acordo: se Perséfone não tivesse comido do alimento do mundo subterrâneo, poderia voltar.

Acontece que ela havia comido sete sementes de romã. E Zeus então ordenou que ela ficasse seis meses com a mãe, no mundo exterior, e seis meses com Hades, como rainha de Tártaro.

Assim, os seis meses que ela estava com a mãe eram quentes e floridos, e os seis meses em que a mãe sofria sem sua presença eram frios e áridos.

Carol conhecia essa história há mais tempo do que se lembrava, mas agora lhe soava algo de familiar nela. Sua própria história. Sorriu ao pensar que também havia sido raptada, e que agora tinha outra vida.

Esqueceu a parte da mãe!

Ela tinha que concordar... Sua mãe nunca faria algo assim por ela. Será que ela ao menos se perguntava sobre o destino da filha?

Não queria pensar nisso. Balançou a cabeça, voltando-se para Ahmed, que a ouvia encantado e, claro, nem imaginava do que se tratava. Uma cristã falando de mitologia grega a um muçulmano? Quem acreditaria nisso?

Tá juntando as pedras para sua lapidação! Mulher doida!

Mas ela não tinha medo...

Aquela terapia forçada estava lhe fazendo muito bem, era daquilo que ela precisava no momento, precisava conversar, dizer tudo o que sentia, e o fazia sem medo, afinal Ahmed não entendia uma única palavra do que ela dizia, e, como quase não falava, acabava sendo o ouvinte perfeito...

Em alguns momentos ele dormia durante a história e ela ficava olhando para ele, com calma, cada detalhe... Precisava encontrar Ali em alguma coisa, precisava dele... Era difícil ver Ali naquele homem na cama, mas ela tentava, precisava... Ela reparava nas mãos, nas unhas, os cabelos grisalhos em alguns pontos eram escuros como os de Ali, mas eram esvoaçados, como se um vento forte os tivesse revolvido, mas Carol acreditava que era pelo tempo que ele passava na cama.

Ela estava na parte mais alta da torre e observava o céu... Aquele planeta torto a olhava de volta, sua luz era estranha, ele era estranho, mas ela procurava outra coisa, ela precisava chegar às cavernas, ela precisava cruzar o portal para encontrar seu Carik, ele desaparecera, ele morrera...

Mas ela sabia que mentiam para ela, Ali não morrera, ele ainda vivia, e ela só precisava descobrir onde escondiam seu amor, o seu Carik... Rumou escadas abaixo, passando pela sala e seguindo o corredor. Abriu a porta do quarto e o viu dormindo. Ela sabia... Ele ainda vivia... Mas estava tão magro e doente...

Deitou-se ao lado dele sem fazer barulho. Não podia acordá-lo. Ele precisava descansar, ele precisava se recuperar logo, para que pudessem sobrevoar os campos floridos e caminhar na areia branca... Ficou olhando o rosto dele por um tempo, quase sem respirar, e acabou adormecendo.

Acordou com Syrie ao lado da cama.

Quase deu um grito ao ver onde estava. Ahmed também a olhava. Devia estar confuso.

– Deus... O que estou fazendo aqui?

Sem esperar uma resposta e sem encarar olhares, rumou para o seu quarto, envergonhada.

Ela gostaria de dizer que aquele fora o único episódio, mas quase todas as noites ela acampava no quarto dele. Ora dormia no chão, ora encolhida na poltrona, ou então se acomodava ao lado dele.

O desconforto dela fez com que Azim tivesse a ideia de prendê-la no quarto quando fossem dormir. Ela concordou. Sem chave, ela ficava limitada ao seu quarto e só saía de lá quando Syrie a abrisse no dia seguinte.

Os dias ficavam para trás numa rapidez alucinante. Seu sonambulismo acabara da mesma forma que começara. Sua barriga já crescia sem timidez e ela sentia fortes dores nas costas, o que vez ou outra a impossibilitava de andar demais.

Estou velha para isso.

A cicatriz enorme na barriga agora não passava de um vergão vermelho e sensível. Sempre que o bebê chutava com mais força, ela sentia um formigamento estranho naquela região, e então se lembrava de que um milagre acontecia dentro dela, e era inevitável não pensar no pai do seu filho...

A neve cobria o parapeito da sacada, e o Ano-Novo cristão explodia nas ruas, colorindo o céu gelado com seus festins. Carol ficou na janela sem conseguir respirar, olhando os fogos que explodiam da torre Eiffel, subindo e descendo, fazendo o enorme monumento de ferro se parecer com uma espinha de peixe gigante, enquanto o céu era salpicado de formas e cores em todas as direções.

Odeio fogos de artifícios!

Era a prova viva de como o ser humano podia ser patético, e necessitava usar a violência em qualquer ocasião, mesmo para demonstrar alegria. Explosões. Era um ato violento, perigoso e barulhento que dizia a todos: "Veja, estou feliz, quero mostrar ao mundo".

E quantos animais morriam nessa época...

Carol não entendia o que tinha de feliz no encerramento de um calendário para que as pessoas festejassem daquela forma, afinal mais da metade do mundo não seguia o calendário cristão; na casa, tudo era silêncio, não havia festas, pois não eram cristãos, e o final do ano muçulmano, naquele ano, seria somente dali a dez dias, mas Carol não fazia ideia de como eles comemoravam e de como era feito o cálculo para saber a data em que eles encerravam o ano, data essa que não se repetia.

Mas de uma coisa ela tinha certeza: eles não comemoravam com fogos de artifício.

Gostava do Natal, porque era o aniversário de Jesus. Ela sabia que era uma data simbólica, mas não se importava... Amava ter um dia para comemorar o nascimento do Governador da Terra. Amava Jesus...

Estava alheia ao tempo para comemorar o Ano-Novo. O tempo simplesmente passava, e ela não via alegria nisso. Para ela, o futuro não existia, era apenas o segmento que damos ao presente, o próximo passo, e quando esse "futuro" se revela de alguma forma, em algum acontecimento, já não é futuro, é o presente.

Carol sentiu falta dos finais de ano na companhia de pessoas queridas, e se lembrou amargamente do último que vivera: sozinha. Como um presságio dos dias vindouros, ninguém esteve ao seu lado, e ela se recusou a sair de casa. Os poucos amigos e parentes que sempre estiveram presentes nos momentos bons, agora tinham desculpas irrepreensíveis para deixá-la sozinha. Ela soube o que estava acontecendo de imediato, sabia dos boatos que envolviam seu fracasso amoroso, só não acreditava que, quando mais precisasse deles, não os teria. André havia inventado um trabalho, e ela, apesar de saber exatamente onde ele estava, nada pôde fazer. Somente Juliana lhe mandou uma mensagem que, como sempre, a fizera rir, mas fora só...

Sentiu o cheiro dos finais de ano bons, reviu sua árvore com as luzes coloridas, e o riso daqueles que amava. Ainda olhando as luzes que oscilavam no céu, pensou em Juliana e se voltaria a ver sua amiga; sentiu as lágrimas caírem e não quis disfarçar, chorou até que o cansaço venceu, as festividades barulhentas diminuíram e pôde finalmente dormir.

CAPÍTULO 36

A pior de todas as prisões

O cavalo corria pelos campos, movendo seus cabelos, que o turbante cobria parcialmente, mas ele estava alheio à carícia macia e morna do vento, seu coração estava apertado, quebrado, ele precisava encontrar seu amor...

Olhou o castelo monstruoso que adentrava as nuvens e sentiu o ódio queimar seu peito; era para lá que o monstro a levara, era lá que ela estava presa. De repente eles já corriam pela praia; ela o olhava e sorria, desafiando-o a alcançá-la. Os cabelos negros se moviam nas suas costas, os pés afundavam na areia... Os pássaros faziam algazarra, e agora ele subia as pedras, ele a buscava, ela não estava mais na praia, ela havia desaparecido...

Seu amor havia desaparecido! Sua menina fora sequestrada!

Pensou nos cabelos negros que se moviam hipnóticos, nos olhos esverdeados e no riso de menina. Sentia o ar faltar no peito, precisava resgatar seu amor...

E então ela já estava em seus braços, ele sentia os cabelos negros deslizando feito líquido pela sua barriga... Fora um pesadelo, ela ainda o amava, ela ainda estava com ele. A boca macia e molhada dela descia pela sua barriga e chegava à virilha. Ele se contorceu e abriu os olhos, tentando entender sua realidade que ainda estava naquele sonho.

Voltou ao momento presente, e Juliana passava a boca em sua virilha; seu corpo reagiu no mesmo instante quando ela segurou seu membro nas mãos e colocou a boca sem nenhum pudor. A boca morna desceu e subiu e Hafez fechou os olhos. Uma parte sua ainda estava naquele sonho, uma parte sua ainda sentia a angústia daquele sonho.

O sonho foi esquecido, a realidade substituíra os sonhos...

A boca de Juliana ia e vinha, e ele ouvia os gemidos dela, que pareciam vir de longe, pareciam pertencer a outra realidade; o quarto estava escuro, ele via apenas o vulto dela, que agora se engatinhava para cima dele. Seus cabelos faziam cócegas em sua pele, e ele fechou os olhos quando ela sentou em seu corpo...

CAPÍTULO 37

Esperado contato

Hafez observava ela dormir, os cabelos escuros e compridos emaranhados no travesseiro... Havia algo naquela imagem, nos cabelos... Não conseguia parar de olhar, sentia que algo seria revelado, que se lembraria de algo importante, mas era frustrante... As imagens desapareciam antes que pudessem chegar até ele. Lembrou-se de que sentira a mesma coisa a primeira vez que a vira... Não! Não foi quando a vira, foi quando a vira de costas, foram os cabelos...

Era como deslizar os dedos em seda, ele pensava... Era como...

Ele estava zonzo, olhando os cabelos emaranhados. As lembranças ainda queriam chegar, estavam quase chegando, e então ela se moveu sob os lençóis, revelando seu corpo nu; ele prendeu a respiração, sentindo o sangue esquentar. Sem fazer barulho, deu dois passos para perto da cama e ficou olhando sua pele clara, os seios macios. Lembrou-se da ousadia daquela menina, da loucura do que ele queria fazer naquele exato momento...

Allah yahmini...

Pensou no que faria quando ela acordasse, em como lidaria com o que acontecera... Ainda olhando-a, quase perdendo o frágil controle sobre seus sentidos, teve um lampejo de lembrança que o alertou da fuga em andamento.

Saiu da pensão e procurou um telefone, precisava encontrar Azim e devolvê-la à sua amiga, antes que ela o quisesse novamente e ele cedesse.

Discou o número, já temendo o fracasso que foram as outras tentativas, quando uma voz familiar e muito querida atendeu. Quase soltou um grito de satisfação.

Juliana abriu os olhos, ainda cansada e desejando dormir mais. Tocou a cama ao seu lado e se virou para se certificar de que estava vazia.

Aonde será que ele foi?

Lembrou-se da noite anterior e sentiu aquele aperto gostoso na barriga. Como seria o relacionamento depois de tudo? Ficaria estranho? Como ele lidaria com isso? Naquele momento, todos os questionamentos e dúvidas não foram suficientes para que esquecesse tudo o que tinha sentido, e que ainda sentia. Ainda o queria...

Ah, sim, eu o quero muito, de todas as formas que eu puder ter...

Sentiu vontade de rir, tinha conseguido!

Viu como você me quer, seu desgraçado? Nem teve chance!

Ela riu, mas precisava colocar a cabeça no lugar antes que ele chegasse.

Riu novamente.

O que me tornei? O que sempre fui...

Riu ainda mais e partiu para o banheiro, desejando um banho.

A água caía deliciosamente quando ouviu o barulho da porta. Seu coração parou por alguns segundos e, quando voltou a bater, estava descontrolado; teve que se apoiar na parede para segurar o peso do corpo.

Respirou fundo, sem acreditar no que sentia por ele. Terminou o banho com o coração acelerado, ensaiou uma infinidade de frases, uma infinidade de olhares. Precisava demonstrar que gostara, mas sem ser muito assanhada.

Quem eu quero enganar? Ele deve me achar uma puta. Eu sou uma puta! Dei para um homem que conheci há alguns dias!

Ela precisava ser racional, como Carol...

Sim, preciso ser certinha como Carol... Uma dama...

Riu, mas parou logo, estava muito perturbada naquele momento. Vestiu sua roupa e respirou fundo, tentando acalmar seus sentidos antes de sair do banheiro.

A expressão dele a pegou completamente despreparada. Sentiu o amargo do medo subir pela sua garganta.

– O que foi? Aconteceu alguma coisa?

– Falei com Azim, temos que continuar com nossos planos, vamos até o vilarejo que mencionei. Azim estará nos esperando lá. – Apesar das respostas ensaiadas, Juliana percebeu que havia algo de errado.

– O que mais?

Ele ficou a observando por um tempo, sempre com aquela impaciência diante da sua insistência, mas dessa vez a expressão dele não conseguiu assustá-la, e ela cruzou os braços devolvendo o olhar.

Ele respirou fundo, como quem tenta arrancar forças de alguma parte desconhecida do seu ser, e se sentou.

– O rei sofreu um atentado. Morreu.

Ela demorou a entender a frase toda, mas compreendeu a pior parte; sentiu um súbito mal-estar e a imagem de Carol lhe veio à mente. Suas pernas fraquejaram, precisou se sentar também.

Caralho! Que inferno! Ah, minha amiga linda... Eu sinto tanto...

– E a Carol?

Ele pareceu pensar, e ela percebeu algo mais em seu olhar, algo que não soube definir. Ele disse algo baixo, sem olhar em seus olhos, e ela ficou na dúvida se ele disse: "está bem, também, vintém ou amém...", mas se contentou em acreditar que ele havia dito que Carol estava bem.

Antes que ela pudesse ordenar os pensamentos e se refazer da notícia, ele já começava a juntar tudo, e o nervosismo da fuga recomeçava.

Pegaram um ônibus, e ela, triste, voltou seus pensamentos para Carol e toda a dor que ela deveria estar sentindo naquele momento.

Gostaria de estar por perto...

Agora que ela podia, que não tinha mais o empecilho de antes, estava incapacitada por outros motivos.

Sempre há um motivo para que eu me afaste... Talvez seja o destino. Ou talvez eu seja uma péssima amiga!

Pensou em quando deixara Carol sozinha, quando escolhera o emprego e a carteira de motorista que Paulo ardilosamente lhe oferecera.

Qualquer pessoa no meu lugar teria feito o mesmo, não é?

Ela sabia a resposta, e sentiu a culpa pesando novamente.

Desceram antes de chegar à rodoviária, e ele pegou sua mão, já começando a andar. Aquelas mãos nas suas lhe causavam um sentimento bom. Ah, sim, era muito bom.

Quase tão bom quanto elas nos meus peitos... Ou um pouco mais pra baixo...

Arrepiou-se com o pensamento.

Louca devassa! Acalma esse monstro pervertido e babão! Carol precisa de mim!

Chegaram ao local combinado, e Azim já os esperava. Juliana o reconheceu de imediato, era um homem de presença, difícil de esquecer. Trazia uma tipoia no braço e estava com um terceiro homem, que ficou no carro; aparentemente era o motorista.

– Fique aqui e peça alguma coisa para comer – Hafez falou, apontando um banco próximo do balcão, e se encaminhou até Azim, que estava com a expressão carregada.

Juliana ficou olhando, enquanto os dois se cumprimentavam com um abraço caloroso. Azim dizia algo próximo do rosto dele, com a mão ainda em seu ombro, e Hafez ouvia, assentindo de cabeça baixa. Juliana achou estranha aquela intimidade. Pareciam da mesma família... Eles se sentaram em uma mesa reservada e Juliana se voltou para a vitrine de guloseimas à sua frente. Pediu um café, acompanhado por um pedaço de torta de chocolate, e se deu ao luxo de esquecer tudo; por alguns minutos, concentrou-se apenas no delicioso café da manhã que saboreava. Quando terminava, Hafez pagou a conta e saíram os três até o carro que os esperava sob a sombra de uma árvore.

Hafez dirigia com Azim no banco da frente, eles falavam baixo, frases curtas. Falavam francês? O terceiro homem sentou-se no banco de trás, ao lado de Juliana, e ela olhou de relance para ele, que parecia alheio ao diálogo que se seguia em voz baixa na frente dos dois. Viajaram pouco antes de o carro entrar por uma estrada ladeada por bosques. O vento fresco adentrava as janelas parcialmente abertas e Juliana respirou fundo. Era bom...

Vários chalés tomavam os espaços entre as árvores, que cresciam ora aqui, ora ali. O carro subiu um pequeno morro e parou entre duas árvores enormes que escondiam outro chalé um pouco maior. Juliana desceu sem conseguir desprender os olhos da vista que tinha lá de cima; uma lagoa gigante, de água calma e repleta de patos que nadavam tranquilamente, alheios aos problemas de cada um que passava por ali.

Um dos lados da lagoa era revestido por pedregulhos, e a água vinha diminuindo sua profundidade gradativamente, até quase não os cobrir mais. Era possível ver as pedras cobertas pela água clara, mesmo na distância em que se encontrava. E do lado oposto, árvores... Muitas árvores. Respirou fundo, o ar era fresco. Sob as sombras das árvores, havia mesas e bancos convidativos.

Uau... Que lindo!

CAPÍTULO 38

Hóspede ilustre

Os três entraram e outros dois homens altos já se encontravam lá dentro. Hafez cumprimentou os dois calorosamente e Juliana se sentiu invisível, já que nenhum deles olhou para ela. Reconheceu o mais jovem como o mesmo que fora buscá-la no aeroporto com Azim.

É a guarda real. Mas o que eles fazem aqui?

Um homem usando uma roupa branca saiu de um quarto que se encontrava fechado, e falou em voz baixa com Azim, que apenas assentia com a cabeça. Juliana daria um ano de sua vida para entender o que eles falavam. Mas ela não entendeu, então o homem de roupa branca se despediu e, saindo pela porta, sumiu da vista de todos.

– O que está acontecendo? – perguntou baixo, aproximando-se de Hafez.

Ele apenas a olhou e Azim os chamou, já entrando no mesmo quarto do qual o homem havia saído. Estava na dúvida se o chamado também era para ela, mas logo sentiu a mão de Hafez em seu braço, puxando-a junto com ele.

O quarto estava fracamente iluminado e cheirava a éter. Juliana temeu andar e esbarrar em algo, então parou assim que cruzou a porta; seus olhos demoraram a se acostumar e, quando por fim o escuro parecia diminuir, uma silhueta começou a se revelar sobre uma cama branca. Um homem ferido estava deitado nela, do seu braço saía um curativo que o ligava ao soro, e sua boca estava encoberta pela máscara de oxigênio. Luzes coloridas saíam do monitor ao lado da cama, seguidas de um som agudo e intermitente.

Um jovem enfermeiro acendeu um abajur e saiu assim que eles entraram; Azim se voltou para eles.

– Vocês terão que ficar aqui enquanto ele se recupera. Ninguém deve, em hipótese alguma, saber que ele ainda está vivo, nem mesmo a senhora Carolina. Ninguém entra ou sai. Entenderam? – disse isso olhando para Juliana, como se o aviso fosse para ela.

Ela assentiu com a cabeça e seus olhos se voltaram para a silhueta na cama. Agora que sabia quem ele era, as coisas começavam a tomar forma e ganhar novos rumos. Azim continuou falando em português, e ela prestou atenção, pois isso significava que lhe dizia respeito.

– Há suprimentos e remédios. O médico está hospedado dois chalés à direita, e virá todos os dias; se acontecer alguma emergência, o enfermeiro sabe o que fazer. Sami e Hanrier ficarão com vocês no caso de alguma surpresa.

– E a Carolina?

Juliana sabia que não deveria perguntar, mas não conseguiria dormir à noite sem saber como ela estava.

– Estou indo ficar com ela. Tenho que dar a notícia da morte dele e não sei qual pode ser a reação dela. – Continuou falando, fazendo com que Hafez se voltasse para ele: – Hafez, você fica encarregado de tudo, e eu sei que gosta de cozinhar... Então a cozinha é sua. Precisarão dividir as tarefas. Uma última coisa: há roupas na bagagem dele e da senhora Carolina. Foram compradas durante a fuga, e algumas nem foram usadas. Tentem aproveitar o que der, não quero ninguém circulando pela cidade sem motivo. Posso confiar?

Eles assentiram.

– Agora vão!

Eles saíram do quarto.

Sozinho, Azim olhou o homem deitado na cama e seu coração se apertou. Tocou as mãos que repousavam ao lado do corpo, lembrando-se de um pedido antigo, feito em um momento de extrema tristeza.

Não se preocupe, minha doce Soraya, eu cuidarei do nosso filho...

Senti tristeza me lembrando daquele dia, dos dramas que eu vivia no dia em que deixei o mundo...

Ele beijou a testa de Ali com carinho antes de sair.

Enquanto saía do quarto, Juliana sentia pena de sua amiga, mas ao mesmo tempo sentia muita raiva daquelas pessoas que pensavam estar acima de qualquer coisa.

Que direito eles têm de intervir na vida de outra pessoa dessa forma?

Pensou em argumentar com Hafez, mas ele só seguia ordens e, depois da noite passada, temia que sua reação pudesse influenciar no relacionamento entre os dois; precisava ter em mente que ele era o único com quem podia conversar e ser entendida. Não poderia piorar tudo. E ainda o queria. Enlouquecidamente.

Mas aquele homem deitado naquela cama era o amor da vida de sua amiga, então faria o que pudesse para uni-los novamente.

De repente, ela se deu conta de que estava sozinha com aqueles brutamontes, e o chalé não era tão grande assim, só havia dois quartos.

Onde vou dormir?

Teria que dormir com os três? O pensamento lhe causou uma sensação ruim. Hafez estava diferente, e ela duvidava que ele quisesse dormir com ela. Ele trazia no rosto aquela expressão de antes, o "homem de segurança", e ela não gostava disso.

Talvez ele não tenha gostado tanto. Hum, duvido! Ninguém conseguiria fingir tanto...

Andou pelo chalé e constatou que só havia cinco cômodos, dois quartos, uma sala com lareira, uma cozinha bem arrumada e um banheiro.

Ela não conseguiu deixar de imaginar o romantismo das noites frias que se aproximavam perto daquela lareira... Balançou a cabeça, expulsando aquele pensamento.

Que romantismo?

Um dos quartos fora transformado em UTI, então só restava um quarto com três beliches, que teria que ser dividido em dois, pois ela se recusava a dormir no mesmo quarto que os três homens. Procurou por Hafez e deixou isso bem claro para ele. Ele a olhou, um brilho estranho cruzou seus olhos, e a comunicação entre eles, que nunca fora boa, agora pareceu azedar de vez.

– Tem medo de quê?
Medo?
Ela queria privacidade, queria um lugar longe de olhares.
Você que tenha medo de mim, seu infeliz do inferno!
Juliana não teve a intenção de despertar nele aquela reação, mas sabia que, quando seu coração voltasse ao ritmo normal, agradeceria por ter passado a ele a ideia de arrependimento. Era melhor manter distância, pelo menos naquele ambiente, naquele momento, com aquele homem ferido na cama. Ter seu corpo doente de tesão por Hafez não ajudaria.

Precisava pensar... Queria pensar?
Quero sentir... A boca, as mãos, o corpo... Merda!
Sentia-se à beira de uma armadilha mortal, que podia visualizar, que podia até sentir sob seus pés, mas que irresistivelmente precisava se manter por perto, desafiando o perigo, como uma mariposa na luz.

Carol precisava dela...
É isso! Carol precisa de mim! Minha amiga Carol! Carolzinha! Minha amiga linda! Pronto, é isso! Nada de fogo na calcinha. Segura a pererreca!
Riu feito boba. Rir era bom...

Naquela tarde, Hafez improvisou uma divisória, utilizando lençóis e a armação de um dos beliches que ficaria sem uso. Quase sem fazer barulho e com a expressão muito fechada, ele fez o trabalho. Ela tentou ficar alheia à presença dele, enquanto ajudava como podia, mas percebeu que ficar perto dele, sentir a pele dele eventualmente roçando a sua sem alertar cada célula do seu corpo, era algo impossível naquele momento. Mas, no final, contrariando sua libido frustrada, o trabalho dele ficou bom; apesar de não ter portas, conseguiria ao menos um pouco de privacidade.

Começou a separar as roupas de Carolina, enquanto ele terminava de guardar as coisas que ficariam sem uso. Estava absorta na quantidade e qualidade das roupas, nos cremes, maquiagens e perfumes caros, quando ele, já saindo, encostou de leve em seu ouvido, roçando os lábios em sua orelha, e sussurrou:

– Está segura agora?
Ele saiu antes que sua nuca se arrepiasse por completo e ela tivesse que se sentar para recuperar as pernas que agora estavam moles. Ela soltou um suspiro e cantarolou, sentindo algumas partes pulsando de forma incômoda.

– ♫ Entra na minha casa, entra na minha vida, mexe com minha estrutura, cura todas as feridas! Me ensina a ter santidade... Quero amar somente a ti... Porque meu Deus é meu bem maior... Faz um milagre em mim... ♫♪

Olhou para a porta, ainda cantarolando seu hino preferido e se certificando de que ele já tinha desaparecido de sua vista.

O que esse petulante quis dizer?

O que ela já sabia; que ele poderia tê-la quando quisesse, que não haveria portas que o impedissem. Mas ele estava disposto a não tocá-la novamente, não poderia se envolver com ela, seria errado e estaria se aproveitando de uma situação que ia muito além do seu desejo. Ele poderia enumerar uma infinidade de motivos: idade, nacionalidade, cultura...

Hafez pretendia ficar o mais longe possível dela, e fazia isso se mantendo ocupado. Os homens se revezavam em turnos para a vigília da noite, e as tarefas diárias eram divididas entre todos. Hafez cozinhava todos os dias, e Juliana se questionava se existia alguma coisa que ele não soubesse fazer. Ela nunca entrava no quarto UTI, o enfermeiro estava sempre por perto, e a limpeza ficava a cargo dele.

Vez ou outra, quando ela passava pela porta do quarto e ela estava entreaberta, não resistia e olhava para ver se conseguia saber um pouco sobre a recuperação dele. O enfermeiro era espanhol e Juliana se comunicava bem com ele, mas sempre ouvia e via a mesma coisa, que ele se recuperava lentamente e ainda estava inconsciente. Soube que ele levara três tiros nas costas e um no braço. Os ferimentos cicatrizavam, mas ainda era cedo para saber se deixariam sequelas.

Ela percebia o olhar de Hafez abrindo sua pele quando, eventualmente, conversava com o enfermeiro, que se chamava Luís.

Isso, desgraçado! Fique se remoendo de ciúmes!

Ciúmes? Estava tentando deixá-lo com ciúmes? Não era hora nem o local para isso...

Em algumas tardes, gostava de andar descalça na areia da lagoa e jogar biscoito aos patos. Demorava o máximo que conseguia, pois só assim poderia colocar seus pensamentos em ordem. Muitas vezes se sentava nas pedras, tentando adiar a hora de voltar, e podia sentir dois olhos a observando de cima. Tentava ignorar, fingindo interesse nos animais, mas sentia arder a pele sob o olhar dele.

E assim seguiam os dias...

Certa noite, ela acordou assustada com um grito agudo do lado de fora. Sentou-se automaticamente na cama, totalmente desperta. Hafez fazia a ronda daquela noite, e um mal-estar logo começou a dar sinal de vida. Forçou seus ouvidos, mas o silêncio era ensurdecedor. Não conseguia ouvir nem mesmo a respiração dos outros ocupantes do quarto.

Cacete, e se eles estiverem mortos?

Sentiu o sangue gelar em suas veias, imaginando os corpos espalhados como num filme policial. Colocou os pés no chão, tentando ser o mais silenciosa possível. Conseguia ouvir seu coração descontrolado no peito. Arregalou os olhos, tentando arrancar um pouco de luz daquela escuridão.

As árvores mantinham o chalé escondido, mas causavam uma sombra enorme na casa, e à noite era impossível andar sem as luzes.

Avistou os dois vultos escuros na cama e cuidadosamente caminhou para eles, queria se certificar de que estavam apenas dormindo.

Um novo grito agudo ecoou na noite, fazendo um dos vultos se virar na cama. Ela soltou um longo suspiro de alívio e se voltou para a porta semiaberta. Caminhou às cegas, usando as mãos como guia, mas não foi suficiente para evitar que batesse o dedinho do pé contra o batente da porta. Aquela dor característica, quase insuportável, a fez praguejar baixinho. Abaixou-se, apertando o dedo ferido, enquanto a dor passava lentamente. Olhou novamente à sua frente, mas a escuridão reinava. Do quarto UTI saía um feixe de luz por baixo da porta. Juliana encostou o ouvido na porta, mas tudo estava silencioso lá dentro, o único som que ouvia vinha dos aparelhos.

Que merda! De onde vieram os gritos?

Temeu por Hafez e se apressou em chegar até a porta. Destrancou-a com cuidado. Lá fora, havia alguns pontos de claridade onde os galhos das árvores não faziam sombras. Olhou, procurando Hafez, e o localizou sentado num degrau da pequena área. Estava frio, e ela fechou ainda mais o pijama de malha. Aliviada por constatar que ele estava bem, caminhou para ele e estendeu o braço para tocar seu ombro, quando suas pernas foram agarradas e ela foi atirada ao chão.

Suas costas bateram no piso e no mesmo instante seu corpo foi virado; ela teve seus braços presos nas costas e o corpo imobilizado. Aquela pressão nas costas impedia que seu pulmão desempenhasse a função de respirar e sentiu que perderia os sentidos. Ao longe, podia ouvir a voz dele, mas não conseguia distinguir as palavras.

Ele a sentou, massageando suas costas. Aquelas mãos subiam e desciam, dentro do seu pijama, em sua pele nua...

Ela esqueceu a dor, seu corpo esqueceu a dor.

– Nunca mais faça isso, entendeu?

Enquanto sua respiração se normalizava, ele parou com a massagem. Hafez estava fora de si. Juliana pensou que ele fosse agredi-la.

– Ficou maluca? Tem ideia do que eu poderia ter feito com você? – Sua voz estava terrivelmente baixa e assustadora.

– Desculpa – apenas gaguejou, sem saber o que dizer naquele momento.

Enquanto massageava seus pulsos doloridos, sem saber qual parte do corpo doía mais, viu ele se afastando e desaparecendo sob uma árvore. Viu quando ele acendeu um cigarro e, atordoada, ficou olhando a ponta incandescente se mover na escuridão. Caminhou até ele, receosa e acima de tudo alerta, certificando-se de que poderia ser vista daquela vez. Ficou ao seu lado naquele silêncio nauseante. A lagoa refletia a lua e parecia um espelho prateado, salpicado de estrelas.

– Ouvi um barulho. – Sua voz quase não saiu, e ela pigarreou nervosa. – Ouvi gritos e fiquei com medo. – Pigarreou mais um pouco.

Ele fingiu não ouvir e continuou fitando a escuridão.

– Você sabe o que é? – ela insistiu na questão, esperando quebrar o gelo insuportável que se instalara entre eles. Queria ao menos que ele a olhasse.

Hafez passou os olhos pelos galhos escuros das árvores e viu o brilho dos olhinhos que o observavam. Ele poderia dizer que eram macacos, que os macacos estavam tentando conquistar uma parceira, que ela poderia dormir em paz, mas nada disse, voltou a fitar a escuridão e falou em um sussurro:

– Vá dormir, Juliana.

Seu medo desaparecia rápido, e ela já começava a sentir a rotineira raiva sendo despertada.

– O que eu fiz dessa vez? Deixa de ser grosso! Estúpido! Idiota!

– Meu português é ruim, e não entendo metade das coisas que você diz.

Com uma calma assustadora, ele tragava o cigarro sem ao menos olhar para ela, que não conseguia aceitar toda aquela petulância. Puxou-o pelo braço para que ele se virasse, mas não conseguiu muita coisa, era como tentar mover uma rocha. Só conseguiu que ele segurasse seu pulso com um olhar ameaçador, enquanto com a outra mão atirava o resto do cigarro no chão.

– Alguém já te deu uma surra? Eu poderia fazer isso...

Hã?

– Eu poderia colocar você nos meus joelhos e fazer você se lembrar de mim por uns dois dias, todas as vezes que se sentasse.

Hã?

Apesar da escuridão e de não entender tudo o que ele dizia, ela podia ver seus olhos lançando faíscas em sua direção. Poderia dizer que havia certa malícia em seus comentários, mas o que ela percebeu foi além disso. Ele estava muito bravo, e ela já começava a ter sua raiva sendo substituída pelo medo novamente. Tentou soltar seu braço, mas não conseguiu, só sentia uma dor crescente naquele ponto onde os dedos dele estavam cravados.

– Desgraçado, eu te odeio...

Gemeu baixinho, sabendo que a única coisa que odiava naquele momento era a frieza dele.

De repente, ele a puxou violentamente para si, tomando sua boca com fúria. Apesar de sentir seus lábios sendo machucados, seu corpo teve uma reação contrária e traidora. Sentiu o desejo atravessar sua barriga dolorosamente, amolecendo suas pernas.

Não era um beijo, não para ele. Era um castigo... Mas seu corpo não havia entendido o recado, e queria ser castigado a cada movimento da boca dele.

Ele apertava o corpo dela de encontro ao seu, sem lhe dar espaço para respirar. Ela gemeu alto quando as mãos dele cravaram em suas nádegas, trazendo seu quadril para mais perto dele, movendo sensualmente. Ele estava duro, e ela o desejou dentro se si; não se importava se ele fosse violento, ela o queria naquele exato momento, da forma que ele quisesse, no chão, na mesa, em pé...

Mas ela bem sabia que aquele beijo não os levaria a nada, não da forma como ele estava, não naquele dia e não naquele local. Hafez levava muito a sério sua responsabilidade, e ela sabia disso.

Mas ela o queria, e o abraçou como se ele fosse uma boia no meio do oceano. Ele deslizou a mão pelos cabelos dela, apertando bem rente à nuca, forçando-a a inclinar a cabeça ainda mais na direção da boca dele. Ela gemeu e então ele a soltou. Ofegante e sem forças, ela levou a mão aos lábios, que latejavam.

– Vá dormir – ele sussurrou com a voz rouca, e ela, sem conseguir prosseguir com aquela batalha, fez o percurso de volta ao quarto.

Chegou à sua cama quase às cegas e o choro veio sem controle.

Tocou seus lábios, que latejavam inchados, e sentiu um gosto de cigarro e sangue ao mesmo tempo.

Inferno, ele me machucou.

Sua boca doía, mas seu corpo imbecil parecia ter gostado. Não sabia até que ponto poderia aguentar aquilo. Se não fosse por Carol, sairia no meio da noite sem olhar para trás.

Como eu odeio esse homem!

Quem você quer enganar, Juliana?

Naquele momento, apesar do ódio momentâneo, o que ela mais queria era colocar sua fantasia de odalisca e se esfregar nele, implorando para que ele terminasse o que começara.

Ansiava por isso e já começava a odiar a si própria por se sentir assim.

Decidiu não ceder às suas provocações. Era sua rebeldia que o deixava irritado, e ela não queria isso. Decidiu ser uma perfeita escrava, e aceitar tudo o que ele dissesse.

Se ele queria uma demente, ela fingiria demência...

Quem sabe assim eu não ganho ele como brinde?

Ah, como você é fácil, menina...

Juliana esqueceu o choro e já sorria, dando de ombros.

CAPÍTULO 39

Desperto!

Foi no início de uma noite fria que as coisas começaram a tomar um novo rumo. Juliana estava absorta na sua tarefa de limpar, quase que sendo transportada para a vida que deixara para trás, quando percebeu Hafez parado na porta, observando enquanto ela se curvava para limpar embaixo do armário. Ele ainda manteve o olhar em suas pernas por alguns segundos antes de olhar em seu rosto.
Envergonhada, ela se lembrou de que estava de saia...
Ele estava sério avaliando-a, aquele olhar que fazia seu corpo reagir indecentemente. Juliana sentia o rosto quente, assim como outras partes de seu corpo, e, antes que tivesse qualquer reação inteligente que a tirasse daquela situação, ele se adiantou:
– Ele acordou!
Hã?
Ele fez um gesto com a cabeça e a testa, para que ela o seguisse. Ela respirou fundo, vendo-o se afastar, ainda com o coração aos saltos por conta de tudo que não fora dito, tentando assimilar a única informação verbal recebida.
Ela tirou o avental, secou as mãos, desenrolou as mangas da blusa de lã e, receosa, pensou se deveria ou não entrar no quarto esterilizado. Parou a alguns centímetros da porta, de modo que ficasse visível sua presença, e atenta caso precisasse sair. Os três homens ouviam atentamente, enquanto o outro, deitado na cama, sussurrava pausadamente, mas Juliana nada entendia; já se preparava para voltar ao seu trabalho, quando Hafez acenou para que ela entrasse.
Oh, droga!
Por alguns segundos, ela ponderou a hipótese de não entrar, não se envolver além do necessário, mas seu bom senso falou mais alto.
O ar ainda estava carregado pelo cheiro de álcool e dos medicamentos, e quando seus olhos se acostumaram à pouca iluminação, já estava a poucos centímetros da cama, de onde não conseguia desprender os olhos. A única coisa em que conseguia pensar é que ele era um rei, que ela estava diante de um rei. Como deveria se portar? Por outro lado, havia uma voz que dizia que era apenas um título, e que ele era um homem como qualquer outro.
Mas ela sabia que ele não era um homem qualquer; independente de título, era o amor da vida de sua amiga. Era um homem de presença, como Azim e Hafez. Havia algo neles... Nos três. E ela se questionava se todos os homens daquele país seriam assim, difíceis de esquecer.

Parou ao lado da cama sem saber o que dizer, quando ele lhe deu um sorriso gentil, e ela corou, retribuindo o gesto, já totalmente sem graça.

Hafez os apresentou, mas provavelmente ele já sabia, apesar de eles não terem tido tempo para serem apresentados. Ele assentiu com a cabeça, e sussurrou:

– Estamos lhe devendo férias de verdade.

Juliana sorriu, mas só entendeu muitos minutos depois, e então fez aquela cara idiota e bem tardia de quem entende, mas ninguém percebeu, pois ela já havia sido ignorada, e a conversa agora estava apenas entre os homens.

Apesar de aquele encontro não ter resultado em uma grande conversa, ou em algo esclarecedor, ela sabia que agora as coisas estavam próximas de serem solucionadas. Muito em breve voltaria ao seu país. Esse pensamento lhe trouxe um frio na espinha.

O que farei da minha vida quando esse momento chegar?

Precisava falar com Hafez, mas havia prometido a si mesma que manteria uma distância segura dele. Não conseguiam se comunicar, isso era um fato. Ela sabia que relacionamentos baseados apenas em contato físico não duravam. Precisava de alguém com quem conversar, e isso não acontecia entre eles. Embora ao lado dele não sentisse vontade de conversar.

Balançou a cabeça, tentando recolocar as ideias no lugar, mas falhou vergonhosamente.

Colocou um gorro de lã, cachecol e circulou o chalé, sentando-se em um dos bancos sob as árvores. Respirou fundo aquele ar gelado, e uma pontada no peito lhe trouxe lembranças do Brasil. Gostava do frio, mas já gostara mais, em outros tempos; agora o frio tinha aquele cheiro dos dias após o desaparecimento de Carol. Mesmo que aquilo estivesse no passado, mesmo sabendo agora que ela estava bem, aqueles dias marcaram demais... Foi o período mais sombrio de sua vida; com exceção de Camila, com quem conversava, a preocupação com Carol não saiu do seu coração e aquilo parecia querer consumi-la. Paulo trouxera a notícia, como se ela já não soubesse, como se ela não tivesse sido a primeira a dar pela falta de sua amiga. Ficara parado, após ter dado o que julgou ser o furo do século, com aquela expressão zombeteira do tipo: "Sua namoradinha fugiu... Achou que ela gostava de você? Ela gosta é de pinto, arrumou um macho...".

Como odiou ainda mais Paulo naquele momento, como desejou um rolo compressor passando naquele pacote de merda...

Repudiou o pensamento, sentindo o frio adentrar os pontos de tricô de sua blusa, e instintivamente apertou os braços em volta do corpo.

Logo teria que voltar. Mas o que faria no Brasil?

Sem perceber, já chorava; nunca chorara tanto em sua vida como nos últimos dias. Juliana não era de chorar muito, sua raiva sempre fora extravasada de outras formas; reagia violentamente, e descarregava sua raiva desse jeito, mas agora não podia deixar de sentir o medo lhe tomando os pensamentos, havia deixado tudo para trás e agora... Seus pais não a aceitariam, afinal havia saído sem se despedir, havia abandonado todos eles. Arriscou tudo considerando a segurança da nova vida de Carol.

E Paulo? Pensar na carta e tudo o que fizera agora já não soava tão engraçado... Mas ela estava certa de que não voltaria ao Brasil, não podia.

Conversaria com Carol, quando a visse, e ela a ajudaria, com certeza. Pediria dinheiro; iria para outro lugar, talvez Portugal. Era um bom país; além do mais, falavam o mesmo idioma. Poderia viver como sempre quis...

– O que está fazendo? – A voz veio de muito perto e Juliana deu um salto.

Puta que pariu no inferno! Que susto!

Hafez havia chegado silencioso, como sempre, e ela agradeceu a Deus por não ser cardíaca. Levou a mão ao peito.

– Quer me matar de susto?

Ele nada disse, ficou apenas parado, estudando seu rosto, com aquelas calças de cintura baixa, marcando a virilha daquele jeito. Ela subiu o olhar, o casaco grosso e comprido que descia até abaixo dos quadris estava aberto, e ela podia ver a camiseta justa por dentro, marcando cada curva dos seus músculos.

Senhor, como ele é lindo!

Revirou os olhos, lutando contra o desejo gritante de pular nele. Temendo que ele percebesse seu desconforto e que visse as suas lágrimas, só conseguiu desviar o olhar.

– É tarde, está frio, melhor entrar... Está chorando?

Ele se sentou ao seu lado e tocou de leve seu rosto. As mãos dele estavam quentes, contrariando o ar gelado, contrariando as suas, que pareciam pedras de gelo.

Ela recuou, temendo que aquele gesto desencadeasse uma nova briga.

– Essa noite não é sua, o que está fazendo acordado? – ela disse, se referindo às rondas.

De fato, aquela noite era de Sami ficar de vigília.

– Não consegui dormir.

Oh!

Ela ficou se perguntando qual o motivo que o deixara fora da cama, mas não queria prolongar aquela conversa.

– Quero ficar sozinha, só isso.

Hafez acendeu um cigarro, e aquela fumaça invadiu seus sentidos; lembrou-se do beijo dele e sentiu seu corpo se acender.

Agradeceu por estar escuro e poder ocultar sua libido impertinente.

– Me dá um cigarro? – Aquele pedido saiu inesperado e assustou até mesmo ela.

Hafez ficou olhando sua expressão, pensando que fosse brincadeira.

– Você fuma?

Ela já se arrependia do pedido...

– Só quero um cigarro.

Amava cigarros, mas naquele momento o que queria realmente era que ele se enterrasse dentro dela, o mais fundo que ele conseguisse.

Afff, que merda isso!

Obediente, ele acendeu um cigarro e entregou a ela.

O gosto e o cheiro invadiram o seu cérebro e o efeito foi maravilhoso. Sua cabeça ficou leve por alguns instantes, como o efeito de um forte analgésico.

– O que vai acontecer agora que ele acordou?

O silêncio continuou, e ela só conseguia ouvir o som da respiração dele e sentir o cheiro do cigarro. Hafez demorou a responder, se perguntando a mesma coisa. Ainda não sabia qual seria o próximo passo, quando ele estivesse recuperado.

– Azim virá amanhã, é só o que sei.

Ele se mexeu no banco e suas pernas se tocaram, a eletricidade passou como ferro em brasa pelo corpo dela, que recuou assustada.

– E sobre nós?

Cacete, eu fiz novamente.

Deveria ser o efeito da nicotina, atuando em seu cérebro. Mas agora já era tarde, e, enquanto ele a encarava, seu coração queria sair pela boca. Mesmo sem olhar, ela podia sentir os olhos dele. Queria correr, sumir dali, antes que ele tivesse entendido a pergunta.

Deus, me tira daqui! Será que ele entendeu? Ele não entende tudo... Tomara que não tenha entendido, por favor, Senhor, por favor...

Ele respirou fundo e voltou seu corpo para ela. Seus olhos estavam escuros e vasculhavam seu íntimo, furavam sua resistência.

– Acho que lhe devo um pedido de desculpas. Não deveria ter acontecido. Você é diferente, outro mundo, e isso mexeu comigo...

Ele continuou falando, uma avalanche de motivos, explicações, sotaques, ela não entendia tudo, não queria entender tudo, mas o pouco que entendia não estava sendo bem-vindo e causava um efeito muito, muito ruim dentro de sua cabeça, que já começava girar. A voz dele começou a se distanciar e ela realmente pensou que fosse desmaiar. Não conseguia acreditar que ele estivesse dizendo aquelas coisas, não com aquela frieza.

Avistou Sami circulando ao longe e resolveu encerrar aquela conversa. Não precisava de testemunhas para sua desgraça.

– Esquece, foi divertido!

Então se levantou nervosa e saiu chispando, deixando um perplexo Hafez para trás.

Quando entrou na cozinha, só queria chorar, mas pensou em socar a parede, então se lembrou de que poderia machucar suas mãos.

Aaaaaaaaa que ódio!

Bufou e se crucificou por ser tão estúpida.

Por que se apaixonara?

Podia ser só uma foda boa, daquelas para se lembrar por toda a vida, mas não... Eu tinha que me apaixonar, não é? Eu sou uma imbecil do inferno, puta do inferno, retardada do inferno...

Hafez a seguiu e, antes que ela percebesse, já não estava sozinha.

Ele a olhava enigmático.

E lindo pra caralho. Cacete, isso não me ajuda!

– O que quer ouvir, Juliana?

Ah, como eu amo ouvir ele dizer meu nome, frisando o 'ana' como se fosse um doce macio ou como se os 'enes' não acabassem nunca.

Ela não respondeu e ele insistiu:
– O que você quer que eu diga?
Que você me quer, seu puto!
– Nada! Eu já disse... Esquece! Não deveria ter acontecido mesmo. Só quero ir dormir.
Fez menção de passar por ele, mas ele não se moveu.
– Me deixa passar.
– Não!

Ele deu dois passos para trás e encostou-se no batente da porta. Elevou o olhar e deu um meio sorriso, desafiando-a a passar por ele.

Ela levantou o rosto e devolveu o olhar de desafio. Se ele queria guerra, suas armas já estavam prontas. Cruzou os braços e prendeu o olhar dele no seu. Ela queria demonstrar coragem, mas seu corpo todo tremia e sua mandíbula estava dolorida, tamanho o esforço que fazia para se controlar.

– Não quero lhe fazer sofrer, Juliana. Não posso, entende?
– Você já me explicou, posso passar?
– Tente...

Ela viu um brilho em seus olhos, e pensou que aquela definitivamente era a hora de encerrar o assunto.

Em um ato de insanidade, tentou passar por ele, mas foi segurada e empurrada para um canto da cozinha onde não poderiam ser vistos facilmente. Antes que ela pudesse entender o que estava acontecendo, ele já a abraçava e sussurrava em seu ouvido, arrepiando sua pele. Ela gemeu e o apertou com todas as forças que tinha.

– O que eu faço com você?

Ela gemeu mais e se aconchegou naquele abraço quente.

– Faça amor comigo, ou me foda, o que preferir. Eu realmente não me importo, desde que eu tenha você.

Puta merda, falei de novo!

Ele demorou a entender o que ela dissera, mas então, como se um raio o atingisse, ele a soltou e, puxando-a pela mão, quase a arrastou para fora, na noite fria.

Sem saber para onde ele a levava, quase corria para acompanhá-lo, o coração aos saltos, a boca seca e todos os sentidos em alerta, imaginando que talvez ele a tomasse na grama ou em algum barranco qualquer.

Com esse frio?

Adentraram os limites de outro chalé e ele, como se conhecesse o local, retirou uma chave de um gancho acima de suas cabeças e abriu a porta.

– De quem é esse chalé?
– Está vazio... Venha, você vai ter o que quer – falou, trancando a porta e já a puxando para o quarto.

Todo o seu sangue desceu para aquela região que a incomodava tanto desde que aquele projeto de deus árabe invadira sua vida. Sentiu a umidade conhecida em partes inconfessáveis, e ele nem a tinha tocado ainda.

No quarto, sem cerimônia, ele retirou seu gorro de lã e enfiou as mãos em seus cabelos, olhando enquanto os dedos deslizavam por todo o seu comprimento. Ela gemeu e fechou os olhos, então ele desenrolou seu cachecol e, muito lentamente, levantou sua blusa, provocando doces arrepios, que ela não soube definir se eram de frio, de estática ou a deliciosa antecipação do que estava por vir. Os dedos dele tocavam sua pele, e agora ele tirava a camiseta de malha rosa que ela usava por baixo, e ela sentiu o ar frio endurecer ainda mais seus seios, que ansiavam pelo toque dele.

Ela usava uma saia grossa até os joelhos, botas de montaria de cano curto e meias de lã preta até o meio das coxas. Ele abriu o zíper de sua saia e fez com que ela descesse pelas suas pernas, causando um novo e inevitável arrepio. Ela quase não respirava, estava apaixonada, zonza com a ousadia dele.

Parada na frente dele, sentindo o ar frio gelando a umidade entre suas pernas, apenas de meias, botas e a lingerie de Carolina, sentia-se tremendamente sexy, como nunca em sua vida; aquele perfume que Carol usava era maravilhoso, e ela deu graças por ter usado, mesmo sem gostar dessas frescuras; sentia-se poderosa, o olhar dele comprovava isso e ela amava essa sensação... Ele a bebia, como que encantado, e ela podia ver, pela saliência em sua calça, que ele estava pronto para ela. Ele tirou o casaco e o jogou sobre a poltrona, e ela soltou um suspiro quando ele a enlaçou, unindo seus lábios, sem pressa, no beijo que para ela foi o mais terno e apaixonado até aquele momento. Tão diferente do último, mas eram os lábios dele, não importava como ele a beijava. Era ele!

Sem muita conversa, ele a colocou sobre a cama, descalçou suas botas, tirou sua calcinha e deslizou a mão suavemente entre suas pernas, soltando um som rouco e baixo. Ela fechou os olhos e arqueou até ele gemendo, sentindo os dedos dele invadindo seu corpo sem pudor. E então rapidamente ele retirou os dedos, abriu o zíper da calça e, antes que ela pudesse pensar, ele a penetrou até o fundo... Bem lá dentro...

Empurrando... Se detendo no final... Como se quisesse ter certeza de que não havia mais nada para fora. Sentia Hafez tocando lá no fundo, tão profundo, que ela tinha certeza absoluta, Paulo nunca chegara lá. Cravou as unhas nele, revirou os olhos e gemeu alto.

Ele tomou sua boca e começou a se mover sem trégua, e ela o acompanhou, agarrando-se a ele febrilmente. Sentia o prazer crescendo dentro dela, e então eles estavam perdidos naquele alvoroço de sensações que fazia todo o resto do mundo deixar de existir.

Ele estava ofegante próximo do seu pescoço, a respiração quente dele fazia cócegas em sua pele, e ela o abraçou. Precisava dizer o que estava sentindo, queria que ele soubesse, mas quase nem respirava naquele momento com o peso dele. Ele levantou a cabeça e olhou em seu rosto, e ela, por alguns segundos, pensou que ele pudesse ter lido seus pensamentos, mas então ele saiu de dentro dela e se levantou. Surpresa, ela percebeu que ele pegava um cobertor no armário e, mais surpresa ainda, ela o viu tirar a própria roupa. Toda a roupa.

Uau!

– Eu ainda não terminei com você...

Hã? Sangue de Jesus!

De repente, uma insegurança passou pela sua cabeça: E se chegasse alguém? E se aquele chalé fosse alugado no meio da noite? Ela realmente estava preocupada com isso?

Juliana correu os olhos na direção da porta e ele acompanhou seu olhar, sua expressão deve ter sido bem reveladora, pois ele sorriu e, já se aconchegando ao seu lado, falou:

– Não se preocupe, não vai chegar ninguém...

– Como você sabe?

– Porque nós alugamos esse e todos os outros chalés nas imediações, não chegará ninguém...

Hã? Todos? Quando?

Ele desabotoou seu sutiã e o deslizou pelos braços dela, então puxou o cobertor sobre seus corpos e falou bem baixo:

– Ninguém vai chegar... Ninguém vai te ouvir... Ninguém vai te socorrer...

Ela arregalou os olhos e prendeu a respiração, sentindo tudo abaixo de sua cintura se esquentar. O olhar dele queimava, e ela já estava pronta novamente, pronta para qualquer coisa que ele quisesse fazer com ela.

Horas depois, saciada por uma, duas, três vezes, seu humor estava relativamente melhor. Sua irritação do desejo reprimido passara, e já era tarde ou quase cedo quando arrumaram o quarto e voltaram, como dois adolescentes apaixonados, e, escondidos, adentraram o chalé. Todos dormiam e, a salvo dos rumores, cada um foi para sua cama.

Azim chegou no dia seguinte e foi diretamente ao quarto de Ali, onde permaneceu por horas. O silêncio no chalé era absurdo, tamanha a tensão que pairava no ar. Todos estavam envolvidos e, de alguma forma, a vida de todos dependia do que fosse decidido ali dentro.

Quando terminaram, foram chamados e, obedientes, entraram no quarto UTI. Juliana se surpreendeu em ver como ele estava bem disposto. Sentado, já não trazia nada ligado ao seu corpo, e sua voz saía alta e forte.

Depois de mantê-los a par dos últimos acontecimentos, que envolvia a morte do rei, já anunciada em jornais e redes de TV, Azim relatou os planos dali para frente, que era o de encontrar asilo em algum país, onde pudessem esconder Ali, até que ele estivesse completamente restabelecido.

– O que você pode nos dizer sobre o seu país?

Juliana se voltou rapidamente quando percebeu que a pergunta era direcionada a ela. Pensou um pouco antes de responder. Poderia dizer muita coisa sobre o Brasil, mas imaginou que eles não estariam interessados em Carnaval ou futebol.

– É grande, um único idioma, pacífico até certo ponto...

Nesse momento, ela já começava a se lembrar das guerras urbanas. Policiais e bandidos viviam em eterna guerra, mas imaginou que eles também não queriam saber disso.

Mensalões? Máfia dos vampiros? Sanguessugas?

Provavelmente também não queriam saber disso.

– É um bom país para se viver?

Ela pensou. Não sabia o motivo pelo qual se interessavam pelo Brasil, mas se viu respondendo com sinceridade:

– O melhor.

Azim voltou sua atenção para Ali, que se mantinha calado; trocaram algumas palavras em árabe, e Juliana se surpreendeu novamente, quando Ali lhe dirigiu a pergunta:

– Tem algum lugar específico em que Carolina gostaria de viver?

E então Juliana entendeu o interesse deles, e sua mente recuou...

Pensou mais...

Pensou na carta que escrevera a Paulo e em tudo que fizera antes de partir... Ele a mataria se a encontrasse, não poderia voltar para São Paulo... Precisava de algumas milhas longe dele...

Ela continuava pensando...

Qual a distância entre São Paulo e Santa Catarina? Merda... Geografia de novo?

Precisava de um lugar bem longe, um lugar com praias, sim, amava tomar sol; um biquíni bem pequeno, desses bem depravados. Os homens a olhavam, esperando uma resposta, e ela se viu respondendo sem muita sinceridade:

– Santa Catarina! Ela nasceu lá...

Juliana ainda pensava.

Carol odiava o frio, não gostava do sul pelo frio, tinha trauma da infância...

Meneou a cabeça, expulsando aqueles pensamentos.

Carol teria decidido assim... Ela queria ficar longe de André... Ela gostava do sul, sempre falava do verão.

Falava?

Juliana expulsou novamente os pensamentos.

Azim e Ali se olharam...

– Era o sonho dela! – Juliana falou com convicção. – Ela ama as praias! – falou com um pouco mais de convicção.

Azim e Ali a olhavam agora...

– Ela adoraria voltar! – falou como se decretasse.

Azim e Ali ainda a olharam por um tempo, e ela já quase nem respirava, temendo que eles percebessem que havia algo mais naquela sugestão do que o interesse de uma amiga preocupada; sentia o suor molhando suas axilas por baixo da blusa de lã, quando eles retomaram a conversa, dessa vez direcionada aos homens.

Juliana soltou um profundo suspiro...

Daquele momento em diante, ela foi praticamente ignorada. Falavam sem se preocupar em traduzir, planejavam, e todos opinavam, menos ela. Discretamente, foi recuando até que se encostou à parede e lá ficou, olhando as próprias mãos, pensando que precisava urgente de removedor de esmalte...

A partir desse dia, começaram os preparativos para a volta, e uma apreensão boa tomou conta de Juliana.

Em um desses dias, ela estava totalmente absorta em limpar o chalé. Os homens não estavam em casa, Ali fora caminhar, e o batalhão o seguia por onde ele fosse. Ela cantarolava uma música e, sem perceber, começou a dançar, usando o rodo como parceiro, girando feliz...

Percebeu uma movimentação e, quando se deu conta, Hafez estava bem próximo. Ela soltou um grito.

Ele a olhava, sorrindo levemente, e, antes que ela se recuperasse do susto, ele falou com voz grave e baixa:

– Um dia... Você vai dançar para mim... Quem sabe no nosso casamento...

O quê? Dança? Casamento?

Ela literalmente ficou sem ar e ele já se afastava, ouvindo a movimentação dos outros homens que chegavam...

Ela e Hafez começavam a se entender de verdade, e não era apenas no idioma; todos percebiam que alguma coisa estava acontecendo entre os dois, inclusive Ali, mas ninguém dizia nada. Eles evitavam chamar atenção demais, por isso não dormiam juntos e decidiram esperar que tudo se esclarecesse e que a situação em que se encontravam estivesse solucionada para poderem pensar em seus próprios dilemas.

Juliana se lembrava do que ele tinha lhe dito sobre casamento, mas não tinha coragem de abordar o assunto. E então se lembrou do outro comentário que viera junto, algo sobre ela dançar para ele.

Putz! Dançar? Dança do ventre? Uau!

Sua libido já começou a confeccionar sua fantasia.

Finalmente ela teria a chance de fazer uma dança para ele.

Eu posso fazer isso! No casamento? Uau! Primeiro precisa haver um pedido.

Ela aceitaria?

Pensou. Casamento não fazia parte dos seus planos... Prometera ser feliz... Prometera viver...

Mas então pensou em tudo o que estava sentindo por aquele homem, no que seu corpo queria naquele exato momento...

Não havia outra resposta a dar.

Claro que eu aceitaria!

Tudo estava indo bem, as escapadas para o chalé vizinho eram um calmante para sua libido desenfreada, e sexo com ele era sempre uma surpresa deliciosa; ele podia ser doce e gentil, despir-lhe suavemente e fazer amor sem pressa, ou simplesmente levantar sua saia e a encostar na parede, quase a abrindo ao meio. Amava todas as formas que pudesse tê-lo. Mas admitia que vinha usando saias e vestidos com mais frequência.

De repente, lembrara-se de que seu anticoncepcional precisava ser reaplicado dentro de algumas semanas.

Não queria engravidar. Abominava a ideia. Não nascera para ser mãe.

Deus me livre!

Benzeu-se para reforçar o pedido.

Ela estava viciada em Hafez, no prazer que seu corpo sentia quando estava com ele, perdia a noção de tudo ao lado dele. Algumas vezes ele apenas lhe roubava um beijo, e isso bastava para que ela ficasse o dia todo com o coração acelerado e o desejo à flor da pele.

Suas rotinas haviam mudado, pois agora Ali já andava e participava da vida em grupo, inclusive das orações que eles faziam cinco vezes ao dia.

A princípio, Juliana ficara curiosa vendo aqueles homens enormes se ajoelharem em seus tapetes e orarem baixinho. Ela nunca vira homens levarem tão a sério a religião. Nem seu pai, que se dizia um devoto, conseguia adotar um estilo de vida em que Deus era lembrado tantas vezes ao dia. Pensou em si própria e que muitas vezes não orava nem mesmo quando ia dormir, ou pior, muitas vezes dormia antes de terminar suas orações.

O que será que essa religião ensina, para mantê-los tão devotos?

O islamismo é a segunda maior religião do mundo, acreditam em um Deus único e fundamentam suas crenças no Alcorão, que é o livro sagrado dos muçulmanos. Em alguns lugares, imperam determinados costumes ainda radicais, como mutilações e apedrejamentos, mas isso não fala pela grande maioria dos seguidores, ou pelos dogmas da religião.

Ao menos uma vez na vida, todo muçulmano deve fazer uma peregrinação à Meca, a cidade sagrada para o Islamismo, e é voltado para essa cidade que eles oram cinco vezes ao dia...

Os documentos falsos já estavam prontos. A ida de Azim ao Brasil, a fim de obter asilo, já estava sendo providenciada, além da compra de uma propriedade grande à beira-mar no sul do país, que foi a única exigência de Ali. Com ele iriam alguns criados, alguns dos poucos que conseguiram fugir com eles...

Quando tudo estivesse pronto, Juliana, Ali e Hafez iriam em seguida, se instalariam e esperariam a chegada de Carolina e Syrie, que Azim voltaria para buscar. Ahmed seria o maior problema, teriam que pensar em como tirá-lo do país sem chamar atenção demais.

CAPÍTULO 40

Triste perda

Carol estava no seu sexto mês de gravidez e quase não saía do quarto. Suas costas eram o maior problema, e muitas vezes pensava que fossem abrir, tamanha a dor que sentia.

Mudara para um quarto menor no andar de baixo, evitando, assim, as escadas e facilitando sua locomoção até Ahmed, que se tornara importante para ela.

Ela prendeu os cabelos em um rabo de cavalo e olhou-se no espelho. Apertou os olhos e se aproximou do reflexo.

Vasculhou sua cicatriz...

Cadê a marca?

Ela ainda estava lá, mas havia algo diferente... Sua percepção mudara. Já não se importava como antes.

Por que essa marca me incomodava tanto? Quase nem dá pra ver...

Olhou novamente e percebeu que realmente não se importava.

Azim queria falar com ela. Ela saiu vagarosamente de seu quarto, indo até ele, que comunicou que precisaria ficar alguns dias fora, talvez semanas.

Sua reação diante da notícia da viagem dele não poderia ser diferente; quis saber aonde ia, o porquê e todos os detalhes, e a reação dele também não foi diferente; respondeu o mínimo possível, com toda a paciência do mundo.

Carol não queria ficar sem ele, se apegara demais... Era sua família e, mesmo que não pudesse dizer, sabia que ele era o avô do seu filho e pai do homem que amava.

Ele ocultara tudo com relação a sua viagem, não disse para onde ia e tampouco o que faria. Ela se limitou a aceitar.

Resignação era a palavra de ordem desde que aportara naquele mundo, ela pensou, soltando um profundo suspiro.

Azim partiu, e levou junto com ele alguns criados. Carol nem notou, pois passou os dias tentando se ocupar com os preparativos para a chegada do bebê, que ela já sabia que seria um menino.

Syrie adorava tricotar e costurar pequenos sapatos, toucas e blusas. Carol retribuía o carinho com longos abraços. Amava aquela pequena mulher, amava-a verdadeiramente, e sabia que Syrie sentia o mesmo, não dava para fingir tanto carinho.

Pesarosa, pensou que ainda não havia comprado nada nada para o bebê, nem mesmo o berço e todas essas coisas que nos fazem crer que os bebês precisam... Fez uma cara de desgosto, enquanto mantinha um sapato de tamanho mínimo próximo do nariz, inalando aquele cheiro bom de tecido novo. Azim disse que tinha tempo, que na hora certa o pequeno príncipe – era assim que o chamavam – teria tudo.

Que nome eu vou dar a ele? O nome do pai, com certeza, será que eles têm o costume de usar o Júnior? Ali Chaszamar Júnior...

Gostou e ficou repetindo em sua mente... O nome do seu amor, o único homem que amara, e sabia que, depois dele, todos os outros seriam como caricaturas aos seus olhos. Estava estragada para os homens, ninguém poderia competir. Não teria mais ninguém enquanto vivesse. Não podia... Lembrou-se dos beijos, e a saudade machucou seu peito. Evitou o pensamento, como sempre fazia, cravando as unhas na palma da mão antes que o choro viesse e aquele buraco em seu peito se expandisse. A dor na mão expulsou seus pensamentos para longe. Era assim que sobrevivia dia a dia, evitando e sufocando os sentimentos.

No meio de uma dessas tardes, ouviu vozes exaltadas e saiu apressada do quarto. Ahmed estava no meio de mais uma crise.

Carol já não o via mais com a mesma frequência, e se culpava por isso. Sua saúde também precisava de cuidados, e Syrie simplesmente não permitia que ela ficasse tanto quanto gostaria na companhia dele.

Assustada, percebeu que não era uma crise como as outras, dessa vez não havia os gritos e gemidos, e o silêncio de Ahmed foi mais que delator... Naquela tarde ele foi internado, havia sofrido um AVC, e veio a falecer naquele mesmo dia.

Carol chorou o resto do dia, estava arrasada, e só queria se esconder em seu canto. Pensar que ele agora estava melhor, que seu corpo espiritual estava liberto, que ele voltaria a andar, que estava ao lado de pessoas boas que cuidariam dele, foi a única coisa que lhe serviu de ínfimo consolo.

Todas as providências foram tomadas, e Ahmed foi sepultado em segredo ao lado de Ali.

Oficialmente acabara. Não havia mais ninguém.

– Você ainda tem um vovô, que não terá o nome, mas te amará muito... – falou baixinho, tocando a barriga.

Insistiu para participar do funeral, mas quase fora trancada em seu quarto novamente.

Queria ver onde Ali estava, queria orar por ele, queria se despedir, mas ninguém a ouvia, e ela acabou se trancando em seu quarto, onde, olhando a foto do medalhão, chorou até dormir.

Foi acordada por Syrie, que parecia mais feliz do que deveria. Ficou curiosa, pois era difícil ver Syrie sorrindo tanto. Ela ficava bonita quando sorria. Carol percebeu que alguma coisa estava muito estranha. Azim queria vê-la...

Arrumou-se demoradamente e saiu. Enrugou a testa quando passou pela cozinha e recebeu olhares diferentes lá de dentro, olhares curiosos, até mesmo risonhos.

Passou a mão pelo rosto, pensou que estava com algo no rosto, talvez creme dental na boca. Desceu a mão discretamente pelo corpo, para o vestido, certificando-se de que ele estava arrumado e que sua calcinha de gestante não estivesse aparecendo...
Argh!
Azim a esperava, e ela se sentou pesadamente, agradecendo por existirem cadeiras, mas triste com a infeliz certeza de que o tempo estava passando para ela.
– A senhora precisa arrumar suas coisas. Leve apenas o necessário. Partiremos amanhã cedo.
Ela ficou olhando para ele, esperando mais informações, mas ele parecia ocupado e pouco disposto a cooperar com sua curiosidade. Procurava por alguma coisa em uma gaveta.
– Vamos viajar...? Pra onde?
Ele a olhou brevemente e ela entendeu. Não, não era uma viagem.
– Vamos mudar? – Sua voz subiu alguns tons.
Já de pé, e a contragosto, ela se locomovia atrás dele, que voltava à sua tarefa de vasculhar gavetas.
– Azim, o que está acontecendo? Vamos pra onde?
– Brasil.
Brasil? Ele falou Brasil ou vazio? Como assim?
Sem entender nada, sua resignação sofreu uma derrota para sua insegurança, e ela percebeu que nunca estivera 100% segura.
Eles vão me mandar de volta? Deus... Eles vão me mandar de volta...
– Não quer voltar ao seu país?
Ele parou de remexer as gavetas, olhando para ela, que não havia pensado no assunto. Nem sabia se queria voltar.
Estava livre. Não era isso que ela queria desde o início?
Era, mas não quero mais!
Toda a sua antiga vida passou rapidamente pela sua mente, com flashes felizes, mas a maioria deles dolorosos. Pensou no rosto de André, mas percebeu que começava a se enevoar, como se já o estivesse esquecendo. Pensou que nunca o olhara muito detidamente, não gostava do rosto dele, mas naquele momento ela se assustou por não conseguir visualizar nada, nem mesmo a forma que ele andava.
Dizem que, quando perdemos alguém, não se perde de uma única vez, que perdemos aos poucos, dia após dia, como o carteiro que deixa de vir, e vamos nos habituando a não o esperar mais. Primeiro se esquece do rosto, logo em seguida do cheiro e, por último, da voz da pessoa. Ela ainda se lembrava da voz, e o cheiro ainda impregnava sua mente, mas não era um cheiro bom, era o cheiro nauseabundo das lembranças ruins.
Pensou no que faria sozinha, sem trabalho, com um bebê para cuidar, e sentiu suas pernas fraquejarem, ao que se sentou novamente, com o olhar cravado no chão. Respirava com dificuldade, tentando controlar as lágrimas que precisavam sair.
– A senhora está bem?
Não. Ela não estava bem.

Não, eu não estou bem! Como um chute no traseiro deixa a gente bem? Ainda mais um traseiro pesado como o seu.

Encolheu-se dentro de sua negatividade e deduziu que era assim... Aquilo era realmente a cara da sua vida, pensou. Eles haviam dado um sumiço nas outras esposas, por que não fariam com ela? O que ela tinha de especial? Agora já sabia o porquê de todos a olharem de forma estranha...

– Então é isso! É assim que termina...

Azim, sem entender, formulou uma pergunta que não saiu, e ele se limitou a franzir a testa, esperando que ela continuasse.

Mas ela não continuou, pois seu choro veio, vencendo o frágil controle que vinha tendo até então.

Azim não entendeu, mas, como ela chorava muito ultimamente, não foi surpresa. Talvez estivesse emocionada de voltar à sua terra natal, talvez fossem os hormônios da gravidez. Deixou que ela chorasse, e apenas tocou de leve seu ombro, como se aquele gesto fosse suficiente para aliviar a tristeza e fazer o choro ir embora.

Syrie já a esperava quando ela voltou ao quarto para arrumar suas coisas. Não trocaram nenhuma palavra, o que Carol agradeceu.

Não comeu aquele resto de dia, e quase não dormiu aquela noite. Seu pensamento estava num país distante dali, um país que guardava todas as lembranças ruins que ela vivera.

Então se lembrou de que o corpo de Ali ficaria longe dela, e uma dor aguda machucou seu peito. Não podia ir embora... Não queria deixá-lo sozinho.

O choro veio, abrindo ainda mais o buraco em seu peito. Em meio à sua dor, ela traçava seu plano de regresso, o que faria quando chegasse, onde ficaria, como falaria com André, e o pior: como explicaria aquela barriga. Perante as leis do seu país, ainda eram casados.

Carol nem fazia ideia de que André havia vendido sua liberdade por uma maleta de dinheiro. Na verdade, ela não fazia ideia de muitas coisas.

Pensou em Juliana, e o choro veio novamente ao se lembrar de que ela não a estaria esperando.

Ah, minha amiga linda... Nem pudemos ficar juntas...

Chorou ainda mais.

O dia amanheceu com ela de frente para a sacada, olhando o céu que provavelmente não veria outra vez. Queria se lembrar de outra forma daquela cidade linda, mas só conseguiria pensar na tristeza com que passou seus dias naquela casa.

Saíram logo que o dia clareou, e a casa foi ficando menor à medida que o carro se afastava. Syrie estava junto, ela não entendeu, mas não queria entender. Encostou-se no ombro dela e recebeu um beijo carinhoso no topo da cabeça. Fechou os olhos e soltou um longo suspiro.

A liberdade que desejara por meses finalmente havia sido decretada. Mas não levaria apenas as lembranças, como imaginou no início, levaria muito mais do que isso.

Viajariam em um avião comercial, para não chamar a atenção, mas ela nem desconfiava disso. Azim havia conseguido uma permissão médica para que ela viajasse com a gravidez avançada, mas ela também não sabia disso...

Assim que embarcaram, ela se acomodou no assento confortável da primeira classe meio que anestesiada; tantas coisas que ela deveria pensar, planejar, mas naquele momento era como se estivesse ligada no automático. Apenas respirava... A comissária prestativa veio lhe perguntar se ela queria alguma coisa, mas ela não entendeu o francês. Syrie trocou algumas palavras com ela, que em seguida trouxe um travesseiro, que Carol aceitou sem agradecer.

Recostou no travesseiro e abriu o medalhão. Percebeu que Syrie a olhava, mas ignorou. Deixou o medalhão aberto sobre o peito e adormeceu pensando naquele homem, que, como um raio, havia cruzado sua vida, e como um raio havia deixado marcas profundas e inesquecíveis.

Sonhou com areia branca e uma água incrivelmente azul a lhe banhar os pés. Alguém a esperava ao longe, um vulto que se aproximou e tomou suas mãos. Ela conhecia aquele olhar, ela conhecia aquele rosto; era o seu amado Carik...

CAPÍTULO 41

Em solo brasileiro

Carol abriu os olhos lentamente, sentiu o frio na barriga anunciar que estavam descendo, e o sonho que acabara de ter se perdeu em seus anseios.

Carolina nem sabia qual parte do seu corpo doía mais, quando desceu as escadas amparada pelas mãos firmes de Syrie. Triste, pensou que logo haveria uma despedida, que eles se iriam...

Sentiu seu estômago se contorcer de medo e ansiedade.

Um carro os esperava, e ela se sentou ainda naquele estado de entorpecimento.

Pensou em Ali agora tão longe, sozinho em um país distante, e, antes que percebesse, já chorava de novo. O motivo? Azim nunca saberia. Ele novamente pensou que fosse felicidade em retornar, mas errou mais uma vez.

Uma nuvem pesada e inusitada despejou uma chuva repentina sobre eles, atraindo a atenção de todos para fora. O motivo de ambos era diferente, mas ninguém disse nada, limitando-se a olhar, como se qualquer palavra quebrasse a magia. A chuva se foi tão rápido quanto chegara, e ela ficou absorta na água que corria pelas calçadas e nas pessoas que tentavam retomar sua caminhada em meio aos respingos e às poças.

Ela abriu a janela, tentando entender em que parte do Brasil estava, enquanto a paisagem mudava e as árvores preenchiam sua visão. Haviam saído da cidade...

O carro subia uma colina suave e ela avistou o oceano com todo o seu esplendor, circulando tudo à medida que o carro contornava a estrada.

Prendeu a respiração. Estava em alguma cidade litorânea.

Uau!

Quase sem ar, só conseguia observar. Nem percebeu quando lágrimas começaram a descer, até que Syrie tocou sua mão suavemente. Ela sorriu sem graça, com aquela cara de idiota que chora à toa, mas alguma coisa dentro dela abrira a torneira, e o choro não queria parar. Não conseguia parar de pensar em Ali, e seu coração estava estranho, como se batesse ao contrário. Nunca sentira isso em sua vida, era um arrepio, uma sensação de euforia e aconchego... Carol captava algo no ar, mas não fazia ideia do que era...

O carro agora saíra daquela estrada e passava por várias propriedades particulares, além de um centro comercial, com diversas lojas para turistas, mercados e restaurantes. Barracas nas calçadas circundavam uma praça verde e convidativa, e era difícil até mesmo para ela acreditar que estivessem no Brasil.

O carro parou em frente a um portão gigantesco, cercado por árvores, e ela pôde ver pelas frestas que era uma casa, sem dúvida, maravilhosa. Grande e decorada com pedras.

Azim desceu e ela teve sua porta aberta. Olhou para cima e a construção subia dois, talvez três andares, com uma enorme sacada que contornava tudo.

– Onde estamos?

Ela olhava de um para o outro, esperando por alguma resposta, enquanto eles retiravam as malas do carro.

– Alguém quer me responder onde estamos?

– Na sua nova casa – uma voz conhecida respondeu atrás de sua cabeça, e, antes que ela se virasse, naqueles infindáveis milésimos de segundo, sentiu seu estômago se contrair.

Juliana!

CAPÍTULO 42

Uma nova vida

Ali pensou em Carolina e, inevitavelmente, sentiu um calor no peito, que fez nascer um leve sorriso em seus lábios.

Um filho!

Azim havia lhe contado sobre a gravidez apenas no dia anterior, e ele não conseguira tirar aquele sorriso bobo do rosto desde então.

Moveu-se no banco do carro que os transportava, e sentiu uma dor aguda nas feridas recentes.

O carro rodava macio na rodovia larga e cheia de curvas em que eles trafegavam. O silêncio só era quebrado vez ou outra pelas vozes baixas de Juliana e Hafez, absortos em seu próprio mundo...

Juliana respirou fundo, achando difícil estar de volta. Mas estava, e isso não havia como negar. De volta ao Brasil, mas longe de Paulo, pensou com satisfação. Olhou o azul do oceano que se juntava ao azul do céu no horizonte e pensou em Carolina, que em menos de dois dias a veria novamente. Grávida? Sentiu um arrepio ao imaginar Carol grávida...

Fez uma careta, pois se nem Carol que era estéril havia sido poupada, que dirá ela que tinha tudo funcionando perfeitamente...

Fez uma nova careta e se tremeliçou.

Deus me livre!

Benzeu-se discretamente.

O carro parou e liberou três rostos aliviados pelo fim da viagem.

Um grupo de pessoas já os aguardava. A casa era ampla e arejada, ladeada por uma área rústica de madeira. No fundo havia uma casa menor e um enorme quintal arborizado que descia por um caminho de pedra até a areia, com o mar logo à frente. Um muro alto e um grande portão os protegia de eventuais visitantes em busca de areia e sol, mas era possível ver o mar pelas grades largas e Juliana estava sem ar.

Azim providenciou toda a mobília junto com um decorador, que fizera a gentileza de trabalhar rápido.

Móveis bonitos e de bom gosto proporcionavam um ambiente acolhedor e sofisticado. A decoração ia do branco, passava pelo vinho e ganhava tonalidades de azul. Almofadas, cortinas, aparelhos eletrônicos, não faltava nada. Azim mais uma vez cumprira seu trabalho satisfatoriamente.

A cozinha grande fora montada no estilo americano, com um enorme balcão no meio, onde havia um fogão industrial embutido, com um exaustor acima dele. Os armários eram em madeira trabalhada e outro balcão servia como mesa, rodeado de seis banquinhos altos e almofadados.

A sala de jantar era composta por uma mesa grande que poderia servir um batalhão, com cadeiras finas e confortáveis. Havia uma enorme prateleira em um dos cantos, repleta de jogos de jantar e pratarias. Em outro canto, duas poltronas e uma mesa baixa compunham o ambiente.

Ali não estava impressionado, é claro, mas achou satisfatório, afinal, com todo o luxo ao qual se habituara, não se impressionava com facilidade.

Juliana, que não estava habituada com tanto luxo, nem tentou disfarçar que tudo o que via era normal para ela, pois não era, e sua expressão de assombro para cada detalhe era mais do que evidente.

Uma suíte no andar de baixo havia sido transformada em biblioteca e escritório, decorada com extremo bom gosto, com todos os aparelhos necessários, além de poltronas e uma escrivaninha grande e cheia de gavetas.

Ali subiu as escadas. No andar de cima, a suíte deles não se parecia em nada com o quarto do palácio, mas ele também ficou satisfeito. A mobília era boa e um belo jardim dividia o banheiro do quarto. Ao lado, uma porta dava para outro quarto, ele entrou e seu peito parou por alguns segundos. Ele era todo decorado em delicados tons de azul. Como uma vitrine de loja, o quarto do seu filho tinha tudo o que o dinheiro poderia comprar... Abriu as gavetas, e pequenas e perfumadas peças esperavam pelo seu dono. Seus olhos marejaram...

Aquilo era mais que um sonho, era um milagre pelo qual ele nunca agradeceria o suficiente. Não via a hora de ter Carolina em seus braços, queria fazer amor com ela, tocar sua barriga, sentir seu perfume...

Abriu a porta de madeira rústica que dava para a sacada e olhou o oceano à distância; uma ilha podia ser vista a quilômetros dali, e dava a impressão de flutuar sem rumo, quando as nuvens se moviam no céu...

Juliana entrou na biblioteca, já pegando alguns livros e folheando-os.

Era tudo novo, cheirando a tinta e papel. Absorta em seus pensamentos, nem percebeu quando Hafez chegou silenciosamente e parou na porta. Quase soltou um grito ao vê-lo em pé, avaliando-a, um olhar quente e doce, cheio de promessas como ela nunca vira. Sentiu o rosto corar no mesmo instante.

Puta merda!

– Vamos conhecer nosso quarto?

As palavras nosso e quarto na mesma frase, ditas pela boca dele, fizeram seu coração disparar. Ela inalou o ar rapidamente, aceitou a mão que ele oferecia e, ofegante, o seguiu escadas acima. Um espaço aberto se formou, dando acesso para a sacada que contornava quase toda a casa. Ela parou um tempo de frente para a sacada grande e ficou olhando o mar.

Ele a puxou, se fingindo de impaciente, e ela o seguiu sorrindo. Ele parou em frente a uma porta e, com um olhar malicioso, girou a chave na fechadura.

Juliana sentiu o rosto esquentar.

Besta sexy!

Ela deu um passo e estacou na porta diante do que viu. Ele disse quarto, mas o que ela via era um apartamento inteiro dentro daquelas paredes. Três ambientes haviam sido montados, com o mesmo bom gosto que ela vira na parte de baixo. O quarto e o banheiro eram os únicos divididos por paredes. Uma sala confortável também era composta por aparelhos eletrônicos, e não perdia em nada para os que ela acabara de ver. Correu até a sacada e olhou a piscina totalmente visível daquele ponto, as espreguiçadeiras confortáveis sobre o mármore bonito...

Juliana estava radiante e soltou um pequeno grito de satisfação, atirando-se nos braços dele, que sorriu e a girou no ar, dando um beijo estalado em seus lábios.

Faltava ver o quarto e o banheiro, e ela não perdeu tempo; desvencilhou-se dos braços dele, que ainda sorria, e correu para abrir a porta. A decoração do quarto trazia traços do ambiente em que acabara de estar, tinha duas belas poltronas e um guarda-roupas gigante que trazia uma escrivaninha embutida.

Olhou surpresa para Hafez, que não perdia nem um gesto seu. Tocou as cortinas, as mesinhas de cabeceira, as poltronas, os quadros de belas molduras...

Caraca, isso é perfeito!

– Como eles sabiam? Quer dizer, esse quarto só nosso...

Hafez pareceu pensar, como se tentasse entender tudo o que ela dissera, como se visualizasse tudo que o levara até aquele momento.

– O rei me perguntou quais eram minhas intenções com você...

Ela engoliu em seco, e ele, ao que pareceu uma eternidade para ela, continuou:

– Bom, isso deveria esperar, mas já que você entrou nesse assunto...

Ele segurou a mão dela e fez com que ela se sentasse na poltrona, e, retirando algo do bolso, se ajoelhou na sua frente.

Ele abriu a caixa e, dentro dela, duas alianças idênticas cintilavam. Ela sentiu a visão ficar turva e seu peito parou por alguns segundos.

– Juliana, você quer se casar comigo?

Hã?

Ela sentiu o coração quase parar. E então olhou as alianças.

– Quando você comprou essas alianças?

Ele deu um sorriso lindo cheio de segredos, revelando a covinha do lado esquerdo.

– Eu tenho meus meios...

Ela olhou aquele homem bonito na sua frente, provavelmente desconfortável por ficar ajoelhado naquela posição, e, sem pensar muito, pegou uma das alianças, a maior delas, e tomou as mãos dele entre as suas. Olhou para ele com malícia e deslizou a aliança até o fundo.

– Quero!

Ela entregou a aliança menor para ele, estendendo sua mão. Ele a olhou nos olhos e deslizou o anel pelo seu dedo, fazendo seu peito acelerar. Então ele se levantou rapidamente, levando-a com ele, e, sem cerimônia, a colocou na cama, prendendo o corpo dela sob o seu. Ela quase engasgou com a ousadia dele.

– Aqui? Agora?

Ele olhou sério, sem responder, e ela imediatamente soube o que significava aquele olhar, sua boca ficou seca; pensou nas pessoas que estavam lá embaixo, nas responsabilidades da mudança, mas quem ela queria enganar? Nunca perdeu tempo pensando demais...

Minutos depois, Juliana se lembrou vagamente de que precisava fazer xixi. Seu corpo, saciado, ainda queimava em algumas partes.

– Vamos para o chuveiro; você precisa de um banho!

O quê? Eu estou com um cheiro estranho?

Juliana cheirou as axilas e Hafez a puxou para o banheiro; ela meneou a cabeça e fez aquela cara idiota e tardia de quem entende.

Merda... Ele falou chuveiro e banho...

Sim, Juliana, foi o que ele disse...

O banheiro era magnífico, tinha uma banheira em um canto, bem ao lado de uma parede de vidro que protegia e revelava um jardim de inverno espetacular, completamente cultivado e com as paredes totalmente recobertas. Parecia montado com plantas artificiais, e ela teve a necessidade de chegar bem perto, para se certificar de que eram verdadeiras.

Ele disse alguma coisa que ela não entendeu e a puxou para dentro do box, ligando o chuveiro em seguida. A água quente foi um bálsamo depois daquela viagem longa e do sexo rápido.

– E agora? O que você fará? Ele ainda vai precisar de um guarda-costas?

Hafez a olhou e fez um movimento de cabeça de quem não entendia; ela repetiu tudo, dessa vez frisando as palavras. Ele entendeu e deu de ombros, pensando que agora, provavelmente, ele seria liberado de sua exclusividade como guarda-costas de Carolina. Teria que cuidar dos dois.

– Sim... Motorista, guarda-costas, nada mudará.

– E os outros? Os outros guarda-costas?

Ele pareceu pensar.

– Voltaram para suas famílias.

Ela assentiu, pensando...

Como ela poderia imaginar, naquele dia frio em que Carol fora sequestrada, que sua própria vida mudaria também? Era estranho, mas era como se tudo que Carolina dizia sobre vidas passadas e destinos predefinidos fizesse sentido naquele momento.

Agora ela e Carol viveriam na mesma casa...

E isso era bom, pensou.

Quem sabe elas não abriam um negócio juntas?

A ideia lhe pareceu agradável.

E mais agradável foi sentir Hafez esfregando seu corpo por trás, massageando suas costas, deslizando pelas suas nádegas, descendo e subindo pelas suas pernas, entre elas...

Sem querer, soltou um gemido; ele mordeu seu pescoço e segurou seu seio, fazendo com que ela se contorcesse sob suas mãos fortes. Ele continuou com as carícias entre suas pernas, como se conhecesse aquele local muito bem, e ela já estava quase perdida de prazer quando ele levantou uma de suas pernas e a penetrou, fazendo tudo queimar e se esticar para recebê-lo.

Puta que pariu!

Ela gemeu e precisou se apoiar na parede para não cair; ele empurrou até o fundo, colocando seu ritmo, sem trégua. E novamente ela estava perdida, sem noção de espaço e tempo, apenas a sensação daquela invasão celestial, daqueles braços ao redor do seu corpo, a boca e o som da respiração dura próxima ao seu ouvido...

Hafez tinha coisas a resolver e, já vestido, deu um beijo em Juliana e sussurrou pausadamente:

– Você... me deve... uma dança...

Putz!

Todo o sangue do seu cérebro desceu. Precisou se sentar, vendo-o sair sorrindo do quarto.

Bastardo sexy!

Carolina chegaria no dia seguinte, e tudo deveria estar pronto. Assim, no final daquele dia, Juliana, em companhia de Hafez, foi às compras.

CAPÍTULO 43

Reencontros

Carol abraçou a amiga tão querida, fazendo preces silenciosas de agradecimento. Juliana a afastou, olhando sua barriga, já com aquele ar zombeteiro que Carol sabia muito bem o que queria dizer.

– Só você pra ficar bonita com uma barriga desse tamanho!

– E você, minha menina travessa... Tá linda! Que brilho é esse no olhar?

Carol se afastou um pouco para olhar Juliana, parecendo a mãe galinha cuidando dos ovos.

– Você está diferente... – Carol disse, franzindo a testa, tentando captar algo na expressão de Juliana.

– Isso é resultado de fodas frequentes e bem-feitas – ela sussurrou.

O olhar de Juliana era pura malícia quando olhou de soslaio para Hafez e segurou discretamente a aliança que cintilava no dedo.

Carol tapou a boca, suprimindo o grito, e não pôde se controlar quando Hafez se aproximou, dando-lhe um inusitado e carinhoso abraço. Passou os braços ao redor da cintura dele e recostou a cabeça em seu peito, fechando os olhos. Ouviu o coração dele batendo rápido, e sentiu o cheiro bom de banho tomado e cigarro recém-fumado. Lembrou-se de Ali.

Soltou um suspiro, pensando que era bom sentir os braços dele em seu corpo sem a intenção de imobilizá-la ou conduzi-la. Por alguns segundos, ele pareceu ser outra pessoa, mas voltou rapidamente ao seu sempre inatingível posto de homem de confiança, pigarreando, como quem se lembra de algo.

– O que vocês fazem aqui? Quando chegaram? – Carol perguntou, recompondo-se do inusitado abraço.

Juliana resumiu tudo, deixando Hafez e Azim resolverem o restante das coisas.

Antes de entrarem, Juliana lhe confidenciou:

– Eu sei que você deve estar cansada da viagem, louca por um banho, querendo comer alguma coisa... Mas há alguém lhe esperando na praia...

Seu inconsciente aguçou os ouvidos.

Curiosa, Carol olhou demoradamente no rosto maroto dela e depois na direção da praia, como se pudesse ver daquele ponto. Formulou uma pergunta que não saiu de sua boca, franzindo a testa e tentando ler no ar brincalhão de Juliana a resposta.

Quando finalmente o esperado "quem?" saiu, Juliana já tocava seu braço, fazendo com que ela se voltasse para a praia.

– Vá até o final do quintal e desça o caminho de pedras...

Carol olhou novamente naquela direção, e sua curiosidade lhe dava uma infinidade de possibilidades. Quem teria vindo? Pensou em algum parente ou amigo.

Sua mãe?

Não! Ela não!

Douglas?

Sorriu animada. Ela gostaria de ver seu irmão.

– Vai logo!

Juliana a empurrou gentilmente, fazendo com que caminhasse vacilante. Ela tomou coragem e saiu sob o olhar de todos. Deu um último olhar para trás, ainda com a cara de "quem é?", e recebeu um gesto encorajador de Juliana, que sorria. Na verdade, todos sorriam.

Atravessou o quintal, e sua ansiedade era tanta que nem percebeu a quantidade de plantas e árvores que sombreavam um belo gramado verde. Avistou os portões que ficavam sob a sombra de duas árvores enormes.

Retirou as sapatilhas com os próprios pés, e então parou e olhou o mar... Seu peito estava acelerado, suas mão estavam frias, e ela nem sabia o motivo. Deu uma ajeitada nos cabelos e desceu.

Sentiu seus pés tocarem a areia molhada e fria ao chegar no final da estrada, e parou. Respirou fundo, sentindo aquele cheiro maravilhoso que o mar exalava, e olhou para a frente, iniciando a caminhada. As ondas espumantes quase chegavam até seus pés à medida que ela caminhava. Olhou demoradamente para toda aquela praia que tinha à sua frente, e não avistou ninguém. Estava no mais completo silêncio. O mar estava violento, e ela podia sentir o ar frio que a chuva recente havia deixado. Continuou andando sem pressa, tendo apenas o som das águas e aquela sensação de paz.

Quando estava certa de que não havia ninguém, de que era apenas uma brincadeira de Juliana, sentiu uma presença antiga e parou. Seu peito descompassou e mal conseguia respirar. Continuou parada, sem coragem de se virar, sentindo um arrepio que nascia em sua nuca e passeava por todo o seu corpo. Lágrimas quentes já desciam pelo seu rosto, e seu cérebro iniciava seu ritual de orações repetitivas e desconexas.

Temia estar sonhando e, como nas outras vezes, acordar sozinha e triste. Temia ter desejado tanto aquele momento, que de alguma forma seu desejo a havia deixado louca, e agora ela começava a delirar insanamente.

Carol virou devagar, com os olhos enevoados pelas lágrimas, mas ainda assim conseguiu ver o que seu coração já sabia e ansiava.

Ali...

Usava uma bermuda caqui abaixo do joelho, camiseta verde e estava descalço. Ela prendeu a respiração. Sua visão ficou turva e, por alguns segundos, ela pensou que fosse cair. Ele estava mais magro, a barba e o cabelo já tinham crescido...

Soltou o ar dos pulmões dolorosamente e então tudo voltou, aquela avalanche de sentimentos voltou como um nocaute, os meses de amor reprimido e até evitado transbordaram como um vulcão. E ela só conseguia se questionar como conseguira respirar sem ele ao seu lado.

Queria beijá-lo, tocá-lo, se perder naquelas sensações tão conhecidas, mas não conseguia mexer um único músculo, não sentia o chão sob seus pés.

Nenhuma palavra foi dita, apenas o olhar que transcendia há séculos.

O tempo realmente pode ser medido?

Talvez. Muitas vezes, o tempo parece correr além do que o relógio permite e, em outras vezes, caminha tão devagar, que é como se a própria Terra conspirasse e deixasse de se mover.

A torturante medida de tempo que antecede o abraço. Pareceu assim a Carol e Ali, que agora, frente a frente, só queriam estar nos braços um do outro.

E, quando aconteceu, foi novamente em silêncio. Não havia necessidade de palavras ou explicações.

Todos os porquês se perderam naquele beijo.

Um som rouco saiu da garganta dele quando seus lábios se encontraram, despertando tudo dentro dela, que cravou os dedos nas costas dele, enquanto ele invadia sua boca naquela tortura íntima tão ansiada. Agarrou-se a ele para não cair e ele deslizou as mãos pelo seu corpo, enviando deliciosas ondas de choque por todos os lugares. Ela gemeu sem perceber, queria Ali naquele momento. Apertou seu corpo de encontro ao dele, mas a barriga se interpunha entre eles, impedindo o ansiado contato, então ele sorriu e, relutante, largou sua boca, depositando vários beijos em seus lábios antes de se abaixar na areia, acariciando sua barriga e dizendo palavras doces em árabe para o bebê.

Carol não conseguia controlar o choro, vendo-o vivo na sua frente, vendo-o falar com sua barriga, vendo-o acalentar o filho que ela julgava já ser órfão.

Obrigada, meu Deus! Obrigada!

Aquele alvoroço de sensações que emanavam do seu peito, o cheiro familiar daquele momento, aquele amparo que só o abraço dele conseguia despertar eram pura magia. Estava em casa... No seu lugar... Lugar que duvidou existir, ao qual questionou pertencer, mas que havia encontrado.

O que seria de suas vidas daquele momento em diante, nem os céus poderiam dizer, mas uma certeza eles tinham, enquanto caminhavam de mãos dadas naquela areia macia: aquele amor duraria para sempre.

FIM.

Por enquanto...

grupo novo século

Compartilhando propósitos e conectando pessoas
Visite nosso site e fique por dentro dos nossos lançamentos:
www.gruponovoseculo.com.br

TALENTOS DA LITERATURA BRASILEIRA

(f) Talentos da Literatura Brasileira
(©) @talentoslitbr
(y) @talentoslitbr

gruponovoseculo
.com.br